rororo

Wenn Leute später über das hier schreiben – Chronisten, Verfasser von Klatschgeschichten, Zeitungsschreiber und Berichterstatter der Regierung, die sich jetzt dicht an das Schaugerüst drängen, Bleistifte und Notizpapier in den Händen –, dann werden sie sagen, die Leute hätten gejubelt, als «Old Noll», der große Usurpator, aufgeknüpft und zurechtgestutzt wurde; Gerechtigkeit sei geschehen, und Gott habe lächelnd auf diesen Tag geblickt. Aber wir werden die Wahrheit kennen. Wir sind auch hier.

Miranda Malins ist Autorin, Historikerin und Wirtschaftsjuristin. Sie promovierte an der University of Cambridge und ist seitdem als Rednerin bei Konferenzen sowie als Journalistin und Rezensentin tätig. Ihr Spezialgebiet ist die Geschichte Oliver Cromwells und seiner Familie sowie die Politik des Interregnums nach der Hinrichtung Karls I. Die Autorin lebt mit ihrem Mann, ihren zwei Kindern und der Katze Keats in Hampshire. «Die Tochter des Königsmörders» ist ihr Debüt.

Anja Schünemann studierte Literaturwissenschaft und Anglistik in Wuppertal. Seit 2000 arbeitet sie als freiberufliche Übersetzerin der verschiedensten Genres und hat seitdem große Romanprojekte und Serien von namhaften Autorinnen und Autoren wie Philippa Gregory, David Gilman sowie Robert Fabbri aus dem Englischen ins Deutsche übertragen. Historische Romane sind eines ihrer Spezialgebiete: Von der Antike bis zum Mittelalter, in die frühe Neuzeit sowie bis ins 20. Jahrhundert verfügt sie über einen reichen Wissensschatz, der ihre Übersetzungen zu einem gelungenen Leseerlebnis macht.

Für meine Jungs

DIE FAMILIE CROMWELL IM JAHRE 1657

Robert Cromwell († 1617)
⚭ **Elizabeth Steward** († 1654)

OLIVER CROMWELL (* 1599)
⚭ **ELIZABETH BOURCHIER** (* 1598)

Robert
(1621–39)

Oliver
(1623–44)

BRIDGET
«Biddy»
(* 1624)
1. ⚭
Henry Ireton
(1611–1651)
vier Kinder
2. ⚭
CHARLES FLEETWOOD
(* 1618)
drei Kinder

RICHARD
«Dick»
(* 1626)
⚭
DOROTHY MAIJOR
«Doll»
(* 1627)
zwei Kinder

sieben Schwestern

HENRY «Harry» (* 1628) ⚭ **ELIZABETH RUSSELL** (* 1637) zwei Kinder	**ELIZABETH** «Betty» (* 1629) ⚭ **JOHN CLAYPOLE** drei Kinder	**James** (*† 1632)	**MARY** «Mall» (* 1637)	**FRANCES** «Fanny» (* 1638)

PERSONEN

DIE FAMILIE CROMWELL AM HOF

Oliver Cromwell, Lord Protector
Elizabeth Cromwell, seine Frau, Lady Protectoress
Bridget (Biddy) Fleetwood, ihr ältestes lebendes Kind
Charles Fleetwood, Bridgets zweiter Mann, Major General der Armee und Mitglied des Staatsrats
Richard (Dick) Cromwell, der älteste lebende Sohn der Cromwells
Dorothy (Doll) Cromwell (geborene Maijor), Richards Frau
Elizabeth (Betty) Claypole, die zweite Tochter der Cromwells
John Claypole, Elizabeths Mann, Parlamentsmitglied und Master of Horse
Mary (Mall) Cromwell, die dritte Tochter der Cromwells
Frances (Fanny) Cromwell, das jüngste Kind der Cromwells

DIE FAMILIE CROMWELL IN IRLAND

Henry (Harry) Cromwell, der zweitälteste lebende Sohn der Cromwells, amtierender Lord Deputy of Ireland
Elizabeth Cromwell (geborene Russell), seine Frau

WEITERE VERWANDTE DER FAMILIE CROMWELL AM HOF

John Desborough, Cromwells Schwager, Major General der Armee und Mitglied des Staatsrats

Elizabeth (Liz) Cromwell, Cromwells unverheiratete Schwester

Lavinia Whetstone, Cromwells Nichte

Richard Beke, ihr Mann, Major und Captain der Leibgarde des Lord Protector

Sir Oliver Flemyng, Cromwells Cousin und Master of Ceremonies

SONSTIGE MITGLIEDER DES STAATSRATS

John Lambert, Major General der Armee

Nathaniel Fiennes, Commissioner of the Great Seal

Sir Charles Wolseley, sein Schwager

Henry Lawrence, Präsident des Staatsrats

Sir Gilbert Pickering, Lord Chamberlain

John Thurloe, Sekretär des Staatsrats und Leiter des Geheimdienstes

Henry Scobell, Schreiber des Staatsrats und Justice of the Peace

AM HOF

Robert Rich, Enkel und Erbe des Earl of Warwick
Earl of Warwick, sein Großvater
Countess of Devonshire, Roberts Großmutter
Bulstrode Whitelocke, Parlamentsmitglied und Commissioner of the Great Seal
Roger Boyle Lord Broghill, Parlamentsmitglied und Höfling
Marchamont Nedham, Autor und Herausgeber der Zeitung *Mercurius Politicus*
John Milton, Dichter, Polemiker und Leiter des Sekretariats für Latein und Französisch
Andrew Marvell, Dichter und stellvertretender Leiter des Sekretariats für Latein und Französisch
John Dryden, Autor und Beamter im Sekretariat für Latein und Französisch
Edmund Waller, Dichter und Komponist
John Hingston, Master of Music
Master Farmulo, Cromwells Musiklehrer
Samuel Cooper, Maler
John Michael Wright, Maler
Thomas Simon, leitender Medailleur der Münzstätte
Dr. John Hewitt, Geistlicher
Hugh Peters, Kaplan
Jeremiah White, Kaplan
Katherine, Frances' Zofe
Anne Grinaways, Marys Zofe
Anthony Underwood, Gentleman of the Bedchamber
Nicholas Baxter, Gentleman of the Horse
John Embree, Surveyor General of Works

Philip Jones, Colonel und Controller of the Household
George Bate, Arzt
Master Hornlock, Schneider
Master Riddell, Juwelier
Diverse Sänger und Musiker, darunter zwei Knabensoprane

BESUCHER AM HOF

Thomas Belasyse Viscount Fauconberg, Höfling
Francisco Giavarina, Botschafter von Venedig
Antoine de Bordeaux, Botschafter von Frankreich
George Fox, Begründer der Quäker
Margaret Fell, Quäkerin
Sir William Davenant, Opernkomponist
Mountjoy Blount Earl of Newport, ehemals Höfling von König Charles
Sir Thomas Billingsley, ehemals Höfling von König Charles

AMTSTRÄGER DES PROTEKTORATS
AUSSERHALB DES HOFES

Edward Montagu, General at Sea und später Mitglied des Staatsrats
Robert Blake, General at Sea (zusammen mit Edward Montagu)
William Lockhart, Cromwells Botschafter in Frankreich und später Kommandant in Dünkirchen
Robina Sewster, seine Frau, Cromwells Nichte

Philip Meadowes, Cromwells Botschafter in Dänemark
George Monck, General, Oberbefehlshaber der Truppen in Schottland

IM PARLAMENT

Sir Thomas Widdrington, Speaker des House of Commons und Commissioner of the Great Seal
Sir Arthur Haselrig, führender Republikaner
John Lisle, Königsmörder, Republikaner und Commissioner of the Great Seal
Sir Christopher Pack, Miturheber des neuen Verfassungsentwurfs

DIE FAMILIE RUSSELL
IN CHIPPENHAM

Sir Francis Russell, 2. Baronet
Catherine Russell, seine Frau
John Russell, ihr Sohn und Erbe

DIE FAMILIE RICH IN
LEIGHS PRIORY

Lord Rich, Roberts Vater
Seine zweite Frau und ihre kleinen Töchter

IN YORKSHIRE

Thomas «Black Tom» Fairfax, einstiger Oberbefehlshaber des Parlamentsheers

GEGNER DES PROTEKTORATS

Edward Sexby, ehemaliger Leveller und Verschwörer
Miles Sindercome, ehemaliger Leveller und Verschwörer
Thomas Harrison, Königsmörder und Quintomonarchist

IN ÜBERSEE

Charles Stuart, Sohn des Königs Charles I., lebt mit einem Hof im Exil auf dem Kontinent
König Ludwig XIV. von Frankreich
Kardinal Mazarin, sein regierender Minister
Königin Christina, ehemalige Herrscherin von Schweden

Sämtliche Figuren in diesem Roman sind historische Persönlichkeiten.

PROLOG

30. Januar 1661

Wir stehen zusammen, Schulter an Schulter, Rock an Rock, wie eine Kette aus Papierpüppchen, um die Hinrichtung unseres Vaters zu sehen.

Wir haben unsere Kapuzen tief ins Gesicht gezogen, auch wenn wohl nur die wenigsten in der Menge uns in diesem schlichten Aufzug erkennen würden: Wir zieren weder Münzen noch Medaillen, unser Konterfei wurde nie gedruckt, und kaum jemand von diesen Leuten dürfte unsere gemalten Porträts gesehen haben, als sie in den Palästen Whitehall und Hampton Court hingen.

Eine frostige Windbö greift in meinen Mantel und lässt die drei Schlingen an dem Galgen baumeln, als tanzten die Verurteilten bereits ihren letzten Tanz. Ich starre in schierem Grauen den Galgen an. Es ist ein entsetzliches Ding, riesig und von dreieckiger Form. Vater hat mir einmal erzählt, er sei groß genug für vierundzwanzig Seelen auf einmal.

«Warum muss es hier sein?», frage ich meine Schwestern, ohne sie anzuschauen. Irgendwie macht es das schlimmer, viel schlimmer, dass es in Tyburn geschieht, an der schmutzigen, unheimlichen Straßenkreuzung außerhalb Londons, wo sie gewöhnliche Verbrecher hängen: Wegelagerer, Diebe,

Mörder. «Das Parlament hat entschieden, das Verbrechen sei Verrat, also müsste es im Tower geschehen.»

«Ich nehme an, zur Abschreckung», erwidert Mary. «Sie wollen zeigen, wie es Männern ergeht, die sich so hoch über ihren Stand erheben.»

Angst kriecht mir den Rücken hinauf wie eine Spinne, ich fühle, wie sie über meinen Arm auf den von Mary krabbelt. Sie zittert an meiner Seite.

«Wir hätten nicht herkommen sollen», sage ich.

Mary strafft sich. «Es war richtig, dass wir gekommen sind, Frances. Vater würde es wollen. Auch wir waren seine Soldaten.»

Ihre Worte beschwören Bilder aus alten Zeiten herauf, Bilder von den Ironsides in ihren rotbraunen Mänteln. Ich sehe sie durch die Luft marschieren, und wieder einmal überrascht es mich, welche Entschiedenheit Mary neuerdings an den Tag legt. Früher war immer ich die Tapfere.

«Wir sind auch um Henrys willen hier», sagt Bridget an meiner anderen Seite leise. Ihre Stimme bricht, als sie seinen Namen ausspricht.

In diesem Moment hören wir sie kommen. Langsamer Trommelschlag teilt die Menge, und ein scharrendes Geräusch hinter mir versetzt mich augenblicklich in meine frühe Kindheit zurück, da die Jungen den Pflug über die Felder im Moorland um Ely führten. Doch dies ist kein Pflug. Ohne mich umzuschauen, weiß ich, dass es eine Schleife ist, ein großes hölzernes Gestell, auf dem die Pferde die Gefangenen den ganzen Weg durch Holborn gezogen haben. Ein seltsamer Umweg von der Westminster Abbey, doch auch das ist symbolisch: als kämen die Männer nicht aus der geweihten Kapelle der Könige, sondern wie die meisten aus dem Gefängnis Newgate.

Die Menge drängt nach vorn und schiebt uns näher an das Schaugerüst heran. Ich lächle, als mir plötzlich ein Ausspruch von Vater in den Sinn kommt, von dem mein Schwager Charles mir erzählt hat. Es war an dem Tag, als Vater und General Lambert ihre große Armee nach Norden in Marsch setzten, um gegen die Schotten zu kämpfen. Lambert machte eine Bemerkung über die jubelnden Menschenmassen, die sich drängten, um ihnen zuzuwinken und viel Erfolg zu wünschen. Darauf versetzte Vater trocken, die Menge würde ebensolchen Lärm machen, wenn es gälte, ihn am Galgen zu sehen.

Wie recht er hatte.

Doch als ich unter meiner Kapuze hervor die Gesichter der Umstehenden betrachte, erkenne ich, dass Vater nur zum Teil recht hatte. Es stimmt, dass viele herbeigeströmt sind, um ihn am Galgen zu sehen, aber sie jubeln nicht und drängen sich nicht so eifrig wie damals, da sie ihn als Führer seiner Armee sahen. Sie lachen auch nicht, noch trinken sie und gebärden sich auch nicht so ausgelassen wie wohl sonst bei öffentlichen Hinrichtungen. Sie sind ernst, wachsam, beklommen.

Denn dies ist keine gewöhnliche Hinrichtung. Diese Menge ist hier versammelt, um etwas Groteskes mit anzusehen, einen Verstoß gegen die gesellschaftlichen Konventionen, einen Bruch des göttlichen Gesetzes, einen Akt schierer brutaler Rache durch ihren sogenannten «fröhlichen Monarchen». Hier sollen Männer den Verrätertod sterben, die der Arm des Gesetzes nicht mehr erreichen kann, die sogar dem Zugriff des Königs entzogen sind: ein zweiter Tod für Männer, die schon bei Gott sind.

Diese Gefangenen sind bereits tot.

Es sind keine Lebenden, die der Henker und seine Gehilfen nun von der Schleife losbinden und hochziehen, sodass sie unbeholfen aufrecht gehalten unter den Schlingen stehen, in ihre Leichentücher gehüllt. Es sind Tote, aus ihrem gesegneten Schlaf aufgestört, aus ihrer Ruhestätte unter der Erde gezerrt. Aus ihren christlichen Gräbern geraubt.

John Bradshaw, der Präsident des Gerichts, das dem Tyrannenkönig Charles, Vater des jungen Charles Stuart, den Prozess machte.

Henry Ireton, Bridgets Ehemann und der kämpferischste, klügste Mann in Vaters Armee.

Und Vater, Lord Protector des Commonwealth, Oliver Cromwell.

Bei Henrys Anblick stiehlt sich Bridgets Hand in meine, und ich denke, auch wenn sie damals lange zögerte, auf Henrys Werbung einzugehen, hat sie ihn später doch innig geliebt. Etwas an der Geste raubt mir die Fassung – wie klein sich ihre Hand in meiner anfühlt, wie die eines Kindes. Dabei war sie, meine tapfere, viel ältere Schwester doch immer so stark, so selbstsicher und Gott so nah.

«Vater!», platze ich heraus, dabei weiß ich es doch besser. «Vater …» Lauter jetzt. Köpfe drehen sich nach uns um.

Mary fasst meine Hände und senkt den Kopf. «Vater unser, der du bist im Himmel, geheiligt werde dein Name, dein Reich komme …»

Ich besinne mich und falle leise ein. Die Köpfe wenden sich wieder dem Galgen zu.

Kalte Tränen kullern mir über die Wangen, während ich zusehe, wie den mit Kapuzen verhüllten Leichen die Henkersschlingen umgelegt werden. Trompeten erschallen, und das Urteil über die Verräter wird der Menge verlesen. Doch der Wind verweht die Worte, sodass nur die Leute dicht vor den Stufen sie hören.

Natürlich können die Beschuldigten nicht auf Schemeln stehen, um ihr Schicksal zu erwarten, noch kann man sie ohne ihre Leichentücher hängen, sonst würden die Körper womöglich dort auf dem Schaugerüst auseinanderfallen. Also werden die verwesenden Körper eingewickelt an ihren Stricken hochgezogen. Ziellos baumeln sie in der Luft, nicht zuckend und strampelnd, sondern reglos, beinahe gelassen.

Sie sind nicht da, sage ich mir. Sie sind bei Gott. Niemand kann Vater mehr etwas anhaben.

Stundenlang stehen wir da, taub vor Kälte. Als die Wintersonne sich dem Horizont nähert, werden die Leichen abgeschnitten. Mit dumpfem Poltern fallen sie auf den Boden, zu Füßen des Henkers. Der zieht jetzt unter dem Stroh ein gewaltiges Beil hervor, und instinktiv drängt die Menge näher heran, um besser sehen zu können. Die Männer, noch immer in ihren grünlich schimmligen Leichentüchern, werden zurechtgelegt wie Tiere auf der Metzgerbank, und der Henker schreitet mit schiefgelegtem Kopf vor den Körpern auf und ab, als wollte er sehen, wie er den besten Braten herausschneiden könne. Zufrieden dehnt er noch einmal knackend den Hals, strafft die Schultern und macht sich ans Werk.

Die Köpfe werden zuerst abgeschlagen. Die Leichentücher dämpfen die Wucht des Beils, sodass es acht gewaltige Hiebe braucht, Vaters Kopf abzuhacken, und fast ebenso viele für Henrys; nach jedem Schlag schnappt die Menge hörbar nach Luft. Der Henker hält die Köpfe nacheinander hoch, wobei er sich nicht die Mühe macht, sie auf Armeslänge von sich zu halten, denn hier besteht keine Gefahr, sich die Kleidung mit frischem Blut zu besudeln. Seine Gehilfen kommen dazu, und als Nächstes geht es an Finger und Zehen. Die dem Schaugerüst am nächsten stehen, strecken begierig die Hände nach einem schaurigen Andenken aus. Wieder ergreift Bridget meine Hand, und wir verschränken die Finger fest ineinander, als könnten wir damit gegen das Zerstückeln vor unseren Augen an.

Als endlich die Metzger ihre Arbeit leid sind, wirft man die drei kopflosen Rümpfe kurzerhand in eine tiefe Grube neben dem Galgen. Sie fallen durch die Luft und landen mit einem hässlichen, dumpfen Laut einer auf dem anderen, wie Mehlsäcke, die von einem Heuboden geworfen werden. Die Köpfe verschwinden in einem Sack und werden später zweifellos auf Spieße gesteckt, wie es von alters her üblich ist. Ich beobachte voller Grauen, wie der Abstand zwischen Köpfen und Körpern immer größer wird. Mir wurde erzählt, der alte König sei wieder ganz gemacht worden, nachdem man ihm den Kopf abgeschlagen hatte: Man habe ihn sorgfältig wieder an den Körper angenäht, ehe er in die heilige Krypta der Kapelle von Windsor Castle gesenkt wurde. Für unsere Lieben wird es kein solch glückliches Ende geben, sie müssen auf ewig kopflos in einer unmarkierten Grube zwischen Dieben und Mördern liegen.

Ich kann nicht länger hinschauen. Stattdessen richte ich den Blick auf die Männer, Frauen und Kinder, die sich um mich drängen. Jedes Gesicht ist erstarrt, in einen Augenblick des Grauens gebannt wie eine zerschlagene Uhr. Ob auch nur einer unter ihnen nicht daran denkt, dass auf den Tag genau vor zwölf Jahren der Kopf des Verräterkönigs auf dem Schafott zu Whitehall in die Höhe gehalten wurde? Mary und ich erfuhren erst Monate später davon. Wir waren noch Kinder, und man versuchte, unser Unwissen durch eine Verschwörung des Schweigens zu bewahren. Flugschriften wurden versteckt, Briefe hastig in Taschen geschoben und Bedienstete zum Schweigen gebracht.

Ich schaue zu Bridget hinüber. Sie wusste natürlich Bescheid – sie war damals jungverheiratet, gründete mit Henry eine Familie. Sie hatte von der gedrängt vollen Galerie aus den Prozess gegen den König verfolgt, und Henry hatte den Hinrichtungsbefehl unterzeichnet, als Neunter auf dem Pergament. Bradshaw als Erster. Vater als Dritter.

Ich schließe die Augen und genieße die Stille. Wenn Leute später über das hier schreiben – Chronisten, Verfasser von Klatschgeschichten, Zeitungsschreiber und Berichterstatter der Regierung, die sich jetzt dicht an das Schaugerüst drängen, Bleistifte und Notizpapier in den Händen –, dann werden sie sagen, die Leute hätten gejubelt, als «Old Noll», der große Usurpator, aufgeknüpft und zurechtgestutzt wurde; Gerechtigkeit sei geschehen, und Gott habe lächelnd auf diesen Tag geblickt.

Aber wir werden die Wahrheit kennen. Wir sind auch hier.

ERSTER TEIL

Vier Jahre zuvor
Januar 1657

KAPITEL EINS

Sie wollen meinen Vater zum König machen. Zum König von England, Schottland und Irland. König Oliver – der Erste seines Namens.

Ich habe das schon früher gehört, damals vor drei Jahren, als Vater zum Lord Protector ernannt wurde, und wieder im Jahr '55 und dann bei der Hochzeit meiner Cousine Lavinia vor einem Jahr. Was für ein Tag das war. Ich hatte nie etwas Schöneres gesehen als die Braut. Sie leuchtete vor Glück in ihrem goldgesäumten Kleid, als sie mir einen Kuss auf die Wange drückte. Die Jungvermählten lachten und tuschelten, und die Kerzen in den riesigen Leuchtern an den Wänden der großen Halle hier im Palast zu Whitehall brannten herunter, während wir bis in die Nacht hinein schmausten und tanzten. Ich war siebzehn, es war das erste Mal, dass ich so lange aufbleiben durfte, und auch das erste Mal, dass ein Mann meine Hand hielt und mich im Tanz führte.

Ich tanzte zuerst mit meinem Bruder Richard und danach mit meinem Schwager Charles Fleetwood, Bridgets zweitem Mann. Doch dann forderte Robert Rich, der Enkel des Earl of Warwick, mich zum Tanz auf, und etwas an dem Druck seiner Hand auf meiner brachte mich dazu, ihn für den Rest des Tages nicht mehr aus den Augen zu lassen, während er trank und aß und sich unter die anderen Gäste mischte. Später, als die Ecken des Saales sich in Dunkelheit verloren, folgten meine Füße unwillkürlich meinen Augen, und im Schatten einer Plantagenet-Rüstung lauschte ich Robert, wie er mit seinen edlen Freunden scherzte.

«Cromwell gibt eine prächtige Hochzeitsfeier, das muss man ihm lassen», bemerkte ein junger Höfling. Dann hob er seinen Trinkkelch an den Mund und vergoss dabei dicke Tropfen Rotwein.

«Ha», machte Robert spöttisch, und seine Augen funkelten über der langen, edlen Nase. «Eine bemerkenswert königliche Veranstaltung für eine Bauernfamilie aus East Anglia.»

Ein anderer kicherte. «Wohl wahr. Der Hof ist mit jedem Tag weniger steif und verstaubt, und man trifft auch auf weniger Soldaten. Vielleicht wäre ein König Oliver doch keine so schlechte Idee.»

Darauf stießen alle mit ihren schweren Weinkelchen an. Das Zinn glänzte im Kerzenschein.

Ich zog mich auf leisen Sohlen weiter in die Nische zurück. Mir drohten die Tränen zu kommen, doch ich schluckte sie hinunter. Ich war die Tochter meines Vaters, kein Mann würde mich zum Weinen bringen. Später kam Robert zu mir und bat um einen weiteren Tanz, doch ich kehrte ihm meine marmorweiße Schulter zu und redete stattdessen mit meiner Schwester Mary.

Natürlich kränkte mich diese Beleidigung meiner Familie, aber überrascht war ich kaum. Wenn ein vormals bedeutungsloser Mann zum Staatsoberhaupt aufstieg wie mein Vater – und seine Frau und Kinder ihm den Berg hinauf folgten –, dann weckte das bei anderen unweigerlich Hass und Neid. Schließlich gibt es kein größeres Laster als den Ehrgeiz, und gegen diesen Vorwurf ist Vater besonders empfindlich; die Sünde des Hochmuts ist seinem Wesen so fremd. Doch diese Beleidigungen hängen ihm nie lange an, denn Vater verleugnet seine bescheidene Herkunft nicht, sondern ist im Gegenteil stolz darauf. Er selbst spricht davon, nichts als ein «guter Schutzmann» zu sein, der über das Volk wacht. Er erklärt auch den Höflingen, Botschaftern und Gesandten, die tagtäglich zu ihm hereindrängen, unser Familienname müsste eigentlich schlicht «Williams» lauten, den vornehmeren Namen «Cromwell» habe mein Ururgroßvater angenommen, um ein wenig am Glanz seines Onkels teilzuhaben. Thomas Cromwell war König Henrys Erster Minister. Und Vater weist Master Cooper ausdrücklich an, ihn «mitsamt Warzen und allem» zu malen.

Nein. Diese Worte trafen mich wie immer. Aber was mich beunruhigte, war, dass der lachende junge Mann von «König Oliver» gesprochen hatte. Diese Vorstellung war mir schon früher begegnet, von einem Botschafter geflüstert oder in einer Flugschrift gedruckt. Und ich spürte die Folgen, wurde selbst sogar ein- oder zweimal als «Prinzessin» angeredet, wenn auch nur von Dienern, die es wohl nicht besser verstanden. Ich aber wusste, dass Vater ganz zufrieden damit war, Lord Protector zu sein. Ich wusste auch, dass das Wort «König» in Menschen glühende Leidenschaften entfachen konnte: Es brachte sie dazu, auf die Knie zu fallen und Tränenströme um ihren «Märtyrerkönig» Charles zu vergießen, der auf dem Schafott gestorben war, oder aufzustehen und wütend ein reines Commonwealth frei geborener Menschen zu fordern. Weshalb sollte das Parlament diese gefährlichen Feuer neu entfachen, indem es Vater zum König machte? Zum Erben der Krone des toten Tyrannen, zu dessen Nachfolger in jenem Amt, das so anfällig für Korruption ist. Deshalb war mein Gesicht zu

Alabaster erblasst, als ich das müßige Gerede der jungen Höflinge hörte.

Und heute nun also wieder. Diesmal flüstert meine Schwester Elizabeth es mir zu, während wir mit der Familie vor dem versammelten Hof sitzen, Bettys Kinder auf dem Schoß und um uns herum. Sie ist stets die Erste, der neues Gerede zu Ohren kommt. Meist hört sie es von ihrem Mann John Claypole, der als Vaters Master of Horse einer der höchsten Amtsträger im Haushalt ist. In diesem Fall hat John die Neuigkeit allerdings in seiner Eigenschaft als Parlamentsabgeordneter für Northampton erfahren.

«John sagt, manche Parlamentarier sprechen offen davon, Vater die Krone anzubieten.» Elizabeth beugt sich so dicht zu mir herüber, dass ich ihren vertrauten Rosenwasserduft rieche. «Es sind Johns Freunde, seine Verbündeten, die wollen, dass Vater König wird – John ist auch entschieden dafür.»

«Aber weshalb jetzt?», frage ich und schiebe die klebrige Hand meiner kleinen Nichte vom Seidenatlas meines Rockes.

Betty schaut mich mit schiefgelegtem Kopf und funkelnden Augen an. «Weil John Lambert und die anderen Armeeführer endlich auf dem absteigenden Ast sind. Ihre Versuche, die Regionen direkt zu regieren, sind allesamt gescheitert – nun ist ihnen das Geld ausgegangen, und sie sind beim Volk zutiefst unbeliebt. Vater hat diese Regierung durch Major Generals als Experiment eingerichtet; eine Notfallmaßnahme, da es schien, als würden die Royalisten sich wieder erheben. Doch nun ist die Bedrohung vorüber, und das Volk will nicht, dass Scharen bewaffneter Generäle wie Onkel Desborough umhermarschieren und das Alte Testament predigen, Schankstuben schließen und

Maibäume umreißen, all das in Vaters Namen. Und unter uns gesagt ...» Sie hält ihrer kleinen Tochter die Ohren zu. «Vater will es auch nicht.»

Das überrascht mich, denn Vater betrachtet viele Major Generals nicht nur als Gleichgesinnte im Streben nach einer reformierten Gesellschaft, sondern zählt sie auch zu seinen engsten Freunden. Sie sind die Helden, die den jüngsten Krieg für das Parlament gewonnen und die Welt verändert haben, die Waffenbrüder, denen Vater sein Leben anvertrauen würde – auch mein Onkel und mein Schwager Charles Fleetwood sind darunter. Sie hüten ihre Revolution und die dadurch errungene Macht eifersüchtig. «Das hat er wirklich gesagt?», frage ich.

«Nun, nicht öffentlich und gewiss nicht in Charles' Beisein. Er hat es mir im Vertrauen gesagt.»

Ich weiß nur zu gut, wie sehr Vater die vertraulichen Gespräche zu später Stunde mit Elizabeth schätzt, und wieder einmal spüre ich den Stachel der Eifersucht auf die innige Beziehung der beiden. Ich schiebe das Gefühl beiseite und konzentriere mich stattdessen darauf, die richtigen Schlüsse zu ziehen und der neun Jahre älteren Betty zu beweisen, dass ich genau so viel Verstand habe wie sie.

«Und wenn die Herrschaft der Major Generals bröckelt», sage ich langsam, «kann an ihrer statt etwas anderes entstehen – eine traditionellere Regierung, in der das Parlament wieder mehr Macht bekommt.»

«Ganz genau.» Meine große Schwester strahlt mich an, und ich sonne mich in ihrer Anerkennung. «Eine neue, vom Parlament entworfene Verfassung mit Vater als König, und das Land wäre wieder auf vertrautem Boden. Aber so weit ist es noch nicht; die Armeeführer werden dagegen kämpfen, du wirst sehen.»

Ich schaue zum anderen Ende des Audienzsaals hinüber, wo Vater auf der Estrade sitzt, und forsche in seinem Gesicht nach Anzeichen dafür, dass die Dinge ins Wanken geraten sind. Doch ich kann seine Miene nicht deuten. Seine stämmige Gestalt beugt sich auf dem vergoldeten Stuhl vor, er betrachtet interessiert ein Objekt auf einem Samtkissen, das der kniende Master Simon vor ihm hochhält. Der Medailleur scheint auf Vaters Nachfragen verschiedene Eigenschaften des vorgezeigten Objekts zu erörtern. Nach ein paar Minuten fasst Vater Master Simon herzlich an der Schulter und neigt anerkennend den Kopf, um seine Leistung zu würdigen. Dann lehnt er sich auf seinem Stuhl zurück und klatscht, und der übrige Hof folgt seinem Beispiel. Ich vergesse das Unbehagen, das ich eben noch empfunden habe, und lächle vor mich hin: Ich würde den runden, satten Klang, den präzisen Rhythmus seiner klatschenden Hände jederzeit erkennen, ich höre ihn noch heraus, wenn hundert andere einfallen und ein einziger Lärm entsteht.

Und so höre ich eher, als ich es sehe, dass Vater aufhört zu klatschen und Master Simon mit einem Wink zu uns hinüberschickt. Höflich lächelnd verbeugt der Medailleur sich tief und tritt dann an Mutter heran, die zu meiner anderen Seite sitzt. Wir alle versuchen zu erkennen, was er Mutter überreicht, und ich rieche den Weinatem meines Bruders Richard, der hinter uns steht und sich nun ebenfalls vorbeugt.

Da liegt sie in purpurroten Samt gebettet wie das goldene Ei einer Gans: die frisch geprägte Zwanzig-Schilling-Münze, auf der stolz das Wappen des Commonwealth prangt, und als Mutter sie umdreht, sehe ich auf der anderen Seite Vaters Kopf glänzen. Andächtig betrachte ich Vaters vertrautes Profil – getreulich abgebildet, sogar mit der auffälligen Warze auf dem Kinn. Er ist mit einem Lorbeerkranz gekrönt wie ein römischer Kaiser, und der lange, bloße Hals, der eigentlich im Kragen verschwinden müsste, wirkt seltsam unmännlich. Er ist bereits ein König, denke ich, während ich die Münze in Augenschein nehme. Engländer von Bude bis Berwick werden von nun an das Bildnis meines Vaters in der Tasche tragen.

«Ich kann noch immer nicht begreifen, wie es dazu gekommen ist.»

«Halt still», schilt mich meine Schwester Mary. «Wie soll ich diese Knoten herausbürsten, wenn du immerfort den Kopf schüttelst?»

Ich lächle ihr im Spiegel zu. Ihr Bild ist mir so lieb und vertraut wie mein eigenes. Mary ist nur ein Jahr älter als ich, und wir beide, die so viele Jahre nach unseren anderen Geschwistern geboren wurden, waren immer schon wie Zwillinge – unsere Leben sind eine einzige gemeinsame Erfahrung.

«So, fertig.» Mary drückt mir einen Kuss auf den Kopf. «Ich bin an der Reihe.»

Wir tauschen die Plätze, und während ich Marys Locken bürste, erzähle ich ihr alles, was Elizabeth vorhin gesagt hat.

«Vater? König?» Mary schaut überrascht zu mir auf.

«Ja. Das heißt, vielleicht.»

«Aber das ist außergewöhnlich. Vater ist einfach Vater – kein König, kein Prinz von edlem Blut.»

«Ich weiß.» Ich streiche Marys Haar noch ein letztes Mal glatt, ehe ich die Bürste auf die Kommode zurücklege. «Aber Vater *ist* außergewöhnlich. Allmählich frage ich mich, ob er überhaupt jemals gewöhnlich war.»

Mit diesem Gedanken habe ich lange gerungen, allerdings bezweifle ich, dass er meine viel älteren Brüder und Schwestern ebenso beschäftigt. Denn sie kannten Vater noch als gewöhnlichen Mann, der an seinem Tiefpunkt nichts als ein Pächter auf einem Landgut war. Als Vater mit über vierzig die Weltbühne betrat, da das Parlament zu den Waffen rief, waren sie bereits fast erwachsen; und dann vollends, als sein Stern aufstieg, in den späteren Jahren des Bürgerkriegs und während des darauffolgenden Ringens um einen Friedensschluss.

Für Mary und mich war es anders. Als wir Kinder waren, war Vater der Herrscher unserer kleinen Welt, und als wir heranwuchsen, war er bereits zum Herrscher der Welt aller anderen aufgestiegen. Es fühlte sich fast an, als wäre Vater im gleichen Maß gewachsen wie wir. Unsere Welt erweiterte sich, und er füllte sie weiterhin aus. Er war mein Horizont gewesen, als er noch nichts war als der Zehnteinnehmer der Kathedrale von Ely, und er ist heute noch mein Horizont, nunmehr als Lord Protector des ganzen Landes. Ich kann niemals über ihn hinauswachsen oder ihn hinter mir lassen, wie die Tochter eines gewöhnlichen Mannes es wohl täte.

«Dir ist klar, was das auch bedeutet», sagt Mary jetzt, nachdenklich auf der Unterlippe kauend. «Wenn eine Ehe für uns arrangiert werden soll, wird das eine Staatsangelegenheit sein. Wenn wir Prinzessinnen werden, entscheiden nicht allein Vater und Mutter darüber, wen wir heiraten, sondern auch Sekretär Thurloe hat mitzureden, der Staatsrat und sogar das Parlament – sie werden darüber debattieren, welche Verbindung den größten Nutzen für die Nation hätte.»

Bei dem Gedanken wird mir ganz mulmig, doch dann gewinnt ein vertrauter Groll die Oberhand. «Was du da sagst, bedeutet letztendlich: Je höher Vater aufsteigt, desto weniger haben wir unser Schicksal in der Hand. Die ohnehin geringe Mitbestimmung, die wir bei der Wahl eines Ehemannes haben, wäre gänzlich dahin, wenn er die Krone annimmt. Mary, wie kannst du so ruhig davon sprechen?»

«Ich nehme die Dinge eben an, wie sie sind, Liebes», erwidert Mary in besänftigendem Ton, der so sehr an unsere Mutter erinnert.

«Nun, ich nicht», entgegne ich und höre in meinen Worten Vaters Stimme.

Wir blicken einander fest an, im flackernden Feuerschein am Fußende von Marys Bett stehend. Dann tun wir ohne ein weiteres Wort, was wir jeden Abend tun: Wir raffen unsere Nachthemden und knien nieder, die Ellenbogen auf das Bett gestützt, die Hände gefaltet, die Köpfe gesenkt.

«Für wen sollen wir heute Abend beten?», flüstert Mary nach ein paar Augenblicken.

«Für uns selbst», murmele ich und schließe fest die Augen.

Mit solchen Gedanken im Kopf kann ich nicht einschlafen. Zurück in meinem Zimmer, liege ich stundenlang im Bett, zu müde, um den Zeilen von Aristoteles' *Politik* zu folgen. Das Buch liegt offen auf meinem Bauch, mein Daumen noch an der zuletzt gelesenen Stelle, obwohl ich weiß, dass ich die Lektüre heute Nacht nicht mehr fortsetzen werde. Doch es liegt etwas Beruhigendes im Gewicht der Seiten, der Schwere des teuren Einbands auf meinem Körper. Bücher sind meine Begleiter und haben schon immer mein Bett geteilt, schon in meiner Kindheit, als Mary mit ihrer Puppe neben mir lag und die Bücher in unserem Haus rarere, kostbarere Besitztümer waren.

Mein ältester Bruder Richard zog einen Ausritt mit seinen Hunden jederzeit einer nachmittäglichen Lektüre vor und pflegte mich damit aufzuziehen, dass ich ein Bücherwurm sei, doch Vaters Stolz auf meinen scharfen Verstand entschädigte mich überreichlich dafür. Vater nannte mich seine «kleine Gelehrte». Sein Lob trieb mich an, immer noch mehr Bücher zu suchen, denn ich war überzeugt, damit meine Rolle in seiner großen Kinderschar gefunden zu haben. Vater schätzt an anderen die Talente, die er selbst nicht besitzt, und wenn ich nach dem Abendessen lesend zu seinen Füßen saß, erzählte er mir von seiner vergeudeten Schulzeit.

«Ich hatte nie einen Hang zur Gelehrsamkeit, Fanny, nicht so wie du. Master Beard bemühte sich redlich, doch ich war von jeher zu stark in der Erde verwurzelt, lebte zu sehr im Hier und Jetzt. Ich wollte nicht über andere Länder und andere Zeiten nachdenken. Dies ist Gottes Land, hier, jetzt: das gelobte Land für Sein Volk. Und es ist unsere Pflicht, das Beste daraus zu machen. Ich war zu sehr damit beschäftigt, darüber nachzudenken, wie mein Vater die Pachterträge des Jahres anlegen oder wer für den Stadtrat kandidieren sollte. Ich lebte in einer Welt, in der sich alles um Grundbesitz, Rechnungen und Rechtsstreitigkeiten drehte, nicht in der Welt hehrer Philosophie oder großer Theorien. Und dann war ich nur ein Jahr auf der Universität oben in Cambridge, ehe mein Vater starb und ich mit achtzehn heimkehren musste, um die Rolle des Familienvorstands zu übernehmen: Neben geschäftlichen Angelegenheiten, einer Mutter und sieben Schwestern, die es unter die Haube zu bringen galt, blieb nicht viel Zeit zum Lesen, natürlich abgesehen von meiner Bibel. Ha, das will ich meinen!»

Ich pflegte dann zu lachen, wie er es erwartete. Machte

einen Witz über all die vielen Frauen in Vaters Leben, unter denen ich als jüngste der vier Töchter nur der neueste Zuwachs war. Doch ich wusste, hinter Vaters scheinbarer Unbeschwertheit verbarg sich die Erinnerung an schwere Zeiten, und Mutters müdes Lächeln vom Kamin herüber, während sie das Hemd eines meiner Brüder flickte, sprach Bände. Wie sehr Vater sich auf sie gestützt haben muss, als er sie drei Jahre später als seine Braut heimführte.

Und härtere Jahre standen den beiden noch bevor: Vater geriet in finanzielle Bedrängnis, sodass sie seinen Besitz in Huntingdon verkaufen und als Pächter auf einen Bauernhof in St. Ives ziehen mussten; sieben Kinder kamen zur Welt, die es großzuziehen galt; er durchlebte eine Glaubenskrise. Doch dann, nach sechzehn Jahren, wandte Gott sich Vater wieder zu. Es gab eine Erbschaft von einem Onkel – einen ansehnlichen Grundbesitz und eine Position als Zehnteinnehmer in Ely. Mutter und Vater begannen wieder zu leben und einander zu lieben. Mary und dann ich waren die unverhofften Folgen: «eine zweite Familie», wie Vaters Freunde scherzhaft bemerkten. Die achtjährige Betty war nun nicht mehr das Küken unter den Geschwistern.

Auf der Galerie vor meinem Zimmer höre ich das vertraute Scharren, als die abgelösten Soldaten, müde von ihrer Schicht, davonschlurfen, dann das Kratzen und Stampfen der neuen Männer, frisch und wachsam, die sich eine bequeme Position suchen. Noch immer schlaflos, rolle ich mich unter der dicken Felldecke zusammen und denke an den toten König Charles. Mein Zimmer hier im Whitehall Palace war früher sein Kabinett. Oft höre ich das leise Tappen seiner Pantoffeln um mein Bett herum, den schottischen Singsang, wenn er seinem Sekretär einen Brief diktiert. Manchmal kann ich sogar das süßliche Parfüm riechen, das seine Pagen ihm ins Haar und in den Spitzbart gerieben haben. Wie sehr sich dieses königliche Gemach von unserem Kinderzimmer in meinem ersten Zuhause unterscheidet, dem Fachwerkhaus des Zehnteinnehmers in Ely. Dort rieben Mary und ich uns in frostigen Nächten wie dieser in unserem wackeligen Bett unter den Flickendecken gegenseitig die Finger und lauschten dem Klang der Kirchenglocken, die durcheinander läuteten, von der Kathedrale und von St. Mary's nebenan.

Als ich drei war, entbrannte der Krieg zwischen König und Parlament, der mir Vater eines Morgens wegnahm. Meine früheste Erinnerung ist die an seine hellbraunen Stiefel hoch über meinem Gesicht, als er sich aus dem Sattel beugt, um Mutter einen Kuss zu geben. Er war damals noch ein unbedeutendes Parlamentsmitglied, das vor Ort eine berittene Truppe ausgehoben hatte und sie in den Krieg führte. Doch er zeigte ein natürliches Talent zur Kriegsführung und stieg in der Rangordnung der Befehlshaber auf. Als ich sieben war und der Krieg der Politik Platz machte, übersiedelte Vater uns alle nach London. Unsere erste Unterkunft in einem Stadthaus an der Drury Lane erschien mir über alle Maßen vornehm. Zwar teilten Mary und ich uns weiterhin ein Zimmer, aber es gab keine rauen Wände mit feuchten Flecken mehr. Kein Moordunst überzog die Fensterscheiben von innen mit Reif. Wir mussten nicht mehr barfuß eine Steintreppe hinunterschleichen, um unsere gestopften Strümpfe zu holen, die zum Trocknen über dem Herdfeuer in der Küche hingen.

Dann kamen die langwierigen Friedensverhandlungen mit dem König, die Kämpfe brachen erneut aus, es folgte ein Prozess und schließlich ein kalter Januarmorgen, an dem König Charles aus dem Banqueting House trat und zum Richtklotz ging. Ich war zehn, als England zum Commonwealth erklärt wurde; eine Republik, die keine Könige oder Lords mehr brauchte. Das Parlament war die höchste Instanz, und ich war von Ehrfurcht erfüllt. Doch wir hatten keinen Frieden: Die Royalisten griffen das junge Commonwealth beständig an seinen Rändern an, und die Regierung entsandte Vater mit der Armee nach Irland und anschließend nach Schottland, um die Kämpfe ein für alle Mal zu beenden.

Er war zwei Jahre fort. Mutter bemühte sich nach Kräften, uns mit dem täglichen Brot der höheren Töchter bei Laune zu halten – Nadelarbeiten, Singen, Lesen und höflicher Konversation. Dennoch sehnten wir uns nach Vater und dem lebendigen Chaos, das er um sich zu verbreiten pflegt, wie Keimlinge im Winter sich nach der Sonne sehnen. Als er schließlich im Triumph heimkehrte, fand er ein zerstrittenes, unentschlossenes Parlament auf der Suche nach einer dauerhaften Einigung vor, und ich, altklug und rastlos wie eh und je, verlangte nach Gesprächen mit seinen Freunden und Kollegen, die mir die Lage erklären sollten. Es folgte eine geschäftige Zeit, in der Vater und seine Verbündeten bis spät in die Nacht arbeiteten. Deshalb zogen wir in Räumlichkeiten im alten Cockpit auf dem weitläufigen Gelände des Whitehall Palace um. So konnte Vater in wenigen Minuten zu Fuß zu den Sitzungen des Staatsrats oder des Parlaments gehen. Für mich brachte der Umzug ungeahnten neuen Luxus mit sich: Ich bekam ein eigenes Zimmer, und ein Kammermädchen – Katherine, eine Kriegerwitwe, derer Vater sich angenommen hatte – wartete Mary und mir auf. Sie half uns dabei, uns an die einengenden Kleider junger Damen zu gewöhnen.

Doch ich ahnte nicht, dass mein Leben, das bereits so verändert war, sich in Kürze grundlegend und für immer wandeln sollte. Vater und die anderen ranghohen Offiziere der Armee verloren die Geduld mit ihren politischen Herren und lösten anno '53 mit vorgehaltenen Musketen das Parlament auf. Die gottgefälligsten Männer des Reiches wurden in eine Versammlung berufen, um die Regierung zu übernehmen, doch sie schauten nur hinauf zum Himmel oder hinunter auf ihren eigenen Bauchnabel – niemals geradeaus nach vorn. Die Versammlung zerbrach in Fraktionen, und der Armeerat trat an Vater heran und forderte ihn auf zu herrschen. Und so bekamen wir eine neue Regierung mit einem Lord Protector als Herrscher und einem Rat, dem Council of State, die mit dem Parlament zusammenarbeitete. Das war vor drei Jahren. Ich war erst fünfzehn, als wir die ranghöchste Familie im Land wurden. Wir zogen in die königlichen Gemächer von Whitehall und Hampton Court, ich bekam Dienstmädchen und Zofen, Lehrer für Musik und Sprachen und ein Kleidergeld, über das ich nach Belieben verfügen konnte. Und was das Beste war, ich konnte die königliche Bibliothek plündern und mit den klügsten Köpfen des Hofes über meine Ausbeute diskutieren. Leute knicksten vor mir oder verbeugten sich; Mädchen unterbrachen ihre Unterhaltungen, wenn sie mich kommen sahen; junge Männer suchten unauffällig meine Nähe. Ich erinnere mich noch, wie mich zum ersten Mal eine Dienerin mit «Hoheit» anredete und ich gar nicht verstand, wen sie meinte.

Meine älteren Schwestern Bridget und Elizabeth machten viel Aufhebens darum, wie krass sich dieses Leben von jenem unterschied, in das sie einst hineingewachsen waren: Damals war ein Abendessen mit unseren Nachbarn der höchste gesellschaftliche Anlass, und Mutter gab ihnen monatlich ein paar Pennys, die sie für Bänder oder anderen kleinen Luxus ausgeben durften. Doch ihre Haltung zu den größeren Möglichkeiten, die Mary und mir nun offenstanden, unterschied sich so sehr wie ihr Wesen: Betty half mir, mein Kleidergeld auszugeben, schwärmte von Seide und Atlas und neckte mich damit, dass ich mir leisten konnte, was ihr in meinem Alter versagt geblieben war. Bridget hingegen ermahnte mich streng, nicht in sündhafte Eitelkeit abzugleiten und mich dem Unterricht zu widmen, den ich zu meinem Glück nun genießen durfte.

Beide hatten auf ihre Weise recht, wie immer, doch während ich zuhörte, wie sie um meine Seele rangen, fragte ich mich, zu welchem Zweck ich eigentlich so aufwendig erzogen und ausgestattet wurde. Wenn mein Schicksal letztendlich nur war, einen Mann zu heiraten, den meine Eltern billigten (wenn sie ihn nicht gleich selbst für mich aussuchten), dienten meine teuren Kleider und meine humanistische Bildung dann lediglich dazu, meinen Wert auf dem Heiratsmarkt zu steigern? Vielleicht würde ich darunter zu leiden haben, höher geschätzt zu werden. Vielleicht würde ich als Prinzessin in einem diplomatischen Bündnis an den höchsten Bieter vergeben, wo noch vor einem Jahrzehnt sich unsere Schwestern einfach in Freunde der Familie verlieben konnten.

Es dauerte vier Monate, die Paläste für uns bereit zu machen, da sie in den Jahren ohne König so heruntergekommen waren. So wurde es April '54, ehe wir endlich einzogen – die Frühlingsblumen entfalteten gerade ihre Pracht in den Beeten unter den Sprossenfenstern in meinem herrschaftlichen neuen Schlafzimmer. Auch wenn es mich zugleich ängstigte und verwirrte – ich schwelgte in all dem Aufregenden und Neuen. Andere waren nicht so leicht zu begeistern. Meine Großmutter, Vaters Mutter, die mit uns einzog, kommentierte unsere neue Vornehmheit mit skeptischem Zungenschnalzen: «So mancher wird uns dafür hassen», sagte sie wieder und wieder, «Olivers Freunde ebenso wie seine Feinde.» Doch da sie bereits auf die neunzig zuging, nahm ich an, der Irrsinn dieser gewaltigen Veränderungen sei einfach zu viel für sie. Sie starb wenige Monate später und wurde – gänzlich unpassend für sie – in der Westminster Abbey beigesetzt. Nicht einmal im Tod entkam sie dem schwindelerregenden Aufstieg ihres Sohnes.

Und Irrsinn ist in der Tat die einzig treffende Beschreibung dafür, wie unser Leben sich verändert hat. Mutter sagt zu mir, ich hätte nie normale Zeiten gekannt – früher einmal sei der trügerische Boden, auf dem ich laufen lernte, fest und sicher gewesen. Meine Normalität war für alle anderen eine auf den Kopf gestellte Welt. Und so wandte ich mich meinen Büchern zu, um in den Seiten der Vergangenheit nach Parallelen zu unseren außerordentlichen Zeiten zu suchen. Denn wenn es keine Präzedenzfälle gibt, wo sonst kann ich Orientierung finden? Es gibt keine Lehre in einer Zeit ohne Regeln, kein Lehrwerk für die Revolution.

Jeder Augenblick ist jetzt Geschichte.

Ein Scheit zischt im Kamin, als plötzlich Rufe und Schreie die nächtliche Stille zerreißen. Heftiges Klopfen an meiner Tür schreckt mich aus meinem Halbdämmer auf. Im nächsten Moment stürzen die Wachen in mein Zimmer und fallen fast übereinander in ihrer Hast, mein Bett zu erreichen. Durch die offene Tür sehe ich Fackeln durch die Luft schnellen, höre draußen auf dem Gang Leute rennen.

Instinktiv ziehe ich die Decke bis zum Kinn hoch, fühle den Pelz heiß und seidig an meiner Haut.

«Ihr müsst mit uns kommen, Euer Hoheit. Bitte kommt jetzt sofort.»

Angst beschleicht mich, wie Frost eine Landschaft überzieht. Ich klettere aus dem Bett, schlüpfe mit nackten Füßen in die Pantoffeln und werfe ein dickes Umschlagtuch über mein Nachthemd. Sie geleiten mich hastig aus dem Zimmer. Sofort werde ich von einem Strom anderer Gestalten in Nachthemden erfasst, die aus dem Schlaf gerissen wurden und durch die Gänge des Palastes eilen. Ich schaue mich um, suche nach Mary. Oder Elizabeth, Mutter, Vater. Doch ich kann niemanden aus meiner Familie entdecken, nur die vertrauten Gesichter von Höflingen, Dienerinnen und Amtsträgern, allesamt von der schnellen Strömung mitgerissen. Plötzlich findet meine Zofe Katherine meine Hand, und ich umklammere dankbar die ihre, die klein und immer warm ist. Die Wachen rufen, Kinder weinen, doch die meisten Leute drängen schweigend vorwärts, mit entschlossener Miene, als hätten sie nur einen einzigen Gedanken: hinaus aus dem Palast.

Plötzlich quellen wir aus dem Gebäude hervor, strömen in den Hof wie die Wasserstrahlen aus den Mäulern der bronzenen Fische im großen Springbrunnen von Hampton Court. Ich erwarte völlige Dunkelheit, doch stattdessen erhellt sich die Szene, als dämmerte bereits der Morgen. Die Palastdiener eilen umher und entzünden sämtliche Lampen und Fackeln an den umgebenden Mauern. Überall erwachen Kerzen und Laternen zum Leben, von Händen umklammert, und beleuchten angespannte Gesichter von unten. Eine einsame Amsel fängt auf dem Dach der großen Halle an zu singen, ihr lieblicher Gesang unheimlich im Mondschein.

Da entdecke ich Mutter und den Rest meiner Familie auf der anderen Seite des Hofes, umgeben von Vaters Leibgarde in ihrer grau-schwarzen Livree, unverkennbar, auch wenn ich nur ihre Rücken sehe. Beim Anblick von Vaters persönlichen Beschützern empfinde ich Erleichterung und dränge mich durch die Menge zu ihnen, gefolgt von Katherine.

«Mutter, was ist geschehen?»

«Frances, Gott sei Dank.» Sie erdrückt mich fast, ihre Brust ist weich in dem weiten weißen Nachthemd. «Wir wissen es nicht genau. Als sie zu uns hereinkamen, sagten sie, in der Kapelle sei eine Bombe entdeckt worden.»

Ich schaue mich nach der Kapelle um, doch natürlich verdeckt das hohe Dach der großen Halle die Sicht. Mir wird bewusst, dass sie uns in die der Kapelle entgegengesetzte Richtung aus dem Palast geführt haben, zu dem Tor beim Banqueting House.

«Ist Vater etwas zugestoßen?», fragt Mary mit zitternder Stimme. «Ist er in Sicherheit?»

«Euer Vater ist mit Sekretär Thurloe und Mitgliedern des Rates gegangen ...» Mutter bricht ab und schaut geistesabwesend in die Runde.

Ich sammle meine wirren Gedanken. Dies war also nicht bloß ein Anschlag auf Vater – er wurde schon früher von Meuchelmördern bedroht. Nein, wenn eine Bombe in den Palast gelegt wurde, dann hätte sie jeden von uns töten können: meine Mutter, meine Schwestern, die Kinder. Ich weiß, dort draußen gibt es Männer, die meinen Vater hassen, auch wenn ich diese Vorstellung nicht in Einklang bringen kann mit dem liebenden Vater, den ich kenne. Doch ich habe nie daran gedacht, dass der Hass mancher sich auf seine ganze Familie erstreckt. Männer, die uns allen den Tod wünschen. Dieser Anschlag ist viel furchteinflößender als jede frühere Bedrohung, und ich fühle mein Herz hämmern, das Blut durch meine Adern strömen. Ich sehe die ängstlichen Gesichter meiner Familie und wünsche mir nicht zum ersten Mal, mein Bruder Henry wäre nicht in Irland. Er bewahrt in Krisen immer den kühlsten Kopf. So muss Vater als junger Mann gewesen sein. Da Henry nicht hier ist, wende ich mich stattdessen an Richard. «Wer hat das getan, Dick?»

Richard fährt sich mit einer Hand durch die sandfarbenen Locken. «Wahrscheinlich Royalisten. Sie verschwören sich immerfort gegen uns, schmieden Komplotte, um den Sohn des toten Königs zurückzuholen. Doch wir alle dachten, die Bedrohung werde vorübergehen. Wenn sie es waren, wird dieser Vorfall der Armee in die Hände spielen. Vater kann schwerlich die Herrschaft der Major Generals abschaffen, wenn die Royalisten sich wieder regen.»

«Ich habe gehört, es waren die Levellers», mischt Elizabeth sich ein. Ihre prächtigen kastanienbraunen Locken fallen offen über ihre Schultern. «Thurloe hat es zu Vater gesagt.»

«Nun, sie hassen Vater ebenso wie die Royalisten, jetzt, da er an der Macht ist.» Dick lächelt bitter. «Vielleicht noch mehr, so, wie es nur Leute vermögen, die einst für dieselbe Sache gekämpft haben. Nichts ist so bitter wie eine zerbrochene Freundschaft.»

Ihre Worte verunsichern mich zutiefst, sie zeichnen ein Bild von Feinden, die uns von allen Seiten umzingeln. Hatte Vater wirklich etwas so Schreckliches getan, dass es einen einstigen Freund zu einer solchen Tat bewegen würde? Dass einer, der Seite an Seite mit ihm in der Schlacht gekämpft hat, ihn jetzt im Schlaf ermorden will? Vater ist derselbe wie immer – wie kann man ihn jetzt als schlechten Menschen verurteilen, wenn man ihn zuvor für gut hielt? Und was ist mit mir? Bin ich auf Gedeih und Verderb von seinem Ruf abhängig, der doch auf schlammigen Schlachtfeldern

Hunderte Meilen entfernt erworben wurde, als ich noch ein Kind war?

Ich schaue mich verwirrt um und sehe Leute mit ihren kostbarsten Besitztümern, die sie beim Aufbruch hastig an sich gerafft haben: Ein Höfling, dessen Strümpfe ihm bis auf die Fußknöchel hinunterrutschen, trägt eine silberne Uhr bei sich, eine Dame umklammert ihre Parfümschatulle. Ein Koch schwankt unter dem Gewicht eines großen Käses. Irgendwo weiter entfernt höre ich ein Kind weinen.

«Bestimmt sind es diese Quintomonarchisten, Sir», sagt Katherine, die vor lauter Angst ihre Stellung vergisst. Sie zieht ihr verblichenes braunes Tuch fester um sich, klemmt die Finger unter die Achseln. «Die, die sagen, Seine Hoheit müsse fort, damit das Reich Christi wiederkehren kann. Ein paar der Männer im Regiment meines armen William haben sich denen zugewandt. Habe ich gehört», fügt sie hastig hinzu, damit wir sie nicht etwa bezichtigen, mit solchen Irren Umgang zu pflegen. Ich weiß, sie denkt an ihren Mann, der auf dem Schlachtfeld von Marston Moor gefallen ist, nur ein paar Schritte von Vaters Pferd entfernt. Sie tastet nach meiner Hand, und ich ergreife die ihre wie immer.

«Sind es viele? Sind sie noch hier im Palast?» Ich schaue mich ängstlich um, rechne halb damit, Rufe und Schmerzensschreie zu hören. Kampflärm.

«Es sind Dutzende!» Mein jüngerer Neffe Henry, Elizabeths Sohn, zwängt sich mit dem Kopf zwischen uns, an das Nachthemd seiner Mutter geklammert. «Und einem wurde bei dem Kampf die Hand abgeschlagen!»

«Nicht die Hand, Dummkopf, das Bein.» Sein Bruder schubst ihn und schaut grinsend zu uns auf.

«Ich habe gehört, es war sein Kopf.» Elizabeth beugt sich

zu ihnen hinunter, und sie kreischen begeistert und hüpfen von einem Bein aufs andere.

«Betty, bitte.» Mutters Stimme ist fest, und sie lächelt dankbar, als eine elegante, schwarz gewandete Gestalt sich nähert. John Thurloe, Sekretär des Staatsrats und – wie jeder weiß – Leiter von Vaters Geheimdienst.

Ich frage mich, wie es kommt, dass er im Gegensatz zu allen anderen vollständig bekleidet ist.

«Hoheit.» Er verbeugt sich vor Mutter. «Wollen wir Euch alle ins Warme bringen? In der Wachstube unter dem Chairhouse wäre es vielleicht am sichersten.»

Er nimmt Mutters Arm und geleitet uns über den Hof, so ruhig, als ginge es zu Tisch. Die Menge teilt sich, manche verbeugen sich oder knicksen, ehrerbietig selbst inmitten dieser nächtlichen Panik. Ich halte inne, um sie anzuschauen, doch Richard drängt mich weiter unter das große Holbeintor, und wir steigen die Steinstufen zur Wachstube hinauf.

Thurloe macht es uns so bequem, wie es in dem spartanischen Quartier möglich ist, postiert mehrere Soldaten der Hausgarde vor der Tür und schickt Katherine und unsere anderen Bediensteten zurück in unsere Gemächer, um uns Kleidung zu holen und unsere Sachen zu packen.

Thurloe schließt die Tür hinter ihnen, dann wirft er prüfende Blicke in die hintersten Winkel der Wachstube. Nachdem er sich vergewissert hat, dass wir allein sind, richtet er seine klaren, haselnussbraunen Augen auf meinen Bruder Richard als das älteste männliche Familienmitglied im Raum. «Hoheit», sagt er mit seiner gewohnt sanften, leisen Stimme, als könnte dieser ganze Tumult ihm nichts anhaben. «Ich schlage vor, Ihr bringt die Familie nach Hampton Court, sobald es hell genug ist. Heute ist schließlich Freitag, Ihr würdet die Reise also ohnehin unternehmen, und es kann nicht schaden, etwas früher als sonst aufzubrechen. Ich lasse die königliche Barkasse für Euch bereit machen und eine zusätzliche Abteilung der Leibgarde abstellen. Seine Hoheit wird später am Tag nachkommen, ich habe die Angelegenheit bereits mit ihm besprochen.»

Niemand stellt das in Frage. Wir alle wissen, im Notfall übernimmt Thurloe die Führung. Vater vertraut ihm mehr als jedem anderen.

Dann bleibt nichts weiter zu tun, als zu warten.

Ein paar Stunden später, als die Morgendämmerung die Wolken rosig färbt, steige ich in die Barkasse und lasse mich auf einer mit Kissen gepolsterten Bank nieder, eng an Mary geschmiegt, in drei Mäntel und eine weiche Wolldecke gehüllt. Die Schiffer stoßen uns von den Stufen der Anlegestelle ab und beginnen ihre rhythmischen Ruderschläge, senken mit dumpfem Klatschen die Ruderblätter in die Themse, die in tintendunklen Wellen um uns strömt. Wir sitzen schweigend. Den Kopf an Marys Schulter gelehnt, sehe ich den riesigen Palastkomplex aus meiner Sicht verschwinden. Die winzigen Gestalten der Wachen wimmeln wie Ameisen, die über verwitterte Grabsteine krabbeln.

Ich bedaure nicht, verfrüht nach Hampton Court zu kommen. Es ist mein liebster Ort auf der Welt, ein ländliches Paradies fernab der lärmigen Straßen Londons. Ich habe meine Kindheit unter dem weiten Himmel der Fens zugebracht. Das erklärt wohl, weshalb ich mich in Whitehall, inmitten des Lärms und der Gerüche der großen Stadt Westminster, stets nach dem ruhigen Fluss sehne, nach dem Kammergarten und dem endlos weiten Wildpark von Hampton Court. Unser Leben dort ist ein gänzlich anderes. Whitehall ist der Ort, wo Vater arbeitet – wo Staatsakte stattfinden und Zusammenkünfte mit dem Parlament, wo Gesandte ausländischer Fürsten empfangen werden und die vielen Ausschüsse tagen, welche das Tagesgeschäft der Nationen verwalten; Hampton Court hingegen ist unser Zuhause.

Nur hier, den Blicken der Öffentlichkeit entzogen, kann Vater seinen vornehmen Leidenschaften für Sport, Musik und klassische Bildhauerei frönen, Vorlieben, die seinen streng puritanischen, bibelversessenen Untertanen missfallen würden. Keiner von uns wird je vergessen, wie einmal ein bilderstürmerischer Quäker mit einem Hammer über Vaters Statue von Venus und Adonis herfiel, die er ein abscheuliches heidnisches Bildnis nannte. Vater selbst sah nachher stundenlang voller Besorgnis zu, wie die Hofsteinmetze ihr Bestes taten, um seine geliebte Statue wiederherzustellen, doch er bestand darauf, dass der Quäker mit einem Tadel davonkam: «Ich bestrafe niemanden dafür, dass er seinem Glauben folgt», erklärte er. «Sein Weg ist dem meinen gleichwertig.»

Und so übersiedeln wir am Ende einer jeden Woche nach Hampton Court, damit Vater sich hier entspannen kann, wo er nicht wie in Whitehall auf dem Präsentierteller sitzt. Selbstverständlich kommt der Hof mit uns – die täglichen Besprechungen und Regierungsgeschäfte müssen weitergehen. Aber unser Leben hier ist einfacher, weniger förmlich, Vater widmet sich der Jagd und Falknerei, und beim Abendessen erzählt er uns in fröhlicher Runde aus seinem reichen Geschichtenschatz. Elizabeth sagt, wir hätten etwas Neues erfunden, indem wir die Woche so aufteilen – in fünf Arbeitstage und zwei anschließende Ruhetage –, und andere hätten schon begonnen, es uns gleichzutun. Sie ist immer ganz entzückt, wenn wir eine neue Mode begründen.

Vater kommt später am Tag den Fluss herauf zu uns, wie Thurloe versprochen hat, allerdings bekomme ich ihn wider Erwarten nicht zu sehen. Er reitet nicht aus und kommt auch nicht in unsere gemeinsamen Räume, um mit uns zu essen und Mutter in die Arme zu schließen. Stattdessen zieht er sich ganz in sein Privatkabinett zurück, redet bis spät in die Nacht mit Thurloe und den etwa fünfzehn Mitgliedern des Staatsrats, lässt das Abendessen aus und schickt die Diener, mehr Kerzen zu holen. Selbst hier herrscht eine angespannte Atmosphäre, Gerüchte über die Verschwörer fliegen durch die Korridore und über die langen Esstische. Es hat Verhaftungen gegeben, und Thurloes Boten reisen flussauf und flussab zwischen Hampton Court und dem Tower of London hin und her, die Gesichter unter den breitkrempigen Hüten ernst, übergeben Briefe durch halb geöffnete Türen und nehmen andere entgegen.

Mutter zieht sich früh zurück, da sie Kopfschmerzen hat, und ich folge ihr, klettere zu ihr ins Bett, in meiner Angst wieder ein Kind. Sie flüstert tröstliche Worte in mein Haar, bis mein Herzschlag sich beruhigt und ich einschlafe. Als ich bei Tagesanbruch dort wieder erwache, frage ich mich, ob Vater in dem großen Prunkbett im Staatsgemach geschlafen hat, als er sein eigenes Bett besetzt fand, oder ob er überhaupt schlafen gegangen ist. Ein paar Minuten liege ich da, gleite aus meinen verworrenen Träumen in die Ungewissheit eines neuen Tages hinüber. Als blasses Sonnenlicht sich durch die Ritzen der gelben Vorhänge stiehlt, verfestigt sich meine Entschlossenheit. Ich muss mich sofort mit Mary beraten.

Ich gehe aus dem Schlafzimmer meiner Eltern geradewegs in Marys Zimmer, husche eilig über die lange Galerie, frage mich beiläufig, ob Katherine sich Sorgen machen wird, wenn sie mich wecken kommt und mein Bett unberührt vorfindet. Mary schläft noch, und in ihrem Zimmer ist es stockduster – ihre Zofe Anne ist keine solche Frühaufsteherin wie Katherine. Ich ziehe die Vorhänge ein wenig auseinander, genug, dass der Raum sanft erhellt wird, und gehe um das Bett herum, bis ich neben Marys Kopf stehe. Ihre dunklen Locken, wirr vom Schlaf, regen sich auf dem Kissen.

«Mary, wir müssen unser Leben selbst in die Hand nehmen», sage ich schlicht und sachlich.

«Hmmm?» Sie hält die Augen geschlossen.

«Wir müssen anfangen, unser eigenes Leben zu leben. Heute.»

«Wie spät ist es?» Mary dreht sich von mir weg und vergräbt das Gesicht im Kissen.

«An der Zeit, dass wir uns über einiges klarwerden.» Ich gehe jetzt auf und ab, erwärme mich für mein Thema, während meine bloßen Füße die Morgenkälte fühlen. «Wir wissen nun, dass wir jederzeit im Schlaf ermordet werden könnten. Und sollte Vater König werden, wird die Gefahr nur noch größer. Wenn von uns erwartet wird, mit solchen Risiken zu leben, dann finde ich es nur gerecht, dass wir im Gegenzug auch etwas bekommen – mehr Mitbestimmung über unsere Zukunft.»

Nun gibt Mary es auf, weiterschlafen zu wollen. Sie dreht sich zu mir herum, schaut mich aus müden grauen Augen an und stützt sich auf die Ellenbogen. «Bitte sprich nicht davon, dass man uns im Schlaf ermorden könnte, ich habe schon genug Angst.»

«Es tut mir leid.» Ich nehme ihre Hand und küsse sie, dann verbeuge ich mich tief vor ihr, mime einen verliebten

Höfling. Obwohl ich die Jüngere bin, übernehme ich immer den Part des Mannes, wenn wir unsere romantischen Phantasien inszenieren. Sie rückt im Bett zur Seite, und ich setze mich neben sie, lege einen Arm um ihre Schultern und lehne mich an das geschnitzte Kopfteil aus Eichenholz.

«Denke an die klügsten, vortrefflichsten Damen am Hof», fahre ich fort, Marys Kopf schwer auf meiner Schulter. «Diejenigen, die sich im Krieg bewiesen haben – ihr Zuhause gegen Belagerer verteidigt, während ihre Männer fort waren, Dinge in die Hand genommen, ihre Familien beschützt. Denke an Bridget, die gemeinsam mit Henry Ireton und Vater an den Bedingungen für einen Friedensschluss gearbeitet hat, den die Armee dem König stellte. Ich weiß, dass sie daran beteiligt war, sie hat es mir oft genug erzählt, wenn sie mir Müßiggang vorwarf. Sie war dabei, als sie hier in Hampton Court dem König die Bedingungen vorlegten – sie ist ihm begegnet, hat zweimal mit ihm gespeist, kannst du dir das vorstellen? Und nicht nur Frauen von unserem Stand wurden durch den Krieg selbständiger und nahmen mehr Dinge in die Hand. Denke an die einfachen Frauen dort draußen in der Stadt – die Predigerinnen und Druckerinnen, die Frauen der Levellers mit ihren Petitionen. Sie sitzen nicht den ganzen Tag herum, nähen und warten darauf, dass ein Mann für sie das Wort ergreift. Weshalb sollte das unser Schicksal sein?»

«Ich sehe dich schon vor mir, Fanny, wie du am St. Paul's Cross mit den anderen Quäkern flammende Predigten hältst.»

Mary kichert, und ich versetze ihr einen Stoß in die Rippen.

«Ich sage nicht, dass ich irgendwem predigen will, Mall», entgegne ich und nenne sie damit nun ebenfalls bei ihrem Spitznamen. Mir ist sehr wohl bewusst, wie pathetisch ich klingen muss, ich rede schon wie die Ranters. «Ich weiß nicht, was ich will … Aber ich weiß, dass wir überhaupt nichts mehr selbst zu entscheiden haben, wenn wir mit irgendeinem reichen Witwer oder einem ausländischen Herzog verheiratet werden, der uns zu seinen übrigen Schätzen in die Vitrine stellen will. Wenn wir Vaters Eheanbahnung zuvorkommen und unsere Partner selbst wählen, können wir auf unsere Weise nach Erfüllung streben.»

Als Mary schweigt, wandern meine Gedanken zu unseren älteren Schwestern, die stets den Maßstab setzen. «Betty war siebzehn, als sie John heiratete – ein volles Jahr jünger als ich.»

Mary schürzt die Lippen, und ich sehe ihr an, dass sie im Kopf rechnet. «Ja – aber Biddy war zwei Jahre älter, als ich jetzt bin, weißt du noch? Sie war einundzwanzig, als sie Henry heiratete, und siebenundzwanzig, als sie die Ehe mit Charles einging.»

«Das zählt nicht.» Ich schüttle den Kopf. «Bridget ist ein Fall für sich – wahrscheinlich konnte Vater sie nicht eher unter die Haube bringen.»

Mary gibt mir in gespielter Missbilligung einen Klaps aufs Handgelenk.

«Ohnehin war das vor zehn Jahren, vor all dem hier.» Ich deute auf das herrschaftliche Gemach, die seidenen Wandteppiche, nunmehr glänzend in der Morgensonne, die über dem großen Wildpark aufgeht. «Jetzt ist unsere Zeit.»

Nachdem ich mir das einmal in den Kopf gesetzt habe, werde ich den Gedanken nicht mehr los. Es erscheint mir so klar, dass die Antwort auf Angst Liebe sein muss, dass man sich gegen den Tod am besten wehrt, indem man das

Leben jeden Tag bis zur Neige auskostet. Mary mag das bezweifeln, aber ich weiß, Vater würde mir zustimmen. Niemand schätzt die Liebe in jeglicher Form höher als er – die Liebe zu Frau und Kindern, zu Verwandten, zu Freunden und Waffenbrüdern –, auch wenn er mir natürlich zureden würde, in alledem die Liebe zu Gott zu suchen.

Mit diesem Gedanken im Kopf mache ich mich später am Vormittag mit Katherine auf die Suche nach unserem Kaplan Jeremiah White. Er ist ein junger, eifriger Mann und weit anziehender als die meisten Gottesmänner. Wo andere schlurfend wie Büßer mit Gott gehen, springt Jeremiah behände neben Ihm her wie ein Tanzmeister. Gerade diese Freude an seinem Glauben, dieses heitere Gemüt schätzt Vater an ihm. Für Vater zählt die Leidenschaft eines Menschen für Jesus weit mehr als die Art und Weise, wie er Ihn verehrt – wie sonst könnte er sowohl ehemalige Erzbischöfe als auch abtrünnige Quäker zu seinen Freunden zählen, mit dem einen wie dem anderen bei einem Glas Wein angeregte Diskussionen führen, manchmal am selben Abend?

Ich finde Jeremiah in der großen Halle vor, wo er die Probe der Sängerknaben anhört. Um ihn herum räumen Diener die Überreste des Frühstücks von den Tischen. Die hellen Soprane der Knaben lassen mich an der Tür innehalten, und auch ich lausche mit großem Vergnügen ihrem Klang. Dabei schaue ich an den mit Hirschköpfen verzierten Wänden hinauf zu den Balken des Deckengewölbes, als könnte ich die Stimmen sehen, wie sie in dem riesigen Raum über unseren Köpfen auf- und absteigen. Sie beenden eben eine Motette, und John Hingston, Vaters Master of Music, spielt einen Akkord auf der Orgel, um ihre Tonlage zu überprüfen. Während er sich umdreht, um die Knaben anzureden, wirft er mir einen Blick zu und winkt; Mary und ich nehmen wöchentlich Gesangsstunden bei ihm, und wir haben uns mittlerweile gut angefreundet.

Jeremiah springt auf, als wir näher kommen, wischt sich Brotkrumen von der Soutane und begleitet uns bereitwillig in die Privaträume unserer Familie. Auf dem Weg plaudern wir ungezwungen über die Musik, ihre dicht verflochtenen Harmonien, den lieblichen Klang, und erst als wir uns in den tiefblauen Polstersesseln des Balkonzimmers niedergelassen haben und ich Katherine losgeschickt habe, uns süße heiße Schokolade bereiten zu lassen, komme ich zum Punkt.

«Ich suche Euren Rat, Sir», beginne ich, ein wenig verlegen wegen des Themas, das ich anzusprechen beabsichtige. «Ich war … Ich befinde mich seit dem Anschlag in Whitehall in großer Erregung und Angst.»

Er neigt mir den Kopf zu. «Ich ebenfalls, Euer Hoheit. Und ganz besonders betrübt es mich, dass die Schurken den Sprengsatz in der Kapelle Seiner Hoheit versteckt haben.»

Ich nicke, auch wenn ich mir selbst eingestehen muss, dass ich an diesen Aspekt des Verbrechens noch gar nicht gedacht hatte. Was mich bis ins Mark erschüttert hat, war die Nähe der Bombe zu mir und meiner Familie.

«Kann das Gottes Plan für uns sein? Für mich? Ehe ich irgendetwas von Wert mit meinem Leben angefangen habe?» Mein Blick huscht zu Katherine, die wieder hereinkommt und sich neben mich setzt. Sie holt das Stickmustertuch hervor, das sie immer in ihrer linken Tasche bei sich trägt.

«Ich bin überzeugt, dass es nicht Gottes Plan für Euch ist, Lady Frances», sagt Jeremiah und legt seine Hand auf meine. Seine Stimme klingt beruhigend wie Lavendelöl. «Gewiss hält Er für Euch und Eure Schwester großes Glück bereit, daran zweifle ich nicht.»

Bei diesen Worten entspanne ich mich, auch wenn die Wärme seiner großen Hand auf der meinen mich beunruhigt. Ich wage mich weiter vor. «Ich bin froh, dass Ihr von Glück sprecht, denn ich denke, die Suche nach Glück und Freude ist die beste und angemessene Antwort auf die bösen Pläne unserer Feinde.»

«Ein vortrefflicher Gedanke, verehrte Frances, und wohl gesprochen.»

Ermutigt beuge ich mich zu ihm hinüber. «Und nun habe ich mich gefragt, ob Ihr mir einen Hinweis geben könntet, wie ich diese Suche beginnen sollte?»

«Nun, meine Dame.» Jeremiah rückt auf seinem Sessel ein wenig nach vorn und schaut mich aus seinen grünen Augen eindringlich an. «Gott lässt uns wissen, dass das größte Glück, welches ein Mann oder eine Frau erlangen kann, in der Ehe zu finden sei. Sie ist ein glücklicher Zustand, in den einzutreten ich mir selbst schon seit langem wünsche.»

Mit dieser Antwort habe ich nicht gerechnet, und nun bin ich es, die zögert. Ich lächle, um meine Verlegenheit zu überspielen, bin mir seiner Hand auf der meinen deutlicher als zuvor bewusst, und mein Puls beschleunigt sich. Aus dem Augenwinkel sehe ich, dass Katherines Nadel mitten im Stich innehält.

Ehe ich noch einen Atemzug tun kann, hat Jeremiah meine Hand in seine beiden genommen.

«Vielleicht könnten wir solches Glück gemeinsam finden, meine Dame», sagt er sanft und blickt mir tief in die Augen. «In unseren Gesprächen erleben wir schon lange glücklichen Einklang, und wir teilen unsere Begeisterung für die Musik. Ist das nicht vielleicht ein nährender Boden, auf dem eine gute, beständige Liebe wachsen könnte?»

Der Raum dreht sich um mich. Mir schwindelt, mein Kopf ist leer, und ich suche hilflos nach einer Antwort, als die Tür schwungvoll geöffnet wird und kein Geringerer als Vater selbst dasteht. Jeremiah, Katherine und ich erstarren zu einem Gemälde der Bestürzung.

«Was geht hier vor?» Vaters Stimme durchdringt den Raum wie ein Kanonenschuss. «Macht Ihr etwa meiner Tochter den Hof, Sir?»

Ich reiße den Blick von Vater los, richte ihn wieder auf Jeremiah und sehe, wie der ganze Schrecken der Situation sich auf seinem Gesicht abzeichnet. Ich wage nicht, etwas zu sagen; Vater hat Jeremiah angeredet, nicht mich. Langsam, unauffällig ziehe ich meine Hand zwischen seinen heraus und schiebe sie unter meine andere, die im Schoß liegt. Die Bewegung scheint Jeremiah aus seiner Erstarrung zu wecken, er springt auf und wendet sich dem Lord Protector zu.

«Durchaus nicht, Euer Hoheit», sagt er, und seine Stimme klingt höher als gewöhnlich. «Es ist nicht so, wie es erscheinen mag.»

«Dann klärt mich auf.» Vater kommt mit langen Schritten auf uns zu, die wettergegerbte Stirn in Falten, den Blick eines Scharfschützen fest auf den Kaplan gerichtet. Auch wenn ich Vaters aufbrausendes Gemüt besser kenne als die meisten anderen, überrascht mich diese Heftigkeit.

Jeremiah schaut mich an, aber mir fällt nichts ein, womit ich ihm helfen könnte. Ich werfe Katherine einen Seitenblick zu, doch sie verfolgt die Szene ebenso ratlos. Jeremiah wendet sich wieder Vater zu und stößt plötzlich einen Wortschwall hervor.

«Sir, ich suchte nicht die Gunst Eurer Tochter, wie Ihr möglicherweise angenommen habt, sondern … sondern ich ersuchte Eure Tochter eben um Vermittlung bezüglich einer anderen Dame.»

«Einer anderen Dame?» Vater zieht eine sandfarbene Augenbraue hoch.

«Ja!» Jeremiah macht ein paar tänzelnde Schritte vorwärts. «Es handelt sich um Mistress Katherine hier.» Unnötigerweise deutet er dabei auf Katherine, als könnte Vater sie nicht selbst sehen.

Katherines Stickerei gleitet von ihrem Schoß zu Boden. Ich starre sie mit offenem Mund an, dann setze ich rasch eine zustimmende Miene auf. Allerdings glaube ich nicht, dass Vater darauf hereinfällt; ich konnte ihn noch nie täuschen, er versteht sich zu gut darauf, Menschen zu durchschauen.

«Mistress Katherine», wiederholt Vater und wendet sich ihr zu, doch dabei fängt er für einen Moment meinen Blick auf, ehe er die Augen auf sie richtet, und ich sehe, wie sie zu tanzen beginnen, da seine Stimmung sich mit der gewohnten Schnelligkeit wandelt. «Und weshalb, Mistress Katherine», redet er sie nun in strengem Ton an, «habt Ihr meinen guten und ehrenwerten Freund Kaplan White abgewiesen, sodass er sich genötigt sah, meine Tochter um Hilfe zu ersuchen?»

Katherine steht auf, doch sie bringt kein Wort heraus.

Plötzlich kehrt meine Geistesgegenwart zurück, und ich erhebe mich ebenfalls. «Bitte, Vater, dies ist eine delikate Angelegenheit. Du weißt ja, wie sehr Katherine ihren armen Mann geliebt hat.» Jeremiah wirft mir einen Blick voller verzweifelter Dankbarkeit zu, Katherine jedoch bleibt starr und stumm wie die Statuen im Garten. Ich weiß, dass ich das Richtige gesagt habe, denn Vaters Haltung entspannt sich, und er kommt ein paar Schritte auf uns zu.

«William war wahrhaftig ein guter Mann, ich habe nie

mit einem besseren Hauptmann gedient. Ihr wisst, meine Lieben, wie sehr er mir am Herzen lag», sagt er, und wie immer, wenn er an die Männer erinnert wird, die im Krieg ihr Leben ließen, klingt seine Stimme entrückt. Doch dann nimmt er mit aufrichtigem Lächeln Katherines Hand. «Auch Ihr wisst, aus Liebe zu ihm – zu Euch beiden – habe ich Euch nach seinem Tod in meinen Hausstand aufgenommen. Und Ihr seid hier doch glücklich, nicht wahr?»

Katherine nickt stumm. Ich sehe, wie sich ein Anflug von Panik in Jeremiahs Gesicht stiehlt, und mein Puls beschleunigt sich.

Wir alle warten auf Vaters nächste Worte.

«Nun denn.» Er lächelt breit. «Wir wollen uns nicht länger über diese Angelegenheit betrüben. Will würde wollen, dass Ihr glücklich seid, und es wäre schön, Euch wieder in guten Händen zu wissen, Katherine. Mit dem Kaplan hier macht Ihr eine gute Partie. Wollt Ihr ihm nicht mit meinem Segen Euer Jawort geben?»

Ich starre fassungslos erst ihn an, dann sie, verblüfft, wie diese Szene mir entglitten ist. Ich habe keine Ahnung, was Katherine darauf erwidern soll, dass ihre Zukunft ihr so plötzlich aus den Händen gerissen wird.

«Das will ich, Euer Hoheit, mit Freuden.» Sie lächelt nun, und ihre Wangen färben sich rosig. Ich betrachte sie aufmerksam. Katherine ist durchaus hübsch, auch wenn sie die Mitte zwanzig überschritten hat, ihre Taille allmählich fülliger wird und sich Fältchen an ihren Augen abzeichnen. Dann schaue ich zu Jeremiah, der sie anstarrt, als dächte er etwas ganz Ähnliches. Er scheint rasch ihren Wert abzuschätzen wie ein unverhoffter Gewinner bei einer Versteigerung.

Doch was kann er auch anderes tun?

«Kommt», sagt Vater und bedenkt uns alle mit einem strahlenden Blick, als ließe er den Lichtschein einer Laterne über uns gleiten. «Ich will Euch beide getraut sehen, jetzt und hier!»

«Nein!» Mary droht schier zu platzen, als ich an diesem Punkt der Geschichte angelangt bin. «Er kann doch nicht … Das hat er nicht getan!»

«Er kann. Und er hat», entgegne ich. Wir gehen eben durch das prächtige Westtor des Palastes und schlagen den Weg zu den Stallungen ein.

«Und was geschah dann?»

«Vater ließ Kaplan Peters und einen Friedensrichter kommen, und die Trauung wurde auf der Stelle vollzogen. Er hat den beiden fünfhundert Pfund als Hochzeitsgeschenk versprochen.»

«Lieber Himmel. Das Gesicht von Kaplan White muss seinem Namen alle Ehre gemacht haben. Und Katherine – einfach so mir nichts, dir nichts verheiratet zu werden.»

Ich lache nervös, dann verziehe ich das Gesicht. Die Anspannung des Vormittags bricht in einem Durcheinander von Gefühlen und Geräuschen aus mir hervor. «Ach, Mary, es war schrecklich! Zu sehen, wie aus einer Laune heraus über ihre Zukunft entschieden wird, meiner Torheit wegen. Katherine betrat den Raum als Witwe und kam als Ehefrau wieder heraus, ohne dass sie es im mindesten geahnt hätte. Ich weiß nicht, wie ich ihr je wieder unter die Augen treten soll.»

«War sie erschüttert?»

«Nein, eigentlich nicht», räume ich ein, und der Gedanke muntert mich ein wenig auf. «Sie schien eher ganz zufrieden mit sich.»

«Nein!», sagt Mary wieder, und ihre Augen werden mit jeder neuen Enthüllung größer.

«Doch, wirklich. Natürlich war sie zuerst bestürzt und ganz benommen – das waren wir alle –, aber du musst zugeben, Jeremiah sieht ziemlich gut aus und ist wirklich reizend. Sie hätte es viel schlechter antreffen können.»

«Frances.» Marys Augen werden schmal. «Du wolltest ihn doch nicht etwa für dich selbst?»

«Natürlich nicht», beteuere ich rasch, doch Mary mustert mich weiter forschend, und ich muss ihr alles erzählen. «Aber ich gestehe, ich fand das alles ziemlich aufregend, das Gefühl, als er meine Hände hielt, und die hübschen Worte, die er zu mir sagte. Ich könnte mir vorstellen, solche Berührungen, solche Worte von einem anderen Mann könnten mir den Kopf verdrehen.»

Marys Grinsen erinnert mich stark an Vaters – von uns Töchtern ist sie diejenige, die ihm am ähnlichsten sieht, auch wenn sie ihm zugleich im Wesen am unähnlichsten ist. «Nun, dann müssen wir eine Möglichkeit finden, uns näher mit den Gentlemen am Hof bekanntzumachen.» Sie fasst mich am Arm, und wir gehen ein Stück, jede in ihre Gedanken versunken. Ein kräftiger Wind trägt scharfen Stallgeruch zu uns herüber, und wir drängen uns zum Schutz vor der Kälte dichter aneinander. So eilen wir über die Zufahrt und tauchen schließlich erleichtert in die von Strohballen umfangene Wärme der Stallungen ein.

Ein lebhaftes Durcheinander aus Farben und Geräuschen empfängt uns. Livrierte Reitknechte und Diener eilen umher, versorgen die Pferde, säubern Zaumzeug und Kutschengeschirr. Bei der hintersten Box entdecke ich den Herrn dieses Reiches, unseren Schwager, Elizabeths Mann John Claypole. Er ist in ein Gespräch mit einem Reitknecht vertieft, während sein Hund Badger ihm um die Stiefel streicht. Ein weiterer Gentleman steht mit dem Rücken zu uns und trägt einen eleganten, seidengefütterten Mantel in sattem Moosgrün.

«John!»

Unser Schwager wendet sich uns zu und lächelt. Seine dunklen Locken wippen um seine rosigen Wangen.

«Hallo, Mädchen», sagt er fröhlich. «Kommt ihr, um die neue Stute anzuschauen?»

Mary beschleunigt eifrig ihren Schritt. Sie hegt eine beständige Leidenschaft für Pferde, wohingegen meine kindliche Vernarrtheit längst verflogen ist. Mary besteht darauf, dass wir jeden Neuzugang in Vaters Ställen besuchen.

«Eine Araberstute!», sagt Mary und bewundert den großen Schimmel, der vor uns den Kopf hochwirft. «Aus Afrika? Vierzehn Hand groß, würde ich sagen. Will Vater mit ihr züchten?»

«Das will ich meinen», antwortet John. «Sie ist das prächtigste Exemplar, das wir je hatten. Wir brauchen allerdings mehr von ihrer Sorte und auch Hengste, wenn dein Vater je seinen Wunsch verwirklichen will, die Rasse in England heimisch zu machen. Er sagt, es ist das beste Vollblut für Rennen.»

Ich hole Mary ein und nicke dem Gentleman in Grün zu, der sich tief vor mir verbeugt hat. Als er sich wieder aufrichtet, schüttelt er sein lohfarbenes Haar aus dem Gesicht. Die Kopfbewegung erinnert mich an die des Pferdes. Dann erkenne ich ihn: Es ist Robert Rich, der arrogante junge Höfling, der auf Lavinias Hochzeit mit mir getanzt und sich dann hinter meinem Rücken über meine Familie lustig gemacht hat. Mein unbefangenes Lächeln verblasst zu einer höflichen Andeutung, und ich verschränke die Arme vor dem Körper, sodass meine behandschuhten Hände unter dem saphirblauen Schultertuch verschwinden.

«Lady Frances, ich hoffe, es ergeht Euch gut.» Im Kupferklang von Roberts Stimme nehme ich eine metallische Schärfe wahr.

«Sehr gut, danke.» Ich richte den Blick wieder auf Mary und John, um anzudeuten, wir sollten lieber ihrem Gespräch zuhören, als selbst eines zu führen. Doch statt den Worten der beiden zu folgen, höre ich im Geiste wieder, was Robert bei Lavinias Hochzeit über uns gesagt hat.

Sie reden noch ein wenig über die Stute – wie sie sich an das englische Wetter gewöhnt, dass sie für die erste Zeit eine Mischung aus Hafer und etwas Kleie bekommt. Doch dann wird das Gespräch unterbrochen, da ein livrierter Bote mit einem Päckchen Briefe aus Westminster eintrifft. John wirft einen Blick auf die Handschrift auf den zu kleinen Rechtecken gefalteten Papieren.

«Es tut mir leid, Mädchen, aber ich muss mich unverzüglich um diese Angelegenheit kümmern. Wenn wir gegen den Gesetzentwurf eures Onkels Desborough vorgehen wollen, haben wir einen harten Kampf vor uns.»

Nun ist meine Aufmerksamkeit geweckt, die Erinnerung an Roberts kränkende Worte tritt in den Hintergrund angesichts eines Themas, das mich mehr anspricht als Hafer und Kleie. «Einen Kampf, John?», frage ich nach.

«Eine Schlacht.» Er nickt. «Eurem Onkel und den übrigen Major Generals geht das Geld aus, und er schlägt vor, von den Royalisten höhere Steuern zu erheben, um die Kasse aufzufüllen. Wenn seine Militia Bill verabschiedet wird, werden wir auf Jahre hinaus unter der Militärherrschaft leben.»

«Armer Onkel», unterbricht Mary ihn. «Er trauert noch immer um Tante Jane. Ihr Tod hat ihm furchtbar zugesetzt.»

Ich schaue Mary liebevoll an. Sie holt das Politische stets auf die persönliche Ebene zurück, denkt immer zuerst daran, wie die Leute sich fühlen, ehe sie ihre Handlungen betrachtet. Tatsächlich hat der Tod von Vaters Schwester Jane Desborough kürzlich uns allen zu schaffen gemacht. Vater fühlt sich als einziger Sohn seiner Eltern immer noch für die Frauen in seiner Familie verantwortlich, obwohl die meisten von ihnen inzwischen geheiratet und das Elternhaus verlassen haben. Dennoch fällt es mir schwer, großes Mitgefühl für meinen Onkel John Desborough aufzubringen. Er ist immer so streng und abweisend, hat nur Gott und seine Soldaten im Sinn und keine Zeit für seine albernen Nichten.

John Claypole neigt den Kopf. «Das mag sein, Mary, aber es ändert nichts daran, dass euer Onkel in dieser Sache im Unrecht ist. Wir dürfen uns nicht länger von der Armee beherrschen lassen.»

«Und dieser Gesetzentwurf ist eure beste Chance, die Herrschaft der Major Generals ein für alle Mal zu brechen?», werfe ich ein, da ich mich erinnere, was Elizabeth gestern gesagt hat.

Mein Lieblingsschwager schenkt mir ein Lächeln. «Du hast es wieder einmal klar erfasst, Fanny. Wir haben genug Stimmen im Parlament, um das Gesetz zu verhindern, aber es wird knapp. Deshalb muss ich euch jetzt verlassen. Mädchen» – er nickt uns augenzwinkernd zu –, «viel Vergnügen noch mit der Stute. Aber Robert, achtet darauf, dass meine Schwägerinnen es sich nicht etwa einfallen lassen, sie zu reiten.»

John pfeift nach Badger und eilt davon. Robert kichert in

der Manier eines Müßiggängers, der zufrieden die Geschäftigkeit anderer beobachtet. Er klopft den Hals der Stute, der nun über den Rand der Box hängt, während sie mit ihren wulstigen Lippen Marys flache Hand erkundet. «Sie ist prachtvoll», bemerkt Robert und lächelt Mary an. Ich stehe ein paar Schritte entfernt und schaue zu. Robert fährt fort, den Hals des Pferdes zu tätscheln, und wirft mir dabei über die Schulter einen flüchtigen Blick zu. «Seid Ihr versucht, einen Ausritt zu wagen, Lady Frances? Muss ich Euch zurückhalten, wie Euer Schwager es mir befohlen hat?»

«Frances interessiert sich nicht besonders für Pferde.» Mary will mich necken.

«Ach, tatsächlich? Wofür interessiert Lady Frances sich denn?» Robert schaut mich an, doch ich schweige schmallippig.

«Meine Schwester ist eine große Gelehrte», erklärt Mary nun nicht mehr scherzhaft, sondern hörbar stolz. «Sie kennt sich gut in Geschichte und den Klassikern aus. Aber ihre Liebe zu Büchern hindert sie nicht daran, sich auch gern im Freien zu ergehen», fügt sie rasch hinzu, offenbar darauf bedacht, ein abgerundetes Bild zu zeichnen. «In den Sommermonaten liest sie mit Vorliebe beim Spaziergang in den Gärten.»

Robert zieht eine Augenbraue hoch. «Dann muss sie achtgeben, nicht zu stolpern. Das passiert leicht, wenn man im Gehen liest.»

Mary lacht nur darüber. «Nicht, wenn man diese Gärten so gut kennt wie sie.»

«Gewiss.» Er neigt vor uns beiden den Kopf.

«Wie ich hörte, kann man Euch zur kürzlichen und sehr plötzlichen Heirat Eurer Zofe gratulieren.» Robert lässt von der Stute ab und wendet sich ganz mir zu.

Es erstaunt mich, dass er die Neuigkeit so rasch erfahren hat. Er muss im Netz des höfischen Tratsches heimisch sein wie eine Spinne. Nun, denke ich, da er einen edlen Namen trägt, aber nicht von irgendwelchen Ämtern in Anspruch genommen wird, hat er gewiss reichlich Zeit für müßige Plauderei.

«So ist es», erwidere ich. «Ein höchst freudiges Ereignis.»

«Gewiss», sagt Robert noch einmal, und ich frage mich, ob er das immer sagt, wenn er eigentlich das genaue Gegenteil meint. «Ich liebe Hochzeiten. Ich wünschte, es gäbe mehr am Hof, solche wie die Eurer Cousine Lavinia im vergangenen Jahr. Das war eine wahrhaft denkwürdige Feier.»

Ich werde gereizt, als er jenen Tag erwähnt, mich an unsere flüchtige Intimität erinnert, doch Mary scheint nichts zu bemerken.

«Ja, war es nicht wundervoll? Aber die meiner Schwester wäre sicher ganz genauso herrlich.»

Ich verfluche sie im Stillen dafür, dass sie in seine Falle getappt ist.

«Daran zweifle ich nicht.» Robert kichert. «Wer soll denn der Glückliche sein?»

Daraufhin bemerkt Mary endlich, auf welch intimes Thema wir gekommen sind, und errötet. Ich spüre, dass auch mir das Blut ins Gesicht schießt. Vor jedem anderen würde ich mit den Augen klimpern und irgendwie versuchen, das Gespräch in eine andere Richtung zu lenken, aber Robert reizt mich so, dass ich herablassend erwidere: «Ich habe meine Wahl noch nicht getroffen, Sir. Aber», füge ich hinzu, «sobald das geschehen ist, werde ich es Euch wissen lassen.»

Er verbeugt sich vor mir. «Ich bitte darum. Vielleicht

kann ich Euch auch dabei behilflich sein, diese Wahl zu treffen? Wenn Eure Kandidaten junge Gentlemen am Hof sind, werdet Ihr niemanden finden, der über jeden Einzelnen besser Bescheid weiß als ich.»

«Ach, tatsächlich?», versetze ich spöttisch und kann seine Dreistigkeit kaum fassen. «Ihr bietet mir also zu diesem persönlichsten aller Themen Euren Rat an?»

«Ich wüsste niemanden, der geeigneter wäre.»

«Wer sollte auch geeigneter sein als ein Müßiggänger, der sich die Zeit mit Gerede vertreibt?», pflichte ich ihm bei.

Daraufhin beben seine Schultern vor unterdrücktem Lachen, und über seinem Kragen breitet sich ein wölfisches Grinsen aus. «Wer sollte geeigneter sein als ein junger Mann, der sich guter Verbindungen und einiger Beliebtheit am Hof erfreut, gegen den Ihr – weshalb auch immer – offenbar eine Abneigung entwickelt habt und der folglich nicht auf Eurer Liste möglicher Verehrer auftauchen wird?»

Ich starre ihn sprachlos an. Mary lacht unsicher und schaut zwischen uns beiden hin und her. «Komm, Mary», sage ich, als ich endlich meine Sprache wiederfinde. «Es dämmert schon, wir müssen zurück in den Palast.»

Ich ziehe sie mit mir und entferne mich hastig von Robert Rich. Der tiefe Bariton seines leisen Lachens verfolgt uns.

«Denkt über mein Angebot nach», ruft er uns hinterher, als wir aus dem Stall hasten. Dabei stoßen wir mit einem peinlich berührten Stallburschen zusammen, so eilig haben wir es, das Palasttor zu erreichen, das vor uns aus dem Zwielicht auftaucht.

KAPITEL ZWEI

Als wir am Montag aus Hampton Court zurückkehren, finden wir Whitehall in einem Zustand ängstlicher Anspannung vor. Die Verschwörer schmachten im Tower, und wir wissen, dass Thurloe sie eingehend verhört, doch außerhalb der dicken Mauern der normannischen Festung sind kaum Einzelheiten über ihre Pläne zu erfahren. Mein Unbehagen wächst, während ich im Palast umhergehe; mit jeder Ecke, um die ich biege, schwindet das Gefühl der Sicherheit, das ich in unserem Refugium auf dem Land hatte. Eigentlich sollten mich die verdoppelten Wachen an sämtlichen Türen beruhigen, doch tatsächlich verstärkt der Anblick so vieler Soldaten nur meine Angst.

Vater wird weiterhin ganz von Staatsangelegenheiten beansprucht. Besonders beschäftigt ihn die leidige Militia Bill, die mein Onkel Major General Desborough im Parlament durchzusetzen versucht, dem energischen Widerstand zum Trotz, zu dem John aufgerufen hat. Vater fällt unausweichlich die Aufgabe zu, den Frieden am Tisch des Staatsrats zu wahren, während Onkel Desborough, mein Schwager Charles und der große Major General Lambert gegen die Zivilisten im Rat wüten: unter anderem gegen den jungen, gemäßigten Parlamentarier Nathaniel Fiennes, seinen ebenfalls jugendlich wirkenden Schwager Sir Charles Wolseley und den aalglatten Sekretär Thurloe. Die Vertreter des Militärs sind überzeugt, dass die Zivilisten im Stillen mit dem Parlament gemeinsame Sache gegen sie machen. Mit jedem Tag gewinnt der Konflikt weiter an Bedeutung, und aus Tischgesprächen und aufgeschnappten verstohlenen Wortwechseln höre ich heraus, dass uns ein holperiger Weg bevorsteht.

Für uns gibt es nichts weiter zu tun, als bang auf neue Nachrichten zu warten. Und so findet Thurloe eine angespannte, unruhige Familie Cromwell vor, als er uns am 19. Januar in unseren Privaträumen in Whitehall aufsucht.

Vater und er wurden angekündigt, deshalb sind wir vor dem Kamin im privaten Esszimmer versammelt. Mutter und Mary sitzen zu beiden Seiten neben mir, sodass unsere ausladenden Röcke sich auf dem schmalen Sofa überlappen. Uns gegenüber haben Elizabeth und John dicht beieinander Platz genommen, prächtig in der neuesten Mode, die ich bei dieser Gelegenheit eingehend bewundern kann, da ausnahmsweise einmal weder Kinder noch Bedienstete oder Pferde sich um die beiden drängen. Mein ältester Bruder Dick und seine Frau Dorothy haben sich uns ebenfalls zugesellt, auch sie ohne ihren Nachwuchs. Sie spazieren Arm in Arm durch den Raum und unterhalten sich leise. Selbst Bridget ist aus dem Stadthaus hergekommen, in dem sie mit ihrem zweiten Ehemann, Major General und Ratsmitglied Charles Fleetwood, und den gemeinsamen sowie den Stiefkindern lebt. Als älteste Überlebende unter uns Geschwistern sitzt Bridget gebieterisch in einem Stuhl mit hoher Lehne, streng und ernst in grauer Seide. Charles marschiert dahinter angespannt auf und ab, und er wirkt irgendwie, als sei er zu groß für diesen Raum. Mein Blick wird immer wieder von ihm angezogen, ganz ähnlich, wie es mir mit Vater ergeht, und ich denke wieder einmal, wie ähnlich sich die beiden sind – das erklärt wohl ihre innige Freundschaft.

Somit sind wir fast vollzählig, natürlich mit Ausnahme meines Bruders Henry und seiner Familie. Sie leben höchst herrschaftlich in Irland, seit er die Regierung dieses zerrütteten und ausgelaugten Landes von meinem Schwager Charles übernommen hat. Ich seufze. Nichts wünsche ich mir sehnlicher, als dass er jetzt auch hier wäre, und ich beschließe, später an ihn zu schreiben – auf seinen letzten Brief von vor zwei Wochen habe ich noch immer nicht geantwortet.

Zur vereinbarten Stunde tritt Vater ein, und Thurloe schlüpft hinter ihm in den Raum wie ein scharf umrissener Schatten in der Sommersonne. Vater nimmt neben Elizabeth Platz, tätschelt beruhigend ihre Hand und bedeutet uns allen zu schweigen, damit Thurloe sprechen kann. Charles, Richard und Dorothy lassen sich in ihren Stühlen nieder.

«Eure Hoheiten.» Thurloe verbeugt sich ins Halbrund, mit dem Rücken zum Kamin stehend, sodass sein Gesicht sich dunkel gegen die Glut abzeichnet. «Seine Hoheit wünscht, dass ich Euch alle – gemeinsam – über meine Erkenntnisse bezüglich des unlängst verübten Attentats ins Bild setze, ehe ich später am heutigen Nachmittag dem Parlament Bericht erstatte. Er ist ebenso wie ich der Ansicht, dass dieser jüngste Anschlag auf sein Leben Euch alle betrifft, da er sich im Palast ereignete, und dass daher jeder von Euch ein Recht darauf hat, vollumfänglich informiert zu werden.»

Ich finde Thurloes Redeweise seltsam beruhigend: so flüssig und in Juristenmanier, Satz auf Satz geschichtet wie Pastetenteig. Trotz der Gewalt, von der er spricht, bewirkt allein seine Stimme, dass mein Atem ruhiger geht. Richard beugt sich auf seinem Stuhl nach vorn und stützt die Ellenbogen auf die Knie.

«Bislang wissen wir Folgendes: Die Verschwörer – wir kennen wenigstens fünf – sind unzufriedene Levellers, ehemalige Soldaten für das Parlament, die radikale Reformen wollen, um Gleichheit in der Gesellschaft herzustellen.» Es ist klar, dass Thurloe diese Erklärung zum besseren Verständnis für Mary und mich hinzufügt, dabei lesen wir genug Zeitung, um zu wissen, wer die Levellers sind. Ich schaue zu Bridget, die unbehaglich auf ihrem Platz herumrutscht, das schmale Gesicht mit den weit auseinanderstehenden Augen gerötet und verhärmt. Ich weiß, dass sie, in ihrer Jugend eine Soldatenbraut, insgeheim mit solchen Männern sympathisiert – wird diese jüngste Gräueltat sie umstimmen?

«Diese Männer wünschen, dass Euer Hoheit aus dem Amt entfernt werden», fährt Thurloe fort, «und dass das Rumpfparlament seine einstige Macht zurückerhält.»

Er bezieht sich auf das «gesäuberte» Parlament, das während des Krieges tagte, dessen Mitglieder dem alten König den Prozess machten und danach noch vier weitere Jahre im Amt blieben. Sie weigerten sich, abzutreten und freie Wahlen zuzulassen, bis Vater anno '53 das Parlament mit Gewalt auflöste.

«Die Verschwörer haben in der Kapelle eine Bombe gelegt in der Absicht, den ganzen Palast durch einen Brand zu zerstören.»

Mary versteift sich, und Mutter legt einen Arm um sie.

«Aber wie sind sie hineingelangt?», fragt Charles scharf. Seine dunkelblauen Augen über den schmalen, hohen Wangenknochen funkeln den Sekretär an.

Thurloe antwortet ruhig, unbeeindruckt von Charles' Ton. «Wie Ihr wisst, General, ist die Kapelle zu bestimmten Tageszeiten der Öffentlichkeit zugänglich. Außerdem hat es den Anschein – und ich bedaure, das sagen zu müssen –, dass ein Mitglied der Leibgarde Seiner Hoheit die Gruppe unterstützt hat.»

Wir alle schnappen nach Luft.

«Wer?» John und Charles sind aufgesprungen und scheinen fast um die größtmögliche Entrüstung zu wetteifern: Charles als einer der obersten Befehlshaber der Armee, aus der die Leibgarde rekrutiert wird; John als einer der ranghöchsten Amtsträger in Vaters Hausstand, zu dem die Leibgarde gehört. Dafür zur Rechenschaft ziehen wird man allerdings zweifellos ihren Befehlshaber, den liebenden Ehemann unserer Cousine Lavinia, Major Richard Beke, geht es mir durch den Kopf, während ich die beiden beobachte.

Thurloe schweigt kurz. «Ich möchte den Namen vorerst lieber nicht nennen, denn er hat die Verschwörung an uns verraten, und ich habe möglicherweise noch Verwendung für ihn.»

John und Charles schauen Vater an, doch der nickt nur. Er legt wie immer seine Sicherheit bereitwillig in Thurloes Hände. Sein Schweigen verunsichert mich. Bridget fasst nach Charles' Hand und zieht ihn sacht wieder zu sich auf das Sofa. «Sie planten das also schon seit einiger Zeit, Master Thurloe?», fragt sie.

«Tatsächlich, Mrs. Fleetwood, wurde diese ungeheuerliche Tat in großer Hast vorbereitet, was teilweise erklärt, weshalb meine Informanten keine Kenntnis davon erlangten. Wir haben einige Angehörige der Gruppe seit Monaten beobachtet und wissen, dass es bereits versuchte Anschläge auf das Leben Eures Vaters gegeben hat.»

Ich sehe Tränen über Marys Wangen laufen. Von uns allen bangt sie stets am meisten um Vaters Sicherheit. Mutter weiß das ebenfalls, und ich spüre, wie sie sich neben mir versteift: Gewiss täte sie jetzt nichts lieber, als Mary zu trösten, doch in Sekretär Thurloes Beisein wird sie das nicht tun.

«Herr im Himmel», stößt Dick hervor. Er lehnt sich mit entgeisterter Miene in seinem Stuhl zurück. «Mit welchen Mitteln haben sie es versucht?»

«Zumeist mit der Pistole, wenn sie nahe genug herankommen konnten. Allerdings haben unsere Sicherheitsvorkehrungen es ihnen erschwert – die Leibgarde Seiner Hoheit und die Tatsache, dass wir Reisepläne immer wieder abändern. Dem Lord Protector am nächsten kamen sie anscheinend vor ein paar Wochen im Hyde Park, doch an jenem Tag war es Euer Vater selbst, der unwissentlich ihre Pläne vereitelte. Einer der Männer lauerte auf eine Gelegenheit, als Seine Hoheit in der Nähe vorbeikam, auf das prächtige Pferd des Mannes aufmerksam wurde und ihn zu sich rief, um ihn zu seinem Ross zu beglückwünschen. Daraufhin verlor der Schurke die Nerven.»

Thurloes Worte werden von düsterem Schweigen verschluckt, das ein, zwei Augenblicke andauert, ehe plötzlich Vaters herzhaftes Gelächter alle Blicke auf ihn lenkt. «Ha!» Sein ganzer Körper bebt, und kopfschüttelnd stößt er wieder und wieder dieselben zwei Worte hervor: «Sein Pferd!» Er schaut John an, anscheinend in der Hoffnung, sein Schwiegersohn könne den Pferdewitz würdigen.

John blickt ihn belustigt an. «Nun, Ihr hattet schon immer ein gutes Auge für die Gäule, Hoheit, das muss ich zugeben. Ich hätte allerdings nicht gedacht, dass es Euch einmal das Leben retten würde!»

Mary kichert unter Tränen, und ich lächle – zwar bin ich nicht besonders erheitert, aber ich freue mich für meine

Schwester, denn kein Witz könnte besser geeignet sein, sie aufzumuntern. Ein paar andere Familienmitglieder lachen nervös, und wir alle können wieder leichter atmen; die Spannung ist für den Moment gebrochen.

Charles lenkt schließlich mit strenger Stimme das Gespräch wieder auf das eigentliche Thema. «Diese Männer, Thurloe – wer ist ihr Anführer? Wer sind ihre Unterstützer?»

«General, ich bedaure, Euch sagen zu müssen, dass der Anführer Edward Sexby ist.»

«Sexby.» Vaters Gesicht wird schlagartig ernst, als er den Namen seines einstigen Freundes hört. Sexby, der während der Bürgerkriege in Vaters eigenem Regiment der Ironsides diente. Der Held, den Vater dazu ausersehen hatte, dem Parlament die Nachricht von seinem großartigen Sieg bei Preston zu überbringen. Der Söldner, für dessen Schulden in Höhe von eintausend Pfund das Parlament nur aufkam, weil Vater sich dafür einsetzte.

«Ich fürchte, ja. Mit spanischem Gold finanziert, von Royalisten im Exil unterstützt – eine unheiligere Allianz ist schwer vorstellbar.»

Vaters Gesicht ist aschfahl geworden, tief gefurcht, alle Heiterkeit ist schlagartig daraus gewichen. Betty legt ihre beringte Hand auf seinen Arm.

«Du darfst dich davon nicht einschüchtern lassen, mein Lieber», sagt Mutter mit sanfter, aber fester Stimme. «Du darfst wegen Sexby und den anderen nicht an dir selbst zweifeln oder an dem Guten, das du tust.»

Vater lächelt ihr dankbar zu, doch das Lächeln erreicht nicht seine Augen. Wir alle, die wir hier versammelt sind, wissen, dass Vaters Selbstzweifel ein wahrer Ozean sind, während die von uns anderen zumeist nur einen Gartenteich füllen würden. Ich bin zu der Überzeugung gelangt, dass dies eine unliebsame Begleiterscheinung seiner Nähe zu Gott ist: Seine innere Unsicherheit, wenn er die Absichten des Herrn nicht ergründen kann, ist ebenso gewaltig wie seine strahlende Selbstgewissheit, wenn er es vermag. Nur so kann der Mann, der mit dem göttlichen Atem in seiner Lunge und der göttlichen Kraft in seinem Schwert aufs Schlachtfeld galoppierte, derselbe sein, der vor Unentschlossenheit zitterte, wann immer Dick ihn bat, seine Spielschulden zu begleichen.

«Aber etwas Gutes ist aus dieser Sache auch entstanden, Hoheit», sagt Thurloe milde. «Wir haben endlich die nötigen Beweise, um gegen Sexby vorzugehen. Und wenn wir das getan haben, dann, so hoffe ich – bete ich –, werdet Ihr alle erheblich sicherer sein.»

«Siehst du, Vater», sagt Elizabeth in aufmunterndem Ton, «nun hat Master Thurloe doch noch etwas Tröstliches zu sagen. Und vielleicht erwächst noch mehr Gutes aus dieser Angelegenheit, wenn erst das Parlament das alles erfährt.»

Wortlos nimmt Vater ihre Hand von seinem Arm und legt sie in seine Ellenbeuge, neigt den schweren Kopf, bis das Kinn die Brust berührt. Vielleicht bin ich die Einzige, die bemerkt, wie Betty ihrem Mann einen ermutigenden Blick zuwirft.

«In der Tat, Hoheit», schließt John nahtlos an. «Es gibt viele im Parlament, die wünschen, dass das Land auf eine solidere Basis gestellt wird, und die glauben, Euch zum König zu machen sei das beste Mittel, um dauerhafte Sicherheit und Stabilität herbeizuführen. Diese jüngste Bedrohung könnte den nötigen Impuls geben, damit die Idee breitere Zustimmung findet. Meint Ihr nicht auch, Master Secretary?»

Thurloe breitet die Hände aus, eine einstudierte Geste der Ahnungslosigkeit, doch etwas an der Art, wie er den Kopf neigt, lässt mich das Gegenteil argwöhnen. Ich beobachte ihn genau, aber er gibt nichts preis.

«Unfug», versetzt Charles scharf, ehe Vater etwas erwidern kann. «Der beste Garant für die Sicherheit des Reiches ist eine starke Regierung durch die Major Generals, und es wäre Irrsinn, die Armee von ihren Standorten abzuziehen, während unsere Feinde eben dabei sind, sich gegen uns zu erheben.»

Er steht von seinem Stuhl auf, wie um seinen Worten Nachdruck zu verleihen, und schreitet energisch, aber ziellos durch den Raum. Während ich ihm mit dem Blick folge, muss ich daran denken, wie überaus ungern Charles die große Macht wieder verlieren würde, die er als Major General der östlichen Grafschaften erlangt hat: Er beherrscht ein riesiges Gebiet, das sich von den Außenbezirken Londons bis hinauf an die Bucht The Wash und von Oxford bis hinüber nach Norwich erstreckt. Auch wenn er sich meist lieber an der Schaltstelle der Macht in Whitehall aufhält und sich vor Ort von Untergebenen vertreten lässt, trifft er doch noch immer die wichtigen Entscheidungen, und niemand außer Vater kann diese anfechten.

«Außerdem würde Vater niemals einwilligen.» Bridgets strenger Ton holt mich in die Gegenwart zurück. Sie schaut an Vater vorbei John und Elizabeth finster an. «Dieses Protektorat ist schlimm genug, aber die Republik gänzlich abzuschaffen wäre undenkbar.»

Ich winde mich innerlich bei ihren Worten, nicht so sehr meinetwegen, sondern wegen Vater. Niemand widerspricht ihr; wir alle wissen, dass Bridget sich mit dem Aufstieg unserer Familie schwertut, schließlich hat sie während ihrer

Ehe mit Henry Ireton die radikale republikanische Politik der Armee verinnerlicht. Doch Mutter und Vater lieben uns alle in all unserer Verschiedenheit, und so darf sie ihre Ansichten stets frei äußern.

«Biddy spricht wahre Worte», pflichtet Charles seiner Frau bei. «Die Armee würde es niemals hinnehmen.» Er schüttelt energisch den Kopf, wobei seine blonden Locken den hohen weißen Kragen streifen. «Der Herr hat über das Amt des Königs geurteilt, und wir alle wären gut beraten, darauf zu hören.»

Ich schaue von einem Paar aus Schwester und Schwager zum anderen und sehe einen Teil des andauernden Konflikts zwischen Armee und Parlament in ihnen gespiegelt wie Sonnenlicht in einem zerbrochenen Spiegel. Wie immer, wenn ich Zeugin dieser Streitigkeiten bin, neige ich mehr zu Bettys und Johns Standpunkt. Ich kann nicht anders, Betty steht mir nun einmal wesentlich näher. Wir haben so vieles gemeinsam, auch sie ist als jüngstes Kind der Familie aufgewachsen, und wir beide haben so große Ähnlichkeit mit Vater, den wir verehren und zu dem wir uns hingezogen fühlen, während Mary von jeher mehr an Mutter hängt und Biddy ihren eigenen rätselhaften Kurs steuert. Doch diesmal ermahne ich mich selbst, die Argumentation der Claypoles nicht einfach für richtig zu halten, weil ich parteiisch bin; meine Lehrer würden solch kindische Irrationalität gewiss nicht gutheißen.

Ich frage mich, ob Vater mit der gleichen Schwierigkeit ringt, wende mich ihm zu und warte darauf, dass er mit dem Balsam seiner Worte die Gemüter besänftigt. Doch er scheint sich im Wald seiner eigenen Gedanken verlaufen zu haben, und am Abend, nachdem ich an Harry geschrieben und ihm von den Erkenntnissen über die Verschwörung berichtet habe, beten Mary und ich nicht zum ersten Mal zu Gott, Vater möge aus dem Dickicht seiner Überlegungen auch wieder herausfinden.

Ich habe kaum mehr an Robert Rich gedacht, seit er sich in den Stallungen so dreist benommen hat, und so bin ich nicht gewappnet, als er sich eines Abends gegen Ende der Mahlzeit mir und Mary nähert. Wir speisen mit dem Hof in der großen Halle des Whitehall Palace, die köstlichen Düfte von gebratenem Fleisch, Käse und Wein steigen von den langen Tischen auf wie Dampf von einem heißen Bad, und uns umgibt eine sprudelnde Geräuschkulisse aus Gelächter, Plaudereien und dem Kratzen von Besteck auf Zinntellern. Es ist Donnerstag, deshalb ist Vater nicht dabei, denn an diesem Tag isst er oft mit seinen Offizieren in Somerset House zu Abend. Ich stelle mir vor, dass er dort bei Kriegsgeschichten, Trinksprüchen auf Siege und Tränen um die Gefallenen dem Wein mehr zuspricht, als ihm guttut.

In seiner Abwesenheit sitzt Mutter der Tafel vor. Das macht sie stets nervös, doch niemand bemerkt es außer mir – ich weiß wohl, was es zu bedeuten hat, wenn sie mit dem Finger unter ihrer Perlenkette entlangfährt, auch wenn sie dabei lächelt. Wenn ich sie jetzt anschaue, muss ich mich selbst kneifen, um mich darauf zu besinnen, dass sie noch immer dieselbe ist, die Mutter meiner Kindheit, die ihre Kerzen selbst herstellte und am Kamin unsere Strümpfe stopfte.

Heute Abend dagegen unterhält Mutter den französischen Botschafter Monsieur Bordeaux, während wir anderen unsere Reize auf Mitglieder des Staatsrats wirken lassen. Doch es ist vergebliche Liebesmüh, denn der Rat ist noch immer tief gespalten, die Armeeführer und ihre zivilen Kollegen stehen sich unversöhnlich gegenüber. Erstere haben die gestrige Niederlage noch nicht verwunden – die Militia Bill wurde im Parlament mit einhundertvierundzwanzig gegen achtundachtzig Stimmen abgelehnt. Tatsächlich bemerke ich, dass Onkel Desborough nicht zwischen seinen Ratskollegen, sondern etwas abseits sitzt. Hin und wieder wirft er John finstere Blicke zu, weil dieser dafür gesorgt hat, dass sein geliebter Gesetzentwurf gescheitert ist. Zweifellos bereut er, sich nicht stattdessen für das Abendessen im Kreise der Armeeoffiziere entschieden zu haben.

Mein Onkel ist ein Karrengaul von einem Mann, dazu geschaffen, sich unter freiem Himmel zu betätigen, sei es auf einem Bauernhof oder in einem Militärlager. Bei feierlichen Anlässen am Hof, so wie hier, wirkt er stets unbehaglich und fehl am Platz; zu groß und plump für etwas Vornehmeres als das Kaminfeuer in der Herberge einer Poststation. Es tut mir leid, ihn so angeschlagen zu sehen, doch ich sage mir, er würde von mir ohnehin keinen Trost annehmen, da ich in seinen Augen nur ein albernes kleines Mädchen bin.

Im Gegensatz zu ihm ist John prächtiger Laune und scheint die Blicke des Onkels seiner Frau gar nicht wahrzunehmen oder sich wenigstens nicht darum zu scheren. In seiner Ausgelassenheit füllt er mein Weinglas weit höher, als meine Brüder es täten.

«Machst du dir keine Gedanken deswegen?», frage ich ihn, nippe an meinem Wein und deute dann mit meinem Glas den Tisch entlang auf Onkel Desborough, der nun mit seinem Messer ein Stück Wildpastete in Angriff nimmt.

«Ich will mich freuen, solange ich Anlass zur Freude habe», bringt John mit vollem Mund undeutlich heraus. «Ich sage dir, es steht noch Schlimmeres bevor. Das hier ist nichts als ein Scharmützel – das Vorspiel zu einer richtigen

Schlacht. Warte nur, bis wir die neue Verfassung entworfen haben, dann wird Blut fließen.»

Nach dem Essen soll Musik gespielt werden. Davor kommt wie immer Bewegung in die Gesellschaft, Leute wechseln die Plätze, Stühle werden gerückt, und da kommt Robert Rich schwungvoll tänzelnden Schrittes auf uns zu. Heute Abend ist er in Blassblau gekleidet, und dass er statt Reitstiefeln weiche Schnallenschuhe trägt, zeigt ihn als modebewussten jungen Mann, der sich von der militärischen Aufmachung der älteren Herren abheben will. Bei ihm ist ein hochgewachsener junger Mann mit glänzendem blondem Haar und aufrechter Haltung. Ich erkenne Anthony Underwood, einen von Vaters vertrautesten Bediensteten, den Gentlemen of the Bedchamber.

«Meine Damen.» Robert verbeugt sich tief, mit seinem gewohnt großspurigen höfischen Gehabe, das für mich ebenso viel Ironie wie Ehrerbietung ausdrückt. «Dürfen Mr. Underwood und ich uns Euch anschließen?»

«Meine Herren», erwidert Mary mit einladendem Lächeln, ein Spiegelbild der unaufrichtigen Miene, die auch ich aufgesetzt habe. «Es ist uns ein Vergnügen.»

«Das Vergnügen und die Ehre sind ganz auf meiner Seite, Lady Mary, Lady Frances», sagt Anthony Underwood im weichen, rollenden Akzent des Südwestens.

Er ist ein attraktiver Mann, und ich setze mich in meinem blauen Seidenkleid unwillkürlich etwas aufrechter hin. Im Stillen beglückwünsche ich mich zu der Wahl, die ich in welcher Voraussicht auch immer an diesem Abend getroffen habe, denn es ist eines meiner schönsten Kleider. Im Beisein der Herren wird mir auch bewusst, dass der tiefe, spitzenbesetzte Ausschnitt meine Reize besonders vorteilhaft zur Geltung bringt. Ich fange Roberts Blick auf und bete, er möge nicht die Gabe besitzen, meine Gedanken zu lesen. Es ist schon peinlich genug, dass er versucht, mich zu verkuppeln. Mehr als nur peinlich, entscheide ich, während ich seinen Blick erwidere – es macht mich wütend. Ich will eigenständig mit jungen Männern Bekanntschaft schließen, und wenn Robert Rich statt meiner Eltern versucht, eine Heirat anzubahnen, ist das wenig hilfreich.

«Ihr seid wohl gerade von Eurem Dienst bei meinem Vater in Somerset House beurlaubt, Mr. Underwood?», erkundige ich mich. Robert beachte ich gar nicht und richte stattdessen meine Aufmerksamkeit auf seinen Begleiter, während die beiden Männer auf der Bank uns gegenüber Platz nehmen.

«So ist es, meine Dame. Ich genieße meine Freizeit. Auch wenn es natürlich ein großes Glück ist», fügt er rasch hinzu, «so viel Zeit in der Gesellschaft Seiner Hoheit zu verbringen.»

Das entlockt mir ein Lächeln, denn ich höre es immer gern, wenn andere Vater wertschätzen.

«Aber es muss doch ein strapaziöses Amt sein, Anthony, so prestigeträchtig es auch sein mag», bemerkt Robert und lehnt sich träge zurück. «Sosehr ich Euren Vater schätze, meine Damen, ich bezweifle doch, dass es mir gefallen würde, den Großteil des Tages für ihn Botengänge zu erledigen, ihn an- und auszukleiden und ihm auf dem Leibstuhl zur Seite zu stehen.»

Darauf errötet Anthony Underwood, doch sein verlegenes Lächeln lenkt meinen Blick von seinen glühenden Wangen ab. «Ich versichere Euch, es ist das reinste Vergnügen, einem solch großen Mann aufzuwarten. Er versteht es, Loyalität zu wecken.»

«Und er hat einen scharfen Blick für Talente», füge ich hinzu und schaue Robert vielsagend an. «Vielleicht sollten wir Euch für einen solchen Posten vorschlagen, Sir, damit Ihr aus eigener Anschauung erkennt, welche Ehre es ist.»

«Haha!», lacht Robert. «Wie großmütig von Euch, meine Karriere befördern zu wollen, meine Dame, aber ich ziehe es vor, am Hof nach Belieben zu kommen und zu gehen. Außerdem würde ich es vermissen, meinen Büchern Zeit widmen zu können. Eure Pflichten lassen Euch sicher nicht viel Zeit zum Lesen, wie, Anthony?»

«In der Tat nicht», erwidert er.

Ich blicke Robert aus schmalen Augen an, während er mich über den Rand seines Weinkelches hinweg eingehend mustert. Er steht im Ruf, ein Spieler und Lebemann zu sein; ich bezweifle stark, dass er seine Tage in der Bibliothek zubringt. «Ach ja, die Freuden der Lektüre», sage ich mit einem betont seligen Seufzer. «Gewiss habt Ihr Harringtons *Oceana* gelesen, Sir, nachdem ja meine Schwester Elizabeth unseren Vater überzeugen konnte, die Publikation zu erlauben. Ich persönlich kann mich Harringtons Verehrung für die politischen Institutionen und die Weisheit der alten Griechen und Römer in weiten Teilen anschließen. Wie steht Ihr dazu?»

Er hat es bestimmt nicht gelesen. Nachdem ich den Handschuh geworfen habe, warte ich auf Roberts Antwort, und die Sekunden des Schweigens, die sich zwischen uns dehnen, sind mir köstlicher als das Konfekt, das die Diener uns jetzt servieren. Er lehnt sich zurück, schwenkt den Wein in seinem Zinnbecher, und ich stelle mir vor, wie seine Gedanken nach einer Antwort jagen wie Hunde nach einem Hasen.

«Auch ich bewundere unsere antiken Vorväter», beginnt er langsam, «ihre Fehler jedoch müssen wir vermeiden. Warnt Harrington nicht vor den privaten Interessen der Menschen? Was er verficht, ist eine Herrschaft durch *Gesetze*, nicht durch Menschen.»

Anthony Underwood rutscht auf seinem Stuhl herum, und ich schweige kurz, hin und her gerissen zwischen Ärger und Freude darüber, dass Robert mein Vorurteil nicht bestätigt. Dann wende ich mich dem eigentlichen Gegenstand seiner Bemerkungen zu: meinem Vater.

«Wohl wahr. Allerdings scheint mir, seine größte Sorge gilt zerstrittenen Parteien unter den Menschen.» Ich deute in die große Halle und gehe davon aus, dass er scharfsinnig genug ist, zu verstehen. Wie auf ein Stichwort steht Onkel Desborough auf und stürmt aus dem Saal. Auf dem Weg zur Tür stößt er mit einem Pulk Höflinge zusammen, die sich um Sekretär Thurloe und John Claypole geschart haben. Instinktiv schaue ich zu Vaters Platz, ehe mir wieder einfällt, dass er nicht hier ist. In diesem Moment wird mir deutlicher als je zuvor bewusst, welch prekäres Gleichgewicht zwischen unterschiedlich gesinnten Männern Vater allein durch die schiere Macht seiner Präsenz und sein diplomatisches Geschick wahrt. Ich wende mich wieder an Robert: «Harrington anerkennt die Notwendigkeit gesetzgebender Herrscher, die diese Konflikte eindämmen – natürlich vorausgesetzt, sie selbst handeln in den Schranken einer wirksamen Verfassung.»

Robert lächelt. «Eine wirksame Verfassung, sagt Ihr? Ein Thema, das derzeit an unserem Hof in aller Munde ist. Aber bedenkt, die Römer hielten ihre Verfassung für den Gipfel menschlicher Errungenschaft. Sie bildeten sich ein, sie hätten sie so eingerichtet, dass jene, die sich an Macht und Ehrgeiz übernahmen, daran scheitern müssten. Und doch überlebte die Republik nur mit knapper Not Sulla, und an Caesar musste sie zugrunde gehen.»

Darauf reagiere ich erbost und höre auf, so zu tun, als sprächen wir über die Antike und nicht über unsere Welt. «Was immer mein Vater sein mag, er ist nicht Caesar.»

«Oh, hör doch, Frances, die Musik fängt an.» Mary legt mir eine Hand auf den Arm und versucht, meine Aufmerksamkeit auf die Gruppe Violenspieler zu lenken, deren Töne wie gesponnene und verwobene Fäden zu uns herüberschweben. Ich spüre Mr. Underwoods Verlegenheit, nachdem er meinen Wortwechsel mit Robert hilflos mitverfolgen musste wie ein Zuschauer bei einem Kartenspiel. Eigentlich sollte ich versuchen, ihn in das Gespräch einzubeziehen, doch ich bin zu entschlossen, das letzte Wort zu behalten.

Den Blick fest auf Robert gerichtet, senke ich die Stimme zu einem Bühnenflüstern und lehne mich zornig über den Tisch. «Caesar, Sulla, Augustus. Das waren Männer, die nach persönlichem Ruhm gierten. Eroberer, die nach Macht strebten, nicht Männer Gottes, die nach Frieden strebten.»

«Gewiss.» Robert neigt den Kopf, ein Lächeln umspielt seine Mundwinkel, und er lehnt sich träge zurück, weigert sich, meinen Zorn zu erwidern. Doch auch wenn er dieses abschließende Wort im für ihn typischen Ton gnädiger Überlegenheit ausspricht, nehme ich doch zum ersten Mal einen Hauch von Bewunderung wahr.

Nun, da unser Duell beendet ist, will ich mich ebenfalls auf meinem Stuhl zurücklehnen, entschlossen, mich in der Musik zu verlieren, doch Robert ist noch nicht fertig mit mir.

«Es ist klug von Euch, Weisheit in der Vergangenheit zu suchen, meine Dame», flüstert er und beugt sich über den Tisch, sodass unsere Gesichter sich unter den Kerzen beinahe berühren: sein lächelndes und mein erregtes. «Wir können vieles von der Welt der Antike lernen. Beispielsweise die Suche nach *eudaimonia* – dem Wohlergehen und Glück, das aus der Erkenntnis der eigenen wahren Natur erwächst.»

«Und was ist Eure wahre Natur?», schieße ich sofort zurück, durch seinen vertraulichen Ton aus der Fassung gebracht.

«Ah.» Robert kichert, und etwas an seinem rötlichen Haar und dem selbstzufriedenen Lächeln erinnert mich an Aesops Fuchs, als er den arglosen Raben durch Schmeichelei dazu gebracht hat, den Käse fallen zu lassen. «Das müsst Ihr selbst herausfinden.»

Am Ende der Woche kehren wir nach Hampton Court zurück, gerade als das Wetter für die Jahreszeit außergewöhnlich warm wird. Ich spüre, dass der Hof sich ein wenig entspannt, doch es fühlt sich an wie ein vorübergehender Zustand, als hätten sich die verfeindeten Parteien in dem jüngsten Streit um die Militia Bill in ihre jeweiligen Lager zurückgezogen, um Schlachtpläne zu schmieden.

Dennoch tut es allen gut, der geballten Anspannung von Whitehall zu entkommen, und als Elizabeth beim Abendessen in unseren Privaträumen der Familie eröffnet, dass sie wieder ein Kind erwartet, wirkt die Nachricht auf uns alle wie ein stärkender, belebender Trunk. Obwohl ich schon zahlreiche Nichten und Neffen habe, finde ich solche Mitteilungen immer peinlich – der mir unbekannte Liebesakt, den sie damit vor meinem geistigen Auge heraufbeschwören, ist nicht mit meinem Bild von den Geschwistern und deren Ehepartnern vereinbar, die hier so gesittet am Esstisch sitzen.

Zum Glück werde ich von Vater abgelenkt, der aufspringt und Küsse verteilt, Schultern klopft und Hände schüttelt. Sein Auftritt als liebender Großvater und Paterfamilias ist ganz im Einklang mit seiner Rolle als Vater der Nation. Eifrig darauf bedacht, noch andere an seiner großmütigen Laune teilhaben zu lassen, schickt Vater Diener los, um seine engsten Freunde zusammenzurufen. Nach dem Abendessen werden sie mit ihm und John zur Feier des Tages eine Pfeife rauchen und gemeinsam Lieder komponieren. Mary und ich hören ihre launigen Versuche noch, als wir uns später am Abend zum Schlafengehen fertigmachen, und wir schließen Master Hingston in unsere Gebete ein in der Hoffnung, der Musikmeister möge bereits fest schlafen und den unmelodischen Lärm nicht hören.

Seinen nächtlichen Ausschweifungen zum Trotz reitet Vater am nächsten Morgen früh zusammen mit John und Dick zur Jagd, begleitet von Robert und einigen weiteren Gentlemen des Hofes. Es ist ein prächtiger, klarer Morgen. Schwere Tautropfen hängen an den Schneeglöckchen unter den mächtigen Buchen, und so brechen auch Mary und ich mit ihnen auf. Für gewöhnlich reiten wir bei solchen Gelegenheiten am Rand um den weitläufigen Park herum, während die Männer die Rehe kreuz und quer über das Gelände jagen, und zum Ende des Ausflugs kommen wir bei einem Glas Rheinwein wieder zusammen.

Ich bin zwar nicht so eine gute Reiterin wie Mary, aber dennoch genieße ich den Ausritt. Die wässrige Februarsonne wärmt meine Haut und spiegelt sich glitzernd auf dem Fluss, der in einer weiten Schleife um den Park verläuft. Eine leichte Brise spielt in der Mähne meines Pferdes, während ich das raue Haar durch die behandschuhten Finger gleiten lasse. Die Zeit vergeht rasch, da es im Park so viel zu sehen gibt und ich Mary und unsere Zofen zur Gesellschaft habe. Ich tausche den neuesten Klatsch mit meiner schönen Cousine Lavinia aus, dann unterhalte ich mich beiläufig ein wenig mit Katherine. Ihre glühenden Wangen und der temperamentvolle Trab, in dem sie reitet, verraten mir, dass die unverhoffte Heirat mit Kaplan White ihr nicht ganz ungelegen kam. Als wir später am Vormittag sehen, wie die Jäger sich wieder versammeln und den Rückweg zum Palast einschlagen, reiten wir quer durch den Park, um uns ihnen anzuschließen. Robert bemerkt uns, kommt uns entgegen und lässt sein Pferd neben meinem gehen. Ich werfe ihm einen Seitenblick zu und sehe, wie die Brise mit seinen Locken unter dem federbesetzten Hut spielt, dass die hellen Spitzen rotgolden im Sonnenschein leuchten.

«Ihr reitet gut, Lady Frances, obwohl Ihr Euch doch nicht viel aus Pferden macht. Habt Ihr es auf dem Bauernhof Eures Vaters gelernt?»

Ich ziehe die Zügel etwas fester an, denn seine Worte stechen mich wie Mücken. Ich weiß nicht, warum er mich immer zurechtstutzen muss, warum er Komplimente stets nur mit der Rückhand austeilt. Robert Rich mag aus einem edlen Haus stammen, aber sein Großvater, der mächtige Earl of Warwick, war im Krieg Befehlshaber der Marine auf der Seite des Parlaments, er kämpfte gemeinsam mit meinem Vater, der ihn als engen Freund betrachtet. Wenn der Earl sich damit abfinden kann, zu welchen Höhen wir aufgestiegen sind, dann wüsste ich nicht, weshalb sein eigensinniger junger Enkel dies nicht auch vermögen sollte. Aber ich werde seinen Köder nicht schnappen. Auch werde ich mich nicht gegen die überspitzte Darstellung unserer einstigen Armut und bäuerlichen Herkunft wehren, die ihm offenbar solche Freude bereitet.

«Ach ja», erwidere ich leichthin, über die Worte tänzelnd. «Wir Mädchen mussten von klein auf schwer auf den Feldern arbeiten und Nahrung suchen, sonst hatten wir nichts zu essen. Wir sind ja nur eine Bauernfamilie aus East Anglia, wie Ihr schon früher bemerktet.»

Das ist natürlich übertrieben: Selbst in den kargsten Jahren der Familie, als Vater aus dem Rang des Landadligen in den Stand eines Farmpächters abgestiegen war, stand immer etwas zu essen auf dem Tisch. Und unser Glück wendete sich zum Guten, noch ehe Mary und ich auf der Welt waren. Doch ich bin stets darauf bedacht, nicht den Eindruck zu erwecken, als wollte ich meine Herkunft beschönigen; es ist weit besser, zu unserer Geschichte zu stehen und stolz darauf zu sein, wie Vater.

Darauf weiß er nichts zu erwidern, und so reiten wir das letzte kurze Stück zum Palast schweigend. «Was haltet Ihr von Anthony Underwood?» Robert schneidet probeweise ein neues Thema an. «Ein prächtiger Bursche, von edlem Blut, wenn auch vielleicht nicht belesen genug für Euch. Aber lassen wir das.» Er lächelt ermutigend und lässt den Blick über die vom Wind zerzausten Reiter mit ihren geröteten Gesichtern gleiten. Sie wimmeln und wogen vor uns wie Schleienschwärme in den Flüssen der Fens bei Ely. Er winkt Nicholas Baxter zu, einem Gentleman of the Horse und Johns Stellvertreter in den Stallungen. Dieser ist bereits abgesessen und erteilt den Reitknechten und Pagen Anweisungen. Sie gehen zwischen den dampfenden Pferden umher, übernehmen Zügel und helfen den weniger behänden Reitern aus dem Sattel. «Wie steht es mit Nicholas? Er ist ein guter Reiter und ein verteufelter Billardspieler. Nick!», ruft Robert ihm zu. «Könntet Ihr Ihren Hoheiten wohl beim Absitzen behilflich sein?»

Nicholas kommt mit langen, geschmeidigen Schritten auf uns zu, die Wangen von der Anstrengung gerötet. Strähnen seines roten Haares sind ihm in die Stirn gefallen, und darunter ist ein Schmutzstreifen zu sehen. Nicholas hilft zuerst Mary als der Älteren, dann kommt er zu mir und umfasst mit seinen großen Händen meine Taille, um mich aufzufangen, als ich aus dem Sattel gleite. Das Gefühl seiner Kraft erregt mich, ich wische mir das Haar aus den Augen, streiche eine lose Locke hinter das Ohr. Aus dem Augenwinkel sehe ich, dass Mary uns beobachtet, und in meine Begeisterung mischt sich die leise Sorge, ob wir beide für diesen Mann schwärmen könnten. Als ein Diener mir ein Glas Wein reicht, stürze ich es hastig hinunter.

«Hoheit.» Nicholas lächelt mir zu, dann verbeugt er sich und eilt davon, um anderen Pflichten nachzugehen.

«Aha. Mir scheint, das ist erfolgversprechender», flüstert Robert. Dabei beugt er sich so dicht zu mir herunter, dass die Federn an seinem Hut meine Schulter kitzeln. «Andererseits, bei näherer Betrachtung könnte Nick für Euren Geschmack etwas zu sehr mit seinen Pferden verheiratet sein. Vielleicht würde er besser zu Eurer Schwester passen.»

Ich zucke zurück, drehe die Schulter von ihm weg und schaue mich nach Vater um.

Lachend verbeugt Robert sich zum Abschied. «Ich will sehen, wen ich Euch beim Empfang für das Parlament nächste Woche vorstellen kann.»

«Wenn Euch dieser Sport Vergnügen bereitet, Sir», sage ich, ohne ihn anzuschauen. «Allerdings möchte ich Euch nicht die kostbare Zeit stehlen, die Ihr doch für Eure Studien benötigt.» In diesem Moment fange ich Vaters Blick auf und suche mir einen Weg durch das Gedränge zu ihm.

Plötzlich sehne ich mich nach nichts mehr als nach seiner warmen, aufrichtigen Gesellschaft.

Der geplante Empfang für das Parlament ist eine wahrhaft aufregende Aussicht. Vater hat es sich zur Gewohnheit gemacht, ein- oder zweimal in jeder Sitzungsperiode sämtliche Mitglieder des Parlaments zu einem Abendessen mit dem Hof im Banqueting House einzuladen. Es sind stets aufwendige Empfänge, und Vater hat seinen Master of Ceremonies, seinen Cousin Sir Oliver Flemyng, angewiesen, dieses Mal an nichts zu sparen. Vierhundert Fleischgerichte sind geplant, und alle Lieferanten des Hofes – die Brauer, Metzger und Fischhändler, Wein- und Gewürzhändler – müssen ihr Bestes geben, um unsere Bestellungen auszuführen. In den Küchen, Kellern und dem Schlachthaus des Palastes geht es zu wie in einem Bienenstock. Während das Dienstpersonal in Schürzen am Werk ist, hat Master Hingston ein paar neue Stücke komponiert und mit seinen Musikern einstudiert, außerdem wurden eigens zu diesem Anlass etliche Künstler aus der Stadt verpflichtet. Und schließlich – für uns besonders aufregend – hat der Hofschneider Mr. Hornlock neue Kleider für Mutter, Elizabeth, Mary und mich gefertigt. Bridget hingegen hat sein Angebot abgelehnt.

Mein Kleid ist nach der neuesten spanischen Mode geschnitten, die Ärmel sind so voll und so stark gebauscht, dass ich meine Arme darin kaum sehen kann. Ich genieße es, dass die Blicke der anderen jungen Frauen am Hof mir folgen, als ich durch den Bankettsaal schreite. Über mir prangt das Deckengemälde von Meister Rubens, die große Verklärung des alten Stuartkönigs James, ein überwältigendes

Farbenmeer, umrahmt von glänzendem Gold. Wir alle sind an diesem Abend prächtig gekleidet, doch ich bilde mir ein, das Muschelrosa meines Kleides sticht Bettys Mintgrün und Marys Saphirblau aus, und ich empfinde eine plötzliche, beinahe beängstigende Selbstsicherheit, als wäre mein ganzer Körper geladen und gespannt wie eine Muskete.

In scharfem Kontrast zu der festlich heiteren Umgebung drehen sich alle Gespräche um den Prozess gegen den Attentäter von Whitehall, den Leveller Miles Sindercome. Der Prozess fand vor ein paar Tagen in der Westminster Hall statt, und über jeden Augenblick wurde genüsslich in den Nachrichtenblättern berichtet. Davon zu sprechen, während wir im Saal des Banqueting House stehen, versetzt mich unwillkürlich zurück zu den Szenen, die ich mir von einem anderen Prozess ausgemalt habe, ebenfalls unter dem uralten Hammerbalkengewölbe der Westminster Hall: dem Prozess gegen den Tyrannen Charles und seine Hinrichtung auf einem Schafott draußen vor diesem selben Raum. Rubens' Verherrlichung des göttlichen Herrschaftsrechts seines Vaters und seines Aufstiegs in den Himmel müssen fast das Letzte gewesen sein, das der Verräterkönig in dieser Welt sah.

«Aber ihn zu hängen, auszuweiden und zu vierteilen.»

Marys grausige Worte holen mich in die Gegenwart zurück.

«Das ist grauenvoll, barbarisch.»

Ich schaudere bei dem Gedanken, stelle mir vor, wie der Mann sich windet und schreit, während er auf der Schleife nach Tyburn gezogen wird, wie ihm die Instrumente seines qualvollen Todes gezeigt werden und man ihn am Galgen hochzieht. Sosehr ich Sindercome dafür hasse, dass er unseren gewaltsamen Tod herbeiführen wollte, ich kann doch nicht anders, als zu wünschen, er selbst möge ein friedlicheres Ende nehmen, sein Leben still und leise ausgelöscht werden wie eine Kerze.

«Aber so muss es nun einmal sein, Mary», sagt Dick in gelassenem Ton. «Rich, meint Ihr nicht auch?»

Robert Rich, der gerade mit einem Gefolge aus jüngeren Parlamentariern in der Nähe vorbeigeht, hält inne. «Hoheit?»

«Sindercome.» Dick nippt an seinem Wein. «Er muss den Verrätertod sterben. Meine jungen Schwestern sähen es lieber, wenn er hier im Palast friedlich seinen Ruhestand verleben dürfte.»

Ich werfe Dick den verärgerten Blick zu, zu dem nur ein älterer Bruder einen hinreißen kann, doch ich weiß, mit seiner scherzhaften Art überspielt er echte Sorge.

«Das muss er allerdings, Euer Hoheit. Es ist eine grässliche Vorstellung, meine Damen», fährt Robert an uns gewandt fort. «Doch ich fürchte, es muss so geschehen. Es ist die einzige Möglichkeit, dauerhaft Eure Sicherheit zu gewährleisten.»

Sein Blick ruht auf mir. Sein Gesicht hat einen so ernsten Ausdruck angenommen, dass mir der Gedanke kommt: Dies sind die ersten Worte, die ich ihn unverstellt habe sagen hören, geradeaus wie ein Pfeil.

«Wohl gesprochen.» Dick grinst ihn an. «Aber kommt, Rich, ich muss Euch von diesem Pferderennen erzählen, das ich in Winchester stifte. Ich habe einen Siegespreis von dreißigtausend Pfund ausgesetzt. Es wird ein herrliches Vergnügen – die erste Sportveranstaltung, nun, da das Verbot aufgehoben ist. Ihr müsst herunterkommen und mit mir gemeinsam zuschauen. Ich habe von einem prachtvollen Wallach reden hören, der dort an den Start gehen soll …»

Das Gespräch verliert sich in Pferdethemen, und ich verliere das Interesse.

Das Festessen selbst ist überwältigend. Ich sitze zwischen Mary und Dick und lasse den Blick begeistert über die langen Tische gleiten, sehe all die tatkräftigen und mächtigen Männer versammelt, deren täglich Brot die Regierungsgeschäfte der Nation sind. Wir essen einen Gang nach dem anderen, der Wein fließt in Strömen, und mein Korsett engt mich immer unangenehmer ein. Doch die außergewöhnlichen Speisen, die vor mich hingestellt werden, sind unwiderstehlich: Pasteten, pochierter Lachs und eingelegte Krabben, von Fett triefende Brathähnchen und riesige Rinder- und Hammelkeulen auf Betten aus dampfendem Gemüse. Es gibt Ziegenkäse, Schafskäse, kandierte Früchte und Walnüsse, Zitroneneis, Apfelgelee und eine neue Delikatesse namens Pfefferkuchen, nach deren Genuss mir ein Hauch glitzernder Zuckerkristalle an den Fingerspitzen und ein warmes Kribbeln auf der Zunge zurückbleiben.

Der Effekt der Hunderte Kerzen ist überwältigend. Sie brennen so zahlreich in mächtigen Wandleuchtern entlang der Kolonnadenwände des Bankettsaals, dass ihre Hitze die Kälte des Winterabends vertreibt. Als die Mahlzeit schließlich endet und Vater sich von seinem Stuhl erhebt, um nach Unterhaltung zu suchen, folge ich seinem Beispiel und trete an eines der großen Sprossenfenster, um mich abzukühlen. Ich versuche, in die abendliche Betriebsamkeit der White Hall Street hinauszuspähen, doch der Kerzenschein ist so hell, dass das an den Rändern beschlagene Glas nur die schwingenden Kleider und farbenfrohen Anzüge der Höflinge hinter mir spiegelt. Sie schimmern zwischen den Flammen wie Schmetterlinge zwischen Glühwürmchen in einem Glas.

Ich habe nur ein paar Augenblicke für mich, dann fühle ich eine leichte Hand auf meiner bloßen Schulter. Als ich eine vertraute Stimme mit melodischem Akzent höre, kann ich mir ein Lächeln nicht verbeißen.

«Principessa.»

Es ist Signor Giavarina, der ständige Botschafter von Venedig.

«Botschafter, Ihr wisst doch, Ihr dürft mich nicht so nennen», erwidere ich lächelnd, denn die Gesellschaft des dunklen Italieners mit dem höfischen Gebaren ist mir stets willkommen.

«Weshalb denn nicht, meine Liebe? Als stolzer Republikaner habe ich auf meinen Reisen die Monarchen und die Höfe Europas eingehend studiert. Und keiner ist so königlich, so göttlich monarchisch wie Euer werter Vater, sosehr er sich auch um das Gegenteil bemüht.»

Darüber muss ich kichern. «Ich bitte Euch, Botschafter, Ihr erlaubt Euch einen Scherz mit mir. Ich bin ebenso wenig eine Prinzessin, wie der König von Spanien eine ist. Außerdem» – ich senke verschwörerisch die Stimme – «werdet Ihr gut genug informiert sein, um zu wissen, dass unser königlicher oder nichtköniglicher Status gegenwärtig am Hof ein heikles Thema ist.»

Giavarina lacht und zieht eine Augenbraue hoch. «Ich genieße diese Anlässe wirklich. Dank seines Wachhunds, des ‹kleinen Sekretärs› Signor Thurloe, sind es die einzigen Gelegenheiten, bei denen ich ‹König› Oliver je zu sehen bekomme, doch zudem kann ich mich der Gesellschaft seiner reizenden Töchter erfreuen. Wobei die jüngste natürlich die reizendste ist und, wie ich hinzufügen möchte, auch die scharfsinnigste.»

Ich freue mich über dieses Kompliment, bemühe mich

jedoch, es nicht zu deutlich zu zeigen. «Ich schließe daraus, dass Ihr noch immer keine Audienz bei meinem Vater hattet, Botschafter?»

«Nicht mehr seit unserem letzten Treffen, bei dem er uns Unterstützung im Krieg gegen die Türken zusicherte. Unglücklicherweise war es mir aus gesundheitlichen Gründen zwischenzeitlich nicht möglich, ihn erneut aufzusuchen, doch ich habe auch keinerlei schriftliche Nachricht erhalten. Es ist der königlichste Zug Eures Vaters, dass er außenpolitische Angelegenheiten sich selbst und Signor Thurloe vorbehält und Versprechen gibt, die er niemals hält. Diese vornehme, herrscherliche Scheinheiligkeit ist an allen Höfen Europas zu finden.»

«Botschafter», sage ich rasch, verlegen über Vaters Versäumnis, «wenn mein Vater Euch Unterstützung in Eurem Krieg zugesagt hat, so bin ich überzeugt …»

«Bella Francesca», fällt Giavarina mir kichernd ins Wort, und seine dunklen Augen tanzen, während er mich in einen stilleren Winkel führt. «Wie wenig Ihr doch von meiner Welt wisst. Weshalb sollte Euer Vater seine geliebten, tüchtigen englischen Soldaten opfern, sie den Türken in den Rachen werfen? Unsere Republik wäre selbstverständlich zutiefst dankbar für seine Unterstützung, doch ich gebe mich keinen Illusionen hin. Seht Ihr, wie ich allein auf diesem Bankett umherwandere? Schaut einmal mit mir.» Giavarina lenkt meinen Blick durch den Raum, wo die Mitglieder des Parlaments und die Höflinge nach dem reichlichen Essen umherschlendern, sich vermischen, Pulks bilden und sich wieder voneinander lösen, ein Gewimmel im kupferfarbenen Kerzenschein.

«Seht, da am Fenster ist Euer Schwager General Fleetwood im Gespräch mit seinem Verbündeten, dem französischen Botschafter Bordeaux. Und dort, schaut: Signor Thurloe sitzt mit unseren Freunden von der schwedischen Botschaft beisammen. Zweifellos erzählt er ihnen von seinen großen Plänen für eine Liga protestantischer Nationen. Man sieht, wo die Sympathien jedes Einzelnen liegen. General Fleetwood» – er weist mit einer Kopfbewegung auf Charles – «glaubt an die Allianz mit Frankreich, an der seit so vielen Jahren geschmiedet wird. England und Frankreich im Bunde! So etwas … Und dort, General John Lambert, Euer neuer ‹Hammer der Schotten›.»

Giavarina lenkt meinen Blick zu der hochgewachsenen, schmächtigen Gestalt Lamberts, der allein am Rand des Saales einherstolziert, als patrouillierte er um eines seiner Lager. «Lambert, der Frankreich hasst und ein Bündnis mit Spanien lieber sähe. Und unterdessen macht England sich seine natürlichsten Verbündeten zu Feinden, die Vereinigten Niederlande und Dänemark, angeblich um seinen kostbaren Handel am Baltischen Meer zu schützen. Wen wundert es da, dass Euer Vater außenpolitische Angelegenheiten nicht öffentlich am Hof diskutiert oder dass er mich nicht empfangen will? Sein Rat ist vor Uneinigkeit ganz zerrissen. Der Lord Protector muss tagtäglich die große Leistung vollbringen, ihn zusammenzuhalten und damit zu verhindern, dass die Armee und das Parlament übereinander herfallen. Doch weitere Stürme werden kommen, gedenkt meiner Worte. Es braucht einen Außenseiter am Hof, um das zu erkennen.»

Neben uns kringelt sich Rauch von einer flackernden Kerze in die Höhe, gleich darauf wird sie von einem livrierten Diener ausgetauscht. Heißes Wachs spritzt auf seine weißen Handschuhe. Auf dem Podium stimmen die Musiker mit disharmonischen Tönen ihre Instrumente.

Ich beuge mich dicht zu ihm hinüber. «Ihr haltet wohl nicht viel von den Mitgliedern des Rates, Botschafter?», frage ich leise. Ich bin so daran gewöhnt zu hören, wie diese großen Männer in den Himmel gelobt werden: Erzählungen über Major General Lambert – der an Macht und Beliebtheit einzig von Vater übertroffen wird – und seine brillante Eroberung Schottlands; Geschichten von Charles' skrupelloser Herrschaft über Irland; Berichte von Lord Commissioner Nathaniel Fiennes' Bemühungen, eine friedliche Einigung mit dem König auszuhandeln. Es ist erfrischend, wenn auch beunruhigend, die unverblümt geäußerten Ansichten des Botschafters zu hören.

Giavarina senkt zungeschnalzend den Kopf über seinen Weinbecher. «Nicht einer dieser Männer ist ein wahrer Diplomat, nicht einer versteht den Feinsinn unseres Handwerks. Nicht einer erkennt, welche Stellung England in der Welt einnehmen könnte, wenn es sich dazu entschlösse.»

«Und ist das dann nicht die Rolle meines Vaters?»

«Ganz genau, meine Liebe. Die Rolle eines Königs – aber auch das gibt ja Anlass zu Zwietracht innerhalb Eurer Regierung. Vor einigen Jahren versuchte Euer Vater, zwischen den Fraktionen im Rat zu vermitteln, durch diesen jämmerlichen Kompromiss, in der Karibik gegen Spanien zu kämpfen. Das Western … Wie hieß es …?»

«Design. Das Western Design», helfe ich aus.

«Ganz recht.» Er deutet eine Verbeugung an. «Und nun, nachdem viele Menschenleben geopfert wurden, klammert England sich krampfhaft an diese kleine, gottverlassene, von Seuchen geplagte Insel Jamaika, welche die Spanier zweifellos bald zurückerobern werden. Außenpolitik erfordert Führung und Entscheidungen. Und ich hoffe, dass Euer Vater bald beginnen wird, diese zu treffen – zum Wohle

Englands, nicht um meinetwillen, Ihr versteht. Wenn das geschieht, werdet Ihr wahrhaftig eine *principessa* sein.»

Und was, wenn ich auch einen Prinzessinnentitel erhalte, frage ich mich, während ich dem Italiener forschend ins Gesicht blicke. Was bedeutet das für meine Freiheit?

«Signor Giavarina.» Die weindurchtränkte Stimme von Bulstrode Whitelocke tönt zu uns herüber, und er nähert sich auf leichten, tänzelnden Füßen. «Mein Freund, Ihr dürft die schönste Frau im Raum nicht länger mit Eurem Geplauder langweilen. Hoheit.» Er verbeugt sich und strahlt mich an.

Giavarina lächelt ihm zu. Bulstrode Whitelocke – Jurist, Parlamentarier, Commissioner of the Great Seal und Vaters enger Freund – war einst selbst Botschafter, er vertrat Vater am Hof von Christina, der früheren Königin von Schweden. Ich weiß, dass Giavarina ihn deshalb höher achtet als die meisten Politiker an unserem Hof. Ich freue mich, meinen Freund Bulstrode zu sehen. Obwohl er mich schon von klein auf kennt, behandelt er mich nie wie ein Kind – wir beide wissen ganz gut, was wir voneinander zu halten haben.

«Ich stellte nur eben wieder einmal fest, dass es die Christenheit selbst zu verteidigen gilt», antwortet Giavarina Bulstrode unbeirrt. «Man kann nicht von Venedig erwarten, im Alleingang die Grenzen Europas zu sichern. Der neue Großwesir der Türken greift sie mit neuer Heftigkeit an, und ich sehe nicht, wie wir die Dardanellen gegen seine Truppen halten können. Es ist nur eine Frage der Zeit, bis die Ottomanen die Hände nach Griechenland ausstrecken werden, nach Österreich, und wer weiß, wie es dann weitergeht. Und ich selbst verfüge nicht über die Mittel, noch viele Monate lang an diesem Hof zu warten. Seine Hoheit muss bald eine Entscheidung treffen.»

Sein Ton ist milde und freundschaftlich, doch seine Augen verdüstern sich unter dem Hut, den nur die Botschafter in Vaters Beisein tragen dürfen: ein Symbol dafür, dass sie andere Staatsoberhäupter vertreten, die einzigen Menschen, die ihm gleichgestellt sind.

«Ich werde noch einmal mit Seiner Hoheit und Sekretär Thurloe sprechen, mein Freund», versichert Bulstrode. Sein dichtes, gewelltes schwarzes Haar wippt leicht, als er einem Diener bedeutet, Giavarinas Glas nachzufüllen.

Darum bemüht, ein angenehmes Gespräch in Gang zu bringen, erkundige ich mich bei Bulstrode nach Königin Christina, die für ihre Gelehrsamkeit und ihre Liebe zu den Künsten berühmt ist und zu meinen persönlichen Heldinnen zählt. Christina hat als Königin abgedankt, nun reist sie durch Europa und sammelt Künstler, und ihr Tun erscheint mir unvorstellbar glanzvoll.

«Hat die Königin sich wirklich geweigert zu heiraten?», will ich wissen. «Hat sie lieber auf den Thron verzichtet, als sich zu einer Heirat entgegen ihrer Neigung zwingen zu lassen?»

Bulstrode lächelt, und seine auffallend kohlschwarzen Augen tanzen in einem Gesicht, von dem ich unwillkürlich finde, dass es für seine großen Züge zu klein ist. Ich kenne seine Vorliebe für Tratsch, Tändelei und Gelegenheiten, seine geistreichen Anekdoten zu erzählen.

«Wisst Ihr, Hoheit, ich habe Ihre Majestät einmal sagen hören, zu heiraten erfordere größeren Mut, als in den Krieg zu ziehen.»

Ich lache, doch dann denke ich ernüchtert an den Feldzug, der mir bevorsteht. «Wirklich, hat sie das gesagt? Dann hält sie Frauen also für ebenso mutig wie Männer?»

«Gewiss.» Bulstrode streicht sich den schmalen Bart.

«Aber ich hoffe, ihre Bewunderung gilt auch Bräutigamen, denn in diesem Fall wäre ich als dreimal verheirateter Mann in ihren Augen ganz besonders mutig gewesen.»

Er grinst über seinen eigenen Witz und wartet ab, bis unser Lachen verebbt ist, ehe er die Stimme zu einem verschwörerischen Flüstern senkt. Signor Giavarina und ich beugen uns zu ihm hinüber.

«Als ich Ihrer Majestät mitteilte, dass ich dreimal verheiratet war», fährt Bulstrode fort, «fragte sie mich, ob ich auch mit jeder meiner Frauen Kinder bekommen habe. Und nachdem ich das bejaht hatte, wisst Ihr, was sie da zu mir sagte? *‹Pardieu, vous êtes incorrigible!›*»

Darüber lachen wir herzlich, auch Signor Giavarina, der seine Kriegsschiffe und seinen Kreuzzug für den Moment vergessen hat. Erfreut, die Unterhaltung in Gang gebracht zu haben, schaue ich mich um. Ich hoffe, Marys Blick aufzufangen oder den meiner Eltern. Doch der Einzige, der in meine Richtung schaut, ist Robert Rich, der auf der anderen Seite des Saals steht und lächelnd sein Glas hebt.

Das Konzert beginnt. Ich schwelge in der Musik. Master Hingstons neue Kompositionen sind großartig, und jeder einzelne Punkt des gemischten Programms – vom Choral bis zum Instrumentalstück – schlägt den riesigen Raum und die Hunderte Zuhörer in Bann. Vater ist besonders entzückt, und sein freudiges Strahlen, sein Jubel und Klatschen lenken die Reaktionen des Publikums. Von allen Vorträgen rührt mich jener der zwei Knabensoprane am meisten an. Ihre Stimmen erschallen vom Podium und schweben um die Säulen im Saal wie der Gesang von Nachtigallen in einem stillen Wald.

«Wir müssen Master Hingston fragen, ob wir dieses Stück lernen können», sage ich später zu Mary. Wir sitzen mit Dicks Frau Dorothy zusammen und essen bei abendlichem Kerzenschein Lavendelkuchen.

Da steht Robert am Tisch. «Das würde ich mit größtem Vergnügen hören, Eure Hoheiten.» Er verbeugt sich vor uns, flankiert von ein paar jungen Parlamentariern, die ich schon vorhin mit ihm zusammen gesehen habe. Alle haben vom Wein gerötete Gesichter. Ich weiß nichts zu erwidern, wieder einmal überrumpelt von der Höflichkeit, die Robert mir erweist, wenn andere mithören.

Robert stellt seine Parlamentskollegen vor, und es entspinnt sich eine Unterhaltung über die musikalische Darbietung. Ich will eben etwas beitragen, da lässt Robert sich auf einen Stuhl neben mir sinken, sodass ich mich von der Gesellschaft abwenden muss und er allein zu mir spricht.

«Ich habe Euch noch ein paar potenzielle Verehrer mitgebracht», sagt er augenzwinkernd und weist mit dem Kopf auf die Parlamentarier, die sich jetzt um Mary und Dorothy drängen. «Sagt mir nur, ob einer von ihnen Euch dem Aussehen nach gefällt, dann fädle ich ein privates Gespräch ein.»

Ich schaue ihn kühl an. Er erwidert den Blick lächelnd und nimmt sich etwas Gebäck. «Also schön, Hoheit, ich werde mich auf höflichere Gesprächsthemen beschränken. Ich finde es höchst erfreulich, dass Ihr und Eure Schwester solches Vergnügen an Euren Gesangsstunden findet. Es ist ein reizender Zeitvertreib für junge Damen.»

«Für junge Herren nicht?», frage ich und lasse mich wieder einmal in unser disharmonisches Duett hineinziehen.

«Oh nein. Musik ist grässliche Zeitverschwendung. Ich interessiere mich wenig dafür.»

Ich starre ihn entsetzt an. «Das kann nicht Euer Ernst sein! Wer könnte einen der köstlichsten Genüsse, die wir Menschen kennen, derart verachten? Mein Vater würde Euch für solche Ketzerei vom Hof verstoßen.»

Er legt den Kopf schief. Sein Wangenknochen zeichnet sich im Licht des großen Wandleuchters ab, und sein rötliches Haar schimmert. «Nun, ich räume ein, dass Hingston ein ausgezeichnetes Ohr hat, was ich von mir selbst nicht behaupten kann. Die Harmonie der Gegenstimme im ersten Stück war hervorragend, und im letzten war ich ganz hingerissen davon, wie der Bassviolenlauf den der zweiten Sopranstimme spiegelte.»

Ich schnalze verärgert mit der Zunge. «Ihr irritiert mich, Sir. Bereitet es Euch Vergnügen, Euch Ansichten anzueignen und kundzutun, die offenbar nicht die Euren sind?»

Robert grinst. «Mit irgendetwas muss ein Gentleman sich ja beschäftigen.»

«Endlich!», rufe ich aus. «Endlich etwas, worin wir uns einig sind. Bitte sagt mir doch, womit gedenkt Ihr Euch denn zu beschäftigen? Außer mit Trinken, Billardspielen und Selbstdarstellung. Ich bin unter tüchtigen, vielbeschäftigten Menschen aufgewachsen – Menschen, die daran glauben, dass man Gott am vorzüglichsten mit ehrlicher, harter Arbeit ehrt.»

Ich denke an Vater, der sich stets mühte, nachdachte, plante. Und an Harry, der an seiner Seite lernte. Selbst Dick mit seiner Liebe zur Jagd und zum Pferderennen scheute harte Arbeit nicht, wenn sie ihm aufgetragen wurde. Was weiß dieser verzogene Flegel mit den glatten Händen und der aristokratischen Aussprache schon von harter Arbeit und Verantwortung?

«Ach, das spielt eigentlich keine Rolle», erwidert Robert

lachend, doch es klingt gekünstelt. Sein Leichtsinn ärgert mich. Ich stelle mir vor, dass das Leben für ihn stets nur ein Spiel war, während ich jeden Tag Unsicherheit und Bedrohung empfunden habe. Wir Cromwells wissen, dass wir in einem Augenblick alles verlieren könnten.

«Ihr habt recht», sage ich lächelnd. «Es spielt kaum eine Rolle, was Ihr mit Eurem Leben anfangt, wenn Euch alle Möglichkeiten unter der Sonne zu Füßen gelegt werden.»

«Alle Möglichkeiten?» Er beugt sich vor und schaut mich eindringlich an. «Ihr meint die zeremoniellen Ämter eines Höflings – Botengänge verrichten und in Brokat durch die Paläste stolzieren? Oder ein Sitz im Parlament, wo ich die Nachmittage verschlafen kann? Vielleicht sollte ich zur Marine gehen und nach den Westindischen Inseln aufbrechen, um dort mit unserem General at Sea Robert Blake die spanischen Schatzschiffe zu überfallen. Wie ich hörte, wird schon wieder ein neuer Gouverneur für Jamaika gesucht – ich könnte an der Pest sterben wie der vorige. Oder ein Posten bei der Armee, wo ich tagtäglich die heroischen Kriegsgeschichten der radikalen alten Veteranen zu hören bekäme, die ich befehligen muss?»

«Ah.» Allmählich glaube ich, ihn zu verstehen – ich beginne, seine wahre Natur zu entdecken, wie er es mit seiner herausfordernden Art bezweckt hat. «Nun kommen wir zum Kern. Was Ihr überwinden müsst, ist Neid, nicht Trägheit.»

Seine Mundwinkel zucken. «Bitte klärt mich auf.»

Ich senke den Blick auf den rosa Seidenatlas in meinem Schoß, drehe das Perlenarmband an meinem Handgelenk und wappne mich dafür, offen zu sprechen, so wie mein Vater es tun würde. «Ihr seid neidisch auf die jüngst vergangenen, außerordentlichen Zeiten. Die Generation unserer Väter hat die Welt umgekrempelt, sich auf blutigen Schlachtfeldern bewiesen, für ihre Prinzipien geredet, gekämpft und ihr Leben gelassen. Ihr seid es leid zuzuhören, wie Männer, die nur ein paar Jahre älter sind als Ihr, von ‹ihrem Krieg› sprechen. Ihr habt das Gefühl, dass Ihr außen vor seid, dass alles, was Ihr leisten könntet, dagegen verblasst, da Ihr in Friedenszeiten erwachsen geworden seid. Und deshalb wollt Ihr Euch lieber gar nicht erst anstrengen, etwas zu leisten.»

Robert starrt mich an, gänzlich aus der Fassung gebracht.

«Ihr sprecht harsche Worte, meine Dame», sagt er schließlich nach einem großen Schluck Wein. «Aber dass Ihr solche Gefühle in mir zu erkennen glaubt, deutet darauf hin, dass Ihr ein gewisses Mitgefühl aufbringt.»

«Mitgefühl?» Ich lächle verwundert. «Wie könnte ich als Frau Mitgefühl mit einem Mann empfinden, dem zu wenige Möglichkeiten offenstehen. Bitte sagt mir doch, Sir, welche Möglichkeiten werde ich wohl haben, mich meines Vaters würdig zu erweisen? Abgesehen davon, einen Mann seiner Wahl zu heiraten, Kinder zu gebären und mir die Langeweile mit Musik und anderen Steckenpferden zu vertreiben, die in Euren Worten ‹reizender Zeitvertreib für junge Damen› sind, die Ihr für Euch selbst jedoch als Zeitverschwendung betrachtet. Ihr hingegen» – ich schaue ihn an, in seinem prächtigen Wams und Hosen aus rotem Samt mit seidenen Kniebändern, und vielleicht sehe ich ihn zum ersten Mal wirklich –, «Ihr könnt mit Eurem Leben anfangen, was immer Ihr wünscht. Was gäbe ich nicht darum, in Euren Schnallenschuhen zu stecken: ein junger Edelmann, der das Leben vor sich hat. Strahlend und voller Energie. Lebensprühend. Ansehnlich, wie manche vielleicht sagen würden. Klug – auch wenn Ihr es zu verbergen sucht. Einnehmend, wenn Euch danach ist. Mitgefühl? Nein, Sir, ich habe keines für Euch.»

Der Mund bleibt mir offen stehen, als mir bewusst wird, was ich da unüberlegt ausgesprochen habe. Ich glaube nicht, dass ich jemals vor irgendjemandem außer meinen Schwestern so geredet, meine Gedanken so frei und ungefiltert in Worte gefasst habe. Mein Herz rast vor banger Erregung. Ich werfe Robert einen Blick zu und erkenne, dass ich ihn verunsichert habe. Er lächelt mir höflich zu, doch ich sehe ihm an, dass sein Geist fieberhaft arbeitet, meine Worte abwägt und zu bewahren sucht und über alldem nicht imstande ist, selbst welche zu formulieren. Eine kleine Weile sitzen wir schweigend, während die Betriebsamkeit im Raum weitergeht, ohne dass irgendjemand von unserem vertraulichen Gespräch Notiz genommen hat.

«Ihr würdet also auch gern rebellieren», sagt Robert schließlich. Er spricht nun viel leiser. «Aber wie sollen wir uns gegen unsere Eltern auflehnen, wenn sie sich gegen die Welt aufgelehnt haben? Wenn die einstigen Rebellen nun die Herrscher sind, wo stehen wir dann? Die alten Regeln gelten nicht mehr für uns, doch wir kennen die neuen Regeln nicht.»

Ich schiebe seine Worte in meinem Kopf herum wie Stoffstücke für eine Flickendecke. Er hat recht: Wie könnte unsere Generation sich jemals mit der vorigen messen? Was bleibt uns noch zu erreichen? Allmählich fügen sich die Flicken zu einem Muster zusammen, einer Antwort.

«Wir lehnen uns nicht gegen unsere Eltern auf», beginne ich langsam, als meißelte ich jedes einzelne Wort in Stein. «Wir nehmen ihre Überzeugungen auf wie eine Kriegsstandarte und tragen sie weiter, als sie es sich je erträumt haben. Wir nehmen ihre Siege für die Freiheit und wenden sie auf unser eigenes Leben an. Die Freiheit, Erfüllung zu finden. Die Freiheit, unsere Zukunft zu gestalten. Die Freiheit, selbst zu wählen, wen wir lieben.» Ich denke an Königin Christina, die sich für ein Leben außerhalb der Ehe entschieden hat, und an Katherine, die keine andere Wahl hatte, als nach einer Laune meines Vaters einen Mann zu heiraten, mit dem sie vorher wahrscheinlich noch nie gesprochen hatte.

«Ich kann mich nicht an ein Leben vor dem Krieg erinnern», fahre ich fort, «aber meine Schwester Bridget hat mir erzählt, der Krieg habe das Los der Frauen verändert: Er habe sie aus ihren Küchen und Stuben auf die Zinnen geholt, in Druckereien und auf die Straßen vor dem Parlament. Dies ist eine neue Zeit für die Frauen, und ich will daran teilhaben.» Ich halte inne, bestürzt über die Klarheit meiner Gedanken und noch mehr darüber, dass Robert Rich sie mir entlockt hat.

Er lächelt mich an. Ein breites, aufrichtiges Lächeln, nicht das spöttische Schmunzeln, das so oft seine Lippen umspielt. «Ihr seid höchst erhellend, Lady Frances. Ich muss gestehen, ich weiß herzlich wenig über moderne Frauen und wie sie über solche Fragen denken.»

Seine spielerische Art ist zurückgekehrt, und ich versuche, in der gleichen Manier zu antworten.

«Sprecht Ihr mit Euren Gefährtinnen nicht darüber?», erkundige ich mich, die Anspielung auf seinen lasterhaften Lebenswandel spitz wie ein Degen.

Robert lacht, und seine vom Wein geröteten Wangen färben sich dunkler. «Meine *Gefährtinnen*, wie Ihr sie nennt, interessieren sich ausschließlich für das, was ich in … meinem Geldbeutel habe.»

Nun ist es an mir zu erröten. «Und mit den Frauen in Eurer Familie sprecht Ihr auch nicht über solche Dinge?», frage ich hastig, um meine Verlegenheit zu überspielen.

Das Lächeln verschwindet aus seinem schönen Gesicht.

«Nein. Meine Mutter starb, als ich vier war. Ich habe nur wenige vage Erinnerungen an sie. Ihr Geruch wie Waldveilchen nach einem Regenschauer. Eine blonde Locke, die im Morgenlicht über mir wippt. Ein Seemannslied, das sie mir oft vorsang.» Robert versinkt für einen Moment in Gedanken, dann taucht er wieder auf und fährt rasch in sachlichem Ton fort: «Und meine Stiefmutter interessiert sich ebenso wenig für mich wie mein Vater. Ich habe zwei Halbschwestern, die mir sehr am Herzen liegen, aber sie sind noch klein.»

Mich überspült eine Welle des Mitleids, und Übelkeit steigt in mir auf, als ich mir vorstelle, wie mein Leben ohne meine Mutter oder meine Schwestern aussähe. Ich suche noch nach einer passenden Antwort auf seine Offenbarung, als plötzlich Elizabeth vor uns steht. Robert springt sogleich auf, um ihr seinen Stuhl anzubieten, und sie nimmt dankbar lächelnd an. Inzwischen ist sie im fünften Monat schwanger, und ihr gerundeter Bauch zeichnet sich leicht unter dem großzügigen Schnitt des neuen Kleides von Master Hornlock ab. Ohne ein weiteres Wort verbeugt Robert sich vor uns beiden und verschwindet in der Menge, sein purpurroter Rücken geht in einem Meer von kerzenbeschienenen Farben unter, das wie ein Spiegelbild von Rubens' prächtiger Darstellung des Himmels erscheint. Ich lehne mich in meinem Stuhl zurück, im Geiste noch vollauf damit beschäftigt zu begreifen, was sich eben zwischen uns zugetragen hat.

In dieser Nacht, während der Hof sich schlafend von der Aufregung des Tages erholt und die letzten Nachtschwärmer in den frühen Morgenstunden endlich weinselig in ihre Betten fallen, tötet sich Miles Sindercome irgendwo tief in den Verliesen des Tower selbst mit Gift, das ihm angeblich seine Schwester gebracht hat. Ich erfahre die düstere Neuigkeit, kaum dass ich erwacht bin, mein Kopf schmerzend von der giftigen Wirkung des Weines. Insgeheim bin ich froh, dass der Mann dem denkbar schlimmsten Tod auf dem Schafott entronnen ist. Mary ist noch nachsichtiger, sie schließt Sindercome am Abend sogar in unser Gebet ein. «Er hatte auch eine Seele», sagt sie, als ich protestiere.

Eine Woche später wird Vaters Errettung aus der Gefahr in allen drei Nationen mit einem Feiertag gedankt: Lehrlinge brauchen nicht zu arbeiten, Bedienstete werden zu ihren Familien heimgeschickt, und in den Tavernen geht das Ale aus. Ich danke wieder einmal dafür, dass meine Familie heil davongekommen ist, und bete inbrünstig dafür, dass uns keine weiteren Gefahren drohen. Und ich bin mit meinem Unbehagen nicht allein: Alle Feierlichkeiten können nichts daran ändern, dass in gewissen Teilen der Presse noch immer helle Aufregung herrscht. Und auch die Furche zwischen Sekretär Thurloes Augenbrauen glättet sich nicht. Die anderen Verschwörer – allen voran Sexby – sind nach wie vor auf freiem Fuß, unterstützt von unseren royalistischen Feinden. Und schlimmer noch, die Zeitungen behaupten, in Flandern würden spanische und irische Truppen zusammengezogen, um nach England zu segeln, mit dem exilierten «König», dem jungen Charles Stuart, an der Spitze der Flotte. Thurloe sendet Briefe an sämtliche Milizen überall in den drei Nationen, um sie in höchste Alarmbereitschaft zu versetzen. Vater bespricht sich jeden Tag bis spät in die Nacht mit dem Staatsrat, und das ganze Land hält den Atem an.

KAPITEL DREI

Glücklicherweise lenkt mich ein erfreulicherer Gedanke von diesen Ängsten ab: Ich bin überzeugt, dass Mary ein Auge auf Nicholas Baxter geworfen hat, Vaters Gentleman of the Horse. Nach dem Gottesdienst am Tag des Herrn ertappe ich die beiden vor der Kapelle von Hampton Court im Gespräch miteinander und dann noch einmal am nächsten Tag, als er uns zur Rückreise nach Whitehall in die Kutsche hilft. Wenn Mary mit ihm spricht, stellt sie sich ein wenig auf die Zehen, sodass ihr dunkler Kopf seinem rothaarigen ein wenig näher ist. So habe ich sie noch mit keinem anderen Mann gesehen.

Mary streitet es natürlich ab, weicht aber meinem Blick aus. «Wenn es ein Anzeichen von Verliebtheit ist, mehr als ein paarmal mit einem Gentleman zu sprechen, dann würde ich meinen, du seist in Robert Rich verliebt.» Dabei lächelt sie überlegen.

«Aber nein.» Nun ist es an mir, vehement zu leugnen. «Er ist ein selbstherrlicher Müßiggänger, der mich wütend macht», behaupte ich. Doch in dem darauffolgenden Schweigen ertappe ich mich dabei, freundlichere Gedanken über ihn zu hegen. In unserem Gespräch bei dem Empfang hat er so viel von sich preisgegeben und schien sich auch für meine Gedanken zu interessieren. Sind wir womöglich dabei, uns anzufreunden?

Mary und ich sind in der Kinderstube der Claypoles in den Privatgemächern unserer Familie zu Whitehall und spielen auf dem Boden mit unseren Nichten und Neffen, während Elizabeth, Mutter und Vaters unverheiratete Schwester Liz eine Spazierfahrt im St. James's Park unternehmen. Natürlich verbringen wir gern Zeit mit den Kindern, doch in diesem Fall steckt eine Absicht dahinter: Wir wollen John abfangen, sobald er aus dem Parlament zurückkehrt, um die jüngsten Nachrichten über die neu vorgeschlagene Verfassung zu erfahren. Es gibt Gerüchte, durch sie solle Vater zum König gemacht werden – eine Veränderung, die uns alle betreffen würde.

Die Kinder sind ausgelassen und voller Energie, sie tollen umher und balgen sich, Spielzeuge fliegen durcheinander, und mitunter fließen ein paar Tränen. Im Laufe des Nachmittags werde ich überredet, eine Pferdekutsche zu zeichnen, einen Baum und einen Engel, während Mary ihren Zauber mit den Puppen wirkt, ihren liebsten Spielzeugen. Unsere Zofen Katherine und Anne sitzen in der Ecke und plaudern leise über ihren Näharbeiten. Ich beobachte sie ein wenig und frage mich, ob sie sich über das Eheleben austauschen, in der eigenen Sprache verheirateter Frauen, die mir fremd ist.

Als die anderen aus dem Park zurückkehren, sitzen wir gemeinsam bei Wein und Gebäck nebenan im Salon und besprechen aufgeregt die Vorschläge des Parlaments.

«Aber weshalb sollte das Parlament Vater zum König machen wollen?» Diese Frage richte ich an Mutter. «Hat er nicht als Protektor bereits die Befugnisse eines Königs? Sogar noch größere?»

«Ja, meine Liebe», erwidert sie und verzieht das Gesicht, als sie ihren rechten Fuß aus dem drückenden Schuh befreit. «Faktisch ja. Aber hier geht es nicht so sehr um die Befugnisse deines Vaters, sondern vielmehr um das Prinzip, auf dem sie beruhen.»

«Ganz genau», fällt Elizabeth beflissen ein. «Bedenke, die Verfassung, auf der dieses Protektorat gründet, wurde von John Lambert und den übrigen Generälen der Armee entworfen, nicht vom Parlament. Aber die Major Generals sind beim Volk unbeliebt, und ihre Macht schwindet, seit Onkel Desboroughs Militia Bill abgelehnt wurde. Es erscheint vernünftig, dass nun, da im Land Ruhe und Stabilität eingekehrt sind, das Parlament die Verfassung der Armee durch eine ersetzen möchte, die es selbst ausgearbeitet hat, nach traditionelleren Grundsätzen, sodass sie bei der Bevölkerung wahrscheinlich breitere Zustimmung fände.»

«Unser Schwager wäre nicht erfreut, wenn er hören könnte, wie du über die Armee sprichst.» Ich blicke sie über mein Glas hinweg mit hochgezogener Augenbraue an.

«Charles kann die Angelegenheit mit Gott erörtern, da er Ihm doch so nahesteht», versetzt Elizabeth knapp. «Und Biddy auch.»

«Betty», ermahnt nun Mutter sie. «Charles und Bridget wollen nur das Beste für das Land und für euren Vater, so wie wir alle. Natürlich vertreten sie mitunter andere Auffassungen darüber, wie das zu erreichen ist, als du und John – sie sind eben eng mit der Armee verbunden, ebenso wie du und John mit dem Parlament und seinen Vertretern am Hof.»

Elizabeth lächelt entschuldigend. Ihr Gemüt ist wie die Junisonne, niemals lange von Wolken verschattet, und Mutter bringt es ebenso wie Mary stets fertig, jeden von uns mit wenigen Worten wieder zu versöhnen.

«Wäre Vater denn sicherer, wenn er König würde?»,

fragt Mary und streichelt Bettys kleines Mädchen, das mit einer Puppe auf ihrem Schoß sitzt.

«Vielleicht wären wir alle dann sicherer», erwidert Elizabeth. «Es ist kein Zufall, dass das Parlament diesen Vorschlag so kurz nach den Mordverschwörungen macht – es will eine dauerhafte Lösung mit Vater als König und gesicherter Nachfolge.»

«Diese Begründung habe ich neulich beim Empfang auch von Bulstrode Whitelocke gehört», werfe ich ein, um zu zeigen, wie gut ich unterrichtet bin. «Er argumentierte aus juristischer Sicht und sagte, wenn Vater König wäre, würden alle ihre Grenzen, aber auch ihre Rechte kennen. Die Leute verstehen, was ein König ist, welche Rechte er ihnen garantiert und was mit ihnen geschieht, wenn sie sich gegen ihn verschwören. Und vor allem vertrauen sie auf das, was sie kennen. Die Rolle des Protektors verstehen sie hingegen nicht, sie vertrauen nicht darauf, wissen nicht, wo sie stehen …»

Ich breche ab und denke an die Protektoren der letzten zweihundert Jahre zurück: Da war Somerset, der Schwager von König Henry VIII., der die Regierungsgeschäfte führte, da Henrys Sohn König Edward VI. noch ein Kind war, und der sein Leben auf dem Schafott beendete; vor ihm Richard Duke of Gloucester, ebenfalls ein Onkel, der Gerüchten zufolge seine Neffen im Tower of London ermordet haben soll, als er die Krone an sich riss; und davor die Abfolge von Herzögen, die während der blutigen Bürgerkriege zwischen den Häusern York und Lancaster als Protektoren herrschten. Dies waren keine glücklichen Präzedenzfälle, und ihre Herrschaft war nicht von Dauer. Jeder dieser Protektoren hielt lediglich den Thron für einen König warm.

«Ich weiß, dass John diese Ansicht vertritt», sagt Betty,

dann richtet sie sich in ihrem Stuhl auf. «Und er kann es euch gleich selbst sagen, ich höre ihn im Vorzimmer.»

Im nächsten Moment kommt John zu uns herein, wie immer mit seinem Basset Badger auf den Fersen. Die Jungen laufen dem Hund entgegen, während John seine Handschuhe auszieht.

«Und?» Elizabeth geht quer durch den Raum auf ihren Mann zu, küsst ihn auf die Wange und reicht ihm ein Glas Wein.

John begrüßt seine Schwiegermutter mit einem Kuss, verbeugt sich vor Tante Liz und grinst Mary und mir zu, dann lässt er sich auf das Sofa fallen und trinkt sein Glas in einem Zug halb leer.

«Sir Christopher Pack hat die neue Verfassung vorgeschlagen, und das Haus wird in den kommenden Tagen darüber debattieren. Ich denke, es wird viele Befürworter geben.»

Elizabeth nimmt neben ihm Platz. «Welches sind denn die wichtigsten Punkte dieser Verfassung?»

«Es gibt drei.» John hebt eine Hand und zählt sie lässig an den Fingern ab. «Eine zweite Kammer für das Parlament anstelle des House of Lords, das anno '49 mit der Monarchie abgeschafft wurde. Eine neue Landeskirche statt der vielen freien Religionsgemeinschaften, die wir gegenwärtig haben. Und … dass euer Vater König wird. Darüber werden in der Stadt bereits Wetten abgeschlossen. Soweit ich weiß, ist die Quote derzeit ausgeglichen. Vielleicht frage ich Dick einmal, ob er sich auf eine Wette einlässt.»

Mutter runzelt in leiser Missbilligung die Stirn. Ein paar Augenblicke lang sitzen wir alle schweigend.

«Das Erste wird euer Vater vielleicht annehmen», sagt Tante Liz schließlich und faltet ihre dünnen Hände im

Schoß. «Es ist die althergebrachte Regierungsform, die er für die beste erachtet. Aber mit der zweiten Forderung wird er sich schwertun. Dass jeder die Freiheit hat, seine Religion so auszuüben, wie er es für richtig hält, das lag ihm schon in seiner Jugend besonders am Herzen.»

«Toleranz ist für ihn der Grundstein», pflichtet Mutter ihr nickend bei. «Er wird nicht zulassen, dass die korrupten Bischöfe durch die Hintertür wieder Einzug halten und aufs Neue über ihre Gemeinden herrschen, fordern, dass alle an ihren Gottesdiensten teilnehmen, den Menschen vorschreiben, wie sie ihre Religion auszuüben haben, und sie bestrafen, wenn sie nicht folgen. Früher glaubte er daran, wieder eine Landeskirche schaffen zu können, eine, die offen genug ist, dass alle protestantischen Glaubensrichtungen darin ihren Platz finden. Doch die Intoleranz der Presbyterianer im Parlament hat diese Hoffnung zunichtegemacht.»

Ich schaue die beiden Frauen an und versuche mir vorzustellen, wie ihr Leben in Vaters Haushalt aussah, als er das junge Familienoberhaupt war. Wie bedeutsam seine Meinungen, seine Handlungen für sie gewesen sein müssen. Gewiss haben sie stundenlang so dagesessen wie jetzt und über seinen Ansichten gebrütet.

Dann richte ich meine Gedanken wieder auf die Gegenwart. «Aber die Krone?», frage ich, wie stets bei dieser Vorstellung von Begeisterung und Angst gleichermaßen erfüllt.

«Das», sagt John, «ist die große Frage. Euer Vater hat sich stets für die Monarchie als die beste aller Regierungsformen ausgesprochen. Er hat gegen den tyrannischen König Charles gekämpft, nicht gegen das Amt des Königs selbst.»

«Aber mit ihm selbst als Monarchen?», hält Elizabeth ihrem Mann mit hörbarer Skepsis entgegen.

«Ja, das ist der springende Punkt. Nun.» John beugt sich vor und stellt seinen leeren Becher auf dem Tischchen ab. «Auch wenn wir nicht wissen, wie es ausgehen wird, müssen wir uns auf die Veränderung vorbereiten für den Fall, dass sie eintritt. Sie würde uns alle betreffen, euch Mädchen ganz besonders», fügt er hinzu und schaut Mary und mich vielsagend an.

Ich weiß sehr wohl, was er meint; ich habe meine Zukunft in Signor Giavarinas dunklem Gesicht geschrieben gesehen. Vor lauter Nervosität reagiere ich gereizt: «Ich habe dich sehr gern, John, aber ich wünschte, du würdest aufhören, uns ‹Mädchen› zu nennen, als wären wir Kinder. Wenn wir das wären, dann könntest du dich wohl kaum auf unsere Heirat beziehen, wie du es offensichtlich tust.»

John lacht gutmütig und neigt den Kopf. «Schon recht, Fanny. Aber es gibt eine andere Bezeichnung, die wir für dich und Mall verwenden würden, wenn Oliver König werden sollte, nämlich ‹Prinzessin›. Und wenn ihr Prinzessinnen werdet, dann werfen alle erdenklichen Adligen ein Auge auf euch – sogar ausländische Prinzen. Zu meinem Glück wird meine Betty nicht in diesen Genuss kommen. Sie muss mit mir vorliebnehmen!» Er küsst Elizabeth innig auf den Mund, eine Hand auf ihren gerundeten Leib gelegt.

Ich beobachte die beiden sehnsüchtig und frage mich, ob ich in meiner Ehe ebenso viel Liebe finden werde wie sie. Elizabeth hatte Glück mit John – die beiden haben sich mit der selbstverständlichen Billigung ihrer Eltern verliebt. Nur deshalb brachte Vater es über sich, seine Einwilligung zu geben, als seine geliebte Betty erst sechzehn war.

Die Verbindung zwischen Bridget und Henry war wohl

eher arrangiert, denn er war zu der Zeit Vaters Stellvertreter in der Armee. Doch auch zwischen ihnen muss eine echte Anziehung bestanden haben, und soweit ich weiß, fanden sie miteinander zu einer innigen, beinahe religiösen Liebe. Biddy war jedenfalls vor Trauer und Wut am Boden zerstört, als er starb. Aber ihre zweite Ehe mit Charles? Noch eine Verbindung mit einem Armeekameraden unseres Vaters? Ich habe nie herausgefunden, inwieweit da Liebe im Spiel war. Bridget hat Charles so rasch geheiratet, noch als trauernde Witwe, und Charles hatte seine erste Frau auch erst sechs Monate zuvor begraben – zwischen ihrem und Henrys Tod lagen nur wenige Tage. Das ergab eine ungewöhnliche Heirat. Aber Mary und ich haben uns ohnehin immer heimlich gefragt, ob Bridget das Martyrium ihrer Ehen nicht gern auf sich genommen hat, als ihren eigenen Beitrag zur «Good Old Cause», der guten, gottgefälligen Sache, für die das Parlament gegen den König kämpfte. Sie kostete Vater und Charles viel Blut und Schweiß und Henry sogar das Leben.

In dieser Nacht, nachdem wir uns gegenseitig das Haar gebürstet und gemeinsam gebetet haben, schlafen Mary und ich zum ersten Mal seit Jahren wieder zusammen in einem Bett. Auch wenn wir es nicht aussprechen, ist doch uns beiden bewusst, wie plötzlich wir auseinandergerissen werden könnten, wenn wir irgendwohin verheiratet würden.

«Wenn wir Prinzessinnen werden», flüstere ich Mary im Dunkeln zu, denn ich erkenne an ihrem Atem, dass sie schlaflos neben mir liegt, «dann würde unser Wert auf dem Heiratsmarkt in unvorstellbare Höhen schießen. Vaters Wünschen bezüglich unserer künftigen Ehemänner wären keine Grenzen gesetzt.» Eigentlich müsste mich diese Aussicht begeistern, doch stattdessen empfinde ich nichts als

Angst. «Was wird aus uns werden?», frage ich und taste unter der Überdecke nach Marys kalter Hand.

«Wir werden tun, was von uns verlangt wird», erwidert Mary leise. «Wir werden uns in die Verbindung fügen, die für uns beschlossen wird, und unseren Teil dazu beitragen, dem Land zu Frieden und Wohlstand zu verhelfen.»

Ich höre ihre großen Worte, doch ich fühle auch, wie sie neben mir zittert, fühle die Gänsehaut an ihrem Arm, der den meinen berührt.

Am nächsten Tag, dem 24. Februar, finden wir uns erneut im Banqueting House wieder, diesmal anlässlich der traditionellen Zeremonie zur Ernennung eines neuen Botschafters. Philip Meadowes – Master John Miltons ehemaliger Assistent im Sekretariat für lateinische Übersetzungen und ein Günstling von Thurloe – wird eine Gesandtschaft nach Dänemark leiten. Er soll Vaters Bemühungen vorantreiben, den Frieden zwischen unseren protestantischen Vettern Dänemark und Schweden zu wahren und uns den Zugang zur Handelsschifffahrt auf dem Baltischen Meer zu sichern. Es ist von Vaters Seite ein kühnes Unterfangen; die Art von starker, entschlossener Außenpolitik, die Signor Giavarina gutheißen würde. Findet England nun allmählich doch seinen Platz in der Welt? Deutet Vaters neue Zuversicht darauf hin, dass er in Betracht ziehen könnte, König zu werden?

Ich beobachte, wie Botschafter Meadowes das Mandat entgegennimmt, sich elegant vor Vaters Podium verbeugt. Seine rechte Hand, die er dabei über das Knie führt, trägt noch die Narben von der Schussverletzung, die ein zorniger Portugiese ihm bei seiner letzten diplomatischen Mission beigebracht hat. Ich lege den Kopf zurück, um zur prächtigen Decke des Bankettsaals aufzuschauen. Verzückt lasse ich den Blick über die bewegten Körper gleiten, die Cherubim und die Blumengirlanden, die mir mittlerweile so vertraut sind. Es ist ein klarer, heller Morgen, blasses Sonnenlicht flutet durch die riesigen Fenster herein und malt eine Prozession leuchtender Rechtecke auf den Boden. Die Damen und Herren des Hofes treten abwechselnd in Licht und Schatten, als sie näher herandrängen, um die Zeremonie mit anzusehen. Dabei tuscheln sie leise hinter vorgehaltener Hand.

Überrascht bemerke ich, dass mehr Augen auf mich gerichtet sind als je zuvor. Bilde ich es mir nur ein, oder werfen die ledigen jungen Männer mir begehrliche Blicke zu, zweifellos im Hinblick auf den hohen Stand, in den ich möglicherweise bald aufsteigen werde? Bei diesen Gedanken beginnt mein Herz zu rasen, doch zu meiner Freude gelingt es mir, meine Unruhe hinter Gesprächen über Außenpolitik zu verbergen. Dank meiner jüngsten Unterredung mit Bulstrode Whitelocke und dem Botschafter von Venedig bin ich für solche Diskussionen gut gerüstet. Ich gebe gerade vor einer Gruppe, die sich um mich geschart hat, Bulstrodes Anekdote über die Ansichten der ehemaligen Königin Christina zum Thema Heirat wieder, als Robert sich zu uns gesellt.

«Sir», begrüße ich ihn. Seit dem Empfang vor zehn Tagen habe ich Robert nicht mehr gesehen. Die Erinnerung an unser intimes Gespräch an jenem Abend verunsichert mich, und ich erwarte gespannt, wie Robert Rich mich jetzt wohl anreden wird: als Vertrauter oder als Höfling.

Er lächelt mich stolz an und verneigt sich mit großer Geste. «Hoheit.»

Als Höfling also. Ich bemühe mich, meine Enttäuschung nicht zu zeigen.

Jeremiah und Katherine verbeugen sich und treten ein wenig zurück, damit Robert und ich ungestört miteinander sprechen können. Plötzlich wird mir bewusst, wie es für die anderen Anwesenden aussehen muss, wenn wir so beisammenstehen. Ich fächle mir nervös Luft zu, obwohl ich den Fächer an diesem kühlen Februarmorgen eigentlich gar nicht bräuchte.

«Wie denkt Ihr über Master Meadowes' Gesandtschaft?», erkundige ich mich in gleichmütigem Ton und lasse den Blick durch den Raum wandern, statt Robert in die Augen zu schauen. «Ich finde, es ist ein großartiges Unterfangen.»

«In der Tat, ein großartiges Unterfangen», pflichtet er mir bei. «Eine edle und idealistische Bemühung.»

«Womit Ihr wohl meint, dass sie zum Scheitern verurteilt ist», entgegne ich steif, verärgert über seinen spöttischen Ton und darüber, dass ich aus seinen Worten wieder einmal eine versteckte Kritik an meinem Vater heraushöre.

«Vielleicht. Den Friedensstifter zu spielen ist keine leichte Rolle. *Durch Krieg zum Frieden* – lautet so nicht das Motto Eurer Familie?»

Er spielt mit mir wie eh und je. Ich kehre ihm ein wenig die Schulter zu, während mein Blick noch immer durch den Raum wandert und schließlich an meinem Vater hängenbleibt. Dieser ist nicht weit von uns in ein Gespräch mit seinem neuen Botschafter und Bulstrode Whitelocke vertieft. Zweifellos weiht Letzterer gerade Meadowes in die Ansichten der Schweden ein.

«Aber wie ich Euch ja schon früher in Erinnerung rief, Sir», sage ich und wähle meine Worte sorgfältig wie Muscheln an einem Kiesstrand, «sollte man sein Verhalten nicht von Bequemlichkeit bestimmen lassen. Mein Vater und der

Rat setzen sich in Europa für die protestantische Sache und für den Frieden ein. Bequemlichkeit sollte da nicht in die Überlegungen einfließen.»

«Ihr rügt mich natürlich zu Recht», sagt Robert, neigt den Kopf und schwenkt seinen Hut in der Hand.

Er hält niemals still, geht es mir durch den Kopf, da ich jede seiner Bewegungen neben mir spüre, als veränderten sie die Luftströmungen.

«Aber ich habe lediglich versucht, die Unternehmung ein wenig realistisch zu betrachten», fährt er fort. «Euer Vater hat viele schwierige Entscheidungen zu treffen: Soll er Dänemark unterstützen oder Schweden? Sich auf die Seite des royalistischen Frankreich stellen oder auf die des katholischen Spanien? Mit unserem Rivalen, der blühenden Republik der Vereinigten Niederlande, deren Regierungssystem dem unseren derzeit am ähnlichsten ist, zusammenarbeiten oder gegen sie? In jedem Fall muss er religiöse Übereinstimmung gegen Handelsinteressen abwägen und Englands außenpolitische Macht mit der Sicherheit im eigenen Land ins Gleichgewicht bringen. Soweit ich verstehe, ist der Rat in all diesen Fragen gespalten, und gemäß unserer Verfassung bedarf es seiner Zustimmung zu den Entscheidungen Eures Vaters. Er kann nicht einfach tun, was ihm beliebt, wie unsere früheren Könige es konnten.»

Ich bin angenehm überrascht, dass Robert mein Interesse für Außenpolitik teilt, und seine scharfsichtige Analyse verblüfft mich. *Unsere früheren Könige* … Während ich die Bedeutung aus seinen Worten heraussiebe, verschwimmt meine Sicht, und mein Geist sucht wie so oft die Vergangenheit auf. Dass der Rat geteilter Meinung darüber ist, ob wir uns mit Frankreich oder Spanien verbünden sollten, wie Robert eben erwähnte, erinnert mich an unsere Vorväter, die Tudors, die erst vor wenigen Generationen hier in Whitehall mit genau demselben Dilemma rangen: König Henry war berühmt dafür, dass er die meiste Zeit seiner Herrschaft diese beiden weit mächtigeren Nationen gegeneinander ausspielte. Seine Tochter, Maria die Blutige, ging hingegen durch Heirat eine Verbindung mit Spanien ein – und die berühmte Armada war das furchteinflößende Vermächtnis für ihre Schwester, die tapfere Königin Elizabeth. Diese Gedanken führen mich zu einem anderen Thema, an das ich Robert schon länger bei passender Gelegenheit erinnern wollte, auch wenn ich nicht glaube, dass er es jemals für längere Zeit vergisst:

«Ihr seid in der Tat kenntnisreich, Sir.» Ich lächle höflich. «Es wundert mich, dass Ihr Eure Expertise nicht meinem Vater anbietet, euch vor Cromwells Wagen spannen lasst wie der Begründer Eures edlen Hauses vor hundert Jahren. Schmiedete nicht der Jurist Richard Rich sein Glück, indem er in den Dienst meines Ururgroßonkels Thomas Cromwell eintrat und an seinem Mantelsaum am Hof von Henry VIII. zu höchsten Würden aufstieg, ehe er ihn im Fall verriet?» Es mag gehässig sein, doch angesichts von Roberts kühler Miene schmerzt es mich, dass ich bei unserem letzten Gespräch so viel von mir preisgegeben habe. Nun ist es an mir, ihn an die wenig glanzvollen Ursprünge seiner Familie zu erinnern – gewissermaßen als Vergeltung für all seine Anspielungen auf die Bauern aus East Anglia.

«Ich kann nichts für die Sünden meiner Vorväter», erwidert Robert zurückhaltend, trotz meiner Stichelei in gleichmütigem Ton. «Doch ich möchte Euch daran erinnern, meine Dame, die Ihr Euch doch so eingehend mit der Geschichte befasst, dass mein Ururgroßvater wohl kaum daran schuld war, dass Euer Ururgroßonkel bei König

Henry in Ungnade fiel.» Er begleitet jedes «Ur» mit nachdrücklichem Kopfnicken, um zu unterstreichen, wie viel Zeit seither vergangen ist.

«Das mag sein.» Ich neige den Kopf. «Doch verdient ein Gönner nicht im Gegenzug Loyalität? Thomas Cromwell ließ seinen Wohltäter Kardinal Wolsey in seinem Elend nicht im Stich. Und er hätte doch vielleicht von seinem Günstling Richard Rich dieselbe Loyalität erwarten dürfen.»

Ich sehe, wie Robert tief Luft holt, dann wendet er sich von mir ab, blickt ins Leere und tritt von einem Fuß auf den anderen. «Das liegt lange zurück, meine Dame. Und außerdem», fährt er leise fort, mit sanfter Stimme, als wollte er ein nervöses Pferd beruhigen, «ist die Lehre, die ich aus den früheren Verflechtungen unserer Familien ziehe, diese: dass unter günstigen Umständen eine Verbindung zwischen einem Rich und einem Cromwell eine wahrhaft großartige Partnerschaft ist.»

Bei seinen Worten verstummen für mich alle Geräusche im Saal, ich pralle gegen eine Wand aus Stille. Ich höre meinen Atem laut unter dem Korsett, fühle meine Brüste über den spitzenbesetzten Ausschnitt quellen. Mich überkommt das Verlangen, die Hand nach Robert auszustrecken und sein edles Profil zu berühren, mit dem Finger seinen Kiefer nachzuzeichnen und sein Gesicht zu mir herumzudrehen. Der plötzliche Drang bringt mich aus dem Gleichgewicht, und ich ersticke ihn unter Zorn. Ich darf ihm nicht zeigen, welche Wirkung seine Worte auf mich hatten. Wer ist er, mich zu verspotten oder zu umwerben? Ich weiß gar nicht, worum es sich hier handelt, aber so oder so nimmt er sich verblüffend viel heraus.

Ich zwinge ein Lächeln auf mein gepudertes Gesicht. «Ich nehme an, mein Vater wird die Verbindungen unserer

Familie künftig noch sorgfältiger erwägen, da nun die Möglichkeit besteht, dass er König wird», sage ich rasch. «Sollte ich tatsächlich Prinzessin werden, so würden mir wohl die Edelmänner Englands – vielleicht sogar die Prinzen Europas – den Hof machen, sodass ich Eurer äußerst zuvorkommenden Kupplerdienste nicht mehr bedürfte.» Ich werfe ihm einen raschen Blick zu in der Hoffnung, seine überlegene Haltung gegenüber mir und meiner Familie endlich einmal erschüttert zu haben.

Robert, den Blick noch immer über die Menge hinweggerichtet, erstarrt; seine stets so glatte Fassade zeigt Risse. «Prinzessin zu werden mag Euer kindlicher Herzenswunsch sein, Lady Frances», sagt er leise, ohne mich anzusehen, und seine Stimme klingt schneidend wie eine Schwertklinge, «doch ich an Eurer Stelle würde es nicht beschreien. Die Armee wird niemals zulassen, dass Euer Vater die Krone annimmt: Die Generäle würden ihr Kommando niederlegen, die Truppen würden meutern. Lasst Euch das gesagt sein.»

Damit wendet Robert sich mir zu und verabschiedet sich mit einer tiefen Verbeugung. Als er sich wieder aufrichtet, bohren seine blauen Augen sich in meine, und er fügt seinem Tadel noch hinzu:

«Euer Hoheit täten gut daran, sich auf Gottes Warnung zu besinnen, dass, wer zugrunde gehen soll, zuvor stolz wird und Hochmut vor dem Fall kommt.»

Und mit dieser düsteren Berufung auf die Heilige Schrift, die von seinen honigsüßen Lippen zu hören mir so seltsam vorkommt, ist er verschwunden.

Roberts Worte verfolgen mich in der Nacht und setzen mir bei Tage so zu, dass ich bedrückt schweige. Ich spiele mit dem Gedanken, mich Mary anzuvertrauen oder vielleicht Katherine, doch ich bin mir zu unsicher, ob mein eigenes Verhalten richtig war. Mit jedem Tag wird mir stärker bewusst: Meine Angst vor Roberts vermeintlicher Geringschätzung hat mich kopfüber in die Sünde des Hochmuts gestürzt, ganz wie er gesagt hat. Jeden Abend, wenn ich neben Mary knie, bete ich stumm, Gott möge mich leiten. Ich frage mich, ob dies das erste Mal ist, dass ich ein unausgesprochenes Gebet an Ihn sende, direkt aus meinen Gedanken in Seine, vor Mary verborgen.

Ich habe mich noch nie so verwirrt und so bloßgestellt gefühlt, habe nie zuvor mit jemand anderem als meinen Geschwistern gestritten, und auch mit denen nur ganz selten. Ohne Mutter als Vermittlerin, die Tränen trocknet und heiße Stirnen kühlt, weiß ich nicht, wie ich mit der Situation umgehen soll. Ich bekomme einen zusätzlichen Dämpfer, als Bridget während ihres wöchentlichen privaten Besuchs bei uns in Whitehall erzählt, Charles und neunundneunzig weitere Offiziere der Armee seien geschlossen an Vater herangetreten, um ihn zu überzeugen, die Krone nicht zu nehmen. Vater, so berichtet sie, hat dies nicht gut aufgenommen, sondern erbost gefragt, welches Recht die Generäle hätten, sich in die Politik einzumischen.

Robert hatte recht.

So befinden wir uns alle in gereizter Stimmung, als wir die Reise nach Hampton Court antreten – diese Woche auf dem Landweg in unseren schwerbewachten Kutschen. Wir sind froh, die angespannte Atmosphäre in Whitehall und Westminster für ein paar Tage hinter uns zu lassen. Während das Parlament in seinen Debatten über das Königtum festgefahren ist und die Armeeführer in Somerset House vor Wut schäumen, entkommen wir, der enge Kreis der Familie und des Hofes, um unsere Zeit mit Lesen und Sticken, mit Gesang, Essen, Jagd und Falknerei zuzubringen. In unserer Mitte schleppen Vater und sein Staatsrat sich weiter durch das tägliche Regierungsgeschäft: Sie beraten über wohltätige Stiftungen, Zuschüsse zu Schulen und Universitäten, Pensionen für Soldaten und ihre Witwen, die Verlängerung von Pachtverträgen über staatlichen Besitz, vertrackte Probleme, die aus Irland und Schottland an sie herangetragen werden, Ersuchen aus unseren Territorien in Übersee. Über Vaters großen Schreibtisch fließt ein Strom von Briefen und Notizen, Steuerverzeichnissen und Zeitplänen, Rechnungsbüchern und Bilanzen, Verträgen, Landkarten, Bauplänen, Petitionen … Seine Arbeit nimmt kein Ende.

Sobald wir uns eingerichtet und ausgepackt haben, halte ich nach Robert Ausschau, doch er erscheint weder zum Essen in der großen Halle noch am nächsten Morgen zum Gebet in der Kapelle. Vor meiner Bank kniend, schließe ich fest die Augen und bitte Gott wieder einmal um Vergebung für den Hochmut, zu dem ich mich habe hinreißen lassen; eine Eitelkeit und Sorge um weltlichen Status, die Ihm gewiss ein Gräuel ist und über die meine Eltern entsetzt wären. Während der Gottesdienst dahinplätschert, werfe ich einen verstohlenen Blick zu Vater hinauf, der in der königlichen Loge sitzt, unter einer mitternachtsblauen, mit Sternen gesprenkelten Decke: Wenn er in seiner großen Höhe bescheiden bleiben kann, sollte es mir nicht schwerfallen, dasselbe zu tun.

Mary und ich verbringen einen angenehmen Tag, morgens singen wir mit Master Hingston, und nachmittags üben wir uns mit Master Marvell in Fremdsprachen. Ich für meinen Teil bin froh über die Ablenkung. Wie so oft wird mir bewusst, welch seltenes Glück wir haben, als

Frauen solche Bildung zu genießen, und ich bin entschlossen, dass die meine nicht vergeblich sein soll. Ich will nicht in den Zwängen einer Ehe mit einem unaufgeklärten Mann ersticken. Erst spät am nächsten Abend treffe ich Robert beim Billardspiel mit meinem Bruder Richard und unserem Schwager John Claypole auf einer der langen Galerien zwischen Vaters und Mutters Privatgemächern und den Räumen, die meine Schwestern und ich bewohnen. Die Männer haben offenbar stark getrunken: Ihre Wangen wirken im Kerzenschein gerötet, die Hemden sind am Hals gelockert. Zweifellos spielen sie auch um Geld, sosehr Vater das missbilligt, erst recht an einem Sonntag – Dick ist ständig knapp bei Kasse.

Robert sieht mich über die Galerie kommen, obwohl er sich eigentlich gerade auf sein Spiel konzentriert. Er führt den Stoß hastig aus, verfehlt die Kugel, auf die er gezielt hat, und richtet sich sogleich auf. Ehe ich Gelegenheit habe, ihn zu begrüßen, schüttelt er über den Tisch hinweg meinem Bruder und meinem Schwager die Hände, und Münzen wechseln den Besitzer. Dann geht er. Mir nickt er nur flüchtig zu, während er bereits durch eine goldverzierte Tür verschwindet. Die Enttäuschung versetzt mir einen Stich. Ich muss mir eingestehen, dass ich seine Gesellschaft vermisse, auch wenn sie meine Nerven mitunter arg strapaziert.

Während der nächsten Tage treibt der böige Märzwind Gerüchte durch den Palast, Robert und seine Gefährten hätten den Hof verlassen, um trinkend und hurend durch die Gegend zu ziehen: Hampton Wick, Kingston, Richmond. Ich weiß, das wird Vater missfallen, wenn es ihm zu Ohren kommt, denn er missbilligt derlei Exzesse seiner

Höflinge. Auch ich finde die Vorstellung abstoßend, und es trübt meine Stimmung, wenn ich an Robert denke und mir vorstelle, was er wohl gerade treibt. Manchmal gestatte ich mir, mich in diesen Gefühlen zu suhlen. Zu anderen Zeiten rede ich mir ein, nach dem Unbehagen und der Schuld, die ich in letzter Zeit gegenüber Robert empfunden habe, sei dies eine willkommene Rückkehr zu meiner früheren Missbilligung, und der Gedanke hebt meine Stimmung.

Auch mein Bruder Richard ist gut gelaunt, da er beim Billardspiel mit Robert und John eine stattliche Summe gewonnen hat. Doch seine Freude ist von kurzer Dauer, denn in der folgenden Woche findet er sich in Whitehall unverhofft im Mittelpunkt der Aufmerksamkeit. Das Parlament hat in seinen Debatten über den neuen Verfassungsentwurf eine weitere Änderung beschlossen: Nicht das Parlament, sondern Vater selbst soll seinen Nachfolger bestimmen dürfen – wozu er bislang nicht ermächtigt war. Man hofft, dadurch eine zusätzliche Absicherung gegen unsere Feinde zu schaffen, denn diese scheinen zu glauben, solange Vaters Nachfolger nicht benannt ist, bräuchten sie lediglich Vater zu ermorden, um die Nation in Anarchie und Bürgerkrieg zu stürzen. Jetzt richten sich natürlich alle Blicke auf seinen ältesten lebenden Sohn, doch ich spüre, dass Dick die Vorstellung eher beängstigend findet. Er streift durch den Palast wie ein Hirsch, der die Jagd wittert.

Wir besprechen die Angelegenheit beim Abendessen in unserem privaten Speisezimmer mit Blick auf den Kammergarten. Vater ist nicht bei uns, da seine Sitzung mit dem Rat länger dauert als vorgesehen. Auch Dick fehlt, denn er leitet eine späte Beratung des Wohltätigkeitsausschusses.

Es geht darum, die Protestanten im Piemont nach dem Massaker durch den Herzog von Savoy mit Spenden zu unterstützen; ein Projekt, das Dick anfangs abgelehnt hat, als Vater es ihm übertrug, dem er sich inzwischen jedoch mit großer Leidenschaft widmet.

So können wir Übrigen immerhin frei über die beiden reden.

«Ich gehe davon aus, dass Vater Dick benennen wird», sage ich und suche mit dem Blick Bestätigung bei Mutter.

«Das will ich hoffen, Liebes», erwidert sie.

«Hoffen?», wiederhole ich. «Aber es muss doch gewiss Richard sein, da er der Älteste ist.»

«Das Amt braucht nicht innerhalb unserer Familie weitergegeben zu werden, Frances», gibt John Claypole zu bedenken. Er lässt ein Stück von seinem Fleisch für Badger fallen, der geduldig unter dem Tisch wartet. «Unser neues Regierungssystem folgt nicht zwingend dem Vorbild der Erbmonarchie. Dein Vater wurde zum Herrscher gewählt; er könnte seinerseits einen anderen erwählen, der am besten für das Amt geeignet ist.»

Der Gedanke war mir noch nicht gekommen. «Zum Beispiel?»

«Einen der Armeeführer – viele sprechen von John Lambert. Er ist nach Oliver der mächtigste und angesehenste Befehlshaber. Aber auch Charles käme in Frage.»

«Charles?», platzt Betty heraus, und ich werde daran erinnert, dass die beiden sich nicht besonders leiden können.

«Warum nicht?», hält John seiner Frau entgegen. «Der eine wie der andere würde beim Militär auf Zustimmung stoßen, und als Major Generals und Mitglieder des Staatsrats sind sie beide in den Regierungsgeschäften erfahren. Und Oliver liebt sie beide sehr.»

«Dich auch, John», sagt Elizabeth liebevoll und berührt ihren Mann mit den Fingerspitzen sacht am Arm.

«Natürlich, meine Liebste, aber ich bin nicht in der gleichen Position.» John lächelt ihr zu, doch wir alle wissen, dass sein Verhältnis zu Charles Fleetwood nicht immer ganz einfach ist. Die beiden sind so unterschiedlich wie Wein und Wasser, und weil Vater bei Männern jeder Gesinnung und Wesensart Loyalität und Zuneigung weckt – aufgrund der Macht, über die er nun verfügt, mehr denn je –, entsteht leider unter denen, die ihm am nächsten stehen, ein Konkurrenzkampf um seine Freundschaft.

«Es gibt natürlich noch einen weiteren Kandidaten», fährt John fort. Dabei bückt er sich erneut, um Badger zu füttern, und weicht so unseren Blicken aus. «Ich weiß allerdings nicht, wie Dick das aufnehmen würde.»

Wir warten auf den Namen, auch wenn ich ihn ahne, ehe John ihn ausspricht.

«Harry.»

Harry – mein lieber, lieber Bruder, der als Gouverneur von Irland schon so lange von uns getrennt ist. Der Mann, der Vater im Aussehen und Wesen von allen lebenden Menschen am ähnlichsten ist. Mich überkommt eine plötzliche Sehnsucht nach seinen starken Armen und seiner gutmütigen Art, danach, wie er Mary und mich immer seine «kleinen Frauenzimmer» nennt, so wie Vater es zu tun pflegte, als wir noch Kinder waren.

«Vater kann doch gewiss nicht den jüngeren Sohn über den älteren stellen.» Mary fasst unser aller Verblüffung in Worte.

«Aber wenn der jüngere Sohn erfahrener im Regieren ist als der ältere?», kontert John. «Und für das Amt besser geeignet?»

«Richard versteht sich ausgezeichnet auf Staatsangelegenheiten», wirft Mutter in mütterlicher Empörung ein. «Das gilt für beide Jungen. Harry ist vielleicht in seinem Wesen eher ein Mann der Tat, ihm liegt das Befehlen mehr, er verfügt über größere militärische Erfahrung, aber Dick hat sich in letzter Zeit im Parlament gut gemacht und mit Geschick und Diplomatie all seine Ausschüsse geleitet. Es ist nicht seine Schuld, dass wir ihn vor all dem hier nur zu einem Landedelmann erzogen haben.» Sie macht eine unbestimmte Geste, die den prächtigen Raum einschließt, und die Worte ersterben auf ihren Lippen.

Ich erkenne die Wahrheit in Mutters Worten, auch wenn sie sich so um Gerechtigkeit bemüht, und als ich über meine beiden geliebten Brüder nachdenke, fällt mir ein weiteres Hindernis für Johns Idee ein. «Außerdem ist Harry ein ergebener Bruder», ergänze ich. «Er würde sich niemals über Dick stellen, um an die Macht zu gelangen.» *Und Charles würde es niemals zulassen*, denke ich, doch das spreche ich lieber nicht aus. Wir alle wissen, wie heikel die Beziehung zwischen Harry und Charles ist. Die Spannung geht auf die schwierige Zeit zurück, da sie zusammen Irland zu befrieden versuchten, nachdem Vaters Streitkräfte das Land erobert und dabei grausam verwüstet hatten.

Vater spricht nicht gern über seine Zeit dort, und ich frage nicht danach; wenn wir am Kamin sitzen, schwelgt er nicht in Erinnerungen daran wie in denen an Marston Moor oder Naseby. Ich weiß jedoch, dass der Krieg nach der Hinrichtung des Königs skrupelloser geführt wurde, als der Konflikt erneut aufflammte und in seine dritte, erbittertste Phase ging. Irland war von allen Nationen am stärksten verheert und gespalten, und die Regierung des Commonwealth entsandte Vater, um die dortigen royalistischen Rebellen unter Kontrolle zu bringen. Das gelang ihm auch; doch ich glaube, eine sehr große Zahl Unschuldiger kam dabei ums Leben. Vater war lange Zeit fort, kämpfte erst in Irland, dann in Schottland, während Mutter, Mary und ich daheim auf Nachricht von weit entfernten Orten wie Tipperary, Cork und Lothian warteten.

Als mein Schwager Henry Ireton, der das neu eroberte Land regierte, starb, wurde Charles Fleetwood als sein Nachfolger entsandt. Bridget tauschte einen Ehemann gegen den anderen ein. Charles war, soweit ich weiß, auf seine Weise ein skrupelloser Herrscher; mein Bruder Harry hat mir von den Strafaktionen gegen Gemeinden erzählt, die Rebellenführer versteckt hatten. Und so schickte Vater, inzwischen Lord Protector, Harry dorthin, um einen mäßigenden Einfluss zu üben: Erst sollte er die englischen Truppen befehligen und sich dem Irish Council anschließen, sodass er Charles unterstand; dann, als Charles nach London zurückkehrte, um seinen Sitz in Vaters Staatsrat einzunehmen, beherrschte Harry das Land faktisch an seiner statt. Soweit ich weiß, hat sich die Situation inzwischen ein wenig verbessert.

Doch Vater weiß, dass Charles einen Groll hegt, weil er in seinen Augen durch Harry abgelöst wurde. Deshalb hat Vater Harrys Machtbefugnisse nicht bestätigt, sodass dieser noch immer auf die Zustimmung des abwesenden Charles angewiesen ist. Charles seinerseits lässt keine Gelegenheit aus, Harry auf die Zehen zu treten und ihm Schwierigkeiten zu bereiten: Er sendet streitbare Briefe, in denen er ihm in seine Angelegenheiten hineinredet, und stellt sich stets gegen ihn, wenn der Rat über Irland diskutiert. Harry beklagt sich darüber in seinen Briefen an mich und macht seinem Unmut darüber Luft, dass Vaters Regierung ihn nicht genügend unterstützt. Voller Bitterkeit berichtet er, man habe es ihm überlassen, das Elend zu bereinigen. Es ist wirklich eine missliche Lage, und mir drängt sich der Gedanke auf, dass Vater nicht gut damit umgeht. Er muss doch sehen, dass Sohn und Schwiegersohn vor allem um seine Anerkennung kämpfen?

«Harry würde sich jederzeit über Richard stellen, sollte Vater es so wünschen», widerspricht Elizabeth, und ihre Augen funkeln im Feuerschein über ihrem Weinglas. Für sie geht es immer darum, was Vater wünscht.

«Nun, ich bin froh, dass Bridget nicht mit anhört, was hier gesprochen wird», sagt Mutter und zieht damit einen unsichtbaren Schlussstrich unter das Gespräch. «Ich weiß nicht, wie sie all das aufnehmen wird.»

«Vielleicht hängt es davon ab, ob ihr Mann Vaters designierter Erbe wird.» Die Worte rutschen mir heraus, dabei weiß ich, dass ich damit zwar nicht Charles, aber Biddy gegenüber ungerecht bin. Kein Mensch hegt in seinem Innersten weniger weltlichen Ehrgeiz als Biddy.

Mutter schaut mich streng an, und ich nehme ihre wortlose Zurechtweisung mit gesenktem Kopf entgegen.

Wir ziehen uns in den Salon zurück, und Mary klimpert für uns im Schein der Kerzenleuchter auf dem Cembalo. Später beschließe ich, einen Brief an Harry zu schreiben, und ich lasse mich mit Feder und Papier an dem Schreibpult in einer Ecke des Raumes nieder. Natürlich gebe ich nicht alles wieder, was beim Abendessen über ihn gesagt wurde, doch ich finde einen Weg, mich indirekt zu erkundigen, wie er über die Angelegenheit denkt.

Das Parlament hat jüngst vorgeschlagen, dass Vater seinen Nachfolger selbst bestimmt, schreibe ich, *aber niemand weiß so recht, wen. Ich nehme an, unter den Kandidaten gibt es solche, die dir weniger recht wären als andere, doch wir wollen hoffen, dass Vater dazu zu weise ist. Läge die Entscheidung bei mir, würde ich dich nominieren, liebster Harry, sodass du nach Hause kommen müsstest …*

Ich fühle eine Hand auf meiner Schulter. Es ist Vater, der auf dem Weg in sein Kabinett bei uns hereinschaut. Er trägt einen Stapel Papiere unter dem Arm, und hinter ihm gehen zwei Wachen. Vater bleibt kurz neben meinem Stuhl stehen, beugt sich hinunter und flüstert mir zu, ich solle zu ihm kommen, wenn ich mit meinem Brief fertig sei.

Ein paar Minuten später streiche ich den silbernen Stoff meiner Röcke glatt und schlüpfe aus dem Salon. Als ich über die Galerie gehe, sehe ich durch die Fenster die rechteckig angelegten Hecken der Gärten steif und förmlich aufragen, dann erreiche ich Vaters Tür, vor der die Wachen stehen. Ehe ich anklopfe, überkommt mich eine alte, aber lebhafte Erinnerung daran, wie ich als Kind zu Hause in Ely einmal genauso vor der Tür zu Vaters Arbeitszimmer gewartet habe. Damals handelte es sich natürlich um die Zehntstube hinten in dem Fachwerkhaus, die von den Abgaben der kleinen Gemeinde schier überquoll: Auf dem Boden lagen hoch gestapelt Säcke mit Mehl und Getreide, Tische bogen sich unter Körben voller Feuerholz, aufgehäuften Fellen und Tierhäuten, Schüsseln mit Eiern und Beuteln mit abgezählten Münzen; ein muffiger Geruch lag in der staubigen Luft.

Dort wusste ich ebenso wie hier: Wenn ich die Tür öffne, finde ich Vater über einen mit Papieren übersäten Tisch gebeugt vor, die Schreibfeder in einer Hand, die andere in seinem Haar vergraben. Doch dies ist nicht das schäbige Hinterzimmer des Zehnteinnehmers einer Kleinstadt, sondern das Privatkabinett des Herrschers von England tief im Herzen des königlichen Palastes. Die Erinnerung, der krasse Gegensatz zwischen damals und jetzt trifft mich mit solcher Wucht, dass mir die Luft wegbleibt und ich mich am Türrahmen festhalten muss. Manchmal ängstigt mich unser steiler Aufstieg zu den schwindelerregenden Höhen der Macht, vor allem wenn ich innehalte, um vom Gipfel in den tödlichen Abgrund hinunterzuschauen. Wenn der große Thomas Cromwell, Earl of Essex und rechte Hand des Königs, tief zu stürzen fürchtete, wie viel tiefer könnten dann König Oliver Cromwell und seine Kinder fallen?

Ich klopfe an.

«Herein», ertönt die Stimme meines Vaters.

Hier drin ist es dunkel, nur zwei Kerzen auf dem Schreibpult und eine weitere in der tiefen steinernen Fensternische spenden ein wenig Licht. Der Raum ist schlicht, beinahe spartanisch eingerichtet: nur das Schreibpult mit dem Lehnstuhl und an der Wand zwei billige Stühle mit gedrechselten Beinen, darüber die einzige Zierde, ein prächtiger Wandteppich mit einer allegorischen Darstellung tanzender Jungfrauen in einem Wald.

Vaters Privaträume sind alle so: Kostbare Stoffe sind seine große Leidenschaft – er hat die besten Wandteppiche aus der Sammlung des toten Königs Charles vor dem Verkauf bewahrt, und unsere Betten sind mit edlen Laken aus Indien bezogen; aber sonst gibt es kaum Möbel und nur wenige wertvolle Stücke; keine Uhren, keine Spiegel, kein Tafelsilber (dieses wurde im Tower für die Münzen eingeschmolzen, die nach dem Krieg so dringend gebraucht wurden). Die Wandteppiche jedoch sind geblieben, und als ich diesen hier betrachte, frage ich mich, ob es etwas an ihrer Textur ist, das Vater so gefällt, an ihrer Wahrhaftigkeit und der Handwerkskunst, und auch dass sie klassische und biblische Geschichten zum Leben erwecken. Ebenso wie seine geliebten Statuen, die überall in den Gärten stehen.

«Erinnerst du dich daran, Fanny?» Vaters warme Stimme holt mich in seine Gegenwart zurück. Ich stehe vor seinem Schreibpult und nehme den kleinen Brief, den er mir reicht, steifes Papier, längs und quer gefaltet.

Lächelnd streiche ich es mit den Daumen glatt. «Natürlich. Das habe ich dir während des Krieges geschrieben.»

Er nickt und lächelt zärtlich. «Es erreichte mich in Marston Moor, und ich erinnere mich gut, wie tröstlich ich es fand, inmitten all des Grauens ein kleines Stück Heimat zu haben. Ich vermisste meine kleinen Frauenzimmer an jedem Tag, den ich fort war. Ihr alle habt mir gefehlt.»

Ich überfliege den Brief, lese die belanglosen Neuigkeiten von zu Hause, die ich ihm erzähle: wie die Hühner legen, dass Mary eine neue Puppe hat, dass Harry volle fünf Zoll gewachsen ist. Das Gekritzel erscheint mir fremd – die großen, runden Buchstaben, in einer Ecke eine Zeichnung von Vater und seinem Pferd Blackjack, in einer anderen die Hühner –, als stamme es von jemand anderem aus einer anderen Zeit. Als wäre dies ein Teil der Geschichte eines anderen Menschen. «Es sieht so kindlich aus.» Ich lache verlegen.

Vater streckt die Hand nach dem Brief aus, um ihn zurückzunehmen. «Für mich sah es nicht kindlich aus, sondern sehr gelungen. Du hast so schnell schreiben gelernt, meine kleine Gelehrte», sagt er stolz. «Alle meine Töchter sind klüger als ich, und ich wage zu behaupten, auch klüger als ihre Brüder! Aber von euch vieren wollte meine Fanny besonders eifrig vorankommen, trieb sich tagtäglich selbst an, um zu ihren Geschwistern aufzuholen. Schau, hier ist Malls Brief aus demselben Päckchen, und deine

Schrift steht ihrer in nichts nach, obwohl sie ein Jahr älter ist. Aber verrate ihr nicht, dass ich das gesagt habe!» Er wirft noch einen Blick auf die Briefe, scheint sie in sich aufzusaugen, dann faltet er sie sorgfältig und legt sie zurück in die Briefschatulle auf seinem Schreibtisch.

Ich spüre die Veränderung in seinem Ton, noch ehe er weiterspricht.

«Aber du bist nicht mehr mein kleines Mädchen», sagt er sanft. «Warte.» Er steht auf, holt einen der gedrechselten Stühle und stellt ihn mir vor den Tisch. «Ich möchte mit dir über die Zukunft sprechen, nicht über die Vergangenheit.»

Ich setze mich und kreuze die Beine. Ich habe keine Ahnung, was nun kommt. So geht es mir oft, wenn wir beide allein sind: Ich bin nervös, ein wenig bang, meine Sinne sind geschärft, mein Verstand rattert wie eine Druckerpresse, um die besten Antworten auf seine Worte hervorzubringen. Das liegt nicht daran, dass wir befangen miteinander wären oder dass er mich einschüchtert wie so viele Väter ihre Töchter. Vielmehr liegt es daran, dass ich ihn so sehr liebe und so überwältigt von dem Drang bin, einen guten Eindruck auf ihn zu machen. Ich sammle mich und warte, bis er auf den Punkt kommt – er lässt sich gern Zeit.

«Du weißt ja, was derzeit hier im Gange ist, Fanny», beginnt er schließlich. «Dieser neue Verfassungsentwurf, möglicherweise sogar die Krone.» Bei dem Wort schaudert er unwillkürlich, als hätte er gelästert. «Nun, es ist allmählich an der Zeit, dass wir Pläne für dich und auch für Mary machen.» Vater lehnt sich in seinem Stuhl zurück und faltet die Hände im Schoß. «Sekretär Thurloe und ich haben eine Liste möglicher Heiratskandidaten für euch beide erstellt, und wir werden in Kürze beginnen, bei ihnen auf den Busch zu klopfen.»

Das ist genau das, was ich befürchtet habe. Der Augenblick, da mir mein Leben aus der Hand genommen wird und ich auf dem Schachbrett herumgeschoben werde. Wenn Sekretär Thurloe die Hand im Spiel hat, wird es eine Verbindung, die nicht nur von meinen Eltern vorgeschlagen, sondern von der Regierung selbst ausgehandelt wurde. Eine politische Verbindung, keine persönliche. Eine Ehe, die vorrangig zum Besten Englands ist, nicht zu meinem Besten.

«Keine Sorge.» Vater streckt die Hand nach mir aus, als hätte er meine Gedanken gehört. «Wir werden nichts beschließen, ohne dich um deine Meinung zu fragen. Und wenn wir jemanden ernsthaft in Betracht ziehen, werde ich dafür sorgen, dass du reichlich Gelegenheit bekommst, ihn kennenzulernen. Du wirst mitreden dürfen.» Wieder hebt er die Hand, obwohl ich ihn gar nicht unterbrochen habe, fast als diskutierte er mit sich selbst. «Und ich werde mein Möglichstes tun, deine Wünsche zu berücksichtigen.»

«Und Mary?» Ich frage mich, weshalb er nicht uns beide zu dieser Unterredung bestellt hat.

«All das werde ich auch Mary sagen», erwidert er. «Doch ich wollte zuerst mit dir sprechen, um einen bestimmten Punkt zu klären, der mich beunruhigt.»

Wenn er unruhig ist, so bin ich in hellem Aufruhr. Jetzt kommt gewiss das, womit ich die ganze Zeit gerechnet, was ich mir sogar gewünscht habe. Dennoch empfinde ich eine seltsame Leere. Mein Leben lang habe ich angestrengt danach gestrebt, erwachsen werden zu dürfen. Und für eine Frau bedeutet Erwachsenwerden natürlich von jeher Heirat. Aber hat der Krieg nicht alles verändert? Er hat Vater vom Zehnteinnehmer zum Staatsoberhaupt gemacht; könnte er nicht auch für mich unerwartete Entwicklungen bewirken? Natürlich können diese Entwicklungen auch eine Heirat einschließen, aber eine Heirat zu meinen Bedingungen.

Ich warte auf seine nächsten Worte, fühle die Anspannung in meinen Schultern. Er schaut mich mit seltsamem Ausdruck an, seine angegrauten Brauen knotig über den verschränkten Händen an seinem Kinn, als wäre ich ein Gelände, das es vor einer Schlacht zu kartieren gälte.

Vater leckt sich die Lippen. «Ich habe Gerede gehört …», setzt er langsam an. Nun erhebt er sich von seinem Stuhl – er muss sich bewegen, wie immer, wenn er ein schwieriges Thema in Angriff nimmt. «Gerede darüber, du habest eine Zuneigung zum Enkel des Earl of Warwick entwickelt, Robert Rich.»

«Nein! Ganz gewiss nicht!» Die Worte platzen heftig, ungestüm aus mir heraus, und mehr Worte drängen nach. Doch es sind instinktive Worte, bedeutungsleer – sie hinterlassen keinen Geschmack in meinem Mund.

«Gut, gut», sagt Vater rasch in beschwichtigendem Ton. «Das freut mich zu hören. Dann hat sich das, was ich eben sagen wollte, im Grunde schon erübrigt.» Er beobachtet mich scharf aus schmalen Augen.

«Vielleicht», erwidere ich, bemüht, unbeschwert zu klingen, «aber ich würde es trotzdem gern hören.»

Vater seufzt. «Also schön. Was ich sagen wollte, ist, dass ich einer Heirat zwischen dir und diesem jungen Mann nicht zustimmen könnte, bei aller Liebe zu seinem Großvater. Roberts Vater, Lord Rich, ist in seinen Privatangelegenheiten so ungeschickt, wie er im Krieg unbeständig war – erst unterstützte er den König, dann lief er zu uns über. Nicht dass ich ihm das für sich genommen verüble, es gibt viele einstige Royalisten, denen ich heute mein Leben anvertrauen würde. Männer wie Lord Broghill zum Beispiel. Aber Lord Rich ist kein schätzenswerter Mann.»

Ich denke daran, wie Robert flüchtig auf seinen Vater Bezug nahm, als wir nach dem Festessen für das Parlament miteinander sprachen: *Meine Stiefmutter interessiert sich ebenso wenig für mich wie mein Vater*. Ich erinnere mich an den anrührenden Zug von Traurigkeit auf seinem Gesicht. «Vater?» ist alles, was ich herausbringe.

Er wendet sich von mir ab und tritt ans Fenster, wo sein Gesicht sich in der Scheibe spiegelt. «Ich fürchte, mein Liebes, Robert Rich kommt nach seinem Vater, nicht nach seinem Großvater. Er hat einen üblen Ruf als Trunkenbold und Spieler … und Schlimmeres.» Vater verbirgt seine Verlegenheit mit einem Husten, doch ich weiß, er bezieht sich auf die Gerüchte, Robert habe jüngst die Bordelle von Surrey besucht.

«Er geht keiner Beschäftigung nach», fährt Vater fort. «Ich fürchte, er ist nicht solide, weder in seinem Lebenswandel noch in seiner Liebe zum Herrn.»

Ich denke daran, wie Robert das Buch der Sprüche herangezogen hat, um mich wegen meines Hochmuts zu ermahnen, und ich frage mich, wie er es eigentlich mit dem Glauben hält.

«Und, Fanny.» Vater hat sich wieder zu mir umgedreht, und seine großen Augen unter den schweren Lidern blicken eindringlich in meine. «Ich könnte es nicht mit meinem Gewissen vereinbaren, dich einen Mann heiraten zu lassen, der deines Geistes so unwürdig ist, so edel seine Abstammung auch sein mag. Die Ehe ist eine ernste Angelegenheit. Sie erfordert natürlich Liebe, aber auch Charakterstärke, Entschlossenheit, Fürsorge und Hingabe sowie gegenseitigen Respekt. Es sind die Eltern, die mit einem Schritt Abstand und der Weisheit ihrer Jahre sehen können, wie gut ihre Söhne und Töchter zu anderen passen – so wie Gott weiß, was für uns, Seine Kinder, das Beste ist. Sei versichert, ich verfüge über langjährige Erfahrung in der Kunst, glückliche Verbindungen zu stiften: Ich habe jeder meiner Schwestern zu ihrem Mann verholfen, dasselbe habe ich für Biddy und Betty getan und auch für meine Nichten. Lavinia und Robert Beke beispielsweise, und schau sie dir an – sie turteln wie die Täubchen. Und natürlich habe ich selbst das Glück, Tag für Tag in der glücklichsten Ehe zu leben. Ich kenne dich, meine kleine Gelehrte, ich kenne jedes Haar auf deinem Kopf. Ich werde dir gewiss einen treuen Partner finden. Ich will, dass alle meine Mädchen glücklich sind.»

Ich fühle mich geehrt: Vater hat all seine berühmten Waffen der Überredungskunst aufgeboten und sie auf mich gerichtet. Ich bin ein Gemeindemitglied, das dem Vortrag eines großen Laienpredigers lauscht, ein Parlamentsabgeordneter, der schweigend die Worte seines Herrschers vernimmt, ein Soldat am Vorabend der Schlacht, der aus der glorreichen Gewissheit seines Generals Ermutigung zieht. Ich sonne mich in der Wärme von Vaters Worten, doch zugleich spüre ich die verborgene Schärfe. Unter seinem prüfenden Blick dahinwelkend, habe ich das Gefühl, als glitte ich durch einen dunklen Gang auf ein strahlendes Licht zu. Mit jedem Moment nähere ich mich der Erkenntnis, die mir erst jetzt dämmert, da Vater seine Ablehnung ausgesprochen hat: dass ich tiefe Gefühle für Robert hege.

Ich bringe es gerade noch fertig, zu nicken und von meinem Stuhl aufzustehen. «Natürlich, Vater, ich danke dir für deinen Rat», höre ich mich sagen, doch die Worte haben keine Verbindung zu den Gedanken in meinem Kopf. Zum ersten Mal in meinem Leben muss ich meine Gefühle vor meinem Vater verbergen, den Höfling vor ihm, dem Herrscher, spielen. Doch ich zögere nicht: Ich will diese Schlacht jetzt nicht schlagen, da ich kaum weiß, wo ich selbst stehe. Mein einziger Wunsch ist, diese Unterredung schnell zu beenden und mit dem Strom der Gefühle allein zu sein, der durch jede Faser meines Körpers fließt.

Da erscheint meine Rettung in Gestalt von Sekretär Thurloe, der mit einer Verbeugung hereinschlüpft und sich für die Störung entschuldigt.

Vater bedeutet ihm näherzutreten, und Thurloe kommt auf uns zu, Papiere in den Händen. «Die Dokumente des heutigen Abends zur Unterschrift, Hoheit, ein Bericht über die jüngsten Vorschläge des französischen Gesandten zu einem Vertrag und Euer Terminplan für morgen. Falls es Euch entfallen sein sollte, es ist der Tag, den Ihr dazu vorgesehen hattet, die Bittgesuche der Armen zu hören, vorgetragen vom Master of Requests …»

Ich knickse, schlüpfe zur Tür hinaus und renne über die mit Teppichen ausgelegte Galerie, eile auf geflügelten Sohlen in mein Zimmer.

In der Sicherheit meines Schlafgemachs angekommen, klettere ich auf das Bett und ziehe die schweren Vorhänge um mich zu. Zum Nachdenken brauche ich einen möglichst kleinen Raum ohne jegliche Ablenkung. Ich lasse mich aufs Bett zurückfallen und starre zum Baldachin hinauf. Kann es sein, dass ich Robert Rich nicht hasse? Dass ich ihn womöglich mag, ihn gar für mich wollen könnte? Trotz all seiner Spötteleien und Spiele, seiner Arroganz und Anmaßung, seiner Herablassung. Seiner Trägheit und seines Dünkels, der in so krassem Gegensatz zu meiner Haltung und der meiner Familie steht. Oder waren alle diese Eigenschaften bloßer Trug? Der Rauchschleier, der ein Feuer verbirgt, in das Wasser gegossen wurde? Die Ansichten, die er stets zu Beginn eines Gesprächs äußert, zeichnen ein solches Bild von ihm, doch die folgenden Worte zeigen ihn oftmals als klugen, wohlinformierten Mann. Und sein Benehmen ist rücksichtsvoll, sogar höflich. Oder vielleicht sage ich mir das nur, um eine weit weniger erbauliche Wahrheit zu rechtfertigen: dass gerade seine ärgerlichen Eigenschaften mich anziehen, an den Cromwell'schen Funken tief in meinem Inneren rühren, der bei der Vorstellung einer gerechten Rebellion aufblitzt und entflammt.

Doch andererseits, so denke ich, widersprechen seine Handlungen oft seiner zur Schau getragenen Haltung. Wenn er wirklich Verachtung für meine Familie empfände, wie könnte er dann am Hof leben und den Höfling spielen? Weshalb sollte er so oft meine Gesellschaft suchen und die von Richard und John? Und vor allem, wie könnte er mir gegenüber von einer Verbindung zwischen Rich und Cromwell sprechen? Mein Herz pocht, als ich an diesen Moment zurückdenke. Spielte er tatsächlich auf eine Heirat zwischen uns an, wie ich plötzlich hoffe? Als er es sagte, habe ich es sofort instinktiv so aufgefasst, doch meine Verlegenheit und die Angst, er könnte sich über mich lustig machen, trieben mich zu meiner gehässigen Antwort. Ich denke an unser Gespräch nach dem Festessen zurück, daran, wie wir durch unseren Schlagabtausch zusammen zu einem tieferen Verständnis unseres gemeinsamen Erbes und der Rebellion gelangten, die wir verwirklichen wollen.

Ich nehme einen langen, tiefen Atemzug und strenge mich an, rational zu denken. Im Geiste gehe ich das Gespräch mit Vater noch einmal durch und muss mir eingestehen, dass ich mir dieser Gefühle für Robert nicht bewusst war, bis Vater mir eröffnete, ich könne ihn nicht heiraten. Liegt mir wirklich viel an ihm? Oder will ich ihn jetzt nur, weil er verboten ist? Oder – mir fällt noch eine dritte Möglichkeit ein – erwähle ich ihn jetzt, da ich weiß, dass bald eine Heirat für mich ansteht, weil er meine eigene Wahl wäre und nicht die meines Vaters? All das Grübeln führt zu nichts. Meine Gedanken tanzen im Kreis wie Mädchen um die Maibäume, die man nun wieder mitunter sieht, mit farbigen Bändern, wehend, wirbelnd und sich schlängelnd. Ich verschließe die Augen vor den schwindelerregenden Farben.

Als ich sie erneut öffne, das Gleichgewicht wiedererlangt habe, ist mir klar, was ich tun muss. Ich kann nicht wissen, wie es wirklich um meine Gefühle bestellt ist, ehe ich mich mit dieser neuen Perspektive noch einmal mit Robert getroffen habe. All die Zeit, die wir in den letzten Wochen miteinander verbracht haben, habe ich ihn nicht aus diesem Blickwinkel betrachtet; ich habe nicht versucht, seinen wahren Wert zu ermessen, sondern nur seine Gesellschaftsspiele mitgespielt. Ich muss ihn dringend sehen. Wenn Vater und Sekretär Thurloe wirklich mögliche Heiratskandidaten für mich ins Auge fassen, dann habe ich keine Zeit zu verlieren. Womöglich werden sie schon in wenigen Tagen einen Edelmann für mich bestimmt haben, vielleicht einen politischen Verbündeten oder Armeekameraden meines Vaters. Er könnte alt sein, verwitwet, ein einstiger Royalist gar. Oder wenn Vater tatsächlich König wird, werde ich vielleicht Gegenstand eines Handels mit dem Ausland, um ein Bündnis abzusichern, und werde fortgeschickt, um irgendeinen deutschen Pfau oder einen orientalischen Potentaten zu heiraten, den ich bis zu meinem

Hochzeitstag nicht einmal zu sehen bekomme. Ich denke an den alten König Henry, der seine vierte Frau – die «flandrische Mähre» – aus seinem Bett warf, weil sie nicht den Erwartungen genügte, die Meister Holbeins Miniaturporträt geweckt hatte, und ich schaudere: Weil er diese unselige Verbindung arrangiert hatte, ging unser Vorfahr Thomas Cromwell zum Schafott. Gemälde von Vaters unbekannten Anwärtern auf meine Hand mischen sich vor meinen Augen wie Spielkarten und halten erst still, als ich Katherine hereinkommen höre.

Sie sagt nichts, vielleicht glaubt sie, ich schliefe schon. Ich höre sie im Zimmer umhergehen und ihre gewohnten abendlichen Tätigkeiten verrichten: Sie legt mir mein Nachthemd bereit, sammelt Handschuhe, meinen Fächer oder Bänder auf, holt meine Bürste hervor. In diesem Moment kommt mir ein Gedanke.

«Katherine.» Ich ziehe den Bettvorhang zurück und winke sie zu mir heran.

«Mylady? Ich dachte, du schliefest schon. Sollen wir unsere Gebete sprechen, oder hast du das schon mit Mary getan?»

Ich schüttle ungeduldig den Kopf – bevor Katherine den Kaplan heiratete, hat sie nie besonders auf meine Gebete geachtet. «Nein, darum geht es nicht. Ich habe nachgedacht. Du musst eine Nachricht für mich überbringen. Kannst du mir mein Schreibzeug holen?»

Sie legt das Kleid ab, das sie über dem Arm trägt, und bringt mir meine Schreibutensilien. Ich nehme sie, lehne mich an meine Kissen und streiche die leere Seite glatt, die auf dem Schreibbrett bereitliegt.

«Du musst für mich herausfinden, ob Robert Rich in Whitehall ist, und wenn ja, musst du ihm durch einen der

Jungen eine Nachricht schicken. Ich will ein Treffen arrangieren.»

«Fanny!» Sie ist so bestürzt, dass sie mich bei meinem Spitznamen nennt, den sie seit unserem Aufstieg kaum noch benutzt. «Du kannst dich doch unmöglich zu dieser Stunde allein mit ihm treffen. Was, wenn dich jemand sieht?»

Ich zögere, ihr Schreck färbt auf mich ab. Sie hat recht, das kann ich nicht riskieren. Wenn ich gesehen würde, wäre mein guter Ruf dahin und mit ihm auch der meiner Familie. Und vielleicht noch schlimmer: Mein Ansehen bei Vater wäre unwiderruflich beschädigt. Aber dann steht mir Robert vor Augen, wie er im Stall von Hampton Court Vaters neue Stute streichelt, das Gesicht unter seinem extravaganten grünen Hut verborgen. Er kichert, erfreut, mich in eine Falle gelockt zu haben, indem er mich bedrängte, den Namen meines Zukünftigen zu nennen. *Ich habe meine Wahl noch nicht getroffen, Sir,* höre ich mich selbst sagen. *Aber sobald das geschehen ist, werde ich es Euch wissen lassen.*

Eine Idee nimmt in meinem Kopf Gestalt an.

Rasch, ehe ich es mir anders überlegen kann, tauche ich die Feder in die Tinte und schreibe ein paar Zeilen, falte das Blatt zusammen und drücke es ihr in die Hand.

«*Mich* wird niemand sehen», sage ich langsam zu Katherine, während ich aus dem Bett steige. «Robert wird glauben, er träfe sich mit *dir*. Und wenn ich deinen Hut und Mantel trage, wird jeder zufällige Zeuge unseres Treffens denken, ich sei Lady Frances' Gesellschafterin, die einen späten Botengang zur Waschküche erledigt, ein warmes Getränk aus der Küche holt oder eine Abkürzung zur Wohnung ihres Mannes nimmt.»

Katherine reißt entgeistert die Augen auf. «Du vergisst – ich bin jetzt die Frau eines Kaplans!»

«Bitte.» Ich nehme ihre kleine, warme Hand. «Ich brauche nur deine Kleidung.»

Die Wachen beachten mich kaum, als ich rasch über die private Galerie gehe. Ich ziehe Katherines Mantel fester um mich, während ich den letzten Raum durchquere, bis zur Treppe zum Kammergarten, den *Adam and Eve stairs*. Diese steige ich vorsichtig und leise hinunter, den überlangen Rock raffend, um nicht zu stolpern. Am Fuß der Treppe treffe ich wiederum auf zwei Männer der Leibgarde, doch sie stellen keine Fragen – ihre Aufgabe ist, dafür zu sorgen, dass niemand unbefugt in unsere Privatgemächer eindringt, nicht zu verhindern, dass Zofen diese verlassen, um ihrer Arbeit nachzugehen. Kälte schlägt mir entgegen, als ich in die Gärten hinaustrete. Jeder schwere Atemzug bildet Dampfwolken vor meinem Gesicht. Ich halte nach allen Seiten Ausschau, ehe ich mich weiter vorwage, aus dem Schatten der Treppe hinein in die Gärten.

Zu meiner Rechten kann ich im Dunkeln schwach die Umrisse des Holbeintores ausmachen. Es ragt über der langen Mauer auf, die unsere privaten Gärten von der King Street draußen trennt. Aus den Fenstern des Chairhouse dringt Kerzenschein, und ich denke flüchtig an die Tudorkönige, die den Raum über der Wachstube als Geheimkabinett nutzten und durch die Fensterschlitze ihre nichtsahnenden Untertanen bei ihren Alltagsgeschäften beobachteten. Trotz der späten Stunde erreicht mich auch jetzt über die gestutzten Hecken hinweg der Straßenlärm: das Rumpeln einer Kutsche, die lauten Stimmen von Männern, die gerade aus einer Schankstube kommen. Doch während ich mich auf gewundenen Pfaden zwischen den

Hecken hindurch der Sonnenuhr nähere, verblasst dieser menschliche Lärm, bis nur noch das Knirschen von Schotter unter meinen Füßen und die leisen Rufe einer kleinen Eule aus dem benachbarten Obstgarten die stille Nachtluft durchdringen. Niemand ist da, der mich sehen könnte, bis auf die gespenstischen Gestalten der Marmorstatuen, die wie Wachposten mitten auf jeder Rasenfläche stehen.

Ich sehe Robert, ehe er mich sieht. In einen dunklen Mantel gehüllt, lehnt er an der riesigen Sonnenuhr und scharrt mit der Spitze eines Schnallenschuhs im staubigen Schotter. Seinen Gesichtsausdruck kann ich nicht erkennen, denn er hält den Kopf gesenkt, und seine Züge sind unter der breiten Krempe des vertrauten grünen Hutes mit der Feder verborgen. Etwas an seiner ganzen Haltung wirkt niedergeschlagen, es fehlt der Elan, der seinem Körper sonst auch anzusehen ist, wenn er stillsteht. Als Robert mich kommen hört, richtet er sich auf, und nach einer flüchtigen Verbeugung verschränkt er die Arme in stumpfer Abwehrhaltung.

«Ich weiß nicht, was Eure Herrin sich dabei denkt, Mistress White, mich in solcher Heimlichkeit zu diesem Treffen mit Euch zu bestellen», sagt er müde.

Ich knickse in einigem Abstand und lasse ihn weitersprechen, den Kopf unter der Kapuze gesenkt.

«Ihr könnt ihr von mir ausrichten, dass es mich nicht im mindesten interessiert, auf welchen jungen Gentleman sie ein Auge geworfen hat, noch ist mir klar, weshalb sie meint, mich auf diese Weise davon unterrichten zu müssen», fährt er betont gelangweilt fort, doch ich meine, einen schmerzlichen Unterton herauszuhören.

Ich weiß kaum, was ich sagen soll; zwar habe ich dieses Treffen geplant, aber meine Worte habe ich mir nicht zurechtgelegt, hätte sie auch nicht zurechtlegen können, da ich mir ja über meine eigenen Gefühle erst durch dieses Wiedersehen mit Robert klarwerden wollte. Doch auch jetzt in seiner Gegenwart bleibt die erhoffte Klarheit aus, kein plötzlicher Sonnenschein zerreißt den Nebel. Stattdessen ist da das reine, körperliche Empfinden seiner Stimme mit ihrem vertrauten schleppenden Ton. Sie umfängt mich wie die plötzliche Wärme eines freundlichen Herdfeuers einen Pilger im Winter.

Ich trete näher und nehme die Kapuze ab, hebe das Gesicht, bis ich ihm in die Augen blicke.

«Ich entschuldige mich für die Theatralik, Sir, und für die Unannehmlichkeiten, die ich Euch bereitet habe, aber mir schien, als ginget Ihr mir neuerdings aus dem Wege.» Nun, da ich ihn anschaue, wird mir bewusst, wie sehr ich ihn vermisst habe. Es ist seltsam – nur wenn ich mit ihm zusammen bin, wenn wir miteinander reden, wenn ich den Herausforderungen begegne, die er mir im Gespräch hinwirft, nur dann kristallisieren sich meine eigenen Gedanken, und ich erkenne mich selbst wirklich. «Ich lasse nicht zu, dass Ihr mich daran hindert, mein Wort zu halten», fahre ich fort, während mein Kopf klarer wird. «Ich hatte Euch in den Stallungen von Hampton Court versprochen, Euch zu informieren, sobald ich einen Verehrer erwählt hätte. Und da ich ebendas getan habe, bin ich nun hier.» Ich spreche mit klarer Stimme, strenge mich mit jeder Faser an, meinen Ton gleichmütig zu halten.

Robert starrt mich mit offenem Mund an, die Augen vor Verblüffung geweitet. Momente, Minuten scheinen zu vergehen, ehe ich sehe, wie er die Beherrschung wiedergewinnt, die winzigen Muskeln in seinem Gesicht und an den Händen zucken und er wieder zum Leben erwacht. Er nimmt den Hut ab und verbeugt sich, richtet sich wieder auf, viel gerader als zuvor, die Hand mit dem Hut schlaff herabhängend.

«Euer Hoheit, ich …»

«Psst.» Ich lege ihm einen Finger an die Lippen, in dem plötzlichen, verzweifelten Drang zu verhindern, dass er eine unaufrichtige Haltung einnimmt. Bisher tat er dies zu Beginn jedes einzelnen unserer Gespräche. Ich weiß, wenn er es jetzt auch tut, werde ich die Orientierung verlieren, nachdem ich doch gerade erst den Polarstern erblickt habe.

Ich schaue nun in die Sterne, sie umrahmen sein Gesicht, das unsicher auf mich heruntersieht, wie die Pünktchen von Kerzenflammen in einem Spiegel. Angesichts dieses Bildes finde ich keine Worte mehr, keine geistreichen Bemerkungen, da ist nur noch ein zeitloser Instinkt. Sacht lasse ich die Hand, die ich an seine Lippen gehoben habe, seitlich an seinem Gesicht entlanggleiten, bis mein kleiner Finger sich in das Haar über seinem Ohr schiebt. Ich recke mich auf die Zehen, ziehe behutsam seinen Kopf zu mir herab, bis unsere Lippen sich berühren. Einen Herzschlag lang, dann zwei drücken sie sich aufeinander, ohne sich zu bewegen, wie gebundene Bücher im Regal aneinandergedrückt werden. Doch dann öffnet Robert die Lippen, und ich löse mich in ihm auf, als er beide Arme um mich schlingt. Sein Hut fällt in den Staub, seine Hände wandern hinauf in mein Haar, dann zu meiner Taille hinab, seine Schultern beugen sich über meine. Wir klammern uns aneinander, verbinden uns mit jedem Zoll unseres Körpers, bis ich denke, wir sind miteinander verschmolzen wie Venus und Adonis in der Skulptur nicht weit von uns. Jedes Geräusch des nächtlichen Gartens um mich herum geht in dröhnenden Herzschlägen und dem Donnern in meinen Ohren unter.

Wir küssen uns und erkunden einander eine scheinbare

Ewigkeit, bis wir schließlich beide Luft holen müssen und uns voneinander lösen. Ich drücke eine Hand auf mein hämmerndes Herz, Robert taumelt ein wenig rückwärts, die Hände auf den Hüften geballt, und schöpft Atem, ohne den Blick von meinen Augen zu wenden. Irgendwann finde ich meine Sprache wieder.

«Ihr wolltet eben etwas sagen, Sir, bevor ich Euch hinderte. Was war es?» Ich lächle ihn an, meine Augen tanzen vor schwindligem, neugewonnenem Zutrauen.

Robert lacht und schüttelt den Kopf hin und her wie ein Hengstfüllen. «Meine Dame, ich fürchte, Ihr habt mir die Worte geraubt, ich kann nicht sagen, was ich im Sinn hatte. Eigentlich», er grinst, «kann ich mich an nichts erinnern, das überhaupt vor diesen letzten Augenblicken in meinem Kopf vorgegangen ist. Jetzt gerade kann ich mich kaum auf meinen eigenen Namen besinnen.» Dann streckt er wieder die Arme nach mir aus, diesmal um meine Hand zu nehmen und an die Lippen zu führen.

«Ihr seid Robert Rich, Enkel des Earl of Warwick», sage ich, nun ebenfalls lachend. «Höfling, Trunkenbold, Spieler, Lebemann, Verächter harter Arbeit. Und der kluge, gütige Mann, den zu lieben ich beschlossen habe.»

Darauf verstummt sein Lachen, das Grinsen, mit dem er meine Hand geküsst hat, weicht einem Ausdruck reinen Erstaunens. «Der Mann, den zu lieben Ihr beschlossen habt», wiederholt er verblüfft, während er mich zu sich heranzieht und mein Gesicht in beide Hände nimmt. «Und der Mann, der Euch zu lieben beschlossen hat – Ihre Hoheit Lady Frances Cromwell.»

Ihre Hoheit Lady Frances Cromwell, wiederhole ich in Gedanken und hoffe, seine Liebe gilt wirklich mir, wie ich immer gewesen bin, und nicht meinem erhabenen Stand;

wenn Vater so hoch aufsteigen kann, könnte er auch wieder ebenso tief fallen. Doch diese falschen Gedanken fallen von mir ab, als Robert mich zärtlich küsst. Ich spüre, wie er die Augen fest schließt, seine Wimpern streifen flatternd die meinen wie Schmetterlinge. Dann wandert sein Mund zu meinem Haar, und ich spüre seinen tiefen Atem.

«Ich bin mir erst heute Abend über meine wahren Gefühle klar geworden», sage ich, staunend über die Geschwindigkeit, in der mein Leben sich verändert hat. «Wie lange wisst Ihr es schon?»

«Ah», er kichert mit einem Anflug von Verlegenheit. «Schon viel, viel länger. Aber Ihr beschämt mich», sagt er, nun wieder in ernstem Ton.

«Ich beschäme Euch?»

«Für Euch war es nur eine Sache von Stunden, nach Eurem Wissen zu handeln; mich aufzusuchen, das Wagnis einzugehen, Euch mir anzuvertrauen. Ich dagegen … ich bin um meine Liebe zu Euch herumgetanzt, habe damit gespielt, mit Euch gespielt. Bin auf meine Liebe zugeschnellt, nur um dann wieder einen Sprung rückwärts zu machen. Ich sehe, Ihr besitzt den Mut und Kampfgeist Eures Vaters.»

Das Kompliment könnte mir gar nicht mehr schmeicheln, doch mein Lächeln erstirbt, als mir das Gespräch mit Vater vorhin wieder in den Sinn kommt. Ich kann Robert nicht alles offenbaren, was er gesagt hat, denn ich weiß, seine Zuversicht ist aus einem dünneren, weicheren Metall, als es auf den ersten Blick den Anschein hat.

«Wir müssen vorsichtig sein», flüstere ich in seinen Kragen. «Vater und Sekretär Thurloe haben etwas anderes als dies hier für mich im Sinn.»

«Ich weiß», erwidert er und streicht mir beruhigend übers Haar. «Ich werde Großvater bitten, um meinetwillen mit deinem Vater zu sprechen. Aber wir haben einen schwierigen Weg vor uns. Und die Situation wird noch schwieriger, sollte dein Vater König werden – dann wäre seine jüngste Prinzessin ein noch kostbarerer Gewinn als jetzt.» Er hält mich fester, als könnte er dadurch verhindern, dass ein anderer mich ihm fortnimmt. «Aber eins sollst du wissen, meine Liebste», sagt er, während unsere Herzen ruhiger schlagen, einen gemeinsamen Rhythmus finden. «Nun, da ich dich habe, werde ich dich nicht kampflos wieder hergeben.»

KAPITEL VIER

Mary ist verblüfft, als ich sie einweihe. Allerdings gilt ihr Erstaunen meinem kühnen Handeln, nicht unserer Liebe, denn diese hat sie schon lange geargwöhnt. Sie triumphiert schamlos, dass sie recht behalten hat, doch bald weicht unser gemeinsames Lachen dem Zweifel. Vater hat auch mit ihr über seine Liste möglicher Kandidaten gesprochen, und so halten wir nun gemeinsam Kriegsrat.

«Aber was ist mit Nicholas Baxter?», frage ich, als wir zusammen bei unserer Stickerei sitzen. Cousine Lavinia und die anderen jungen Damen des Hofes, die uns Gesellschaft leisten, sind knapp außer Hörweite. «Ich weiß doch, dass er dir gefällt.»

Sie lässt den Blick aus dem Fenster schweifen, ihr Mustertuch lose in den Händen. «Ja, er gefällt mir, aber das ist auch alles. Ich habe nicht so viel Zeit mit ihm verbracht wie du mit Robert, habe nicht solch eine starke Bindung aufgebaut. Und nun denke ich, es ist auch klüger, das nicht zu tun.»

«Ach, Mary.» Ich beuge mich vor, um ihre Hand zu streicheln.

«Nein, es ist besser so. Für mich ist es noch nicht zu spät, so wie für dich», sagt sie, den Blick nun wieder auf mich gerichtet, mit entschlossener Miene. «Ich habe mein Herz noch nicht verloren und werde mich auch fortan bemühen, das nicht zu tun. Alles, was ich will», sagt sie langsam und mit Betonung, «ist eine zufriedene Ehe mit eigenen Kindern.»

Ich schaue sie voller Bewunderung an. Sie war schon immer so vernünftig, so abwägend und bedacht, ganz wie Mutter, und sie hat auch diesen mütterlichen Zug. Ich fand das schon früher ironisch: Von allen Schwestern ist Mary diejenige, die Vater am ähnlichsten sieht, doch zugleich ist sie im Wesen Mutter am nächsten, sie ist eine vollkommene Verschmelzung unserer Eltern. Ich frage mich oft, wie stark die jeweiligen Anteile der beiden in mir sind.

In den folgenden Tagen warten wir angespannt darauf, dass Vater oder Sekretär Thurloe uns Näheres über ihre Pläne mitteilen, doch glücklicherweise werden sie und überhaupt der gesamte Hof durch den bevorstehenden Krieg von jeglichen Gedanken an uns abgelenkt. Nach Wochen hitziger Debatten haben der Staatsrat und Vater endlich die Pattsituation überwunden, die Signor Giavarina im Gespräch mit mir skizziert hatte, und sind übereingekommen, sich mit König Ludwig XIV. von Frankreich im Krieg gegen die Spanier zu verbünden. Charles – der eifrigste Verfechter dieser Politik im Rat – ist begeistert, während die Zornesfalten auf General John Lamberts hoher Stirn eine andere Geschichte erzählen. Thurloe erläutert mir einen weiteren Nutzen dieser Allianz, in einem seltenen entspannten Moment, als wir zusehen, wie ein Diener ein Kaminfeuer vorbereitet.

«Der französische König hat nun keine andere Wahl mehr, als Charles Stuart aus Frankreich zu verbannen. Der ‹Sonnenkönig› kann schwerlich den Prätendenten auf den Thron Eures Vaters in seinem Land dulden, wenn er sich mit Eurem Vater verbündet hat, auch wenn Charles Ludwigs Neffe ist. Und damit ist auf einen Schlag die Gefahr gebannt, Charles Stuart könnte von jenseits des Kanals eine Invasion Englands versuchen.»

Aussagen wie diese versetzen mich nach wie vor in Staunen: Vater in einem Atemzug mit dem gottgleichen französischen König genannt zu hören und mit Charles Stuart, den wir als Prince of Wales verehrten, als ich noch klein war. Ich denke daran, während ich zusehe, wie der französische Botschafter Bordeaux und Vater einen großen Vertrag unterzeichnen, um das Abkommen zu besiegeln. Es ist ein aufwendiger Akt, jedoch im kleinen Kreis in Vaters prächtigem Staatsgemach, wie es bei den alten Stuartkönigen üblich war. Nur der Sekretär des Botschafters, der Staatsrat und Sekretär Thurloe sowie meine Familie sind Zeugen. Nie zuvor habe ich die Macht von Symbolen und Ritualen so stark empfunden. Nie zuvor habe ich mich so sehr als Prinzessin gefühlt. Wieder einmal habe ich das Gefühl, dass Vater der Krone einen Schritt näherkommt.

Ich sehne mich danach, über all das mit Robert zu sprechen, doch er achtet darauf, sich nicht zu oft mit mir sehen zu lassen. Seine sehnsüchtigen Blicke und sein Lächeln, wann immer wir im selben Raum sind, müssen mir vorerst genügen. So vergehen die Tage, und die Nächte dehnen sich, während ich schlaflos daliege und jeden Augenblick unseres Stelldicheins noch einmal durchlebe. Allmählich beginne ich mich zu fragen, ob es womöglich nur ein Traum war oder ob Robert bei Tageslicht ebenso leidenschaftlich für mich empfindet wie im Mondschein. Ängstliche Anspannung und Enttäuschung stauen sich in mir an, häufen sich Schicht auf heiße Schicht. Ich empfinde eine seltsame Verbundenheit zu Vater, denn ich sehe ihm an, wie ihm tagtäglich der zunehmende Druck der beiden Parteien zusetzt, die darüber streiten, ob er König werden soll. Jeden Tag ist er neuen, immer leidenschaftlicheren Argumenten von allen in seinem Umfeld ausgesetzt, er ist der Fels in einer Brandung starker Gefühle, die am Hof tobt, im Parlament und in der Armee und die sogar auf die Straßen Londons hinausflutet.

Gott selbst wird in die Debatte hineingezogen, als die Puritanergemeinden der Stadt eine Protesterklärung verfassen, in der sie Vater beschwören, die Krone nicht anzunehmen. Ich sehe, dass ihn das tief verletzt, denn es rührt an die größte Angst, die ihm nach den Worten meiner Mutter nachts den Schlaf raubt: Der Herr habe, indem er der New Model Army den Sieg über König Charles schenkte, gegen Könige geurteilt und wolle folglich nicht, dass er, Oliver – Werkzeug Gottes –, gegen Sein Urteil handelt. Das Parlament empfindet hingegen keine solchen Skrupel. So kommt es, dass ich am letzten Tag des Monats März auf einen Hinweis von John hin ins Banqueting House schlüpfe und zusehe, wie die Mitglieder des House of Commons mit großem Pomp und Zeremoniell Vater ihren neuen Verfassungsentwurf überreichen, ausgefertigt auf Pergament.

Ich recke den Hals, um besser sehen zu können, als Sir Thomas Widdrington, Mitglied des Staatsrats und Speaker des House of Commons, vortritt, um das Dokument zu überreichen.

«Wir ersuchen Euer Hoheit», beginnt er feierlich, «den Namen und Titel, das Gebaren, die Würde und das Amt des Königs von England, Schottland und Irland und der jeweils dazugehörigen Herrschaftsgebiete und Territorien anzunehmen und selbige gemäß den Gesetzen dieser Nationen auszuüben.»

Das Herz schlägt mir bis zum Hals, während ich auf Vaters Antwort warte. Die Zeit scheint sich für uns alle zu dehnen, eine Blase des Schweigens entsteht. Der ganze Saal könnte hören, wenn mir eine Haarnadel aus der Frisur fiele. Aus dem Augenwinkel bemerke ich den schwarzhaarigen Kopf von Bulstrode Whitelocke, der von einem Fuß auf den anderen tritt. Irgendwo mitten im Raum hustet jemand. Rubens' vergöttlichter König James sieht von seiner himmlischen Wolke an der Decke verwundert zu, ob der Bauer, der die Armee seines Sohnes auf dem Schlachtfeld besiegte und sein Todesurteil unterzeichnete, nun seine Krone annehmen wird.

Endlich spricht Vater. Seine Miene ist tiefernst, seine angespannte Stimme zersticht die Blase wie ein Degen.

«Gentlemen, ich anerkenne die große Bedeutung dessen, was mir angetragen wird, denn es betrifft das Wohlergehen, den Frieden, die Stabilität dreier Nationen und den ganzen reichen Schatz des vortrefflichsten Volkes der Welt.»

Doch dann spricht er von Zeit, erbittet mehr davon. Zeit, die Vorschläge zu überdenken, stellt aber eine baldige Antwort in Aussicht. Es ist, als erfasste ein Fieber den ganzen Saal.

Ist es vollbracht?, fragt Harry in seinem jüngsten Brief, den ich vorfinde, als ich auf mein Zimmer zurückkehre. *Der kleine Sekretär, Lord Broghill und Edward Montagu schreiben viel Gutes über die neue Verfassung, doch ich weiß nicht recht, ob Vater die Krone annehmen wird: Die Wiedereinführung des Königtums würde hier auf der anderen Seite der Irischen See nicht begrüßt werden …*

Nein, kritzele ich hastig als Antwort. *Er scheut, er ringt mit sich. Uns bleibt nichts anderes übrig, als zu warten. Doch in diesen ganzen drei Nationen gibt es wohl nur wenige, für die mehr von seiner Entscheidung abhängt als für deine kleine Schwester …*

Der Rückzug nach Hampton Court am Ende dieser Woche kommt für uns wohl gelegener denn je. Nicht zuletzt für Vater, der an lähmenden Kopfschmerzen leidet. In der fiebrigen Atmosphäre, die das Land erfasst hat, werden für unsere Reise noch strengere Sicherheitsvorkehrungen als sonst getroffen, und so wissen Mary und ich bis zum allerletzten Moment nicht, zu welcher Zeit wir aufbrechen und ob wir uns für eine Fahrt mit der Barkasse oder mit der Kutsche ankleiden sollen. Am Ende reisen wir mit der Kutsche. Ich schaudere unwillkürlich beim Anblick der riesigen Sperren, die auf der letzten, angreifbarsten Meile des Weges durch Hampton Wick zum Palast zu beiden Seiten der Straße errichtet wurden. Sekretär Thurloe war nicht untätig, seit er von den zahlreichen Mordversuchen durch Sindercome und seine Mitverschwörer erfahren hat. Zu meiner Freude hat Johns Hund Badger beschlossen, diesmal in unserer Kutsche mitzufahren statt in der seines Herrn, wobei wohl auch die Biskuits, die ich heimlich in meinem Täschchen mitgenommen habe, seine Wahl beeinflusst haben könnten. Auf der Suche nach Trost vergrabe ich mein Gesicht in Badgers Fell.

Ich hoffe auch, dass ich in der entspannten Umgebung von Hampton Court mehr Gelegenheit haben werde, Robert zu sehen. Am Samstagmorgen wird mein Wunsch erfüllt: Er begleitet uns zur Beizjagd. Diese ist Vaters liebster Zeitvertreib, und ich kann förmlich sehen, wie die Last der derzeitigen Überlegungen von seinen Schultern abfällt, als wir im Trab in den Wildpark hinausreiten.

«Die Falknerei steht für eine mildere, vornehmere Zeit», sagt Vater zu mir, als wir nebeneinander reiten und die frische, klare Morgenluft unsere Lungen füllt. «Die Zeit meiner Großeltern und ihrer Eltern, da in England geordnete Verhältnisse herrschten und das Land nach den alten Sitten florierte – bevor der erste schottische König in den Süden kam und bevor sein Sohn seine französische Braut und ihre katholischen Sitten ins Land holte. Eine Zeit, in der ein Gentleman die Muße hatte, mit einem Falken auf der Faust durch die Wiesen zu streifen. Wir hatten achtzig Jahre lang Frieden, bevor Charles Stuart in Nottingham seine Standarte gegen uns erhob, wusstest du das? War es da wohl ein Wunder, dass keiner von uns sich aufs Kämpfen verstand? Wir hatten es vergessen, verstehst du? Wir mussten die Kriegskunst erst aufs Neue lernen.»

Vater lässt heute seinen Lieblingsvogel fliegen – den Wanderfalken, ein Tier, das einzig Königen vorbehalten ist –, und ich sehe, wie er sich alle hundert Schritt kurz nach dem Vogel umschaut, der verhaubt in einer Ecke des Käfigs auf dem Rücken des Falkners hockt. Der Käfigmann, wie der Falkner genannt wird, geht behutsam und hebt die Füße hoch, damit die Vögel auf seinem Rücken nicht zu heftig geschaukelt werden. Dennoch rufen sie einander leise zu: der schrille Sirenenton von Vaters Wanderfalken; das gänseartige Trompeten von den weniger kostbaren Würgfalken und Lannerfalken, die von den Edelmännern in unserer Gesellschaft losgelassen werden; die schnell aufeinanderfolgenden Kreischlaute der kleinen Merline, die für Mary und mich reserviert sind.

Traditionell sind diese Ausflüge zur Beizjagd gesellige Unternehmungen, und so finde ich nichts Unrechtes dabei, mein Pferd unauffällig in Roberts Nähe zu lenken, sobald

Vater seinen Falken auf dem behandschuhten Arm trägt und hinreichend abgelenkt ist.

«Hoheit.» Robert verbeugt sich über seine Zügel.

«Sir.» Ich richte mich über den meinen auf. «Ich hoffe, Ihr befindet Euch wohl.»

«Gewiss, meine Dame, auch wenn mich schlechter Schlaf und überaus lebhafte Träume plagen.» Robert lächelt mir durchtrieben zu.

«Träume, mein Herr?» Ich habe Mühe, einen unbeschwerten Ton zu wahren, wende den Blick ab und sehe, wie Vaters Falke von seinem Arm auffliegt, um die Beute zu jagen. Es ist ein wahrhaft prächtiger Vogel – ein selten kostbares Geschenk des Fürsten von Ostfriesland. «Kommt Euch Nacht für Nacht dieselbe Erscheinung, oder leidet Ihr an einer Vielzahl unterschiedlicher Träume?»

«Ach, es ist immer derselbe», erwidert Robert leichthin. «In einem Garten kommt ein Engel zu mir, ein weiblicher Engel, und seine Stimme und Berührung ziehen mich in einen dunklen Strudel hinein.»

Ich erröte vor Freude und Erleichterung, dann lenke ich meine Stute etwas näher zu Marys, aus Furcht, jemand könnte die Farbe in meinen Wangen bemerken. «Wie beschwerlich für Euch», antworte ich über die Schulter. «Ich selbst schlafe wie ein Säugling.»

«Ich habe mit Großvater gesprochen.» Robert senkt die Stimme zu einem Flüstern und folgt mir auf seinem Pferd. «Und er hat deinen Vater auf meine Werbung angesprochen.»

«Mit Erfolg?»

«Noch nicht», antwortet er, und sein eben noch spielerischer Ton weicht hörbarer Besorgnis. «Dein Vater ist entschieden gegen mich und hat das meinem Großvater in überaus klaren Worten mitgeteilt. Es sieht nicht gut aus. Und ich weiß nicht, was ich sonst noch tun könnte. Ich habe sogar an Vater geschrieben, obwohl es mir zuwider ist, ihn um etwas zu bitten. Aber ich bezweifle, dass seine Vermittlung zu etwas führen würde, falls er sich entschließen sollte, mich zu unterstützen. Dein Vater hat keine hohe Meinung von ihm, auch das hat er Großvater deutlich zu verstehen gegeben.»

Ich fühle mich von Hoffnung emporgetragen und im selben Moment von Verzweiflung niedergeschmettert: begeistert, dass Robert förmlich um meine Hand angehalten hat; am Boden zerstört, dass Vater unerbittlich scheint.

«Großvater wird es weiter versuchen», redet Robert mir ermutigend zu, als er mein bestürztes Gesicht sieht. «Aber wir müssen uns in Acht nehmen. Nun, da dein Vater von meinen Absichten weiß, wird er uns scharf beobachten, wie einer seiner Falken.»

Ich wende mich Robert eben wieder zu, um etwas zu erwidern, als Vaters Stimme sich über die Gruppe erhebt.

«Frances, Mary?» Vater schaut sich nach uns um. «Kommt her zu mir.»

Ich werfe Robert einen Blick zu, und er presst die Lippen zusammen, als wollte er sagen: *Habe ich es nicht gesagt*? Er bleibt zurück, als ich mein Pferd zwischen den anderen hindurch zu Vater lenke, hastig bemüht, meine Gedanken zu ordnen und meine Gefühle zum Schweigen zu bringen. Im Näherkommen neige ich den Kopf vor der romantischen Gestalt von General John Lambert mit seinem markanten Gesicht, der neben Vater zu Pferde sitzt. Meine Nervosität wächst: Unter Vaters sämtlichen Mitstreitern und Freunden ist Lambert derjenige, in dessen Gegenwart ich am wenigsten weiß, was ich sagen soll. Er ist eine lebende Legende: der Held des siegreichen Schottlandfeldzugs für das Parlament und ein leidenschaftliches militärisches Genie, von seinen Männern geliebt; der scharfe Geist, der seinerzeit das Instrument of Government entwarf – die Verfassung, durch die Vater zum Lord Protector gemacht wurde; der bedeutendste Politiker am Hof und ein mächtiges Mitglied des Staatsrats; und von allen kommt er Vater an Größe am nächsten. Verwundert es da, dass John Claypole Lamberts Namen ins Gespräch brachte, als wir neulich abends darüber diskutierten, wer Vaters Erbe werden könnte?

Dennoch überrascht es mich, Lambert hier so nah bei Vater zu sehen, weiß doch der ganze Hof, dass er den Widerstand des Militärs gegen Vaters Ernennung zum König anführt. Heute wird er gewiss die Gelegenheit nutzen, auf seinen alten Freund einzuwirken.

Als ich mit ihnen auf gleicher Höhe bin, sehe ich, dass Vaters Falke auf seinen Handschuh zurückgekehrt ist und gerade eine Ringeltaube zerfleischt, die er zwischen den Klauen festhält. Mary erscheint an Vaters anderer Seite, so elegant und natürlich sattelfest wie eh und je.

«Sage mir, über welches Thema hat der junge Robert Rich eben mit dir geplaudert?», erkundigt Vater sich in ruhigem Ton, den Blick auf seinen Vogel gerichtet.

Meine Gedanken rasen. «Über das Träumen, Vater.»

«Ha!», macht er verächtlich. «Er ist wahrlich ein Träumer, das möchte ich meinen. Nicht wie du und ich, was, Johnny?» Vater wendet sich an Lambert um Bestätigung, und der General nickt mit ernster Miene. «Nein. Wir überlassen das Träumen anderen», fährt Vater fort, «Männern wie Thomas Rainsborough, der von einer Welt träumte, in der jedermann wählen darf, und der den Preis dafür zahlte, indem ihn die Kugel eines Mörders traf; Henry Ireton, der von einem gottgefälligen, blühenden Commonwealth träumte, in dem alle Menschen vor dem Gesetz gleich sind, und der den Preis dafür zahlte, als er einem Fieber erlag und deine Schwester als Witwe zurückließ.»

Sein Blick wird ein wenig verschwommen, und ich kann wieder atmen, als ich spüre, wie seine Aufmerksamkeit von Robert abschweift. Ich werfe einen Blick zu Mary hinüber, die mir in einem unbeobachteten Moment ermutigend zulächelt.

Lambert greift Vaters Thema auf. «Die praktischen Männer sind es, die Kriege gewinnen. Männer, die geradeaus blicken. Männer der Tat, zielstrebige Männer.»

«Wohl wahr.» Vater nickt. «Auch wenn ich gern ein paar Träumer um mich habe. Sie sagen mir, wie die Welt sein sollte, und ich überlege, wie wir dies mit Gottes Hilfe erreichen können. Ihre Träume und meine Wirklichkeit; ihre Gedanken und meine Taten. So haben wir den Krieg gewonnen, so werden wir die Zukunft aufbauen. Auf das Ziel kommt es an, nicht auf den Weg, den wir einschlagen. Doch jemand muss eine Landkarte mitbringen.»

Vater hält plötzlich sein Pferd an und winkt den Falkner zu sich. «Hier, Sam, übernimm den Vogel. Frances – jetzt bist du mit dem Merlin an der Reihe, und anschließend wollen wir sehen, was Mary kann. Mein lieber John», wendet Vater sich voller Herzlichkeit an Lambert, «mache dich auf eine Lektion gefasst. Meine Töchter sind furchtlos mit den Falken, und Mary ist ein Naturtalent.»

Lambert richtet seine Augen, metallisch wie Flintenläufe, erst auf Mary und dann auf mich. Mary glüht vor Stolz, und ich spüre den Stachel der Eifersucht: Bei Betätigungen im Freien konnte ich nie mit ihr mithalten.

«Stimmt es, dass Harry noch ein paar Falken für dich beschafft, Vater?», frage ich. «Falls ja, könnte er nicht auch einen Vogel für mich schicken? Wenn ich meinen eigenen hätte, könnte ich mehr üben.»

«Ja», antwortet Vater und strahlt mich an. «Harry hat mir erzählt, die besten Vögel seien an der äußersten Westküste Irlands zu finden, deshalb habe ich ihm aufgetragen, nach einem Habicht für mich Ausschau zu halten. Schreibe ihm nur und bitte ihn, auch einen kleinen Damenvogel für dich zu suchen.»

«Irland, sagtest du, Oliver?», unterbricht Lambert uns in seinem breiten Yorkshire-Akzent und in spielerisch herausforderndem Ton. «Ich bezweifle, dass du dort einen besseren Vogel findest als in den westlichen Highlands von Schottland. George Monck, der unsere Armee dort befehligt, nimmt gerade ein wenig Urlaub, um mir einige Falken zu beschaffen. Wir planen ein hübsches kleines Importgeschäft.»

Vater richtet sich im Sattel auf, und seine Augen blitzen. «Tatsächlich? Weißt du was, John, wenn wir die Vögel haben, lassen wir sie gemeinsam fliegen. Wir veranstalten vor dem Hof einen kleinen freundschaftlichen Wettkampf, was sagst du dazu?»

Lambert nickt, und sein Pferd wiehert – die zwei mächtigsten Männer im Lande nehmen es also miteinander auf.

Nun bin ich an der Reihe, einen Vogel loszulassen, und mein Herz schlägt vor Aufregung schneller, als Vaters Falkner den langen, gepolsterten Handschuh an meinen linken Arm schnürt und mir mein Merlinweibchen übergibt. Wieder einmal bin ich überrascht von ihrem Gewicht und fasziniert von ihrem Blick, als sie ihren kleinen, gestreiften Kopf nach links und rechts dreht und jedes Mal kurz bei meinem

Gesicht innehält. Behutsam löse ich den Haken ihrer Leine und hebe den Arm wie einen Ast. Ich fühle den plötzlichen Druck, als sie sich kraftvoll abstößt und in Richtung der Buchen vor uns davonfliegt.

Mein Blick gleitet über die Baumwipfel, bis sie auf einen schrillen Pfiff des Falkners hin zu mir herabstößt, eine Lerche in den Klauen. Als sie sicher wieder auf meinem Arm gelandet ist, wende ich mich diskret ab, als wollte ich sie bei ihrer Mahlzeit nicht stören. In Wahrheit schlägt mir dieser Teil des Sports leicht auf den Magen. Dennoch, die Freude, die ich jedes Mal empfinde, wenn sie sich hoch in die Lüfte schwingt und dann zurückkehrt wie ein Donnerkeil, entschädigt mich tausendfach. Ich werde an Harry schreiben, ob er mir einen eigenen Vogel beschaffen kann.

«Mein Kompliment, Euer Hoheit», sagt Lambert großmütig und hält sein Pferd an, während ich meinen Vogel wieder dem Falkner übergebe, der ihn zu Mary hinüberträgt. Wir reiten weiter durch den Park und beobachten, wie Mary den Merlin über unsere Köpfe hinweg zu den Bäumen fliegen lässt.

«Danke, General. Der Flug Eures Falken war höchst beeindruckend.»

Ich werfe einen Seitenblick auf sein Profil – die lange, gebogene Nase, die silbergrauen Schattierungen in seinem Haar und den schlanken Hals, der mich an einen Windhund erinnert. Nun, da Vater sich ein wenig entfernt hat, um mit Dick zu sprechen, frage ich mich, ob Lambert mich erneut anreden wird.

«Euer Vater und ich sind auf dem Schottlandfeldzug gern zur Beizjagd gegangen», sagt er nach einer Weile. «Einmal haben wir einen Goldadler gesehen, ein außerordentliches Geschöpf.»

«Wie wunderbar», erwidere ich ehrlich begeistert. «Und gewiss eine sehr willkommene Erholung von den harten Kämpfen, die Ihr dort erlebt habt.»

«Wohl wahr.» Er nickt im Gleichtakt mit dem Kopf seines Pferdes. «Es war eine strapaziöse Zeit. Doch ich hatte mich bereits daran gewöhnt – ich war seit neun Jahren unter Waffen, ebenso wie Euer Vater.»

Neun Jahre – für mich mit meinen achtzehn Jahren ist das die Hälfte meines Lebens. Das Ausmaß des Konflikts, der während meiner Kindheit tobte, erschreckt mich noch immer. Nicht zum ersten Mal denke ich, wir schulden den siegreichen Männern ewigen Dank. Und wer bin ich, wer sind verwöhnte Höflinge wie ich, die Weisheit solcher kampferprobter Giganten in Frage zu stellen? «Neun Jahre», wiederhole ich. «Kein Wunder, General, dass Ihr, Vater und alle, die mit Euch gedient haben, solche Treue zu Eurer Armee empfindet.»

Er ist erfreut über meine Bemerkung und belohnt mich mit einem dünnen Lächeln.

«Allerdings, Euer Hoheit. Wenn man so viel Blutvergießen auf englischem und schottischem Boden mit angesehen hat wie ich, muss man zu der Überzeugung gelangen, von der ich nie abweichen werde: dass die Männer, die den Krieg gewonnen haben, eine starke Stimme im Parlament verdienen. Die Interessen der Armee müssen vor jenen geschützt werden, die sie verraten würden, um ihre eigenen voranzutreiben.»

Es ist klar, dass er sich auf diejenigen unter den Parlamentsmitgliedern und seinen Kollegen im Staatsrat bezieht, die darauf drängen, sein militärisches Instrument of Government durch die neue zivile Verfassung zu ersetzen. Diese Männer wollen Vater zum König machen, zum Oberhaupt einer traditionellen Regierung, die nicht dem Militär hörig ist.

Geht es Lambert um seine eigene Macht? Strebt er danach, selbst der nächste Lord Protector zu werden, wenn Vater stirbt, und eine stärker militärisch geprägte Regierung anzuführen, wenn die Befürworter des Königtums erst einmal geschlagen sind? Wenn es ein Machtvakuum gäbe, wüsste ich niemanden, der in einer günstigeren Position wäre, die Bresche zu stürmen. Doch ich bin nicht sicher. Lamberts Herz ist noch immer auf dem Schlachtfeld, so viel ist mir klar. Und wenn ich ihn nun anschaue, die strengen grauen Augen fest auf den Merlin über dem Horizont gerichtet, kann ich mich einer gewissen Sympathie für ihn nicht erwehren.

Wir haben eben unser Mittagsmahl in der großen Halle beendet, als draußen auf dem Gang ein Tumult ausbricht. Sekretär Thurloe kommt mit entschuldigenden Gesten zwischen den langen Tischen hindurch auf uns zu.

«Es sind wieder diese Quäker, Hoheit, sie wollen sich über ein neues Theaterstück beschweren, das in London aufgeführt wird. Ich habe den Verfasser herbestellt, da ich mir dachte, Ihr würdet in dieser Angelegenheit beide Seiten hören wollen.»

«Ihr kennt mich wahrhaftig gut, John», erwidert Vater lächelnd. «Lasst sie ein, ich werde sie gleich anhören.»

Eine schnatternde Schar drängt sich zu unserem Tisch vor, doch als sie die Estrade erreichen, verstummen die Plappermäuler. Ich beobachte die Szene mit gespannter Aufmerksamkeit.

«Master Fox», redet Vater einen streng gekleideten jungen Mann herzlich an, «und Mistress Fell, wenn ich nicht irre. Willkommen zurück am Hof.»

Da und dort im Saal wird hörbar nach Luft geschnappt – viele finden, Vater sei zu nachsichtig gegenüber diesen notorischen, radikalen Unruhestiftern. Doch Vater hat mir schon früher erklärt, diese neuen Quäker seien Männer und Frauen Gottes, ebenso wie wir, und solange sie friedlich blieben, werde er sie lassen. «Wenn es schon für König Charles eine solche Prüfung war, der Verteidiger des einen wahren Glaubens zu sein», sagte er, «dann bedenke, ich habe tausend Glaubensrichtungen zu schützen.» Gewissensfreiheit und Toleranz gegen alle Religionen, die keine Aufwiegelei betreiben, sind Grundpfeiler seiner Überzeugung: Immerhin hatte er das Judentum in England wieder zugelassen. Und ich bewundere ihn dafür. Doch mir persönlich gefallen diese Quäker mit ihrer lautstark vertretenen Missbilligung nicht, und ich würde ihnen weniger Zeit schenken als er.

«Unsere letzte Debatte hat mir gut gefallen», sagt Vater eben und genießt offenbar die Aussicht auf den bevorstehenden Streit. «Zu welchem Thema möchtet Ihr mich heute um Gehör bitten?»

George Fox drängt sich nach vorn, den breitkrempigen Hut stur auf dem Kopf behaltend, wie diese Leute es zu tun pflegen. «Zum Thema eines schändlichen Theaterstücks, das zur Stunde das gute Volk von London verdirbt und die Stadt in Sodom und Gomorra verwandelt», sagt der Quäker.

«In Zuwiderhandlung gegen das seit langem vom Parlament beschlossene Verbot der Theater», fügt Mistress Fell mit energischem Nicken hinzu. Ihr breiter weißer Kragen hebt sich leuchtend von ihrem schwarzen Kleid ab.

«Ah. Und der Verfasser?»

«Hier, Hoheit.» Ein Mann mittleren Alters mit Mopsgesicht verbeugt sich und streift dabei mit seinem federbesetzten Hut den Boden. «William Davenant, zu Euren Diensten.»

«Was sagt Ihr, Sir?»

«Ich sage, Hoheit, das, was ich geschrieben habe, ist von hohem moralischem Wert …»

«Pah!», fällt Mistress Fell ihm ins Wort. «Gift! Nichts als Gift, das in die Ohren der Schwachen und Unwissenden geträufelt wird.»

Ihre Entschiedenheit nötigt mir Bewunderung ab, sosehr mir ihre Ansichten auch missfallen. Es ist wunderbar zu sehen, wie eine furchtlose Frau öffentlich ihre Meinung äußert.

«Habt Ihr die Aufführung gesehen, Madam?», kontert Master Davenant. «Es geht um die Belagerung von Rhodos, und es ist ein ernstes, würdiges Stück, keine derbe Posse.»

George Fox beugt sich vor, als wollte er seine Begleiterin schützen, und gestikuliert bebend. «Sie würde keinen Fuß in ein Theater setzen, Sir, aus Angst, in was sie da hineingeraten könnte.»

«Frieden, Frieden», sagt Vater und hebt beide Hände. Er befeuchtet seine Lippen und lehnt sich in seinem Stuhl zurück, während wir alle auf seine nächsten Worte warten.

«Zur Frage der Unterhaltung möchte ich Euch sagen, was ich glaube», beginnt er schließlich. «Ich halte nichts von Musik in der Kirche: Sie lenkt vom wahren und aufrichtigen Wort Gottes ab und schmeckt nach Papismus. Ebenso wenig halte ich es mit den Theatern – das Parlament hat recht daran getan, sie zu schließen, denn unsittliche Stücke rufen oft sündige Gedanken hervor, und die Spielstätten waren zu Orten trunkener, gewalttätiger, aufwieglerischer und rebellischer royalistischer Versammlungen verkommen.

Das Problem betraf auch Pferderennen, dabei bin ich selbst ein Freund dieses Sports. Das Glücksspiel hingegen ist mir ein Gräuel, denn es verdirbt gute Menschen. Aber ich bin kein Heiliger und erwarte das auch nicht von anderen – der Mensch hat Gelüste und muss sich vergnügen und an Schönem erfreuen. Die Losung lautet Mäßigung. Es gibt viel Bewundernswertes an guten Gemälden, Wandteppichen und Statuen. Sportliche Betätigung kräftigt und ertüchtigt den Mann. Ein wenig Tanz, mit Anstand vollführt, schadet nicht, desgleichen auch nicht ein paar Gläser Wein. Und Musik am rechten Ort – außerhalb von Kirchen –, gekonnt, elegant und virtuos gespielt, ist für mich die höchste Kunstform.»

Ich lächle. Zwar wünsche ich mir etwas mehr Ausgelassenheit im Leben als mein Vater und etwas mehr Gelegenheit zu harmlosen Sünden, um selbst meine Lehren zu ziehen und die Welt kennenzulernen, doch ich vermag nichts einzuwenden gegen seine gemäßigten Ansichten und die Milde, mit der er sie äußert. Ich schaue zu den Major Generals hinüber – Lambert zwischen Charles und Onkel Desborough und um sie herum noch ein paar weitere Offiziere – und frage mich, ob sie aus Vaters Worten dasselbe herausgehört haben wie ich: eine leichte Abwendung vom strengen Puritanismus, den sie eingeführt haben, als sie die Grafschaften beherrschten. Mit jedem Tag, der vergeht, spüre ich, dass das Regime sanfter und entspannter wird, da die Armeeführer an Macht verlieren und diese ihren zivilen Rivalen zufließt. Gewiss würde Vater die Gelegenheit begrüßen, in England wieder eine «mildere, vornehmere Zeit» einkehren zu lassen, wie er es mir gegenüber ausgedrückt hat? Und wie könnte er am leichtesten die Uhr zurückdrehen?, frage ich mich, während ich den Blick wieder auf ihn richte. Indem er König wird und die Linie fortsetzt, die ungebrochen bis zu Æthelstan zurückreicht.

Master Davenant legt eine aus Spitzenrüschen ragende Hand aufs Herz. «Ich stimme Euch zu, Hoheit, und auf ebendas ziele ich ab … Dies ist eine neue Form des Dramas, eine ‹Oper›, die gesungen anstatt gespielt wird.»

«Ha.» Wieder unterbricht Mistress Fell ihn mit höhnischem Schnauben, doch Vater bringt sie mit erhobener Hand zum Schweigen.

«Dann ist es also ein Musikstück für die Bühne?», fragt er nach. «Und die Geschichte, die Moral – ist sie erbaulich?»

«Ja, gewiss, Sire. Es ist eine Erzählung über die berühmte Schlacht und soll den Zuhörer gleichermaßen belehren wie betören.»

Ich beobachte Vater aufmerksam, sehe, wie sein Verstand arbeitet, während er bedächtig nickt. «Und Ihr würdet gern mehr solche ‹Opern› verfassen, mein guter Stückeschreiber? Was soll denn Euer nächstes Thema werden?»

«Ich plane eine Oper über die Grausamkeit der Spanier in Peru, Hoheit.»

Vater bricht in schallendes Gelächter aus. «Ha! Das würde dir doch gefallen, Charles.» Er macht über den Tisch hinweg eine Geste zu meinem Schwager Charles, und seine Heiterkeit lockert die Stimmung im ganzen Raum auf. «Nun, das klingt nach einem vortrefflichen Stoff für Euch, Master Davenant», fährt er fort. «Ich wünsche Euch gutes Gelingen. Das Parlament mag natürlich seinen eigenen Weg verfolgen, und meine Freunde hier» – er nickt den beiden Quäkern höflich zu – «haben in gutem Glauben gesprochen und Euch gezeigt, dass viele, die gottgefälliger sind als ich, Eure Arbeit missbilligen. Aber ich für meinen Teil werde Euch nicht hindern. Kommt.» Vater erhebt sich.

«Ich will Euch die große Orgel zeigen, die ich dort drüben habe einbauen lassen. Master Hingston und seine Knaben sollen für Euch singen, und ich möchte sehen, wer dann noch daran zweifelt, dass sie die besten Soprane im ganzen Land sind.»

Vater legt William Davenant einen Arm um die Schultern und geht mit ihm ein paar Schritte, dann schaut er sich nach den Quäkern um. «Master Fox, Mistress Fell, ich hoffe, auch Ihr bleibt noch ein wenig und teilt Eure Ansichten mit mir. Ich bin sicher, wenn Ihr und ich auch nur eine Stunde miteinander verbrächten, würden wir einander näherkommen.»

Ich schaue ihnen nach, während sie den Raum verlassen. Das liebe ich am meisten an Vater: seine einnehmende Art, seine Güte, seinen Humor und seinen Hang, in allem das Komische zu entdecken. Ich liebe seine Fähigkeit, die Verärgerten zu beschwichtigen und zu versöhnen, seinen offenen Geist und seine Bereitschaft, andere Standpunkte zu verstehen und eigene Fehler einzugestehen. Seine Gabe, das Beste in den Menschen zu sehen, Talent zu erkennen, wo immer es sich entfaltet, Gedanken zu lesen und zu verzeihen, was er dabei sieht. So ist er: immer mit offenem Ohr, stets abwägend und ausgleichend. Wie zum König geschaffen.

Nach diesem Zwischenfall verbringen wir den übrigen Tag zurückgezogen in unseren Privatgemächern mit Master Marvell, den Vater angestellt hat, um uns in fremden Sprachen zu unterrichten. Die Lektionen sollen unser Latein und Griechisch aufbessern, besonderes Augenmerk liegt jedoch auf unserem Verständnis des Französischen. Es ist die

Sprache der Diplomatie und unserer neuen Verbündeten, und so legt Vater größten Wert darauf, dass wir es beherrschen. Andrew Marvell ist der Stellvertreter des brillanten, blinden John Milton im Sekretariat für Latein. Er überträgt Regierungsdokumente und Korrespondenz und ersetzt seinem Herrn das Augenlicht. Und so ist er bestens dazu geeignet, uns zu unterrichten. Er ist auch der größte Dichter am Hof und somit für Mary und mich eine höchst romantische, glanzvolle Person. Als wir vor drei Jahren an den Hof kamen, war der dunkle, attraktive Marvell der erste Mann, über den wir abends miteinander tuschelten, und wir stießen einander eifrig mit den Ellenbogen, wann immer er einen Raum betrat. Inzwischen ruft er bei uns keine solch mädchenhafte Reaktion mehr hervor, doch wir empfinden noch immer eine heimliche Freude im Umgang mit dem Objekt unserer ersten keuschen Schwärmerei.

Was mich betrifft, so gesellt sich zum Vergnügen am Umgang mit Master Marvell eine ebenso große Liebe zur Gelehrsamkeit, und ich brüte mit Wonne über meinen gekritzelten Übersetzungen, nehme am Rand in winziger Schrift Korrekturen vor. Mary, von jeher weniger lerneifrig als ich, hält mit, gibt jedoch nicht das Tempo vor. Und so bin ich es, die Mutter, als sie zum Ende der Stunde hereinkommt, ihre gelungenste Arbeit in die Hände drückt. Mary räumt indessen ihre Sachen auf, streicht ihre Röcke glatt und denkt zweifellos schon daran, wann sie sich wohl in die Ställe davonstehlen kann. Irgendwie ist es ein tröstliches Gefühl, auf diese Weise wieder in die einfache Rolle des kleinen Mädchens zu schlüpfen, das an seiner Unterlippe nagend das Urteil der Mutter erwartet. Doch sobald Mutter mir das ersehnte Lob erteilt hat und erklärt, eigentlich sei sie gekommen, um mit Mary über eine private Angelegenheit zu sprechen, fühle ich mich wieder ins Erwachsenendasein hineingezogen.

Ich weiß, was das bedeutet. Ich werfe Mary einen Blick zu, woraufhin sie darum bittet, dass ich bleiben darf. Wir beide wissen, dass wir in einem Gespräch über unsere Heiratsaussichten gemeinsam stärker sind.

Mutter wendet sich an Master Marvell und entlässt ihn dankend. Unser gutaussehender Lehrer legt sein Buch nieder und zieht sich zurück. Nachdem er den Raum verlassen hat, wendet Mutter sich an die Pagen und schickt sie mit einem Wink davon. Sie wartet ruhig und erhaben, bis wir ganz allein sind, dann seufzt sie, ihre Schultern entspannen sich, und sie drückt uns an sich und gibt jeder einen schmatzenden Kuss. Mutter streift ihre bestickten Schuhe ab, setzt sich und zieht uns zu beiden Seiten neben sich. Die vielen Lagen steifer Seide an ihren Röcken bauschen sich über unsere Schöße, und die Perlentropfen an ihren Ohren und dem Korsett baumeln.

«Nun», beginnt sie, an Mary gewandt. «Dein Vater hat einen möglichen Heiratskandidaten für dich erwähnt, Mary, und er hat mich gebeten, mit dir über die Angelegenheit zu sprechen.»

Mary spannt sich erwartungsvoll an. Ich halte meine Hände reglos im Schoß und warte.

«Thomas Belasyse Viscount Fauconberg.»

«Aber die Belasyses sind Royalisten!», entfährt es mir unwillkürlich, obwohl es eigentlich Mary zustünde, als Erste etwas zu erwidern. «Die ganze Familie hat für den König gekämpft!»

«Das ist wahr», räumt Mutter in ruhigem Ton ein und nickt. «Aber Viscount Fauconberg selbst war noch zu jung, um zu kämpfen, und du weißt ja selbst, dass dein Vater einen royalistischen Hintergrund bei einem Mann von Talent niemals als unüberwindliches Hindernis betrachtet. Schau dir nur an, wie er Lord Broghill gefördert hat – der war entschlossen, über den Kanal zu gehen und sich dem Hof im Exil anzuschließen, doch dein Vater hat ihn persönlich umgestimmt. Und der junge Sir Charles Wolseley hat jetzt einen Sitz im Staatsrat inne, obwohl sein Vater für den König kämpfte. Außerdem» – sie schaut von Mary zu mir und wieder zurück – «möchte euer Vater im Interesse seines Protektorats Frieden mit den royalistischen Adelsfamilien im Königreich schließen. Denkt nur, welch großartige Versöhnungsgeste eine solche Heirat wäre, wie viel Gutes sie bewirken könnte.»

Ich schweige, doch meine Gedanken rasen. Meine Füße drängen darauf, es meinem Verstand gleichzutun, und so gehe ich im Zimmer umher. Bei der Fensternische halte ich inne, um Mutters Beispiel folgend meine Schuhe auszuziehen, denn sie beginnen zu scheuern. Ich ringe mit der Vorstellung, dass Mary in eine royalistische Familie einheiraten soll, doch andererseits steht ein Viscount natürlich Klassen über den Heiratskandidaten, die für Bridget oder Elizabeth zur Wahl standen. Das zeigt, wie hoch wir aufgestiegen sind. Aber Mary ist ihm noch nie begegnet. Ich werfe einen Blick nach oben und rechne fast damit, die Krone, die über Vaters Kopf schwebt, dort über uns allen zu sehen. Was hatte Master Marvell doch gleich in seiner Ode zum ersten Jahrestag von Vaters Herrschaft geschrieben? Er sei wie «ein König aus gar langer Ahnenreihe».

Mutter wartet darauf, dass Mary sich äußert.

«Thomas», sagt Mary nach einer kleinen Weile leise, als schmeckte sie den Namen auf der Zunge. «Was weißt du von ihm, Mutter?»

«Er stammt aus einem edlen Hause, seine Familie besitzt ein ansehnliches Gut in Yorkshire», antwortet Mutter mit ermutigendem Lächeln. «Soweit ich weiß, bringt es jährlich etwa fünftausend Pfund ein.»

Ich denke an John Lambert und seinen breiten Yorkshire-Akzent. Noch bis vor wenigen Monaten regierte er die riesige Grafschaft als Major General; ich frage mich, was er wohl sagen wird, wenn er von dieser angedachten Verbindung mit einem unserer Feinde hört.

«Yorkshire», wiederholt Mary tonlos, und ich weiß, sie denkt an die vielen hundert Meilen, die zwischen diesem unwirtlichen Teil des Landes und London liegen; an die hohen Berge und weiten Täler, die angeblich dort die Landschaft prägen, so ganz anders als die flachen Moore und Weiden der Fens, wo wir unsere Kindheit verlebten. Der König hatte in dieser Grafschaft starken Rückhalt, Leute, die erbittert für ihn kämpften, bis der Sieg des Parlaments in der großen Schlacht von Marston Moor ihn aus dem Norden hinwegfegte.

«Aber weißt du irgendetwas über ihn? Seinen Charakter, sein Temperament», forsche ich nach, kehre zum Sofa zurück und lasse mich schwer auf die Kissen fallen.

Mutter rückt sich neben mir ein wenig zurecht. Ihr Kleid raschelt.

«Ich weiß nur, dass er letztes Jahr seine Frau verloren und seither in Reisen auf dem Kontinent Trost gesucht hat.»

«Ein Witwer», flüstert Mary vor sich hin. Ich greife über Mutters Schoß hinweg nach ihrer Hand.

«Das braucht nichts Schlechtes zu sein, Mary», sage ich in dem Versuch, nicht nur sie, sondern ebenso mich selbst zu überzeugen. «Solche Männer wissen, was es heißt, sich eine Frau zu nehmen, und mehr noch, was es heißt, eine zu verlieren. Sie können ihre zweite Frau sogar noch höher schätzen – sieh dir nur an, wie es bei Charles und Biddy ist.»

«Er ist also nicht hier am Hof.» Mary verfolgt weiter die Gedankengänge, die Mutters Worte bei ihr ausgelöst haben. «Wie gehen diese Verhandlungen dann vonstatten?»

«Soweit ich weiß, ist er in Paris», erklärt Mutter. «Unser Botschafter William Lockhart – der Mann eurer Cousine Robina – spricht im Namen eures Vaters mit ihm.»

«William.» Mary wiederholt den Namen nickend.

«Ich mag William», erkläre ich. «Er wird nichts tun, was zu deinem Schaden wäre.»

«Was denkst du, mein Liebes?» Mutter beugt sich zu Mary hinüber, streicht ihr eine Locke hinter das Ohr.

Statt einer Antwort schlingt Mary die Arme um sie und legt den Kopf in ihren Schoß. Als ich die beiden so sehe, die entspannte Intimität ihrer Gesten, fühle ich mich mit einem Schlag in unser altes Leben zurückversetzt. Es ist so schwer, in unserem goldenen Käfig natürlich und familiär zu leben, wenn jedes Wort, jede Geste beobachtet und wo irgend möglich als Beweis unserer bescheidenen Herkunft und unedlen Abstammung gewertet wird. Uns gibt man keine zweite Chance – immer ist jemand zur Stelle, der nur darauf wartet, dass wir scheitern, uns beäugt, ob wir nicht etwa einen Fehltritt begehen und uns lächerlich machen. Und wir tun es: Ich bücke mich, um etwas aufzuheben, das mir heruntergefallen ist, dabei sollte ich das doch den Dienstboten überlassen; Mutter legt unwillkürlich anderen bei Tisch vor, wenn sie mit den Gedanken woanders ist; meine Brüder strecken die Hand aus, um Türen zu öffnen, und stoßen mit den Wachen zusammen, deren Aufgabe es ist, das für sie zu tun; Vater zieht missbilligende Blicke auf sich, wenn er sich niederbeugt, um Holz nachzulegen, weil das Feuer heruntergebrannt ist. Ich nehme an, für uns ist es noch schwerer als für die Menschen von königlicher Geburt, die vor uns in diesen Palästen lebten – sie sind damit aufgewachsen und kannten es nicht anders. Sie standen nie vor einer Tür, die nicht für sie geöffnet wurde, holten nie selbst ein Spielzeug oder ein Buch, entzündeten nie ein Feuer, schenkten nie jemandem zu trinken ein, gar nicht zu reden davon, dass sie jemals eine Mahlzeit zubereitet hätten. Wenn sie sich in einem Raum voller Diener befanden, war das für sie dasselbe, als wären sie allein.

«Ich werde darüber nachdenken, Mutter», antwortet Mary. «Mehr kannst du nicht von mir erwarten, da ich ihm doch noch nie begegnet bin.»

Mary schaut an Mutter vorbei zu mir, und ich lächle ihr aufmunternd zu.

«Natürlich, Liebes, natürlich», erwidert Mutter rasch und hörbar erleichtert. «Denke darüber nach, und ich versuche inzwischen, mehr herauszufinden.»

So sitzen wir noch einige Zeit schweigend da wie ein lebendes Bild, während mein Verstand in seine eigenen Sphären abschweift. Ich weiß, es ist nur eine Frage der Zeit, dann werden wir ein ebensolches Gespräch in Bezug auf mich führen. Und was werde ich antworten? Was kann ich antworten, da Robert Rich mich doch für sich will?

Zurück in Whitehall, finden wir die Atmosphäre im Palast und den umgebenden Straßen unverändert angespannt vor. Der Frühling ist plötzlich über uns gekommen, und die Stadt brütet in einer ungewöhnlichen Hitzewelle. Blaumeisen nisten im Formschnittgarten, und im Efeu, der sich um mein Schlafzimmerfenster rankt, zieht ein Zaunkönigpärchen seine lärmende Brut auf. Mary und ich sehnen uns danach, in den St. James's Park zu entkommen, um den Teppich aus Schlüsselblumen und die Enten- und Gänseküken auf dem Teich zu sehen. Aber Sekretär Thurloe erlaubt nicht, dass wir den Palast verlassen, und so begnügen wir uns damit, unter den blühenden Obstbäumen am Rand des Bowling Green zu sitzen und uns die Stunden mit Lesen und Plaudern zu vertreiben.

Doch am nächsten Tag findet unsere Entspannung ein Ende, denn wir erfahren den Grund für Thurloes strenge Maßnahmen. Dick überbringt uns die Nachricht im Obstgarten.

«Die Quintomonarchisten haben sich östlich der Stadt in großen Scharen erhoben», verkündet er noch ganz außer Atem, die Hände in die Seiten gestützt, dann bedeutet er uns aufzustehen. «Ihr müsst mit mir in unsere Räume zurückkehren, rasch.»

«Der Herr behüte uns», flüstert Mary, während wir uns hastig aufrappeln.

«Besteht denn Gefahr?», frage ich und überlege fieberhaft, wo Robert gerade sein mag.

«Nicht mehr», erwidert Richard. Er hilft uns, unsere Sachen einzusammeln. «Thurloe wusste, was sie geplant hatten. Seine Mittelsmänner hatten die Rebellen infiltriert. Kaum dass sie sich heute bei Tagesanbruch auf der Wiese von Mile End versammelten, waren auch schon unsere Soldaten zur Stelle, um die Rädelsführer zu verhaften.»

«Mile End», wiederhole ich. Schon in früheren Zeiten hatten sich protestierende Massen auf jener Grünfläche versammelt: die aufständischen Bauern unter Führung von Wat Tyler, der König Richard II. ihre kühnen Forderungen überbrachte. Das war eine gerechte Rebellion, so wie alle Rebellionen, in denen es um Freiheit geht. Doch die heutigen Rebellen sind keine Helden, diese Quintomonarchisten mit ihren Visionen, ihrer Gewalt und ihren hitzigen Rufen nach einer Regierung der Gottgefälligen, die strikt nach dem Wortlaut der Bibel herrschen und die Wiederkunft Christi erwarten. Ich schaudere beim Gedanken an eine solche Theokratie.

«Wo ist Vater?», fragt Mary besorgt, während wir durch den Kammergarten eilen.

«Vater wollte mit den Rädelsführern sprechen. Ich war dabei, bis Mutter zu mir kam und mich losschickte, nach euch zu suchen.»

«Und was hat er gesagt?», will ich wissen.

«Er hat sich natürlich angehört, was sie zu sagen hatten, und er hat ihnen Vorhaltungen gemacht. Aber ihr wisst ja, wie diese Eiferer sind – ihre Überzeugungen sind fest und unerschütterlich, unnachgiebig wie ein Fels. Sie wurden in den Tower gebracht, und Vater hat sich zum Grübeln in sein Kabinett zurückgezogen.»

Sobald wir den Palast erreicht haben, stehle ich mich die Treppe zur steinernen Galerie hinauf und mache mich auf die Suche nach Robert. Ich finde ihn im großen Hof vor der Tür zum Weinkeller.

«Ich dachte mir, ich sollte prüfen, wie es um unsere Vorräte bestellt ist, falls uns eine Belagerung droht», ruft er mir zu, als er mich nahen sieht.

«Es freut mich, dass Ihr die Situation amüsant findet», erwidere ich und strenge mich an, gelassen zu klingen, obwohl mein Herz wild hämmert.

Er zieht mich zu sich heran, dann lässt er rasch los, als eine Gruppe Höflinge vorbeischlendert. «Sie ist nur amüsant, solange du in Sicherheit bist, meine Liebste», sagt er leise. «Komm, lass mich dich ein Stück begleiten.»

«Und, was denkst du?», frage ich ihn, während er mich die Treppe hinaufgeleitet, vorbei an den doppelten Wachposten. Sobald wir für einen Moment außer Sicht sind, berühren sich unsere Fingerspitzen verstohlen. «Wann immer wir uns einer Bedrohung gegenübersehen, kennt die Regierung zwei mögliche Reaktionen. Wird dieser Aufstand die Position der Armeeführer stärken, die nach einer Wiederherstellung direkter Militärherrschaft rufen? Oder wird er Wasser auf die Mühlen des Parlaments geben, das Vater zum König machen will?»

«Du hast recht», erwidert Robert und hält mich in einem stillen Winkel zurück, um mir rasch einen Kuss auf den Mund zu drücken. «Diesmal wette ich allerdings auf die Politiker.»

Robert behält mit seiner Einschätzung recht. Von neu geschürter Angst um die Stabilität des Reiches getrieben, ergreift das Parlament Maßnahmen, um die Pattsituation in der Frage der Königswürde für Vater ein für alle Mal zu beenden. Und so beruft es ein großes Komitee aus einhundert Mitgliedern des Parlaments ein, die ihrerseits zehn Vertreter wählen. Diese sollen so viele Tage mit Vater beraten, wie nötig sind, um seine Vorbehalte gegen die Krone zu zerstreuen. Zu den gewählten Vertretern zählen Bulstrode Whitelocke, Lord Broghill sowie die verschwägerten Mitglieder des Rates Nathaniel Fiennes und Charles Wolseley.

John, der im Komitee der Hundert sitzt, ist jeden Tag, den die Beratungen ihren Fortgang nehmen, in gleichem Maße von Hoffnung und banger Erwartung erfüllt. Er und

Elizabeth machen keinen Hehl aus ihrem Wunsch, das Komitee werde Vater dazu bringen, König zu werden.

«Dies ist unsere letzte Chance», erklärt John, als er mich eines Nachmittags bei seiner Frau antrifft. Wir suchen gerade ein paar von Bettys älteren Kleidern heraus, die sie mir überlassen will, da sie ihr nicht mehr passen. John entledigt sich seiner Stiefel und lässt sich theatralisch aufs Bett fallen. Badger springt zu ihm hinauf, um ihm das Gesicht zu lecken.

«Für diejenigen unter uns Parlamentariern, die der Macht des Militärs kritisch gegenüberstehen, ist es die letzte Chance, euren Vater auf unsere Seite zu ziehen. Alles hängt vom Einsatz und der Überzeugungskraft des kleinen Komitees ab. Aber wir haben unsere zehn Vertreter sorgfältig ausgesucht.» Er schiebt Badgers Schnauze von seinem Gesicht fort und hebt einen Finger. «Wir haben lauter Juristen hineingewählt – die Lord Commissioners, den Lord Chief Justice und den Master of the Rolls –, und Broghill ist ein so gewandter Politiker, wie man nur je einen hat reden hören.»

«Du hast dein Bestes getan, John», redet Elizabeth ihm zu. Dabei hält sie ein Kleid aus blassgrünem Seidenatlas vor ihren sich rundenden Leib, dann schnalzt sie mit der Zunge und wirft es mir zu. «Und ich werde versuchen, noch einmal mit Vater zu sprechen.»

«Ich sehe nicht, wie irgendjemand ihn umstimmen könnte, selbst du, Betty», sage ich, raffe den Haufen Kleider vom Stuhl zusammen und drücke ihn Katherine in die Arme, die sie für mich ändern wird. «Hast du ihn denn gestern beim Abendessen nicht gehört? Der Königstitel ist für ihn das große Hindernis, und er weiß nicht, wie er den Rest der vorgeschlagenen Einigung annehmen kann, wenn er diesen Punkt ablehnt. Dabei hat Charles ihn gedrängt, ebendas zu tun. Allerdings dachte ich, dass Charles wohl einfach nach einem Kompromiss suchte – ich bezweifle, dass Lambert mit irgendeinem Teil der neuen Verfassung einverstanden wäre, da sie doch so klar darauf abzielt, den Einfluss des Militärs auf die Regierung zu verringern.»

«Wenn irgendjemand Oliver umstimmen kann, dann sind es unsere Männer», stellt John fest. Er schiebt Badger erneut weg und setzt sich auf dem Bett auf. Im selben Moment kommt sein ältester Sohn Cromwell ins Zimmer gestürmt und wirft sich seinem Vater in die Arme. Gleich darauf tritt seine Kinderfrau ein.

«Insbesondere die Juristen. Ihr solltet sie hören, wenn sie in Fahrt sind.» John öffnet Cromwells geballte Faust und zählt an seinen speckigen Fingerchen ab, während der Junge vor Vergnügen quietscht. «Sie argumentieren damit, dass der Titel und das Amt des Königs in England bereits seit tausend Jahren bekannt sind; dass sie untrennbar mit all unseren Gesetzen und Sitten verbunden sind; dass die Menschen unter der Königsherrschaft ihre Rechte kennen und auch die Grenzen der Befugnisse des Königs, wohingegen die Macht des Lord Protector unbeschränkt ist. Und so weiter und so fort …»

Als Bridget später beim Abendessen dieselbe Rede von John hört, äußert sie sich spöttisch darüber, dass so viele Worte auf «bloße Zierde, nichts als eine Feder am Hut» vergeudet werden, wie sie den Königstitel wegwerfend bezeichnet. «Das ist eine unwürdige Obsession der Menschen, von Gott in den Staub geschmettert.»

«Weshalb soll er den Titel dann nicht annehmen?», kontert Elizabeth. Ihr Ton erinnert wie immer an eine ruhige See, auch wenn ihre Worte unter der glatten Oberfläche schroff wie scharfkantige Felsen sind. «Wenn es so bedeutungslos ist, Schwester, wozu dann all das Aufheben darum?»

Als ich meine beiden ältesten Schwestern sprechen höre, bemerke ich das leicht rollende R im Akzent von East Anglia. Ich kam mit acht Jahren nach London und hatte noch Zeit, meine ländliche Redeweise abzulegen. Doch die beiden waren bereits erwachsene, verheiratete Frauen, vom Leben in den Fens geprägt.

Bridget erwidert nichts, doch ich sehe, wie sie und Elizabeth sich mit Blicken messen, in diesem immer aufs Neue ausgetragenen Kampf ihre Fronten abstecken. Zwar sind sie so verschieden wie ihre Ehemänner, doch ich weiß, Biddy und Betty können die Gedanken der jeweils anderen so mühelos lesen, wie Mary und ich es untereinander vermögen.

«Sie lieben einander, das weiß ich, aber ich bin wirklich froh, dass wir nie so streiten», sage ich später am Abend. Ich stehe in Nachthemd und Morgenmantel da und bürste Marys Haar. «Es muss furchtbar anstrengend sein. Aber was, wenn Vater dich mit diesem royalistischen Viscount verheiratet? Ihr wäret in allen möglichen Dingen uneinig.»

Mary runzelt die Stirn, während ich einen Knoten in ihren Locken entwirre. «Ich glaube nicht, dass es so schlimm wäre», sagt sie, doch mir scheint, es ist eher eine Hoffnung als eine Gewissheit. «Außerdem verliert er vielleicht ohnehin das Interesse an der Verbindung, wenn Vater die Krone ablehnt.»

«Und wenn Vater die Krone annimmt, findet er vielleicht auch für mich einen bedeutenden royalistischen Edelmann. Es ist doch seltsam», sinniere ich, eingelullt vom Rhythmus meiner Bürstenstriche, unter denen Marys Haar zu glänzen beginnt. «Noch vor ein paar Jahren hätte mich die Vorstellung, Prinzessin Frances zu werden, begeistert. Aber nun wünsche ich nichts mehr, als an Wert auf dem Heiratsmarkt zu verlieren, damit ich den Mann meiner Wahl heiraten kann.»

Mary lächelt mir im Spiegel zu, und ich drücke ihr rasch einen Kuss auf den Kopf. Dann gebe ich ihr die Bürste in die Hand, greife gedankenverloren nach einem Parfümfläschchen und rieche daran. Ich warte darauf, dass sie aufsteht und mir den Platz auf dem Schemel überlässt, doch Mary rührt sich nicht. Stattdessen sehe ich, wie sie plötzlich vor Schmerz das Gesicht verzieht und sich den Bauch hält. Als sie sich langsam vom Schemel erhebt, bemerke ich hinten an ihrem Nachthemd einen kleinen Blutfleck.

«Oooh.» Ich schaue sie mitfühlend an, lege die Arme um sie und führe sie zum Bett. «Warte hier, Liebes. Ich suche dir deine Binden und schicke Anne hinunter in die Küche, heißes Pfefferminzwasser holen.»

Mary hütet die nächsten Tage das Bett, und so wandere ich im Palast umher und versuche, Neues über die Zusammenkünfte des Komitees in Erfahrung zu bringen, um es ihr weiterzuerzählen. Auch wenn ich sonst nicht viel herausfinden kann, wird zumindest eines deutlich: Sämtliche Argumente der Parlamentarier entspringen ihrem nachhaltigen Misstrauen gegenüber der Armee. Vaters Loyalität zu den Soldaten ist der eigentliche Stein des Anstoßes.

Der junge Sir Charles Wolseley, Mitglied des Staatsrats und des vom Parlament gewählten Komitees, sagt mir ebendas im Vertrauen, als wir uns eines Morgens nach der Andacht zufällig vor der Kapelle begegnen. Wir gehen gemeinsam über den Hof, fallen in einträchtigen Gleichschritt, und ich nutze die Gelegenheit, um ihn zu fragen, wie es in den Sitzungen des Komitees vorangeht.

«Nicht so gut, wie ich es mir wünschen würde, Hoheit», antwortet er, während er seinen eleganten Hut mit der Pfauenfeder wieder aufsetzt. «Jedes Mal, wenn wir betonen, dass das Parlament in dieser Frage den Willen des Volkes vertritt, räumt Euer Vater das zwar kopfnickend ein, doch dann spricht er stattdessen von der Armee – den ehrlichen und pflichttreuen Männern, die einst gemeinsam mit ihm gegen den König und für die Freiheit des Volkes zu den Waffen griffen. Er sagt, ihnen würde es schwerfallen, eine politische Einigung zu akzeptieren, in welcher der Titel des Königs vorkäme.»

Ich weiß, dass das für Wolseley ein Reizthema ist, denn er ist bei den Armeeführern nicht sonderlich beliebt. Wolseleys Vater kämpfte für den König, und Wolseley selbst hätte vielleicht dasselbe getan, wäre er nicht noch zu jung gewesen. Dass er nun in Vaters Rat sitzt, verdankt er seiner geschickten Heirat mit der Tochter des parlamentarischen Urgesteins William Fiennes Viscount Saye and Sele. Zudem hat sein neuer Schwager Nathaniel Fiennes, der bereits einen Sitz im Staatsrat hatte, ihm den Weg geebnet. Wolseley nutzte die Gelegenheit, einen weiteren moderaten Verbündeten einzubringen, der seine Seite gegen die Major Generals stärkte. Die Generals haben für den jungen Mann nichts als Spott und Hohn übrig, weil er nichts geleistet hat, um die «gottgefällige Sache» voranzubringen und sich seinen Platz am Ratstisch zu verdienen.

«Dieser Narr», pflegt mein Schwager Charles Fleetwood abschätzig zu sagen, wann immer im Familienkreis Wolseleys Name fällt, «was weiß er schon?»

«Wir betrachten dies als eine Frage des Verfassungsrechts und der politischen Hoheit, in der das Mandat des Volkes klar ist», fährt Wolseley fort und bleibt kurz stehen, um mir forschend ins Gesicht zu blicken. «Euer Vater jedoch sieht es als eine Gewissensfrage, die nur er und Gott beantworten können. Es ist unmöglich.»

Ich neige mitfühlend den Kopf. «Mit dieser Seite meines Vaters haben wir wohl alle unsere Schwierigkeiten, Sir Charles. Wenn er in seine Zwiesprache mit Gott vertieft ist, kommt niemand anders mehr zu Wort.»

Der junge Höfling ringt sich ein dankbares Lächeln ab, dann eilt er davon, um sich seinen Kollegen anzuschließen, die sich eben auf die nächste Sitzung des Komitees mit Vater vorbereiten. Ich schaue ihm nach und wünsche nicht zum ersten Mal, ich könnte ebenfalls an diesen Beratungen teilnehmen und den Wechsel der Gezeiten, dem meine Zukunft unterworfen ist, selbst beobachten.

Ich denke an Robert, und ein erwartungsvolles Prickeln überläuft meinen ganzen Körper. Ich mache mich auf die Suche nach ihm und bin erstaunt, ihn allein auf der steinernen Galerie zu entdecken, während der übrige Hof sich an diesem warmen Frühlingsnachmittag bei einem Nickerchen von dem üppigen Essen erholt. Robert zieht mich in die Nische eines Sprossenfensters und fällt augenblicklich über mich her, berührt atemlos meine Haut, meine Lippen mit den seinen.

Schließlich hält er inne, um Atem zu schöpfen. «Hat dein Vater mit dir gesprochen?», flüstert er in mein Haar.

Ich klammere mich verzweifelt an ihn, die Augen geschlossen, um unsere Umarmung noch inniger zu fühlen. «Noch nicht. Aber gewiss muss er es nun bald tun, nachdem dein Großvater ein gutes Wort für dich eingelegt hat? Wenn er nicht in den nächsten Tagen auf mich zukommt, werde ich ihn darauf ansprechen. Oder vielleicht sollte ich zuerst mit Mutter reden …», füge ich hinzu, denn plötzlich scheue ich vor dem Gedanken zurück.

Robert nickt. Ich rieche den würzigen Lederduft seines Hutes, dessen Krempe gegen meine Stirn drückt.

«Auf meinen Vater brauchen wir nicht zu hoffen», sagt er, «aber wir haben einen neuen Fürsprecher. Meine Großmutter, die verwitwete Countess of Devonshire, ist aus edlerem Holz geschnitzt, und sie hat mir zugesagt, sich für uns einzusetzen. Ich weiß, dass dein Vater sie respektiert, ungeachtet ihrer früheren Königstreue.»

«Gut. Sprich auch mit Sekretär Thurloe», dränge ich ihn. «Er ist ebenso tief in meine Heiratsverhandlungen verstrickt wie Vater selbst. Vielleicht kann er uns helfen.»

«Das werde ich.»

Robert beugt sich vor und hält nach beiden Seiten der Galerie Ausschau. «Da kommt jemand.» Er verliert keine Zeit mehr mit Worten, sondern küsst mich noch einmal, umschlingt mich mit seinen kraftvollen Armen und presst meinen ganzen Körper so heftig an sich, dass meine Fersen nicht mehr den Boden berühren. Als er mich loslässt, macht er schnell einen großen Schritt rückwärts und verbeugt sich tief. «Vertrau mir, meine Liebste», flüstert er, ehe er über die Galerie davoneilt.

Vertrauen, denke ich und zittere trotz der warmen Brise, die durch das offene Fenster hereinweht. Sie streift meine erhitzte Haut und erinnert mich schmerzlich daran, wo Robert mich eben noch berührt hat. Darum dreht sich letztendlich alles. Vertrauen.

KAPITEL FÜNF

Ich wusste, es war nur eine Gnadenfrist, bis ich das gleiche Gespräch, das Mutter mit Mary über Viscount Fauconberg geführt hat, auch führen würde. Doch ich hätte mir schwerlich vorstellen können, dass es sich gleich am nächsten Morgen ereignen sollte. Mutter und ich sitzen zusammen auf dem breiten Samtsofa im Salon, und sie näht, während ich die neueste Ausgabe des politischen Wochenblattes *Mercurius Politicus* lese. Darin ist ein Kommentar des wortgewaltigen Herausgebers Marchamont Nedham abgedruckt, der Vaters Königtum befürwortet.

Als ich gerade eine Seite umwende, kommt Anthony Underwood, den Robert mir einmal als Verehrer vorgeschlagen hat, aus dem äußeren Empfangsraum herein, um keinen Geringeren als Lord Broghill anzukündigen. Ich lasse meine Zeitung sinken und sehe zu, wie der Lord sich würdevoll verbeugt. Die Federn an seinem großen pflaumenfarbenen Hut streifen den Teppich zu seinen Füßen. Auf seinem Kopf sitzt eine gepuderte Perücke. Ich weiß, dass er Unsummen für die neueste Mode ausgibt, und bewundere unwillkürlich die prächtige zinnoberrote Weste und den dazu passenden, mit Spitzen und Bändern besetzten Mantel. Lord Broghill schämt sich seines royalistischen Stammbaums nicht. Lächelnd denke ich, Robert würde vor Neid die Farbe seines grünen Mantels annehmen.

Mutter weiß, dass unser Besucher hoch in Vaters Gunst steht, und so empfängt sie ihn herzlich und lädt ihn ein, mit uns ein Glas Wein zu trinken. Während die beiden Höflichkeitsfloskeln austauschen, mustere ich Lord Broghill eingehend. In seinem breiten Lächeln und dem selbstbewussten Gebaren erkenne ich etwas von der gebieterischen Stärke, die er Berichten zufolge an den Tag legte: zuerst als entschiedener Verteidiger der irischen Protestanten gegen die katholische Rebellion und dann später erneut, als er die Seiten wechselte und in Vaters Dienst als Präsident des Scottish Council in Edinburgh regierte. In jüngster Zeit war er eines der bedeutendsten Parlamentsmitglieder, die für Vaters Königtum plädierten. Aus den Briefen meines Bruders Harry weiß ich, dass er mit Lord Broghill befreundet ist und ihn sehr bewundert. Beide Männer widmen sich mit beachtlichem Geschick der Aufgabe, in ihrer jeweiligen schwierigen Einflusssphäre Bündnisse zu schmieden, der eine in Irland, der andere in Schottland. Harrys Urteil hat für mich großes Gewicht. Nichtsdestoweniger weiß ich, dass der Mann, den ich hier vor mir sehe, raffiniert im Verborgenen die Fäden zieht. Einzig Sekretär Thurloe kann ihn darin noch übertreffen, und so bin ich auf der Hut.

«Euer Parlamentskomitee berät sich heute Vormittag nicht mit meinem Mann?», erkundigt Mutter sich gerade.

«Nein, Euer Hoheit. Wir tagen heute Nachmittag. Ich selbst stehe übrigens für heute auf der Rednerliste, was natürlich eine große Ehre ist.»

«Wie spannend», platze ich unwillkürlich heraus. «Dürften wir wohl etwas über die Gedanken erfahren, die Ihr vorzutragen beabsichtigt, mein Herr?»

Er richtet zum ersten Mal seinen gelassenen Blick auf mich und schenkt mir ein gewinnendes Lächeln. «Aber gewiss, Euer Hoheit. Ich mache kein Geheimnis aus meinen Ansichten zu dieser Frage und will Euch mit Vergnügen daran teilhaben lassen. Viele größere Geister als ich haben bereits gesprochen, insbesondere über die gewichtigen juristischen Argumente für die Krone. Ich hingegen möchte – von einstigem Soldaten zu einstigem Soldaten – die Aufmerksamkeit Eures Vaters auf einige eher praktische Vorteile seiner Krönung lenken, insbesondere auf zwei.»

Broghill lehnt sich gelassen in seinem Stuhl zurück und kreuzt die Fußknöchel. Er ist zweifellos eingebildet, aber auch raffiniert.

«Erstens: dass es ein selbstloser Akt wäre, durch den die Männer im Dienste Seiner Hoheit weit besser geschützt würden. Bekanntlich setzte nach dem letzten Bürgerkrieg, der dieses Land erschütterte, der neue Tudorkönig Henry VII. ein Indemnitätsgesetz in Kraft. Es schützte die Anhänger eines Anwärters vor Vergeltung durch den anderen, sollte dieser König werden. Dieses Gesetz würde erneut greifen, wenn Euer Vater König würde. Es würde seine Untertanen schützen und dadurch seinen Rückhalt bei jenen stärken, die es anderenfalls nicht wagen würden, sein Regime offen zu unterstützen.»

Das ist ein treffliches Argument, und besonders spricht mich an, dass es einen historischen Präzedenzfall anführt. Ich erkenne deutlich, welch großes Gewicht es bei den Vorsichtigeren unter Vaters Untertanen haben könnte. Doch dann werde ich skeptisch, denn mir drängt sich der Gedanke auf, dass seine obersten Berater – Männer wie Lord Broghill – von einem solchen gesetzlichen Schutz am meisten profitieren würden.

Anscheinend verrät mein Gesicht, was ich denke, denn Broghill fährt nach einem Schluck Rotwein rasch fort: «Damit Ihr nicht etwa glaubt, ich sei nur von meinen eigenen Interessen geleitet, Lady Frances, möchte ich noch mein zweites Argument erwähnen: Die Krönung würde auch die Position Eures Vaters gegenüber dem Thronprätendenten im Exil, Charles, stärken. Manche Armeeführer vertreten die Ansicht, durch die Krönung Eures Vaters würde unser jüngster Bürgerkrieg von einem Konflikt über die Regierungsform unseres Landes zu einer bloßen Auseinandersetzung zwischen den rivalisierenden Häusern Cromwell und Stuart herabgestuft. Er wäre nichts anderes als die Kriege zwischen York und Lancaster und all unsere früheren Konflikte, die es vor den neu gewonnenen Erkenntnissen und Freiheiten unserer Zeit gab. Und diese Leute argumentieren ferner, das Haus Stuart werde in dem Kampf unweigerlich die Oberhand gewinnen.»

Er hält inne, damit wir diese zutiefst beunruhigende Vorstellung verarbeiten können. Ich werfe einen Blick zu Mutter, doch ihr Gesicht ist ausdruckslos, und sie sitzt ganz still. Nur der Zeigefinger, mit dem sie unter den Perlen ihres Armbands entlangstreicht, verrät, dass ihre Gedanken rasen. Wir warten schweigend einen Moment, dann noch einen, ehe Lord Broghill den Faden wieder aufnimmt.

«Nun stimme ich in dieser Frage nicht mit den Armeeführern überein. *Meiner* Ansicht nach wäre es, wenn Euer Vater zum König gemacht würde, Irrsinn auf Seiten der Royalisten, die Segnungen der Monarchie erneut zu opfern, nur um einen anderen auf den Thron zu bringen. Eine Wiederherstellung der Monarchie, übertragen auf das Haus Cromwell, würde ihnen allen Wind aus den Segeln nehmen. Wie ich es Eurem Vater darzulegen plane: Derzeit besteht lediglich eine Scheidung zwischen dem Thronprätendenten Charles Stuart und der Krone dieser Nationen, und wir wissen, dass Geschiedene wieder heiraten können. Wenn jedoch eine Person mit jemand anderem neu verheiratet ist, wird alle Hoffnung zunichte …»

Wieder schaue ich verstohlen zu Mutter hinüber und sehe, dass sie von Lord Broghills Beredsamkeit ganz in Bann geschlagen ist. Ich frage mich, ob ich hier endlich einmal Einsicht in ihre eigene Meinung zu dieser gewichtigen Frage erhalte, eine Meinung, die sie bislang sorgfältig verborgen gehalten hat, selbst vor ihren eigenen Kindern. Wenn ich sie zuvor nach ihren Ansichten zu Vaters großer Entscheidung fragte, pflegte sie mir zu antworten, sie könne Vater nicht die benötigte Stütze sein, wenn sie offen eine seiner möglichen Entscheidungen der anderen vorzöge. «Er muss sich auf mich verlassen können, ganz gleich, welchen Weg er wählt», hat sie mir erst vor ein paar Tagen gesagt, als ich zum Beten neben ihr kniete. «Der Herr wird mir Kraft geben, auf dass ich ihm Kraft gebe.»

Es ist klar, dass Mutter sich nicht äußern kann, also antworte stattdessen ich Lord Broghill. «Das sind faszinierende Überlegungen, mein Herr», sage ich, und die Schmeichelei ist aufrichtig. «Das Bild, das Ihr zum Schluss herangezogen habt, das von Ehe und Scheidung zwischen einem Herrscher und seiner Krone, ist höchst bemerkenswert.»

«Euer Hoheit.» Er nickt dankend, und ich glaube, dass er sich wirklich über meine Worte freut, denn sein Lächeln wird merklich wärmer. «Doch im Eifer meiner Rede bin ich vom Kurs abgewichen. Die Heirat, über die ich heute Vormittag mit Euch und Eurer Mutter sprechen wollte, ist eine andere, auch wenn beide in Beziehung zueinander stehen.»

Ich blicke ihn erschrocken an – ich weiß, dass er verheiratet ist, also von wem redet er? Glücklicherweise hat Mutter sich wieder gefasst.

«Eine Heirat, mein Herr?»

«Ja. Ich hoffe sehr, Ihr verzeiht mir meine Kühnheit, aber ich bin gekommen, um Euer beider Haltung zu einer Idee auszuloten, die ich bezüglich einer Heirat für Lady Frances habe. Die Verbindung könnte erheblich zum Wohle unserer Nationen beitragen.»

«Habt Ihr schon mit meinem Mann gesprochen?», fragt Mutter, setzt sich auf dem Sofa etwas aufrechter hin und greift nach meiner Hand.

«Nein, Euer Hoheit. Angesichts des starken Drucks, unter dem Seine Hoheit gegenwärtig steht, wollte ich die Angelegenheit zuerst mit Euch erörtern, ehe ich ihn zusätzlich belaste. Zudem hängt das Ganze in gewisser Weise davon ab, wie die Verhandlungen mit Seiner Hoheit über die Krone ausgehen.»

«Inwiefern das?» Ich finde meine Stimme wieder. Der Gedanke ängstigt mich, dass noch ein weiterer Faden mein Schicksal mit dieser höchst heiklen Staatsangelegenheit verknüpft.

«Nun, Euer Hoheit, wie ich bereits sagte, ist es mein größter Wunsch, dass Euer Vater die Krone annimmt und seinen Nachfolger selbst benennt, idealerweise Euren Bruder Richard, dessen großer Bewunderer ich bin. Jedoch glaube ich fest daran, dass eine zweite und sogar eine dritte Option ausgelotet werden sollte, ehe über die erste Frage entschieden ist. Wenn wir mit Eurem Vater keine Einigung über die neue Verfassung erzielen, verbleiben wir im gegenwärtigen angreifbaren Zustand. Und in diesem Fall hättet Ihr, so glaube ich, mehr als jeder andere die Möglichkeit, uns gegen unsere Feinde abzusichern und unsere Geschicke auf ein solides Fundament zu stellen. Kurz gesagt, Lady Frances, es gibt einen, der in dieser Situation Eure Hand mehr begehren würde als alle Reichtümer dieser Erde: der junge König im Exil, Charles Stuart.»

Charles Stuart, der Sohn des getöteten Tyrannenkönigs. Der Prinz, der den Klauen unserer Armee entronnen und auf den Kontinent geflohen ist. Unser Feind, der von den Schotten gekrönt wurde und nun jenseits des Kanals lauert, wo er Komplotte gegen Vater schmiedet, um seinen Thron zurückzuerobern. Ich bin sprachlos.

Broghill stellt sein Glas ab, beugt sich vor und spricht in beruhigendem Ton weiter. «Es ist eine Idee, die den Staub überkommener Denkweisen hinwegfegen kann, Eure Hoheiten. Schockierend, gewiss. Aber denkt doch einmal, was es bedeuten würde. Es ist allgemein bekannt, dass der junge König nichts dringender will, als sein Exil zu beenden und seinen Thron wiederzuerlangen. Euer Vater und das Parlament könnten ihm Beschränkungen auferlegen, ihm ihre Bedingungen stellen – Bedingungen, die anzunehmen sein Vater zu starrsinnig war. Und wenn er Euch an seiner Seite hätte, meine Dame, wenn Ihr seine Erben unter dem Herzen trüget, wären Euer Vater und die Familie Cromwell unantastbar. Euer Vermächtnis wäre gesichert: eine neue, vereinigte Dynastie aus den Häusern Cromwell und Stuart, durch die Lektionen des Krieges weiser geworden, könnte alle drei Nationen hinter sich vereinen.»

Ich bin kaum in der Lage, meine Gedanken zu ordnen. Die mächtige Vision Lord Broghills überwältigt mich. Alle Gedanken an Robert sind für den Moment vergessen bei der Vorstellung, wie ich neben König Charles II. auf dem Thron sitze. Ich, die Mutter aller künftigen Könige. Ich, die Jüngste unter Vaters Kindern, diejenige, die ihm die Unsterblichkeit sichert.

Doch sofort ziehen in meinen Gedanken Zweifel auf wie

bleigraue Wolken. Was ist mit Richard, den ich um sein Erbe brächte? Was ist mit unserem jüngst geschmiedeten Bündnis mit Spanien, dessen Hauptzweck doch war zu verhindern, dass die Stuarts vom Festland aus eine Invasion unternehmen? Was würde daraus werden, wenn wir nun den exilierten «König» einfach zu uns einladen? Und was ist mit dem Mann selbst? Wie könnten er und ich nach all dem Blutvergießen der vergangenen fünfzehn Jahre eine gemeinsame Basis finden? Wichtiger noch, was für ein Ehemann wäre er, von dem doch alle Welt weiß, dass er sich Scharen von Mätressen hält? Ich denke an voriges Jahr zurück, als eine dieser Mätressen Thurloes Spionen in die Hände fiel – sie sagte aus, Charles habe mit ihr Kinder gezeugt und zahle ihr Unterhalt. Unser ganzer Hof war schockiert über diesen Skandal, sogar diejenigen, die selbst alles andere als sittenstreng sind. Könnte Vater wirklich einwilligen, dass ich einen solch lasterhaften, gottlosen Mann heirate, da er doch so entschieden gegen Robert ist, dessen Sünden im Vergleich geringfügig sind?

Der Gedanke an Robert führt mich zu Vorbehalten, die eher körperlicher Natur sind. Ich rufe mir die Porträts des jungen Prinzen vor Augen, die ich gesehen habe, so hochgewachsen und stolz mit seinen schwarzen Locken und ebenso schwarzen Augen, der eindringliche Blick beinahe bedrohlich, und ich versuche, mir vorzustellen, wie ich seinen hochmütig verzogenen Mund küsse. Mein ganzer Körper sträubt sich gegen das Gefühl, und meine Sinne sind mit einem Schlag wieder bei Robert, dessen letzter Kuss noch immer auf meinen Lippen brennt. Tränen drohen mir in die Augen zu schießen, und zum ersten Mal, seit ich vor drei Jahren in diesen Palast kam, knicke ich innerlich unter der Last der Erwartungen ein. Ich weiß selbst nicht, wie es mir gelingt, äußerlich reglos zu bleiben. Doch Mutter erkennt meinen inneren Aufruhr und legt ihre Hand auf meine.

«Ihr sprecht in dieser Angelegenheit für Charles Stuart, mein Herr?», fragt sie.

Ich sehe, wie er seine Worte abwägt – zweifellos will er seinem Ansehen bei uns nicht schaden, indem er sich zu einer allzu engen Verbindung mit unserem Erzfeind bekennt, doch andererseits muss er seinen Vorschlag legitimieren. «Ich kann nicht zu viel über meine Interaktionen mit Charles Stuart und seinem Hof preisgeben, Euer Hoheit. Aber Ihr könnt Euch darauf verlassen, dass seine Haltung so ist, wie ich sie Euch darlege. Doch seid gewiss», fügt er hastig hinzu, «was immer ich heute gesagt habe, meine ewige Treue gilt zuallererst Seiner Hoheit und Eurer Familie. Euch und nur Euch werde ich dienen bis zum Ende.»

Bis zum Ende. Seine Worte hallen in meinem Kopf wider, während mein Blick abschweift, durchs Fenster und hinunter auf den Hof. Wie wird das Ende aussehen? Wann wird es kommen?

Von Vater höre ich weiterhin nichts. Die meiste Zeit bekomme ich ihn gar nicht zu sehen, denn von seinen Beratungen mit dem Komitee des Parlaments geht er geradewegs in sein Staatsgemach. Tagelang zieht er sich dorthin zurück, um sich von furchtbaren Halsschmerzen zu erholen, sodass der Rat gezwungen ist, sich an seinem Bett zu versammeln. Von John, nicht von ihm erfahren wir den Ausgang der letzten Sitzung mit dem Komitee: Vater hat seine Vorbehalte gegen den Königstitel noch einmal bekräftigt, den monumentalen Anstrengungen der besten Redner und Advokaten der Nation zum Trotz, die zehn Tage lang einer nach dem anderen vor ihm aufgetreten sind. Das Komitee zieht sich mit eingekniffenem Schwanz ins Parlament zurück, um über Vaters Ansichten zu beraten; die Befürworter des Königtums haben einen mächtigen Schlag einstecken müssen, doch die Schlacht um unsere zukünftige Verfassung ist noch nicht zu Ende.

Und mein eigener Krieg hat eben erst begonnen. In den folgenden Tagen werde ich von Freunden und Rivalen bestürmt; die Gerüchte über eine mögliche Verbindung zwischen mir und dem exilierten «König» Charles sind in aller Munde und erregen die Gemüter. Ich weiß nicht, ob die Gerüchteküche Teil von Lord Broghills Plan war oder welche Rolle seine Machenschaften in dem größeren Feldzug spielen, Vater zu überreden, die Krone anzunehmen. Eines weiß ich allerdings: Ich stehe plötzlich im Mittelpunkt der Aufmerksamkeit. Der erwartete Kampf um die Freiheit, meinen Ehemann selbst zu wählen, meine Zukunft selbst zu gestalten, ist beängstigend real geworden. Und nun, da mir diese Schlacht unmittelbar bevorsteht, weiß ich nicht, wie ich sie schlagen soll, und sehe keine Möglichkeit, den Krieg je zu gewinnen. Ich denke daran, Robert eine Nachricht zu schicken, doch ich bin mir kaum über meine eigene Haltung im Klaren. So erfährt er es zuerst von jemand anderem, und Katherine überbringt mir eine hastig hingekritzelte, aufgebrachte Nachricht in seiner vertrauten, schnörkeligen Handschrift. Ob es wahr sei?

Wenn ja, schreibt er, *so ist es der schlimmste Albtraum, den ich mir vorstellen kann. Wie könnte ich zu einem König in Konkurrenz treten?*

Sein Schmerz rührt mich an, und ich mache mich unverzüglich auf die Suche nach Mutter, entschlossen, ihr alles zu erzählen. Ich finde sie in der Kapelle und warte, bis sie ihr

Gespräch mit Kaplan White beendet hat und wir beide allein sind, dann lasse ich mich neben ihr auf die Bank fallen und schütte ihr mein gequältes Herz aus: meine Leidenschaft für Robert, mein Grauen davor, einen anderen zu heiraten, andererseits mein Verlangen nach unvergänglichem Ruhm und nach dem Frieden, den die Verbindung mit Charles Stuart mir und uns allen bescheren würde. Ich fühle in mir den Widerstreit zwischen meiner Verpflichtung gegenüber Vater und dem Land einerseits und meiner Suche nach persönlichem Glück andererseits – was hat Robert doch gleich gesagt, wie die Philosophen der Antike wahre Erfüllung nannten? *Eudaimonia*. Doch dann denke ich zornig, alle diese Philosophen waren Männer – Männer, die die Treue zu ihrer eigenen Natur über alles andere stellen konnten. Was wussten sie schon davon, wie es für eine Frau ist, wenn sie den Mann, den sie liebt, verlassen soll, um zum Wohle ihres Landes einen anderen zu heiraten? Die Worte strömen nur so aus mir heraus, gequälte Worte wie anschwellender Regen, und zugleich durchströmt mich Erleichterung, da ich endlich meine Gefühle offenbare.

Mutter schließt mich in die Arme und atmet tief und gleichmäßig, bis ich aufhöre zu beben. Die Lagen gebauschter Seide an ihren weiten Ärmeln werden gegen meine geknautscht. Ich schmiege das Gesicht an ihren Hals, atme dankbar den vertrauten Duft nach Seife, Lavendel und Perlen ein.

«Ich wünschte, ich könnte dir mehr Trost bieten, mein Liebes», sagt sie in sanftem Singsang. «Aber du weißt ja, so ist es schon von jeher: Wir heiraten auf Geheiß unserer Väter. Ich habe es getan, meine Mutter hat es getan und deine Schwestern ebenfalls. Auch wenn ein gütiger Vater wie der meine und der eure mit Bedacht wählt und auf den Funken der Zuneigung zwischen Braut und Bräutigam schaut, aus dem die Flamme der Liebe erwachsen kann. Aber ich versichere dir», fährt sie eifriger fort, während ich mir die Tränen abwische, «ich werde mit deinem Vater über deine Gefühle sprechen und für dich tun, was ich kann. Hab Vertrauen, mein Liebes, hab Vertrauen.»

Ich denke an Robert, der mich ebenfalls beschworen hat, Vertrauen zu haben, und wieder einmal frage ich mich, ob das alles ist, was ich tun kann. Es ist eine so vage, so wenig hilfreiche Vorstellung. Worauf genau soll ich vertrauen: auf meinen Liebsten? Auf meine Mutter? Auf das Protektorat? Auf Gott? Mein Blick wandert über die weiß getünchten Wände der Kapelle, ich presse die Hände zusammen und bete zum Herrn, mir zu helfen. Aber auch wenn ich Seine Gegenwart spüre, höre ich doch nicht Seine Stimme, wie Vater es tut.

Ich verzweifle an dem Versuch, mein Vertrauen an andere abzutreten, und beschließe, einen Teil davon in mich selbst zu setzen. Also überwinde ich meinen Stolz und werbe um Unterstützung für meine Sache. Das Thema ist so heikel, dass es nur wenige gibt, mit denen ich offen darüber reden kann, doch mir bleiben noch immer ein paar mächtige potenzielle Fürsprecher. Zuerst wende ich mich natürlich an Elizabeth.

Ich treffe sie mit Master Hornlock in ihren Räumen an, denn sie bestellt gerade Kleidung, Bettwäsche und Decken für das Kind, das sie erwartet. Als er gegangen ist, bitte ich sie, auch ihre Dienerinnen hinauszuschicken, ehe ich mein Anliegen vortrage.

«Ach, Fanny», sagt sie, als ich den Kopf in ihren seidenen Schoß gelegt habe, wie ich es als Kind zu tun pflegte. «Ist es denn möglich, dass meine kleine Schwester verliebt ist?» Betty scheint fast erstaunter über meine Gefühle als Mutter, und wie schon so oft denke ich, wie viel mütterliche Liebe – und auch mütterliche Missbilligung – in den Empfindungen einer viel älteren Schwester liegt. Ist es ungerecht, wenn ich vermute, dass Elizabeth ein wenig von ihrer eigenen Jugend bewahrt sieht, solange ich noch ein Kind bin? Werde ich jemals gleichauf mit ihr sein, die magischen neun Jahre zwischen uns aufholen und ihr an fraulicher Schönheit gleichkommen?

«Mein liebes, süßes Mädchen, zum ersten Mal verliebt», fährt sie gönnerhaft fort. «Ich weiß noch, wie das war – diese Innigkeit, diese Verzweiflung! Ich war fünfzehn, als John mich zum ersten Mal küsste, auch wenn mich schon einmal zuvor jemand geküsst hatte …» Sie zwinkert, dann entschwebt sie in ihre Erinnerungen. Doch so gern ich mehr erfahren würde, ich zwinge mich doch, ihre Aufmerksamkeit wieder auf meine Notlage zu lenken.

«Aber Vater schätzte John, mit Robert wird er nicht einverstanden sein. Und schlimmer noch, die Regierung hat sich verschworen, mich im Zuge eines Vertrags zu verheiraten. Möglicherweise mit Charles Stuart! Ich gestehe, ich war nicht wie du dafür, dass Vater König wird, aber nun hat sich das Blatt gewendet. Wenn er Charles Stuarts Krone trüge, hätte wenigstens das Gerede über eine Heirat zwischen uns ein Ende. Du sprichst doch ständig mit Vater über sein Dilemma – bitte rede auch um meinetwillen mit ihm.»

«Aber, aber», singsangt Elizabeth und streichelt sanft mein Haar. «Ich werde mein Bestes für dich tun, Kleines, wirklich. Und Vater ist gütig und wünscht, dass wir glücklich sind. Vielleicht wird ja doch noch alles gut.»

Unter ihren beruhigenden Händen schließe ich die

Augen und bete im Stillen, es möge ihr gelingen, ihren gewohnten Zauber bei Vater zu wirken.

Ich überlege, als Nächstes Bridget meine Not vorzutragen, besinne mich aber eines Besseren. Sie und ich waren in Fragen um Liebe und Pflicht noch nie einig, außerdem würde sie es unweigerlich Charles erzählen, und das wäre mir entsetzlich peinlich. Doch dann werde ich der Entscheidung enthoben, als sie in unserem nächsten Gespräch beiläufig Roberts Namen fallen lässt und zu erkennen gibt, dass Elizabeth ihr mein Geheimnis verraten hat. Ich will wütend über Betty herfallen, doch Mary beruhigt mich: «Auch die beiden müssen einmal enge Vertraute gewesen sein, Liebes, genau wie wir, und du könntest auch nichts längere Zeit vor mir geheim halten …»

In meinem Ärger schreibe ich an Harry. Mich ihm auf dem Papier anzuvertrauen fällt mir viel leichter, als persönlich mit Dick oder meinen Schwägern zu sprechen. *Du und Elizabeth Russell wart die Letzten aus unserer Familie, die geheiratet haben*, schreibe ich. *Und es war doch eine Liebesheirat, nicht wahr? Und ist euch das nicht in diesen letzten vier Jahren zustattengekommen? Kannst du nicht Vater dazu bewegen, mir dasselbe zu erlauben?* Mit einer Antwort kann ich erst in mehreren Wochen rechnen, doch der bloße Akt, diese Worte über das Meer zu ihm zu senden, beruhigt mich schon.

Der letzte Fürsprecher, an den ich herantrete, erfordert am meisten Mut. Halb gelähmt vor Scham, schleppe ich mich eines Morgens zu Sekretär Thurloes Amtszimmer – heftiger Regen peitscht gegen die Fenster des Ganges und übertönt gnädig meine Gedanken. Doch ich weiß nun einmal, was immer mit mir geschieht, sei es gut oder böse – er hat dabei mitzureden. Robert hat mich am Abend zuvor zu diesem

Gespräch ermutigt. In einer heimlichen Botschaft, die Katherine in ihrer Tasche geschmuggelt hat, erinnerte er mich daran, dass ich dem «kleinen Sekretär» ohnehin nichts offenbaren könnte, das ihn überraschen würde, da er dem Zentrum der Macht so nahesteht und diese eigentümliche Fähigkeit besitzt, anderen Menschen Geheimnisse zu entlocken. Als ich nun an seine Tür klopfe und warte, frage ich mich, ob er diese Wirkung auch auf mich haben wird.

Ein rotgesichtiger Schreiber öffnet die Tür, und ich sehe in einer Ecke des Raumes zwei weitere junge Männer auf Schemeln an hohen Schreibpulten sitzen, die bauschigen Hemdsärmel zurückgestreift, über ihre Arbeit geduckt wie Kröten. Thurloe selbst sitzt hinter einem großen Eichenholztisch, auf dem ordentlich aufgeschichtete Papierstapel genau rechtwinklig angeordnet liegen, mit Würfeln aus schwarzem Stein beschwert. Aus jedem Stapel ragen farbige Papierstreifen in unterschiedlichen Abständen, vermutlich nach einem geheimen Ordnungssystem, das der Sekretär selbst erfunden hat. Die Luft steht vor Papierstaub, und ein starker Geruch dringt in meine Nase. Ich meine, Wachs, Tinte und Biskuits auszumachen.

Thurloe springt behände auf und bietet mir den großen, bequemen Sessel mit gerundeter Lehne an, der auf der Besucherseite seines Pultes bereitsteht. Mir fällt auf, dass dieses Möbelstück in krassem Gegensatz zu seinem eigenen unbequemen Stuhl mit gerader Lehne steht. Als ich eine Bemerkung darüber fallenlasse, lächelt Thurloe.

«Ich möchte, dass meine Besucher sich wohlfühlen, Hoheit. Sie sollen sich entspannen, sich willkommen fühlen, wenn sie ihre Gedanken mit mir teilen. Ich hingegen bin viel zu beschäftigt, um mich in träger Behaglichkeit zurückzulehnen. Mein Stuhl hält mich wach und bewahrt mich vor Selbstgefälligkeit: Er ist ein alter Freund aus der Zeit, da ich selbst noch ein bescheidener Buchhalter in den Fens war.»

Er wedelt mit den Händen, woraufhin die Schreiber eilends den Raum verlassen und leise die Tür hinter sich schließen. Beiläufig frage ich mich, ob er von ihnen verlangt, für die Dauer unseres Gesprächs draußen zu warten, oder ob sie zu einer wohlverdienten Pause in die Küche gehen dürfen.

Als wir allein sind, geht Thurloe zu einem kleinen Schränkchen hinüber und kehrt mit zwei Gläsern schwarzem Johannisbeerlikör zurück. Ich nehme eins entgegen, mache es mir in dem gepolsterten Lehnstuhl bequem und mustere Thurloe eingehend, wie er da auf der Kante seines Stuhls sitzt, die Fingerspitzen aneinandergelegt. Kann ich ihm vertrauen? So zuvorkommend er auch wirken mag – ist er wirklich mein Verbündeter? Doch mir bleibt keine andere Wahl, und so wage ich es und ergreife das Wort.

Er hört schweigend zu, und unter seinem ruhigen, mitfühlenden Blick gebe ich unwillkürlich mehr von meinen Gefühlen preis, als ich beabsichtigt hatte. Thurloe begleitet meine Beichte mit gelegentlichem Nicken oder Kopfschütteln, Zungenschnalzen und verständnisvollen Lauten, glatt und beruhigend wie seidene Laken, die mit einer Kupferpfanne angewärmt wurden. Als ich schließlich alles gesagt habe, was ich zu sagen hatte, löst Thurloe seine Finger voneinander und breitet die Hände weit aus, als wollte er mich über den Tisch hinweg in die Arme schließen.

«Ich werde mein Möglichstes für Euch tun, Euer Hoheit», sagt er, «doch Ihr müsst verstehen, dass wir in einem jungen Staat leben – einem Protektorat, das eben erst flügge wird – und von Feinden im eigenen Lande wie außerhalb bedroht werden. Wir sind isoliert und angreifbar, wir brauchen so viele Verbündete und Unterstützer, wie wir finden können. Eure Hand und die Eurer Schwester könnten für uns möglicherweise der Schlüssel zum ersehnten dauerhaften Frieden und zu unserer Sicherheit sein.»

«Dessen bin ich mir bewusst, Master Thurloe», erwidere ich und stelle mein leeres Glas auf einen vorsorglich bereitgelegten Untersetzer. «Mir ist auch klar, dass mein Wert auf dem Heiratsmarkt entscheidend davon abhängt, ob Vater König wird, was Ihr – soweit ich weiß – mehr als jeder andere wünscht.»

Thurloe antwortet nicht direkt auf meine Feststellung, sondern lehnt sich auf seinem Stuhl zurück und schaut mich aufmerksam an. «Ihr seid gut im Bilde, Hoheit», sagt er mit einem gewissen Respekt in der Stimme. «Ich wünsche es in der Tat. Es würde beim Volk auf breite Zustimmung treffen: Als die Männer anno '42 zu den Waffen griffen, taten sie es nicht, um die Regierung zu revolutionieren, sondern um einem König Einhalt zu gebieten, der seine Befugnisse überschritt. Man sagt, indem Gott uns den Sieg schenkte, legte er Zeugnis gegen den *Mann* ab, aber richtete er sich damit auch gegen das *Amt* des Königs? Die Wiederherstellung der Monarchie würde die alte politische Elite wieder ins Boot holen, mächtige Familien, die durch die Hinrichtung des Königs abgeschreckt wurden, in allen anderen Dingen jedoch mit unserer Regierung einig sind. Mit ihrem Rückhalt würde die Regierung endlich auf eine stabile, sichere und dauerhafte Basis gestellt. Und wenn Euer Vater König wäre und seinen Nachfolger benennen dürfte, hingen der Frieden und die Sicherheit der Nation nicht länger einzig davon ab, ihn vor Meuchelmördern zu schützen – eine Aufgabe, die mir Nacht für Nacht den Schlaf raubt.»

Angesichts der tiefen Ringe unter Thurloes verquollenen Augen kann ich nicht leugnen, wie sehr er sich für unsere Sicherheit verausgabt. Ein Anflug von Schuldgefühl überkommt mich, was er zweifellos beabsichtigt hat: Wenn andere ihr Leben für das Wohl der Nation opfern, ist es dann zu viel verlangt, dass ein einfaches Mädchen einen Prinzen heiraten soll? Doch er wird mich nicht überzeugen, dass ich diese friedliche Zukunft unweigerlich mit meinem Glück bezahlen muss. Wäre es nicht ein Widerspruch, wenn wir einen Krieg um unsere Freiheit austragen, nur damit ich am Ende gezwungen bin, die meine im Dienste der guten, gottgefälligen Sache aufzugeben? Ich weiß jedoch, dass ein solches Argument Thurloe wenig beeindrucken wird; er lebt in einer Welt der Fakten und Zahlen, der Bilanzen und Gutachten, der Hinterzimmervereinbarungen und unliebsamen Kompromisse. Er nimmt es als gegeben hin, dass alles seinen Preis hat.

«Robert gehört einer mächtigen Familie an», sage ich stattdessen, «sie könnte für uns von Nutzen sein.»

«In der Tat, Hoheit.» Thurloe nimmt sein Glas mit Likör in die Hand und schwenkt es zwischen dünnen, eleganten Fingern. «Doch der Earl of Warwick ist bereits unser treuer Unterstützer, und die Countess of Devonshire wird nie etwas anderes als eine Schönwetterfreundin sein. Wir brauchen jetzt neue Freunde.»

«Solche wie Charles Stuart», sage ich und drehe das Armband an meinem Handgelenk. «Wenn Vater nicht einwilligt, König zu werden, würdet Ihr und Lord Broghill den Stuartkönig wieder einsetzen, mit einer frischgebackenen Cromwell-Braut in seinem Bett, um den Bruch zu heilen.»

«Es ist nur ein Vorschlag, von dem man gerüchteweise

hört, Euer Hoheit», sagt Thurloe rasch in beschwichtigendem Ton. «Ich bezweifle, dass er ernsthaft weiterverfolgt wird.»

Doch ich lasse mich nicht beschwichtigen. «Was ist mit meiner Liebe? Meinem Glück?», platze ich von Verzweiflung getrieben heraus. Dabei ist mir bewusst, wie selbstsüchtig und kindisch ich klingen muss.

«Wie gesagt, Hoheit», schnurrt Thurloe, «ich werde mein Möglichstes für Euch und Eure Interessen tun, darauf gebe ich Euch mein Wort.»

Das Gespräch mit Thurloe ist eine Sache, aber letztendlich ist Vater derjenige, den ich überzeugen muss. Allerdings suche ich vergebens nach einer Gelegenheit. Mitunter sehe ich ihn in der Kapelle und beim Essen in der großen Halle, und wenn er im Privaten mit uns zu Abend isst, kann ich rasch ein paar Worte mit ihm wechseln, doch sonst verbringt er viele Stunden hinter verschlossenen Türen mit seinen engsten Beratern, darunter Bulstrode Whitelocke, Lord Broghill und der allgegenwärtige Sekretär Thurloe. An seinem Geburtstag am 25. April zeigt er sich, damit der Hof ihm wie üblich in einer feierlichen Zeremonie seine Geschenke überreichen kann: edle Kleidung und Juwelen, Bücher, Tafelsilber und Gemälde.

Er scheint sich ganz besonders über das gemeinsame Geschenk von Mary und mir zu freuen, einen prächtig bestickten Falknerhandschuh aus smaragdgrün gefärbtem Wildleder. Wir reden ihm zu, den Handschuh zu benutzen, wenn Harry ihm endlich seinen irischen Habicht schickt. Ich nutze den Augenblick, da niemand außer Mary uns hören kann, um Roberts Namen fallenzulassen, wie man eine

Fliege an der Angelschnur auf stilles Wasser wirft: «Könnten wir über Robert Rich sprechen, Vater?»

Doch Vater winkt brüsk ab. «Nicht heute, Fanny. Deine Mutter hat mich mit ihrer Fürsprache für dich die halbe Nacht wachgehalten, und wir haben uns darüber regelrecht gestritten. Nun geh, meine Meinung steht fest.»

Meine Wangen brennen, als hätte er mich geschlagen, und ich weiche vor ihm zurück. Fast wäre ich die Stufe der Estrade hinuntergestolpert. Glücklicherweise hält Mary mich am Arm fest, und so bewahren wir unsere Würde vor den aufmerksamen Blicken des Hofes. Allerdings bleibt mir an diesem Tag voller öffentlicher Auftritte wenig Zeit, meine verletzten Gefühle zu pflegen. Wir feiern Vaters Geburtstag mittags mit einem Festmahl in der großen Halle und abends mit einem Essen im Familienkreis. Mutter widmet sich eifrig den Vorbereitungen für die Mahlzeit und schickt ihr eigenes Rezept für die Aalpastete, die Vater so liebt, in die Küche. Mit feuchten Augen erzählt sie uns, sie habe ihm diese Pastete seit ihrer Heirat zu jedem Geburtstag gebacken – sie hat ihm sogar eine geschickt, als er im Krieg von zu Hause fort war.

«Hoffentlich denken sie daran, dass geriebene Muskatnuss in die Kruste muss», sagt sie nervös. Ihre Hände zucken, als wollten sie nach dem Teig greifen. «Vielleicht sollte ich hinuntergehen und mich vergewissern.»

«Himmel, nein, Mutter!», ruft Elizabeth aus. «Man verlacht uns schon genug für unsere bäuerliche Häuslichkeit. Gieße nicht noch Öl ins Feuer, indem du dich in den Wirtschaftsräumen blicken lässt.»

Mutter seufzt, und mir kommt nicht zum ersten Mal der Gedanke, dass sie in all unserem Luxus die einfachen Freuden des Kochens vermisst; die unmittelbare Befriedigung, ein Rezept zu verfeinern und die entzückten Gesichter ihres Mannes und ihrer Kinder zu sehen. In meiner Kindheit war sie in der ganzen Nachbarschaft berühmt für ihre Fähigkeiten in der Küche und der Hausapotheke. Ich sehe noch vor mir, wie sie in Ely in unserer Küche mit dem im Schachbrettmuster gekachelten Boden stand, den Teig auf den Tisch schlug und mit der Küchenmagd plauderte, während ich eine Schüssel Erbsen enthülste. Durch die niedrigen Fenster waren über den Kirchhof hinweg die Glocken von St. Mary's zu hören. Wenn es selbst mir mitunter schwerfällt, mich an unser Leben als erste Familie des Landes zu gewöhnen, wie muss es dann für Mutter sein, die ein halbes Jahrhundert als einfache Frau gelebt hat?

Die Pastete ist für meinen Geschmack zu bitter, aber Vater ist natürlich begeistert – jeder Bissen versetzt ihn «geradewegs heim in die Fens und an unseren eigenen Herd» –, und er dankt Mutter ausgiebig für die köstliche Speise und die Aufmerksamkeit.

An diesem Abend höre ich von ihm nichts weiter zur Frage meiner Heirat. Ebenso wenig in der folgenden Woche, als wir gemeinsam mit der Kutsche nach Blackheath fahren, wo Vater die Truppen inspizieren soll, die wir nach Flandern schicken, um mit den Franzosen gegen die Spanier zu kämpfen. Stattdessen drückt er die Stirn an die Fensterblende, welche die strahlende Maisonne aussperrt. Für seine Männer wendet er sich natürlich vom Dunkel wieder ins Licht, reitet an ihren Reihen entlang, ruft ihnen zu und spricht mitreißende Worte über den Ruhm, den zu erringen sie ausziehen. Major General John Lambert sitzt auf seinem Schimmel und schaut zu. Die Männer jubeln und pfeifen, schwenken ihre Mützen und Helme und brüllen Vaters Namen. Sie stehen in Reih und Glied, so weit mein Auge reicht. Die silbernen Piken und die Spitzen der Musketen ragen auf wie Nadeln aus einem riesenhaften Nadelkissen. Ich schaue gebannt zu, wie immer, wenn ich einen Blick auf den Kriegervater erhasche, den ich kaum kenne.

Später am Tag fahren wir nach Hampton Court hinunter. Als nach dem Abendessen die Nachricht eintrifft, Dänemark habe Schweden den Krieg erklärt, löst dies bei Vater ein wahres Unwetter aus blitzendem Zorn und Trauer aus, denn nun ist sein Plan für einen protestantischen Frieden am Baltischen Meer zunichte. Unser neuer Botschafter Meadowes, der noch nicht nach Dänemark aufgebrochen ist, wird eilends den Fluss heraufbeordert. Er, Vater und Sekretär Thurloe ziehen sich zur Beratung ins Kabinett zurück, und noch bis zum nächsten Morgengrauen dringen der Geruch nach Pfeifenrauch und ein Streifen Kerzenlicht unter der Tür hindurch. Während ich gemeinsam mit Mary bete, frage ich mich, ob die Nachricht ein Omen ist, dass Vater nicht zu einem protestantischen Karl dem Großen gekrönt wird, wie Thurloe und seine Verbündeten es wünschen.

Den ganzen nächsten Tag versuche ich, meine Sorgen zu vergessen, indem ich mich ständig ablenke: eine Gesangsstunde bei Master Hingston, noch etwas Sprachunterricht bei Master Marvell, ein Spaziergang in den Kammergärten mit Mary. Beim Abendessen bin ich der köstlichen Folter unterworfen, Robert zuzusehen, wie er auf der anderen Seite der großen Halle isst und plaudert. Während wir nach der Mahlzeit den Sängern lauschen, hält er das schöne Gesicht von mir abgewandt. Meine Füße wippen unentwegt unter dem Tisch in dem verzweifelten Drang, mich zu ihm hinüberzutragen, und halten erst still, als Mary mit Nachdruck eine Hand auf meinen Oberschenkel legt. Aus dem Augenwinkel bemerke ich, dass Master Thurloe mich beobachtet, und ich beiße mir auf die Lippe und richte den Blick zu den Deckenbalken hinauf.

Später kann ich vor Unruhe nicht einschlafen. Ich empfinde das Bedürfnis, zu laufen, um aus dem Labyrinth meiner Gedanken zu entkommen, und so nehme ich eine Kerze und ein Schultertuch und schlüpfe aus meinem Gemach auf die lange Galerie hinaus. Die Nacht ist frisch und kühl. Ein Alabastermond wirft schneeweiße Lichtstreifen durch die Fensterläden, Trittsteine über den Korridor. Die geisterhaften Gestalten der Wachen hinter mir lassend, folge ich auf bloßen Füßen dem breiten Gang bis zum Ende. Mein Nachthemd weht um meine Fußknöchel, wann immer ich an einem offenen Fenster vorbeikomme. Der Korridor endet an der südöstlichen Ecke des Flügels, und ich biege auf die kürzere Galerie ein, von der die Gemächer meiner Eltern abgehen.

Abrupt halte ich inne. Voraus sehe ich die flackernde Flamme einer anderen Kerze, die das düstere Gesicht daneben in scharfem Kontrast aus Licht und Schatten sichtbar macht.

Vater.

Ebenfalls im Nachthemd, steht er reglos, die Kerze in die Höhe haltend, und betrachtet Mantegnas herrliche Gemäldeserie, die über die ganze Galerie aufgereiht ist.

Ich nähere mich langsam, um ihn nicht zu erschrecken, denn er scheint tief versunken. «Vater?»

«Du bist auch wach, mein kleines Frauenzimmer?», fragt er verschlafen mit heiserer Stimme, ohne den Blick von der Leinwand zu wenden.

Ich bleibe neben ihm stehen und wende mich den Gemälden zu. Der *Triumph des Caesar* erstreckt sich über neun riesige Tafeln bis zum Ende der Galerie; die erdigen Rot- und Brauntöne schimmern golden, wo das Kerzenlicht die Farbe streift. Als ich die Szenerie in der Stille der Nacht so betrachte, kann ich die Geräusche des alten Rom an einem heißen Tag beinahe hören: Trompetenstöße, die zum sonnendurchfluteten Himmel schallen, das Rumpeln von Fuhrwerken, das rastlose Stampfen von Pferden, die mit ihren Schweifen die Fliegen verscheuchen, das Geplauder und Gelächter der Menge. Und da ist Caesar – in den herrlichsten Farben durch den italienischen Meister unsterblich gemacht.

«Sie sprechen zu mir, diese Bilder», sagt Vater, und seine Stimme ist leise und ruhig, als wären wir in der Kirche. «Von allen Gemälden aus der Sammlung des verstorbenen Königs sind dies die besten. Ich musste sie einfach vor dem Verkauf retten.»

Der Grund dafür liegt auf der Hand. Caesar war der größte aller Feldherren, von seinen Männern geliebt und vom Ruhm auf dem Schlachtfeld hinauf in die Höhen politischer Macht getrieben. Ein General, kein König; er marschierte nicht mit Gewalt ein, sondern wurde eingeladen, im Triumph durch die Tore der römischen Republik Einzug zu halten. Er sitzt auf einem Triumphwagen, gemalt in dem Augenblick, da ein Page sein Haupt mit Lorbeer krönt – mit dem gleichen Blätterkranz, der auf Vaters neuer Münze seinen Kopf umgibt.

«Welche Botschaft steckt für mich darin?», fragt Vater, doch es ist nicht klar, ob er die Frage an sich selbst richtet, an mich oder an Gott.

Ich schiebe verstohlen meine glatte Hand in seine raue, wie ich es als Kind zu tun pflegte. Ich muss in seiner eigenen Sprache zu ihm sprechen. «Wir können viel aus den vergangenen Taten von Menschen lernen, Vater», höre ich mich sagen. «Ich weiß, dir sind die Führung des Herrn und die Worte der Bibel die größten Lehrer, aber ich denke, wenn wir genau hinschauen, finden wir vielleicht Seine Lektionen auch in unsere eigene Geschichte eingeschrieben. Denn hat nicht Gott Caesar erschaffen und seinen Werdegang bestimmt, auch wenn Caesar es nicht wusste? War Er nicht an jenem Tag ebenso gegenwärtig, wie Er es an diesem ist?»

Ich habe wenig Hoffnung, Vater von meiner Denkweise zu überzeugen – unsere Haltungen waren noch nie recht miteinander vereinbar. Er findet alle Kraft, alle Lenkung und Stütze, alle Weisheit, alles Mitgefühl und allen Trost in der Verbundenheit mit Gott. Ich hingegen glaube zwar an Gott, finde Ihn aber in alltäglichen Dingen nicht hilfreich. Wenn ich über die Liebe und Güte meiner Familie hinaus Beistand brauche, suche ich in den historischen Schriften danach. Denn welche größere Gemeinschaft könnte es geben als die aller Männer, Frauen und Kinder, die vor uns auf dieser Erde wandelten? Vor welchem Problem können wir stehen, vor dem nie zuvor ein Mensch gestanden hat? Mich kann die Geschichte ebenso wie der Glaube lehren, inspirieren, aber auch versuchen und irreführen. Sie ruft in mir die gleiche Andacht hervor, die das Wort Gottes in Vater weckt, spendet mir den gleichen Trost. Auch mein Horizont erweitert sich, wenn ich das eigene Leben nur als einen einzelnen Faden zwischen all den anderen in einem riesigen Wandteppich betrachte.

«Vielleicht.» Vater nickt, dann wendet er sich mir zu, schaut mit großen Augen forschend in die meinen. Ich erwidere den Blick in gleicher Weise und sehe nicht meinen

Herrscher vor mir, sondern meinen Vater, der wie so oft mit sich ringt. Wenn er wahrhaft verloren ist, dann sind wir es alle. «Du bist meine Gelehrte, Fanny», sagt er schließlich. «Du kennst meine Dilemmata, was sollte ich bedenken?»

Ich sonne mich in seiner warmen Anerkennung, während ich zugleich versuche, unter seinem Blick meine Gedanken zu ordnen. Wie kann ich ihm etwas raten, wenn doch meine eigenen Ideen und Wünsche so verworren sind wie seine? Will ich, dass er die Krone ablehnt, wodurch es wahrscheinlicher würde, dass ich mit Charles Stuart verheiratet werde? Es sei denn, Vater würde den Plan vielleicht nicht gutheißen. Wenn er die Krone ablehnt, wird mein Wert auf dem Heiratsmarkt verringert, also könnte er vielleicht doch noch einwilligen, dass ich Robert heirate. Oder … will ich, dass er die Krone annimmt? Dann stünde gewiss nicht mehr zur Debatte, dass ich den exilierten König heiraten soll, doch ich wäre dann eine Prinzessin und vielleicht dazu bestimmt, jemanden aus dem Hochadel zu ehelichen, einen ausländischen Prinzen gar? Die eine wie die andere Entscheidung hätte ungewisse und unausweichliche Konsequenzen, und ich bin ebenso ratlos wie Vater.

Deshalb bleibt mir nichts anderes, als die Wahrheit auszusprechen, so, wie ich sie vor mir sehe.

«Du kannst einmal darüber nachdenken, wie es Caesar ergangen ist», sage ich und lenke unsere Blicke wieder auf die Leinwand. «Hier steht er auf dem Gipfel seiner Macht und Beliebtheit: der Eroberer Galliens, der Tausende unterworfen hat. Doch du siehst die Krone über seinem Kopf – der Schatten seines Schicksals schwebt über ihm. Die Leute wollten ihn zum König haben, aber manche fanden ihn übermächtig. Und Caesars eigene Freunde waren es, die ihre Dolche gegen ihn zogen und ihn im Senat in Blut und

Staub niederstreckten, alles im Namen des Schutzes der Republik.»

«Seine eigenen Freunde», wiederholt Vater, und ich weiß, er denkt an seinen Schwiegersohn Charles, an John Lambert und Onkel Desborough.

«Doch welchem Zweck diente ihr edler Verrat?», fahre ich fort, darauf bedacht, nicht zu einseitig zu argumentieren. «Caesars Aufstieg zum König zu verhindern mag seiner Tyrannei ein Ende gemacht haben, aber es führte zu einem Bürgerkrieg, und aus diesem ging ein Kaiser hervor, der noch mehr Macht für sich beanspruchte als Caesar.» Ich schüttle verwirrt den Kopf: Wäre dies das Schicksal von Charles Fleetwood und den anderen Generälen der Armee, wenn sie sich gegen Vater stellten? Zu Narren der Geschichte zu werden, die den Weg für einen anderen bereiten, der dann seine Macht missbrauchen wird? Einen Major General Fleetwood? Einen Lord Protector Lambert? Oder gar einen König Charles II.?

Ich bin so in meine Gedanken versunken, dass es mich überrascht, als ich Vater antworten höre.

«Ich sehe, du spielst den Advocatus Diaboli, meine Liebe, trägst mir Wahlmöglichkeiten und Konsequenzen vor, hältst meinen Gedanken stets etwas entgegen, in welche Richtung sie sich auch wenden.» Er lächelt, doch sein Gesicht wirkt erschöpft. «Das ist gut, es ist das, was ich brauche.» Er lässt meine Hand los, entfernt sich ein paar Schritte von mir und fängt an, vor dem Panorama auf und ab zu gehen, den Blick nachdenklich zu Boden gerichtet.

Ich weiß, ich muss ihm jetzt Zeit lassen; er entwickelt seine nächsten Gedanken.

Vater bleibt neben mir stehen. «Manche haben mich schon einen Caesar genannt, wusstest du das? Andere einen Brutus. Habe ich das Messer geführt? Oder ist es mir bestimmt, ihm zum Opfer zu fallen?» Er seufzt, dann hebt er den Blick wieder zu der Szene. «Doch es gibt einen Unterschied. Dort war das Ausmaß der Macht selbst das Problem», sagt er nachdenklich. «Wohingegen ich in meinem Fall denke, der eigentliche Stein des Anstoßes für die Armee – und auch in meinem eigenen Herzen – ist der Titel des Königs, nicht das Amt. Das Wort ‹König› bleibt uns in der Kehle stecken, da wir doch selbst Zeugen waren, wie Gott den Titel des Königs vor unseren Füßen in den Staub warf. Ich kann Jericho nicht wieder aufbauen, nachdem der Herr selbst die Mauern unter dem Schall der Trompeten einstürzen ließ.»

Wie immer richtet Vater seine Gedanken von den Menschen wieder auf Gott, und es fällt mir schwer, ihm zu folgen. Ich hasse es, wenn er sich von unserer Familie ab- und Gott zuwendet. Warum können nicht wir seinem Herzen am nächsten sein, warum kann ich – hier, jetzt – nicht die einsame Stimme des Trostes in der Nacht sein? Doch es war schon immer so: Vater sucht seinen Halt bei Gott, nicht bei uns. Der Herr ist sein wahrer Seelenverwandter, und ich beneide in dieser Beziehung Gott, nicht Vater. Ich weiß, es ist unchristlich, sogar sündhaft, doch manchmal grolle ich Gott für all die Qualen, die Er Vater antut: für die Wut, dies Er erregt, die düsteren Stimmungen, in die Er ihn stürzt, die Zweifel, die Er im Herzen Seines treuesten Dieners sät. Ich werfe Ihm die Gefahr vor, in die Er Vater geführt hat, die Schlachten, die Er ihn schlagen ließ, die Freunde, die Er ihm nahm, die langen, dunklen Nächte wie diese, die Vaters Seele umfangen. Ja, Gott schenkt Vater Liebe, aber das tun wir alle, und wir verlangen im Gegenzug nicht, dass er leidet.

Hierin sind wir uns am fernsten, hierin liegt die große Düsternis seines Charakters, die ich mehr als alle anderen fürchte: in der Stimme Gottes in seinem Kopf. Ich fürchte sowohl die Entscheidungen, die Vater hastig trifft, als auch jene, die er auf Gottes Geheiß zu lange hinauszögert. Wie Gott aus dem Pragmatiker, den ich kenne, den Idealisten macht, den ich nicht kenne, ihn in starre Haltungen zwingt, die ihn Freundschaften kosten; die kühnen Entscheidungen, die ihn vom einfachsten Weg abweichen lassen und die Wut seiner Feinde schüren. Und nun bedroht diese Wut uns alle – sie zielt aus der Menge mit einer Muskete und legt in unserem Zuhause eine Bombe.

Natürlich kann ich nichts von alldem zu Vater sagen; ich kann überhaupt nichts erwidern. Doch es bedarf auch keiner Antwort, denn Vater verfolgt seinen Gedankengang fast sofort weiter.

«Doch das ist es, was das Parlament von mir will. Was der größte Teil meines Rates von mir will. Sie sagen mir, dass auch das Volk es will, und ich bin vollauf davon überzeugt; ich selbst glaube von jeher an eine durch Verfassung beschränkte Monarchie als die beste Regierungsform. Alle reden mir zu, das sei der einzige Weg zu dauerhaftem Frieden und Sicherheit, und wer wäre ich, es den Nationen zu verweigern? Außerdem» – er senkt die Stimme zu einem Flüstern, als spräche er nur noch mit sich selbst –, «wenn ich König wäre, könnte ich das Parlament zwingen, toleranter gegen unterschiedliche Glaubensrichtungen zu sein. Wir hätten keine Märtyrer mehr, keine sogenannten Häretiker, die ich nicht vor Strafe bewahren kann. Erinnerst du dich an den Fall von James Nayler? Ja, dunkel? Er war im Krieg Lamberts Quartiermeister, ehe er sich den Quäkern anschloss. Ich will dich nicht mit den Einzelheiten langweilen, es mag genügen, wenn ich sage, das Parlament sah es als Blasphemie an, dass ein Mann auf einem Pferd nach Bristol hineinritt, um den Einzug Christi nach Jerusalem am Palmsonntag nachzustellen. Sie verurteilten Nayler, geißelten ihn, durchbohrten seine Zunge mit einem glühenden Eisen und brandmarkten ihn, und ich konnte nichts dagegen tun.»

Dieses abscheuliche Bild lässt uns beide in düsteres Schweigen versinken. Doch nach ein paar Augenblicken geht ein Ruck durch Vater, als schrecke er aus einem Traum auf, und er dreht sich wieder zu mir herum.

«Hatte Caesar auch eine Tochter? Was wurde aus ihr?»

Ich kichere, erkenne den neuen Tanz, in den er mich führt. «Ich fürchte, ich weiß es nicht, Vater, mit meiner Kenntnis von Plutarch bin ich hier am Ende. Du musst wohl Master Milton oder Master Marvell fragen.»

«Das werde ich.» Sein Kichern ist ein Spiegelbild des meinen. «Gleich morgen früh werde ich dem Sekretariat für Latein einen Besuch abstatten und mich erkundigen. Wir wollen hoffen, dass dort alle auf ihren Plätzen sind, denn sonst gäbe es eine Menge Wirbel!» Doch dann verschatten erneut ernstere Gedanken sein Gesicht. «Und du, mein Liebling – wo ist in alldem dein Platz? Vielleicht als Königin an der Seite des jungen Charles Stuart?»

Mir stockt der Atem, ich erstarre unter seinem forschenden Blick wie ein Reh vor herannahenden Jagdhunden. Ich versuche, alle Gedanken von mir zu schieben, da Vater diese unheimliche Gabe besitzt, in meinen Kopf hineinzuschauen. Roberts Name drängt auf meine Zungenspitze, droht aus mir herauszuplatzen, doch Vater wischt ihn beiseite, plötzlich wieder lächelnd, als bräche an einem grauen, verregneten Tag mit einem Mal die Sonne hervor.

«Ich erlaube mir Späße mit dir, mein Liebling, dabei sollte ich das nicht tun. Diese Angelegenheit ist nicht zum Lachen. Es ist nur recht und billig, dir das jetzt zu sagen, ehe uns die Ereignisse noch weiter entgleiten: Ich blicke nicht freundlich auf eine solche Verbindung. Nach allem, was zwischen dem toten König und uns vorgefallen ist, scheint es mir kaum möglich, dass sein Sohn und ich unsere Familien miteinander vereinen. Selbst wenn ich es ertragen könnte, glaube ich nicht, dass er es vermag. Aber was noch wichtiger ist, ich könnte vor dir nicht als derart scheinheilig dastehen.»

«Scheinheilig, Vater?» Ich verstehe nicht, wie er das meint.

«Habe ich nicht gesagt, du dürfest den jungen Robert Rich nicht heiraten, weil er von liederlichem Charakter ist?»

Ich schlucke mit trockener Kehle. «Das hast du, Vater, doch du weißt, ich hoffe darauf, dass du deine Meinung noch änderst.»

Er tut, als hätte er mich nicht gehört. «Ich kann wohl kaum zu Robert Rich nein sagen und dich dann dem verderbtesten Mann in ganz Europa zur Frau geben, nur um selbst politischen Nutzen daraus zu ziehen. Nicht dass ich einer dieser Väter wäre, die denken, kein Mann sei für ihre Töchter gut genug – ich habe Henry Ireton, John und Charles ins Herz geschlossen. Aber ich lege hohe Maßstäbe an, wo es um dein Glück geht, und kein Prinz, so königlich sein Blut auch sein mag, darf mein Mädchen haben, wenn er ihrer nicht würdig ist.»

Er beugt sich vor und küsst mich auf die Stirn. «Und nun ab ins Bett.»

Benommen wende ich mich ab und schleppe mich unter Caesars ewigem Blick über die Galerie davon. Ich weiß nicht recht, ob ich lachen oder weinen soll.

Später frage ich mich, ob unser mitternächtliches Gespräch auf Vater gewirkt hat. Jedenfalls bemerke ich eine Veränderung in der Atmosphäre, als wir ein paar Tage später nach Whitehall zurückkehren. Die Befürworter des Königtums, die noch eine Woche zuvor so niedergeschlagen waren, schreiten mit neuer Zuversicht durch den Palast. Sekretär Thurloe hat nicht mehr so tiefe graue Ränder unter den Augen, und John strahlt geradezu.

«Es ist gewonnen», flüstert er Mary und mir zu, als er uns am Mittwoch zu Tisch geleitet. «Euer Vater hat Thurloe und ein paar anderen im Vertrauen mitgeteilt, dass er beabsichtigt, die Verfassung anzunehmen – mit dem Königstitel und allem. Er hat das Parlament für morgen zu einer Sitzung in Westminster einberufen, dort wird er es verkünden!»

Ich muss mit Robert sprechen, deshalb überrede ich meinen Schwager John, der schon immer eine Schwäche für mich hatte, ihn für den Nachmittag zu einer Partie Bowls mit uns dreien einzuladen. Er zieht fragend eine Augenbraue hoch, schlägt mir die Bitte jedoch nicht ab – ich argwöhne, dass Betty ihm verraten hat, welche Gefühle ich hege. Und so finde ich mich wenige Stunden später auf dem Rasen wieder und muss alle Beherrschung aufbieten, um nicht nach Roberts Hand zu greifen. Wir sehen zu, wie Mary unter Johns überfürsorglichen Ratschlägen einen Wurf tut, während Johns Hund Badger ihm um die Beine streicht und versucht, der Kugel habhaft zu werden. Robert ist als Nächster an der Reihe, und ich verziehe unwillkürlich das Gesicht, als er einen perfekten Wurf gegen meine

Kugel zielt, sodass sie weit über den Rasen gestoßen wird. Roberts Kugel kommt wunderschön in einer Linie mit dem Jack zu liegen.

«Also wirklich», rufe ich entrüstet aus.

«Ich bitte um Verzeihung, Lady Frances. Aber Ihr würdet doch nicht wollen, dass ich so unhöflich bin, gegen Euch mit weniger Einsatz zu spielen als gegen Euren Schwager.»

«Selbstverständlich nicht», erwidere ich rasch. Als die Jüngste in der Familie macht mich nichts wütender, als wenn man mich ein Spiel gewinnen lässt. Weiß Robert schon so gut über mich Bescheid?

Er verbeugt sich und zwinkert mir unter seinem Hut zu. «Aber ich will auch nicht so unhöflich sein, Euch Eure Kugel allein holen zu lassen. Erlaubt, dass ich Euch begleite.»

Jetzt durchschaue ich seine wahre Absicht und versuche, mein Lächeln zu verbergen, während ich seinen dargebotenen Arm nehme. Sobald wir außer Hörweite sind, beugt er sich zu mir herüber, als wollte er etwas sagen, doch in Wirklichkeit küsst er mein Ohr, durch seinen Hut vor den Blicken der anderen geschützt.

«Liebste», flüstert er und streift meine Schulter mit der seinen, während wir im Gleichschritt gehen. «Wie ich mich danach sehne, mit dir allein zu sein.»

Mein Herz hämmert in meiner Brust, und ich höre jedes köstliche Wort im Kopf noch einmal, um es für später zu bewahren. «Ich auch, Robert, mehr als nach irgendetwas sonst.» Ich atme seinen würzigen Duft mit einem Hauch von Orange und Tabakblättern und spüre, wie das Verlangen nach ihm mich durchströmt. Bei der Bowlskugel angekommen, wende ich mich ihm zu und sauge seinen Anblick in mich auf wie ein Schwamm.

Er tritt einen Schritt näher an mich heran. «Ich weiß genau, was ich tun werde, wenn ich mit dir allein bin. Wo ich dich zuerst küssen werde, wo als Nächstes. Und dann …» Seine Stimme wird immer leiser und leiser, während er mich mit Blicken verschlingt, und mein ganzer Körper summt wie eine Biene vor einer leuchtend bunten Blüte.

Widerstrebend hebe ich eine Hand. «Höre mir zu, wir haben nicht viel Zeit. Ich muss dir sagen, dass Vater gegen die Verbindung mit Charles Stuart ist.»

Ein strahlendes Lächeln breitet sich auf seinem Gesicht aus. «Gott sei Dank. Nun, dann bin ich auf der Liste abgelehnter Verehrer ja in guter Gesellschaft.»

Ich muss lachen, doch der Laut, der aus meiner Kehle dringt, klingt schmerzlich gepresst.

Robert tritt noch näher, und sein Gesicht wird wieder ernst. «Weißt du noch, was wir uns an jenem Abend im Bankettsaal vorgenommen haben, dem Abend, an dem du mir mein Herz gestohlen hast? Wir haben uns geschworen, um unsere Freiheit zu kämpfen, alles dafür aufs Spiel zu setzen. Nun ist der Moment gekommen. Wir haben keine Zeit zu verlieren. Wir müssen Einfluss auf deinen Vater üben, einen Weg finden, seine Meinung über mich zu ändern. Es wird nicht lange dauern, bis er einen anderen Mann für dich ins Auge fasst.»

«Und da ist noch etwas», sage ich und ziehe ihn zurück in die Richtung von Mary und John, denn mir wird bewusst, wie lange wir hier schon vor aller Augen beisammenstehen. «John sagt, Vater habe sich entschieden, die Krone anzunehmen.»

Ich halte den Blick nach vorn gerichtet, doch ich höre, wie Robert scharf einatmet.

«Herr im Himmel. Nun wirst du also doch noch Prinzessin Frances, die begehrteste Frau auf dem Heiratsmarkt

Europas. Dann bleibt uns noch weniger Zeit – wir müssen ihn unverzüglich umstimmen, was uns beide betrifft. Wo ist er?»

«Soweit ich weiß, geht er im St. James's Park spazieren», antworte ich.

«Dann müssen wir ihn dort aufsuchen, ihm unsere Liebe offenbaren – und uns seiner Gnade anbefehlen.»

Ich weiche vor Robert zurück, von plötzlicher Angst überwältigt. «Das können wir nicht tun!»

«Wir müssen. Er liebt dich. Wenn er nur erst sieht, was ich für dich empfinde, hört, wie ich alles daransetzen werde, dich glücklich zu machen. Wenn er erfährt, was ich bereits unternommen habe, um meinen Lebenswandel zu bessern: Ich habe die Genusssucht meiner Jugend abgelegt, von Großvater mehr Verantwortung für die Familiengüter übernommen. Meine Großeltern davon überzeugt, dass ich deiner würdig bin, dass sie ihr hart verdientes Ansehen bei deinem Vater nicht aufs Spiel setzen, wenn sie sich für mich verwenden.»

Ich täte nichts lieber, als mich einfach an seinen Worten zu erfreuen, doch das vermag ich nicht, denn sie könnten sich als bloße Luftschlösser erweisen. Ich schaue zu Mary hinüber, die uns angespannt beobachtet, die Augen gegen die Nachmittagssonne abgeschirmt, während John an ihrer Seite entspannt plaudert. Robert legt verstohlen einen Arm um meine Taille und drückt mich ermutigend. Für einen kurzen Moment sind wir vereint, und ich fühle mich mit einem Schlag innerlich gestählt. «Also gut. Mary!», rufe ich ihr im Näherkommen entgegen. «Ich bin das Bowlsspiel leid, und ich liege inzwischen so weit hinter euch allen zurück. Wie wäre es, wenn wir zum Park hinüberspazieren? John, du begleitest uns doch?»

«Meinst du?» John blickt zum Himmel auf, wo die Sonne bereits tiefer steht und das Dach des Gebäudes beim Tennisplatz berührt. «Aber ich kann unmöglich den ganzen Nachmittag vergeuden», wendet er ein. Doch dann springt Badger hinter uns her, denn er hat nur das Wort «spazieren» gehört. «Also gut.» John folgt uns mit halbherzigem Widerstreben. «Nur einen kleinen Spaziergang.»

Wir lassen unsere Bowlskugeln einfach liegen, gehen zum westlichen Ende des Spielfelds hinüber und treten an den Wachen vorbei durch das Tor auf die King Street hinaus, gefolgt von unseren Zofen. Ein kurzer Fußweg führt uns am Gebäude beim Tennisplatz vorbei und um das Cockpit herum, wo wir ein paar Jahre gewohnt haben, bevor Vater Lord Protector wurde. Gleich dahinter gelangen wir durch ein weiteres Tor hinaus auf die saftig grüne Wiese des Parks, die in der Maisonne schimmert. Fast sofort entdecke ich Vater ein Stück vor uns auf dem breiten, von Bäumen gesäumten Schotterweg. Seine Wachen haben sich hinter ihm aufgefächert. Er steht reglos in seinem grauen Mantel da, mit dem Rücken zu uns, den Kopf gesenkt, eine Hand auf das Heft seines Schwertes gelegt, sodass der Ellenbogen vom Körper absteht. Zwei Männer reden eindringlich auf ihn ein, und etwas an der Szene lässt mich innehalten. Ich strecke eine Hand aus, um Robert am Weitergehen zu hindern.

«John, Mary, wartet.»

Wir bleiben stehen, und John flucht leise.

«Gütiger Gott. Das dort sind Desborough und Charles – sie wollen es ihm ausreden!»

Mit einem raschen Seitenblick sehe ich Hoffnung in Roberts Augen aufblitzen, ein krasser Gegensatz zu der Verzweiflung, die John ins Gesicht geschrieben steht.

Wir beobachten die Szene, unsicher, wie wir uns verhalten sollen. Noch sind wir knapp außer Hörweite, doch wir wagen es nicht, näher heranzugehen. Charles hat uns bemerkt, redet aber unbeirrt weiter, und wir bleiben respektvoll auf Abstand, bemüht, uns nicht anmerken zu lassen, wie angestrengt wir lauschen. Vergebens. Doch ihre heftigen Gesten und die Art, wie Vater den Kopf hängen lässt, auf den Schotterweg hinunterschaut, sagen schon genug.

«Wir müssen es verhindern.» John will losgehen, den Blick finster auf Charles gerichtet. «Sie wissen, wie sie ihn beeinflussen können, und er steht ihnen allein gegenüber, nicht einmal Thurloe ist bei ihm.»

«Nein, John.» Robert hält ihn am Arm zurück. «Lasst sie. Ich geleite Euch zurück, meine Damen», sagt er leise, fasst Mary und mich am Arm und dreht uns wieder zum Palast herum. Auf dem Weg vor uns flattert eine Schar Tauben erschrocken auf.

Am folgenden Tag sagt Vater zur Bestürzung aller seine anberaumte Zusammenkunft mit dem Parlament im letzten Moment ab. Stattdessen schließt er sich wieder einmal den ganzen Abend mit seinem Komitee ein. Später sickert durch, er werde sich am nächsten Tag mit den Parlamentariern treffen, nun allerdings nicht mehr in Westminster, sondern im Banqueting House. Diesmal wagt niemand darüber zu spekulieren, wie seine Entscheidung ausfallen wird, und selbst Sekretär Thurloe scheint im Dunkeln zu tappen. Mutter weigert sich, mit uns darüber zu sprechen, und sie und Vater ziehen sich früh zur Nacht zurück mit der Anweisung, nicht gestört zu werden.

Der nächste Tag bricht hell, aber bewölkt an, und am

späten Vormittag überrascht ein plötzlicher Regenschauer die Mitglieder des Parlaments, die eben auf dem Weg durch Whitehall zum Banqueting House sind. Als ich sie von unserer privaten Galerie aus hastig herbeiströmen sehe, eile ich den Gang entlang, um Mutter Bescheid zu sagen. Diese instruiert gerade Anthony Underwood, der uns alle zum Banqueting House eskortieren soll. So halten Mutter, Mary, Elizabeth und ich feierlich Einzug und nehmen unsere Plätze seitlich der Estrade ein. Als ich den Blick durch den Saal schweifen lasse, sehe ich Bridget im hinteren Bereich stehen. Ich winke ihr zu, fange ihren Blick auf und bedeute ihr, herzukommen und sich neben mich zu setzen, doch sie schüttelt kaum merklich den Kopf. Stattdessen wendet sie sich unserem Bruder Richard zu, der zwischen seinen Parlamentskollegen umhergeht. Offenbar findet er, anlässlich dieser Bekanntgabe sei sein Platz bei ihnen, nicht bei uns. Ich halte in der Menge nach Roberts rötlichem Schopf Ausschau, aber dann fällt mir wieder ein, dass er nicht hier sein wird. Er ist weder Mitglied des Parlaments noch ein Familienmitglied, hat keinen Sitz im Staatsrat und bekleidet kein hohes Amt am Hof. Ich stelle mir vor, wie er zusammen mit den Zeitungsschreibern draußen auf einem Gang wartet, um den Ersten, der den Saal verlässt, um Neuigkeiten zu bestürmen.

Endlich öffnet sich die Tür hinter der Estrade, und Vater tritt heraus, gefolgt vom Staatsrat und Sekretär Thurloe, John und den übrigen ranghöchsten Amtsträgern des Hofes. Tiefes Schweigen senkt sich über den Raum, Hunderte Köpfe drehen sich von allen Seiten zu ihm, wie Kompassnadeln, die sich nach Norden ausrichten. Vater bleibt zu meiner Überraschung stehen und wippt auf den Fußballen, während er darauf wartet, das Wort zu ergreifen. Ich achte kaum auf seine einleitenden Bemerkungen – seine Entschuldigungen dafür, so viel Zeit vertan zu haben, und seine übliche weitschweifige Vorrede –, und ein Blick in die Gesichter der anderen Zuhörer verrät mir, dass ich mich damit in zahlreicher Gesellschaft befinde. Wir wollen nichts anderes hören als die Antwort. Und dann plötzlich kommt sie.

Mit klarer, klangvoller Stimme teilt er uns mit, er finde den Verfassungsentwurf vortrefflich, ausgenommen einen einzigen Punkt: «Den Titel meiner Person. Ich kann diese Regierung nicht unter dem Titel des Königs führen, und das ist meine Antwort auf diese große und gewichtige Frage.»

Ich habe plötzlich einen metallischen Geschmack im Mund, und in meinem Kopf herrscht Leere. Das Publikum reagiert mit einem Durcheinander aus Stöhnen und beifälligem Raunen, manche schnappen überrascht nach Luft, andere seufzen enttäuscht. Elizabeth neben mir schnalzt nur unwillkürlich ganz leise mit der Zunge, wobei sie jedoch unerschütterlich weiter lächelt. Im Gegensatz zu ihr sehe ich Bridget mit gerunzelter Stirn zustimmend nicken. Wie verschieden meine beiden ältesten Schwestern doch sind, denke ich zum tausendsten Mal. Mir selbst fällt es nicht schwer, eine unbewegte Miene zu wahren, während sich in meinem Inneren die unterschiedlichen Stimmen gegenseitig übertönen. Ich schäme mich für meine eitle Enttäuschung, nicht Prinzessin zu werden, doch zugleich frohlockt mein Herz über den Silberstreif der Hoffnung darauf, dass ich nun vielleicht doch Robert heiraten kann. Meine Erleichterung, dass Vater auf sein Gewissen gehört hat, ringt mit meiner Trauer darüber, dass er die Lösung abgelehnt hat, von der ich weiß, dass er sie für die beste hält.

Vater trifft sich gleich darauf mit seinem Rat, unsere Familie zieht sich eilends in die Privaträume zurück. Dort, vor neugierigen Blicken verborgen, nehmen wir seine Worte und Gedanken auseinander, benennen die Folgen seiner Entscheidung, den Preis, den es zu zahlen gilt. Mutter bleibt äußerlich ungerührt, John ist niedergeschlagen, Elizabeth entsetzt, Bridget selbstgerecht. Mary will wissen, ob Vater künftig weniger Gefahr droht, während ich insgeheim darauf brenne, zu erfahren, ob er für meine Heirat mit Robert zugänglicher wird. Wenigstens bleibt uns Charles' frömmlerischer Triumph erspart, da er sich in Vaters Besprechung mit dem Rat befindet. Allerdings kann das die Abrechnung meines anderen Schwagers John mit ihm nur hinauszögern.

«Es war ihr Gespräch im St. James's Park, ich weiß es», raunt John mir düster zu, während er sein Weinglas zum dritten Mal neu füllt.

Richard schließt sich uns als Letzter an, und wir verstummen in Erwartung dessen, was er zu sagen hat. Uns ist bewusst, dass Vaters Entscheidung ihn vielleicht stärker betrifft als sonst jemanden unter uns. Während der vergangenen Wochen hat er seine Ansichten strikt für sich behalten. Ich vermute, er hatte das Gefühl, jede Meinungsäußerung von ihm könne als Ausdruck eigennütziger Interessen missdeutet werden. Schließlich ist er der wahrscheinlichste Nachfolger für Vaters Amt des Protektors. Und nun hat Vater zwar die Krone abgelehnt, jedoch die übrigen Befugnisse angenommen, die ihm durch die neue Verfassung übertragen werden sollen. Es ist nicht das, was das Parlament wollte, aber wenn es seinem Vorschlag dennoch zustimmt, bekommt Vater praktisch alles, was er sich gewünscht hat, und kann schließlich doch selbst seinen Nachfolger benennen.

Dick hält sich auch jetzt bedeckt, doch die Art, wie er sich etwas zu trinken eingießt und sich neben Bridget in einen tiefen Sessel fallen lässt, spricht Bände. Auch wenn er es nie bestätigt hat, konnte ich mir doch denken, wo seine Sympathien lagen. Schließlich hat er viele Stunden in Gesprächen, auf Spaziergängen und im Billardspiel mit seinen Parlamentskollegen zugebracht, die das Königtum befürworten. Mitunter habe ich mich sogar gefragt, ob der enge Kreis aus Thurloe, Bulstrode Whitelocke, Lord Broghill, Edward Montagu, Nathaniel Fiennes, Charles Wolseley und den anderen, die Vater zum König machen wollten, ebenso sehr durch Freundschaft und Loyalität zu meinen Brüdern Richard und Harry zusammengehalten wird wie durch ihre gemeinsame Heldenverehrung gegenüber meinem Vater. Das scheint mir besonders auf die jüngeren unter diesen Männern zuzutreffen – schließlich sind sie eher in Dicks als in Vaters Alter. Er ist derjenige, auf dem ihre Hoffnungen für die Zukunft ruhen.

«Jetzt hängt alles vom Parlament ab», sagt Richard düster. «Das Haus hat Vater zu Beginn der Verhandlungen mitgeteilt, er könne die gesamte neue Verfassung haben – einschließlich des Königstitels – oder nichts davon, ganz oder gar nicht. Jetzt hat er es darauf ankommen lassen, und wir müssen abwarten, wie das Parlament reagiert.»

Das Parlament gibt nach. Nach all den großartigen Ankündigungen und Gebärden gewahrt es Vater am 19. Mai genau das, was er verlangt hat: die neue Verfassung, in der lediglich das Wörtchen «König» getilgt und durch die zwei Wörter «Lord Protector» ersetzt wurde.

Fast niemand ist mit diesem Kompromiss glücklich. Die Befürworter des Königtums betrauern den Verlust des Symbols, das in ihren Augen der Schlüssel zu einer sichereren

Zukunft gewesen wäre; die Armeeführer runzeln die Stirn darüber, wie ihnen durch die neue Verfassung Klausel um Klausel Macht entzogen und diese stattdessen Vater und dem Parlament eingeräumt wird.

Doch ein Wort durch ein anderes zu ersetzen ist keine einfache Änderung. Ein neues Komitee wird gebildet, um zu beraten, wie genau die Einzelheiten geregelt werden sollen; wie alles, was in den Gesetzen unseres Landes auf den König bezogen ist, in diese neue Verfassung und auf das nunmehr ständige Amt des Protektors – des Ersten in einer Dynastie – zu übertragen ist. Darüber hinaus muss das Komitee auch überlegen, wie Vaters Befugnisse mit denselben Beschränkungen versehen werden können wie bisher die des Königs – ebendas Problem, das die großen Redner und Rechtsgelehrten für unlösbar erklärt hatten. Wie Bulstrode Whitelocke es mir gegenüber eines Morgens nach dem Gottesdienst mit schiefem Lächeln formuliert: «Wir sind in den Krieg gezogen, um einen König in die von alters her bestehenden Schranken des Gesetzes zu verweisen. Aber vielleicht war das der einfache Teil, auch wenn es uns zu jener Zeit durchaus nicht so erschien. Wenn diese traurige Angelegenheit uns eines lehrt, meine Dame, dann, dass es weit einfacher ist, etwas niederzureißen, als etwas aufzubauen.»

«Es ist ein fauler Kompromiss», sage ich zu Mary, als wir uns vor dem Abendessen die vom Tage glänzenden Gesichter pudern, «und alle wissen es. Was bedeutet das nun für uns?»

«Ich habe keine Ahnung», seufzt Mary. Ihre Zofe Anne steckt eben eine Haarnadel in ihre Frisur. «Vielleicht nimmt der Viscount Abstand von der Verbindung mit mir, nun, da ich doch keine Prinzessin werde. Vielleicht lässt der Druck auf uns beide nach.»

«Ich bete dafür», erwidere ich, den Blick auf mein Spiegelbild gerichtet. Ich halte kurz den Mund still und trage aus einem Töpfchen rosa Lippenschminke auf. «Aber ich kann nicht einfach mein Schicksal erwarten. Vater hat mir gesagt, Charles Stuart stünde nicht länger zur Debatte, dem Himmel sei Dank. Nun hoffe ich, andere Verehrer werden dadurch abgeschreckt, dass wir nicht zu königlichem Stand aufgestiegen sind. Mir bleibt ein Zeitfenster – ein kleines –, bis Thurloe den nächsten Heiratskandidaten für mich auftreibt, und ich muss durch dieses Fenster zu Robert fliegen.»

Dieser Abend bringt mir Ermutigung aus unverhoffter Quelle. Beim Abendessen im privaten Kreis leistet uns die Familie von Harrys Frau Elizabeth Russell Gesellschaft: ihr Vater Sir Francis Russell, seine Frau Catherine und der älteste Sohn John, der nun wohl Mitte zwanzig sein muss. Zwar weilt das Paar, durch das wir verschwägert sind, weit entfernt in Irland, doch die Russells gehören mittlerweile praktisch zur Familie, und wir freuen uns über ihre Besuche. Als Mary und ich das Vorzimmer zum Speiseraum betreten, kommt John Russell schüchtern zu uns herüber und verbeugt sich vor uns. Dabei stelle ich fest, dass mir sein Gesicht gefällt, und seine Begrüßung im Tonfall von East Anglia versetzt mich augenblicklich in meine Heimat zurück. Allerdings ist sein braunes Wams ihm etwas zu groß und seit wenigstens zwei Jahren aus der Mode.

«Es freut mich, Euch zu sehen, Lady Frances», sagt John Russell und greift in seine Tasche, «denn ich habe hier etwas für Euch.»

Er reicht mir ein verknicktes, rechteckig gefaltetes Papier. Die verwischte Handschrift darauf lockt ein breites Lächeln auf mein Gesicht. «Harry!»

John erwidert mein Lächeln. «Ja, sein Brief an Euch

war dem Päckchen an unsere Familie beigelegt, und da wir ohnehin an den Hof kommen wollten, dachte ich mir, ich übergebe ihn persönlich.»

«Oh, vielen Dank.» Ich drücke dankbar seine Hand, dann kehren meine Finger zu dem Brief zurück und tanzen erwartungsvoll darüber. Ich betrachte das gefaltete Papier begierig.

Mary, die mir mein Verlangen ansieht, erinnert mich an meine Manieren. «Du kannst ihn später lesen, Fanny, jetzt sollten wir uns um unsere Gäste kümmern.»

«Oh nein», wehrt John hastig ab, «lasst Euch von mir nicht stören. Ihr müsst ihn natürlich öffnen.»

Ich schaue zwischen den beiden hin und her. «Ich werde ihn nur rasch überfliegen. Sehen, worum es geht. Später kann ich ihn in Ruhe lesen.» Ich breche das Siegel, entfalte das Blatt und habe gerade noch Zeit, den Blick rasch über die Seite gleiten zu lassen, bevor Sir Oliver Flemyng uns zu Tisch bittet. Die letzten Zeilen springen mir von der Seite entgegen und gehen direkt in mein Herz.

Du fragst mich, wie die Ehe für mich ist, kleines Frauenzimmer? Nun, meine Eliza ist mein Ein und Alles. Wenn es irgend möglich ist, musst du den heiraten, den du liebst, Fanny. Das habe ich auch an Vater geschrieben. PS: *Ich habe Anfragen nach einem kleinen Falken für dich verschickt – was für ein fleißiger Bruder ich doch war!*

Strahlend stecke ich den Brief in mein Täschchen und nehme John Russells dargebotenen Arm, um zu Tisch zu gehen.

«Der Brief Eures Bruders hat Euch erfreut, Lady Frances?», erkundigt er sich. «Enthält er gute Neuigkeiten?»

«Die allerbesten», antworte ich fröhlich. «Brüderliche Weisheit und Unterstützung.»

«Das sind allerdings beste Neuigkeiten», pflichtet er mir bei, während wir gemeinsam Platz nehmen.

Beim Essen geht es lebhaft zu. Wie immer gibt Vater den Ton an, und er ist vortrefflicher Laune, durchlebt noch einmal den Feldzug, den er und Sir Francis Russell gemeinsam in den ersten Kriegsjahren in East Anglia führten. Doch ihnen bleibt nicht viel Zeit, in ihren Soldatengeschichten zu schwelgen, denn noch während der Mahlzeit schlüpft Thurloe herein, flüstert etwas und übergibt einen Brief. Vater verlässt mit ihm den Raum. Ich sehe mit Bedauern, dass er sein Essen erst halb verzehrt hat, doch wenigstens verschafft seine Abwesenheit dem Rest der Familie eine Gelegenheit, über ihn zu plaudern.

«Dies muss eine schwere Zeit für Euch gewesen sein, Lady Frances», sagt John Russell leise. Ich bin ganz überrascht, dass er sich um mich sorgt, sich Gedanken um meinen ungewissen Stand inmitten der jüngsten Entwicklungen macht.

«Das war es wirklich», gestehe ich. «Manchmal kommt es mir vor, als hinge meine Zukunft an einem Faden, der an den Thron selbst geknüpft ist.»

«Es war für uns alle eine nervenaufreibende Zeit», mischt Bridget sich ein, die zu John Russells anderer Seite sitzt. «Vater hat Tag und Nacht mit seinem Gewissen gerungen.»

«Allerdings zweifeln manche an seiner Aufrichtigkeit, Biddy», bemerkt Dick. «Wir haben sein Ringen mit angesehen, andere jedoch nicht. Ich habe sagen hören, Leute dächten, dieser Kompromiss sei in Wahrheit das Ergebnis, das Vater von Anfang an gewollt habe: Er habe ein falsches Spiel getrieben, sich selbst mehr Macht verschafft, ohne die Krone anzunehmen und den Rückhalt der Armee einzubüßen.»

Auf diese Worte folgt betretenes Schweigen, bis Sir Francis Russell herzhaft zu lachen beginnt und die Spannung löst. «Ich kenne Euren Vater nun schon lange Jahre, mein lieber Junge. Und ich kann mit Gewissheit sagen, wenn das wahr ist, hat er mehr kluge Männer zum Narren gehalten als je zuvor!»

In den folgenden Tagen und Wochen wird der Boden für das Inkrafttreten der neuen Verfassung bereitet. Das Kernstück bildet die Zeremonie, mit der Vater als Lord Protector eingesetzt wird. Es zeichnet sich ab, dass Vater in allem außer im Namen König wird. Als dem Hof diese Erkenntnis dämmert, verhärten sich die Fronten wieder, und die Hoffnung, unsere neue Verfassung könne die zerstrittenen Fraktionen im Staatsrat einen, schwindet. Aber nicht nur wir am Hof sehen Vaters neue Befugnisse – das Volk von London erkennt sie ebenfalls. Bald sind die Straßen übersät mit Flugschriften, Nachrichtenblättern und Predigten, ein ohrenbetäubender Sturm widerstreitender Stimmen. Ich versuche, mir die Hunderte bedruckter Seiten nicht zu Herzen zu nehmen, mich darüber zu stellen oder darunter hinwegzuducken, doch es ist hart zu lesen, wie Vater abwechselnd zum Heiligen erhoben und aufs finsterste für seine Scheinheiligkeit geschmäht wird, wie mir und meiner Familie Habgier, Hochmut und Allüren vorgeworfen werden. Nur wenige gemäßigte Stimmen sind dazwischen, und ihre Verkaufszahlen sind verschwindend klein im Vergleich zu denen der extremistischen Schreiber. Als in einem Abstand von wenigen Wochen die zwei herausragendsten Beispiele solch extremer Stellungnahmen veröffentlicht werden, beginne ich mich zu fragen, ob wir in einer buchstäblich wahnsinnigen und gefährlichen Zeit leben.

Die erste ist eine Lobschrift, verfasst von einem ekstatischen Waliser, der behauptet, Vater sei ein Nachkomme der alten Fürsten Britanniens. Dabei ist allgemein bekannt, dass wir von der Familie Williams abstammen – mein Vorfahr änderte den Namen zu Ehren seines Onkels Thomas Cromwell. Doch der sorgfältig ausgearbeitete Stammbaum, der uns auf diesen Blättern zugeschrieben wird, treibt selbst Master Marvell die Röte ins Gesicht, dabei ist er doch derjenige, der Oden auf Vaters Größe verfasst. Angeblich soll Vater der von alters her prophezeite Eroberer Britanniens sein, und wieder einmal steht mir das Bild von Julius Caesars triumphalem Einzug nach Rom vor Augen. Wir tun das selbstverständlich als Torheit ab, aber nach dem, was anschließend durch die Druckpressen geht, blicke ich darauf zurück, um mich zu trösten.

Das zweite Pamphlet wird zunächst tagelang vor Mary und mir versteckt. Später erfahre ich, dass selbst Mutters Pagen dafür bezahlt wurden, es uns vorzuenthalten. Dennoch sickert die Kunde davon am Hof durch, bis in meine Hörweite, so wie das Abwasser von den Latrinen des Palastes durch den Kanal in die Themse rinnt. Als in London dreihundert Exemplare beschlagnahmt werden, am selben Tag, an dem Vater den überarbeiteten Verfassungsentwurf des Parlaments annimmt, kann Mutter nicht mehr verhindern, dass wir davon hören, und Richard lässt sich durch mein beharrliches Drängen schließlich erweichen, mir ein Exemplar auszuhändigen. Mit zitternden Fingern halte ich die Blätter, auf denen unter dem Titel «Töten kein Mord» das Volk von England dazu aufgerufen wird, meinen Vater umzubringen. Der Verfasser behauptet, das sei «kein Mord», sondern die gesetzlich legitimierte Tötung eines Tyrannen, die dem Täter von Gott und den Menschen vergeben würde. Sofort fällt mir ein, dass vor fast hundert

Jahren der Papst die guten englischen Katholiken dazu aufrief, Königin Elizabeth zu töten. Allein Walsingham rettete sie, der Begründer und Leiter ihres Spionagenetzwerks – wird es nun Master Thurloe ebenfalls gelingen, für Vaters Sicherheit zu sorgen?

Der Text lässt mir die Galle in der Kehle hochsteigen: Er beginnt mit einer spöttischen Vorrede: «Eurer Hoheit gebührt rechtmäßig die Ehre, für das Volk zu sterben», lautet die Eröffnung, und Mary – stets so besorgt um Vaters Sicherheit – kommt nicht viel weiter, ehe sie in einer Tränenflut zusammenbricht. Ich bringe es fertig, das Ganze bis zum Ende durchzulesen, doch dabei muss ich überspielen, dass die Seiten mir zwischen den Fingern brennen, und sobald meine Augen das letzte Wort erreichen, werfe ich die Blätter von mir, als wären sie mit vergifteter Tinte beschrieben. Ich fühle mich in die Nacht von Sindercomes Bombenanschlag zurückversetzt. Zitternd haste ich in mein Zimmer und schicke sogleich Katherine los, Robert zu suchen. Es kümmert mich nicht, wie unbedacht ich handle. Er ist binnen einer Viertelstunde zur Stelle. Ich habe mich in der Nische einer Schießscharte versteckt, auf halber Höhe der Hintertreppe zur steinernen Galerie, von der ich weiß, dass sie zu dieser Stunde verlassen und außer Hörweite der nächsten Wachen ist.

Diesmal habe ich keine Worte. Ich stürze mich hemmungslos auf ihn wie eine Verhungernde auf ein Festmahl, schiebe die Hände unter sein Hemd, um seine warme Haut zu fühlen, und meine Zunge drängt sich in seinen Mund. Ich fühle, wie er sich unter meinen Fingern vor Überraschung versteift, dann entspannt sich sein Körper, und er reagiert mit der gleichen Hitze. Seine Arme umschlingen meinen Rücken, seine Hände fahren hinauf in mein Haar, streichen dann abwärts über meine Röcke und ziehen meine Hüften heftig an die seinen. Als Roberts Lippen über mein Schlüsselbein und tiefer bis zum Ausschnitt meines Mieders wandern, spüre ich, wie meine Brüste unter seinem Atem erbeben und zu prickeln beginnen. Sein Hut rutscht ihm vom Kopf und fällt die Treppe hinunter, während ich meine Finger in sein Haar kralle und mich zurücklehne, bis die kühle Abendluft aus der schmalen Maueröffnung mein Gesicht streift. Dann hebt er mich hoch und setzt mich in die tiefe Nische, und seine Hände gleiten so flink unter meine Röcke, dass ich es kaum gewahre, bis ich fühle, wie seine Finger in mich eindringen.

Ich weiß nichts mehr, mein Geist verlässt den Körper und fliegt durch die Abendluft, während mein Leib sich an ihn drängt. Ich höre nichts, sehe nichts. Alles, jedes Gefühl ist tief in meinem Inneren, warme Wellen durchströmen mich, da wir uns küssen und küssen. Und dann plötzlich fühle ich mich, als stürzte ich aus dem Fenster, und in schierem Entsetzen reiße ich mich von ihm los, stoße ihn zurück. Seine Hände lassen von mir ab, während ich weiter seine Schultern umklammere.

«Es tut mir leid», presse ich atemlos hervor.

«Es ist gut, meine Liebste», sagt Robert sanft, und sein Atem geht schnell und flach. «Ich fürchte, ich habe mich hinreißen lassen.»

«Ich auch.» Jetzt strahle ich ihn an, unsäglich erleichtert, dass er nicht aufgebracht ist, dass ich nichts Falsches getan habe.

Robert erwidert mein Lächeln einen Moment lang, dann wird seine Miene ernst, und er nimmt mein Gesicht in beide Hände. «Frances, wir müssen heiraten, wir müssen.»

ZWEITER TEIL

Juni–Dezember 1657

KAPITEL SECHS

Der Sommer kommt schnell und fiebrig. Robert und ich nutzen jeden verschwitzten Moment, den wir zusammen sein können, während die Hitze alle abstumpft und Vater und die Regierung durch die Ratifizierung der neuen Verfassung abgelenkt sind. Doch dann wird zu meiner Verzweiflung Robert auf sein Gut in Essex heimgerufen – er muss seinem Vater helfen, die sommerliche Pachteinnahme zu überwachen und seine Halbschwestern zu unterhalten, denn seine Stiefmutter steht kurz vor der Geburt eines weiteren Kindes. Robert geht fort, ohne dass wir Gelegenheit hätten, uns zu verabschieden, doch meine Enttäuschung schlägt in Freude um, als ich in meinem Zimmer ein Päckchen vorfinde: Ein Smaragdring liegt zwischen den Seiten einer Ausgabe von Augustinus' *Über den Gottesstaat*, und der Abschnitt über die Suche nach *eudaimonia*, wahrem Glück und Erfüllung, ist ganz blass mit Tinte unterstrichen. Ich wage es nicht, den Ring öffentlich zu tragen, ich behalte ihn in meinem Zimmer und hänge ihn an eine Kette, die ich nachts unter meinem Nachthemd trage.

Ebenso wie Roberts Stiefmutter ist auch Betty in den Rückzug gegangen und wartet angespannt auf die Geburt ihres Kindes. Da ich mich ohne Robert langweile, leiste ich ihr Gesellschaft und bringe die heißen Nachmittage in der von den Ärzten verordneten dämmrigen Kühle zu, liege neben meiner Schwester auf dem Bett und lese oder plaudere träge. Außerhalb unseres Refugiums herrscht am Hof passend zum warmen, duftenden Sommer taumelige Feierlaune. Alle zählen die Tage bis zur großen Zeremonie zu Vaters Amtseinführung. Niemand spricht das Wort «Krönung» aus – schließlich bekommt Vater keine Krone auf den Kopf gesetzt –, doch es liegt allen auf der Zunge. Unterdessen werden umfangreiche Vorbereitungen getroffen: Neue Münzen werden aus den Silberbarren geprägt, die letztes Jahr von den Spaniern erbeutet wurden, und die Anspannung lässt noch weiter nach, als uns die Nachricht erreicht, dass General at Sea Robert Blake einen großen Sieg errungen hat. Er hat in der Bucht von Santa Cruz zahlreiche Schiffe der spanischen Flotte versenkt. London und später die ganze Nation feiern mit einem Tag der Danksagung, und das Parlament beschließt, dem siegreichen Blake als Anerkennung ein Schmuckstück im Wert von fünfhundert Pfund zu schenken. Vater platzt schier vor Stolz und beordert Blake nach England zurück, um ihn zu ehren. Mary und ich sind begeistert von diesen Nachrichten, die den Geist von Francis Drake und Walter Raleigh heraufbeschwören, Helden unserer Kindheit. Ich stelle mir vor, wie ich den General at Sea bei seiner Rückkehr empfange, ganz wie seinerzeit Königin Elizabeth ihre geschätzten Abenteurer, und ich grabe ein Exemplar von Raleighs großer *History* aus, um mich an den Rhythmus seiner Sprache zu erinnern.

Einen gibt es jedoch am Hof, der sich nicht an den Feiern beteiligt. General John Lambert und seine Anhänger haben immer darauf gedrungen, dass wir uns mit Spanien anfreunden, nicht mit Frankreich, nicht zuletzt im Interesse der Wollhändler in seiner Heimat Yorkshire. Lambert hatte zunächst triumphiert, nachdem er Vater überredet hatte, die Krone abzulehnen; dann wurde seine Stimmung von Woche zu Woche gedämpfter, als sich abzeichnete, wie Vaters neues parlamentarisches Regierungssystem tatsächlich aussehen und welch geringe Macht das Militär darin haben würde. Nun jedoch fällt jegliche Siegesgewissheit von seiner soldatischen Gestalt ab. Nun lebt er in einer Welt, in der England mit Spanien im Krieg liegt und die Armee ihren Einfluss verloren hat. Er marschiert mit düster gerunzelter Stirn durch den Palast, und seine grauen Augen blitzen unter den Brauen wie die neuen Silbermünzen. Mary und ich schließen ihn in unsere Gebete ein, und ich ertappe mich bei der Hoffnung, General Monck möge ihm die schottischen Falken geschickt haben, die er sich wünschte, und Harry werde bald auch für mich einen Vogel auftreiben.

Doch während wir Mitleid mit Lambert empfinden, hegen John Claypole, Bulstrode Whitelocke und die übrigen Befürworter der Krone weniger freundliche Gefühle.

«Ich habe für den großen Major General nicht viel Mitgefühl übrig», verkündet Whitelocke hochmütig. «Nicht nach all den Stunden, die wir im Komitee mit Eurem Vater zugebracht haben.»

Und ich kann ihn verstehen, denn seit Vater die Krone ablehnte, schleichen die geschlagenen Parlamentsmitglieder am Hof umher wie begossene Pudel. Manche von ihnen haben sogar London verlassen und sich auf ihre Landgüter zurückgezogen, um ihre Wunden zu lecken. Richard erzählt mir im Vertrauen, Lord Broghill drohe gar, wieder nach Irland zu gehen und dem öffentlichen Leben gänzlich den Rücken zu kehren, so bitter enttäuscht ist er von Vaters Verrat.

Als sich der Wirbel über Vaters Entscheidung gelegt hat, beschließe ich, dass es an der Zeit ist, Mutter über die jüngsten Pläne für unsere Verheiratung auszufragen. Mary stimmt mir zu, und eines Vormittags in Hampton Court fangen wir Mutter ab und ziehen sie mit uns in den Hof hinaus, wo die Hitze weniger drückend ist und unsere Zofen unser Gespräch nicht so leicht belauschen können. Mary und ich nehmen Mutter in die Mitte, jede fasst sie an einem Arm, und so spazieren wir eingehakt wie Glieder eines Silberarmbands um den Springbrunnen herum. Das Wasser plätschert, und über uns gleiten Schwalben durch die Luft, segeln herab und schlüpfen in ihre Nester unter den Dachvorsprüngen.

«Was gibt es Neues von Viscount Fauconberg, Mutter?», beginnt Mary das Gespräch. «Verhandelt er noch immer mit William Lockhart in Paris über seine Werbung?»

«Ich fürchte, ich habe kaum Neuigkeiten, Liebes. Botschafter Lockhart hat an Sekretär Thurloe geschrieben, die Gespräche mit dem Viscount seien in den letzten Wochen nicht weiter vorangegangen.»

Mary wirft mir an Mutter vorbei einen Blick zu, halb verwirrt, halb erleichtert, während ich mich nicht zurückhalten kann, wie ein Fischweib mit der Zunge zu schnalzen.

«Ich nehme an, er hat Vaters Entscheidung bezüglich des Königtums abgewartet», bemerke ich – vor lauter Ärger über das offensichtliche eigennützige Kalkül des Mannes vergesse ich meine gewohnte Rücksicht auf Marys Gefühle. «Er wollte sich nicht an unsere Familie binden, solange die Entscheidung ausstand und er nicht wusste, ob er um eine Lady verhandelte oder um eine Prinzessin», fahre ich fort und beobachte eine Schwalbe, die schnell nach rechts und links schaut, ehe sie sich aus ihrem Nest in die Lüfte schwingt.

Mutter ermahnt mich mit einem Stoß in die Rippen, und ich senke in stummer Zerknirschung den Kopf.

«Falls es sich so verhält, Mutter» – Mary wählt ihre Worte mit Bedacht –, «sollten wir dann nach einem anderen schauen? Vielleicht nach einem Mann, der uns nähersteht, der enger mit Vater und der gottgefälligen Sache verbunden ist?»

Ich kann mir nicht vorstellen, dass Mutter den hoffnungsvollen Unterton überhört. Ich betrachte Mary forschend, frage mich, ob sie wieder an Nicholas Baxter denkt oder ob sie sich neuerdings für jemand anderen interessiert und ich es nicht bemerkt habe, weil ich nur Augen für Robert hatte.

«Ich bin sicher, es gibt einen völlig plausiblen Grund für die Verzögerung, Liebes. Aber ich weiß auch, dass dein Vater und Sekretär Thurloe noch über andere mögliche Kandidaten nachdenken. Allerdings glaube ich, dass sie auf eine Versöhnungsheirat in eine royalistische Adelsfamilie festgelegt sind.»

«Weißt du denn, an wen sie denken?»

Mutter entzieht mir ihren Arm, um die Perlen an ihrem Hals zu richten. «Ich habe gehört, wie sie den Duke of Buckingham und den Earl of Chesterfield erwähnten.»

«Den Duke of Buckingham», wiederholt Mary überrascht.

«Er kommt doch gewiss nicht in Frage?», wende ich ein, denn er ist der Sohn des berüchtigten Buckingham, der ermordet wurde, weil er allzu hoch in der Gunst des alten Königs James stand.

«Durchaus.» Mutter nickt.

«Aber ist er nicht im Exil am Hof des jungen ‹König› Charles? Wie könnte er Mary heiraten?»

«Soweit ich hörte, haben die beiden sich überworfen, Liebes, Näheres weiß ich allerdings nicht darüber. Wir alle müssen abwarten», sagt sie und schaut mir in die Augen. Ihr Blick ist milde, ihr Ton jedoch entschieden.

Mary hält im Gehen inne, den Blick auf die Steinfliesen gesenkt. Wir alle lösen unsere Arme voneinander, und ich wende mich Mutter zu. «Da wir gerade vom König im Exil sprechen, Mutter – was ist mit mir?» Ich schaue ihr direkt in die Augen. «Ich weiß, Vater ist gegen die königliche Verbindung. Ist der Vorschlag damit verworfen?»

«Er hat mir gesagt, dass es noch immer ein paar Befürworter gibt – Master Thurloe, Lord Broghill, wie du ja weißt –, aber er selbst sieht keinen Segen darin.»

Ich nicke und denke fieberhaft an das zurück, was Thurloe zu mir gesagt hat, als ich ihn in seinem Amtszimmer aufsuchte. Seinen honigsüßen Worten zum Trotz beabsichtigt er offenbar noch immer, mich zu benutzen, um ein Bündnis zu schmieden. Ich muss mich vor ihm in Acht nehmen. Wieder schaue ich zu den Schwalben an ihren Nestern auf.

«Und Robert?», frage ich beinahe flüsternd. «Was ist mit Robert?»

Mutter schweigt für einen Moment, und zum ersten Mal habe ich das Gefühl, dass sie meine tiefe Liebe zu ihm vielleicht wirklich ermessen kann.

«Soweit ich weiß, Liebes, hat der Earl of Warwick eine beträchtliche Summe geboten, um die Werbung seines Sohnes um deine Hand zu unterstützen …»

Augenblicklich von neuer Hoffnung erfüllt, richte ich den Blick wieder auf sie.

«Aber …» Sie hebt eine Hand, um meinen Gedanken Einhalt zu gebieten. «Ich fürchte, dein Vater bleibt bei seinem Entschluss.»

«Wie kann er das tun?» Ich schüttle enttäuscht den Kopf. «Der Earl ist ein guter Freund von ihm. Robert hat einen edlen Namen und ein aufrichtiges Herz, und nach dem, was du eben sagtest, wurde nun auch noch eine beträchtliche Summe geboten. Aber was wichtiger ist als all das: Ich liebe ihn! Zählt das für Vater denn so wenig?»

«Psst, Liebes», sagt Mutter rasch, und ihr Blick huscht zu den Kolonnaden, wo unsere Damen in Grüppchen spazieren.

Doch ich spüre, wie der Zorn in mir hochkocht, bis ich nicht mehr ruhig stehen bleiben kann. Ich umrunde allein den Springbrunnen. Mutter und Mary folgen mir mit ihren Blicken, während ich um das Wasserbecken herumgehe und meine Gedanken ordne. «Wie kann Vater mir absichtlich so viel Unglück bescheren?», klage ich, als ich wieder bei den beiden ankomme.

«Ich weiß, Liebes, ich weiß», sagt Mutter mit belegter Stimme. «Ich kann dir gar nicht sagen, wie leid es mir tut. Aber dein Vater hat noch nie falsch über eine Verbindung entschieden, und ich weiß, ich *weiß* einfach, dass er dein Bestes will. Du musst versuchen, dich von Robert zu distanzieren. Versuche, dein Herz für den Gedanken zu öffnen, dass es einen anderen geben wird.»

«Frances ...» Mary streckt die Hand nach mir aus, doch ich bin nicht imstande, länger zuzuhören. Sprachlos vor Zorn schüttle ich den Kopf, wende mich ab und husche davon, geschwind wie die Schwalben.

Den Rest des Tages pflege ich meine verletzten Gefühle, und zum Abendessen bestehe ich darauf, mir ein Tablett auf mein Zimmer bringen zu lassen. Als der Abend voranschreitet, warte ich ungeduldig darauf, dass Mary vom Essen zurückkehrt, damit wir uns über unsere Unterredung mit Mutter austauschen können. Doch dazu ergibt sich keine Gelegenheit, denn gegen zehn Uhr setzen bei Elizabeth die Wehen ein. Obwohl es ihre vierte Schwangerschaft ist, wird es eine lange und schwierige Geburt, und mehr als einmal vergießt mein Schwager John Tränen an meiner Schulter, angstvoll an uns geklammert. Aber diese Schreckensnacht geht vorüber und auch der nächste Tag, und am Ende empfinde ich nur noch Erleichterung darüber, dass meine schöne Schwester überlebt hat und ihr kleiner Sohn – Oliver – anscheinend ebenfalls.

Überall in London werden die Glocken geläutet, und Vater, der vor Sorge fast so außer sich war wie John, strahlt von einem Ohr bis zum anderen. Eine Flut von Geschenken und Botschaften überschwemmt die Räume der Claypoles, und Besucher strömen herbei, sobald Elizabeth in der Verfassung ist, sie zu empfangen. Bridget bringt Blumen und lindernde Salben, und als wir vier Schwestern so zusammensitzen, tauschen sie und Betty Schauergeschichten über ihre Niederkünfte aus. Mary und ich können nur zuhören, auf unüberwindliche Weise aus dem Gespräch ausgeschlossen. Ein- oder zweimal ertappe ich Biddy dabei, dass sie sich eine Träne abwischt. Meine älteren Schwestern müssen bei aller Verschiedenheit früher einmal unzertrennlich gewesen sein, bevor Mary und ich geboren wurden und die Ereignisse des Krieges sie auseinanderbrachten.

Mary ist ganz vernarrt in das Kind. Wann immer sie kann, kommt sie an Elizabeths Bett, hält den kleinen Oliver im Arm und hilft den Hebammen, ihn zu waschen und zu wickeln. Sie lässt sich endlos darüber aus, wie er aussieht, wie er sich bewegt: In einer Hinsicht ist er John so ähnlich, in einer anderen kommt er ganz nach Elizabeth und in wieder anderen Zügen sogar nach seinem Großvater, dessen

Namen er trägt. Für mich hingegen sieht er eigentlich aus wie jeder andere Säugling – auch wenn ich das vor anderen nicht eingestehe –, und ich kann mich eines gewissen Ärgers darüber nicht erwehren, dass Elizabeth ihn zu Vaters Ehren benannt hat, erst recht, nachdem sie bereits ihrem Erstgeborenen den Namen Cromwell gab. Beide Gesten tragen gewiss dazu bei, dass sie umso mehr seine Lieblingstochter ist, wie ich es insgeheim immer befürchtet habe.

Marys geradezu hörbare Sehnsucht nach einem eigenen Kind spiegelt sich gebrochen in meiner eigenen Gleichgültigkeit, und wie schon so oft staune ich, dass sie und ich, obwohl aus demselben Lehm geformt, doch so unterschiedlich geraten sind. Während ihr Herz von dem Verlangen nach einem Kind erfüllt ist, sehnt mein Körper sich nur nach dem Mittel zu diesem Zweck, denn die düster fleischliche Atmosphäre der Wöchnerinnenstube mit den zerwühlten Laken facht meine Leidenschaft für Robert an. Als ich im Laufe der Woche die Gesellschaft verlasse, um zu einer Kleideranprobe für Vaters feierliche Amtseinführung zu gehen, bin ich entflammt wie nie zuvor. Und als Master Hornlock leicht seine Hände über mich gleiten lässt, ein Bandmaß in einer Hand, Stecknadeln zwischen den zusammengepressten Lippen, brennt mein ganzer Körper vor inniger Überzeugung, dass niemand Robert und mich daran hindern wird, ehelich das Bett zu teilen. Wenn nötig, werde ich meine Zukunft selbst in die Hand nehmen.

Der Tag von Vaters großer Zeremonie, der 26. Juni, zieht klar und prächtig herauf, als wäre Gott selbst erfreut über das Ergebnis der langen Wochen, in denen Er und Vater gemeinsam mit der Frage um das Königtum gerungen haben.

Der Fluss funkelt in der Mittsommersonne, als wir mit der Barkasse von Whitehall kommen. An den Stufen zum Parlament trennen wir uns von Vater, dann begeben wir uns geradewegs in die große Halle des Palace of Westminster, während er sich in der Painted Chamber, der einstigen königlichen Empfangshalle, mit dem Speaker des House of Commons und Parlamentsmitgliedern trifft.

Die riesige Halle mit dem Hammerbalkengewölbe ist atemberaubend. Große Banner und Bänder – zwanzig, dreißig Fuß hoch in Rot, Weiß, Blau und Schwarz, den Farben unseres cromwellschen Wappens – hängen von den fünfhundert Jahre alten Balken, und der sich aufbäumende Löwe scheint an jedem hinaufzuklettern, die Klauen und die Zunge rot wie Blutflecken. Am hinteren Ende unter dem riesigen Fenster wurde über einem Podest ein herrlicher goldener Baldachin errichtet, und zu beiden Seiten befinden sich von Baldachinen überspannte Sitzreihen. Überwältigt bleibe ich stehen. Doch Sir Oliver Flemyng geleitet mich und die übrigen Frauen unserer Familie weiter – zuerst Mutter, dann Bridget, Mary und mich, Tante Liz und Cousine Lavinia, gefolgt von unseren Zofen. Vorsichtig steigen wir auf die Tribüne. Als jede den ihr zugewiesenen Platz erreicht hat, lassen wir uns gemeinsam nieder wie nistende Vögel. Unsere Röcke aus leuchtend buntem Seidenatlas rascheln und bilden zusammen ein vielfarbiges Meer aus schimmerndem Stoff. Der Saal ist von Stimmengesumm erfüllt, und als ich einen Blick nach oben werfe, flattert zwischen den Balken des Deckengewölbes, wo die Banner im Luftzug wehen, eine weiße Taube.

Marys Hand stiehlt sich sacht in meine, und ich seufze tief, während ich mich umsehe. Vor meinen Augen folgen Parlamentarier, Richter und staatliche Amtsträger unserem

Beispiel und steigen auf die Tribünen, schieben sich an den Knien anderer vorbei, schütteln Hände und ziehen Hüte zur Begrüßung. Die Botschafter sind ebenfalls da, ich sehe, wie Signor Giavarina seinen Platz einnimmt und seinen samtenen Mantel um sich drapiert. Als er meinen Blick auffängt, winkt er mir kurz zu. Ich frage mich beiläufig, ob er wohl noch immer auf die versprochene Audienz bei Vater wartet.

Nun, da ich hier im Saal sitze, habe ich nicht mehr den leisesten Zweifel, dass die bevorstehende Zeremonie ebenso prächtig sein wird wie jede Krönung. Zwar liegt auf dem mit rosa-goldenem Tuch bedeckten Tisch auf dem Podium keine Krone, doch alle anderen Symbole zur Einsetzung eines Monarchen sind da: der mit Hermelin gesäumte Purpurmantel, das glänzende Schwert, das Zepter aus schwerem Gold und die große vergoldete Bibel. Und der prächtig geschnitzte Stuhl unter dem Baldachin ist, wie Mary mir und Bridget zuflüstert, kein anderer als der uralte Krönungsstuhl, einst von Edward I. in Auftrag gegeben. Der Stone of Scone, auf dem seit Menschengedenken Könige gekrönt wurden, ist unter seiner Sitzfläche eingebaut. Auf diesem Stein ruhte Jakobs Kopf, als er träumte, wie die Engel auf der Himmelsleiter hinauf- und herabstiegen.

Als ich den Thron nun betrachte, während wir Vaters Auftritt erwarten, glaube ich die Könige und Königinnen früherer Zeiten in der Halle zu spüren. Doch bei allem Staunen empfinde ich auch fröstelnd die Gegenwart des letzten Königs, der in ebendiesem Raum zum Tode verurteilt wurde. Ich bin überzeugt, dass auch viele andere solche Gedanken hegen, als nun die Prozession Einzug hält. Doch der prachtvolle Anblick vertreibt bald meine melancholischen Gedanken.

Jeder Mann von Rang und Stand am Hof begleitet Vater: alle Amtspersonen seines Haushalts, der Staatsrat und Sekretär Thurloe, Vertreter des Adels sowie der Bürgermeister von London mit dem Stadtschwert. Dick ist da, sein mildes Lächeln kann nicht seine Verlegenheit überspielen; John natürlich an gut sichtbarer Stelle, strahlend und prächtig herausgeputzt in seiner Livree; und auch Charles, der ernst und würdevoll neben Onkel Desborough einherschreitet. Doch weder sie noch Vater locken das breite Lächeln auf meine Lippen. Es ist Robert. Ich hatte befürchtet, er werde nicht rechtzeitig aus Essex zurück sein. Nun stockt mein Herz bei jedem seiner Schritte, jeder Drehung seines Kopfes, und dass er einen Platz in Vaters Gefolge hat, erfüllt mich mit Hoffnung. Er trägt einen neuen Mantel in seiner Lieblingsfarbe Grün, die goldenen Knöpfe funkeln im Sonnenlicht, das durch die hohen Fenster hereinflutet. Mein Herz ruft so laut, dass ich denke, der ganze Saal müsse es hören, doch er begegnet meinem Blick nicht. So gebe ich mich mit dem seltenen Vergnügen zufrieden, Robert beobachten zu können, ohne dass er oder irgendjemand sonst bemerkt, wie meine Augen sich weiden.

Meine Hoffnung wächst weiter, als ich sehe, welche besondere Ehre seinem Großvater, dem Earl of Warwick, zuteilwird. Hochgewachsen und anmutig, trägt er das Staatsschwert vor Vater her. Diese Rolle spielte vor drei Jahren Major General John Lambert, als Vater unter der von ihm entworfenen Verfassung, dem Instrument of Government, zum Lord Protector ernannt wurde. Lambert selbst ist ebenfalls anwesend, er geht mit den übrigen Mitgliedern des Staatsrats, doch die Botschaft ist deutlich: Vater hat zwar die Krone abgelehnt, doch dies ist ein neues Protektorat auf einer traditionellen zivilen Grundlage, und die gesamte Legislative, Judikative und der Adel dieser Nationen stehen dahinter – wenigstens geben sie sich den Anschein.

Ich finde den Gedanken tröstlich, dass dieses Aufgebot von Macht und Einfluss, traditionsreichen und neu aufgestiegenen Familien, Parlament und Armee zeigt, welch breite Unterstützung Vater nun in allen wichtigen Bereichen genießt – und mit ihm unsere ganze Familie. Niemand, der das hier mit ansieht, könnte es leugnen. Ich lasse den Blick über die Menge gleiten und hoffe, dass die Mittelsmänner von Charles Stuart, welche zweifellos unter uns sind, ihm ebendiese Beobachtung zutragen. Nun würde doch gewiss niemand mehr vorschlagen, ich solle ihn heiraten?

Die Zeremonie selbst ist eine nüchterne Angelegenheit. Der Speaker des House of Commons, Sir Thomas Widdrington, verkündet Vaters Titel als Lord Protector, nunmehr bestätigt durch die volle und einhellige Zustimmung der drei Nationen, die im Parlament vertreten sind. Mich lenkt der Anblick von Roberts Profil auf der anderen Seite des Saales ab, die Erinnerung an sein kantiges Kinn unter meinen Händen, als wir uns küssten, und so achte ich nicht auf jedes Wort Widdringtons. Doch ich bin wieder ganz bei der Sache, als Roberts Großvater und Bulstrode Whitelocke gemeinsam Vater den Hermelinmantel umlegen. Dann wird Vater auch mit der großen Bibel, dem Schwert und Zepter ausgestattet und schwört seinen Amtseid, wird vom Kaplan gesegnet und schickt sich an, auf dem großen Krönungsstuhl Platz zu nehmen.

«Man sagt, wenn er ächzt, ist der Herrscher ein wahrer König», flüstert Mary Bridget und mir zu. «Wenn der Stuhl schweigt, ist es ein Usurpator.»

Ich starre sie an. «Aber Vater ist keines von beidem!» Sie zuckt die Achseln, dann beugen wir uns vor und lauschen angespannt. Da so viele hundert Menschen im Saal versammelt sind, fällt es schwer, das Geräusch genau auszumachen, als Vater sich niederlässt, doch ich meine ein Knarren zu vernehmen. «Er hat geächzt!», flüstere ich.

«Ich habe nichts gehört», hält Bridget dagegen, und ich schaue sie entsetzt an.

Doch die Zeremonie nimmt ihren Fortgang, und bald denke ich nicht mehr an die Legende, denn nun kündigen Trompetenstöße die laute Proklamation meines Vaters als «Seine Hoheit Lord Protector» an, überall in der Halle wird der Ruf «Gott schütze den Lord Protector» laut, und der ganze Saal hallt von Jubel wider. Ich schaue wieder zu Vater und wünsche, ich könnte in diesem Moment seine Gedanken lesen, aber sein Gesicht ist eine unergründliche Maske. Alle um ihn herum lächeln erleichtert, und ich bemerke, dass Bulstrode Whitelocke und Edward Montagu einen raschen Blick wechseln, während sie mit erhobenen Schwertern vor Vaters Stuhl stehen. Die Botschafter Frankreichs und der Niederlande, die zu beiden Seiten neben Vater sitzen, nicken und klatschen; niemandem entgeht die Symbolik: Die großen katholischen und protestantischen Mächte unterstützen Vaters Aufstieg.

Und dann macht mein Herz einen Sprung, als Vater sich erhebt, sich vor den um ihn versammelten Botschaftern und Würdenträgern verbeugt und Robert mit ein paar weiteren jungen Edelmännern vortritt, um die Zipfel seiner Schleppe zu nehmen. Als Vater von der Estrade steigt und durch die Menge schreitet, fange ich für einen winzigen Moment Roberts Blick auf, und sein Mundwinkel zuckt, dann wird seine Miene wieder ernst und feierlich, wie es der Prozession angemessen ist. Robert und Vater ziehen gemeinsam an mir vorbei, und ich hebe meinen Fächer vors Gesicht, um die zwei Tränen zu verbergen, die über meine Wangen zu meinem lächelnden Mund hinunterrinnen.

Auf die Zeremonie in der Westminster Hall folgt eine große Prozession durch Whitehall. Vater fährt mit Richard, dem Earl of Warwick, John Lisle, Edward Montagu und Bulstrode Whitelocke in seiner Staatskarosse, unmittelbar gefolgt von John zu Pferde, mit dem Stolz von Vaters Stallungen am Zügel. Überall in den Städten London und Westminster läuten Glocken, und später brennen Freudenfeuer, während in den Straßen Gebäck ausgegeben wird und französischer Wein in Strömen fließt, als wollte er mit der Themse wetteifern.

Wir Mädchen nehmen nicht an der Prozession teil, sondern fahren ohne Aufheben über den Fluss zurück zum Palast, um uns für den Abend umzukleiden. Als Vater und sein Gefolge wieder eintreffen, beginnen das Festessen und die Feierlichkeiten, und unsere Familie steht im Mittelpunkt. Im Palast herrscht eine taumelige Atmosphäre. Da die Streitigkeiten vorerst beigelegt sind, ist einige Spannung von den Beteiligten abgefallen. Die Generäle der Armee, die wenig Sinn für solch opulente Feierlichkeiten haben, überwinden sich dennoch, auf Vaters Wohl zu trinken und das Brot mit den Politikern der Partei für das Königtum zu brechen. Die wiederum lächeln, obwohl sie das, was am heutigen Tage in Kraft gesetzt wurde, als hohlen Kompromiss ansehen; Vergangenheit und Zukunft werden für den Moment unter den weinbefleckten Teppich gekehrt, denn den heutigen Tag feiern wir um seiner selbst willen.

Das Gedränge ist so groß und die Stimmung so ausgelassen, dass niemand Robert und mich vermissen würde, wenn ich irgendwie eine Möglichkeit fände, mich mit ihm davonzustehlen. Mir ist ständig bewusst, wo im Raum Robert sich gerade aufhält, sein Bild lodert flammend in meinem Augenwinkel; dennoch bin ich nie allein, sodass ich zu ihm gehen könnte, sondern ständig von meinen Eltern oder Geschwistern umgeben.

Doch als John und Dick sich gerade hinter vorgehaltener behandschuhter Hand über irgendeinen Herrenwitz amüsieren, fühle ich plötzlich, wie Robert mich im Vorbeigehen streift. Ich rieche den Orangenduft an seinem Hals, als er sich zu mir herunterbeugt und flüstert:

«Draußen an der Treppe hinter der Vorratskammer.»

Mir bleibt keine Zeit, etwas zu antworten, da ist er auch schon wieder fort, sein grün betuchter Rücken von der Menge verschluckt. Hastig schaue ich mich um. Katherine spricht gerade mit ihrem Mann, Richard und John haben mich über ihrem Witz ganz vergessen. Nur Mary fängt meinen Blick auf, während ein Diener ihr ein Glas Wein reicht. Rasch trete ich an sie heran.

«Ich gehe ein wenig an die frische Luft», flüstere ich ihr im Vorbeigehen zu. «Falls jemand nach mir fragt, denke dir bitte eine Ausrede aus, sag, du seist eben noch mit mir zusammen gewesen und ich sei nur gegangen, um meinen Fächer zu holen oder mir die Nase zu pudern. Was immer dir gerade einfällt.»

«Frances …», ruft Mary mir mit großen Augen nach, doch ich bleibe keinen Moment stehen.

Mir ist kaum bewusst, wie schwer ich atme, bis ich in die sommerliche Abendluft hinaustrete. Der Himmel ist noch nicht ganz dunkel, und die letzten Vögel teilen sich das Zwielicht mit dahinhuschenden Fledermäusen. Ich raffe meine Röcke und laufe dicht an den Mauern entlang, drücke mich in Türnischen, verberge mein Gesicht vor der Dienerschaft, die in der Vorratskammer ein und aus geht, bis ich den Fuß der Treppe erreiche. Sofort greift eine Hand nach mir und zieht mich in die Türnische.

«Jemand könnte uns sehen!», flüstere ich eindringlich, ehe wir uns in Küssen verlieren. «Es ist noch nicht dunkel.»

«Hier entlang», sagt Robert und führt mich rasch die Stufen hinauf und durch einen Gang. Der Lärm der Bediensteten, die unten in den Vorratsräumen hantieren, wird leiser, bis wir um eine Ecke in einen anderen Gang einbiegen und völlige Stille uns umfängt. Ich war noch nie in diesem Teil des Palastes und schaue mich aufgeregt und ein wenig bang um, da bleibt Robert vor einer Tür stehen. Er vergewissert sich mit raschen Blicken, dass niemand in der Nähe ist. Dann öffnet er die Tür und schiebt mich hindurch, dreht sich um und verschließt die Tür hinter sich.

Wir stehen in einer kleinen Kammer mit Blick auf den Hof von Scotland Yard. Mitten im Raum steht ein ungemachtes Bett, unter dem Fenster ein Stuhl und ein Schreibpult, darauf ein Trinkkrug und eine Schale Äpfel. Als ich mich atemlos umschaue, bemerke ich die vertraute Kleidung, die Bücherstapel, den moosgrünen Mantel. Ich drehe mich zu ihm um.

«Das ist dein Zimmer?»

Robert schaut mich an, und zum ersten Mal sehe ich auf seinem schönen Gesicht ein unsicheres, beinahe verlegenes Stirnrunzeln. Ich warte darauf, dass er auf mich zukommt, mich in die Arme schließt, doch er bleibt, wo er ist, an die Tür gelehnt, als wäre sein Rücken daran festgeklebt.

«Ja. Anmaßend, ich weiß. Aber ich musste mit dir allein sein, wenigstens für ein paar Minuten, und das hier ist der sicherste Ort, der mir einfiel.»

Ich schaue ihn noch immer an und überlege schnell; vielleicht bekommen wir nie wieder eine Gelegenheit, so zusammen zu sein.

Er mustert mich weiter forschend. «Es tut mir leid, Frances, habe ich etwas Falsches getan?»

In diesem Moment sieht Robert so jung und unsicher aus, so ganz anders als der großspurige Höfling, als den ich ihn einst kennenlernte, dass mir vor Liebe zu ihm das Herz übergeht.

«Danke für die Geschenke. Der Ring …»

«Er gehörte meiner Mutter», sagt Robert leise. «Ich wollte dir zeigen … Du solltest wissen, dass du in meinem Herzen bereits meine Frau bist.»

Langsam trete ich vor, bis uns kaum noch eine Handbreit voneinander trennt, und nehme ihm den Hut ab. Ohne den Blick von seinen Augen zu lösen, schiebe ich ihm den Mantel über die Schultern, sodass er zu Boden fällt. Meine Finger ertasten die goldenen Knöpfe an seiner Weste und öffnen sie, während seine Brust sich schwer unter meinen Händen hebt und senkt. Das Hemd kommt zum Vorschein, und ich streife ihm auch die Weste über die Schultern ab. Dann stelle ich mich auf die Zehen und lege die Arme um seinen Hals, um seinen Kragen zu öffnen. Dabei nähert mein Mund sich dem seinen, und er nimmt mein Gesicht in beide Hände und küsst mich zärtlich. Dann legt er die Hände auf meine bloßen Schultern, ertastet die Schnürung am Rücken meines Kleides und öffnet sie. Er schiebt das Kleid hinunter, bis es um meine Knöchel gebauscht auf dem Boden landet.

Einen Moment lang schaut Robert mich nur an, wie ich da in Unterwäsche vor ihm stehe. Meine Haut prickelt unter seinem Blick, meine Brüste quellen über den Ausschnitt, und mein Herz schlägt so heftig, dass es mir schier das Korsett zu sprengen droht. Dann fällt das Zögern von ihm ab, er schließt mich in die Arme, seine Hände gleiten über meinen Körper, als wollte er jeden Fingerbreit meiner Haut fühlen. Zitternd nestle ich an seinem Hemd, bis sich die Schnürung löst. Er zieht es über den Kopf und entblößt seinen Oberkörper. Ich kann nicht fassen, wie kräftig seine Brust ist, wie breit seine Schultern. Überwältigt von Verlangen, strecke ich die Hände danach aus, und Robert hebt mich hoch und trägt mich zum Bett. Die Laken duften nach ihm, und ich vergrabe mein Gesicht darin, um mit geschlossenen Augen seinen Geruch einzusaugen. Ich spüre seine Hände an meinen Röcken. Dann ist da plötzlich der Duft von seinem Hals, und seine breiten Schultern sind über mir, sein Haar fällt auf meine Stirn, als er mich küsst. Meine Hände streichen auf und ab über seine angespannten Arme, mit denen er sich zu beiden Seiten neben mir aufstützt.

Die schweren Perlenschnüre, die normalerweise in der Mulde zwischen meinen Brüsten ruhen, gleiten seitlich von meinem Hals auf das Bett, gerade als ich Roberts Hand zwischen meinen Beinen fühle. Ich schließe die Augen wieder, und alle Gedanken verschwinden aus meinem Kopf, als er mich reibt und mich küsst, sodass ich kaum weiß, wie mir geschieht, bis er in mich eindringt, langsam und sanft, die Stirn gegen meine gedrückt, eine Hand an mein Gesicht gelegt. Ich versteife mich und schnappe nach Luft, als ich den plötzlichen Schmerz fühle, doch schon ist sein Mund wieder auf meinem – halb küsst er mich, halb atmet er in dem Abstand zwischen unseren Lippen ein und aus. Er bewegt sich in mir, zuerst ganz sacht, dann entschlossener. Anfangs bin ich starr vor Angst, dass er mich zerreißen wird, doch nach einer Weile entspanne ich mich mit jeder seiner Bewegungen. Es ist, als würde mein Körper anschwellen, um ihn zu empfangen. Mit jedem Atemzug spüre ich ihn tiefer in mir, bis er mein Innerstes erreicht. Und dann bin ich verloren.

Nachher liegen wir nebeneinander, Arme und Beine noch ineinander verschlungen, und schauen zum Betthimmel auf. Ich vermag nichts zu sagen, bin kaum in der Lage zu denken. Sind wir erst seit Minuten hier oder schon seit Stunden? Ich betrachte Robert an meiner Seite und kann das Wunder nicht fassen. Immerzu muss ich denken, dass all die Male, die ich ihn zuvor gesehen habe – mit ihm gesprochen, mit ihm getanzt, ihn geküsst habe –, dieser Körper, diese Muskeln, das Haar und die Sommersprossen unter seiner edlen Kleidung verborgen waren und auf meine Berührung warteten.

Wie seltsam, kommt es mir auf einmal in den Sinn, dass ich im Palast unter all diesen Männern lebe und immer nur ihre Gesichter unbedeckt sehe, ihre Hälse, vielleicht ihre Hände. Meine Brüder habe ich früher schon im Unterhemd gesehen und natürlich auch Vater, aber das war, als ich noch klein war, als wir in der Intimität eines gewöhnlichen Haushalts zusammenlebten. Daher weiß ich, dass der Körper eines Mannes anders ist als der einer Frau. Aber ich habe nie zuvor einen Mann berührt, nie die festen Muskeln direkt unter der Haut gefühlt, die langen Knochen und rauen Haare, den Knoten an der Kehle eines Mannes und die Kraft seiner Hände.

Benommen und überwältigt, wäre ich vielleicht die ganze Nacht so liegen geblieben, hätte Robert nicht uns beide wieder zur Besinnung gebracht.

«Liebste. Wir müssen zurück, man wird dich vermissen.»

Ich weiß, dass er recht hat, doch es ist mir unerträglich, dieses Bett verlassen, meine Haut von seiner lösen zu müssen. Eine plötzliche Angst überkommt mich wie ein Sommergewitter: Wird er mich nun immer noch heiraten wollen, nachdem ich mich ihm hingegeben habe, wie all die Huren in Surrey es wohl vor mir getan haben? Und wie könnte ich mich mit ihnen vergleichen? Ich schließe die Augen und wende mein Gesicht von ihm ab, damit er nicht sieht, was in mir vorgeht.

Doch er sieht es.

«Frances, meine Liebste.» Robert dreht meinen Kopf wieder zu sich herum und küsst mich auf die Lider. «Wir werden bald wieder eine Möglichkeit finden, zusammen zu sein, das schwöre ich dir bei Gott. Du wirst meine Frau sein und ich dein Mann.»

Es ist genau das, was ich jetzt hören muss, und ich packe ihn heftig, presse ihn an mich und lasse meinen Tränen freien Lauf. Sein Verlangen war das Einzige, woran ich zweifelte, es geht nicht mehr um die Einwände meines Vaters. Nun, da ich mit Robert das Bett geteilt habe, besitze ich die ultimative Waffe in diesem Kampf. Zwar graut mir davor, meinem Vater zu offenbaren, was wir getan haben – davor, wie sehr das meiner Beziehung zu ihm schaden würde. Aber ich weiß, dass ich es tun könnte, wenn er mir keine andere Wahl ließe. Dann müsste er unsere Heirat erlauben.

Zehn Minuten später schlüpfe ich wieder in die große Halle, wo Master Hingston und seine Musiker nun Volkslieder spielen. Viele Gesichter sind der Musik zugewandt, doch es geht im Saal noch immer lebhaft zu. Ich lasse den Blick über die Festgesellschaft gleiten und suche nach Anzeichen dafür, ob ich vermisst wurde. Als ich in der hinteren Ecke Mary entdecke, die mit Bridget und Mutter beisammensitzt, suche ich mir einen Weg durch die Menge zu ihr. Meine Wangen glühen, denn ich fühle mich, als ginge ich nackt zwischen all den Höflingen hindurch. Sie müssen doch gewiss bemerken, wie verändert ich bin? Wie kann es sein, dass niemand mir ansieht, was ich noch vor Minuten getan habe? Doch außer einem Kopfnicken von Master Thurloe ziehe ich keinerlei Aufmerksamkeit auf mich. Als ich neben Mary Platz nehme, atme ich vor Erleichterung lange und tief aus. Sie richtet ihre wissenden grauen Augen auf mich und zieht fragend eine Augenbraue hoch. Doch ich kann nicht einmal ihr erzählen, was geschehen ist, noch nicht. Lautes Gelächter lenkt meinen Blick zu Vater hinüber, der bei Elizabeth steht, den kleinen Oliver auf dem Arm. Als ich ihn dort in seinen prächtigen königlichen Gewändern sehe, während meine Haut noch immer von Roberts Berührung prickelt, durchströmt mich eine plötzliche Hoffnung – auf eine Zukunft, die ich selbst gestalte.

Die nächsten Wochen ziehen in einem Taumel der Erregung an mir vorbei, heiß wie die Julisonne. Robert und ich treffen uns, wann immer wir können, doch wir finden kaum Gelegenheit, allein zu sein. Noch immer behalte ich das Vorgefallene für mich, doch ich weiß, bald werde ich es nicht mehr aushalten und Mary einweihen. Es ist mir unerträglich, mein Leben vor ihr zu verbergen. Allerdings ist mir klar, dass sie mich schelten wird, und vorerst möchte ich mir den Traum, in dem ich lebe, durch nichts verderben lassen. Außerdem liegt ein besonderer Reiz im Geheimnis, dem Wissen, das Robert und ich übereinander haben, den Blickwechseln zwischen uns, deren Bedeutung niemand anders erraten kann. Ich glaube nicht, dass uns schon jemand auf die Schliche gekommen ist; allerdings bin ich, wenn auch blind vor Verlangen, doch nicht so töricht, mir einzubilden, wir könnten ewig Sekretär Thurloes unzähligen Augen und Ohren entgehen. Wenn er weiß, was an der Tafel des «Exilkönigs» Charles gesprochen wird – und Gerüchten zufolge weiß er das –, wie könnten dann wir, die wir doch in denselben Gebäuden leben, uns vor seinen Blicken verstecken?

Vielleicht kommt uns bei unseren Heimlichkeiten die fiebrige Atmosphäre am Hof zugute. Die Gemüter erhitzen sich passend zum Wetter. Da die Sitzungsperiode des Parlaments beendet ist, richtet sich alle Aufmerksamkeit wieder auf die Regierung durch den Staatsrat, der in der ersten Juliwoche erstmals unter der neuen Verfassung tagt. Das Parlament hat verlangt, dass alle Mitglieder des Rates einen Treueeid auf die neue Verfassung leisten, die inzwischen allgemein unter der Bezeichnung «Humble Petition and Advice» bekannt ist. Das stellt für General Lambert ein erhebliches Problem dar. Er tobt und wütet und kann sich nicht zu dem Schwur überwinden. Eine bittere Pille für Vater von seinem Stellvertreter, der das gesamte Protektorat maßgeblich gestaltet hat. Ich fürchte, damit ist die Blase des Glücks geplatzt, in der wir seit Vaters Amtseinführung lebten.

Mein Schwager Charles Fleetwood erläutert uns Lamberts Dilemma beim Abendessen nach einer späten Ratssitzung in Hampton Court.

«Lambert kann sich nicht der neuen Verfassung fügen», sagt er, die Arme verschränkt, das Kinn auf die Brust gesenkt. «Er war erleichtert, als euer Vater die Krone nicht annahm, ebenso wie ich …»

John wirft Charles einen verärgerten Blick zu, doch Charles scheint es nicht zu bemerken und fährt fort.

«Aber anders als ich fühlt er sich eurem Vater und unserer Familie nicht so stark verbunden, dass er akzeptieren würde, wie viel Macht diese Verfassung dem Parlament und den Befürwortern des Königtums zuschreibt und wie viel sie zugleich der Armee entzieht.»

Ich denke an unser Gespräch bei dem Jagdausflug zurück und an Lamberts entrückten Ton, als er über den Krieg sprach.

«Und ich nehme an, du kannst diese Haltung nachempfinden, Charles?», frage ich. «Da du deinen Männern und den anderen Generälen so nahestehst.»

Charles seufzt und fährt sich mit seinen dünnen Fingern durch das feine, blonde Haar. Er ist sichtlich hin und her gerissen, seine Arme sind angespannt, sein Ton unsicher. «In gewisser Hinsicht ja, Frances», erwidert er schließlich, «aber ich würde niemals etwas gegen deinen Vater oder deine Familie unternehmen. Ihr seid jetzt meine Familie.»

Seine Worte entlocken mir ein Lächeln. Ich mag Charles mitsamt seinen Ecken und Kanten. Und ich weiß, wie sehr er vor allem Bridget und Vater liebt, auch wenn er mir kein so liebevoller Schwager ist wie der gute John.

«Manche sagen, Lambert sei von persönlichem Ehrgeiz getrieben», bemerkt John. «Er habe sich Seiner Hoheit nur in den Weg gestellt, um seinen eigenen Aufstieg voranzutreiben.»

«Andere sagen, Oliver wolle Lambert aus dem Rat drängen, weil er Angst vor ihm habe. Lambert erfreut sich großer Beliebtheit und könnte viel bewirken», kontert Charles. Seine dunkelblauen Augen, die einen so ungewöhnlichen Kontrast zu seinem blonden Haar und der hellen Haut bilden, sind herausfordernd auf John gerichtet. «Man darf also nicht alles glauben, was die Leute sagen.»

Ich rutsche unbehaglich auf meinem Stuhl herum. Als Frau außerhalb der beiden verfeindeten Lager des Hofes, zu denen meine Schwäger gehören, kann ich erkennen, dass jeglicher Bruch zwischen der Armee, dem Parlament und Vater das Protektorat schwächt und uns alle in Gefahr bringt. Lambert ist Vater ein mächtiger Freund, und er könnte ihm ein noch mächtigerer Feind werden. Ich bete, dass es Vater mit seinem gewohnten diplomatischen Geschick gelingen wird, ihn im Rat zu halten.

Doch meine Gebete werden nicht erhört. Binnen weniger Tage hat Lambert den Eid verweigert, den Staatsrat verlassen und sich auf seinen palastartigen Landsitz zu Wimbledon zurückgezogen, wo er sich nach eigener Aussage der Gärtnerei und der Malerei widmen und Zeit mit seiner Frau und den zehn Kindern verbringen will – «So viele hat sonst nur Whitelocke», kommentiert Dick trocken. Damit ist der Bruch zwischen ihm und Vater vollzogen, und Vater fordert Lambert auf, sein Amt als Major General der Armee niederzulegen: zweifellos ein vernichtender Schlag für beide, nachdem sie so viele Jahre trotz aller Meinungsverschiedenheiten in Kameradschaft verbunden waren. Doch ein Mann von Lamberts Format verschwindet nicht aus dem öffentlichen Leben, ohne klaffende Lücken zu hinterlassen, die andere Männer flugs füllen. In der Armee fällt diese Rolle Charles und Onkel Desborough zu, die nun gemeinsam die Anführer und Vertreter der Truppen und ihrer Befehlshaber sind. Und im Rat tritt zum Erstaunen vieler – wenn auch nicht zu meinem – John Thurloe mit seinen weichen Schuhen in die Fußstapfen, die Lamberts Stiefel hinterlassen haben. Der «kleine Sekretär» steigt zum vollwertigen Mitglied des Staatsrats auf.

Vieles, was ich über unseren berühmten Vorfahren Thomas Cromwell weiß, findet sich meinem Eindruck nach in Thurloes unglaublichem Aufstieg wieder: der Mann von bescheidener Geburt, der stets hinter den Kulissen wirkt, stets als Erster alles erfährt und das letzte Wort hat, wenn es gilt, Vater zu beraten, so wie seinerzeit Thomas Cromwell bei König Henry VIII. Ein Verwalter, einer, der Dinge regelt. Ein Sekretär. Nunmehr ein vollwertiges Mitglied des Staatsrats. Und das binnen Wochen nach dem spektakulären Scheitern all seiner Pläne, Vater zum König zu machen; denn ich gelange immer mehr zu der Überzeugung, dass der kleine Sekretär hinter den Entwicklungen steckte, die dazu führten, dass das Parlament Vater die Krone anbot. «Wenn Thurloe so aus einer Enttäuschung hervorgeht», sage ich zu Mary, als wir uns im Bad abwechseln, «dann würde ich zu gern sehen, was er aus einem Sieg macht.»

Dann, kaum dass Thurloe seine neue Position angetreten hat, gelingt ihm einer der größten Streiche in seiner Funktion als Leiter von Vaters Geheimdienst. Der berüchtigte Edward Sexby, der Leveller, wird verhaftet. Er war einst Vaters Freund und dann der Kopf hinter Sindercomes Mordanschlag im Januar. Sexby wird gefasst, als er sich nach Flandern einschifft, den Zeitungsberichten zufolge als heruntergekommener Niederländer verkleidet. Mutter und Mary freuen sich über die Nachricht, Vater hingegen ist vor allem traurig.

Doch Vater kann unmöglich lange in gedrückter Stimmung verweilen, da er doch über die Mittel verfügt, so große Freude zu stiften. Fast unmittelbar nach seiner Amtseinführung als neuer «Royal Protector», wie manche am Hof ihn neuerdings bezeichnen, macht Vater von einer der ältesten königlichen Befugnisse Gebrauch: Er nimmt Erhebungen in den erblichen Adelsstand vor, um die Bänke des neuen Oberhauses zu besetzen, das im Laufe des Jahres eingerichtet werden soll. John ist unter den Ersten, die geadelt werden, und er und Elizabeth wissen sich vor Freude darüber kaum zu lassen, sosehr Bridget auch die Stirn runzelt und zur Bescheidenheit mahnt. Mary und ich ziehen sie natürlich damit auf, reden sie mit Lord und Lady Claypole an und knicksen vor ihnen. Doch sie nehmen unsere Scherze gutmütig auf, zumal Betty sich gerade von einem weiteren Anfall der Krankheit erholt, die bei ihr alle paar Jahre wiederzukehren scheint. Die beiden haben ein paar aufreibende Monate hinter sich, Elizabeth war blass und fiebrig, doch nun, da ihre Gesundheit wiederhergestellt ist, der kleine Oliver gedeiht und die älteren Kinder guter Dinge sind, sehe ich die Familie Claypole wohl in besserer Laune als je zuvor.

Auch Richard profitiert von Vaters Aufstieg, denn er soll dessen Amt als Kanzler der Universität Oxford übernehmen. Wieder werden wir alle zu einer aufwendigen Zeremonie ins Banqueting House geladen. Sie steht Vaters Amtseinführung an herrschaftlichem Prunk kaum nach. Dick freut sich auf seine eigene stille Art, allerdings gesteht er mir, er schäme sich zum ersten Mal in seinem Leben seiner fehlenden universitären Bildung. Ich bin überzeugt, dass ihm aufrichtig daran liegt, sich in der Rolle zu beweisen, und ich weiß, dass er verwalterische Fähigkeiten besitzt. Nichtsdestoweniger spüre ich den Stachel der Eifersucht, als ich sehe, wie er gewandet und gesegnet wird: Er, der laut meinen anderen älteren Geschwistern nie solche Begeisterung für seine Bücher und Studien aufbrachte wie ich, soll doch seine Zeit und Mühe auf dieses höchste Amt der Gelehrsamkeit verwenden. «Und was ist mit uns, Mary?», frage ich sie an diesem Abend, als wir beide auf ihrem Bett liegen und einander das Schicksal aus der Hand lesen. «Was bekommen wir in all dem Überfluss?»

Als das Parlament sich aufgelöst hat, der neue Staatsrat eingerichtet ist und die sommerliche Feldzugsaison beginnt, richtet Vater seine Aufmerksamkeit auf die Außenpolitik. Belustigt höre ich, wie er die Namen weit entfernter Orte falsch ausspricht, und ich staune wieder einmal darüber, dass dieser gewöhnliche Engländer, der nie wie ein Prinz in Fremdsprachen und den Feinheiten internationaler Diplomatie unterrichtet wurde und nie einen Fuß auf das europäische Festland gesetzt hat, nun Duelle und Tänze mit ausländischen Königen überall auf dem großen Pergament unserer Weltkarten wagt.

Der gutaussehende General at Sea Edward Montagu erläutert mir unsere Position bei einem Abendessen, ehe er am nächsten Morgen wieder an Bord seines Flaggschiffes *Naseby* geht. Vater gibt ihm zu Ehren diesen kleinen Empfang im Familienkreis, und so bin ich ganz begeistert, den Platz neben dem galanten Seemann zu bekommen. Er ist in seiner Uniform prächtig herausgeputzt und trägt eine Perücke im kontinentalen Stil, die der von Lord Broghill in nichts nachsteht.

«Eurer Vater hat mich beauftragt, den Druck auf die Spanier im Kanal aufrechtzuerhalten, Hoheit», erklärt er, und der Titel *Hoheit*, der ihm butterweich über die Lippen kommt, erinnert mich daran, dass Edward Montagu einer der bedeutendsten Befürworter des Königtums in Vaters Rat war. «Unser Offensivbündnis mit Frankreich gegen Spanien nimmt jetzt Fahrt auf. An Land zeigen unsere tapferen Ironsides ihren französischen Kameraden, was in ihnen steckt – sie belagern gemeinsam Städte überall in den Niederlanden, die unter spanischer Kontrolle stehen. Auf See indessen» – er hält inne und winkt einen Diener näher heran, der mit einem Sirupkuchen hinter meinem Stuhl wartet – «setzt mein Kollege General at Sea Robert Blake seine Blockade vor Cádiz fort. Seine Flotte kapert niederländische Schiffe und erbeutet spanische Silberbarren und Handelsgüter.»

«Aber hat Vater Blake nicht zurückgerufen, General, damit er seine Belohnung für den großen Sieg bei Santa Cruz in Empfang nimmt?»

«Gewiss.» Montagu zeigt lächelnd seine Zähne, und ich denke, dass sie sicher weit besser sind als die seiner Mannschaft. «Und in seinem letzten Brief an mich hat Blake auch die Absicht bekundet, unverzüglich zurückzukommen. Da wir gerade von Briefen sprechen: Ich habe heute Morgen einen von Eurem lieben Bruder erhalten.»

«Harry?» Ich strahle. «Er hat bereits erwähnt, dass Ihr häufig korrespondiert.»

«Oh ja, wir sind gute Freunde, Lord Henry und ich», erwidert Montagu, und wieder fällt mir auf, dass er von uns Cromwell-Nachkommen beinahe wie von Königskindern spricht. «Er leistet ausgezeichnete Arbeit in Irland, so wie Lord Broghill es in Schottland getan hat. Und mit Henry auf seinem Posten, General Monck als Befehlshaber unserer Armee in Schottland und mir samt Flotte im Kanal sind wir gut aufgestellt, um jeden Feind abzuwehren. Ihr könnt versichert sein, Hoheit, dass Euer Vater die Grenzen seines Reiches von den besten Männern schützen lässt.»

Er ist so charmant und selbstbewusst, dass seine Zuversicht ein wenig auf mich abstrahlt wie der Glanz von seinen polierten goldenen Knöpfen. Als ich nun sein edles Profil betrachte, während er sich über sein Stück Sirupkuchen hermacht, kommt mir der Gedanke, dass Vaters Protektorat vielleicht doch von Dauer sein wird.

Von da an hält man an der Südküste täglich nach General

Blake Ausschau, und als ein paar Tage später die Nachricht eintrifft, seine Schiffe seien vor Cornwall gesichtet worden, machen sich sämtliche Hofbeamten daran, den Empfang vorzubereiten: Ein großes Bankett wird geplant und eine Zeremonie, bei der Blake das kostbare Schmuckstück überreicht bekommt, wie vom Parlament beschlossen. Mary und ich veranlassen eilends, dass unsere besten Kleider gedämpft werden. Doch das Schicksal ist den Seeleuten eine grausame Geliebte. Nur Stunden später trifft bei Nacht ein Bote ein. Unter Tränen überbringt er die Kunde, der tapfere General Blake, Veteran unseres Krieges gegen die Niederlande, Held unserer Feldzüge gegen die Spanier, sei an Bord seines Schiffes verstorben, als der Plymouth Sound bereits in Sicht war.

Es ist ein Schlag für das ganze Land, und ich empfinde ihn besonders schmerzlich, auch wenn ich den Mann kaum kannte. Ich kann mich des Gedankens nicht erwehren, dass der plötzliche Tod eines der größten Helden des Commonwealth ein Vorzeichen ist – ein schlechtes Omen für das gesamte Protektorat, gesandt, um mir die flüchtige Zuversicht zu nehmen, die ich beim Abendessen mit General Montagu empfunden habe. Außerdem hat es etwas so Ungerechtes, so willkürlich Grausames, dass Blake sterben musste, als er die Heimat beinahe erreicht hatte. Ich kann tagelang kaum an etwas anderes denken. Grübeleien über den Tod treiben mich auf die Suche nach Glück, so wie damals nach Sindercomes Verschwörung, und ich mache mich überstürzt auf, Robert zu finden. Unser verzweifelter Drang, zusammen zu sein, siegt für kurze Zeit über unsere Furcht vor Entdeckung, und eines Abends verstecken wir uns lange genug zwischen den Orangenbäumen in den Kammergärten des Palastes, um noch einmal miteinander zu schlafen. Es ist heiß und feucht in der Dunkelheit, eine Grille zirpt in der Hecke, eine leichte

Brise weht den Duft der Orangenblüten heran, und über uns funkeln die Sterne – beinahe könnte ich mir vorstellen, ich triebe mit dem Geist General Blakes vor der spanischen Küste und die Wellen plätscherten gegen den Schiffsrumpf, während das Verlangen mich durchströmt.

Sir Oliver Flemyng, unser Master of Ceremonies, hat die Feier zu Blakes Rückkehr vorbereitet, nun muss er für ein Staatsbegräbnis in der Westminster Abbey umplanen. Daran arbeitet er während der nächsten paar Wochen zusammen mit den Kommissaren der Admiralität. Der Zeitpunkt rührt Vater besonders an, denn am Tag vor der Beisetzung, am 3. September, begehen wir den Jahrestag zweier seiner größten Siege in der Schlacht: '50 an der Seite John Lamberts gegen die Royalisten und ihre schottischen Verbündeten bei Dunbar und '51 in der letzten Schlacht der Kriege in Worcester. Zur Feier des Tages wird die sechsstimmige Hymne, die Master Hingston zum vorigen Jahrestag komponiert hat, erneut aufgeführt. Seine Musik, kombiniert mit den Versen des Dichters Payne Fisher, reißt den Hof zu stehendem Applaus hin, als die sechs Sänger und sechs Instrumentalisten sich am Schluss verbeugen. Und keiner ist gerührter als Vater. Er spricht immer wieder davon, dass Gott für jeden von uns einen Plan habe, während er sich bereit macht, seinem größten General zur See das letzte Geleit zu geben.

Diese traurige Selbstbetrachtung hat eine tiefe Wirkung auf mich, und ich ziehe mich an diesem Abend früh auf mein Zimmer zurück, um über mein eigenes Schicksal nachzusinnen. Ich denke daran, wie ich mit Robert im Mondschein zwischen den Orangenbäumen gelegen habe und wie ich das Gefühl hatte, auch Gott sei gegenwärtig, schwebend im Abendhauch. Doch widerstreitende Gedanken strömen auf mich ein. Denn die Bibel sagt, es war eine Sünde, und Vater würde mir nie verzeihen, wenn er es wüsste.

Dann wird mir eine eilige Nachricht von Robert überbracht, die mich in noch tiefere Verzweiflung stürzt: *Ich habe heute persönlich bei deinem Vater vorgesprochen, traf ihn allerdings in düsterer Stimmung an. Er verweigert uns seine Zustimmung noch immer. Ach, meine Liebste, ich weiß nicht, was ich noch tun kann …*

Später kommt Mary mit einer Bürste und dem vorbereiteten Text ihrer Gebete für General Blake zu mir. Sie findet mich auf dem Fenstersitz vor, das gerötete Gesicht nass von Tränen.

«Ach, Liebes.» Sie eilt auf mich zu, streicht mir das Haar aus dem Gesicht und betrachtet mich mit großen Augen voller Besorgnis. Das blasse Mondlicht versilbert ihr dunkles Haar. «Ist es wegen Robert?», fragt sie nach einer Weile.

Ich nicke wortlos und weiß, nun ist der Zeitpunkt gekommen, ihr alles zu erzählen. Ich bin zu tief abgeglitten; ohne ihre Hilfe drohe ich unterzugehen.

«Wir sind weiter gegangen, als du wusstest», sage ich leise. «So weit, dass wir nicht mehr zurückkönnen.»

«Du meinst doch nicht etwa …»

Ich senke den Blick auf das Nachthemd über meinem Schoß. «Ich konnte nicht anders, Mary, ich liebe ihn zu innig. Und vielleicht ist das die einzige Möglichkeit, Vater zu zwingen.»

Sie schnappt nach Luft. «Nein! Du kannst es ihm unmöglich sagen und Mutter auch nicht. Das würde alles verändern; sie würden dich nie mehr so ansehen wie vorher.»

Wieder verschleiern Tränen mir die Sicht. «Ich weiß, ich weiß! Aber welche andere Wahl haben sie mir denn gelassen? Ich kann keinen anderen heiraten, das ist unmöglich.»

Mary wendet sich ab, um aus dem Fenster zu schauen, und ihre Hand entgleitet der meinen. Ich versuche, durch meine Tränen ihr Gesicht zu lesen wie eine Landkarte, und plötzlich graut mir davor, dass auch sie mich nie mehr so ansehen wird wie zuvor. Fühlt sie sich von mir verraten, weil ich den größten Sprung unseres Lebens ohne sie getan habe? Nicht nur vor ihr, sondern sogar ohne ihr Wissen? Denkt sie, ich hätte die Schwelle zum Frausein überschritten und sie allein zurückgelassen? Oder was das Schlimmste wäre, urteilt sie über das, was ich im Angesicht Gottes getan habe? Ausnahmsweise einmal sind Marys Gedanken mir unzugänglich, und die Traurigkeit, die mich umfängt, wird noch tiefer.

«Mary?» Ich schiebe zaghaft meine Hand auf ihren Schoß. «Bitte verzeih mir.»

«Es ist nicht an mir, zu verzeihen.»

«Doch. Mir liegt mehr daran, dass du mir verzeihst, als dass irgendjemand sonst es tut.»

Sie wendet mir wieder ihr Gesicht zu, und ich sehe ihr die Frage an, ehe sie über ihre Lippen kommt.

«Wie war es?», flüstert sie schließlich, als schämte sie sich ihrer Neugier.

«Ach, Liebes!» Zutiefst erleichtert greife ich nach ihren Händen. «Es war …» Wie nur könnte ich es in Worte fassen? «Es ist das einzig Wahrhaftige, das ich je getan habe, die eine große Tat in meinem Leben, neben der alles andere verblasst; ein wahrer Himmel.»

«Aber ein Himmel ohne Gott.»

«Nein! Ich habe gespürt, dass Er dort bei uns war. Ja, ich habe mich Ihm noch nie näher gefühlt als in diesen Augenblicken, und du weißt, wie sehr ich zuweilen darum gerungen habe, Ihn zu sehen.»

Ich sehe, wie eine einzelne Träne in ihrem Auge aufsteigt und über den Lidrand auf die blasse Wange hinunterkullert. «Aber Frances, was ist mit den Gefahren? Was, wenn …»

Ich sehe, wie sie um Worte ringt. «Was, wenn du schwanger wärst? Das ist undenkbar … Was wäre mit Vater? Seiner Position? Alles, was wir haben, würde uns augenblicklich wieder entrissen.»

Auf all das habe ich keine Antwort, weder für sie noch für mich selbst. Irgendwie hat sich die Möglichkeit, Mutter zu werden, für mich nie wirklich angefühlt, doch ich weiß, für Mary ist das eine sehr reale Vorstellung. Statt etwas zu erwidern, kann ich nur stumm ihre Hände drücken. Als Mary vom Fenstersitz rutscht, halte ich sie am Nachthemd zurück, das hell im Mondlicht leuchtet.

«Lass mich nicht allein.»

«Ich muss, Liebes, ich muss nachdenken. Sei du nun ruhig und schlafe ein wenig.» Mit leisen Schritten verschwindet Mary aus meinem Zimmer wie eine Schleiereule, die lautlos von einer mondbeschienenen Wiese ins dunkle Dickicht fliegt.

Ich weiß nicht, was ich von Marys Worten halten soll. Worüber muss sie denn wohl nachdenken? Sie weiß, was ich getan habe, welche Risiken für mich bestehen; sie weiß auch, was ich zu tun beabsichtige, wenn Vater daran festhält, meine Heirat abzulehnen. Was könnte sie tun, um mir zu helfen? In dieser Nacht finde ich wenig Schlaf, und so lasse ich mich durch den nächsten Tag treiben wie im Traum. Wenigstens sind wir nun nach Hampton Court übersiedelt, sodass ich mich leichter als in Whitehall allein in die Gärten zurückziehen und meine aufgewühlten Gedanken in den cremefarbenen Seiten eines Buches versenken kann, selbst wenn ich dieselbe Seite wieder und wieder lesen muss. Ich kann am Untertitel der jüngst übersetzten französischen Romanze – *Meisterstück der Liebe* – nicht herumkritteln, doch ich finde wenig Trost in meiner neu erworbenen Kenntnis dieses Themas.

Durch all das Weinen und den Schlafmangel habe ich mir wohl eine Halsentzündung zugezogen, und so bin ich von meiner Gesangsstunde bei Master Hingston entschuldigt und werde früh am Abend mit einem Tablett mit heißem Zitronenwasser und Haferschleim mit Honig auf mein Zimmer geschickt. Mary bleibt mit Mutter im Salon zurück, und ich kann mich des unbehaglichen Gefühls nicht erwehren, dass die beiden über mich sprechen wollen, sobald ich fort bin. Dasselbe tue ich oft mit Mutter oder meinen anderen Schwestern, wenn eine den Raum verlassen hat. Trotz meines Hustens entkleide ich mich daher nicht und lege mich nicht ins Bett, sondern gehe in meinem Zimmer umher, immer an den Kanten der Teppiche entlang, folge mit den Zehen den gewebten Mustern am Rand. Mit einem seltsamen Vorgefühl höre ich etwas später das Klopfen an meiner Tür und lasse Mary ein.

«Fühlst du dich imstande, mich zu einem Gespräch mit Mutter und Vater zu begleiten, Frances?»

Ein nervöses Prickeln überläuft meinen Rücken, als richteten sich dort Stacheln auf wie bei einem Igel. «Wozu?»

«Ich habe über dich und Robert nachgedacht und mit Mutter gesprochen. Keine Sorge», fügt Mary hastig hinzu, «dein Geheimnis habe ich ihr natürlich nicht verraten.»

«Natürlich nicht», wiederhole ich mechanisch.

«Hör zu, Liebes, vertrau mir für die nächsten Minuten. Ich habe eine Idee.»

Mir bleibt keine andere Wahl, als zu tun, was sie sagt, und so folge ich Mary. Es ist ein seltsames Gefühl – seit ich kein kleines Kind mehr bin, habe ich mich von Mary nie als die jüngere Schwester behandeln lassen. Wir waren stets Gleichgestellte, Verbündete; ein Paar Spielkarten, zwei Seiten einer Münze. Aber nun hat sich etwas zwischen uns verändert. Es ist beinahe, als wäre ich durch meinen Fehltritt mit Robert nicht etwa eher als Mary zur erwachsenen Frau geworden, sondern vielmehr zu einem verletzlichen Kind, das ihres Schutzes bedarf. Oder vielleicht ist Marys Fürsorge für mich die einzige Möglichkeit, wie sie ihre Stellung behaupten kann, vor sich selbst und auch vor mir. Ich, das jüngste Kind meiner Eltern, weiß nur zu gut, wie es sich anfühlt, hinter den anderen zurückzubleiben, und so kann ich Mary ihre Reaktion nicht verübeln.

Wir finden Mutter und Vater in ihrem Privatgemach vor; der Raum ist viel kleiner und schlichter als das Staatsgemach, wo Vater Audienzen gibt. Natürlich steht darin ein Bett mit Nachttischen, außerdem ein damastbezogenes Sofa und Schemel vor dem Kamin, aber viel mehr Einrichtung gibt es nicht. Das Auffallendste – überhaupt das einzig Auffallende – sind die erlesenen Wandteppiche an allen Wänden, die den ganzen Raum wie mit einem Schleier aus Rot- und Blautönen umfangen. Die tiefe Perspektive der Bilder ist bemerkenswert – die italienisch anmutenden Türme, die durch vom Betrachter wegführende Kolonnaden eben noch sichtbar sind, die Tempelruine auf dem fernen Berg, all das zieht den Blick in die Wände hinein, als wäre dieses Zimmer nur ein Raum in einer offenen, weitläufigen Villa. Die Wandteppiche bilden die Liebesgeschichte der Gottheiten Venus und Mars ab und ihre Entdeckung durch Venus' Gemahl, den Schmied Vulcanus. Ehe irgendjemand etwas sagt, gleitet mein Blick über die vertraute Bilderfolge, und ich betrachte die Umarmung der heimlich Liebenden unwillkürlich mit anderen Augen, nun, da ich dergleichen selbst erlebt habe.

Ich richte den Blick wieder in den Raum und sehe meine Mutter auf dem Sofa sitzen, wo sie sich von ihrer Zofe das Haar ausbürsten lässt. Vater kommt gerade aus dem Ankleidezimmer nebenan, da er unsere Stimmen gehört hat. Im Gehen trocknet er sich die Hände an einem Handtuch ab.

«Mädchen?»

«Dürften wir euch sprechen, Mutter, Vater?», fragt Mary.

«Natürlich, meine Lieben.» Mutter nimmt die Bürste und entlässt die Zofe mit einem Kopfnicken, und als diese hinausgeht, ruft Vater ihr nach: «Ihr könnt Anthony sagen, dass ich ihn heute Abend nicht mehr brauche.»

«Gewiss, Euer Hoheit, danke.» Die Dame knickst noch einmal und verlässt rückwärts den Raum, und wir bleiben allein zurück; nun sind wir wieder eine normale Familie. Ich höre den Seufzer, der uns allen entfährt, da wir wieder leichter atmen können.

Mutter streckt uns die Hände entgegen, und wir gehen zu ihr, lassen uns mit unseren weiten Röcken unbehaglich auf den schmalen Stühlen ihr gegenüber nieder. Vater trocknet sich das Gesicht und legt das Handtuch ab, dann kommt er zu uns herüber und lässt sich schwer neben Mutter auf das knarrende Sofa fallen. Er massiert sich den rechten Oberschenkel, ehe er seine bestrumpften Füße auf einen Schemel legt und die Knöchel übereinanderschlägt. Mutter hält noch immer die Bürste in der Hand und macht damit eine Geste in meine Richtung. «Soll ich dir das Haar bürsten, Fanny, so wie früher?»

In diesem Moment kann ich mir nichts Schöneres vorstellen, und so setze ich mich vor ihren Röcken auf den Boden, mit dem Rücken zu ihr und Vater und mit dem Blick zu Mary. Mutter fängt an, die Nadeln eine nach der anderen aus meiner Frisur zu ziehen, wobei ich ihre beringten Hände leicht an meinem Hals spüre. Augenblicklich fühle ich mich in unser Haus in Ely zurückversetzt, wo sie das immer nach dem Abendessen in der Stube am Kamin zu tun pflegte, während Bridget uns aus den Psalmen vorlas und meine Brüder lärmend ein und aus gingen. Damals lebten wir beengt in wenigen Räumen ohne vornehme Diener und Zofen, nur mit einer jungen Küchenmagd, einem pickeligen Lehrling in Vaters Steuerbüro und einem alten Stallknecht aus der Stadt. Der scharfe Geruch des polierten Leders von Vaters Stiefeln, die neben mir auf dem Boden liegen, holt mich aus meiner Erinnerung zurück, und ich höre seinen schweren Atem hinter mir – er ist nicht mehr der junge Mann, der er einst war.

«Vater, wir möchten mit dir über Frances und Robert Rich sprechen.»

Marys Stimme ist leise, aber fest. Ich hingegen empfinde keine solche Ruhe, das Blut pulsiert rasend in meinen Handgelenken, und ich verknote die Hände im Schoß wie ein reuiger Sünder. Ich habe keine Ahnung, was Mary zu sagen im Begriff ist, aber in diesem Moment beschließe ich, den Raum nicht ohne Vaters Einwilligung zu meiner Heirat wieder zu verlassen, selbst wenn ich ihm dazu unsere fleischlichen Akte gestehen und mich vor ihm für immer herabwürdigen muss. Dieser Entschluss verursacht mir einen seltsamen Schwindel, ich bin fast begeistert von meiner Kühnheit, und die Bilder von Venus und Mars im Augenblick ihrer verbotenen Lust wirbeln am Rand meines Blickfelds. Hinter mir entfährt jemandem ein leiser Seufzer, doch ich bin zu abgelenkt, um wahrzunehmen, ob es Vater oder Mutter ist; ich weiß, dass das Thema beide in den letzten Monaten verärgert hat. Ich beobachte, wie Mary sich ihre nächsten Worte zurechtlegt, sie heraufbeschwört, als kämen sie tief aus ihrem Inneren. Von uns allen ist sie am meisten auf Vaters Gesundheit und sein Glück bedacht und scheut sich stets davor, ihn zu belasten.

«Vater, ich will sagen, was Frances nicht ausspricht. Sie und Robert verbindet eine tiefe, beständige Liebe, und ich muss dir sagen, sie wird niemals glücklich sein, wenn die beiden nicht heiraten dürfen. Ich weiß, dass du Vorbehalte gegen seinen Charakter hattest, doch ich kann dir versichern, nach dem, wie ich ihn erlebt habe, ist er weitaus gefestigter und beständiger, als du annimmst. Er entstammt einem edlen Haus, das unserem nahesteht, und du weißt, wie innig seine Familie diese Verbindung wünscht.»

Ich fühle, wie Vater hinter mir aufsteht, und höre seine Schritte, als er hinter dem Sofa auf und ab geht.

Dann ergreift Mutter das Wort, noch immer mit meinem Haar beschäftigt. «Was Mary sagt, ist wahr, mein Lieber: Es ist keine so unpassende Verbindung.»

Doch Vater gibt nicht nach. «Ich verstehe alles, was ihr sagt, meine Lieben. Aber wie könnte ich nach dem, was ich über seinen lasterhaften Lebenswandel gehört habe, sicher sein, dass dieser junge Mann meiner Frances ein würdiger Ehemann wäre? Wie kann ich mir seiner Nähe zu Gott sicher sein?»

Mary schaut mich an, und ich weiß, jetzt ist der Zeitpunkt, da ich meinen Trumpf ausspielen muss. Wenigstens kehre ich meinen Eltern dabei den Rücken, das macht es leichter. Ich setzte gerade zum Sprechen an, da höre ich stattdessen Marys Stimme.

«Vater, ich beschwöre dich. Ich liebe meine Schwester über alles, und deshalb sage ich dir nun: Wenn du ihr erlaubst, den Mann zu heiraten, den sie liebt, werde ich mich mit Freuden in die Heirat fügen, die du für mich beschließt, wer auch immer der Mann sein mag. Wer auch immer für dich am vorteilhaftesten ist.»

Ich starre sie ungläubig an. Hinter mir halten Mutters Hände über meinem Haar inne, und Vaters Schritte setzen abrupt aus.

«Mary!» Ich finde keine Worte.

Mary blickt uns fest an, die Perlen an ihrem Hals schimmern im flackernden Licht des heruntergebrannten Feuers.

«Oh, Liebes», ist das Einzige, was Mutter herausbringt, und dann warten wir drei, denn nun hängt alles davon ab, was Vater sagt.

«Meine Tochter.» Vater geht um das Sofa herum zu Mary und greift nach ihrer Hand, die in ihrem Schoß liegt. «Mein liebes Kind.» Er küsst die schmale Hand, dann nimmt er sie zwischen seine beiden großen Hände und drückt sie an die Brust. «Du rührst mich mit deiner Geste, Mall, mit der Kraft deiner Liebe. Und du, Fanny» – er wendet sein breites Gesicht mir zu –, «du rührst mich mit der Kraft deiner Liebe zu dem jungen Rich, mit deiner Beständigkeit. Wenn ich auch Zweifel an seiner Charakterfestigkeit gehegt habe, so kann ich an der deinen nicht zweifeln.» Vater schüttelt den Kopf, und der Feuerschein malt tiefe Schatten auf sein müdes Gesicht. «Ich gewähre euch euren Wunsch, meine Lieben. Wie könnte ich mich jetzt noch verweigern?»

Tränen fließen über mein Gesicht, und ich rutsche auf dem Boden vorwärts, nicht zu Vater, sondern zu Mary, umschlinge sie am Boden kauernd, lege dankbar den Kopf in ihren Schoß. Mit tränenverschleierten Augen schaue ich zu

Vater, strecke eine Hand zu ihm hoch, und er ergreift sie, sodass wir drei für einen Moment verbunden sind. Jedoch nur für einen Moment, dann drückt Vater abschließend meine Hand und zieht sich in sein Ankleidezimmer zurück. Ich sehe ihm nach, dann richte ich den Blick auf Mutter, die uns anstrahlt, Tränen in den Augen, die Bürste noch immer halb erhoben.

Später, als ich endlich die Worte finde, überschütte ich Mary in einem Wirbelsturm von Gefühlen mit meiner Liebe, meinem Dank und meiner Empörung. «Das hättest du nicht für mich tun sollen, Mary … Ich hätte es niemals zugelassen, wenn ich gewusst hätte, was du vorhattest. Aber ich bin so froh, dass du es getan hast, ich bin so glücklich! Doch was wird nun aus deinem Glück? Was, wenn Vater dich mit dem verwitweten royalistischen Viscount verheiratet oder mit dem berüchtigten Duke of Buckingham?»

Mary sagt wenig dazu, doch ich erkenne an ihren glänzenden Augen, dass sie an meiner Freude ebenso Anteil nimmt wie ich an ihrem Opfer. «Ich bitte dich im Gegenzug nur um eines, Frances», sagt sie ernst, als wir uns wieder beruhigt haben. «Dass du nicht wieder bei Robert liegst, bis ihr verheiratet seid. Du bist es mir schuldig, vorsichtig zu sein, nun, da du bekommst, was du willst.»

«Natürlich, meine Liebste, ich tue alles, was du willst.» Ich blicke sie an, noch immer voller Verwunderung, dann muss ich plötzlich kichern. «Aber ich hoffe, Vater lässt uns recht bald heiraten!»

KAPITEL SIEBEN

Robert schließt mich in die Arme, als er die Neuigkeit erfährt, dabei stehen wir gerade vor der Kapelle, wo der halbe Hof uns sehen kann. Doch dann wendet er sich in seiner Freude an Mary, sinkt vor ihr auf ein Knie und küsst voller Dankbarkeit ihre Hand. Anschließend bietet er jeder von uns einen Arm und führt uns aus dem Palast in den Wildpark hinaus, wo wir einen langen Spaziergang machen. Die Arme eingehakt, die Köpfe einträchtig zueinandergeneigt, gehen wir über die Wiesen, auf denen golden das erste Herbstlaub liegt. Später spricht Robert mit seinem Großvater bei Vater vor, und danach trifft er sich mit Sekretär Thurloe und zwei Mitgliedern des Privy Council, um die Mitgift festzusetzen und einen vorläufigen Termin für November zu vereinbaren.

Die bevorstehenden Herbstwochen versprechen die längsten meines Lebens zu werden, und doch weicht während dieser ganzen Zeit das breite Lächeln kaum je von meinem Gesicht, da ich ja weiß, welches Glück mich am Ende erwartet. Ich halte mein Wort Mary gegenüber: Robert und ich küssen uns und seufzen, aber nicht mehr, und wir halten uns stets in Sichtweite von Mutter, Mary oder Katherine, um nicht in Versuchung zu geraten. Sobald die Sache beschlossen ist, schreibe ich meinem Bruder Harry in Irland die Neuigkeit, und Mutter, Elizabeth, Mary und ich machen uns daran, die Hochzeit zu planen und vorzubereiten. Die besten Schneider der Stadt kommen, um uns ihre neuesten Seiden, Spitzen und Taft zu zeigen, Stoffe, die von weit her kommen, manche gar vom Ende der Seidenstraße.

Auch Robert wird zur Hochzeit neu eingekleidet, er bekommt ein Wams und Hosen aus ungeschnittenem Samt und droht sogar an, eine Perücke von der Art zu tragen, die auf dem Festland derzeit so in Mode ist, eine, wie ich sie bereits bei dem unverschämt eleganten Lord Broghill und bei General Montagu gesehen habe. Ich nenne Robert spöttisch einen Stutzer, doch insgeheim liebe ich seinen modischen Kleidungsstil.

Wir besprechen die Musik mit Master Hingston, die Zeremonie und das Festessen mit Sir Oliver Flemyng und meinen Schmuck mit Vaters Juwelier Master Riddell. Die Hochzeit soll in Whitehall stattfinden, und Elizabeth verspricht, dass sie noch herrschaftlicher und aufwendiger wird als die meiner Cousine Lavinia, die ich so wunderbar fand. Ich erinnere mich, wie Robert an jenem Tag mit mir getanzt, mich mit seinem Spott über meine Familie verletzt, wie er mich später in den Stallungen mit Bemerkungen über meine eigene Hochzeit aufgezogen hat, und ich kann über den Lauf des Schicksals nur staunen.

Doch abseits unserer Geschäftigkeit arbeitet die Regierung weiter. Unsere Stellung in Europa gegen Spanien erscheint weiterhin prekär, denn unser Bündnis mit Frankreich verliert an Kraft. In London gehen Gerüchte um, die Spanier machten eine Invasionsstreitmacht bereit, eine neue Armada. Zum großen Erstaunen aller kämpfen bei der Küstenfestung Mardyck der opportunistische «Exilkönig» Charles und sein Bruder, der sogenannte Duke of York, an der Seite der Spanier gegen unsere Truppen. Deshalb lässt

Vater sich überzeugen, die vereinigte Armee unseres Bündnisses dorthin zu entsenden. «Unser Bürgerkrieg ist noch nicht zu Ende», sagt er müde und starrt mit leerem Blick über seinen Becher mit dunklem Wein hinweg. Indessen versuchen unsere spanischen Feinde auf der anderen Seite der Welt, Jamaika zurückzuerobern. Doch der neue Gouverneur wehrt den Angriff ab und erntet dafür am Hof großes Lob. Ich staune ebenso wie alle anderen darüber, dass wir die mächtigen Spanier geschlagen haben, die den größten Teil der Neuen Welt besitzen; dass es eine kleine Insel irgendwo in der fernen Karibik gibt, die uns gehört. Die Engländer sind keine Piraten mehr.

Inmitten dieser Entwicklungen trifft aus Richards Haus zu Hursley in Hampshire ein Brief mit der Nachricht ein, er habe sich bei der Jagd im New Forest das Bein gebrochen. Mutter ist vor Sorge ganz außer sich und reist eilends mit einer Kutsche von London über die Straße nach Winchester, mit Briefen und Kuchen von uns im Gepäck und begleitet von Vaters eigenem Arzt. Binnen zwei Wochen kehrt sie in der tröstlichen Gewissheit zurück, dass die Wunde sauber und ihr Ältester außer Lebensgefahr ist. Allerdings mache ich mir Sorgen, er könnte nicht in der Lage sein, zu meiner Hochzeit anzureisen.

Wie Mutter berichtet, war Dick höchst erfreut über die Nachricht, dass Vater ihn in die zweite Kammer des Parlaments berufen hat. Diese wird in der nächsten Sitzungsperiode zusammentreten. Und tatsächlich dreht sich Vaters Tagesgeschäft hauptsächlich um die weiteren Nominierungen für das neue House of Lords: Er muss abwägen und aus dem allmählich größer werdenden Kreis öffentlicher Amtsträger Kandidaten auswählen, die mit seinem Protektorat zusammenarbeiten werden. Da Dick und John bereits ernannt sind und wir auch die meisten anderen Nominierten kennen, sprechen wir in diesen Wochen beim Essen im Familienkreis von kaum etwas anderem.

Während ich vor Begeisterung strahle, da unser Hochzeitstag naht, macht sich meine geliebte Mary Sorgen um ihre Zukunft, auch wenn sie zu rücksichtsvoll ist, es mir zu zeigen, und zu stolz, es vor anderen zu offenbaren. Ich weiß, die Aussicht, einen einstigen Royalisten zu heiraten, ängstigt sie noch immer. Ich rede ihr zu, Vater auf das Thema anzusprechen, doch sie lehnt es ab. Sie fühlt sich verpflichtet, alles still hinzunehmen, da sie um meinetwillen versprochen hat, den Mann seiner Wahl zu heiraten, wer immer es sein mag. Am Ende braucht sie nicht lange auf Gewissheit zu warten, denn schon ein paar Tage später teilt Vater ihr mit, er habe den royalistischen Witwer Viscount Fauconberg eingeladen, vom Festland nach England zurückzukehren, um sie zu ehelichen.

Noch wurde die Verbindung nicht öffentlich bekanntgegeben, doch die Gerüchteküche am Hof brodelt. Dass der Protektor seine Tochter dem Erben einer solch prominenten royalistischen Familie zur Frau gibt – einer Familie, die uns mehr als ein Jahrzehnt lang bekämpft hat –, sorgt allgemein für Verblüffung. Vater und Master Thurloe erklären entschieden, es sei eine großartige Geste der Einigung und werde sehr dazu beitragen, das Land zu heilen und zu befrieden. Doch hinter vorgehaltener Hand werden auf allen Seiten weiter Zweifel geäußert. Wie der Botschafter von Venedig es mir gegenüber formuliert: «Ist der Viscount wirklich mit Eurer Seite versöhnt, *Principessa*? Oder ist dies eine royalistische Verschwörung, um einen der treuesten

Freunde des exilierten Königs ins Innerste der verfeindeten Herrscherfamilie einzuschleusen?»

Selbst Robert ist unsicher: «Von der Seite des Bräutigams werden wohl nicht viele Hochzeitsgäste kommen», bemerkt er einmal, als niemand uns hören kann. «Seine Onkel waren vor nur zwei Jahren am Aufstand gegen deinen Vater beteiligt: Einer steht unter Arrest, der andere weilt am Hof im Exil. Und Fauconbergs einziger Verwandter, der für das Parlament kämpfte, Black Tom Fairfax, hat sich mit deinem Vater überworfen, deshalb glaube ich kaum, dass er kommen wird.»

Das alles bereitet mir tiefes Unbehagen, während wir die Ankunft des Viscount erwarten. Ich kann mich düster pochender Schuldgefühle nicht erwehren, wenn ich Marys verhärmtes, ängstliches Gesicht sehe. Sie ist zu rücksichtsvoll, zu sehr auf meine Gefühle bedacht, um mir gegenüber ihre Befürchtungen zu äußern. Doch das braucht sie auch nicht, ich kenne sie alle: Was, wenn ihr Bräutigam ein royalistischer Spion ist? Schlimmer noch, was, wenn sie ihn nicht leiden kann? Was, wenn er herzlos ist oder sonst irgendwie abstoßend, womöglich furchtbar unansehnlich? Oder wenn er übermäßig trinkt oder dem Glücksspiel frönt? Könnte sie ihn je so lieben, wie ich Robert liebe?

Inmitten dieses Gewitters von Mutmaßungen trifft Thomas Viscount Fauconberg ein, an dem Tag, der in der Zeit des Aberglaubens All Hallows' Eve – der Vorabend von Allerheiligen – genannt wurde, nur elf Tage vor meiner Hochzeit. Im Whitehall Palace werden Räumlichkeiten für ihn hergerichtet, und der Rahmen für seine erste Begegnung mit Mary wird vorbereitet: Die beiden sollen einander in den Privaträumen unserer Familie vorgestellt werden, bevor wir in der großen Halle zu Abend essen. Mary ist vor Nervosität ganz außer sich, probiert bald dieses, bald jenes Kleid an; das aus blauer Seide und dazu ihre Perlen oder besser das aus pinkem Taft mit ihrer Rubinkette? Ihre Zofe Anne, Katherine und ich versuchen, sie zu beruhigen, doch wir wissen auch nichts wirklich Hilfreiches zu sagen. In dem verzweifelten Drang, den Moment der ersten Begegnung endlich hinter uns zu bringen, eilen wir in Vaters privates Audienzzimmer, wo der Rest der Familie bereits versammelt ist. Master Thurloe hält sich an der Tür bereit. Mutter weist uns unsere Plätze zu und achtet darauf, Mary besonders vorteilhaft zu positionieren, zwischen ihr selbst und Vater, wo der Feuerschein auf ihrem Schmuck spielt und die Konturen ihres Schlüsselbeins nachzeichnet.

Kaum haben wir uns fertig arrangiert, da wird auch schon die Tür geöffnet, und ein Leibgardist kündigt den Viscount in Begleitung von Lord Broghill an. Ich mustere den Viscount scharf: Er ist jung – nicht über dreißig, schätze ich –, das ist schon eine große Erleichterung. Und sein Gesicht und seine Statur sind nicht unattraktiv, auch wenn seine Nase ein wenig zu groß für sein Gesicht wirkt, lang und krumm über einem kleinen Mund. Aber er hat hübsche braune Augen und tiefschwarzes Haar, das einen starken Kontrast zu seinem graublauen Mantel und dem hohen weißen Kragen bildet. Er trägt ein vornehmes Wams mit silbernem Brokat und passenden Knöpfen. Natürlich wird seine Wirkung ein wenig durch Lord Broghill in den Schatten gestellt, der in edelsten zinnoberroten Samt gekleidet ist.

«Eure Hoheiten», redet der Viscount uns mit klarer Tenorstimme an, dann tauscht er Höflichkeitsfloskeln mit meinen Eltern und Broghill aus. Seine Ausdrucksweise ist gewählt, seine Sprache mit dem zarten Yorkshire-Akzent vornehm, sein Ton jedoch reserviert, und ich bemerke, dass er Mary kaum anschaut. Mir entgeht auch nicht, dass sie heftig errötet und Mühe hat, ihr Weinglas an den Mund zu führen, ohne dass ihre Hand zittert. Die beiden sprechen nicht direkt miteinander, bis Vater uns auffordert, zu Tisch zu gehen, und dem Viscount Marys Arm anbietet. Er nimmt mit höflicher Geste an, hält jedoch den Kopf hoch erhoben und den Blick geradeaus gerichtet, als sie gemeinsam den Raum verlassen. Er ist kein großer Mann, und während ich mich hinter den beiden einreihe, meine ich zu erkennen, dass seine silbernen Schuhe hohe Absätze haben. Aber immerhin ist er so ein wenig größer als Mary, deshalb bin ich froh darüber.

Bei Tisch sitze ich nicht in der Nähe der beiden, und der Viscount entschuldigt sich bald nach der Mahlzeit mit der Erklärung, er sei müde von der Reise. So erfahre ich erst später am Abend etwas über ihre Unterhaltung, als Mary und ich endlich Gelegenheit haben, ungestört miteinander zu sprechen. Mary erzählt hinter vorgehaltener Hand, so gut es geht, während Vater und Mutter ein Duett auf dem Spinett spielen. Vaters Lehrer, Master Farmulo, steht hinter den beiden.

«Ich kann wirklich nichts gegen ihn sagen», flüstert Mary. Sie spricht schnell in ihrer Erleichterung, ihre Gedanken mit mir zu teilen. «Er war tadellos höflich. Er hat von den Sehenswürdigkeiten von Paris erzählt und ein wenig von seiner Heimat Yorkshire. Aber … Ich weiß nicht. Er war sehr zurückhaltend in der Art, wie er gesprochen hat. Vorsichtig, manchmal beinahe widerstrebend. Mir ist die Rolle zugefallen, ihn zu ermutigen, anstatt umgekehrt. Und er hat mir fast gar keine Fragen gestellt. Vielleicht interessiert er sich nicht für mich? Vielleicht habe ich ihn gelangweilt?»

«Aber nein, bestimmt nicht, Liebes.» Ich würde sie gern aufmuntern, finde jedoch kaum Argumente. «Vielleicht war er einfach nervös. Und müde, bestimmt war er müde.»

«Ja», sagt sie mit einem kleinen, erleichterten Seufzer. «Ja, vielleicht lag es daran.»

«Ich fand ihn ganz attraktiv», füge ich hinzu und bin mir entsetzlich bewusst, wie eigennützig es von mir ist, Werbung für den Mann zu machen – immerhin bin ich dafür verantwortlich, dass meine Schwester ihn heiraten muss. «Und wie er sich kleidet, hat mir sehr gefallen.»

«Ja», räumt sie ein. «Aber es fällt mir so schwer, mir vorzustellen, dass ich die Frau dieses Fremden werden soll. Dass wir unser Leben miteinander verbringen werden, jeden Tag und jede Nacht …» Sie bricht ab, und ich weiß, woran sie denkt.

«Es wird alles gut werden, Mary, das weiß ich», beteuere ich mit größerer Zuversicht, als ich empfinde. «Schau dir die Vertrautheit zwischen John und Elizabeth an; schau dir Mutter und Vater an. Selbst Charles und Bridget haben sich mit der Zeit angenähert. Dir wird es ebenso ergehen, wenn ihr euch erst einmal kennenlernt.»

Mary versucht, sich ein Lächeln abzuringen, dann richtet sie den Blick auf Mutter und Vater. Eben lachen beide, weil Vater mit seinen ungeschickten Händen einen Fehler in ihrem Duett gemacht hat.

Ich mustere meine Schwester angespannt von der Seite und beschließe, nach Kräften dazu beizutragen, dass Mary und der Viscount sich in den nächsten Wochen besser kennenlernen. Gleich am nächsten Tag werde ich damit anfangen. Da fällt mir etwas ein: «Wir reiten ja morgen aus», flüstere ich ihr über die Musik hinweg zu. «Ich habe gehört, dein Verlobter sei ein guter Reiter, damit hättet ihr zwei doch etwas Wundervolles gemeinsam. Warte nur ab.»

Während der folgenden Tage gebe ich mein Bestes, um Mary und den Viscount zusammenzubringen, doch meine Hochzeitsvorbereitungen beanspruchen einen Großteil meiner Zeit, und die wenigen freien Momente nutze ich, um mich mit Robert zu treffen. Meine größte Sorge gilt meinen Proben mit Master Hingston, denn der große Dichter Edmund Waller hat zu meiner Hochzeit ein Maskenspiel geschrieben, und ich wurde gebeten, darin eine Hauptrolle zu übernehmen. Weder ich noch andere Damen am Hof meines Vaters haben so etwas je zuvor getan. Überhaupt wird dies das erste Maskenspiel sein, das seit vor dem Krieg im Palast aufgeführt wird. Vater muss erst mit einiger Mühe dazu überredet werden, etwas wieder einzuführen, was derart symbolisch für die katholische Dekadenz des Stuarthofes steht. Andererseits schätzt er Master Wallers Kunst sehr – der Dichter hat sich nach einer langen Zeit im Exil als entschiedener Unterstützer des Protektorats selbst neu erfunden. Master Waller und Master Hingston versichern Vater, das Stück werde höchsten moralischen und musikalischen Ansprüchen genügen, und sie legen ihm das Manuskript vor. Vater studiert es eine geschlagene halbe Stunde lang und kritzelt Randnotizen, ehe er schließlich zögernd einwilligt. Ich hatte halb gehofft, er werde ablehnen, denn meine Angst ist ebenso groß wie meine Begeisterung. Die Aussicht auf diesen Auftritt macht mich beinahe nervöser als die auf die eigentliche Hochzeitszeremonie. Robert sagt im Scherz, ich benähme mich wie ein kleines Mädchen, doch ich glaube, insgeheim ist er ebenso aufgeregt, mich singen und tanzen zu sehen, wie ich es bin. Ich achte sehr darauf, ihm keine Einzelheiten über das Maskenspiel zu verraten, damit es eine Überraschung wird.

Marys Verlobung mit dem Viscount wurde noch immer nicht offiziell bekanntgegeben, deshalb überrascht es mich, als sie selbst vorschlägt, dass sie nur eine Woche nach Robert und mir in Hampton Court heiraten – am 18. November.

«So bald schon?», frage ich sie. «Bist du sicher?»

«Ganz sicher.» Sie nickt und macht ein entschlossenes Gesicht, wie ich es von Vater kenne. «Wenn es nun einmal sein soll, dann ziehe ich vor, dass es rasch geschieht. Und es wird eine kleinere Feier als deine, es bedarf nicht solcher Vorbereitungen. Außerdem» – ihre Mundwinkel deuten ein Lächeln an – «will ich nicht hinter dir zurückbleiben. Auf diese Weise beginnen wir unser neues Leben zusammen.»

Da nun zwei Hochzeiten bevorstehen, verfallen wir alle in hektische Betriebsamkeit. Mutter schickt unseren Master of Ceremonies Sir Oliver Flemyng flussabwärts nach Hampton Court, um mit der Planung von Marys Hochzeit zu beginnen, und er lässt seinen Stellvertreter dort zurück, damit dieser die Vorbereitungen beaufsichtigt, während er selbst wieder nach Whitehall eilt, um sich weiter meinen Hochzeitsvorbereitungen zu widmen. Mehrere Räume neben meinem eigenen Zimmer werden ausgeräumt und hergerichtet, damit Robert und ich sie gemeinsam bewohnen können, und eine ähnliche Suite wird für Mary und den Viscount bereit gemacht. Mit Begeisterung wähle ich die Einrichtung aus, beraten von den zuständigen Hofbeamten: dem Surveyor of Works, dem kleinen Master Embree, sowie dem imposanten Colonel Philip Jones, dem Controller of the

Household. In unserem Salon bekommen wir gestreifte Tapeten und zwei samtbezogene Sessel, im Ankleidezimmer einen Wandschrank mit eingebauten Regalen. Mir kommt das alles noch immer wie ein Phantasiespiel vor, als richtete ich ein Puppenhaus ein.

Wirklich real wird es für mich erst, als die ersten Gäste eintreffen. Richard kann die Reise von Hampshire nach London nun doch bewältigen, noch immer mit verbundenem Bein und in Begleitung seiner Frau Dorothy, die ihn und ihre kleinen Kinder umsorgt. Auch Bridget wohnt in den Tagen vor der Hochzeit im Palast – eigentlich lehnt sie unseren Luxus entschieden ab, doch dass ihre kleinen Schwestern jetzt in den Stand der Ehe eintreten, scheint sie milder zu stimmen. Von meinen Geschwistern fehlt nur Harry, denn er hat entschieden, nicht die beschwerliche Reise von Irland zu unternehmen. Seine Schwiegereltern, Sir Francis Russell und seine Frau Catherine, sowie deren Sohn John Russell werden sie vertreten. Die Nachricht schmerzt mich sehr. Harry ist nun schon seit zwei Jahren fort, und es fällt mir schwer zu glauben, dass Mary und ich unseren großen Bruder nicht wiedersehen werden, ehe wir beide verheiratet sind.

Auch viele Angehörige des alten Adels kommen zur Hochzeit an den Hof: Gesichter, die man seit dem Tod des alten Königs nicht mehr in Whitehall gesehen hat. Doch nun finden diese Leute, die Zeit sei gekommen, ihre Differenzen aus Kriegszeiten ruhen zu lassen und sich dem neuen Herrschergeschlecht zuzuwenden. Mit jedem Neuankömmling wird mir stärker bewusst, dass meine Hochzeit etwas viel Bedeutsameres ist als nur die Verbindung zwischen meinem Liebsten und mir. Aber auch wenn ich deshalb nervöser bin als so manche andere Braut, empfinde ich es doch in

Wahrheit als große Ehre; ich bin erfreut, endlich eine Rolle in der Geschichte unseres Landes zu spielen. Dies wird mein Tag, mein Beitrag.

Und endlich kommt der Tag. Der Tag, der stärker als jeder andere das Leben vieler Frauen prägt und der so vielen aufgezwungen wird. Ich hingegen habe ihn selbst gewählt: den Anfang vom Rest meines Lebens.

Der Morgen dämmert stürmisch, bronzefarbenes Laub wird durch einen zinngrauen Himmel gewirbelt, und ich erwache mit dem Gedanken, dass ich dies zum letzten Mal ohne Robert tue. Das Strahlen auf meinem Gesicht wird während der nächsten Tage kaum jemals wieder verschwinden. Den Blick auf meinen Betthimmel gerichtet, den Rauchgeruch Hunderter Feuer in der Nase, die früher als gewöhnlich überall im Palast angefacht wurden, beschließe ich, das Glück wertzuschätzen, um das ich so hart gekämpft habe und das mir nun tatsächlich zuteilwird; jeden Augenblick in meinem Gedächtnis zu bewahren. Und doch kann ich mich später, wenn ich auf die mit Banketten gefüllten Tage und die Nächte voller Wonne zurückblicke, kaum an etwas erinnern: mit wem ich gesprochen oder was ich gegessen habe, die Liebesworte, die wir uns in unserem Bettgeflüster sagten. Die ganze Woche zieht verschwommen an mir vorbei, als beobachtete ich das Leben einer anderen durch die Scheibe eines Sprossenfensters.

Katherine bringt mir ein Tablett mit Frühstück auf mein Zimmer, und Mary und ich teilen es uns im Bett: Brötchen, noch warm aus dem Ofen, Butter, Honig und heißer Apfelsaft. Dann baden wir und machen uns schön, lachen und stecken uns gegenseitig das Haar auf, bis Mutter und

Elizabeth eintreffen, vollständig angekleidet und gebieterisch. Sie hantieren an mir herum und putzen mich heraus, machen und tun und schnüren mich schließlich gemeinsam in mein Hochzeitskleid. Katherine bringt den großen Ankleidespiegel, und ich betrachte mich voller Staunen, sehe eine andere Frau vor mir: eine Prinzessin, nicht Fanny Cromwell, in hauchzarte, silbern schillernde Seide gehüllt, die meiner Haut schmeichelt, mit einem Mieder aus Seidenbrokat, besetzt mit Perlen, die im Morgenlicht schimmern. Mutter legt mir ihre eigene Perlenkette um den Hals und lächelt mir im Spiegel zu. Nun bin ich bereit.

Ich stecke den Smaragdring von Roberts Mutter an den kleinen Finger und halte kurz still, damit Elizabeth mich mit ihrem geliebten Rosenduft betupfen kann, dann verlasse ich ganz benommen den Raum und lasse mich zu Vaters äußerem Audienzzimmer führen. Ich nehme die Höflinge kaum wahr, die sich verbeugen und applaudieren, als ich vorbeigehe, ebenso wenig die Girlanden aus immergrünen Zweigen, die sich durch die Räume winden wie ein Fluss, der mich zu meinem Liebsten führt. Das Erste, das ich wieder wirklich sehe, ist Vater, in edlen grauen Samt gekleidet, mit seidenen Strümpfen und Strumpfbändern aus funkelnder goldener Spitze, und dann, als die Türflügel zum inneren Audienzzimmer sich vor uns öffnen, ist da Robert. Verpackt wie ein Geschenk, in Wams und Hosen aus goldgesäumtem rotem Samt, wie angedroht mit brauner Perücke auf dem Kopf, geht er mitten im Raum auf und ab, sein ganzer Körper geschmeidig wie ein Rennpferd. Als er mich sieht, bleibt er stehen, und wir grinsen uns töricht an.

Die eigentliche Trauzeremonie geht rasch und nüchtern vonstatten, wir geloben einander unsere Liebe und Treue. Anschließend leisten wir die Unterschrift im Stammbuch im

Beisein ausgewählter Freunde und Familienmitglieder und vor dem Justice of the Peace Master Scobell, dem Schreiber des Staatsrats. Früher waren Eheschließungen natürlich keine weltliche Angelegenheit. Vor zehn Jahren, als Elizabeth und Bridget heirateten, wurden Trauungen noch von Geistlichen in der Kirche vollzogen. Doch seither hat sich im puritanischen Parlament die Ansicht durchgesetzt, die Ehe sei kein kirchliches Sakrament, sondern eine allgemeine, gewöhnliche Institution, die allen offensteht. Früher, wenn Mary und ich uns unsere Hochzeiten ausmalten, haben wir oft unser Schicksal beklagt, der ersten Generation von Bräuten anzugehören, die nicht mehr unter lieblichem Gesang zum Altar schreiten und im fleckigen Sonnenlicht, das durch ein großes Ostfenster hereinfällt, ihre Liebe geloben. Und natürlich war alles, was unsere älteren Schwestern gehabt hatten und was wir nicht mehr haben würden, für uns ein Ärgernis. Aber nun, an meinem Hochzeitstag, interessiere ich mich nicht mehr im mindesten für die Zeremonie, sobald Robert mir sein schönes Gesicht zuwendet und Vater meine zitternde Hand in seine legt.

Doch während ich mit der neuen weltlichen Zeremonie vollauf zufrieden bin, überrascht Robert mich mit seinem Traditionsbewusstsein: Er bittet darum, dass einer von Vaters Kaplanen ein Segensgebet über uns spricht, und Vater tut ihm den Gefallen. Als Jeremiah vor uns hintritt, seine rastlosen Glieder ständig in Bewegung, während er zu Gott spricht, muss ich die Augen niederschlagen, um nicht seinem Blick zu begegnen – ich erinnere mich an die Szene zwischen uns, bei der er beinahe um mich geworben hätte, doch davon weiß Robert natürlich nichts. Sekunden später ist die Trauung beendet, und wir werden zu Mann und Frau erklärt. Die Kunde wird aus dem Raum getragen, läuft durch den ganzen Hof und hinaus in die Straßen Londons, wo eine Kirche nach der anderen ihre Glocken für uns läutet. Anfangs bemerke ich es nicht, denn alle Fenster sind gegen die Novemberkälte fest verschlossen, doch als wir von den Audienzzimmern zur großen Halle geführt werden, nehme ich das Geräusch wahr. Ich bitte Robert, anzuhalten und ein Fenster der Galerie zu öffnen, damit ich das Läuten richtig hören kann. Gemeinsam stehen wir kurz am Fenster, und ich schließe die Augen vor der beinahe schmerzlichen Schönheit der Klänge der alten Städte London und Westminster, die über mein Glück frohlocken.

«Glücklich?», flüstert Robert in mein Haar, und als Antwort kann ich nur lächelnd zu ihm aufblicken, während mir Tränen in die Augen steigen.

Dann werden wir vom Strom der Gäste weitergespült, bis wir uns in die Halle ergießen. Dort erwarten uns livrierte Bedienstete mit großen Tabletts voller Weingläser und Konfekt. Als ich mich umschaue, sehe ich ein Meer von neuen wie vertrauten Gesichtern: Die neuen sind die einst entfremdeten Angehörigen des alten Adels, Freunde und Bekannte von Roberts mächtiger Familie; die vertrauten sind Onkel Desborough, meine Tanten, Cousine Lavinia und ihr gutaussehender Mann, der Hauptmann der Leibgarde Richard Beke, die Familie Russell, Bulstrode Whitelocke und Master Thurloe, Lord Broghill, Sir Philip Jones und Sir Oliver Flemyng, Masters Marvell, Milton und Hingston sowie die Botschafter, darunter Signor Giavarina, der mir lächelnd zuzwinkert. Ich lasse den Blick über die Gesellschaft gleiten, und mein ganzer Körper prickelt vor Freude darüber, Hand in Hand mit Robert den Saal zu betreten. Das Bewusstsein, dass wir nun Mann und Frau sind, erfüllt meinen Geist, bis er schier davon überfließt. Alle Sinne sind geschärft, ich rieche das Festessen, und später höre ich Master Hingstons großartige Musik wie nie zuvor. Dabei habe ich seltsamerweise überhaupt keinen Appetit und bin den ganzen Tag viel zu abgelenkt, um etwas zu essen. Doch das macht nichts, denn uns stehen noch wenigstens drei Tage mit Feierlichkeiten bevor, ehe wir aufbrechen. Im Haus von Roberts Großvater, dem Earl of Warwick, einem prächtigen Gebäude an der Strand, erwarten uns weitere Feiern.

Ich mische mich unter meine Freunde, plaudere und lache, und dabei drängt es mich, jeden zu berühren, als könnte ich meine Freude weitergeben. Vater hält eine Rede, und nachdem auf unser Wohl getrunken wurde, verkündet er, dass nächste Woche Mary und der Viscount Fauconberg heiraten werden. Auch wenn der Hof bereits damit gerechnet hat, laufen nach dem Applaus Wellen von Unruhe und Getuschel durch den Saal.

Über jemandes Schulter hinweg sehe ich die schwarz bemäntelte Gestalt von Marchamont Nedham, dem Herausgeber unseres regierungsnahen Wochenblatts *Mercurius Politicus*. Er zieht mit einem Notizbuch in der Hand seine Kreise. In plötzlichem Hochgefühl begreife ich, dass er über die Hochzeit berichten wird. Dann werden allerorten in den drei Nationen die Leute ausführlich darüber lesen, ja selbst der Hof im Exil, vielleicht gar der junge «König», der sich einst um meine Hand bemüht hat. Bräute überall im Land werden den Bericht verschlingen, und ich schwelge nicht ohne schlechtes Gewissen in der eitlen Vorstellung, dass meine Hochzeit andere beeinflussen wird.

Ich bin auch stolz auf meine Familie – alle glänzen mit prächtiger neuer Kleidung. Ich frage mich, wie Master Nedham sie wohl beschreiben wird: Vater in seinem teuren neuen Wams und den Hosen aus ungeschnittenem grauem

Samt, die nach der spanischen Mode geschneidert sind; Mutter in einem neuen Gewand aus tiefgrüner Seide, ihre zweitliebsten Perlen um den Hals, denn ihre liebsten zieren ja den meinen; Elizabeth in Blassblau mit Silber am Saum, an ihrem Rockzipfel ihre Kinder in zarter weißer Spitze; und Mary in raschelnden Lagen pinken Tafts, besetzt mit Perlen – ein prachtvolles Kleid, von dem ich hoffe, dass ihr Verlobter es zu würdigen weiß. Master Hornlock hat sich wahrlich selbst übertroffen. Sogar Bridget ist edel gewandet, mit einem schlicht geschnittenen tiefblauen Kleid, und Charles an ihrer Seite frisch und parfümiert mit einem strahlend weißen Kragen über dem Anzug, dazu ihre Kinderschar in einem wahren Regenbogen an Farben. John zeigt sich natürlich in vollem höfischem Ornat, und Richard und Dorothy haben sich ebenfalls Mühe mit ihrer Kleidung gegeben, auch wenn Dick den größten Teil des Tages sitzend zubringen muss, sein gebrochenes Bein auf einen Stuhl gelagert.

Er ist es, der mich herüberwinkt und verlangt, die Geschenkübergabe solle beginnen. Robert kommt eifrig dazu, und wir sitzen da wie König und Königin, während unsere Freunde und Verwandten uns ihre Gaben bringen. Roberts Großmutter, die Countess of Devonshire, schenkt uns ein Tafelservice, das Gerüchten zufolge zweitausend Pfund wert sein soll – für mich eine atemberaubende Summe. John und Elizabeth kichern wie Jungvermählte, als sie uns zwei riesige silberne Kerzenleuchter für je zwölf Kerzen überreichen; ich weiß gar nicht, wo wir sie aufstellen sollen, bis Robert einmal seinen Familiensitz Leighs Priory erbt und wir unsere eigene große Halle zu dekorieren haben. Dennoch ist es ein prächtiges Geschenk.

Am meisten freue ich mich jedoch über ein Präsent, das von der Westküste Irlands über das Meer gereist ist.

John Russell bringt mir den mit Samt verhüllten Käfig. «Ich wurde damit betraut, Euch dieses Geschenk mit herzlichen Grüßen von Harry zu überreichen», sagt er und zieht die Abdeckung von dem Käfig. Zum Vorschein kommt ein kleiner silberblauer Vogel mit gesprenkelter weißer Brust und einer Haube über den Augen.

«Ein Merlin», sage ich und greife aufgeregt nach Roberts Hand. «Ein eigener Vogel für mich. Danke, John, danke!»

Robert küsst mir die Hand, dann lässt er mich los, um den Applaus anzustimmen. John entfernt sich mit schüchternem Lächeln und deckt im Gehen den Käfig wieder ab.

Wir sind beinahe am Ende der Zeremonie angelangt, und Dick und Dorothy treten als Letzte vor, um uns einen großen Vorrat Wein von den Kanaren zu schenken. Nun ist Robert ganz begeistert, er und mein Bruder klopfen sich gegenseitig auf den Rücken und versprechen einander, künftig gemeinsam so manchen langen Abend den Wein in Strömen fließen zu lassen. Ich bemerke, dass Vater darüber die Stirn runzelt, und stoße Robert unauffällig an – schließlich hat er gelobt, dass seine jugendlichen Ausschweifungen der Vergangenheit angehören.

Doch Vaters Missbilligung ist nicht von langer Dauer, und als der Abend weiter dahintänzelt, zeigt sich, dass er weinseliger ist als die allermeisten anderen. Ehe die Nacht zu Ende geht, läuft er im Saal umher wie ein Schuljunge, verspritzt den Inhalt seines Bechers über die Kleider der Damen und legt heimlich Gebäck und Süßspeisen auf Stühle. Er, Onkel Desborough und seine anderen Armeefreunde können sich vor Lachen kaum halten, wenn arglose Gäste sich darauf niederlassen. Auf dem Höhepunkt seines Schabernacks reißt Vater Robert die Perücke vom Kopf und setzt sich darauf. Meinem frisch angetrauten Gemahl schießt vor Ärger das Blut ins Gesicht. «Das ist eine Gunstbezeigung», flüstere ich rasch. «Solche Streiche spielt er nur Leuten, die er mag.» Und wie um meine Worte zu bestätigen, ist Vater in einem Augenblick wieder auf den Beinen, gibt seinem frischgebackenen Schwiegersohn die Perücke mit einem Schulterklopfen zurück und entschuldigt sich mit einer Verbeugung. Mutter beobachtet Vater mit schiefem Lächeln und schaut mich mit hochgezogener Augenbraue an, als wollte sie sagen: «Nun hast du selbst einen Mann, du wirst schon sehen.»

Und mein Mann, ach, mein Mann. Wir tanzen und tanzen fast bis fünf Uhr früh, dann drängt es uns, allein zu sein, und wir stehlen uns leise aus der Halle davon und laufen tuschelnd und kichernd in unsere neuen Räume. Beinahe werden wir vom Wein und der Erschöpfung übermannt – Robert schläft in meinen Armen ein, doch nach einer halben Stunde wacht er mit neuer Energie wieder auf, gerade als ich im Begriff bin einzuschlummern, und überzieht mich mit Küssen. Von da an ist nicht mehr an Schlaf zu denken.

Der Vormittag ist bereits vorangeschritten, als wir von einem gewaltigen Dröhnen erwachen: Kanonenschüsse vom Tower of London künden von unserer Hochzeit. Wir liegen umschlungen da und lauschen, und Robert schiebt seine Finger zwischen meine.

«Wusstest du, meine Gemahlin, dass die Kanonen des Tower das letzte Mal anlässlich einer Hochzeit abgefeuert wurden, als der alte König Charles seine französische Braut ehelichte?»

Ich schüttle verwundert den Kopf. «Wenn ich mir vorstelle, dass sie hier in denselben Räumen gewohnt haben, die jetzt meinen Eltern gehören ...»

«Außerordentlich», pflichtet Robert mir bei. Dann liegen wir eine Weile lang schweigend da und schauen zum Himmel unseres Ehebetts auf, beide plötzlich eingeschüchtert durch die ungeheuerliche Vorstellung, wer wir jetzt sind.

«Und doch ist dies das Schicksal der Familie, der du nun angehörst, mein Liebster», sage ich schließlich und drehe eine Haarlocke um meinen Finger. «Wie fühlt es sich an, ein Cromwell zu werden?»

Er kichert. «Und darf ich Eure Hoheit fragen, wie es sich anfühlt, eine Rich zu werden? Ich für meinen Teil muss zugeben, es ist keine Kleinigkeit, in das Herrscherhaus von England einzuheiraten. Ich werde mich anstrengen müssen, mich daran zu gewöhnen und nicht zuletzt meine Scheu vor deinem Vater zu überwinden.»

Ich lächle in mich hinein, noch immer die geliebte Tochter eines verspielten, herzlichen Vaters. Mir fällt es schwer, mir vorzustellen, wie andere ihn aus der Entfernung sehen. «Das wird schon, mein Liebster, das wird schon. Warte nur ab, bis du ihn erst besser kennenlernst. Und so seltsam es erscheinen mag, der Streich mit deiner Perücke war seine Art, dir seine Gunst zu zeigen.»

Robert zieht skeptisch eine Augenbraue hoch. «Für mich war es eher seine Art, mich in die Schranken zu weisen.»

«Nein, nein.» Ich lache. «Er wollte dir zu verstehen geben, dass ihr beide Freunde werdet. Auf seine eigentümliche Art hat er den ersten Schritt getan.»

Schon nach diesem kurzen Gespräch bin ich völlig erschöpft, und ich mag kaum daran denken, dass wir das Bett verlassen müssen, um die Hochzeitsfeierlichkeiten weiterzuführen.

«Müssen wir wirklich aufstehen?» Ich wende mich Robert zu und schmiege mein Gesicht an seinen warmen Hals. «Können wir nicht einfach hier bleiben?»

«Mmmm. Ich denke, das wäre ganz und gar vernünftig.»

Er fährt mir mit den Händen durchs Haar, streicht mir die losen, feuchten Locken aus dem Gesicht und zieht mich heran, um mich zu küssen. All meiner Müdigkeit und meinem wachsenden Hunger zum Trotz gehe ich auf seine Annäherung ein, und wir sind schon wieder ganz ineinander und in die Laken verknotet, als ein Diener diskret an die Tür klopft, um uns das Frühstück zu bringen. Zum Dank schreit Robert den Armen heftig an, er solle verschwinden.

Das Maskenspiel ist für diesen Abend geplant, und so ziehe ich mich auf ein Zeichen von Master Hingston zusammen mit Mary und Katherine hinter das erhöhte Podium am Ende des Bankettsaals zurück. Dort helfen die beiden mir in mein Kostüm. Ich soll die Göttin Venus spielen, die aus dem Meer geboren wird, und Master Hornlock hat mir ein Gewand aus silberblauem Seidenatlas geschneidert, das sich in mit Perlen geränderten Wellen wie Meeresbrandung um mich windet. Eine Stoffbahn liegt über der Schulter wie bei einer römischen Toga. Es wäre zu aufwendig, mir eine neue Frisur zu machen, deshalb stecken wir einfach mit Muscheln besetzte Haarnadeln in meine Ringellöckchen. Nach der Aufführung können wir sie leicht wieder entfernen.

Ich steige auf das Podium, das durch prächtige Vorhänge unter dem gewaltigen Bühnenportal vor den Blicken des Publikums verborgen ist. Hinter mir probieren die Bühnenarbeiter die bemalten hölzernen Wellen mit ihren verborgenen Mechanismen, durch die sie aus den Kulissen heraus bewegt werden können, um eine wogende See darzustellen. Über unseren Köpfen hängt als Himmel ein tiefblaues Tuch, in das winzige sternförmige Löcher geschnitten sind. Master Waller eilt umher, um letzte Anweisungen zu erteilen, und Master Hingstons Sänger haben bereits an beiden Seiten der Bühne Aufstellung genommen und tuscheln aufgeregt. Die Knabensoprane kichern und stoßen einander an. Als ich um die Kante des Vorhangs spähe, sehe ich, wie die Hochzeitsgäste ihre Plätze auf den eigens aufgebauten Rängen einnehmen, Vater und Mutter auf großen vergoldeten Stühlen in der Mitte der ersten Reihe, Robert lächelnd neben ihnen, und eben nimmt Master Waller als Autor des Maskenspiels an ihrer anderen Seite Platz. Ich schlucke mit trockener Kehle und versuche, an meine letzte Probe zu denken, wiederhole flüsternd einen besonders schwierigen Vers meines Liedes, orientiere mich an den Tönen des Orchesters, das die Instrumente stimmt.

Und ehe ich mich's versehe, haben die Streicher eingesetzt, die Musik schwillt an, und ich eile auf meine Position und ducke mich hinter die Wellen. Der Vorhang teilt sich langsam und gibt den Blick auf unsere zeitlose Ozeanszene frei. Aus dem Publikum sind entzückte Seufzer zu hören, und Applaus setzt ein. Dann lässt Master Hingston die Sänger auftreten, und die Stimmen der kleinen Soprane schweben über die Wellen wie Sirenenrufe. Ich kenne meinen Einsatz am Ende des ersten Verses und versuche, meinen Atem zu beruhigen, damit ich ihn über das Pochen meines Herzens hinweg höre. «Frieden», rufen die Sänger den Geigen zu. «Frieden, wenn die Braut mit ihrer Stimme uns verzaubert.» Das Orchester verstummt, es folgt eine Pause von der Dauer eines Herzschlags, eine haaresbreite

Pause, in der ich denke, ich kann das nicht, doch dann übernimmt mein Instinkt, und ich beginne zu singen.

Langsam richte ich mich hinter den Wellen auf, entfalte meinen jungvermählten Körper wie eine Wassernymphe, während ich mein Lied ertönen lasse, anfangs mit zaghafter Stimme, dann sicherer, da ich all die lächelnden Gesichter vor mir sehe. Ich wage es nicht, Robert anzuschauen, aus Angst, das würde mich ablenken. Deshalb richte ich den Blick über seinen Kopf hinweg zur letzten Sitzreihe. Ich singe vom Meer, das mir das Leben geschenkt hat, und von dem Liebsten, zu dem ich gehe. Eine Kraft durchströmt mich; die Macht, die verzauberten Blicke des ganzen Hofes zu bannen, die Liebe des attraktivsten und vortrefflichsten Mannes im Saal errungen zu haben; und vielleicht mehr noch, als ich mir gestatte, für eine Sekunde den feuchten Augen des Lord Protector zu begegnen: die Macht, meinem Vater zu gefallen.

Meine Verse sind zu Ende, ehe ich es recht gewahre, und ich erstarre wie die Statuen im Kammergarten, während die Sänger die Melodie aufnehmen, freudig das Orchester auffordern, wieder zu spielen, damit die Braut tanzen kann. Ich teile mit schwungvollen Armbewegungen die Wellen vor mir, und wie durch Zauberei gleiten sie zur Seite, um mich zum vorderen Teil der Bühne durchzulassen. Dort tanze ich schwebend und kreisend, während der Chor Venus besingt, die heller strahlt als die sie umgebenden Sterne. Mir stockt beinahe der Atem, als ich mich umwende und tatsächlich Sterne am Himmel leuchten sehe, denn die Bühnenarbeiter stehen auf Leitern hinter dem Tuch und halten Kerzen an die sternförmigen Löcher. Das ruft neuerlich entzückte Seufzer hervor, und Applaus bricht los, als gleich darauf eine Flotte Schiffsmodelle durch die wogenden Wellen segelt, zu Ehren von Vaters Siegen auf See. Mit ihm und mir endet das Lied, die Sänger stellen seinen militärischen Ruhm meiner Schönheit und Anmut gegenüber. Ich höre auf zu tanzen und mache eine Geste in Vaters Richtung, neige den Kopf vor ihm, wie Master Waller es mit mir einstudiert hat. Chor und Orchester verstummen bis auf eine einzelne Violine und den lieblichen Sopran des jüngsten Knaben, der das letzte Verspaar singt: «So brachte der Löwe Honig hervor, und Süßes ward aus der Kraft.» Es ist eine Anspielung auf die biblische Geschichte von Simson, in der Bienen im Körper eines toten Löwen Honig machen. Master Waller wollte damit gewiss Vater gefallen: Ich bin der Honig und Vater der Löwe, und das Schicksal blickt lächelnd auf uns beide.

Ich halte den Blick auf den Bretterboden gesenkt und höre nichts als meinen donnernden Herzschlag, während ich auf den Applaus warte. Und dann kommt er, brandet über mich wie eine Flutwelle, und ich schnappe nach Luft und lache vor Erleichterung. Ich stehe da, knickse vor dem Saal und deute auf die Sänger und Master Hingstons Orchester, damit auch sie den Applaus entgegennehmen. Erst dann gestatte ich mir endlich, Robert anzublicken, der stehend applaudiert und mich anstrahlt. Als Vater neben ihm sich ebenfalls erhebt, steht auch das übrige Publikum auf, und der Applaus verebbt. Alle schauen zu Vater und warten auf seine Reaktion. Auch ich beobachte ihn. Er winkt einen Diener zu sich, der ein Tablett mit Wein trägt. Vater nimmt einen Becher und hält ihn hoch, dann wendet er sich von mir zum Publikum, um einen Trinkspruch auszubringen: «Auf meine schöne Tochter, die Göttin Venus!» Darauf folgen lauter Jubel und wiederholte Rufe: «Venus, Venus!», wie ein Echo, während er zur Bühne schreitet und mir die Hand bietet, um mir die Stufen hinunterzuhelfen.

Als ich ihn erreiche, küsst Vater mich auf den Kopf, dann führt er mich zu Robert und legt meine Hand in seine. Er ruft, man möge die Stühle forträumen, damit Platz zum Tanzen ist.

«Ich muss mich umkleiden», flüstere ich Robert zu, plötzlich verlegen in meiner göttlichen Gewandung, nun, da ich wieder auf die Erde herabgestiegen bin.

«Oh nein, das musst du nicht», widerspricht er und umfasst meine Taille fester. «Ich will mit meiner göttlichen Braut tanzen.»

Und so geschieht es. Ich tanze mit Robert, mit Vater und mit John, dann werde ich von einer ganzen Anzahl meiner neuen Verwandten und ihrer vornehmen Freunde aus dem alten Adel mit Beschlag belegt. Am aufregendsten von diesen ist Mountjoy Blount, der Earl of Newport, ein gutaussehender, lebhafter Mann Ende fünfzig, der ein großer Günstling und Frauenheld am Hof des toten Königs Charles gewesen sein soll und zuvor bereits seit den frühen Zwanzigern am Hof seines Vaters, des schottischen Königs James.

«Es war mein makelloser Spitzbart», seufzt er, als er während unseres Tanzes diese Zeit wiederaufleben lässt. «Er trug mir die Bewunderung des Hofes ein. Van Dyck nannte ihn ein Kunstwerk, und Prinz Charles, ein äußerst modebewusster Mann, war neidisch darauf. Doch das muss Euch furchtbar altmodisch vorkommen, meine Liebe. Am Hof Eures Vaters gibt es ja kaum einen Schnauzbart; wie ich sehe, herrscht hier die glatte Rasur der Ironsides vor. Seht dort – selbst Sir Thomas Billingsley, der noch vor meiner Zeit ein Höfling war, hat sich den Bart abgenommen, um sich den neuen Moden hier anzupassen. Und sein Bart war beinahe so prächtig wie meiner!»

Darüber kann ich mir das Lachen nicht verbeißen. Der

Earl hat ganz recht: Die jungen Männer heutzutage würden eher sterben, als sich mit Bart blicken zu lassen, doch diese Bemerkung behalte ich lieber für mich, um seine Gefühle nicht zu verletzen. Stattdessen sage ich: «Ihr stellt die jungen Männer hier auch jetzt noch in den Schatten, mein Herr. Ausgenommen meinen Mann, versteht sich.»

«Haha! Danke, meine Dame. Und darf ich Euch zu Eurem wundervollen Auftritt gratulieren? Er stand den großen Maskenspielen, die wir vor dem Krieg am Hof hatten, in nichts nach. Ich habe sogar einmal die junge Königin Henrietta Maria singen und tanzen sehen, wie Ihr es heute getan habt, doch Ihr habt ihren Auftritt klar übertroffen. Nun, ist das nicht etwas?», fährt der Earl fort, während sein Blick in die Ferne schweift und seine Stimme leiser wird, als spräche er mit sich selbst. «Hier bin ich heute – nach so vielen Jahren und so vielen Kämpfen – und tanze wieder mit einer Prinzessin; aber mit einer Prinzessin aus unserem Volk, nicht mit einer, die einem Königshaus auf dem Kontinent entstammt. Wahrlich eine neue Zeit.»

Ich erröte wegen seiner Worte und denke, Vater würde mich gewiss für meine Eitelkeit schelten, wenn er meine Gedanken hören könnte. Als der Tanz endet, entschuldige ich mich, denn ich muss meinen Füßen dringend eine Pause gönnen. Ich nehme mir ein Glas Wein vom nächsten Tablett, lasse mich in einen Lehnstuhl sinken und habe kaum den ersten Schluck getrunken, als auch schon Signor Giavarina vor mir auftaucht. Seine dunklen Augen glänzen vergnügt, als er sich nach seiner sehr förmlichen Verbeugung aufrichtet.

«Euch ist wieder einmal eine Eroberung gelungen, *Principessa.*» Er weist mit einer Kopfbewegung auf den Earl. «Oder sollte ich sagen, *la divinissima*?»

Ich lache. «Ihr macht Euch über mich lustig, Botschafter.»

«Gewiss nicht», beteuert er in gespielter Entrüstung, dann nimmt er neben mir Platz. «Eure Darstellung der Venus hat mich zutiefst angerührt, denn wie Ihr ja wisst, ist unsere Stadt Venedig eng mit ihr verbunden. Venedig ist seit mehr als sechshundert Jahren mit dem Meer verheiratet, und wir feiern jedes Frühjahr ihre Hochzeit.»

«Wie wundervoll! Das würde ich zu gern einmal sehen.»

«Ich hoffe, das werdet Ihr eines Tages, *Principessa*. Ihr könntet Eure Rolle als Venus noch einmal spielen und meinen Herrn, den Dogen, und den Senat ebenso entzücken wie mich.»

Ich neige den Kopf zu dieser Schmeichelei des Botschafters und warte darauf, dass er sagt, was er mir eigentlich sagen wollte. Giavarina beugt sich zu mir herüber.

«Aber abgesehen von Eurer offensichtlichen Schönheit und Anmut, *Principessa*, enthielt Euer Auftritt eine ernste Botschaft, die ich und alle anderen Gesandten hier noch heute Nacht unseren Herren nach Hause schreiben werden.»

Ich frage mich leicht angespannt, wie mein italienischer Freund Master Wallers Maskenspiel auslegen wird, denn mir ist bewusst, dass solche Allegorien für die unterschiedlichsten Deutungen offen sind; dass sie stets auch politische Signale vermitteln. «Botschafter?»

Giavarina legt eine kleine Kunstpause ein. «Es ist eine Botschaft der Hoffnung, *Principessa* – der Hoffnung und Versicherung für jene am Hof, die darüber verzagen, wie nahe Euer Vater der Armee steht. Diese Nähe hat ihn davon abgehalten, König zu werden, wie er es vielleicht hätte tun sollen. Das Lied gibt ihnen zu verstehen, dass sie sich gedulden mögen. Euer Vater, Seine überaus gelassene Hoheit,

Gott möge ihn schützen, mag auf seine Weise ein tapferer Soldat sein, doch wird er irgendwann …» Er sucht nach den passenden englischen Worten. «… Platz machen für eine neue Generation eleganter, höfischer Cromwells, die mehr nach dem Geschmack des alten Adels und des Parlaments sind. Mitunter bedarf es der Sichtweise eines Außenseiters, wie ich schon früher anmerkte.»

Er richtet seine dunklen Augen in den Saal, und wie immer folge ich seinem Blick. Nun bemerke ich überall Zeichen der zögerlichen Versöhnung, von der er spricht. Da steht Sekretär Thurloe mit Bulstrode Whitelocke zusammen, und das modisch gekleidete Dreiergespann aus Lord Broghill und den beiden verschwägerten Mitgliedern des Rates, Nathaniel Fiennes und Charles Wolseley, unterhält sich mit Viscount Fauconberg. Da ist mein Bruder Richard, der hinkend seinen Platz verlassen hat, um mit dem Earl of Warwick und einer Gruppe weiterer adliger Verwandter von Robert ein Glas Wein zu trinken. Und dort tanzen der Earl of Newport und Roberts Vater Lord Rich mit Schwert und Mantel nach alter Sitte wie zu König James' Zeiten, zum Jubel und zur Erheiterung ihrer Freunde. Vater – ein wenig angeschlagen von den Ausschweifungen des Vortags, wie mir scheint – sitzt auf seinem großen Stuhl und schaut ihnen zu, die Stirn nachdenklich gerunzelt, während zwei von Elizabeths Kindern zu seinen Füßen spielen.

«Ich hoffe, Ihr habt recht, Botschafter», sage ich, doch als er sich verbeugt und sich entfernen will, greife ich rasch nach seiner Hand. «Und ich hoffe auch, Ihr werdet immer mein Freund sein, was die Zukunft auch bringen mag. Geht und schreibt Euren Bericht an den Dogen, und vergesst nicht, ihm zu erzählen, was für eine prächtige Hochzeit es war.»

«Selbstverständlich, meine Dame.»

Wenig später kommt Robert und nimmt mich in Beschlag, entschlossen, seine Göttin endlich für sich zu beanspruchen, und ich gehe freudig mit ihm. Auf dem Weg zu unserem Bett bleibt eine Spur aus muschelbesetzten Haarnadeln zurück.

Der Hof verbringt den Rest der Woche in Festtagslaune. Die Feiern zu meiner Hochzeit gehen gleitend in die Vorbereitungen zu Marys über, und wir reisen hinaus nach Hampton Court, wo sie heiraten wird. Vater und der Staatsrat genießen eine kurze Ruhepause von den außenpolitischen Sorgen, auch wenn das neueste Mitglied des Rates, John Thurloe, sich weiterhin völlig verausgabt: Ich sehe ihm an, dass seine Gedanken nie weit von den letzten Meldungen seines Spionagenetzwerks oder den jüngsten Nachrichten vom Kontinent abschweifen. Vater ist in leutseliger Stimmung und nimmt sich zwischen den Feierlichkeiten Zeit, um meinen Bruder Harry in Irland in den Ritterstand zu erheben. Endlich überzeugt er auch den Rat, Henry als Gouverneur zu bestätigen, nun, da Charles' Amtszeit abgelaufen ist. Damit ist formell die Aufgabe bestätigt, der Henry sich bereits widmet – im Namen von Vaters Protektorat dieses widerspenstige und gespaltene Land zu regieren –, und er ist endlich von Charles' Einmischungen aus der Entfernung befreit.

Uns Söhnen und Töchtern des Hauses Cromwell winkt eine strahlende Zukunft. Doch als der Tag von Marys Hochzeit näher rückt, mehren sich im Palast die Fragen: Was sind die wahren Beweggründe ihres Verlobten, und welche politischen Konsequenzen hat ihre Heirat? Bridget mit dem ihr eigenen Freimut ist es, die diese Fragen deutlich ausspricht, als wir gerade in unserem privaten Balkonzimmer sitzen und Bänder für Marys Brautstrauß sticken.

«Die Nachricht von Marys Heirat wurde in der Armee nicht gut aufgenommen», bemerkt sie, ohne den Blick von ihrer Stickerei zu heben. «Charles sagt, die anderen Armeeführer sind alles andere als glücklich darüber.»

Ich seufze, auch wenn das Lächeln der Jungvermählten nicht von meinem Gesicht weicht. «Wann sind sie schon jemals glücklich, Biddy? Wenn wir nur das tun dürften, was *ihnen* gefällt, dann wäre das Leben wahrhaft trübsinnig.»

Sie schnalzt mit der Zunge. «Frances, dies ist kein Spiel.»

«Gewiss nicht, am allerwenigsten für Mary.»

«Du brauchst sie gar nicht in Schutz zu nehmen. Ich weiß, dass du dich für diese Verbindung verantwortlich fühlst.»

Bridget hat genau den wunden Punkt getroffen, an mein Gewissen gerührt, wie nur eine ältere Schwester es vermag – denn nur eine Befürchtung trübt derzeit meine Freude: dass Mary ihr Glück für das meine geopfert hat. Bridget erkennt das und nutzt ihren Vorteil.

«Du würdest stärker mit den Soldaten fühlen, wenn du bei ihnen gelebt hättest, wie ich früher mit Henry und dann mit Charles. Als du noch ein Kind warst, habe ich die Armee auf ihrem Feldzug begleitet, die gleichen Entbehrungen erduldet wie die Männer, den Krieg mit eigenen Augen gesehen. Ihr Leiden hat unseren jetzigen Überfluss erst ermöglicht, ihr Blut hat uns Freiheit und Frieden erkauft.»

«Ich kann nichts dafür, dass ich ein so behütetes Leben hatte, Bridget, ebenso wenig, wie du etwas dafür kannst, dass du all das durchmachen musstest», entgegne ich. «Es ist nicht meine Schuld, dass Vaters großer Aufstieg kam, als ich fast noch ein Kind war. Ich weiß, du denkst, ich hätte unseren Stand mehr ausgekostet, als ich sollte, aber das ist nur, weil ich glaube, dass ich außerordentlich gesegnet bin.» Mein großes Glück lässt mich einen versöhnlichen Ton anschlagen, doch insgeheim geht es mir wie so oft gegen den Strich, dass Bridget die vierzehn Jahre Altersunterschied dazu nutzt, meine Ansichten abzuwerten. Ich fürchte nichts so sehr, wie dass sie mich für ein eitles, verwöhntes Mädchen hält.

Bridget gibt ein wenig nach. «Das ist wahr, Liebes. Aber um auf diesen Fauconberg zurückzukommen: Was wissen wir eigentlich über ihn? Wer sagt denn, dass er sich nicht als Schlange an unserem Busen erweisen wird, als Spion im Dienste von Charles Stuart? Und doch gibt Vater in seiner Weisheit ihm Mary zur Frau, mit einer Mitgift von fünfzehntausend Pfund, und zudem unterstellt er ihm Lamberts einstiges Regiment im Norden. Du kannst dir wohl vorstellen, was Charles und Onkel Desborough davon halten und was John Lambert selbst davon hält.»

Ich versuche, keinen falschen Stich zu machen, während ich meine Gedanken ordne. «Aber ich kann die Weisheit darin erkennen, Biddy. Vater beabsichtigt, die Heirat zu einem Moment der Versöhnung mit einstigen Royalisten zu machen, immerhin machen sie die Hälfte der Nation aus. Das Ganze hätte wenig Sinn, wenn er Thomas nicht eine gewisse Macht und eigene Posten verleihen würde.»

«Aber dieser Fremde wird das Machtgleichgewicht im Norden in der Hand halten. Ist das nicht unbedacht? Und du hast ja gesehen, er berät nunmehr Vater in außenpolitischen Fragen und sitzt an seiner Seite, wenn er Botschafter empfängt.»

«Wir müssen auf Vaters Urteil vertrauen», sage ich mit mehr Hoffnung als Zuversicht.

«Und Mary?»

Ich lasse meine Stickerei in den Schoß sinken und schaue Bridget an, sie jedoch wendet ihre grauen Augen nicht von ihrer Nadel ab. «Ich denke, sie muss lernen, ihrem Mann zu vertrauen», erwidere ich schließlich, und wieder regt sich das Schuldgefühl in mir. «Dank ihr hatte ich die Freiheit, selbst zu wählen, sie jedoch hat in ihrer Güte diese Freiheit aufgegeben. Was bleibt ihr nun noch für eine Wahl?»

«Kaum eine.» Bridget schüttelt den Kopf. «So wie mir damals.»

Immer wieder gehen mir beunruhigende Gedanken über den Viscount durch den Kopf, und so stehle ich mich spät am Abend vor der Hochzeit in Marys Zimmer, während mein geliebter Mann – den ich als einzige unter meinen Schwestern ganz selbst erwählt habe – in unserem Bett schläft.

«Mall?» Ich schleiche auf Zehenspitzen in ihr Zimmer, suche mit meinen bloßen Füßen die warmen Teppiche als Trittsteine über den kalten Fliesen.

«Komm herein, Fanny.»

Mary sitzt im Bett, ein Buch im Schoß, das sie nun achtlos beiseitelegt. Als ich sie so in ihrem mondbeschienenen Nachthemd sehe, wie immer bereit für meine Umarmungen und meine Geheimnisse, meine Neckereien und meine Tränen, fühle ich plötzlich Trauer in mir aufsteigen.

«Von morgen an ist das hier nicht mehr möglich», sage ich mit einem Kloß im Hals.

«Ich weiß.» Sie klopft neben sich auf das Bett, und ich

raffe mein Nachthemd, um hinaufzuklettern. «In den letzten Tagen habe ich mehrmals daran gedacht, rasch zu dir hinüberzugehen, um über irgendein Ereignis des Tages zu sprechen, und habe auf halbem Weg kehrtgemacht, wenn mir einfiel, dass dein Mann ja gewiss bei dir ist.»

«Wie wird es erst, wenn wir nicht einmal mehr im selben Haus wohnen?», frage ich, und mir schwindelt, wenn ich an unsere Trennung denke, die erste unseres Lebens. «Thomas plant doch, bald nach der Hochzeit mit dir nach Yorkshire zu gehen, nicht wahr? Und Robert hat versprochen, in der Weihnachtszeit mit mir den Landsitz seines Großvaters in Essex zu besuchen. Er möchte, dass ich das Haus kennenlerne, das eines Tages uns gehören wird.»

Mary seufzt und legt mir einen Arm um die Schultern. «Ich weiß wirklich nicht, wie ich das ertragen soll. Du bleibst wenigstens vorerst hier, nah bei Mutter. Und …» Sie spricht nicht weiter, doch ich weiß, was sie sagen würde, wenn sie nicht so herzensgut wäre: *Und du hast einen Mann, den du liebst und von dem du bereits weißt, dass er dein bester Freund ist. Ich hingegen ziehe mit einem Mann, den ich kaum kenne, in eine fremde Gegend …*

Ich beschließe, auf das zu antworten, was sie nicht ausgesprochen hat. «Mary, meine Liebste, ich kann dir nie genug für das danken, was du für mich und Robert getan hast. Und ich weiß – ich *weiß* –, Gott wäre nicht so grausam, solch große Güte mit Unglück zu bestrafen. Ich bin überzeugt, du wirst in deiner Ehe mit Thomas Liebe finden, ich glaube fest daran.»

«Und wenn er heimliche Hintergedanken hat?», fällt Mary mir ins Wort. «Wenn er mich nur heiratet, um die Sache unserer Feinde voranzubringen?»

Ich schüttle den Kopf – darauf weiß ich wirklich nichts

zu erwidern. «Wir können in dieser Angelegenheit nur auf Vater und Master Thurloe vertrauen. Und weshalb sollte Thomas sich nicht mit unserem Haus verbünden wollen? Außerdem mag ich sein Gesicht. Es ist ein ehrliches Gesicht. Er hat ein warmes Lächeln und sanfte Augen, auch wenn er recht unbeholfen Konversation treibt. Und er konnte den Blick gar nicht von dir lassen, als du das Kleid aus rosa Taft anhattest. Wenn er dich morgen sieht …»

Mary lächelt bei dem Gedanken, dann fühle ich, wie sie sich ein wenig anspannt, und ich weiß, sie denkt an die bevorstehende Hochzeitsnacht. Ich vermag mir nicht vorzustellen, wie es wäre, diese Erfahrung mit einem Mann zu machen, den ich kaum kenne.

«Du machst dir gewiss Sorgen um eure erste gemeinsame Nacht.» Wieder gehe ich auf das ein, was sie nicht ausgesprochen hat. «Aber es wird leichter und weniger beängstigend sein, als du es dir vorstellst. Das weiß ich.» Ich hebe die Hand, als ich ihren Blick bemerke – einen Blick, der besagt, ich könne wohl kaum wissen, wie es sich unter diesen Umständen anfühlen wird. «Er wird gewiss rücksichtsvoll sein. Und du wirst merken, dass es leichter wird, wenn ihr euch erst eine Weile geküsst habt und dein Körper sich entspannt. Trinke reichlich Wein und versuche, ihn zuerst zum Plaudern zu ermuntern. Nimm seine Hände in deine – ich glaube, er ist schüchtern. Sprich sanft mit ihm, lass dich von ihm küssen. Versuche, dich weich und nachgiebig zu machen, sosehr dein Körper sich auch gegen ihn versteift. Und wenn du mich brauchst, weißt du, wo du mich findest – zum Teufel mit Robert.»

Mary drückt mich heftig an sich, und wir klammern uns minutenlang aneinander, als gäbe es nur uns beide. Und dann, da es nichts mehr zu sagen gibt, falten wir die Hände und schließen die Augen, um ein letztes Mal gemeinsam unsere Gebete zu sprechen: Gebete um eine sichere Zukunft, Gebete für unsere neuen Ehemänner, Gebete um Glück und um Liebe.

Bei all ihrer Ähnlichkeit mit Vater ist Mary an ihrem Hochzeitstag ein unvergleichlicher Anblick, und ich sehe zufrieden das entzückte Funkeln in Thomas' Augen, den erfreuten Zug um seinen Mund, als er vor dem Friedensrichter ihre Hand nimmt. In dem Gebet, das der Reverend Dr. Hewitt leitet, kneife ich fest die Augen zu und bete verzweifelt, die beiden mögen glücklich werden; ich glaube, ich habe mir noch nie etwas so innig gewünscht, abgesehen von meinem Wunsch, Robert zu heiraten. Und allen aufmunternden Worten zum Trotz, die ich gestern Abend für Mary gefunden habe, bleibt meine tiefste Angst, das eine könnte der Preis für das andere sein.

Die Hochzeit ist eine kleinere, privatere Feier als meine, der Termin wurde vorher nicht einmal öffentlich bekanntgegeben. Der Großteil von Thomas' Verwandtschaft bleibt fern, doch Vater scheut keine Kosten. In der großen Halle von Hampton Court wabert die Luft über dem Hochzeitsmahl, sodass sich die Gestalten auf den Wandbehängen im Kerzenschein um uns herum verschwommen zu bewegen scheinen. Ich lasse mir einen Augenblick Zeit, mich im Kreise meiner Angehörigen und Freunde umzuschauen, und bin dankbar für die Gelegenheit, diesen Tag zu erleben – so kurz nach meiner eigenen Hochzeit. Dies ist ein Tag, der für mich in normalem Tempo ablaufen wird und an dem ich die Erinnerungen sammeln kann, die mir von meinem eigenen Hochzeitstag kaum geblieben sind. Alle

Blicke ruhen auf Mary, nicht auf mir, und zu meiner Überraschung genieße ich diese Veränderung. Ich schiebe meine Hand unter dem Tisch in Roberts, lehne glücklich den Kopf an seine Schulter, als wären wir zwei ganz allein.

In dieser Haltung sitzen wir auch später am Abend, um das Maskenspiel anzusehen, das Master Marvell zu Marys Hochzeit geschrieben hat, als Gegenstück zu dem, das Master Waller für die unsere komponierte. Vater selbst hat es in Auftrag gegeben, nachdem ihm die Aufführung bei unserer Hochzeit so gefallen hat. Und sollte das Publikum noch gezweifelt haben, ob diese Wiederbelebung der königlichen Maskenspiele an Cromwells Hof von Dauer sein werde, so fegt der Lord Protector diese Zweifel in einem Augenblick hinweg. Denn als die Aufführung beginnt und der Vorhang sich öffnet, sitzt dort Vater selbst in eine Toga gehüllt und mit Brustpanzer auf einem Thron wie Jupiter, der gütige Götterkönig, der über die imaginäre Welt der Bühne herrscht und zuschaut, wie das Spiel unter ihm seinen Lauf nimmt. Es ist eine stumme Rolle, und Vater rutscht etwas unbehaglich auf seinem Sitz herum, doch die Wirkung auf uns alle ist immens. Nie war unser Hof unseren Vorgängern näher, geht es mir durch den Kopf, während ich zu ihm aufblicke.

Doch bald schlägt die Geschichte mich in Bann. Eine ländliche Szene beschwört mit mythischen Schafhirten und Hirtenfrauen eine Idylle im alten England herauf. Anders als ich wollte Mary nicht selbst auftreten – sie sagte, nicht ihre eigene Schüchternheit hindere sie, sondern ihre Beklommenheit als Braut eines wenig bekannten, politisch umstrittenen Mannes. Master Marvell hingegen hegt keine solchen Vorbehalte, und die Lieder, die er komponiert hat, werfen ein ebenso heroisches und romantisches Licht auf das junge Paar, wie es auch auf uns schien. Diesmal wird die

Braut als die mythische Cynthia dargestellt, frisch mit Endymion vermählt, und die Lieder erzählen die Geschichte ihrer Werbung, dargestellt von gedungenen Tänzern unter dem wohlwollenden Blick des allmächtigen Jupiter.

Mary kämpft mit ihrer Verlegenheit, als die Sänger sie und Thomas mit Lob überhäufen, doch gewiss erkennt niemand außer mir, was sie hinter ihrer heiter-gelassenen bräutlichen Miene empfindet.

Ich kann nicht für mich behalten, was ich argwöhne, und flüstere Robert zu: «Mary sollte es mit Humor nehmen. Es nutzt nichts, der Tatsache aus dem Weg gehen zu wollen, dass wir eine Bauernfamilie aus East Anglia sind, die sich nun in einer reichlich absurden Position wiederfindet. Wir müssen uns der Herausforderung stellen und unsere Gegner mit unserem Edelmut und unseren Reizen überraschen, um ihnen nicht noch mehr Waffen gegen uns in die Hand zu geben.»

Ich hätte noch mehr zu sagen, aber Robert bringt mich zum Schweigen, den Blick auf die Bühne gerichtet. «Psst. Ich glaube, jetzt singen sie über uns.»

Ich konzentriere mich wieder auf den Gesang und höre eben noch, wie die als Hirten verkleideten Chorsänger dem Bräutigam zu seiner Werbung um Cynthia raten:

Umwirb sie, Endymion, mutig zu,
Anchises war ein Hirt wie du;
Doch ihre jüngere Schwester vergnügt
Bei ihm im Schatten des Ida liegt.

Ich schnappe nach Luft und drohe für einen Moment die Fassung zu verlieren, als sich vereinzelt Blicke, teils wissend, teils ahnungslos, auf uns anstatt zur Bühne richten.

Für mich ist der Bezug klar wie venezianisches Glas: Ich bin die jüngere Schwester, die schon vor der Heirat in den Armen ihres Mannes lag – wahrhaftig eine Venus in meiner unbezähmbaren Leidenschaft. Bilde ich es mir nur ein, oder hat Master Marvell der ganzen Festgesellschaft Roberts und meine Sünden kundgetan und den vorehelichen Verlust meiner Jungfräulichkeit in Versen verewigt? Nein, das ist nicht möglich. Wie könnte er davon wissen? Oder haben es alle schon die ganze Zeit gewusst? Ich werfe einen verstohlenen Blick zu Mutter, doch sie blickt lächelnd auf Mary, während Vater auf der Bühne weiter göttergleiche Leidenschaftslosigkeit verkörpert.

Ich bin eine ganze Weile wie betäubt, bis Robert leicht mein Bein drückt.

«Lächle, Liebste. Hast du nicht eben davon gesprochen, die Dinge mit Humor zu nehmen?»

Die jungvermählten Viscount und Lady Fauconberg verlassen bereits wenige Tage später den Hof, um den weiten Weg nordwärts nach Yorkshire anzutreten, denn Thomas drängt darauf, die Reise noch vor dem ersten Schneefall zu unternehmen. Ich leihe Mary meine Stola aus Fuchsfell und die passenden Handschuhe, doch sonst haben wir kaum einen Moment für uns, ehe sie aufbricht.

Vom Augenblick der Trennung an mache ich mir unentwegt Sorgen um sie, und ich vermisse sie wie einen Teil meiner selbst. Haltlos und unruhig suche ich nach anderer Gesellschaft, und so verbringe ich mehr Zeit mit meiner Cousine Lavinia, die früher einmal bei uns gewohnt hat und daher fast so viele meiner Geheimnisse kennt wie Mary. Mit ihr genieße ich die wissenden Unterhaltungen jungvermählter Ehefrauen, die ich früher mit eifersüchtiger Faszination verfolgte. Stundenlang sitzen wir beisammen und tauschen uns hinter vorgehaltener Hand über unsere neuen Erfahrungen mit dem ehelichen Leben aus.

Die Begeisterung, eine Braut zu sein, begleitet mich noch monatelang, doch der Hof kommt nach dem Trubel um unsere Hochzeiten allmählich zur Ruhe, und das Leben geht wieder seinen gewohnten Gang. Allerdings hat es für meine Familie so etwas wie ein gewohntes Leben am Hof kaum je gegeben, und wieder einmal stören beängstigende Ereignisse außerhalb unserer Mauern den häuslichen Frieden. Wieder zeigen Councillor Thurloes Spione, dass sie ihr Geld wert sind, denn sie entdecken Pläne für einen royalistischen Aufstand, der zeitgleich mit einer spanischen Invasion stattfinden sollte, um den exilierten «König» Charles Stuart wieder auf den Thron zu bringen. Gerüchte strömen durch die Straßen Londons wie schmutziges Regenwasser durch die Gossen, und der Staatsrat befiehlt, die Wachen am Tower und allen anderen Festungen zu verdoppeln. Die Verteidigungstruppen der Stadt werden verstärkt, Waffen und Munition werden ins ganze Land verschickt. Die Straßen außerhalb der Palastgärten sind vom Rufen und Stampfen der Soldaten und dem Scheppern ihrer Brustpanzer erfüllt.

Im Privaten rückt die Familie eng zusammen und tuschelt über ihre Ängste, auch wenn Bridget uns furchtsame Narren schilt und Charles in seinem leidenschaftlichen Hass auf Spanien wütet und zetert und zu Gott betet, während er die Mobilmachung der Armee überwacht. «Ich wünschte, Lambert wäre bei uns, auch wenn er die spanischen Papisten liebt», gesteht er mir eines Abends. «Die Männer brauchen ihn.»

Vater beschäftigt sich zur Ablenkung weiter mit seinen

Nominierungen für das neue House of Lords – oder das «andere Haus», wie alle es nennen, peinlich berührt von der Erinnerung, dass die Vorgängerinstitution nach der Hinrichtung des alten Königs hastig abgeschafft wurde. Als Vater mit seiner Liste fertig ist, umfasst sie dreiundsechzig Namen, darunter nicht nur Richard, sondern auch mein anderer Bruder Harry und meine drei Schwager: Charles, John und der neu hinzugekommene Thomas Viscount Fauconberg. Mein Schwiegergroßvater, der Earl of Warwick, wird ebenfalls aufgefordert, einen Sitz einzunehmen; Onkel Desborough, Lord Broghill, Bulstrode Whitelocke, Edward Montagu und noch viele andere einstige Befürworter des Königtums. Robert versucht, seine Enttäuschung darüber zu verbergen, dass er als Einziger übergangen wurde, und ich lasse keine Gelegenheit aus, ihm zu erklären, dass Vater ihn schwerlich auf eine Stufe mit seinem Großvater stellen konnte, dem großen parlamentarischen Kriegshelden. Das stimmt natürlich, doch ich sehe, wie es Robert zu schaffen macht.

«Was hieltest du davon, den Landsitz meiner Familie in Essex zu besuchen?», fragt er mich eines Abends, als er vor dem Kamin in unserem Schlafzimmer ein Bad nimmt. Das Feuer spiegelt sich im Badewasser, sodass es aussieht, als züngelten Flammen um seine Brust und die Knie. «Es ist eine alte Priorei, weißt du, wirklich wunderschön. Ich sehne mich nach der frischen Luft dort und danach, etwas Sinnvolleres zu tun.»

«Willst du damit sagen, mein lieber Gemahl, dass Robert Rich das Zechen am Hof gegen eine nützlichere Tätigkeit eintauschen will?» Ich necke ihn, weil ich weiß, dass er es genießt, doch insgeheim freue ich mich über seinen Sinneswandel.

«Jawohl, meine Gemahlin. Ich bin nunmehr ein verheirateter Mann und muss einer Prinzessin ein standesgemäßes Leben bieten. Mit meinem zügellosen Junggesellendasein ist es aus.»

«Sehr komisch», lache ich und werfe ihm ein Handtuch zu.

Daraufhin packt er mich und zieht mich zu einem nassen Kuss an sich. Meine Ärmel hängen ins Badewasser, und ich protestiere kreischend.

«Außerdem hat mein Großvater dort Aufgaben für mich – es gilt, Bauarbeiten zu überwachen, Pächter zu verwalten, Gespräche mit Landadligen zu führen, um neue Posten zu besetzen. Meinem Vater fehlt es gänzlich an verwalterischen Fähigkeiten, und Großvater wünscht, dass ich mich einbringe. Davon abgesehen fände ich es schön, wenn du ein wenig Zeit mit meinem Vater und meinen kleinen Halbschwestern verbringst und mein Zuhause kennenlernst, wo wir in künftigen Jahren leben werden. Die Mistel auf der großen Eiche wird bald blühen, das ist ein prächtiger Anblick.»

«Ich wünschte, ich hätte deine Mutter noch kennengelernt», sage ich, denn die Erwähnung seiner Halbschwestern erinnert mich daran, dass sie nicht mehr da ist.

«Ich erinnere mich kaum an sie. Sie starb '38, als ich vier war.»

«In meinem Geburtsjahr», bemerke ich.

«Hmm.» Robert lächelt wehmütig. «Der Herr gibt, der Herr nimmt.» Doch im nächsten Moment kehrt seine Vorfreude zurück. «Und, was sagst du?»

Ich strahle über die Aussicht auf ein Abenteuer und drücke ihm einen Kuss auf den Mund. «Wann?»

«Wenn die Gefahr einer Invasion gebannt ist. In dieser

bedrohlichen Lage möchte ich dich nicht aus dem Palast fortbringen.»

Tatsächlich sind wir alle Gefangene im Palast – eingesperrt auf strikten Befehl von Sekretär Thurloe angesichts der jüngsten Bedrohung. Ich werde rastlos und gehe mit meinem neuen Merlinweibchen hinaus bis an den Rand des St. James's Park, so weit, wie meine Wachen es zulassen. «Venus», hat Robert vorgeschlagen, als ich nach einem Namen für sie suchte, während seine Hände mich entkleideten, zum hundertsten Mal, wie mir schien. Mir wird ganz warm bei der Erinnerung, während ich mein Merlinweibchen göttergleich in die frostige Dezemberluft aufsteigen sehe.

Es ist eine merkwürdige Zeit – mein junges Eheglück steht in scharfem Kontrast zum kalten Klima der Angst am Hof, und nachdem seit Vaters Amtseinführung unsere Position gestärkt schien – durch die Versöhnungshochzeiten, das neue House of Lords und die immer breitere Unterstützung für das Protektorat –, beschleicht mich nun das Gefühl, erneut an allen Seiten von Feinden umgeben zu sein. Am Hof selbst ist der Bruch zwischen Armee und Politikern durch den neuen Verfassungskompromiss nach wie vor nur behelfsmäßig gekittet. Und Vater ist nicht mehr der junge Mann, der er einmal war.

Ein Krachen im nahen Gebüsch lässt die Wachen zu ihren Musketen greifen. Ich rufe Venus mit einem Pfiff wieder auf meinen Handschuh und kehre eilends in den Palast zurück.

DRITTER TEIL

Dezember 1657–September 1658

KAPITEL ACHT

Während der Winter sich langsam über die Stadt legt, bete ich dafür, Sekretär Thurloe möge uns endlich mitteilen, die royalistische Verschwörung sei vereitelt, damit wir unsere Reise nach Essex antreten können. Ich freue mich unbändig auf diese erste Gelegenheit meines Lebens, mich frei zu bewegen, als verheiratete Frau aus dem gewaltigen Schatten meiner Familie hinauszutreten.

Der Dezember geht in den Januar über, natürlich ohne Weihnachtsfeierlichkeiten. Ich kann mich nur noch ganz vage an den heiligen Tag mit der Christmette erinnern, denn mehr als ein Jahrzehnt ist vergangen, seit das Parlament während des Krieges das Fest verbot. Dennoch hängen nach wie vor viele den alten Bräuchen an, und ich bemerke überall Anzeichen: einen Stechpalmenzweig in einem Blumengesteck, eine Weihnachtsmelodie, von einem Wachmann gesummt, den Duft nach warmem Zimt und Muskat aus der offenen Tür der Palastküche. Und auch wenn das Parlament dem Lord Mayor of London befiehlt, dafür zu sorgen, dass am 25. Dezember die Geschäfte der Stadt öffnen, sehe ich an diesem Tag, wenn ich aus den Fenstern des Palastes Ausschau halte, in Whitehall doch nichts als leere, unheimlich stille Straßen.

Die Kaplane predigen gegen das papistische Fest. Sie fordern uns auf, in unserer Bibel nach Vorschriften zu suchen, dass die Geburt Christi auf diese Weise zu feiern sei, und natürlich werden wir keine solchen Vorschriften finden, denn Weihnachten ist eine Erfindung der katholischen Kirche. Dennoch interessiert sich Vater, der selbst nicht Weihnachten feiert, wenig dafür, ob andere Menschen das Fest begehen oder nicht. Ihm ist mehr daran gelegen, durch diese Zeit zu kommen, ohne die eine oder andere Streitpartei zu kränken, und ich kann seine Erleichterung förmlich fühlen, als endlich das alte Jahr dem neuen weicht.

Zum Jahreswechsel erhalte ich meinen ersten richtigen Brief von Mary. Es ist seltsam, meinen Namen in ihrer krakeligen Schrift zu lesen, die mir aus dem Schulzimmer so vertraut ist – wir waren nie zuvor getrennt und deshalb nie gezwungen, unsere intimsten Gedanken auf Papier auszutauschen. Ich nehme Marys Frustration wie ein Echo in den geschriebenen Wörtern wahr: Wie kann sie mir schwarz auf weiß, mit der Feder auf Papier von ihrem Eheleben mit Thomas berichten? Wie kann sie mir von ihrer Hochzeitsnacht erzählen? Dennoch bemüht sie sich, und ich finde ein wenig Trost in dem, was ich zwischen den Zeilen lese: dass sie gut miteinander auskommen; dass Thomas' Gut wirklich herrlich und seine Familie freundlich ist; dass ihr das Landhaus Newburgh Priory, das ihr Hauptwohnsitz sein wird, gut gefällt. Doch nachdem ich den Brief, der nur aus einem Blatt besteht, zu Ende gelesen habe, bin ich unruhig und unzufrieden und sehne mich so sehr nach Mary, dass meine Brust schmerzt.

Der Januar ist bitterkalt, und alle erkälten sich. Meine Cousine Lavinia wird zur allgemeinen Besorgnis krank, und die Kälte rafft den Verschwörer Edward Sexby dahin – ein gnädigeres Ende als der Verrätertod in Tyburn, wie viele am Hof bemerken. Teile der Themse frieren zu, sodass der sonst rege Verkehr auf dem Fluss ins Stocken gerät, denn Boote stecken im Eis fest und stoßen aneinander, und immer wieder hört man über die Palastmauern hinweg die erbosten Rufe der Schiffer. Die Politiker, die zur neuen Sitzungsperiode des Parlaments einberufen wurden, eilen vermummt in dicken Mänteln und Schals durch Whitehall und Westminster, und ich beobachte sie durch die mit Eisblumen überzogenen Fenster. Es ist zu kalt, um Venus fliegen zu lassen oder mich auch nur zu einem kleinen Spaziergang in die Gärten hinauszuwagen, und so kuschele ich mich stattdessen am Kaminfeuer ein und pflege meine Erkältung. Ich verbringe auch Zeit am Krankenbett meiner Cousine Lavinia, beunruhigt, meine Freundin, die an ihrem Hochzeitstag so schön war, nun so blass und dünn zu sehen.

Da die Parlamentsmitglieder versammelt sind, drehen sich die Gespräche nur noch um die erste Sitzung des neuen «anderen Hauses». Das House of Commons blickt mit Argwohn auf seinen neuen Partner, und viele Stunden und Tage werden auf Debatten über die Einrichtung und Legitimität des neuen Oberhauses vergeudet, bis Vater die Parlamentarier drängt, sich auf bedeutsamere Themen zu konzentrieren. Mein Bruder Richard, der in dem «anderen Haus» sitzt und auch in den Staatsrat berufen wurde, wird zu meiner wichtigsten Informationsquelle. Nun, da er mehr Zeit am Hof verbringt und Doll und die Kinder meist in Hampshire bleiben, findet er nach dem Abendessen oft den Weg in unsere Räume, um ein Glas Wein mit uns zu trinken und über die jüngsten Neuigkeiten zu plaudern. Wie wir über seinen Bericht seiner ersten Teilnahme am Staatsrat lachen, als Vater während der gesamten Sitzung seine Enkelin, die älteste Tochter von Bridget und Henry Ireton, auf seinem Schoß sitzen ließ. Offenbar hatte eines der anderen

Ratsmitglieder Einwände dagegen, worauf Vater energisch erwiderte, er habe dem Staatsrat nichts zu sagen, das er nicht auch im Beisein seiner Enkelin sagen könne.

Durch diese Abende werden Dick und Robert noch engere Freunde, und ich genieße es, den beiden zuzuhören, wenn sie über Staatsangelegenheiten brüten, am Ende eines langen Tages ihrer Schuhe entledigt, während ich geschäftig herumhantiere und sie versorge, Konfekt und Wein bringen lasse und Herrin im eigenen Haus spiele. Ich liebe es, die Rolle der Hausfrau zu übernehmen, gehe ganz darin auf, für meinen Mann da zu sein, und unsere Suiten in Whitehall und Hampton Court werden meine Welt. Noch immer finde ich es furchtbar aufregend, wenn wir uns jeden Abend Hand in Hand dorthin zurückziehen, gemeinsam einschlafen, während draußen die Nachtwachen rufen, ich finde es herrlich, Robert atmen zu hören, zu fühlen, wie er sich im Schlaf herumwälzt, und am Morgen neben ihm zu erwachen, wenn im übrigen Palast schon rege Geschäftigkeit herrscht. Wenn wir dann hinausgehen, uns unter die Höflinge mischen und mit meiner Familie speisen, überrascht es mich jedes Mal aufs Neue, wenn jemand mir gegenüber von meinem «Ehemann» oder meinem «Gemahl» spricht, und ich danke Gott, dass der Mann, den sie so bezeichnen, mein Liebster ist, nicht irgendein griesgrämiger Höfling oder ausländischer Fürst. Täglich bete ich, auch Mary möge solches Glück finden.

Ich kann es kaum noch erwarten, endlich nach Essex aufzubrechen, und hadere damit, dass von Councillor Thurloe noch immer keine Versicherung zu hören ist, die Bedrohung einer spanischen Invasion sei vorüber. Im Gegenteil, unsere Feinde versammeln sich an allen Fronten: Nicht nur Königsanhänger und Papisten regen sich gegen uns, sondern auch das entgegengesetzte Lager: ebenso erbitterte Gegner des Protektorats, bestehend aus republikanischen Parlamentariern unter Führung von Sir Arthur Haselrig, religiösen Radikalen und desillusionierten Offizieren. Sie stellen sich vereint hinter eine Petition zur Abschaffung des Protektorats und Wiederherstellung des Commonwealth. Die wortgewaltigen Quintomonarchisten wettern ebenfalls gegen uns, und in den Straßen Londons brodelt es wie giftiges Hexengebräu. Als der Kessel überzukochen und sich in die Flammen zu ergießen droht, löst Vater zu unser aller Überraschung das Parlament auf und bestellt die Offiziere der Armee zu sich, damit sie ihm ihre Klagen über die Regierung vortragen. Viele der Männer äußern vernünftig ihre Ansichten, doch sechs aus Vaters eigenem Reiterregiment sind in ihrer Ablehnung des Protektorats so vehement, dass ihm nichts anderes übrigbleibt, als sie ihrer Posten zu entheben. Danach ist er tagelang übellaunig und niedergeschlagen, und ich glaube fast zu hören, wie all die Dämonen aus den Debatten um das Königtum wieder in seinem Kopf ihre Stimmen erheben.

Allerorten scheint es neuerdings Krieg zu geben. Botschafter Meadowes schreibt aus Dänemark. Die Dänen haben eine gewaltige Niederlage gegen die Schweden erlitten, und Meadowes schlägt vor, England und Frankreich sollten noch einmal versuchen, einen Vertrag zwischen den beiden Nationen zu vermitteln. Erneut wird davon gesprochen, eine protestantische Liga gegen die katholischen Mächte Spanien und Österreich zu bilden. Bei dieser Vorstellung kehrt Vaters Energie zurück, er geht wieder federnden Schrittes. Bis spätabends sitzt er mit Councillor Thurloe zusammen und plant die Zukunft Europas. Richard ist entschieden dafür – Charles und der übrige Rat ebenfalls, wie er uns bei seinem gewohnten spätabendlichen Glas Wein berichtet. Aber auch wenn der König von Schweden auf unsere Vermittlungsversuche eingeht, weigert er sich doch, die Kampfhandlungen zu beenden, bis die Verhandlungen abgeschlossen sind. Stattdessen führt er seine Armee in einem waghalsigen Marsch über den zugefrorenen Belt auf Kopenhagen zu. Und so sterben immer mehr Männer im Eis.

Inmitten all dieser Spannungen beginne ich mich zu fragen, ob wir trotz der anhaltenden Bedrohung nach Essex gehen sollten – womöglich wären wir dort sicherer als in der Hauptstadt und ganz gewiss glücklicher. Aber nachdem ich mich inzwischen gänzlich von meiner Halsentzündung erholt habe, ist nun Robert daran erkrankt, sodass es jetzt nicht ratsam wäre, eine Reise zu unternehmen, sei es auch nur eine kurze. Dennoch sehne ich mich danach aufzubrechen, und ich ertappe mich dabei, wie ich ungeduldig die Tage seiner Krankheit zähle: drei, vier, eine Woche. Doch dann sind zwei Wochen vergangen, ohne dass sich sein Zustand bessert, und sein Kopf und die Hände werden wärmer, den Eisblumen an unseren Fenstern zum Trotz. Robert behauptet, er fühle sich kräftiger, und will es unter Beweis stellen, indem er mit Richard und John im St. James's Park ausreitet, aber bei seiner Rückkehr ist er ganz erschöpft. Als ich ihm ins Bett helfe, bemerke ich, dass seine Sprache undeutlich ist und seine Augen stumpf wirken. Ich erschrecke und lasse sofort die Hofärzte kommen.

«Wir dachten, es sei nur eine Erkältung», sage ich wieder und wieder zu den zusammengedrängten Rücken der schwarz gewandeten Arzte, die um unser Bett herumgehen und jeden Zoll von Roberts Körper untersuchen, sein Blut, den Inhalt des Nachttopfes. Ich sage mir, dass es gewiss nichts ist, kein Grund zur Besorgnis. Doch sie untersuchen ihn so lange – die Köpfe unter ihren Hüten gebeugt, leise tuschelnd und ernste Blicke wechselnd –, dass ich Katherine losschicke, um Mutter zu holen. Wenn es schlechte Nachrichten gibt, brauche ich jemanden, der ruhig bleibt, konzentriert die Diagnose der Ärzte und ihre Behandlungsvorschläge anhört, denn ich fühle mich gerade nicht imstande, zuzuhören oder zu denken.

Wenig später betritt Mutter eilig das Zimmer, gefolgt von Elizabeth, und ohne ein Wort nehmen die beiden rechts und links von mir Aufstellung, um das Urteil der Ärzte zu erwarten.

Endlich kommen sie auf uns zu, und Dr. Bate fasst mich behutsam am Arm und führt uns ein wenig vom Bett fort, damit Robert uns nicht hören kann. Ich stolpere mit wie eine verurteilte Gefangene.

«Sprecht.» Mutter ist es, die das Wort ergreift.

«Euer Hoheit.» Dr. Bate nickt. «Es betrübt mich, Euch mitteilen zu müssen, dass es nach einem Hirnfieber aussieht.»

In meinem Kopf dreht sich alles, und ich höre die Worte des Arztes undeutlich wie durch einen dichten Abendnebel über dem Fluss:

«Der junge Herr ist sehr geschwächt, er hat hohes Fieber, sein Puls geht langsam, und seine Sinne schwinden. Natürlich ist es möglich, dass er sich vollständig erholt, mit Aderlass und Klistieren, um das Fieber herauszuziehen. Andererseits könnte es sein …» Er lässt den Satz in der Luft hängen wie einen losen Faden, der von einer Stickerei baumelt.

«Dass er stirbt.» Alle schauen mich an, als ich unwillkürlich den Satz des Arztes beende. Die Worte klingen in meinen Ohren, als hätte jemand anders sie gesprochen. In der Stille, die darauf folgt, bricht ein Eiszapfen von der Dachtraufe über dem Fenster ab, fällt und zersplittert auf dem Sims.

Die nächsten Tage lebe ich in völliger Verleugnung dessen, was ich selbst ausgesprochen habe. Ich kann einfach nicht akzeptieren, dass ich meinen Liebsten verlieren könnte, der doch immer so stark und voller Leben war, und das nach allen Hindernissen, die wir gemeinsam überwunden haben. Doch der prachtvolle, sehnige Körper, den ich noch vor wenigen Wochen bei Feuerschein im Bad betrachtet habe, scheint vor meinen Augen dahinzuwelken. Dennoch erlaube ich mir keine Sekunde, das Schlimmste anzunehmen, als könnte ich durch einen einzigen achtlosen Gedanken den Zauber brechen, der Robert hier in dieser Welt hält. Und so beschäftige ich mich mit seiner Pflege, summe um unser Bett herum wie eine Biene, wische Schweiß und Blut ab, füttere ihn und wechsle seine Kleidung und die Laken wie eine gewöhnliche Hausfrau. Doch ich nehme auch jedwede Hilfe in Anspruch, über die nur eine Prinzessin verfügen kann: Ich bestelle Ärzte aus der Stadt, um eine zweite und dritte Meinung einzuholen, schicke Katherine zu sämtlichen Apothekern Londons, um nach Arzneien zu fragen, und lasse Tag und Nacht heilende Rezepte, die ich in den Benimmbüchern und medizinischen Lehrwerken der Palastbibliothek finde, in der Küche zubereiten. Ich schicke auch nach dem Earl of Warwick und schreibe an Roberts Vater, und kaum eine halbe Stunde vergeht, in der nicht entweder Roberts Großvater oder jemand aus meiner Familie – meine Schwestern oder meine Eltern – zu mir an sein Bett kommt.

Robert ist in seinen klaren Momenten gut gelaunt, schilt mich dafür, dass ich solches Aufheben mache, und will nur, dass ich bei ihm sitze und ihn mit belanglosem Geplauder unterhalte. Er nennt mich seine Venus, sagt, dass er mich liebt, und spricht von unserer Reise nach Essex und seinen Zukunftsplänen, als wäre alles in schönster Ordnung. So unterstützt er mich in meinem Feldzug der Verleugnung, und wir verschanzen uns gemeinsam hinter der sturen Überzeugung, dass alles gut wird; die einzige Wirklichkeit, die wir beide uns vorstellen können. Ich sage mir, dass Gott uns prüft, dass wir aus dieser Erfahrung stärker hervorgehen werden, aber auch demütiger, in dem Bewusstsein, wie zerbrechlich ein Glück ist, das so ganz und gar von einem anderen Menschen abhängt, und dankbar für unsere zweite Chance.

Und dann, wie durch Vorsehung, kommt Robert wieder zu Kräften, nachdem er vier Tage nicht das Bett verlassen konnte. Er isst Hühnersuppe mit Kräutern, erzählt ein paar Witze und lädt Dick zum Piquet ein. Die Spielkarten verrutschen auf der Decke, wenn er sich darunter bewegt. Ich beobachte die beiden aus dem Schatten am Kamin und spüre, wie ich tief atme, als hätte ich seit Tagen die Luft angehalten. Meine Lunge giert nach frischer Luft, und so nutze ich die Gelegenheit zu einem Spaziergang im Garten mit Betty. Die Kälte wirkt lindernd auf meiner Haut, die ganz fahl geworden ist, da ich so lange nicht im Freien war.

Als ich zurückkehre, schläft Robert. Er hat einen frischen Verband am Arm, wo er zur Ader gelassen wurde, und von seinem Mund geht Lavendelgeruch aus, Hinweise darauf, dass der Arzt bei ihm war. Robert schläft mehrere Stunden, und als ich spät am Abend die Hand auf seine Stirn lege, ist sie von einem Schweißfilm bedeckt. Ich lege ihm einen kühlenden Flanelllappen auf, und er erwacht von meiner Berührung. Doch der Robert, der erwacht, ist nicht mehr derselbe wie vor dem Einschlafen; vorhin noch gut gelaunt, ist er nun zornig und weinerlich. Als er mich sieht, schließt er die Augen und wendet das Gesicht ab. Der nasse Flanell rutscht auf das Kissen.

«Ich wünschte, wir hätten uns nie kennengelernt», sagt er, und Tränen laufen über seine geröteten Wangen.

Ich kann ein erschrockenes Aufbegehren nicht unterdrücken, fasse mich jedoch rasch wieder. «Liebster.» Ich berühre ihn an der Schulter, doch er zuckt zurück.

«Nicht, ich kann es nicht ertragen. Früher war ich recht glücklich – ich brauchte nur an mich selbst zu denken. Keine Gedanken an die Zukunft, keine Hoffnungen oder Pläne. Kein Verlangen, etwas Besseres zu werden, als ich war. Ich lebte nur für mein eigenes Vergnügen, hatte nichts zu verlieren. Aber jetzt, da ich dich habe, könnte ich dich verlieren …»

Ich weiß nichts Tröstliches zu sagen, deshalb steige ich zu ihm ins Bett und schmiege mich langsam, ganz sacht an seinen Rücken, der durch das feuchte Nachthemd Wärme verströmt. Ich drücke das Gesicht an seinen Nacken, nie im Leben habe ich etwas so sehr geliebt, wie seine Haut unter meinen Lippen zu fühlen, heiß und lebendig, seinen Puls an meiner Wange.

«Du wirst mich nie verlieren, Liebster, es gibt nichts zu bereuen», sage ich sanft. «Außerdem wirst du wieder gesund, das weiß ich, du bist heute schon kräftiger geworden.»

Er erwidert nichts, sondern greift nach meiner Hand, schiebt seine Finger zwischen meine. Ich fühle, wie die Verkrampfung aus seinen Schultern weicht und er sich unter meiner Berührung entspannt, und etwa eine Minute später merke ich, dass er wieder eingeschlafen ist. Ich schließe die Augen, hoffe, dass ich ihn beruhigen konnte, und bete, wenn er das nächste Mal erwacht, möge er wieder in gewohnt guter Stimmung sein. Dann trifft die Erschöpfung mich mit der Wucht einer zwanzigrudrigen Barkasse, und auch ich sinke in traumlosen Schlaf.

Als ich erwache, noch immer vollständig bekleidet, mit schmerzenden Gliedern und steif vor Kälte, weiß ich nicht, wie spät es ist oder wie lange ich geschlafen habe. Jemand war im Zimmer, um Holz im Kamin nachzulegen und die Kerze auf dem Nachttisch auszutauschen, sonst könnte ich nichts sehen, denn noch dringt kein Dämmerlicht durch die Ritzen der Vorhänge. Ich liege ganz still und lausche, sinke immer wieder in Dämmer und tauche erneut daraus auf, bis ich die Uhr im Hof vier schlagen höre. Bis Tagesanbruch sind es noch wenigstens drei Stunden. Ich überlege, ob ich aufstehen soll, um mich auszukleiden, aber die Schnürung meines Korsetts kann ich nicht ohne Katherines Hilfe lösen, und ohnehin ist es außerhalb der Decken so kalt, dass ich den Gedanken verwerfe. Seufzend drehe ich mich zu Robert herum, schließe die Augen, um weiterzuschlafen, rücke unter dem Laken an ihn heran, suche die Wärme seines Körpers.

Er hat sich im Schlaf bewegt und liegt jetzt auf dem Rücken, deshalb ertaste ich zuerst seinen Arm und die Schulter. Sie sind kalt. Ich fühle weiter über seinen Körper, suche nach der Hitze seiner Brust. Doch sie ist so starr und kühl wie eine Marmorstatue auf einem Grab. Noch immer wage ich nicht, die Augen zu öffnen, sondern kneife sie fest zu, während Tränen hineinschießen. Ich schiebe eine Hand unter sein Hemd und in das krause Haar auf seiner Brust, bis sie über seinem Herzen liegt.

Erst jetzt begreife ich.

Schmerz durchbohrt mich, zerreißt mein Inneres, als läge ich auf dem Tisch des Henkers zu Tyburn. Ein Schrei steigt in mir auf, dass ich die Faust fest in den Mund stecken muss, um ihn zu ersticken.

Wenn ich schreie, wird jemand kommen. Wenn sie kommen, werden sie ihn fortbringen. Solange die Nacht andauert, sind wir zusammen, als wäre nichts geschehen.

Ich schmiege den Kopf an Roberts Schulter und atme seinen würzigen Duft ein – die berauschende Mischung aus Orange, Tabak und Schweiß, von der mir noch immer die Knie weich werden. Wie kann er noch nach sich selbst riechen, wenn er nicht mehr da ist? Kann ich seinen Duft irgendwie bewahren? Wenn ich mein Taschentuch die nächsten Stunden an seinen Hals drücke und es nie mehr wasche, könnte sein Geruch sich darin halten? In meinem Kopf jagen sich die Gedanken, ziehen Spiralen wie ein Kinderkreisel. Wie kann Robert mich verlassen haben, da doch sein Körper hier unter meinen Händen liegt? Hat er sich in zwei geteilt, in drei, in eine Unendlichkeit? Ich lasse die Hände über seinen Körper wandern, kartiere ihn im Geiste, streichle seine Haut, dann kneife ich ihn und zerre an ihm, verstört über die Vorstellung, dass er nicht fühlen kann, was ich tue, ich falle über ihn her, als könnte ich ihn dazu bringen, wieder zum Leben zu erwachen. Doch er regt sich nicht. Ein Schluchzer entfährt mir, und ich küsse ihn zur Entschuldigung, in furchtbarem Gegensatz zu seiner Reglosigkeit atme ich verzweifelt immer tiefer, versuche, seinen Geruch tief in mich einzusaugen, wo ich ihn sicher bewahren kann.

Irgendwann später wird mir bewusst, dass ich mit Robert rede. Während die Zeit vergeht, spielen wir ein Spiel, in dem jede weitere Stunde, die wir für uns haben, ein Jahrzehnt unseres gemeinsamen Lebens ist – die Zukunft, die nicht zu verlieren ihm so wichtig war. Ich erzähle ihm die Geschichte unseres Lebens, wie sie sich vor mir entfaltet: die Mistel, die wir an der großen Eiche bei Leighs Priory sehen; die Sommer, die wir dort mit seiner Familie verbringen, die Herbste am Hof, wo wir reiten und jagen und tanzen wie an unserem Hochzeitstag; die Pläne, die Robert aufstellt, um die Abläufe auf den Gütern seiner Familie zu verbessern; seine Erhebung in das «andere Haus» und seine Berufung in verschiedene Ausschüsse zu außenpolitischen Angelegenheiten – die goldene Zukunft der Familie Cromwell, ganz wie Giavarina sie prophezeite. Ich erzähle ihm von den Kindern, die wir haben – vier Jungen und zwei Mädchen; von ihren Namen, ihrem Aussehen und ihren Eigenheiten, die ich kristallklar im Geiste vor mir sehe. Dass der älteste Junge Robert (wir nennen ihn Robin) das Ebenbild meines Vaters ist und von seinen Schulfreunden ihm zu Ehren «Old Noll» getauft wird. Von unserer jüngsten Tochter Anne, die wir nach Roberts verstorbener Mutter benannt haben und die ihren Brüdern in nichts nachsteht, und dass ihr Vater sie seine «kleine Gelehrte» nennt, wie mein Vater mich zu nennen pflegte.

Ich schildere ihm, wie er als allseits bewunderter Mann im mittleren Alter mit silbrigem Haar für meinen Bruder Richard, der nun Lord Protector ist, als Botschafter in unterschiedlichen Angelegenheiten ins Ausland geht, wie er die Geschicke ganzer Nationen in Händen hält und für seine raffinierte Diplomatie mit Ehrungen überhäuft wird, während Dichter über unsere große Romanze schreiben und sein noch immer attraktives Äußeres preisen. Und ich erzähle ihm, wie wir gemeinsam alt und verdrießlich werden, munter zanken, indes unsere Enkel um uns herum aufwachsen …

Ein Diener klopft an, stört meine Gedanken, und ich schreie, er solle fortgehen, wie Robert es am Morgen nach unserer Hochzeit tat: Wenn das unsere Hochzeit war, so ist dies unsere Ehe. Ich ziehe die Decken noch höher über uns beide, klammere mich an Robert, obwohl mich von der Kälte seines Körpers friert. Doch sosehr ich mich auch anstrenge, ich kann nicht verhindern, dass der Himmel draußen heller wird, ich kann die Geräusche nicht aussperren, als die anderen Palastbewohner nichtsahnend aufstehen und gedankenlos ihren morgendlichen Beschäftigungen nachgehen. Als es zum dritten Mal klopft, bleiben meine Rufe wirkungslos, und die Tür wird geöffnet.

Ich höre Schritte, fühle Mutters beringte Hände an mir, doch ich will mich nicht rühren, will ihn nicht hergeben: «Nein! Nein! Lass uns!»

Als sie mich schließlich von Robert fortzerren, meine Finger von ihm lösen, schreie ich und schlage mit den Fäusten um mich, stoße den Wasserkrug um, der am Boden zerschellt. Sie tragen mich irgendwohin und flößen mir eine warme Flüssigkeit ein, dann löst sich alles in schwarzer Stille auf.

Ich bin blind. Blind vor Schmerz. Blind vor Wut. Ich weiß nicht, welcher Tag ist oder welche Tageszeit. Ich werde von einem Zimmer ins andere gebracht, in Betten gelegt und wieder herausgeholt. Katherine kleidet mich um, zieht mir Nachthemden aus und Kleider an und umgekehrt. Ich esse eine Schale Suppe, schmecke jedoch nichts. Trinke ein Glas starken Wein, glänzend im Feuerschein. Leute kommen und gehen. Gesichter schauen mich an, Lippen bewegen sich. Mutter ist da. Später Vater, der aus seiner Bibel vorliest. Elizabeth und John bringen mir einen Hundewelpen, der meine Hand leckt. Jemand sagt, Cousine Lavinia sei in derselben Nacht gestorben wie Robert, aber ich kann mich nicht darauf besinnen, wer sie war. Ich lege mich nieder, setze mich auf, gehe. Ich atme. Ich rede sogar, doch ich kann meine eigenen Worte nicht hören.

Ich tue all das, und doch bin ich tot.

Während ich mich in meinem Schmerz ganz und gar allein fühle, scheinen doch alle anderen einen Teil davon abhaben zu wollen, und der ganze Hof versinkt in tiefe, förmliche Trauer, wie sie nach dem Tod eines Mitglieds der königlichen Familie üblich ist. Vater kleidet sich in Purpur, die herrscherliche Trauerfarbe, die nur Fürsten zusteht; Glocken müssen schweigen, es gibt weder Tanz noch Gesang. Ich sehe all das nicht selbst, sondern höre es von Elizabeth, die mir erzählt, wie traurig alle über Roberts Verlust sind, wie sie kopfschüttelnd freundliche Worte flüstern, sie erzählt von großen Gesten, Kondolenzschreiben und Genesungsgeschenken, von den Tränen, die Roberts Großvater, der Earl of Warwick, an Vaters Schulter vergießt. Doch ich kann kein Mitgefühl für den Schmerz anderer empfinden, und ich finde keinen Trost in dem, was andere tun, da doch mein Liebster nie wieder seine Hand rühren wird. Ich will nicht, dass irgendjemand sich zwischen uns drängt, selbst jetzt nicht.

Sie sagen mir, Roberts Leichnam sei in Warwick House aufgebahrt worden wie der eines Fürsten, dann sei er zur Beisetzung heim nach Leighs Priory in Essex gebracht worden, doch ich verstehe nicht. Plötzlich habe ich schreckliche Angst, dass sie auch seine Sachen fortbringen werden, und ich stürze blindlings in meine Räume, heule wie eine Wölfin, als ich die Diener dabei antreffe, wie sie gerade seine Habe einpacken und hinaustragen. Mit starren, erschrockenen Augen weichen sie vor mir zurück, und ich raffe einen Armvoll von Roberts Hemden zusammen und ziehe mich damit ins Bett zurück, wie eine Füchsin sich mit ihrer Beute in ihren Bau zurückzieht. Ich vergrabe mein Gesicht in seinem Leinen, fühle den Schlaf nahen, sehne mich danach und wehre mich zugleich dagegen; ich sehne mich nach dem Vergessen, nach dem Dämmer, in dem ich mit Robert leben kann, aber ich weiß, jedes Mal muss ich wieder erwachen und vor Kummer noch einmal sterben. Doch die Versuchung, ihn zu sehen, ist zu groß, und ich sinke in einen schweren Schlaf, während der Geruch seiner Wäsche durch jede Pore meines Gesichts dringt. Mein Körper entspannt sich, als Robert in meinen Träumen zu mir kommt. Ich höre seine leise Stimme auf dem Kissen neben mir, fühle seinen Atem an meiner Wange, sehe ihn in den Räumen ein und aus gehen, und sein Lachen verschwindet mit seinem Schatten durch die Türen.

Nun, da ich wieder in meinen eigenen Räumen bin, weigere ich mich, sie zu verlassen. Ich bin überzeugt, etwas von Robert ist hier bei mir, etwas von seinem Geist, etwas, das ihn gegenwärtig macht, und wenn ich unsere Räume noch einmal verlasse, wird er bei meiner Rückkehr nicht mehr da sein. Also kommen die Besucher, die mich aufmuntern wollen, hierher zu mir, sitzen da und führen aussichtslose Gespräche mit einer leeren Hülle. Ich mache kaum einen

Hehl daraus, dass ich einfach nur in Ruhe gelassen werden will. Mutter, Elizabeth und Bridget sind am häufigsten da, und ihre Besuche sind so gut aufeinander abgestimmt, dass ich argwöhne, sie haben einen Zeitplan aufgestellt. Einmal bringt Mutter Signor Giavarina mit, wahrscheinlich in der Hoffnung, mein italienischer Schmeichler könne mir ein Lächeln entlocken. Doch der Botschafter ist ernst. Zuerst teilt er mir mit, dass die Türken die Dardanellen zurückerobert haben, wie er befürchtet hatte, dann spricht er von Dantes Liebe zu Beatrice, welche über ihren Tod hinaus seine Arbeit inspirierte: «Wir Italiener verstehen etwas von Liebe und Tod, *Principessa*. Ich weiß, wie sehr Ihr leidet.»

So bringen meine Besucher ihre eigenen Erfahrungen und Betrachtungen zur Trauer mit und legen sie mir zu Füßen wie Trophäen. Als könnte ich von ihren Überlebensgeschichten lernen, selbst ins Leben zurückzukehren. Katherine spricht davon, wie sie ihren Mann William in Marston Moor verlor. Während sie mich ankleidet und mir das Haar bürstet, erzählt sie mir, wie sie als Witwe zurechtkam und wie sie mit Jeremiah ein neues Leben beginnen konnte. Ihre Geschichte dringt nur schwach zu mir durch; ich höre ihre Stimme kaum über das Tosen in meinen Ohren hinweg. Doch es gibt eine, deren Worte mich irgendwie erreichen, meine Bitterkeit aufrühren.

«Auch ich weiß, wie es ist, einen geliebten Ehemann zu verlieren, Liebes», flüstert Bridget über einer Schale Haferschleim. Sie pustet auf den dampfenden Brei, bevor sie mir einen Löffel anbietet. «Nichts kann den Schmerz tilgen, aber ich verspreche dir, mit der Zeit wird er an Schärfe verlieren und nachlassen. Alles ist Gottes Wille.»

«Welcher Gott? Außerdem, woher willst du das wissen?», fahre ich sie an, blind für jeden Schmerz außer meinem eigenen. «Robert gehörte ganz mir – ich habe ihn erwählt, wir mussten kämpfen, um zusammen sein zu dürfen. Deine Ehe mit Henry war von Vater arrangiert, und kaum war er tot, da hast du auch schon Charles geheiratet.»

Selbst durch den Schleier meines Zorns sehe ich sie zusammenzucken, während sie mit der Zunge prüft, ob der Haferschleim auf dem Löffel genügend abgekühlt ist. «Psst, Liebes», sagt sie nach kurzem Schweigen und hält mir den Löffel erneut hin. «Du warst noch zu jung, um das zu verstehen.»

«Ich kann allein essen.»

«Natürlich, hier.» Bridget gibt mir die Schale und lehnt sich auf ihrem Stuhl zurück. Sie faltet die dünnen Hände im Schoß und dreht geistesabwesend ihren Trauerring zwischen Daumen und Zeigefinger.

Ich funkle sie noch immer zornig an, als es leise an der Tür klopft und ein hochgewachsener junger Mann den Raum betritt. Er kommt langsam auf uns zu, und ich brauche eine ganze Weile, um mich durch den Nebel der Erinnerung zu kämpfen und zu erkennen, wer er ist: John Russell, Harrys Schwager. Ich habe ihn zuletzt an meinem Hochzeitstag gesehen, als er mir meinen prachtvollen Vogel brachte. Ich fühle wieder Roberts Kuss auf meiner Hand, höre ihn applaudieren.

«Lady Frances, ich – es tut mir so furchtbar leid, mein tiefes Beileid zu Eurem Verlust. Hier.» Er greift in die Tasche. «Ich habe einen Brief für Euch von Eurem Bruder. Er kam in dem Postsack aus Irland, zusammen mit seinen Briefen an meine Familie, und ich dachte mir, Ihr würdet ihn sicher schnellstmöglich haben wollen.»

Ich nehme das rechteckig gefaltete Papier von ihm entgegen. Dabei regt sich die Erinnerung daran, wie ich schon einmal einen Brief aus seinen Händen entgegennahm: das Blatt, auf dem Harry mich beschwor, den Mann zu heiraten, den ich liebte. Ich glaube, mir gelingt ein kleines, dankbares Lächeln, sicher bin ich allerdings nicht, denn meine Wangen sind taub; mein Gesicht fühlt sich an, als gehörte es nicht mehr zu meinem Körper. Ich beginne, den Brief auseinanderzufalten, dann überlege ich es mir anders und lege ihn neben mir auf die Tagesdecke. Ich kann im Augenblick nicht noch mehr Beileidsbekundungen ertragen, erst recht nicht von meinem angebeteten großen Bruder, der doch allenfalls ahnen kann, was ich verloren habe. Er hat nie gesehen, wie sehr ich meinen Mann liebte, mich nie als Ehefrau erlebt, und wird es nun auch nie tun.

«Er wird seine kleine Schwester nicht wiedererkennen, wenn er nach Hause kommt», sage ich, weder an John Russell noch an Bridget gerichtet, sondern einfach so in den Raum hinein. «Sie existiert nicht mehr.»

Die Zeit kommt mir vor wie ein verdrehtes Seil. Mal zieht sie sich plötzlich zusammen und verzwirnt sich, dann glättet sie sich wieder oder faltet sich, sodass ich nie sagen könnte, ob Tage, Wochen oder nur Stunden vergangen sind. Gelegentlich höre ich Geräusche oder Neuigkeiten aus der Welt draußen – einer Welt ohne Robert –, und das verankert mich in einem Kalender. Die Kirchenglocken, die über Westminster tönen, sagen mir, dass Sonntag ist. Dick entschuldigt sich, dass er sich eine Woche nicht hat blickenlassen, weil er in Hampshire war. Mein Schwager John bringt mir eine Vase mit Narzissenknospen und berichtet mir von Vaters großem Triumph: Dank seiner Vermittlung wurde zu Roskilde ein Friedensvertrag zwischen Schweden und Dänemark unterzeichnet. Doch John sagt, äußerlich wird das kaum gefeiert, da der Hof noch immer um Robert trauert. Ich denke an meinen ersten Streit mit Robert bei der Zeremonie zu Botschafter Meadowes' Ernennung. Robert bezweifelte, dass wir den Frieden am Baltischen Meer sichern könnten. Jetzt wünsche ich mir nichts mehr, als ihm sagen zu können: *Hab ich's nicht gesagt*?

Giavarina versucht, mich mit der Nachricht aufzumuntern, dass Einzelheiten über die royalistische Verschwörung für die spanische Invasion entdeckt wurden: «Ein Triumph für Signor Thurloes Spione», sagt der Italiener, und seine Augen über dem Weinglas funkeln vor Entzücken – der Botschafter genießt es, besser über sein Gastgeberland informiert zu sein als die meisten Einheimischen. Ich jedoch vermag mich nicht für diese Neuigkeit zu begeistern; es ist zu spät. Nun kann Robert mich nicht mehr auf seinen Familiensitz Leighs Priory mitnehmen, was kümmert es mich also?

Die Zeit vergeht unterschiedslos, doch eine Orientierung gibt es, die ich bemerke, oder besser gesagt: Ich bemerke ihr Fehlen. Ich habe nicht mehr geblutet, seit Robert starb, und ich frage mich erst nervös, dann voller verzweifelter Hoffnung, ob ich womöglich ein Kind erwarte. Ich habe keine Ahnung, wie lange mein letzter Monatsfluss zurückliegt, aber jedenfalls zu lange. Der Gedanke wächst in mir, schwillt an, bis ich an nichts anderes mehr denken kann und all meine Hoffnung auf ein Wunder setze – auf die winzige Chance, dass ich etwas von Robert in mir tragen könnte, dass ein Teil von ihm vielleicht weiterlebt. Ich erzähle niemandem von meinen Hoffnungen, aber ich fange an, besser für mich zu sorgen, wieder richtig zu essen und zu schlafen. Ich sehe die Freude in Mutters Gesicht, als ich das Essen nicht länger verweigere, und ich weiß, sie nimmt fälschlich an, es sei ein Zeichen, dass ich ins Licht zurückkehre. Der Gedanke an Roberts Kind gibt meinem Leben wieder einen Sinn, und nun denke ich beim Erwachen zuerst daran statt an seinen Tod. Jedes Mal, wenn ich unter mein Nachthemd greife und meine Finger dann zaghaft vor die Augen halte, bete ich darum, kein Blut daran zu sehen.

Doch meine Gebete werden nicht erhört. Der letzte Rest Glaube an göttliche Vorsehung, der Roberts Tod überdauert hat, kommt mir abhanden, als das Blut schließlich doch da ist. Es ist ein entsetzlicher Schlag, der die verbundene Wunde erneut aufreißt, da Robert vor meinen Augen noch einmal stirbt. Ich drehe mich zur Wand und weise alles Essen zurück, während Mutter in der Ecke meines Zimmers weint.

Ich versinke wieder in den Wellen, sehe nichts, höre niemanden, nur Roberts Stimme in meinem Kopf, und in meinem Bauch ist eine Leere. Ich schwebe am Rand des Bewusstseins, messe die Tage und Nächte nur am Niederbrennen und der Erneuerung der Kerze auf meinem Nachttisch. Ich spreche mit niemandem. Ich habe meinen Frieden mit meinem eigenen Tod gemacht, als eine einsame Stimme tief in mein Inneres dringt und mich dazu bewegt, mich von der Wand abzuwenden.

Mary. Mary ist zu mir zurückgekehrt.

KAPITEL NEUN

Mary gehört ganz mir. Sie sitzt tagsüber an meinem Bett und schläft nachts mit mir darin wie früher, als wir Kinder waren. Ich klammere mich begierig an sie, und als die Tage vergehen, erwachen allmählich meine Sinne wieder, ein Gefühl wie Ameisenlaufen.

«Thomas?», frage ich sie irgendwann, als wir nebeneinander im Dunkeln liegen. Das Feuer im Kamin ist heruntergebrannt, nur ein gelegentliches Aufflackern lässt den Goldfaden glänzen, der den tiefgrünen Samt des Betthimmels über uns durchzieht. «Erzähl.»

Ich höre, wie sie ein paar tiefe Atemzüge tut, und weiß, sie wählt ihre Worte.

«Er ist ein guter Mann, freundlich, rücksichtsvoll. Zur Hochzeit hat er mir zwei wunderschöne Schimmelstuten geschenkt. Er steht früh auf, aber wenn ich noch müde bin, redet er mir zu, im Bett zu bleiben, und schickt das Dienstmädchen mit heißem Apfelsaft und Toast zu mir. Er ist viel auf Reisen. Aber wenn er zu Hause ist, liest er abends die Zeitungen, während ich ihm auf dem Spinett vorspiele.» Sie nimmt meine Hand, und ihre Finger fühlen sich klein und kalt an, nicht wie Roberts. «Er hat mich hierher zu dir zurückgebracht, als ich ihn darum bat.»

Es ist eine kurze, magere Liste von Freundlichkeiten. Ich höre zu, prüfe Marys Worte, als sähe ich sie über unseren

Köpfen schweben, suche darin nach einem Bruchteil der Liebe, die ich zu meinem Mann empfinde. Plötzlich steht mir Roberts Bild wieder lebhaft vor Augen wie eine kurze Spiegelung in einem Fenster. Ich sehe ihn, wie er redet, mich neckt, während er im Bad sitzt, seine nassen Finger in meine verschränkt; höre ihn über den Esstisch hinweg über einen Witz lachen, ehe er meinen Blick auffängt und mir mit einem Zwinkern zu verstehen gibt, dass er mir den Witz nachher weitererzählen wird; fühle eine Regung neben mir im Bett, als er sich im Schlaf herumwälzt und sich an mich schmiegt, seine schläfrigen Lippen über meinen Rücken aufwärts wandern und er erregt wird. Die hoffnungslose Ironie unserer Lage steigt in mir empor und bricht sich in Tränen Bahn.

«Du hast dich in die Ehe mit Thomas gefügt, damit ich mit Robert zusammen sein konnte», sage ich, bringe die Worte erstickt heraus wie Luftblasen. «Doch nun könntest du frei sein, jeden zu heiraten, den du wolltest. Gott ist grausam: Er lässt uns für unseren Tauschhandel büßen, indem er dir und Thomas das lange Eheleben schenkt, das er uns versagt hat. Das weiß ich jetzt.»

«Nein, nein, nein.» Mary schüttelt den Kopf, er reibt über das Kissen neben meinem, und ihre Stimme klingt energisch, eindringlich. «Du darfst unsere Entscheidungen nicht bereuen. Und wer sagt denn, dass mein Mann und ich uns nicht auch noch lieben werden oder dass du nicht eines Tages wieder lieben wirst? Gott hält für jeden von uns noch etwas bereit, das weiß ich.»

Sie hat unrecht, doch ich sage nichts. Ich darf ihr ihren Glauben nicht nehmen, nicht nach allem, was sie mir bereits geschenkt hat.

Robert kommt auch in meinen wachen Stunden zu mir, als ich ein Päckchen von seinem Vater erhalte. Mary liest mir den Brief von Lord Rich vor, doch ich höre kaum seine Worte, während ich die Papierlagen auseinanderfalte und darin ein Miniaturporträt meines Liebsten finde. Ein jüngerer Robert lächelt zu mir auf, in meine Handfläche geschmiegt, und ich schließe die Finger so fest um den winzigen vergoldeten Rahmen, dass er in mein Fleisch schneidet. Von nun an lebt er in meiner Hand, manchmal zeige ich ihn offen, zu anderen Zeiten verberge ich ihn unter einer Falte meines Rocks, in einer Tasche oder lege ihn unter mein Kopfkissen. Ich spüre, wie ich erstarke.

Auf den Brief von Lord Rich folgt wenig später ein Besuch von Roberts Großvater, dem Earl of Warwick. Er schleppt sich in meine Gemächer, die hochgewachsene Gestalt, einst aufrecht wie die Masten der Schiffe, die er auf der anderen Seite der Welt befehligte, nun gebeugt, aller Wind aus seinen Segeln genommen. Er sinkt mir gegenüber in einen Lehnstuhl und streckt eine große, knochige Hand nach meiner aus. Er schweigt und lässt den Blick so lange auf meinem Bauch ruhen, dass ich schon fürchte, er suche nach Anzeichen für ein Kind – einen Jungen, der die Linie fortsetzen würde, die mit Robert, seinem einzigen Erben, abgerissen ist. Ich schlucke mühsam die Galle hinunter, die mir in die Kehle gestiegen ist.

«Meine Liebe», sagt er schließlich und hebt den Blick, um dem meinen zu begegnen. «Es tut mir leid, dass ich Euch störe, doch ich komme im Auftrag meines Sohnes.»

Ich nicke verständig, streiche mit dem Daumen über den glatten Rand von Roberts ovalem Rahmen.

«Roberts Vater möchte Euch um einen großen Gefallen bitten. Ich kann mir denken, dass es das Letzte ist, was Ihr im Augenblick tun möchtet, Frances, aber mein Sohn fragt sich – hofft –, ob Ihr wohl einverstanden wärt, für ein Porträt Modell zu sitzen.»

Ich starre ihn ausdruckslos an.

«Wisst Ihr», fährt er fort, «die ganze Familie hat sich sehr darauf gefreut, dass Robert Euch zu uns nach Essex heimbringt. Meine kleinen Enkelinnen, Roberts Halbschwestern, haben seit Monaten kaum von etwas anderem gesprochen. Sie himmelten Robert an, wisst Ihr ...»

Hier hält der Earl inne und tut, als suchte er etwas in seiner Tasche, doch ich sehe, dass er mit den Tränen kämpft.

«Ihr gehört natürlich für immer zu unserer Familie, Frances. Aber die Mädchen und ihr Vater hätten gern eine bleibende Erinnerung an Eure Heirat mit Robert, an Eure Liebe. Wir haben ein sehr schönes Porträt von ihm, das gemalt wurde, als er das Mannesalter erreichte, und es ist unser größter Wunsch, auch ein solches Bild von Euch zu haben, um es neben seinem in Leighs Priory aufzuhängen.»

Ich bin ganz überwältigt von dieser Bitte. Zwar hat der Earl recht, in meiner derzeitigen Verfassung ist es unvorstellbar für mich, dass ich mich herrichte und hübsch mache, um für einen der Hofmaler Modell zu sitzen. Doch ich finde den Gedanken wundervoll, dass Robert und ich so auf ewig vereint wären, Seite an Seite dort an der Wand, und gemeinsam zuschauen könnten, wie das Leben anderer sich unter uns abspielt.

«Ich werde es tun», sage ich, mehr Worte kann ich nicht finden.

«Gott segne Euch», sagt der Earl.

Vater beauftragt John Michael Wright, den berühmten Porträtmaler der italienischen Schule, seine trauernde Tochter zu malen. Eigentlich wollte Lord Rich die Kosten übernehmen, doch Vater besteht darauf, das Gemälde der Familie Rich zu schenken; eine Bußgabe für den toten Bräutigam, den er nie wollte. Master Wright ist ein aufgeblasener Pfau und brüstet sich bei jeder Gelegenheit damit, dass er sein Handwerk jahrelang in Rom im Tempel der alten Meister gelernt hat. Doch er geht freundlich und behutsam mit mir um, leitet mich an und redet mir besänftigend zu, als wäre ich ein verängstigtes Reh. Ich nehme an, er hat schon Menschen aller Schattierungen gemalt. Und es hat etwas Beruhigendes, wenn stundenlang nichts weiter von mir erwartet wird, als stumm dazusitzen und stillzuhalten.

Unter anderen Umständen wäre ich ganz außer mir über diese Ehre, würde mir endlos Gedanken über mein Kleid und meine Frisur machen, wäre nervös und begeistert zugleich. Doch mein neues Selbst verschwendet keinen Gedanken darauf, wie ich aussehe, ich bitte nicht einmal um einen Spiegel, um zu sehen, wie meine Schwestern und Katherine mich hergerichtet haben. Sie haben mich behutsam gebadet, und Katherine hat mir das Haar getrocknet, zu Locken gedreht und aufgesteckt. Indessen haben Mary und Elizabeth meine Kleidung und meinen Schmuck ausgesucht, sich flüsternd beraten, während sie mit den Fingern über meine Sachen strichen wie Hausfrauen beim Kurzwarenhändler: «Das silberblaue Kleid mit den lavendelfarbenen Borten.» – «Wirklich, nicht das grüne?» – «Die Perlen, die liebt sie.» – «Aber passen sie denn zu der Brosche? Die hat Robert ihr geschenkt, ich weiß, sie wird sie tragen wollen.» Ich fühle kaum, wie ich in die kostbare Seide gekleidet und mit den Perlen behängt werde, als würde ein anderer Körper damit herausgeputzt, eine Porzellanpuppe. Es ist, als wäre mit Robert all meine Eitelkeit gestorben. Die junge Frau, die als Göttin Venus tanzte, die Bewunderung des Hofes in sich aufsaugte, ist verschwunden. Wen kümmert es, wie ich jetzt aussehe? Robert kann mich doch nicht mehr sehen, wenn ich neben ihm hänge, aber er wird das haben, wovon ich glaube, dass er es am meisten an mir liebte: meine Unterhaltung, meine Gesellschaft.

Master Wright arbeitet bemerkenswert schnell und hat mein Bildnis bereits nach nur drei Sitzungen festgehalten. Er sagt, als Hintergrund wolle er eine Herbstszene malen – ein paar halb kahle Bäume und einen mondhellen Himmel –, um den Gesamteindruck einer wehmütigen Betrachtung am Ende des Lebens zu schaffen. Unter meinen Fingern wird, wie bei der Darstellung einer Witwe üblich, eine weiße Turteltaube sitzen, Symbol der Beständigkeit meiner Liebe zu meinem verstorbenen Mann. Ich kann nichts dagegen einwenden, fürchte allerdings, dass es abgedroschen wirkt. Hätte ich doch nur mit einem echten Vogel Modell sitzen können, denke ich und stelle mir das weiche Gefieder unter meinen Fingerspitzen vor, das Gefühl seidiger Leichtigkeit des Geschöpfes in meinen Händen, ehe ich es zum Himmel emporhebe und freilasse.

Als Master Wrights Porträt fertig ist, wird es im Banqueting House ausgestellt, damit der ganze Hof und die Londoner Gesellschaft seine Kunst und meine Trauer bewundern können. Ich gehe nicht hin, sondern bleibe in meinen Räumen, bis das Gemälde schließlich dorthin in meine Obhut gebracht wird, in Tuch gehüllt. Ich schaue es nicht einmal an, bevor der Earl of Warwick kommt, um es abzuholen und zu seiner Familie zu bringen. Mary, die neben mir sitzt, bietet dem Earl ein Glas Rotwein an. Er nimmt es und lässt sich langsam in einen Lehnstuhl am Kamin sinken. Er trinkt einen Schluck, und wieder wandert sein Blick zu meinem Bauch. Ich kann es nicht länger ertragen.

«Ich erwarte kein Kind, mein Herr», sage ich, die Worte purzeln nur so aus mir heraus, «sosehr ich es auch wünschte.»

Mary wirft mir einen raschen Blick zu, halb mitfühlend, halb tadelnd. Mir wird bewusst, dass ich allzu direkt war, und zum ersten Mal seit Roberts Tod erkenne ich in der plötzlichen Veränderung im Gesicht des Earl den Schmerz eines anderen Trauernden.

«Es tut mir leid», füge ich hastig hinzu. «Ich wollte nicht so freimütig sprechen, aber ich konnte auch nicht zulassen, dass Ihr Euch noch Hoffnungen macht, nun, da all meine Hoffnung dahin ist.»

Mit großer Anstrengung bringt der Earl seine Gesichtszüge wieder unter Kontrolle. Dann begegnet er meinem Blick mit verschleierten, glänzenden Augen. «Ich verstehe, meine Liebe, Ihr braucht Euch nicht zu entschuldigen.»

Binnen Minuten ist er wieder fort, entfernt sich schlurfend, gefolgt von seinem Diener mit dem Porträt. Eine Woche später erhalte ich einen Brief von Lord Rich, der mir für das Gemälde dankt und mitteilt, sein Vater, der legendäre Earl of Warwick, Parlamentarier und Kaperfahrer, sei in der Nacht, nachdem er mit meinem Bildnis heimkehrte, im Schlaf verstorben.

Wochen vergehen, und nach und nach wage ich mich etwas weiter aus dem Mutterschoß meiner Gemächer, erst in die Privaträume meiner Familie, und dann, als wir wieder in meinen geliebten Hampton Court Palace übersiedeln, zieht es mich hinaus in die Gärten. Eben geht der Frühling in den Sommer über, und ich war seit Februar kaum noch im Freien, abgesehen von unvermeidlichen Reisen, bei denen ich mich in Decken gehüllt in eine Ecke der Kutsche oder Barkasse kauerte. Nun umarmen mich die Gärten wie eine lang entbehrte Freundin, die warme Maisonne scheint so hell, dass ich die Augen schließen muss, und ich fühle mich besänftigt und getröstet, wenn ich Roberts Stimme im Wind lausche. Ich beschränke mich auf die privaten Bereiche der Gärten, und in den Räumen des Palastes halte ich mich dicht an den Wänden. Der Klang von Gelächter lässt mich zusammenzucken, und so meide ich Menschenansammlungen, speise nicht in Gesellschaft und gehe auch nicht in die Kapelle. Die Gesellschaft einer meiner Schwestern und des Hündchens, das Elizabeth und John mir geschenkt haben, genügt mir völlig, und ich habe nicht das Bedürfnis, mit Gott zu sprechen, der – sofern Er überhaupt existiert – sich als der grausame Gott des Alten Testaments erwiesen hat, nicht als der liebende Herr des Neuen.

So kommt es, dass ich wenig darauf achte, was am Hof vor sich geht. Ich nehme nur die Ereignisse zur Kenntnis, die meine Familie stark beschäftigen. Für Dick sind das die letzten Vorbereitungen zu seiner und Dorothys Reise in den Südwesten des Landes. Soweit ich verstanden habe, hat Vater Thurloe angewiesen, diese Reise zu planen, um Dicks Ansehen und seine Bekanntheit beim Volk zu steigern, über das er vielleicht eines Tages herrschen wird. Es soll eine aufwendige Unternehmung werden, erzählt Doll mir, als sie kommt, um sich von mir zu verabschieden, und ich denke mit Schaudern daran, wie viele Meilen die beiden lächelnd und winkend zurücklegen müssen. Indessen kann Vater an nichts anderes denken als daran, dass sein Plan für einen protestantischen Frieden in Europa zunichtegemacht wurde. Der schwedische König hat den Vertrag aufgekündigt, um erneut Krieg gegen Dänemark zu führen. Als Vater die Nachricht erfährt, tritt er nach den Scheiten im Kamin, lehnt seine breiten Schultern gegen das Sims und senkt den Kopf so tief, dass nur die Flammen sein Gesicht sehen können.

Während er brütet, drehen sich die Gespräche meiner Schwestern hauptsächlich um die Prozesse und Hinrichtungen der Verschwörer, die eine spanische Invasion planten. Einer von ihnen, Dr. John Hewitt, ist kein anderer als der Geistliche, der Mary getraut hat. Er stand bei Mary und Elizabeth in hohem Ansehen, und die beiden sind oft in die Stadt gegangen, um ihn predigen zu hören, sodass Hewitts Schicksal sie nun bitterlich grämt. Abend für Abend höre ich, wie sie sich bei Vater für ihn einsetzen. Doch alle Bitten helfen nichts, nicht einmal die von Betty, die doch Vaters Liebling ist und ihn schon so oft zur Milde gegen andere bewegen konnte. «Ich vermag ihn nicht zu retten», erklärt er ihnen, während seine Finger mit Bettys kastanienbraunen Locken spielen. «Für jene, die sich mit einer ausländischen Macht verschwören, kann es nur ein Ende geben.»

Auch wenn ich nun in ständiger Düsternis lebe und einfach nur jeden Tag überstehen will, tut es mir doch leid, dass meine Familie solche Enttäuschungen erleben muss. Deshalb empfinde ich eine distanzierte Freude, als Vater uns die aufmunternde Nachricht mitteilt, dass die vereinigte Armee unseres anglo-französischen Bündnisses die Spanier geschlagen und die gewaltige Küstenfestung Dünkirchen befreit hat. Diese «Schlacht in den Dünen», wie die Männer am Hof sie von nun an nennen, ist ein großer Triumph für Vaters Regierung: König Ludwig XIV. persönlich händigt unserem Botschafter Sir William Lockhart die Schlüssel der Stadt aus. Dies ist die strahlende Trophäe, nach der England sich gesehnt hat; wir haben wieder einen gesicherten Stützpunkt auf dem Kontinent. Ich kann die Freude nicht mitempfinden, die aus den Gesichtern von Thurloe und den übrigen Mitgliedern des Rates strahlt und aus den Druckpressen strömt, doch in meinem schlummernden Herzen regt sich ein winziges Fünkchen Stolz, als ich an die wiedererrungene Ehre denke. Es war eine schändliche Niederlage, als die Blutige Maria Tudor vor fast genau einem Jahrhundert den Hafen von Calais verlor – auch wenn damals natürlich nicht Spanien, sondern Frankreich unser Feind war. Welch einen Tanz wir all die Jahre zwischen diesen beiden Großmächten aufgeführt haben.

Ich erwähne das gegenüber meiner Mary, und sie lässt sich lächelnd auf ein Gespräch über dieses Thema ein, das mich mehr interessiert als sie. Ich sehe, sie freut sich, dass ich mich wieder der Außenwelt zuwende. Ich ringe mir ebenfalls ein dünnes Lächeln ab, unsäglich dankbar, dass Mary noch immer bei mir ist. Auch ihrem Mann bin ich dankbar, dass er sie mir leiht. Mary selbst scheint ihn nicht zu vermissen, sie wohnt und schläft bei mir. Allerdings entgeht mir nicht der unsichere Ausdruck, der über ihr Gesicht huscht, wenn andere von Thomas' politischen Machenschaften sprechen. Hat er seine einstige Treue zum exilierten Charles Stuart wirklich aufgegeben? Wird er wieder Kontakt zu ihm aufnehmen, wenn er als Vaters neu ernannter Sonderbotschafter nach Paris geht? Ich frage mich, wie es Mary dann ergehen wird, sollte Thomas sie mit seinen halsstarrigen royalistischen Verwandten in Yorkshire allein lassen. Mary spricht nicht über ihre Schwiegerfamilie, sondern ist ganz selbstverständlich wieder in ihre frühere Rolle als puritanische Prinzessin geschlüpft. Ich bin froh darüber, auch wenn mir klar ist, dass es nicht von Dauer sein kann.

Und dann, gerade als die Sommertage länger werden und Vaters Regierung sich im Glanz einer niedergeschlagenen Rebellion sonnt, einer vereitelten Invasion und eines Sieges über den Feind, straft Gott uns erneut für die Sünde des Hochmuts. Wieder einmal wird Marys Stärke gebraucht, und nun nicht mehr nur von mir. Der kleine Oliver, das jüngste Kind von Elizabeth und John Claypole, wird von einem Fieber befallen und stirbt. So schnell wird er seinen Eltern entrissen, dass es scheint, als wäre ein Dämon am Werk. Er war ein Jahr alt und entwickelte sich eben vor unseren Augen vom Säugling zum Kleinkind, krabbelte eifrig im Palast umher, schnaufte und zog sich auf unseren Schoß hoch wie ein lebhafter Hundewelpe. Betty und John sind am Boden zerstört. Und Mary, die ganz vernarrt in Ollie war – wie in alle kleinen Kinder –, vergräbt ihre eigene Trauer tief in ihrem Inneren und nimmt es auf sich, für die beiden zu sorgen wie zuvor für mich. Ich bin zutiefst bestürzt, aus dem Nebel meiner Teilnahmslosigkeit gerissen, und übernehme praktische Aufgaben. Vor allem kümmere ich mich um die verbliebenen Kinder, während Elizabeth und John außer Hörweite ihren Schmerz hinausschreien. Mutter ist bald in der Kinderstube, bald sitzt sie an Elizabeths Bett, und Vater – selbst seit einer Weile krank und nicht recht bei Kräften – flüchtet sich in seine Arbeit. Sein starker Glaube ist ebenso angeschlagen wie sein Körper, da Gott ihm den Enkel genommen hat, der seinen Namen trug.

«Ich fühle mich an den kleinen James erinnert», sagt er zu mir, als wir eines späten Abends beisammensitzen, nachdem die Claypole-Kinder eingeschlafen sind. Um uns herum flackern Kerzen, die Luft ist schwer vor sommerlicher Hitze. «Dein älterer Bruder starb in meinen Armen, wusstest du das? Er war noch ein Säugling. Seine Hand konnte eben meinen Daumen umfassen, so.» Er zeigt es mir, und ich denke, wie seltsam es ist, dass er von meinem älteren Bruder als einem Säugling spricht. «Aber wir müssen uns darauf besinnen, dass Kinder Gott gehören», fährt Vater leise fort. «Er vertraut sie uns nur an, damit wir uns ihrer in Seinem Namen annehmen. Wenn Er wünscht, sie heimzuholen, müssen wir das hinnehmen, sosehr es uns auch schmerzt.»

Ich suche in Vaters Gesicht nach Anzeichen dieser Hinnahme, doch stattdessen sehe ich die tiefen Furchen, die der Verlust dreier Söhne darin hinterlassen hat: Da war zuerst James als Säugling, dann, noch grausamer, sein ältester Sohn Robert, der an der Schwelle zum Mannesalter einer Krankheit erlag, und sein zweiter Sohn Oliver während des Krieges. Wie sehr wünschte ich, meine drei verlorenen Brüder wären heute hier bei uns. Ich lehne den Kopf an Vaters kräftige Schulter und seufze in Trauer um all die Kinder, die uns genommen wurden, und um jene, die nie geboren werden.

Für Elizabeth ist es natürlich ein vernichtender Schlag, doch Mutter und auch Bridget versichern mir, sie werde mit der Zeit neuen Mut schöpfen – *nicht so wie du, Frances,* ist ihre unterschwellige Botschaft, die mir nicht entgeht. Aber die meisten Frauen verlieren wenigstens ein Kind im Säuglingsalter, nur wenige hingegen den jungen Mann ihres Herzens so kurz nach der Hochzeit. Ich schelte mich selbst für diese unwürdigen Gedanken, als würde ich sogar noch in der Trauer mit meiner älteren Schwester konkurrieren. Wie kann ich den unaussprechlichen Schmerz kennen, ein Kind zu verlieren? Ich habe selbst um den Verlust eines eingebildeten Kindes tief getrauert. Doch ich tröste mich auch mit diesen Gedanken, hoffe, dass Elizabeth zu uns zurückkehren und ihr Leben ähnlich wie zuvor weiterführen wird, so wie meine Eltern es nach dem Verlust des kleinen James vermochten. Und Bridget ebenfalls, damals nach dem Tod der kleinen Anne, ihrer gemeinsamen Tochter mit Charles, die nun in der Westminster Abbey begraben liegt.

In den folgenden Wochen taucht John aus seiner Trauer auf, nimmt wieder an den gemeinsamen Mahlzeiten der Familie teil, bewegt sich vornehm gekleidet am Hof, wenn auch in weniger aufrechter Haltung und mit tagealten Bartstoppeln am Kinn. Betty dagegen hütet das Bett. Ich sitze oft bei ihr, und am nationalen Tag der Danksagung für unseren Sieg in den Dünen bin ich von morgens bis abends an ihrer Seite, zusammen mit meinem Hündchen, das auf ihrem Bett liegt. Mir ist es ganz lieb, mich mit ihr hier verstecken zu können, jede in ihrer eigenen Trauer, geschützt und abseits der Fröhlichkeit des Hofes. An diesem Tag, während ich bei Betty sitze und mit den Fingern über den Rahmen von Roberts Porträt in meinem Schoß streiche, geschieht es, dass ihre Trauer um den kleinen Oliver in Krankheit umschlägt. Sie spricht nicht mehr, Schweißperlen treten ihr auf die Stirn, dann erbricht sie das verdünnte Ale, das ich ihr eben gereicht habe. Ich schicke nach den Ärzten, und mein Herz pocht heftig, ich fühle mich in die Zeit von Roberts Krankheit vor fünf Monaten zurückversetzt. Binnen weniger Minuten ist Mutter zur Stelle, noch in ihren Schuhen mit hohen Absätzen. John trifft als Nächster ein, atemlos und mit großen Augen. Sein Hund Badger schnappt nach meinem Welpen, einem seiner eigenen Nachkommen, der jaulend vom Bett springt.

Vater erscheint ein paar Stunden später, ganz außer

Atem vor Eile, und von da an weicht er kaum noch von Elizabeths Bett, sitzt oft sogar die ganze Nacht bei ihr. Als die Tage vergehen, kommen die Regierungsgeschäfte langsam, knirschend zum Stillstand, auch wenn Master Thurloe noch immer hin und wieder ins Zimmer schleicht, um Vater ein Papier zur Unterschrift vorzulegen oder ihm flüsternd eine Nachricht zu überbringen. Der Hof respektiert unsere private Krise, nimmt sogar Anteil daran – immerhin ist Elizabeth Claypole allseits sehr beliebt. Sogar unsere offiziellen Gäste legen Zurückhaltung an den Tag. Eines Abends, als ich draußen vor Bettys Zimmertür Master Thurloe begegne, erzählt er mir, der niederländische Botschafter habe gütigst auf den üblichen Pomp anlässlich eines Staatsbesuchs verzichtet, da er wisse, welch schwere Zeit Vater und seine Familie durchmachen. Das persönliche Treffen mit ihm ist allerdings eine der wenigen Verpflichtungen, denen Vater sich nicht entziehen kann. In aller Eile reist er hinauf nach Whitehall, um den Botschafter zu empfangen, und kehrt wenige Stunden später in ebensolcher Hast nach Hampton Court zurück; seine besten Kutschpferde dampfen von der Anstrengung in der Augusthitze. Währenddessen beobachte ich Elizabeth und Vater aufmerksam, bemerke, wie sie an Rücksichtnahme miteinander wetteifern – sie versucht, ihre Schmerzen zu verbergen, er seinen Kummer. Elizabeth zeigt sich wieder einmal von ihrer besten Seite: ein Muster an anmutiger weiblicher Duldsamkeit, jede ihrer Bewegungen voller Schönheit.

Tag um Tag zanken die Ärzte am Fußende von Bettys Krankenlager, doch sie sind sich darin einig, dass es dieselbe Krankheit ist, an der sie schon früher in Abständen immer wieder gelitten hat. Bisher hat sie sich jedes Mal wieder erholt, und alle paar Tage, wenn ihre Wangen sich rosig färben, schöpfen wir neue Hoffnung, es werde auch diesmal so kommen. Doch ich weiß, was bevorsteht. Ich allein erkenne diesen Abstieg in die Hölle, da ich ihn erst kürzlich erlebt habe. Vor meinen Augen werden die Räume der Claypoles zur Bühne für eine Theateraufführung, wie man sie in Southwark zu sehen bekommt: Marys aufgesetzte Munterkeit, wenn sie die Kinder unterhält; Johns gespielte Tapferkeit, während er sich weigert zu akzeptieren, dass er die Frau verlieren könnte, die ihm in jeder Hinsicht eine so enge Verbündete ist. Vater in seiner alles verzehrenden Verzweiflung lässt niemanden an sich heran. Mutter widmet sich wieder einmal dem Praktischen, berät sich mit Bridget, schickt sie und Charles auf Botengänge und erteilt Anweisungen, während Richard, der glücklicherweise von seiner herrschaftlichen Rundreise durch den Südwesten zurück ist, möglichst viel von der Bürde der Amtsgeschäfte schultert. In all dieser Betriebsamkeit taumele ich zwischen den anderen umher wie ein Nachtfalter zwischen Laternen, schwebe über den Szenen, die sie spielen.

Vielleicht führt diese Distanz, diese Klarheit, entstanden aus dem Verlust meines Mannes, mich zu der Gewissheit, dass ich auch meine große Schwester verlieren werde. Die alte Frances – das Mädchen, das einst in der Rolle der Venus tanzte – hätte um ihre geliebte Betty gekämpft, mit Klauen und Zähnen versucht, sie dem Sensenmann zu entreißen. Doch stattdessen lege ich meine Wange an ihre und lasse meine Erinnerungen und meine Liebe durch die Haut aus meinem Geist in ihren übergehen. Ich sage ihr, wie sehr ich sie verehrt habe, als ich noch ein kleines Kind war. Dass ich, als ich heranwuchs, stets ihrer glanzvollen Erscheinung, ihrer ungezwungenen Art nachgeeifert habe, sie um ihre schmale Taille beneidete, ihre Umgangsformen beobachtete und nachahmte; wie sie mit den Offizieren tändelte, die bei uns ein und aus gingen, wie sie Vater um den kleinen Finger wickelte. Ich liebte sie auf ganz andere Weise als meine anderen Schwestern – Bridget, die mit solchem Abstand die Älteste war und mich mit ihrer strengen Art ein wenig einschüchterte, und Mary, kaum älter als ich und so sanft, dass ich mich ihr gegenüber immer als die ältere Schwester, die Beschützerin fühlte.

Ich streiche mit dem Finger über die Spitze am Ausschnitt von Elizabeths Nachthemd, atme ihren Rosenwasserduft, und ich gestehe uns beiden ein, wie sehr ich sie immer um ihre Nähe zu Vater beneidet und wie ich mich danach gesehnt habe, er möge mit mir in der gleichen erwachsenen Vertrautheit reden wie mit ihr. Doch das blieb für mich stets unerreichbar – ich würde immer neun Jahre und fünf Monate jünger sein als Betty. Und mir schien, es müsse ein Geheimnis, irgendein Zauber in diesen neun Jahren liegen, die sie vor mir miterlebt hatte. In diesen Jahren war sie Zeugin von Vaters dunkelster Zeit geworden und hatte seinen außerordentlichen Aufstieg zur Größe miterlebt, wohingegen Mary und ich nur noch den letzten Hauch des Windes zu spüren bekamen, der ihn emporgetragen hatte. Vater schien Bettys Liebe gerade deshalb umso höher zu schätzen, da sie in seiner Enttäuschung und Bedeutungslosigkeit seine Gefährtin gewesen war und ihn dennoch geliebt hatte.

Ich jedoch war von jeher das Küken. Würde immer das Küken bleiben; selbst James, der als Säugling starb, noch bevor ich geboren wurde, zählt als mein älterer Bruder. Es ist furchtbar, entsetzlich verkehrt, wie der Tod die Reihenfolge der Geschwister durcheinanderbringen kann. Und nun Betty. Ich bin mein Leben lang gerannt, um sie einzuholen, nun werde ich es tun. Langsam, Tag um Tag, Jahr um Jahr werde ich ihr näherkommen, bis ich in neun Jahren und fünf Monaten älter sein werde als meine ältere Schwester. Dieser Gedanke ist mir abscheulicher als jeder andere, da ich endlich bekomme, was ich mir immer gewünscht habe, aber zu einem solch furchtbaren Preis. Und wem werde ich nacheifern, wenn Betty nicht mehr ist? Wer wird mir vormachen, wie ich mit Anmut und Schönheit zu weiblicher Reife gelange, wie ich Kinder großziehe, ohne mich selbst zu verlieren, wie ich mit Würde durch die mittleren Jahre des Lebens steuere? Wer wird mir all das zeigen?

Als ich so daliege und auf Bettys flache Atemzüge lausche, wird mir bewusst, dass ich mein Leben stets an ihrem gemessen habe, noch bis zu diesem letzten Moment. Vielleicht wird es immer so bleiben. Ich schließe die Augen, um mich an sie zu erinnern, wie sie war, und ihre Lebendigkeit zu würdigen, ihren regen Geist und ihre tief verwurzelte Güte.

Ich bitte sie, mich nicht zu verlassen, nun, da sie am vollkommensten ist, nicht zu sterben.

Und ich sage Lebewohl.

Elizabeth stirbt in den frühen Morgenstunden dieser Nacht, am 6. August, und ihr Fortgang reißt uns auseinander, wie ein Blitz eine alte Eiche spaltet.

Dies ist eine neue Trauer; sie hat ihren Mittelpunkt nicht in mir, sondern ist uns allen gemeinsam. Ein geteilter Verlust. Der ganze Hof scheint seinen Glanz eingebüßt zu haben. Wenn irgendeine Frau von sich hätte behaupten können, der Liebling des Hofes zu sein, sein lebendiges Herz, dann wäre es Elizabeth gewesen. Sie und John waren immer das strahlende, lächelnde Zentrum des Palastlebens, und ohne sie verblasst das bunte Gemälde unserer Welt zu einem grauen Druck.

Ich nehme den Schmerz an, mein Herz ist bereits für Trauer offen. Doch für den Rest der Familie ist es nicht so leicht. Bettys ältere Söhne weinen in ihre Kissen, und die kleine Martha runzelt verwirrt die Stirn. John ist wie erstarrt, ganz ähnlich, wie ich es wohl nach Roberts Tod war. Mutter und Mary suchen Trost in den Armen der jeweils anderen und im Gebet, während Bridget am Boden zerstört ist, ihre gewohnte Stärke und stoische Gefasstheit dahin. «Wir waren immer so verschieden», sagt sie schluchzend zu mir, ein durchnässtes Taschentuch an die Augen gedrückt. «Aber sie war so lange Zeit meine einzige Schwester. Meine Bettgefährtin, meine Vertraute. Sie war diejenige, mit der ich über meine Gefühle für Henry Ireton sprach, sie hat sich meine Hoffnungen und Befürchtungen angehört, sie hat mir das Brautkleid geschnürt. Und nun ist sie fort. Vor mir zu Gott gegangen, dabei war ich immer diejenige, die sich nach Ihm sehnte, nicht sie. Betty würde die Ironie darin erkennen.»

Doch auch wenn wir alle Herzeleid tragen – einen unter uns hat es im Innersten zerrissen, er zerfällt vor unseren Augen körperlich und geistig: Vater, mein armer Vater verkriecht sich in Dunkelheit, halb von Sinnen vor Trauer um seine liebste Tochter. Bettys Tod wirkt so tief, so stark auf ihn, dass selbst Mutter, ja sogar John, der doch seine geliebte Frau verloren hat, ihre Trauer ein wenig beiseiteschieben, um sich der seinen anzunehmen. Er schließt sich in seinem Privatgemach ein und will niemanden außer uns sehen. Selbst Thurloe, Vaters Schatten und Vertrauter in allen Dingen, darf nicht zu ihm und muss sich stattdessen an Richard als Vaters ältesten Sohn und Mitglied des Staatsrats wenden.

Elizabeth wird die fürstliche Ehre zuteil, zwischen den alten Königen und Königinnen in der Westminster Abbey beigesetzt zu werden: eine so erhabene letzte Ruhestätte, dass mir scheint, sie ist als Einzige aus meiner Familie eines solchen Begräbnisses würdig, auch wenn wir es vielleicht alle irgendwann bekommen werden. Dort erwarten sie bereits unser Schwager Henry Ireton sowie das jüngste und das älteste Mitglied unserer Familie: Anne, die kleine Tochter von Bridget und Charles, die nur wenige Wochen alt wurde, und unsere Großmutter, die bis in ihr neuntes Jahrzehnt hinein lebte. Ich kann mich des morbiden Gedankens nicht erwehren, wer von uns wohl der Nächste sein wird, der dort unter dem Marmor seine letzte Ruhestätte findet. Doch dann schiebe ich solche Überlegungen zornig von mir: Es darf keinen weiteren Todesfall geben, denn ich würde unter der Last zerbrechen.

Einstweilen dreht sich alles um die Vorbereitungen zu Elizabeths Beisetzung, die in ein paar Tagen stattfinden soll, am Dienstag, dem 10. August. Vater will nicht darüber sprechen, John ebenso wenig. Und so sind wir alle dankbar für die vereinten Fähigkeiten von Colonel Philip Jones, Vaters Controller of the Household, und Sir Oliver Flemyng, dem Master of Ceremonies, die sich um sämtliche Details kümmern. Das tun sie, ohne dass wir viel davon mitbekommen, nur gelegentlich schleichen sie auf leisen Sohlen in unsere Räume, um ein schlichtes Nicken oder Kopfschütteln von Mutter über ein vorgehaltenes Blatt Papier, eine Liste oder Skizze und eine geflüsterte Frage einzuholen. Und währenddessen liegt Vater elend zu Bette, und Mutter und Mary kümmern sich voller Sorge um ihn. Er hat die rötliche

Gesichtsfarbe des Landmannes aus den Fens verloren, sein Gesicht hebt sich bleich von der rubinroten Überdecke auf seinem Bett ab, und er wirkt über seine neunundfünfzig Jahre hinaus gealtert.

Der Tag der Beerdigung kommt, und die abschließenden Vorbereitungen für Bettys letztes Geleit werden getroffen. Am Nachmittag spricht Mutter gegenüber Vater behutsam die Frage an, ob er teilnehmen wird. Ich stehe gerade am Fuß des Bettes. Doch er schüttelt nur den Kopf und versinkt noch tiefer unter den Decken. Er greift nach Mutters Hand, Tränen in den Augen, Schweißperlen auf der Stirn. Ein paar Minuten später ist er in unruhigen Schlaf gefallen, durch einen Schlaftrunk zeitweilig von seinem Schmerz erlöst. Mutter legt seine Hand behutsam ab, dann nimmt sie mich beiseite und geht mit mir ans Fenster.

«Ich weiß gar nicht, was ich tun soll, Fanny», sagt sie und drückt mich an sich wie eine Stoffpuppe. «Ich kann ihn nicht allein lassen, nicht in diesem Zustand. Aber ich sollte doch bei Betty sein. Ich sollte dabei sein, wenn sie zur letzten Ruhe gebettet wird.» Ein kleiner Schluchzer entfährt ihr, und ich schließe sie fest in die Arme. Kindisch, wie ich früher war, habe ich nie so bewusst wahrgenommen, wie Mutter für uns alle sorgt und doch niemanden hat, der sich um sie kümmert.

«Psst.» Ich streichle ihr Haar, wie sie es so viele hundert, viele tausend Male bei mir getan hat, sehe die feinen grauen Fäden zwischen dem Braun. «Behalte Mary zur Unterstützung hier bei dir. Ich werde mit Bridget, Charles und Dick zum Begräbnis gehen. Ich werde John helfen, es durchzustehen, und ich werde Betty deine und Vaters Liebe überbringen. Vergiss nicht, sie ist schon bei Gott», höre ich mich sagen, dabei weiß ich nicht mehr, ob Er überhaupt existiert.

Mutter nickt an meiner Schulter. «Du hast recht, Liebes. Ich wurde dazu erzogen, den kirchlichen Riten wenig Bedeutung beizumessen, und dein Vater ebenfalls. Es wird nichts von Betty dort sein, worüber der Priester beten könnte. Ihre Seele ist direkt in den Himmel aufgefahren, als sie starb, und nun lebt sie dort weiter und hier drin.» Sie nimmt meine Hand und legt sie auf ihre Brust, und ich fühle, wie schnell ihr Herz unter dem schwarzen Brokat ihres Korsetts schlägt. «Gott weiß, wie es in meinem Herzen aussieht, und Betty auch.»

Ich drücke ihre Hand und küsse ihre nasse Wange, dann verlasse ich leise den Raum.

Da Elizabeth in Hampton Court gestorben ist, wird ihr Leichnam mit einer Barkasse den Fluss hinunter nach Westminster gebracht. Die Beisetzung wird bei Nacht stattfinden, wie es Brauch ist, und so mache ich mich erst am frühen Abend mit den wenigen anderen Mitgliedern meiner Familie auf den Weg zur Anlegestelle unterhalb des Palastes. Dort steigen wir in die Staatsbarkasse, deren leuchtende Farben und Goldverzierungen schwarz verhängt sind. Die livrierten Schiffer tragen Trauer und halten den Blick gesenkt. Hinter uns am Ufer stehen Scharen vornehmer Angehöriger des Hofes, um an Bord weiterer Boote zu gehen, die flussaufwärts warten. Trotz der vielen Menschen ist es seltsam still, ich höre kaum etwas anderes als gedämpfte Kommandos und das sanfte Plätschern des Flusses am Landungssteg.

Betty liegt auf einer erhöhten Plattform in der Mitte der Barkasse, in einem Sarg mit einem wunderschönen Totenabbild auf dem Deckel. Darüber ist ein prächtiger Baldachin aufgespannt, und an allen vier Ecken brennen Fackeln. Der Sinn wird mir erst klar, als ich nach ein paar Meilen Fahrt

Hunderte Gesichter an den Ufern der Themse sehe: Die Leute sind herbeigeströmt, um einen Blick auf die tote junge Prinzessin zu erhaschen, wie sie im Zwielicht des Augustabends dahingleitet. Als ich mich nach hinten umschaue, erfüllt der Anblick mich mit Ehrfurcht – die Prozession aus Booten, die uns langsam und lautlos folgen, wird von lodernden Fackeln beleuchtet, sodass es wirkt, als stünde der Fluss selbst in Flammen. Bridget nimmt meine kalte Hand in ihre behandschuhte, und wir betrachten das Bild mit traurigem Lächeln. John hingegen wendet den Blick kaum von dem Sarg, nimmt nichts anderes wahr als seine Frau, die ihm in wenigen Stunden für immer genommen werden wird.

Als wir nach London kommen, drängen sich immer mehr Menschen am Ufer, und als wir um elf Uhr die Anlegestelle von Westminster erreichen, erwarten uns gewiss Tausende Menschen. Elizabeths Sarg wird von livrierten Schiffern an Land getragen, dann hilft der Kahnführer uns auf die Stufen der Anlegestelle. Als ich in der von Fackeln erhellten Düsternis Ausschau halte, sehe ich zu meiner Erleichterung Sir Oliver Flemyng, Master Thurloe und weitere Mitglieder des Staatsrats und des Parlaments vortreten, um uns in den Westminsterpalast zu führen. Für den Rest dieser unheimlichen Nacht folge ich Richard, John und den anderen Mitgliedern meiner Familie von einem Ort zum nächsten. Zuerst geht es zur Painted Chamber, wo Elizabeth bis Mitternacht in allem Prunk aufgebahrt liegt. Dann ziehen wir in schweigender Prozession durch das Labyrinth des Palastes in die Abtei, deren hoch aufragende Fassade sich über unseren Köpfen in der Dunkelheit verliert.

Die Begräbniszeremonie selbst ist herrschaftlich, aber kurz, und ehe wir es recht begreifen, wird Elizabeth in den Boden der Kapelle des ersten Tudorkönigs, Henry VII., hinabgesenkt. Mir fällt es irgendwie schwerer, sie in diesem riesigen, kalten Bauwerk mit dem hohen Deckengewölbe und den Geistern früherer Könige zurückzulassen. Zwar weiß ich, dass die schöne Elizabeth Claypole vornehm und großartig genug für diese Ehre war – vielleicht die Königlichste von uns allen –, aber meine Gedanken kehren immer wieder zu meiner großen Schwester Betty Cromwell zurück, die als Tochter eines niederen Landadligen in den Fens aufwuchs und den Akzent von East Anglia nie ganz abgelegt hat; die strahlende junge Frau, in die – das ist mir selbst als Kind nicht entgangen – die Hälfte aller jungen Männer von Ely verliebt war. Wie ist es nur dazu gekommen, dass sie die Ewigkeit in der kalten Gesellschaft der Tudorkönige und -königinnen verbringen wird? Betty Cromwell liegt nun für immer neben ihrer eisigen Namensvetterin, der mächtigen Elizabeth, der jungfräulichen Königin.

Wir kehren nach Hampton Court zurück und leben die nächsten Wochen weiter im Krisenzustand, denn über unsere Trauer um Elizabeth legt sich die Sorge um Vater, dessen Gesundheit sich verschlechtert. Und in meinem Fall liegen unter beidem noch die Trümmer meiner Witwenschaft. Die Belastung fordert ihren Tribut von uns allen, während um uns herum der Hof abwartend zuschaut. Ich vermisse Robert mehr denn je und frage mich oft, wie anders ich diese Kümmernisse ertragen würde, wenn ich noch immer Venus wäre und meinen geliebten Mann an meiner Seite hätte. Die Gedanken an ihn führen mich oft zu John, und ich bemühe mich nach Kräften, ihn in seinem Verlust zu trösten, den ich wohl besser als jeder andere verstehen kann. Wir sitzen stundenlang beisammen, zu unseren Füßen sein Hund Badger in einstweiligem Waffenstillstand mit dem Welpen, den er gezeugt und den John mir zur Aufmunterung in meiner Trauer geschenkt hat. «Du solltest dem Hund endlich einen Namen geben», sagt John abwesend. Doch ich kann mich nicht überwinden, auch nur diese kleine Entscheidung für die Zukunft zu treffen.

Während John wie betäubt ist, wirkt mein anderer Schwager Charles Fleetwood lebhaft wie Flammen im Reisig, marschiert durch die Räume und läuft um die Betten. Er ist überall zugleich: bespricht sich vor Vaters Zimmertür flüsternd mit Mutter und den Ärzten; trifft sich in stillen Winkeln mit Grüppchen seiner Ratskollegen; öffnet Briefe und schickt Boten aus; reist zwischen der Armee in London und unseren Räumen in Hampton Court hin und her. Einmal beobachte ich Master Thurloe in einem seltenen unachtsamen Moment, als er Charles mit einem merkwürdigen Ausdruck nachblickt, während dieser geschäftig den Raum verlässt, und ich frage mich nicht zum ersten Mal, wie die Beziehung zwischen den beiden aussehen mag. Eine Unmenge Fragen drängen sich in meinem Kopf. Verdächtigt Thurloe Charles, auf Vaters Nachfolge zu spekulieren? Wäre Charles imstande, Richard das anzutun? Und wenn ja, würde Thurloe sich hinter Charles stellen, oder würde er sich für Richards Anspruch starkmachen? Was täten wir Übrigen?

Wie sich herausstellt, sind meine Befürchtungen durchaus begründet: Eines Morgens nach dem Frühstück, als wir eben die Halle verlassen haben, erscheint unversehens Bulstrode Whitelocke an meiner Seite und erkundigt sich, ob ich etwas über Charles' Absichten wisse. Natürlich ist er überaus höflich, und ich hüte mich, etwas Schlechtes über Charles zu sagen, dennoch wird klar, dass wir beide uns Sorgen machen. «Wir müssen Euren Schwager im Auge behalten», sagt der Jurist leise, und seine Augen, schwarz wie Moor, lassen von mir ab und überblicken den Hof. «Er hat eine Versammlung der Armeeoffiziere einberufen, wie bereits im Frühjahr. Damals ging es darum, dass sie nach den Aufständen ihre Treue zu Eurem Vater bekunden. Aber nun?» Whitelocke schüttelt den Kopf, und seine schwarzen Locken streifen den weißen Kragen. «Nun sendet er ein Signal an die zivile Seite der Regierung: Er gibt uns zu verstehen, dass die Armee ihre Vorrangstellung im Staat behalten wird, was immer aus Eurem Vater werden mag. Euer Bruder Richard wird sich in Acht nehmen müssen, sollte es zum Schlimmsten kommen. Fleetwood wäre ein mächtiger Gegner. Lambert natürlich ebenfalls, und was sollte ihn gegebenenfalls hindern, in die Regierung zurückzukehren? Wir alle hoffen, dass Euer Vater seine Haltung klarmachen und Euren Bruder offiziell als seinen Nachfolger benennen wird, ehe es zu spät ist.»

Ich sage ihm, ich wisse nichts weiter über Charles' Absichten, könne mir aber nicht vorstellen, dass Charles jemals unsere Familie verraten würde. Doch eine leise Stimme in mir stellt meine Gewissheit in Frage, noch während ich die Worte ausspreche: Ich kenne Charles' unbezähmbaren Zug, seine fromme Inbrunst und seine Hingabe an die Armee. Das ist es, was Vater so an ihm liebt und Biddy auch. Wenn Charles' Blut in Wallung ist … Ich drücke Bulstrodes Arm und fordere ihn auf, zu mir zu kommen, falls er Näheres erfahren sollte. Als er sich mit einer tiefen Verbeugung verabschiedet, bilde ich mir ein, dass er ahnt, was in mir vorgeht.

So, wie die Regierung und der Hof sich im Stillstand befinden, hängt auch die schwere Augusthitze regungslos über uns; immer scheint es, als stünde ein Gewitter kurz bevor, ein Hauch von Regen liegt in der Luft. Wir sind inzwischen aus Hampton Court nach Whitehall zurückgekehrt, denn Vaters Ärzte hoffen, die Luftveränderung werde zu seiner Genesung beitragen. Doch die Sommerhitze ist in London ebenso drückend, wenn nicht noch schlimmer. Schwitzend gehe ich in Vaters Räumen ein und aus und wünsche, ich hätte ein Trauerkleid aus leichterem Stoff. Kurz denke ich daran, bei Master Hornlock eines in Auftrag zu geben, doch in dieser Krisenzeit will ich um keinen Preis eitel oder frivol erscheinen. Also schwitze ich weiter, und Katherine bemüht sich nach Kräften, mein Kleid mit Dampf aufzufrischen. Es ist stickig in Vaters Zimmer. Die offenen Fenster können wenig gegen den Verwesungsgeruch der Krankheit ausrichten. Manchmal liegt er nach einem Anfall erschöpft da und verschläft seinen Schmerz. Zu anderen Zeiten setzt er sich im Bett auf und hört zu, wie Mutter oder einer seiner Kaplane ihm vorliest. Dann spricht er ganz klar, und es kehrt sogar ein wenig Farbe in seine Wangen zurück.

Bei einer solchen Gelegenheit sind Vater und ich für ein paar kurze Minuten fast allein, nur zwei Diener räumen das Essenstablett mit den Resten ab. Es ist früher Abend, die letzte Amsel singt noch, während schon die ersten Fledermäuse vor den Sprossenfenstern vorbeihuschen.

«Was werden die Geschichtsschreiber über mich sagen, Fanny?», fragt er, den Blick auf die massige, muskulöse Gestalt des Gottes Vulcanus gerichtet, der sich halb aus dem Wandbehang gegenüber seinem Bett lehnt.

«Vater, nicht», sage ich und greife nach seiner großen Hand. «Du wirst dich wieder erholen.»

«Vielleicht.» Er nickt, den Blick in weite Ferne gerichtet. «Aber wenn Gott mich zu sich ruft?»

Ich schlucke, suche nach Worten. «Sie werden sagen, dass du ein großer Fürst warst.»

«Ein Fürst», wiederholt er, und das Wort bleibt ihm ein wenig im Halse stecken.

«Ein großer Herrscher», korrigiere ich mich. «Ein guter und gütiger Herrscher. Ein bescheidener Mann, der Gott liebte und für die Freiheit gegen einen Tyrannen kämpfte. Der dem Volk Frieden brachte, Stabilität und Religionsfreiheit.»

Vater wendet sich mir lächelnd zu, doch seine Mundwinkel zucken wehmütig. «Meine kleine Gelehrte. Was immer irgendjemand anders über mich sagen mag – wenn du deinen Kindern das von mir erzählst, dann bin ich zufrieden.» Er muss die Veränderung in meinem Gesichtsausdruck bemerkt haben – dass ich nun noch Kinder bekommen könnte, ist mir unvorstellbar –, denn er drückt meine Hand fest. «Du wirst wieder glücklich sein, Fanny, das verspreche ich dir. Ja», erwidert er auf meinen unausgesprochenen Protest, «und du wirst auch eigene Kinder haben. Ich will mir vorstellen, dass du einmal eine alte Dame wirst, mich bis weit in das nächste Jahrhundert mit dir nimmst. Nun, da Betty nicht mehr ist …» Wieder steigen ihm Tränen in die Augen, und er hält kurz inne, um seine Gefühle unter Kontrolle zu bringen. «Da Betty nicht mehr ist, musst du stark sein. Sei deiner Mutter eine Stütze. Stehe auch Richard bei. Er wird euch alle an seiner Seite brauchen, wenn ich nicht mehr bin. Höre auf Gott. Und halte dich an Thurloe, er wird helfen.»

«Dann wirst du Dick zu deinem Nachfolger nominieren?», frage ich ihn, von Angst dazu getrieben, so unverblümt zu sprechen, auch wenn ich dabei selbst mit den Tränen kämpfe.

«Das werde ich, er ist bereit.»

Erleichterung durchströmt mich, während Vater meine Hand drückt. Im nächsten Moment betritt Jeremiah White den Raum, eine abgegriffene Bibel im Arm.

«Ah.» Vater ist erfreut, ihn zu sehen, und bedeutet ihm, in einem Lehnstuhl auf der anderen Seite seines Bettes Platz zu nehmen. «Lest mir Paulus' Brief an die Philipper vor, Jerry.»

Jeremiah beginnt zu lesen, und ich lehne mich ein wenig in meinem Stuhl zurück, halte noch immer Vaters Hand, doch seine Aufmerksamkeit gilt nicht mehr mir. Ich beobachte ihn, wie er zu der Lesung nickt, mitunter lautlos die Lippen bewegt, während er die vertrauten, geliebten Worte aufsaugt. Seine Stirn furcht sich ein wenig, und ich spüre, dass er auf eine bestimmte Stelle wartet, von der er weiß, dass sie gleich kommt.

«Da», sagt er plötzlich, und sein ganzer Körper spannt sich an, als stürzte er sich auf Jeremiahs Worte. *«Ich vermag alles durch den, der mich mächtig macht, Christus»*, wiederholt er in andächtigem Ton. «Das ist es. Das sind die Worte, die ich liebe, die Worte, an denen ich mich festgehalten habe, als meine Söhne starben. Zuerst James als Säugling anno '32», erzählt er Jeremiah, als wüsste der das nicht bereits. «Dann Robert, als er auf der Schule war. Das war '39. Und dann mein junger Oliver, Gott segne ihn, im Krieg.» Er wendet sich wieder an mich, einen wehmütigen Glanz in den Augen: «Erinnerst du dich, Fanny?»

Ich nicke lächelnd, tue verständnisvoll und ermutigend, um seine Verwirrung zu überspielen. Der kleine James starb sechs Jahre vor meiner Geburt, und ich war noch ein Säugling, als Robert im Alter von siebzehn einer Krankheit erlag. An meinen älteren Bruder Oliver kann ich mich nur schwach erinnern: Ich sehe ihn noch vor mir, wie er mich zu sich aufs Pferd hob, während er die Satteltaschen überprüfte, damals, als er zum letzten Mal von zu Hause aufbrach, um sich Vater auf dem Feldzug anzuschließen. Wo sind sie alle jetzt?

«Ich vermag alles durch den, der mich mächtig macht, Christus», sagt Vater noch einmal. «Alles. Alles.»

Der nächste Tag ist der 3. September, der Tag, der Vater am heiligsten ist: Die Nation feiert die großen Siege seiner Armee in Dunbar und Worcester und sagt Dank für den Triumph des Parlaments über die Tyrannei; es ist der Tag, den die Vorsehung für ihn bestimmt hat. Wie auf ein Stichwort in einem von Master Marvells Maskenspielen kommt endlich das große Sommergewitter, auf das wir gewartet haben. Blitze spalten den Himmel, und prasselnder Regen peitscht durch die heiße Luft. Wir treten an die Fenster, erheben die Gesichter zum Himmel, die Wange an das kühle Glas gelegt, und bemerken in dem Lärm kaum, wie Gott die Hand ausstreckt und Vater aus unserer Mitte zu sich nimmt.

Ich vermag keine Trauer mehr aufzubringen, in meinem Herzen ist nichts mehr, das noch brechen könnte. Und so lasse ich mich treiben, taub und kalt, und sehe durch einen Schleier gefühlloser Tränen zu, wie die Geschichte ihren Lauf nimmt. Mary ist untröstlich, weint in den Armen ihres verunsicherten Mannes, während Mutter und Bridget an Vaters Bett beten und Dick ausdruckslos vor sich hinstarrt. Ich betrachte die Szene mit seltsamer Ruhe, beobachte, wie vom Fußende des Bettes leise, höflich John Thurloe vortritt und die gähnende Leere füllt, die sich in Raum und Zeit aufgetan hat. Er vergewissert sich, dass der Lord Protector aus diesem Leben geschieden ist, auch wenn sein stämmiger Leib noch warm ist. Dann raunt Thurloe Henry Lawrence, dem Präsidenten des Staatsrats, etwas zu, woraufhin dieser sich strafft. Mit heiserer Stimme fordert Lawrence die anderen Mitglieder, die sich um das Bett drängen, auf, sich im Ratssaal zu versammeln. Ich sehe zu, wie sie den Raum verlassen, und mein Herz schlägt heftig in der Brust. Hat Vater Richard wirklich zu seinem Nachfolger erklärt? Er hat mir seine Absicht mitgeteilt, aber hat er es auch getan? Mein ganzes Leben hing immer so von Vater ab, denke ich ängstlich, mehr als das irgendeiner anderen Tochter. Wird alles, was ich immer für selbstverständlich hielt, zu Staub zerfallen, nun, da er nicht mehr ist? Wird die Sonne morgen überhaupt wieder aufgehen?

Der Staatsrat tagt nun bereits seit mehreren Stunden. In der Zwischenzeit haben Richard, seine Frau Dorothy, John, Mary, Thomas und ich uns ins Esszimmer zurückgezogen, damit Mutter noch ein paar letzte Stunden mit Vater allein sein kann. Bridget ist auch bei uns, aufrecht, in gottgefälliger Trauer, die sie wie eine Rüstung trägt; Charles ist natürlich im Rat. Wir sitzen verloren um den Tisch, niemand hat die Mahlzeit angerührt, als die Wachen an der Tür den Staatsrat ankündigen. Mein Blick fällt sofort auf Charles, als er eintritt, und einen flüchtigen Moment lang stelle ich mir vor, er werde uns gleich als neuer Lord Protector präsentiert. Doch dann tritt der Präsident des Staatsrats vor und kniet vor Richard nieder. Eine Welle der Erleichterung schwemmt meine Angst fort.

«Euer Hoheit», sagt der ältliche Henry Lawrence mit tiefernster, zitternder Stimme. «Wir, der Rat, sind gewiss, dass Euer gnädigster Vater der Lord Protector vor seinem Tode Euch, Lord Richard Cromwell, seinen ältesten Sohn, zu seinem Nachfolger im Amt erklärte, gemäß den schriftlich niedergelegten Bestimmungen unserer Verfassung, der Humble Petition and Advice. Und so kommen wir nun zu Euch, um die Regierung dieser Nationen in Eure Hände zu legen. Mein Ratskollege Lord Fleetwood wird der Armee die Kunde überbringen, und morgen werdet Ihr im ganzen Land zum neuen Lord Protector ausgerufen. Wir entwerfen eben die Proklamation, die von unserem Rat, dem Lord Mayor of London und dem Rat der Armeeoffiziere unterzeichnet werden soll.» Er hält kurz inne und schließt dann zögerlich an: «Was sagen Euer Hoheit?»

Ein Schauder der Erleichterung durchläuft meinen ganzen Körper. Ich schaue zu Charles, sehe Tränen der Trauer in seinen Augen, und in diesem Moment denke ich, seine auf dem Schlachtfeld geborene Liebe zu Vater war ebenso innig wie die von uns anderen. Mein Blick wandert von ihm zu Dick, der sich von seinem Stuhl erhoben hat und mit gesenktem Kopf dasteht, die Hände vor sich gefaltet. Obwohl mein Bruder mit einunddreißig volle zwölf Jahre älter ist als ich, finde ich, in diesem schweren Moment sieht er sehr jung aus. Eine Ewigkeit scheint zu vergehen, ehe er antwortet, und in der Zwischenzeit höre ich nichts als das leise Rascheln von Dolls Röcken, als sie sich ebenfalls erhebt und neben ihren Mann tritt.

«Ich danke dem Staatsrat für diese große Ehre», sagt Dick schließlich, und seine Stimme verrät, dass er den Tränen nahe ist. «Ich danke seinen Mitgliedern auch dafür, dass sie meinen Vater immer unterstützt haben. Er hat ihren guten Rat stets geschätzt. Ich hoffe, sie werden mich ebenso gut beraten. Ich bin unerfahren in den Regierungsgeschäften – den großen Angelegenheiten der Nationen –, muss mich erst noch beweisen, wo mein Vater sich längst bewiesen hatte. Ich erkenne, welch gewaltige Aufgabe vor mir liegt …» Er verstummt, wirft verstohlene Blicke nach rechts und links, als suchte er bei uns nach Bestätigung. Ich fange seinen Blick auf, schaue ihm einen Moment lang fest in die Augen und zwinge mich zu lächeln. In diesem Moment weiß ich: Das ist die Aufgabe, für die Vater mich bestimmt hat, als wir zuletzt miteinander sprachen: Richard zu unterstützen, ihm dabei zu helfen, Vaters Werk fortzusetzen und für die Sicherheit unserer Familie zu sorgen. Etwas regt sich in mir – eine Entschlossenheit, die ich seit Roberts Tod nicht mehr empfunden habe.

Ich habe meinen Mann verloren und mit ihm meine Zukunft. Nun auch noch Vater und mit ihm meine Vergangenheit. Aber Dick ist noch da und muss mit dem Blatt spielen, das ihm zugeteilt wurde.

Und ich ebenfalls.

VIERTER TEIL

Oktober 1658–Juli 1659

KAPITEL ZEHN

Das Leben scheint nunmehr aus den untrennbar verbundenen, spiegelbildlichen Ereignissen von Geburt und Tod zu bestehen. Eine neue Person, Richard, Lord Protector (oder König Richard IV. – ich habe gehört, dass die Pagen ihn unter sich so nennen), wird vor meinen Augen erschaffen, während der alte Protektor, mein lieber Vater, auf seine sterblichen Überreste reduziert wird: Sein Leichnam wird einbalsamiert, ein Abdruck für eine Totenmaske genommen, ein bemaltes hölzernes Abbild geschaffen. Kaplan Hugh Peter predigt zu uns in Whitehall über den Text *«Mein Knecht Mose ist gestorben»*, und der Geistliche Samuel Slater erwidert von seiner Kanzel, auch wenn das wahr sei, müssten wir doch getrost und freudig sein, einen Josua zu haben, der seine Nachfolge antritt: «Was der andere froh begann, möge dieser freudiger vollenden.» Dies ist der Beginn einer neuen Dynastie, erklärt er – einer Nachfolge durch Ernennung und Verdienst, nicht durch königliches Blut.

Ich jedoch träume von Gewalt und wage kaum, aus den Fenstern des Palastes zu schauen, da ich fürchte, plötzlich eine zornige Menge zu erblicken. Mir schien es immer, als hielte Vater allein die Welt wie der Titan Atlas, und ohne ihn rechne ich jeden Moment damit, dass sie um mich herum krachend einstürzt. Doch zu meinem Erstaunen gibt es einen nahtlosen Übergang von einer Welt, die mein Vater beherrschte, zu einer Welt, die mein Bruder beherrscht – oder wenigstens scheint es ein nahtloser Übergang zu sein. Die Monarchen Europas vergessen, dass wir eine Rebellenfamilie sind, und regen sich, ihre Botschafter füllen den großen Audienzsaal und beteuern vor dem neuen jungen Protektor die anhaltende Freundschaft ihrer Herren. Richard soll durch Fanfaren und Herolde in London, Edinburgh und Dublin proklamiert werden, und aus jedem Winkel der drei Nationen schicken Städte und Gemeinden ihre schnellsten Reiter aus, um ihm ihre Treueerklärungen zu überbringen. Die Armee und die Marine schwören den Treueeid, und sämtliche Amtsträger des Protektorats, die nicht am Hof weilen, die Botschafter, Gouverneure und Kommandanten, senden ihre Beileidsbekundungen und Zusicherungen ihrer Loyalität – Harrys Brief ist fleckig von Tränen.

Während überall im Land die Stadtausrufer über die Marktplätze ziehen und Richards Proklamation an Rathäusern und Kirchentüren angeschlagen wird, strömen aus den Druckpressen neue Geschichten unserer eigenen Zeit, die alsdann vom ersten Herbstwind in die Gossen geweht werden. Jeden Tag starrt mir von den bedruckten Blättern mein Vater entgegen. Mir wird bewusst, dass er mich auch aus vertrauten Porträts an den Wänden des Palastes beobachtet und sogar in meinem Geldbeutel steckt, wo er mit der Zeit durch neue Münzen mit Richards Profil ersetzt werden wird. Master Simon von der Münzstätte arbeitet bereits daran, zugleich mit Vaters Gedenkmedaillen.

Nur ist der Mann, der in Öl eingefangen, in Metall graviert oder in Tinte gedruckt ist, nicht der Vater, den ich kannte. Er ist ein Gigant, ein Kaiser, ein neuer Prophet; ein Verräter, ein Usurpator, ein Teufel. Auf einer Seite Mose, auf einer anderen Lucifer. Ich erlebe unmittelbar mit, wie eine große Persönlichkeit sich nach ihrem Tod vervielfältigt wie die Hydra, unzählige, ungeahnte Gestalten annimmt und für tausend Menschen tausend Bedeutungen hat. Und ich fühle, wie mit jeder neuen Version meines Vaters meine Entschlossenheit wächst, zu tun, was ich vermag, um sein Erbe zu bewahren und den Namen unserer Familie zu schützen. Ich klammere mich an das Wissen, dass ich eine der ganz wenigen bin, die ihn wirklich kannten, auch wenn mir zugleich Zweifel daran kommen. Es scheint, als könne niemand recht fassen, dass Vater nicht mehr ist: diejenigen, die ihn hassten, ebenso wenig wie jene, die ihn liebten. Das ganze Leben ist auf den Kopf gestellt, als wäre die Welt, die Oliver Cromwell so stark geprägt hat, ohne ihn einfach unvorstellbar; er war die starke, treibende Kraft hinter allen Entwicklungen: das scharfe Ohr, das Gottes geflüsterte Befehle erlauschte, welche nur er allein hören konnte.

Während meine geschrumpfte Familie sich in ihrer Trauer zusammendrängt, spüren wir, wie um uns herum der Kampf um Vaters Bild tobt. «Wir müssen den Massen die Kontrolle darüber entreißen und sie zurückgewinnen, Eure Hoheiten», erklärt Thurloe Mutter, Mary und mir bei einem trübsinnigen Spaziergang durch die Gärten. Die Farbe unserer Trauerkleidung findet sich in den dräuenden Gewitterwolken am Himmel wieder, und ein paar Damen folgen uns in einigem Abstand, leise untereinander tuschelnd.

«Und was schlagt Ihr vor, wie wir das anfangen sollen, Councillor Thurloe?», fragt Mutter müde, ohne den Blick vom Horizont zu wenden.

«Indem wir eine feierliche Aufbahrung und Beisetzung planen, die eines Königs würdig wären», erwidert Thurloe sanft. «Ich habe bereits mit Sir Oliver Flemyng, dem Lord

Chamberlain und dem Rat darüber gesprochen, und wir sind uns alle einig.»

«Aber an welchem Vorbild werdet Ihr Euch orientieren?», frage ich ihn und denke daran, wie der letzte König in aller Stille in Windsor Castle bestattet wurde, nachdem sie seinen Kopf wieder an den Rumpf genäht hatten.

«Eine gute Frage, Lady Frances. Wir beabsichtigen, uns nach der Zeremonie zu richten, die für den Vater des zuletzt verstorbenen Königs, König James, abgehalten wurde. Das liegt natürlich mehr als dreißig Jahre zurück, aber wir haben in den Archiven Berichte darüber gefunden und können die Zeremonie an die heutigen Verhältnisse anpassen.»

So wird Vater also schließlich und unwiderruflich als der König präsentiert, der er nie war, denke ich und kann mir ein bitteres Lächeln über diese Ironie nicht verbeißen.

Ein paar Wochen später wird Vater auf einem großen, mit schwarzem Samt bedeckten Prunkbett in Somerset House aufgebahrt wie einst König James. Sein einbalsamierter Leichnam ist sicher in einem Bleisarg eingeschlossen, der wiederum von einem hölzernen Sarg umgeben ist, und auf diesem liegt ein lebensechtes Bildnis: ein Körper aus Holz mit einem Gesicht aus Wachs und gläsernen Augen. Ich kann mich nicht dazu überwinden, dieses Abbild anzuschauen, erst recht, als mir zu Ohren kommt, dass die Figur unter der Robe aus purpurnem Samt und Hermelin mit dem Wams aus grauem Samt bekleidet ist, das Vater zu meiner Hochzeit getragen hat – seinem liebsten Kleidungsstück, wie wir alle wissen. Die meisten Familienmitglieder bleiben fern, da wir Vater lieber so in Erinnerung behalten wollen, wie wir ihn kannten. Charles jedoch geht hin, um ihn anzuschauen, und beschreibt uns die Szene beim Abendessen.

«Sie haben eine Krone über den Kopf der Figur gelegt und ihr den Reichsapfel und das Zepter in die Hände gegeben», beginnt er und bringt dabei das Wort «Krone» nur mit Mühe über die Lippen.

Bridget neben ihm schnalzt mit der Zunge, sagt jedoch nichts, und ich bin ihr dankbar dafür, denn Mary ist ohnehin bereits den Tränen nahe.

Charles schluckt und hebt das Kinn. «Um das Bett herum sind Symbole von Olivers Herrschaft ausgestellt: eine Rüstung, eine Tafel mit seinem Stammbaum, seinen Errungenschaften und all euren Namen.» Er blickt einen Moment in die Runde, die am Familientisch seiner Frau versammelt ist, und ich frage mich, ob mein Name zusammen mit Vater begraben wird, wenn die Zeit gekommen ist.

«Die Bettpfosten sind mit Schnitzereien in Form von Kronen und Schilden verziert», fährt Charles fort. «Und nachdem das Totenabbild ein paar Wochen auf dem Bett gelegen hat, wird es aufrecht hingestellt, und die Augen werden geöffnet, als lebte der Lord Protector wieder unter uns.»

«Götzenverehrung», zischt Bridget plötzlich, und am Kopfende des Tisches rutscht Dick unbehaglich auf seinem Stuhl herum.

Während wir uns von der grotesken Szene fernhalten, strömen die Mächtigen des Landes sowie Vaters einfache Untertanen in Scharen herbei, um ihn zu begaffen. Wochenlang liegt mein armer Vater so da, tot und dennoch nicht begraben, bis Mutter es nicht länger erträgt. Der festgelegte Termin für sein Staatsbegräbnis ist erst in mehreren Wochen, aber wir alle haben nur noch einen Gedanken: Vater zu Gott zurückkehren zu lassen, wie er selbst es wollen würde. Der Pomp und das Aufheben um sein öffentliches Geleit zur Grabstätte bedeuten uns nichts, und es würde – wie Dick dem Staatsrat im Vertrauen erklärt – auch Vater nichts bedeuten. Er würde nichts weiter wünschen, als dass seine Familie, seine engsten Freunde und Gott Zeugen sind, wie seine sterblichen Überreste in einem anständigen Flecken Erde begraben werden. Und so willigt der Rat ein, uns Vaters Leichnam am 10. November rasch und in aller Stille in der Nähe von Betty in der Gruft der Kapelle von Henry VII. in der Westminster Abbey beisetzen zu lassen. Er bekommt einen wunderschönen Platz in der Krümmung am östlichen Ende der Kapelle, die wiederum der östlichste Punkt der Abtei ist, sodass die Sonne jeden Morgen zuerst auf ihn scheinen wird. Reihen aus Stein gehauener Engel wachen von den Wänden zu beiden Seiten über ihn, Kronen zwischen ihren Händen – wenn Vater im Leben kein König war, so ist er im Tode einer.

Da Vater selbst bereits unter der Erde ruht, fallen die Ehrungen des Staatsbegräbnisses ein paar Wochen später seinem hölzernen Stellvertreter zu, der von seinem Platz auf dem leeren Sarg blicklos ins ewige Leben starrt. Wir Frauen bleiben fern, wie es die Tradition verlangt, doch in Wahrheit sind wir dankbar dafür. Der Trauerzug braucht sieben Stunden für den kurzen Weg von Somerset House zur Westminster Abbey. Ein erschöpfter John berichtet es mir später, als ich in die Räume seiner Familie komme, um meiner mutterlosen Nichte und meinen Neffen Gutenachtgeschichten vorzulesen. John lässt sich in einen Stuhl in der Kinderstube fallen und macht sich daran, die Schnallen seiner Schuhe zu öffnen.

«Sieben Stunden», wiederholt er und reibt sich die Fußsohlen. «Und das alles vor einer Menge aus Tausenden. Die Leute haben für Plätze auf den großen Schaugerüsten bezahlt, und sie drängten sich überall entlang des Weges. Die Armee musste Posten jeweils im Abstand von einer Armeslänge aufstellen, um die Massen unter Kontrolle zu halten und den Frieden zu wahren.»

Der kleine Cromwell lässt schläfrig den Kopf an meine Brust sinken, und ich schließe die Augen und lasse vor meinen Augen das Bild erstehen, das John zeichnet. Da sind die Bauchladenverkäufer und Händler, deren Waren – Speisen, Bier und Andenken – reißenden Absatz finden. Vaters Bildnis fährt in einer Karosse, die von sechs Pferden gezogen wird, und Edelleute, Angehörige des Staatsrats, Würdenträger des Hofes, die Männer der Leibgarde, Soldaten und Parlamentsmitglieder folgen zu Pferde oder zu Fuß mit im Zug. Sämtliche Bediensteten aus dem Haushalt des Protektors begleiten den Sarg in ihrer besten Livree, von Vaters Leibgarde und den Schiffern seiner Barkasse bis hinunter zu den Falknern, Reitknechten, Köchen, Küchenjungen und Handlangern. Sogar die Künste, die Vater gefördert hat, sind vertreten: Seine Hofmusiker und die Dichter und Gelehrten, Masters Marvell, Milton und Dryden, marschieren gemeinsam mit, und zweifellos schmieden sie dabei im Kopf bereits Verse.

Richard kann nicht teilnehmen, da eine alte Sitte verbietet, dass der neue Herrscher den alten öffentlich betrauert. Auch Harry fehlt – er hat den Befehl, auf seinem Posten in Irland zu bleiben. Dick hat Anthony Underwood zu ihm geschickt, um ihm aus erster Hand über Vaters letzte Krankheit zu berichten. Da somit keiner von Olivers Söhnen anwesend ist, gehört die Bühne seinen Schwiegersöhnen: Die Rolle des nächsten Angehörigen beim Begräbnis fällt Charles zu, in prächtigen Staatsgewändern, deren Schleppe von mehreren Helfern getragen wird, darunter Thomas

Viscount Fauconberg. Ihm folgt John, der als Master of Horse persönlich Vaters Lieblingshengst führt, reiterlos und mit üppigen Federbüschen geschmückt; eine bildliche Erinnerung daran, wo Vaters Platz wäre, und ein Echo der Hunderte Male, die Vater für das Parlament in allen Winkeln dieser Nationen in die Schlacht geritten ist. Auf diese Weise trauern alle unsere noch lebenden Ehemänner gemeinsam um ihren Schwiegervater, während die toten – Henry Ireton und mein geliebter Robert – ihn im Himmel willkommen heißen.

«Die Szene war wahrhaft herrschaftlich, das muss ich dem Rat lassen», schließt John seine Schilderung. «Bis auf eine Situation», fügt er kichernd hinzu, «als ein Schwein durch die Menge stürmte, um zwischen den nächsten Angehörigen umherzulaufen – das war von Thurloe nicht so geplant!»

Auch ich kichere darüber, meiner Trauer zum Trotz, und denke, das war gewiss der einzige Moment an diesem langen Tag, den Vater genossen hätte.

Während der folgenden paar Tage bleiben wir Cromwell-Frauen mit Dick im Palast, den Blicken der Öffentlichkeit entzogen: All die Rituale sind für uns nicht von Bedeutung. Was uns stattdessen wichtig ist, sind die Erinnerungen an Vater, die wir am Kamin austauschen, unsere Umarmungen und unsere Gebete. Master Marvells Gedicht auf Vaters Tod – eine Trauerode, die er uns am Tag nach Vaters Beisetzung nach dem Abendessen im privaten Kreis vorträgt – ist in meinen Augen tausend Staatsbegräbnisse wert, und ich lausche hingerissen, wie er Mythen und Legenden über Vaters heroisches Leben ineinander verwebt. Doch was Mutter zu Tränen rührt, sind seine Worte über Elizabeth: Marvell spricht von ihren Tugenden und sagt, Vater sei nicht in der Schlacht gefallen, sondern aus Liebe und Trauer um sie gestorben. Der Vater, den er uns zurückgibt, indem er seine Bilder in die Luft malt, ist der einzige in all diesen Wochen, den ich als unseren wiedererkenne: der Privatmann, der zuallererst Familienvater war und dann erst der Vater seines Landes:

«Von zehrend langer Krankheit ward besiegt,
Die zärtlich in den Armen er gewiegt,
Eliza, der Natur geliebtes Kind,
Sein liebstes auch, ihr Reiz sein Herz gewinnt,
Und dass er nicht verletzt mit seiner Kraft
Die zarte Last, der starke Arm erschlafft …

Wie er Eliza nachzufolgen schien,
So spiegeln die Naturgewalten ihn
Im Untergang, doch geht er in den Tod
So lautlos wie die Sonn' im Abendrot.
Den Sternen blieb am Ende nur die Macht,
Die Stund' zu setzen, da er es vollbracht,
Den Tod des großen Mannes nicht zu wehren,
Doch durch den Tag vergangnen Sieg zu ehren …

Wenn er sein eigen Kind geliebt so sehr
(Und niemand würdiger der Liebe wär),
Elizas Tod ihn tödlich hat betrübt,
So hat er doch in gleichem Maß geliebt
Des Höchsten Kinder, ja, er hätt' sein Leben
Für sie an jedem Tage gern gegeben.
Ihr Leid hat wohl am tiefsten ihn gerührt,
Wenn auch Elizas nun ins Grab ihn führt …»

Während Marvell fortfährt, seine schwarzen Locken vom Feuerschein umkränzt, fühle ich, wie sich meine noch ungeweinten Tränen um Vater mit denen für Betty mischen, die mir immer wieder kommen; die kühle Nässe fühlt sich auf meinen erhitzten Wangen beinahe lindernd an.

Wir mühen uns gemeinsam weiterzumachen, alle in dem Bewusstsein, dass wir die zwei strahlendsten Sterne an unserem Nachthimmel verloren haben. Ich jedoch habe mit Robert zudem auch die Luft verloren. Während dieser furchtbaren Wochen kommt Mutter mir vor wie ein Wunder: Sie scheint immer noch gefasster und unerschütterlicher zu werden, gießt ihren lindernden Balsam in die Risse und Sprünge in uns allen, dabei ist doch diesmal sie diejenige, welche die andere Hälfte ihres Selbst verloren hat. Sie ist es, die die Scherben unserer Familie aufsammelt und versucht, uns wieder zusammenzufügen wie eine zerbrochene Vase. Ich verbringe viel Zeit damit, ihr zu helfen, Vaters persönliche Habe durchzusehen und ihre Sachen für den bevorstehenden Umzug in den St. James's Palace zu packen, denn sie räumt ihre Privatgemächer im Whitehall Palace für den neuen Lord Protector und seine Familie. Dorothy, die neue Lady Protectoress, und ihre Kinder werden künftig die meiste Zeit in den Palästen wohnen und das ruhigere, malerische Leben auf ihrem Landsitz in Hampshire hinter sich lassen, um ihre Stellung als erste Familie im Land einzunehmen.

Richard selbst würde Mutter die Unannehmlichkeiten lieber ersparen, doch der Rat besteht auf dem Umzug: Vater pflegte ebenso wie die Könige vor ihm bestimmte Audienzen im Staatsgemach zu halten, und Richards bisherige

Räumlichkeiten sind dazu nicht geeignet, da es keine angemessenen Vorzimmer gibt. Mutter selbst ist froh über den Umzug, denn sie meint, die Veränderung werde ihr guttun. Ihre einzige Sorge ist, dass sie künftig weiter von John und den Kindern entfernt ist, die besonders auf Mutters Fürsorge angewiesen und an ihre Nähe gewöhnt sind.

«Aber ich werde so viel Zeit wie möglich mit ihnen verbringen», sagt Mutter zu mir, während wir ihre Pelze in Papier einschlagen. «Das ist das Einzige, was ich noch für meine liebe Betty tun kann. Die Kleinen hätten es verdient, dass ihre Mutter für sie da wäre, aber ich werde mich nach Kräften bemühen, es an ihrer statt zu tun.»

Und was ist mit mir?, würde ich am liebsten fragen. Habe ich es etwa nicht verdient, dass meine Mutter für mich sorgt? Doch mir ist bewusst, wie selbstsüchtig dieser Gedanke ist; die Kinder sind weit bedürftiger als ich. Mutter kann in Bettys Familie so viel Gutes tun, denn die Kinder hängen sehr an ihr, und in letzter Zeit habe ich bemerkt, dass auch John ihre Gesellschaft sucht – nun, da er allein ist, scheint es ihn wie von selbst in ihre Nähe zu ziehen. Mutter ihrerseits wendet sich ihm zu, setzt sich beim Abendessen neben ihn, macht eine leise Bemerkung über das eine oder andere der Kinder, wie Eltern es untereinander zu tun pflegen. Auf diese Weise scheinen Mutter und John durch ihre Sorge um die Kinder miteinander verbunden wie in einer ungleichen Ehe, in der jeder den Platz an seiner Seite betrauert: ein lebendes Spiegelbild der hingebungsvollen Nähe zwischen Elizabeth und Vater, die nun sogar über den Tod hinausreicht, da sie zusammen in der Westminster Abbey liegen.

Dass Mutter praktisch in den Haushalt der Claypoles aufgenommen wird, ist nur ein Teil ihres allmählichen Rückzugs aus der öffentlichen Rolle. Sie gibt uns allen weiterhin, was sie uns immer gegeben hat: Liebe, behutsame Anleitung, wo sie gewünscht ist, und einen Ort, an den wir mit unserer Trauer kommen können. Doch sie achtet darauf, Dicks Herrschaft aus einigem Abstand zu betrachten, ihm ermutigend zuzulächeln, ohne ihm ins Ohr zu flüstern. Die Rolle der Königinwitwe, die durch ihren Sohn stellvertretend herrscht, liegt ihr fern. Schließlich wurde sie dazu geboren, einen Kaufmannshaushalt zu führen, nicht einen Raum zu beherrschen, geschweige denn ein Königreich – sie ist keine Königin Maria de' Medici, keine Eleonore von Aquitanien. Der Mantel wurde wirklich und wahrhaftig an unsere Generation weitergereicht, wie Signor Giavarina es an meinem Hochzeitstag prophezeite, wenn auch viel früher und unter traurigeren Umständen, als ich erwartet hätte, und ohne dass Robert bei mir ist und seinen Anteil daran hat. Sein Verlust schmerzt mich auf immer neue Weise: Was hätte mein Liebster alles Gutes tun können, wenn er an der Seite seines engen Freundes Richard gewirkt hätte? Wie viele güldene Gelegenheiten hätte es nun für ihn gegeben, in diesem jungen zweiten Zeitalter des Hauses Cromwell?

Doch während Mutter ihre Energie auf die Claypoles verwendet, bin ich entschlossen, die meine zu Richards Unterstützung einzusetzen, da er nun der Bewahrer von Vaters Erbe und unserem guten Namen ist. Ich finde eine neue Bestimmung darin, sein Selbstbewusstsein zu stärken und seine Interessen zu verteidigen, wie mein Mann es getan hätte und wie mein Vater mich zu tun gebeten hat; und Dick trägt wahrlich die Last der Welt auf seinen Schultern. Während wir anderen uns in Trauer verlieren können, wenn uns danach ist, muss Richard sich Tag für Tag den Regierungsgeschäften stellen – auch wenn nach Vaters Tod mehrere Wochen vergangen sind, ehe er sich überwinden konnte, den Sitzungen des Staatsrats beizuwohnen und sich ganz seinem neuen Amt zu widmen.

Oft kommt er nach den Ratssitzungen zu mir, ganz so wie früher, als Robert und ich jungverheiratet waren. In trauter Zweisamkeit trinken wir dann ein Glas Wein und sprechen über die Angelegenheiten, mit denen er an diesem Tag zu tun hatte: die Meldungen unserer Generäle von den Fronten unseres Krieges gegen Spanien; die angehäuften Staatsschulden und das jährliche Haushaltsdefizit. «Zwei Millionen Pfund», teilt er mir eines Abends mit, die Augen groß im Feuerschein, «und die Armee war mit den Soldzahlungen um neunhunderttausend Pfund im Rückstand.»

Ich nehme einen Schluck von meinem angewärmten Wein, um meine Bestürzung zu überspielen. «So viel, ist denn das möglich?»

«Ich fürchte ja. Anscheinend hat Vater in seinen letzten Monaten die Zahlen einfach ignoriert, und es stehen auch hundert diplomatische Entscheidungen aus, mit denen er sich nicht mehr befasst hat.»

«Dann musst du diese Entscheidungen treffen», rate ich und denke an Signor Giavarinas Worte, wie wichtig es sei, dass ein König in außenpolitischen Fragen entschieden Stellung bezieht. «Höre auf Thurloe, er wird dich anleiten. Und Edward Montagu – er ist doch inzwischen von der Flotte zurück, nicht wahr? Er verfügt über ein umfassendes Verständnis unserer Stellung in der Welt.»

«Das habe ich bereits getan», erwidert Dick leise, trinkt sein Glas leer und stellt es neben sich auf den Tisch. «Ich schicke Montagu mit der Flotte los, um erneut zwischen Schweden und Dänemark zu vermitteln. Vaters Friedensbemühungen am Baltischen Meer waren eine seiner besten Entscheidungen, und ich werde daran festhalten.»

Das freut und überrascht mich gleichermaßen, und ich lehne mich in meinem samtgepolsterten Stuhl zurück, um meinen großen Bruder mit anderen Augen zu betrachten. Die klare Einsicht, die er an den Tag legt, die ruhige Entschlossenheit. Sosehr ich ihn schon immer geliebt habe, hätte ich ihn früher doch als stillen Landjunker abgetan, der sich besser auf die Jagd verstand als auf die Regierungsgeschäfte mit all der Politik und dem Papierkram. Doch er hat seinen Geist geschult, hat gelernt, mehr zuzuhören, als selbst zu reden, und seine Worte sorgfältig zu wählen, wenn er denn spricht. Und ich glaube, mein Bruder findet mich ebenso verändert wie ich ihn: Seit Vaters Tod komme ich mit praktischen politischen Überlegungen besser zurecht als mit innigen persönlichen Gefühlen, und ich denke, Richard erkennt das; versteht auch, dass ich lieber mit ihm bei einem Glas Rotwein über die Aufrechterhaltung unseres Handels am Baltischen Meer diskutiere, als mit Mary über unsere gebrochenen Herzen zu weinen. Ungeachtet meiner Jugend und meines Geschlechts schätzt er neuerdings meinen Rat – so muss es sein. Warum sonst sollte er Abend für Abend herkommen?

Zweifellos bemerkt auch der allsehende, allwissende Thurloe diese Veränderungen und die Nähe, die sich in den letzten Wochen zwischen Dick und mir entwickelt hat. Und so tritt er eines Morgens an mich heran, als ich im hinteren Bereich des äußeren Audienzsaals stehend zuschaue, wie Richard Bittgesuche entgegennimmt. Der Leiter unseres Spionagenetzwerks bewegt sich leichtfüßig, aber ich sehe die verräterischen dunklen Ringe unter seinen Augen und weiß, er stand nach dem Verlust unseres Vaters vor seinem persönlichen Berg der Trauer. Doch Thurloe steht so fest zu Dick, wie Vater es vorhergesagt hat; mir scheint, der Erhalt von Richards Herrschaft ist für ihn das einzige Mittel, den Verlust des großen Mannes zu verwinden, an dem er sein ganzes Leben ausgerichtet hatte. Für mich ist klar, dass Thurloe die fanatische Loyalität, die er einst Vater erwies, übergangslos auf dessen Sohn übertragen hat. Auch wenn niemand außer ihm selbst wissen kann, in welchem Verhältnis Dienstbarkeit und Eigennutz in Thurloes Arbeit stehen.

«Ich liebe ihn ebenso wie Ihr», schnurrt der einstige «kleine Sekretär» mir ins Ohr, als er neben mir Aufstellung genommen und seinen milden Blick wieder auf Richard gerichtet hat. «Er ist darauf angewiesen, Hoheit, dass Ihr und der Rest Eurer Familie hinter ihm stehen. Nur so kann er die vor ihm liegenden Aufgaben bewältigen. Wir müssen Stärke und Stabilität zeigen. Solidarität. Beständigkeit.»

Ich wende ich mich ihm nicht zu, sondern schaue weiter auf Dick, der eben einen Bittsteller zu sich heranwinkt, um sein Anliegen näher zu erörtern. «Die Nachfolge ist bemerkenswert reibungslos vonstattengegangen, Master Thurloe», bemerke ich wahrheitsgemäß. «Alle Parteien haben ihm die Treue geschworen, und das Volk verhält sich ruhig; man lässt ihm Zeit, sich in seine neue Rolle einzufinden.»

«Gewiss, Hoheit, Eure Beobachtungen sind zutreffend wie eh und je. Es war ein friedlicher Übergang. Aber dennoch» – er stellt sich ein wenig auf die Fußballen und lässt den Blick über die Versammelten gleiten – «gibt es in der Armee, ja sogar in Eurer eigenen Familie Leute, die Euren festen Glauben an die Fähigkeiten des jungen Protektors nicht teilen, die seinen Einsatz für das Parlament und die gottgefällige Sache in Frage stellen. Leute, denen es nicht gefällt, dass er in dieses Amt aufgestiegen ist, obwohl er nicht über militärische Erfahrung verfügt wie Euer Vater; die vielleicht finden, das Kommando über die Armee sollte in die Hände eines anderen gelegt werden. Mehrere Offiziere haben darum ersucht, Lord Charles Fleetwood statt Eures Bruders zum Oberbefehlshaber zu ernennen.»

«Aber Charles selbst redet nicht so», entgegne ich rasch. «Er hat seinen Männern befohlen, sich ruhig zu verhalten, und seine Treue zu Richard erklärt. Und Richard hat den Offizieren persönlich versichert, er werde ihr wackerer und gottesfürchtiger Verteidiger sein und in allen Fragen Charles als Lieutenant General der Armee zu Rate ziehen, solange er selbst als Commander in Chief ihm übergeordnet bleibt.»

In früheren Zeiten hätte ich getan, als verstünde ich Thurloe nicht recht, wäre um seine Worte herumgetanzt wie um einen Maibaum. Doch nun bin ich geradliniger und rede unverblümter als die junge Prinzessin, die ich war. Thurloe weiß das auch; warum sonst sollte er mir seine Gedanken so offen darlegen? Er sah mich als albernes Mädchen an, ehe die schrecklichen Ereignisse des letzten Jahres mich geformt und gefestigt haben, wie Eisen im Feuer geschmiedet und gehärtet wird.

Thurloe neigt den Kopf, er räumt diesen Punkt ein, auch wenn er mir nicht vollumfänglich beipflichtet. «Es stimmt, Euer Schwager Lord Fleetwood steht zu ihm, vorerst wenigstens. Doch viele bezweifeln die Fähigkeit Seiner Hoheit, Männer durch Treue an sich zu binden, wie Euer Vater es vermochte.»

«Andere hingegen», kontere ich, «denken, Richard werde gerade dadurch an Ansehen gewinnen, dass er nicht durch seine Vorgeschichte geprägt und festgelegt ist; dass er frisch, unbelastet und somit in der Lage ist, eine breitere Basis von Unterstützern zu einen als Vater, gerade weil er bei anderen keine starken Gefühle weckt – weder Liebe noch Hass. Sosehr ich meinen Vater auch verehrt habe,

Master Thurloe, ich gebe mich dennoch nicht der Illusion hin, er habe nicht auch bei manchen die erbittertste Feindschaft hervorgerufen.»

«Ihr seid über Eure Jahre hinaus weise, Hoheit, und ich stimme Euch in vielem, was Ihr gesagt habt, zu. Dennoch, als einer, der ebenso innig wie Ihr wünscht, die Herrschaft Eures Bruders möge von Erfolg gekrönt sein, hoffe ich, Ihr werdet ihn klug beraten und Euch an mich wenden, solltet Ihr das Gefühl haben, dass die Dinge sich innerhalb Eurer Familie zuspitzen.»

Er wartet meine Zustimmung nicht ab, sondern verbeugt sich und verschwindet in der Menge der Höflinge. Seine Worte hinterlassen einen bitteren Geschmack in meinem Mund.

In Wahrheit weiß ich, dass Thurloes Sorgen bezüglich Charles durchaus begründet sind, und noch am selben Abend sehe ich, wie die Spannung zwischen meinem Bruder und meinen Schwägern überkocht. Ohne Vaters gebieterische Präsenz und Elizabeths gewinnende, versöhnliche Art war es wohl nur eine Frage der Zeit, bis der Familienfrieden zu bröckeln beginnt. Allerdings hätte ich nicht damit gerechnet, dass der Streit ausgerechnet um Geld entbrennen würde.

«Es ist ein großer Betrag», eröffnet John uns und fährt sich angespannt mit einer Hand durchs Haar. Wir sitzen noch am Esstisch, die Diener räumen eben die Reste des Abendessens ab. «Die Ärzte fordern unverzügliche Zahlung, und da ich die Summe nicht so schnell in bar aufbringen konnte, haben sie Klage gegen mich erhoben.»

Ich greife mitfühlend nach seiner Hand. «Wir müssen

John unterstützen.» Dabei blicke ich Zustimmung heischend in die Runde. «Es geht schließlich um das Geld für die Arzneien, die Betty bekommen hat.»

«Auch wenn sie wohl nicht viel genutzt haben», murmelt John in sein Weinglas.

«Natürlich helfen wir aus», pflichtet Richard mir bei.

«Ist das denn klug, Euer Hoheit?» Charles knirscht beim Sprechen mit den Zähnen, presst das letzte Wort mit einem Ausdruck hervor, der einem höhnischen Grinsen ähnelt. «Da doch heute erst der Rat über die Höhe der Staatsschulden die Hände gerungen hat?»

John wirft Charles einen Blick voller Abscheu zu, und ich drücke seine Hand in dem Versuch, die zornigen Worte zu verhindern, die im Eifer des Gefechts darauf folgen könnten. Früher hatte er immer Elizabeth an seiner Seite, die ihn in seinen Auseinandersetzungen mit Charles unterstützte, stets bereit, seine Worte mit einem passenden Zusatz und einem Lächeln abzumildern.

«Sie war meine Schwester, Charles, das brauche ich dir wohl nicht zu sagen.» Richards Stimme klingt streng, er probiert seine neue Gebieterrolle aus.

«Natürlich.» Charles rudert ein wenig zurück. «Und niemand hat sie mehr geliebt als ich. Aber du schuldest meinen Soldaten den Sold für etliche Monate.»

«Meinen Soldaten, wolltest du wohl sagen», kontert Richard prompt, und seine schnelle, treffende Entgegnung nötigt mir Bewunderung ab.

Charles ist sichtlich gereizt, beherrscht sich jedoch.

Es folgt ein kurzes Schweigen, dann ergreift Thomas in der höflichen, gedehnten Redeweise des Aristokraten das Wort. «John, ich würde mich gern an den Kosten beteiligen.»

Ich schaue von ihm zu Mary und sehe, wie sie ihren Mann dankbar anlächelt; ein Lächeln, das mein Herz erfreut. Ich habe in letzter Zeit eine wachsende Zuneigung zwischen Mary und Thomas wahrgenommen, ja, mein einziger Trost in den düsteren Tagen nach Vaters Tod war, zu sehen, wie zärtlich Thomas sich bemühte, seine Frau zu trösten. Sie ihrerseits schien sich in ihrer tiefen Trauer und Verwundbarkeit ihm zuzuwenden, und so verringerte sich der Abstand zwischen den beiden vor meinen Augen mit jedem Tag.

«Nun, natürlich seid Ihr wohlhabend genug, das zu tun, Viscount», blafft Charles über den Tisch hinweg. «Und es ist eine ausgezeichnete Gelegenheit, Euch bei unserem Lord Protector sowie bei John und seinen Parlamentarierfreunden beliebt zu machen.»

«Charles!» Der Ausruf kommt von Mary, und sie streckt instinktiv die Hand nach Thomas aus, doch nicht einmal sie kann verhindern, dass Thomas sich von seinem Stuhl erhebt und in stolzer Haltung den Raum verlässt.

Ich sehe hilflos mit an, wie meine Familie auseinanderbricht, und wende mich verwirrt an Charles. «Das verstehe ich nicht», sage ich kopfschüttelnd. «Charles, weshalb greifst du Thomas an?»

Mary kommt Charles mit einer Antwort zuvor, allerdings schleudert sie ihre Worte Bridget entgegen, nicht mir: «Willst du es Frances sagen, Bridget, oder soll ich es tun?»

Ich habe Mary noch nie so zornig gesehen und schaue sie an, als wäre sie ein gänzlich neuer Mensch. Ist diese Heftigkeit ein weiterer Beweis für ihre wachsende Liebe zu Thomas? «Mir was sagen?»

Bridget starrt Mary ebenso verwundert an, ein Messer in der Hand, mitten in der Bewegung erstarrt.

«Nein? Also gut.» Mary wirft Bridget noch einen Blick zu, dann wendet sie sich ruhig an mich. «Charles hat gegen Thomas' Berufung in den Staatsrat gestimmt. Dick will ihn und Lord Broghill in den Rat aufnehmen, aber Charles und Onkel Desborough sträuben sich dagegen.»

«Charles!» Nun ist es an mir, vorwurfsvoll seinen Namen auszurufen.

Charles schaut mit zornig funkelnden Augen von Mary zu mir wie ein in die Enge getriebener Hirsch. «Das hat nichts mit euch zu tun, Mädchen.»

«Meine Schwestern haben ein Recht auf ihre Meinung, Charles», hält Richard ihm entgegen, und seine Worte bringen uns alle zum Schweigen. Jede seiner Äußerungen hat nun das zusätzliche Gewicht eines Herrscherwortes. «Sie sitzen zwar nicht im Rat, aber sie müssen mit denen von euch zusammenleben, die es tun. Ich für meinen Teil hätte eure Unterstützung für die Kandidaten meiner Wahl begrüßt.»

«Wie könnte ich dich unterstützen, wenn du royalistische Stutzer in deinen Rat holen willst?», versetzt Charles. «Männer, die beim ersten Anzeichen von Schwäche deinerseits Charles Stuart aus dem Exil zurückholen würden, die mit jedem Wort gegen die Interessen deiner treuen Armee arbeiten würden? Sie glauben nicht wirklich an die Sache des Parlaments – nicht wie ich, nicht wie dein Vater, mit dem ich Seite an Seite gekämpft habe. Er hätte solche Männer niemals in den Rat berufen.»

«Männer, die – im Falle des Viscount – dein Schwiegervater in unsere Familie geholt hat», erinnert John Charles etwas undeutlich über den Rand seines Glases hinweg.

«Die Familie ist eine Sache», erwidert Charles mit einem vielsagenden Blick zu John. «Auf dem Heiratsmarkt muss man immer Kompromisse eingehen. Aber der Staatsrat des Lord Protector ist etwas gänzlich anderes.»

Plötzlich taucht in meiner Erinnerung das Bild von Lord Broghill auf, wie er in seinem leuchtend pflaumenfarbenen Wams vor mir steht und mir die Hand des jungen Königs im Exil in Aussicht stellt; dann sehe ich wieder vor mir, wie der schmucke Lord den Viscount Fauconberg zu seinem ersten Treffen mit uns geleitet, kurz vor dessen Heirat mit Mary. Sie waren so verschieden von Charles und seinen Offizierskollegen bei der Armee, und dennoch – würden sie wirklich auf unseren Sturz hinarbeiten? Wollten sie meinen Bruder wirklich durch den jungen Charles Stuart ersetzen? War es nicht Lord Broghill, der sich so sehr dafür einsetzte, meinen Vater zu krönen?

Ich betrachte die bestürzten Gesichter um den von Kerzen beleuchteten Tisch und kann mich der Frage nicht erwehren: Wenn Richard je geschwächt wäre, würden dann diese einstigen Royalisten versuchen, ihn abzusetzen und den König aus dem Exil zurückzuholen? Oder würde vielmehr Charles an der Spitze seiner gottgefälligen Armee die Republik wiederherstellen? Ich fange Richards gequälten Blick auf und weiß, er stellt sich dieselbe Frage.

«Und sie sind noch immer nicht zufrieden», beklagt Mary sich bei mir, als ich sie später in ihren Räumen aufsuche. Mein Hündchen, das inzwischen größer geworden ist, springt auf ihr Bett. «Thomas hat mir erzählt, Charles und Onkel Desborough hätten sich nicht nur seiner Ernennung in den Weg gestellt, sondern versuchten darüber hinaus, weitere Gegner durch Hetze aus dem Staatsrat zu entfernen. Sie verlangen Thurloes Rücktritt und behaupten gar, besonders treue Unterstützer von Dick wie Edward Montagu hätten sich verschworen, sie zu entführen! Onkel soll aus dem Ratssaal gestürmt sein.»

«Ich kann es nicht glauben», sage ich, stehe vom Fußende ihres Bettes auf und gehe umher. Der vornehme, höfische General at Sea Montagu, mit dem ich im Sommer zu Tisch gesessen habe, der vor Zuversicht und Selbstvertrauen geradezu strahlte – wie kann Charles annehmen, dass irgendjemand glaubt, ebendieser Mann habe sich zu einer solch niederen Tat verschworen? «Das ist absurd. Charles geht zu weit. Diesmal hat er den Bogen wirklich überspannt.»

«Aber was kann Dick tun?», fragt Mary mit bleichem Gesicht. «Charles ist zu einflussreich, zu beliebt bei seinen Soldaten. Dick muss seine Hetze ertragen und sich irgendwie darüber hinwegsetzen.»

«Nun, er wird sich niemals von Thurloe trennen», sage ich, jetzt etwas zuversichtlicher. «Und solange Thurloe im Rat sitzt, wird er nicht dulden, dass sie sich gegenüber Richard allzu viel herausnehmen.»

Mary zieht die Haarnadeln aus ihrer Frisur. «Aber der arme Thomas, er steht so zwischen allen.»

Ich mustere sie aufmerksam. «Dann liegt er dir also doch am Herzen, Liebes? Das dachte ich mir schon, als du ihn beim Abendessen so vehement verteidigt hast, aber ich würde es gern aus deinem eigenen Mund hören.»

Darauf errötet sie, ein schüchterner Hauch rosiger Farbe überzieht ihre blassen Wangen. «Er liegt mir am Herzen, ja. Vielleicht nicht so, wie du …» Mary unterbricht sich, doch sie kennt mich gut genug, um zu wissen, ich will Roberts Namen lieber ausgesprochen hören, als ihn mit seinem Körper begraben zu wissen. «… wie du und Robert euch geliebt habt. Aber er ist ein guter Mann, freundlich, großzügig. Einnehmend, wenn man erst einmal sein Vertrauen erlangt hat. Ich weiß, Charles und Bridget sind noch immer misstrauisch, was seine Beweggründe angeht – sie denken, er hielte Kontakt zum Hof im Exil, schmiede Pläne und habe überall seine Eisen im Feuer. Ich kenne die Gerüchte. Aber was soll ich dazu sagen? Ich weiß nichts von seinen Angelegenheiten und muss ihm eine treue Ehefrau sein. Außerdem denke ich – wenigstens hoffe ich es –, dass ich vielleicht ein Kind erwarte.»

«Oh, meine Liebe!» Ich eile auf sie zu, beinahe taumelnd vor Freude, ein Zustand, den ich schon vergessen hatte.

«Es ist noch früh», wehrt Mary mit erhobener Hand ab. «Ich kann mich täuschen. Aber ich bete Tag und Nacht dafür, und gewiss wird Gott uns doch am Ende dieses schrecklichen Jahres ein wenig Glück zugestehen.»

«Komm», sage ich fröhlich, «lass uns gemeinsam dafür beten.»

KAPITEL ELF

Keinem von uns tut es leid, als das Jahr zu Ende geht, das uns Lavinia, Robert, den kleinen Oliver, Elizabeth und Vater genommen hat – die Zahl «1658» ist in so viele Gedenktafeln und Grabsteine graviert. Nun schreiben wir das Jahr 1659 und müssen unsere Gedanken auf die ungewisse Zukunft richten – auf Richards Zukunft als Lord Protector und auf die Zukunft von uns anderen, die so prekär mit zahlreichen Fäden an der seinen hängt. Nachdem die Armee vorerst zur Ruhe gebracht ist, sprechen nun alle über das neue Parlament mit seinen beiden Häusern, den Lords und den Commons. Richard hat es für Ende Januar einberufen. Dies wird die konstituierende Sitzung der neu gewählten Parlamentarier und der ernannten Lords sein – so, wie auch mein Vater im Laufe seines Protektorats alljährlich ein erneuertes Parlament einberief.

Richard ist offen für das neue Parlament, und er und Thurloe verfassen gemeinsam seine Eröffnungsrede. Es ist eine heikle Aufgabe: Unter der neuen Verfassung hat das Parlament stärkeren Einfluss auf seine Zusammensetzung, und so hat eine größere Zahl derer, die Richard und dem Protektorat ablehnend gegenüberstehen, wieder einen Sitz bekommen. Dick zeigt mir den Entwurf, und wir verbringen abends viele Stunden zusammen und proben seine Rede. Doll sitzt mit einer Nadelarbeit neben mir und unterbricht ihren Mann hin und wieder, um eine Formulierung vorzuschlagen. Er wird natürlich Vater ehren; sich für eine angemessene Bezahlung der Armee aussprechen – «der besten Armee der Welt», wie Thurloe in seiner ordentlichen, schnörkeligen Handschrift geschrieben hat – und die Notwendigkeit betonen, den Krieg gegen Spanien fortzuführen, die protestantische Sache im Ausland zu unterstützen und Freiheit und Gerechtigkeit im eigenen Land zu bewahren. Dick wird mit der eindringlichen Bitte schließen, sie alle mögen zusammenarbeiten, um dieses zu einem «glücklichen Parlament» zu machen – Worte, die mich, auch wenn ich nur seine viel jüngere Schwester bin, mit Stolz auf ihn erfüllen.

Doch es erweist sich als falsche Hoffnung, ebenso wie Marys Schwangerschaft. Zwar wird Richards Rede äußerst positiv aufgenommen, aber binnen weniger Wochen zeichnet sich ab, dass dies kein glückliches, sondern ein zerstrittenes Parlament sein wird. Es ist unzufrieden mit dem, was die Vorgänger hinterlassen haben: unzufrieden mit den unklaren Beschränkungen von Richards Befugnissen; unzufrieden mit der Zusammensetzung des House of Lords; unzufrieden damit, dass nun sechzig schottische und irische Abgeordnete im House of Commons sitzen. Richard überlässt das Parlament sich selbst, doch seine Unterstützer aus der alten Fraktion der Befürworter des Königtums unternehmen große Anstrengungen, um Mehrheiten für seine Regierung zu sichern. Die Parlamentarier, die mit ihnen stimmen, bringen wortreich ihre Abneigung gegen die Armee zum Ausdruck. Dennoch behauptet sich eine republikanische Minderheit in der Opposition, angeführt vom großen Sir Arthur Haselrig – selbst ein Relikt aus den frühesten Jahren des Ringens zwischen dem damaligen Parlament und dem toten König Charles. Wenngleich zahlenmäßig unterlegen, gewinnen sie an Einfluss: Sie finden Gleichgesinnte in Charles Fleetwood und den anderen Major Generals in Richards Rat.

Wieder einmal ist Richard gezwungen, persönlich zu den Offizieren zu sprechen, diesmal an einem bedeutungsvollen Ort: im Haus von Charles und Bridget, Wallingford House, gleich neben dem Palastgelände. Dick bietet ihnen die Stirn, weigert sich, seine Stellung als Oberbefehlshaber der Armee aufzugeben, und befiehlt den Offizieren, nicht hinter seinem Rücken im Parlament Stimmung gegen die Regierung zu machen. Wieder halten wir alle den Atem an, doch die Rebellion ist vorerst erstickt.

Es ist eine angespannte Zeit, und meine Einsamkeit macht sie noch schlimmer. Nachdem der Staatsrat ihn brüskiert hat, zieht Thomas sich mit Mary nach Yorkshire zurück. In Pelz gehüllt, schaut sie mich beim Abschied mit ganz verquollenen Augen an, so viele Tränen hat sie vor Enttäuschung wegen der vermeintlichen Schwangerschaft vergossen. Ihr ist nicht wohl dabei, sich von mir zu trennen, allerdings gelten ihre Befürchtungen diesmal mehr der Schwester, die sie zurücklässt, als ihr selbst.

Wir umarmen uns fest in der Januarkälte. «Wirst du auch zurechtkommen?», fragt sie. «Die Lage hier scheint arg prekär, und da Mutter so viel fort ist …»

«Es wird schon alles gut», versichere ich mit falscher Zuversicht. «Aber ich werde dich furchtbar vermissen, Liebes, ich kann gar nicht sagen, wie sehr du mir fehlen wirst. Bitte schreibe mir oft. Jeden Tag!»

Da Mary fort ist, muss ich den Jahrestag von Roberts Tod allein überstehen. Mutter fehlt mir ebenfalls, auch wenn sie nur ein paar Gehminuten entfernt im St. James's

Palace wohnt und oft bei den Claypole-Kindern anzutreffen ist. Es ist dennoch nicht dasselbe, denn nun kann ich nicht mehr abends zu ihr ins Bett schlüpfen und flüsternd meine Sorgen mit ihr teilen. Da Bridget ebenfalls außerhalb des Palastes wohnt und uns von Woche zu Woche seltener besucht, bleiben nur Richard und ich zurück und mühen uns, im Dunkeln den Weg zu finden. Dorothy ist häufig bei uns, doch Dick besteht darauf, dass sie hin und wieder für eine Weile mit den Kindern nach Hampshire zurückkehrt: Er will, dass sie wenigstens zeitweise weiter eine normale Kindheit erleben, wie er sie hatte. Das sagt er oft, und sein Blick schweift dabei von den Papieren, die vor ihm liegen, zum Fenster hinaus. Ohne Doll verfallen Dick und ich in eine seltsame Zweisamkeit, nehmen gleichsam wie ein Ehepaar an den täglichen Ritualen im Palast teil: Gebete, Mahlzeiten, Regierungsgeschäfte, Zerstreuungen. Und während wir uns darin merkwürdig gut ergänzen, drängt sich mir doch der Gedanke auf, wie seltsam es ist, dass ausgerechnet unsere Beziehung den Sturm überdauert hat.

Meine Gedanken sind oft bei Harry, wenn ich allein durch die Korridore des Palastes streife, und wann immer ein Brief von ihm eintrifft, stürze ich mich darauf wie eine Verhungernde auf Nahrung. *Du leistest da gute Arbeit, Fanny,* schreibt er mir. *Dick berichtet, er wüsste nicht, wie er ohne dich auskommen sollte.* Diesen jüngsten Brief überbringt John Russell mir, wieder einmal aus dem Päckchen, das an seine Familie geschickt wurde. Ich empfange ihn beinahe mit Wärme, sofern ich noch welche aufzubringen vermag. Es tut einfach gut, das freundliche Gesicht eines Menschen zu sehen, dem ich trauen kann. Ich nehme ihn mit zur Hütte des Falkners bei den Stallungen und zeige ihm Venus. Sie nimmt Schinkenreste aus meiner Hand an und bewegt dabei ihren Kopf mit dem glänzenden Gefieder ruckartig hin und her.

«Wollt Ihr sie nicht fliegen lassen?», erkundigt sich John Russell nach ein paar Minuten behutsam.

«Nein», antworte ich, ohne den Blick von meinem Vogel zu wenden. «Das habe ich nicht mehr getan, seit Robert starb. Ich kann mich nicht dazu überwinden. Aber sie ist glücklich und wird gut versorgt.» Ich streichle ihr silbriges Gefieder, während sie sich auf meinem Handschuh putzt, und frage mich, ob ich das Gleiche jemals wieder über mich selbst sagen werde.

Als der Frühling zaghaft naht und das Wetter wärmer wird, kehrt eine meiner Schwestern zu mir zurück, wenigstens in gewisser Weise. Master John Michael Wright, der mich voriges Jahr in meiner Trauer porträtierte, hat seine jüngste Auftragsarbeit fertiggestellt: ein posthumes Gemälde von Elizabeth, das er feierlich vor uns enthüllt. Betty ist wirklich gut getroffen, allerdings gibt das Bild nicht ihre Lebhaftigkeit und ihren munteren Geist wieder – vielleicht kann ein Maler dies nur von einem lebendigen Modell einfangen. Doch das Bild ist so viel mehr als nur ein Porträt von Elizabeth, es ist vielmehr eine bildliche Ode auf Vaters Herrschaft. Denn Betty ist als Minerva dargestellt, Tochter des römischen Gottes Jupiter: in leuchtend blaue und rote Seide gewandet, mit ihrer liebsten Perlenkette um den Hals, Vaters Bildnis auf ihrem Brustpanzer, unter dem Ellenbogen ein steinerner Sockel in der muskulösen Gestalt des Gottes, hinter ihr eine Krone und ein Olivenbaum (eine Anspielung auf Vaters Namen, wie Master Wright selbstzufrieden erklärt) und im Hintergrund eine Seeschlacht unter einem düsteren Gewitterhimmel. Der Gesamteindruck ist trauervoll, und ich werfe einen ängstlichen Seitenblick zu John, der neben mir steht und stirnrunzelnd die Leinwand betrachtet.

«Sie ist wunderschön», flüstere ich ihm zu, meinem unguten Gefühl zum Trotz. «Hoheitsvoll, ewig.»

«Fort», fügt er hinzu.

«Und doch hier», erwidere ich, schiebe meine Hand in seine und taste mit der anderen in meiner Tasche nach der Miniatur von Robert.

Charles und Bridget sind nicht dabei, als das Gemälde enthüllt wird, und seit dem Streit um Johns Schulden wegen der Arzneien für die arme Betty haben sie auch nicht mehr mit uns gespeist. Ich sehe Charles häufig auf dem Weg zu oder von den Sitzungen des Staatsrats, doch jedes Mal meidet er das Gespräch mit mir und behält seine Gedanken für sich. Die Ratssitzungen selbst sind angespannt, und wenn Dick spät am Abend davon zurückkehrt, wirkt er ernüchtert und müde und beklagt sich bei mir, er fühle sich in der Zwickmühle zwischen dem Parlament und der Armee, die anscheinend wieder in ihre altgewohnten Streitigkeiten zurückgefallen sind; Kämpfe, die Vater jahrelang geführt hat, die für Richard jedoch neu sind.

Es überrascht mich deshalb kaum, als Master Thurloe sich beim Essen in der großen Halle neben mich setzt und sich dicht zu mir herüberbeugt. Den angebotenen Wein lehnt er mit einer Handbewegung ab.

«Die Zeit ist gekommen, Hoheit, da ich Euch um Hilfe bitten muss», sagt er mit leiser, melodischer Stimme.

«Geht es um Charles?», frage ich, ohne ihn anzuschauen.

«Meine Informanten unter den Soldaten berichten, dass die Armee sich anschickt, gegen Euren Bruder vorzugehen.»

Ich schnappe unwillkürlich nach Luft, überspiele mein Erschrecken jedoch sogleich und lächle Onkel Desborough zu, der mir gegenübersitzt und finster dreinschaut. Ich nehme mir ein mit Zucker bestäubtes Konfekt.

«Das sind Narren», erklärt Thurloe. «Kurzsichtige Idealisten, die bare Münze im Beutel für den Traum von einem Vermögen aufs Spiel setzen; sie schneiden sich ins eigene Fleisch. Sie sehen nicht, was ich sehe.»

Ich weiß, Thurloe bezieht sich nicht auf seinen Ausblick von der hohen Tafel in der großen Halle zu Whitehall, sondern auf seine Position im Mittelpunkt des ausgeklügeltsten Spionagenetzwerks, das Europa je gesehen hat. Mir kommt das Bild von der Spinne in den Sinn, welche die Fäden ihres Netzes spannt, als ich einen Seitenblick auf meinen schwarz gekleideten Gesprächspartner werfe, der höchst konzentriert ein Stück Brot mit Butter bestreicht. Erst als die Butter völlig glatt und gleichmäßig verteilt ist, legt er das Messer ab und spricht weiter.

«Meine Agenten am Hof im Exil schreiben, der Thronprätendent Charles und seine Berater hofften, dass die Armee genau das tut: dass sie unser Protektorat stürzt …»

«… und damit die Tür für die Rückkehr von Charles Stuart selbst öffnet.»

Er ist so gütig, meine Einsicht mit einem knappen Lächeln zu würdigen. «Ganz recht. Dank Eurem Vater und Bruder hatten wir nun fünf Jahre Frieden und eine stabile Regierung, aber wenn das Regime stürzt, sind die Schleusen wieder offen, und wer weiß, an welchem neuen Felsen England dann zerschellen wird. Wenn die Unruhen und Kämpfe der vergangenen Jahre uns etwas gelehrt haben, dann, wie leicht ein Umbruch einen weiteren nach sich ziehen kann.»

Seine Worte wecken böse Ahnungen in mir, und als ich mich ängstlich im Saal umschaue, sehe ich die lachenden Höflinge in Rauchwolken verschwinden, sehe den angriffslustigen Löwen in Vaters Wappen von den Wänden gerissen, sein Porträt und das von Elizabeth ins Feuer geworfen und ihre Leichen in eine Grube; Richards blonden Kopf auf einem Spieß. Im Geiste höre ich wieder Bulstrode Whitelockes enttäuschte Worte, als Vater die Krone ablehnte: «Es ist weit einfacher, etwas niederzureißen, als etwas aufzubauen.» Die Erinnerung veranlasst mich, nach meinem Freund Ausschau zu halten, und ich sehe Bulstrode am Ende eines langen Tisches sitzen, der schräg zu unserem steht. Er trinkt Wein und schaut dabei zu uns herüber.

Ich wende mich wieder Thurloe zu.

«Was kann ich tun?»

Am nächsten Abend nach dem Essen hülle ich mich in meinen wärmsten Mantel, stehle mich aus dem Palast und gehe die lärmige Straße entlang. Obwohl Bridgets Zuhause Wallingford House nur ein paar hundert Schritte entfernt ist, nehme ich vorsichtshalber Katherine und zwei Wachen aus dem Palast als Begleitung mit; die Straßen von Westminster sind heutzutage kein Ort, an dem Cromwells Tochter zu später Stunde allein unterwegs sein sollte, wenn Soldaten in Grüppchen an Straßenecken herumlungern oder aus Schankstuben kommen. Ein Verwalter lässt mich in das herrschaftliche Gebäude ein und teilt mir mit, Mrs. Fleetwood habe eben die Kinder zu Bett gebracht und halte sich nun im Salon auf. Er führt mich zügig die Treppe hinauf, doch zuvor erhasche ich noch einen Blick auf die zahlreichen Hüte und Mäntel auf dem Tisch in der Eingangshalle.

Zwei Soldaten lehnen in einer düsteren Türnische; ihre Musketen glänzen im Kerzenschein. Wir kommen an einer Tür vorbei, hinter der ich gedämpfte Männerstimmen höre, dann lässt der Verwalter mich in den Salon ein.

Bridget springt auf, als ich eintrete, und ihr verhärmtes Gesicht verrät ihre Überraschung.

«Frances, ich habe gar nicht mit dir gerechnet.»

«Biddy.» Ich gehe auf sie zu und küsse sie herzlich. «Du lässt dich neuerdings nicht mehr bei uns blicken, deshalb dachte ich mir, ich komme einmal zu dir. Ich fand, jetzt sei eine günstige Zeit, da die Kinder im Bett sind. Geht es dir gut?»

«Ja, sehr gut.» Bridget geleitet mich zu einem Sofa und hantiert ein wenig im Raum herum, bis sie eine Schale kandierte Mandeln findet und sie mir anbietet. Ihre Bewegungen sind fahrig, und mir wird klar, dass sie nervös ist; ich glaube, in dieser Verfassung habe ich meine vernünftige große Schwester noch nie erlebt.

Wir unterhalten uns ein wenig über die Kinder. Sie erzählt von den Schwierigkeiten, aus zwei zerbrochenen Familien eine neue zu schmieden – ihr Sohn aus ihrer ersten Ehe mit Henry habe mit Charles' Sohn aus seiner ersten Ehe gestritten –, doch insgeheim lausche ich auf die gedämpften Geräusche, die vom Korridor hereindringen. Offenbar findet im Haus eine heimliche Zusammenkunft statt, und ich brenne darauf zu erfahren, mit wem Charles so spät am Abend zu tun hat. Als die Männerstimmen lauter werden, fasse ich einen spontanen Entschluss – ich weiß, was Thurloe jetzt von mir wollen würde.

«Entschuldige mich kurz, Biddy», falle ich ihr ins Wort, springe auf, haste durch den Raum und öffne abrupt die Tür.

Und da sind sie. Gefurchte Gesichter, die sich scharf im Kerzenschein abzeichnen wie in einem von Meister Rembrandts Bildern, Hände, die an Ärmeln ziehen, Köpfe zur Seite gebeugt, um einem anderen eindringlich ins Ohr zu flüstern: Charles, Onkel Desborough und mehrere andere ranghohe Offiziere der Armee, darunter, hochgewachsen und gebieterisch, das Haar silbern wie Mondschein, Major General John Lambert persönlich.

Sie bieten einen imposanten Anblick. Ich weiche ein wenig zurück und setze ein höfliches Lächeln auf, als wäre alles in schönster Ordnung. «Gentlemen», bringe ich heraus und neige den Kopf, und nach kurzem Zögern verbeugen sie sich vor mir: Lambert als Erster, dann läuft die Bewegung wie eine Welle durch die Gruppe. Ich warte darauf, dass jemand etwas sagt, aber sie verschwinden wortlos die Treppe hinunter. Charles wirft über meinen Kopf hinweg einen besorgten Blick zu Bridget, ehe er die Besucher hinausgeleitet. Mir bleibt keine Zeit, um einen Vorwand zu erfinden, weshalb ich den Raum verlassen wollte – wahrscheinlich wird Charles schon in wenigen Minuten bei uns sein. Ich schließe die Tür wieder.

«Biddy – du musst etwas unternehmen!»

«Wie meinst du das?», fragt sie, lässt sich wieder auf dem Sofa nieder und hält inne, um eine Feder abzuzupfen, die aus dem Kissen neben ihr ragt. Ich kann nicht anders, als ihre Beherrschung zu bewundern; sie ist wieder ganz die kühle ältere Schwester.

«Du musst wegen Charles etwas unternehmen! Ich weiß, du heißt das Protektorat nicht gut – hast es nie gutgeheißen –, aber siehst du nicht die Gefahr in dem, was Charles da tut?»

«Meine liebe Schwester, er ist mein Mann.»

«Herr im Himmel!» Ich kann den Ausruf nicht unterdrücken, und als ich sehe, wie Bridget über meine Blasphemie erschrickt, empfinde ich einen kleinen Triumph. «Das weiß ich. Aber du bist zuallererst eine Cromwell – du bist es Mutter schuldig, Dick, mir, aber vor allem Vater, nicht dazu beizutragen, dass wir in Gefahr geraten und alles, was er erreicht hat, zunichte wird.»

«Aber ich habe zwei Ehemänner, denen ich zur Treue verpflichtet bin, einen toten und einen lebenden. Männer, die mir gezeigt haben, wie die Welt wirklich ist und wie sie sein könnte. Auch mein erster Mann hätte das hier gewollt.»

«Henry?» Ich schaue sie ungläubig an. «Ich war zwar noch ein Kind, als er starb, aber ich weiß, er war Vater treu ergeben wie kein anderer. Glaubst du wirklich, er würde wollen, dass unsere Familie vernichtet wird, selbst wenn es um seiner kostbaren, gottgefälligen Republik willen geschieht? Dass der Frieden und die Stabilität, die wir aufgebaut haben, in die Brüche gehen und dass durch die entstandenen Risse Charles Stuart wieder eindringen kann?»

«Ach, du hast leicht reden!» Bridget ist wieder aufgestanden, geht im Raum auf und ab, und aller Anschein kühler Gleichgültigkeit ist dahin. «Du denkst doch nur daran, eine Prinzessin zu bleiben, unsere Familie an der Macht zu halten. Du hast immer schon die Aufmerksamkeit geliebt, hast dich mit Robert vergnügt, ehe ihr verheiratet wart, vor dem versammelten Hof mit Muscheln im Haar als heidnische Göttin getanzt.»

Ihre Worte durchbohren mich wie Pfeile. Tränen steigen in mir auf, doch diese hindern mich nicht zu sprechen. «Wie kannst du das sagen, nach allem, was ich im letzten Jahr durchgemacht habe? Denkst du, ich würde nicht all meine schönen Kleider, meinen Stand, mein Leben im Palast dafür geben, noch eine einzige Stunde mit Robert erleben zu dürfen? Mit ihm hätte ich selbst in einem Heuschober zusammen sein wollen!»

Bridget besitzt den Anstand, darauf zu schweigen, und ich weiß, sie bereut ihre heftigen Worte. Doch ihr Blut ist in Wallung.

«Mag sein, dass ich ungerecht war, aber was ich meine, ist: Du warst nie so gespalten, so hin und her gerissen zwischen zwei, drei Seiten wie ich! Dein Ehemann in der einen Richtung, deine Familie in der anderen. Vater hat die gottgefällige Sache des Parlaments verraten! Die Sache, die ich so geliebt habe wie den teuersten Menschen. Er hätte niemals zulassen dürfen, dass sie ihn zum Herrscher machen. Kein einzelner Mann sollte herrschen, so tugendhaft er auch sein mag. Charles weiß das und Lambert ebenfalls. Nur seine tiefe Liebe zu Vater bewog ihn, loyal zu bleiben und nicht gegen das zunehmend königsgleiche Protektorat aufzubegehren, wie Lambert es getan hat. Aber nun, da Vater nicht mehr ist …»

«Nun soll Dick das Opferlamm sein?»

Bridget seufzt, ihr Kampfgeist scheint zu schwinden. «Charles ist ein guter Mann, ebenso wie die Soldaten, die er befehligt. Sie wissen, Dick wird sie nicht vor einem Parlament schützen, das sie hasst und ihnen misstraut. Sie haben immer nur für unsere Freiheiten gekämpft, und was wird nun geschehen? Dick und sein Parlament werden die Armee demontieren, jegliche Macht, allen rechtmäßigen Einfluss brechen, den sie sich verdient hat, und die religiösen Freiheiten, für die diese Männer gekämpft haben, zurückstutzen. Wenn es dazu kommt, sind wir nicht besser dran als unter einem Stuartkönig.»

«Das kannst du nicht wirklich meinen!»

«Nein.» Bridget lässt sich auf das Sofa fallen, als wollten ihre Füße ihr Gewicht nicht mehr tragen. «Nein, das meine ich nicht wirklich.»

«Aber das ist die Gefahr!», rede ich auf sie ein, darauf bedacht, meinen Vorteil zu nutzen. Ich gehe vor ihr in die Hocke, die Hände auf ihren Knien, meine Röcke bauschen sich um mich. «Was der exilierte König am meisten fürchtet, ist, dass Richard weiterhin an der Macht bleibt, denn ihm ist klar, dass dies die stabilste Regierungsform ist, die wir ohne ihn gefunden haben. Wenn die Armee Dick stürzt und die Republik wiederherstellt, öffnet sie die Tür für alle Streitigkeiten, die wir schon früher durchgemacht haben, und Royalisten und Republikaner werden durcheinanderschreien, bis niemand mehr sein eigenes Wort versteht. Charles wird den Weg für die Rückkehr des Königs ebnen, und niemals in unserer ganzen Geschichte hätte es ein solch herausragendes Beispiel für unbeabsichtigte Folgen gegeben. Wenn Charles seine Pläne weiterverfolgt, enden wir noch alle am Galgen, er selbst als Erster! Bitte, Biddy, ich flehe dich an. Tu es für mich.»

Sie nimmt meine Hände in ihre, und ich fühle ihre Kniescheiben durch die steife Seide ihres dunkelgrünen Rocks. Wir schauen uns lange an, ein Paar Cromwell-Augen blickt in das andere, bis sie schließlich das Schweigen bricht.

«Also gut, ich werde mit Charles reden, ihn vor den Gefahren warnen. Aber ich kann nichts versprechen, Fanny – die Dinge werden ihren Lauf nehmen, wie es Gottes Wille ist.»

Ich kehre in den Palast zurück und suche sogleich Thurloe in seinen Räumen auf. Wieder scheucht er die Schreiber hinaus, und ich nehme auf dem bequemen Lehnstuhl Platz – ich fühle mich um ein Jahrzehnt älter und trauriger als bei meinem letzten Besuch hier. Ich erzähle ihm alles, während er, steif auf seinem unbequemen Stuhl sitzend, ernst nickt und in sein Glas mit Likör starrt, als käme mein Bericht für ihn nicht sonderlich überraschend. Plötzlich frage ich mich, ob er einen Spion in Charles' Haus hat. Doch als ich Lambert erwähne, sieht er zu mir auf.

«Lambert war dort?»

«Ja.»

Er senkt den Blick wieder in sein Glas, und so sitzen wir eine Weile gedankenverloren, bis Thurloe sich plötzlich darauf zu besinnen scheint, dass ich noch da bin. «Danke, Euer Hoheit, ich bin Euch wirklich sehr verbunden.» Er erhebt sich, und mir wird klar, dass er mich hinauskomplimentieren will; es ist schon fast Mitternacht, und wir sind beide müde.

An der Tür halte ich inne und drehe mich noch einmal zu ihm um. «Könnt Ihr sie aufhalten?», frage ich. Die Vorstellung, was geschehen wird, wenn es ihm nicht gelingt, kriecht durch meine Adern und breitet sich eisig in mir aus.

Thurloe öffnet seine gefalteten Hände in einer Geste, die ich nicht zu deuten vermag – sie könnte besagen, die Situation sei hoffnungslos, ebenso könnte sie aber auch heißen, er habe alles unter Kontrolle.

«Ich werde mein Bestes tun, Lady Frances. Doch möglicherweise wird das nicht genügen.»

Es genügt nicht.

Ich erkenne, dass etwas nicht stimmt, als ein erhitzter Diener mir eine hastig geschriebene Nachricht von Mutter bringt, Soldaten versammelten sich in großen Scharen um den St. James's Palace. Daraufhin lasse ich mein aufgeschlagenes Buch auf das Sofa fallen, eile über die private Galerie hinüber zu Richards Räumen und finde ihn im inneren Audienzzimmer vor, wo er auf und ab geht. Thurloe, Bulstrode Whitelocke, Lord Broghill und noch einige seiner engsten Berater stehen in Grüppchen tuschelnd beisammen. Ich werfe einen Blick auf sie, durchquere rasch den Raum und schließe mich Richard an. Mein Hündchen trottet nebenher.

«Dick, was ist geschehen? Mutter hat eine Nachricht geschickt, dass die Armee sich vor ihren Fenstern versammelt.»

Er antwortet nicht gleich, sondern schüttelt nur den Kopf und geht weiter, die Hände fest hinter dem Rücken verschränkt. Während ich mit ihm Schritt halte, bemerke ich, dass er auf dem linken Bein ein wenig hinkt, und ich frage mich beiläufig, ob der Knochen, den er sich kurz vor meiner Hochzeit gebrochen hat, vielleicht nicht ganz gerade gerichtet wurde. Ich erinnere mich, wie sorglos Dick an meinem Hochzeitstag erschien – das Bein auf einem Stuhl hochgelagert, ein Glas in der Hand, lachend, und wie er uns die Kiste Wein von den Kanaren schenkte. Die Erinnerung stößt etwas in mir an, mir kommen Gedanken an das Leben, in dem Robert und ich uns gemeinsam einrichten wollten und das nun verloren ist: Was ist eigentlich aus der Kiste Wein und unseren anderen Hochzeitsgeschenken geworden? Wann soll ich nun jemals die riesigen silbernen Kerzenleuchter benutzen, die Elizabeth und John uns geschenkt haben? Und Betty – ich schlucke den Kloß in meinem Hals hinunter.

Jetzt bricht Richard das Schweigen.

«Es ist vorbei.» Ein kurzes Lachen entfährt ihm, ein fremder, unnatürlicher Laut, so anders als sein vertrautes Lachen, dass ich mich mit einem Blick vergewissern muss, ob es wirklich von ihm kommt. «Und wie sind wir an diesen Punkt gekommen, fragst du? Ich werde meine Schritte für dich noch einmal nachvollziehen, Fanny. Du weißt ja, als Geste meines guten Glaubens habe ich eingewilligt, dass Charles die führenden Offiziere der Armee versammelte. Thurloe hat mir berichtet, dass die Unruhestifter zu einem konspirativen Treffen in Wallingford House zusammenkamen, und ich hielt es für besser, wenn die Dinge in aller Offenheit geschähen. Ich habe mich mit ihnen getroffen, einen Friedensschluss zwischen ihnen und dem Parlament vermittelt – die Offiziere wollten einwilligen, sich nur noch mit meiner Zustimmung und der des Parlaments zu versammeln, und das Parlament wollte im Gegenzug den Soldaten ihren ausstehenden Sold auszahlen und gegen die hartnäckigen Royalisten vorgehen. Nun, so viel dazu: Die Lords im ‹anderen Haus› – darunter auch Charles und Onkel Desborough – erachteten es für passend, die Beschlüsse der Commons abzulehnen …»

Wir haben nun das Ende des Raumes erreicht, und Richard macht kehrt. Alle Anwesenden folgen uns mit ihren Blicken. Dick spricht weiter, als nähme er sie nicht wahr.

«Und so befahl ich auf Empfehlung meines Staatsrats den Armeeoffizieren, ihre Versammlung aufzulösen. Anfangs willigten sie ein und gelobten mir von Angesicht zu Angesicht die Treue. Doch nun verfolgen die Commons ihre Pläne zur Umstrukturierung der Armee weiter, manche Parlamentarier sprechen sogar davon, sie wieder ihrer eigenen Kontrolle zu unterstellen, und … nun, das ist das Ende. Und hier kommt Onkel Desborough, um mir ebendas mitzuteilen.»

Ich fahre erschrocken herum und sehe unseren Onkel quer durch den Raum auf uns zusteuern wie ein Schlachtschiff, vorbei an Thurloe und den übrigen Ratsmitgliedern. «Richard», sagt er mit einem warnenden Unterton in seiner schroffen Stimme, und auch wenn er zur Familie gehört, bin ich doch bestürzt, dass er den Lord Protector beim Vornamen anredet. Dick weist ihn nicht dafür zurecht, in meinen Augen das deutlichste Zeichen dafür, dass er seine Autorität bereits verloren hat.

«Onkel», erwidert Dick kühl.

Er wird mit Würde untergehen, und ich bewundere ihn dafür. Ich trete näher an meinen Bruder heran, um meine Unterstützung zu signalisieren, und nicke grüßend, doch Desborough ignoriert mich wie immer. Aus dem Augenwinkel nehme ich wahr, dass Richards Berater sich verstohlen nähern, um nun, da es so weit ist, den letzten Wortwechsel mit anzuhören.

«Major General Fleetwood ist nicht bei Euch?», erkundigt Richard sich, wobei er im Gegensatz zu unserem Onkel die frostige, betont förmliche Nennung des vollen Titels wählt. «Ich habe ihn in den Palast bestellt, doch er ist noch immer nicht hier.»

Onkel Desborough verschränkt die Hände hinter dem Rücken, als wollte er verhindern, dass sie ein Eigenleben entwickeln. «Werdet Ihr einwilligen, das Parlament aufzulösen», fragt er ohne Umschweife, «und Euch der Armee anvertrauen? Wir hegen nicht den Wunsch, Euch von Eurem Thron zu zerren, aber Ihr müsst Euch entschließen, uns in diesem Kampf zu unterstützen.»

«Und wenn ich nicht einwillige?»

Ich beobachte die beiden hilflos, das Herz schlägt mir bis zum Hals.

«Dann ist alles vorbei. Charles lässt eben jetzt die Regimenter am St. James's Palace aufmarschieren. Ihr könnt die

Männer hierher beordern, aber sie werden nicht kommen. Sie werden sich für Charles entscheiden.»

Dick beißt sich auf die Lippe und senkt den Blick auf den Teppich.

Ich muss etwas tun, irgendetwas, um zu helfen.

«Würdet Ihr Seiner Hoheit ein paar Augenblicke gewähren, Onkel, damit er sich mit seinen Beratern besprechen kann?» Ich bringe die Frage in ruhigem Ton heraus, ohne mich zu verhaspeln.

Daraufhin schaut Desborough mich an, und seine Augen bohren sich in meine, wie ein Musketier seines Regiments sein Ziel fixieren würde. Doch er würdigt mich noch immer keines Wortes, sondern verbeugt sich kurz und knapp und stapft zur anderen Seite des Raumes, wo er mit dem Rücken zu uns an einem Fenster Aufstellung nimmt wie ein Wachposten.

«Was nun?», frage ich, und mein Herz rast.

Als sie Desboroughs Abgang sehen, scharen Thurloe, Bulstrode Whitelocke und Lord Broghill sich um uns, und Nathaniel Fiennes und Charles Wolseley kommen hastig dazu, die jugendlichen Gesichter ungewöhnlich verbissen.

«Gentlemen?» Richard wendet sich mit gesenkter Stimme an sie. «Ihr seid meine Berater. Meine Schwester fragt: Was nun?»

«Ich fürchte, Ihr müsst das Parlament auflösen, Hoheit», sagt Thurloe bedächtig mit einem raschen Blick zu Broghill, der zustimmend nickt. «Wir dürfen nicht zulassen, dass Bürgerunruhen aufkommen, dass die Armee sich zur Rebellion erhebt. Mit den Offizieren zu verhandeln wird uns ein wenig Zeit erkaufen – sie lieben Euch mehr als viele im Parlament, die insgeheim wünschen, dass der König zurückkommt.»

Seine Antwort überrascht mich, und ich mische mich unwillkürlich in die Debatte ein, wie die alte – vielmehr die junge – Frances es niemals getan hätte: «Aber es muss doch gewiss der Zeitpunkt kommen, da wir gegen die Macht der Armee Position beziehen?» Ich schaue den Männern nacheinander ins Gesicht. «Vater wusste, dass es nötig war, doch er konnte sich nie dazu überwinden, da sie gemeinsam so viel durchgemacht hatten. Du hingegen, Richard, brauchst keine solchen Skrupel zu empfinden. Du schuldest ihnen keine persönliche Loyalität, wie Vater es tat. Du hast eine Mehrheit im Parlament; sie werden dich darin unterstützen, die Armee in die Schranken zu weisen.»

Es entsteht eine Pause, und ich fürchte schon, zu weit gegangen zu sein.

«Ich stimme Ihrer Hoheit zu», sagt Bulstrode Whitelocke endlich, seine schwarzen Augen wandern von meinen zu denen meines Bruders, und ich lächle ihn mit der Dankbarkeit einer jungen Frau an. «Wenn Ihr jetzt nachgebt, seid Ihr verloren. Dann seid Ihr fortan nichts mehr als die Marionette der Armee. Das Parlament ist Euer einziges Bollwerk gegen die Macht der Offiziere. Eure größte Hoffnung liegt darin, das Parlament zu erhalten.»

Richard entfernt sich daraufhin von uns und geht zum Kamin, wo er minutenlang mit gesenktem Kopf in die Flammen starrt, wie Vater es zu tun pflegte. Ich nähere mich leise, um seine Antwort besser hören zu können, denn ich weiß, er wird sich nicht umdrehen.

«Charles und mein Onkel gehören zur Familie», sagt er schließlich. «Ich kann vernünftig mit ihnen reden. Außerdem haben sie mir mitgeteilt, wenn ich das Parlament nicht auflöse, werde die Armee es mit Gewalt tun, wie schon anno '48 und '53. Wenn das geschieht, steht das Land unter Militärherrschaft, und wir müssen zusehen, was aus uns wird. Ich muss es tun, ich habe keine Wahl.»

Meine Gedanken fliegen zu der Familie, die ich zurückgelassen habe: zu Mutter und den Claypoles in ihrem Haus in Whitehall, zu Bridget, die darauf wartet, dass Charles von seinen Truppen zurückkehrt, zu Mary, Hunderte Meilen entfernt, tief in einer royalistischen Grafschaft und in einer Familie von Verrätern, und zu Harry, der auf seinem Posten in Irland entsetzlich angreifbar ist. Werden wir das, was bevorsteht, alle überleben?

Doch das letzte Wort gebührt Richard, und so stehen wir schweigend da und sehen zu, wie ein brennendes Scheit auseinanderbricht und glühend in die Asche fällt.

Von da an rinnt uns die Macht durch die Finger wie Wasser. In den folgenden Tagen teilt niemand mir offiziell mit, dass das Protektorat des Hauses Cromwell soeben abgeschafft wird, dass Richard gestürzt wird, auch wenn Onkel Desborough versprochen hat, dies zu verhindern. Dass unsere Zeit als erste Familie der Nation zu Ende geht. Es gibt keine Aufstände, keine Schlachten, keine Verhaftungen, Schauprozesse oder Hinrichtungen wie in der brutalen Zeit unserer Vorgänger, der Tudors. Wir werden nicht durch das Verrätertor in den Tower gebracht, nicht einmal aus dem Palast vertrieben, und unsere vornehmen Kleider werden uns nicht vom Leib gerissen. Tatsächlich sieht mein Alltag fast so aus wie immer: Ich kleide mich an, wasche mich und schlafe in denselben Räumen zu Whitehall, werde von Dienerschaft und Höflingen mit der gleichen Ehrerbietung angeredet, sitze an der Tafel zur Linken Richards.

Wäre da nicht die Unruhe meines noch immer namenlosen Hündchens, dann hätte ich kaum wahrgenommen, dass unser Status sich grundlegend verändert hat. Doch das Tier folgt mir auf Schritt und Tritt, und sein ständiges Gekläff fällt mir so auf die Nerven, dass ich eines Morgens beschließe, mit ihm einen Spaziergang im St. James's Park zu machen. Ich überrede Dick – dieser Tage ganz aufgewühlt und blass, ohne eine Spur seines robusten Humors –, mich zu begleiten. Aber wir kommen nur bis zur Treppe beim Chairhouse, wo ein Pulk Soldaten uns den Weg versperrt. Ich schaue mich nach unseren eigenen Leuten um, der Leibgarde des Protektorats in Vaters grau-schwarzer Livree – sie sind nirgends zu sehen. Richard bringt die Energie auf, die Soldaten energisch zu fragen, was das soll, doch sie zucken nur die Achseln und kreuzen ihre Hellebarden. «Befehle, Euer Hoheit», sagt der Sergeant mürrisch. «Ich fürchte, Ihr dürft den Palast nicht verlassen.»

«Und meine Schwester?»

Wiederum Schulterzucken.

«Nun stehen wir also unter Hausarrest», stellt Richard fest, fasst mich am Arm und führt mich zurück über die private Galerie. Das Hündchen streicht uns um die Beine. «Soweit ich weiß, bin ich nach wie vor Lord Protector, und doch kann ich nicht in meinen eigenen Gärten spazieren gehen. Was würde mein Vater dazu sagen?»

Ich bin erschüttert und plötzlich zutiefst verängstigt. Ich schaue Richard an, suche nach Ermutigung, doch ich sehe einen gebrochenen Mann an meiner Seite, und mein heftig pochendes Herz leidet um seinetwillen. Was immer uns widerfahren mag, ich weiß, Dick wird Vaters eingebildete Enttäuschung für den Rest seines Lebens auf den Schultern tragen wie ein Pilger sein Bündel.

Nun, da Dick den Palast nicht mehr verlassen kann, sind seine Einflussmöglichkeiten beschränkter denn je. Er verwendet seine Zeit darauf, fieberhaft zu schreiben, und wann immer er gerade nicht streng von Soldaten bewacht wird, versucht er diese Briefe zu seinen Stellvertretern und Offizieren außerhalb des Hofes hinauszuschmuggeln – zu den Männern, die Edward Montagu einst voller Zuversicht *die besten Männer* nannte, welche *über die äußersten Grenzen des Reiches wachen*. Er schreibt auch an Montagu selbst, der von seinem Flaggschiff *Naseby* im Baltischen Meer aus für den Frieden des Protektors vermittelt und noch nicht weiß, was in der Heimat vor sich geht. An Harry in Irland, an General Monck, der die Armee in Schottland befehligt, wenn er nicht gerade Falken für John Lambert beschafft, und an den Mann unserer Cousine Robina, General at Sea William Lockhart, der in Paris über Marys Heirat verhandelt hat und nun unsere Armee in Dünkirchen befehligt.

Dick zeigt mir die Briefe: Er formuliert vorsichtig, verschlüsselt und in Andeutungen, denn wir wissen nicht, wer seine Worte lesen wird. Thurloe setzt seine besten und diskretesten Kuriere ein, um die Botschaften an den Soldaten vorbeizuschmuggeln. Dennoch vergehen viele Tage, ohne dass eine Antwort eintrifft, außer von Monck, der erklärt, er werde nicht für Richard intervenieren. Ich weiß nicht recht, was ich empfinden soll, da Harry schweigt: Verzweiflung, weil es bedeuten könnte, dass der mächtigste Cromwell, der noch im Spiel ist, nichts für uns tun kann; oder Erleichterung, da es vielleicht heißt, dass mein geliebter Bruder nicht sein kostbares Leben für unsere nunmehr verlorene Sache riskieren wird.

Während Dick schreibt und wartet, bringen die obersten Offiziere London vollständig unter ihre Kontrolle. Sie diskutieren mit den führenden republikanischen Parlamentsmitgliedern und beschließen binnen Tagen, das «Long Parliament» zurückzuholen – jene Versammlung, die im Bürgerkrieg kämpfte, deren «Rumpf» den König zum Tode verurteilte und weiter tagte, bis Vater sie anno '53 auflöste. Die Abgeordneten, die in Richards Parlament gewählt wurden, werden wieder abgewählt und durch jene ersetzt, die vor ihnen gewählt waren. Allerdings achtet die Armee darauf, nur diejenigen Parlamentsmitglieder zuzulassen, die '49 nach der Hinrichtung des Königs geschworen haben, das Commonwealth zu erhalten. Diejenigen, die vor dem Prozess des Königs im Zuge von Colonel Prides «Säuberung» entfernt wurden, sind ausgeschlossen.

Dies ist der erste Schritt hin zu Richards Absetzung, und Thurloe überbringt uns die Nachricht mit langem Gesicht. Von da an überschlagen sich die Ereignisse, ohne dass wir Einfluss darauf nehmen könnten. Die Provinzen überhäufen London mit Petitionen, in denen sie die Abschaffung des Protektorats und die Rückkehr zum Commonwealth fordern, und die führenden Offiziere entscheiden sich in einer Abstimmung dafür. Rasch stellen sie eine Übergangsregierung für die Zeit zusammen, bis ein neuer Staatsrat eingesetzt ist: ein Committee of Safety, ein Sicherheitskomitee, dessen bloßer Name ein Rückfall in die Zeit des Bürgerkriegs ist und das Klima der Angst schürt. Charles zählt natürlich zu den Mitgliedern, und ein paar Tage später werden auch Onkel Desborough und Lambert mit auf die Liste gesetzt.

Als zwei Wochen später der Staatsrat eingerichtet wird, erfahre ich zu meiner Überraschung, dass Bulstrode Whitelocke in seine Reihen berufen wurde, und ich sinniere über die bemerkenswerte Fähigkeit meines Freundes, den Kopf über Wasser zu halten, gleich welche Flut uns auch umspülen mag.

«Die Regierungsgeschäfte müssen weitergehen», erklärt er mir und besitzt den Anstand, dabei wenigstens etwas betreten dreinzuschauen. «Dies mag keine legitime Regierung sein, *de jure*, wenn man so will; es ist aber dennoch die Regierung, die wir haben, mit anderen Worten, *de facto*. Da ist es besser, wenn ich dabei bin, um mit dafür zu sorgen, dass die Rechtsstaatlichkeit gewahrt bleibt.»

Ich glaube zu verstehen, was er meint. Irgendeine Form der Regierung muss immer bestehen bleiben, sonst würde der Mensch in Master Hobbes' Naturzustand des Krieges zurückfallen, und das Leben wäre hässlich, roh und kurz. Die Welt jenseits der Küsten Englands kann natürlich nicht warten, bis das langwierige Ringen hier ein Ende hat; eine seltsame Erkenntnis, die mir kommt, als ich höre, zwischen Frankreich und Spanien sei ein Waffenstillstand verkündet und in Den Haag sei ein Vertrag unterzeichnet worden, nach dem wir in Friedensverhandlungen zwischen Dänemark und Schweden vermitteln sollen. Auch wenn die Familie Cromwell gerade aus dem öffentlichen Leben getilgt wird, lebt Vaters Außenpolitik weiter.

Doch kaum dass eine Nachricht mich ermutigt, da beunruhigt mich sogleich eine andere. Die Befehle, die der neue Staatsrat in seinen ersten Sitzungstagen ausgibt, sind zurückhaltend im Ton, aber von John erfahre ich, dass das jüngst zurückgeholte Rumpfparlament tobt und wütet: Die Parlamentsmitglieder zerschlagen Richards Protektoratssiegel und entfernen das Wappen des Protektors aus Gebäuden, ganz so, wie ich es mir ausmalte, als Thurloe und ich vor ein paar Wochen gemeinsam zu Tisch saßen. Ich schaudere, als die Bilder wieder vor meinen Augen erstehen, und auf der Suche nach Ermutigung schaue ich John an, der in der Tür zu meinem Zimmer lehnt.

Doch er hat mir nichts zu bieten als das traurige Lächeln eines Witwers. «Jetzt können wir nichts weiter tun, als abzuwarten, was aus uns wird. Gib gut auf dich acht, Fanny, ich muss zurück zu den Kindern.»

Ich schließe die Tür, dann breche ich in wütende Tränen aus, hämmere mit den Fäusten gegen das Eichenholz. Nun bin ich wieder ein hilfloser Bauer auf dem Schachbrett der Politik – eine bittere, giftige Pille nach allen Anstrengungen, die ich unternommen habe, um meine Zukunft selbst zu gestalten. Ich denke an jene Zukunft, die mir in so leuchtenden Farben vor Augen stand, und daran, was nun als düsterer, erstickender Nebel vor mir wölkt.

Auch wenn die Lage hoffnungslos scheint, weiß ich doch, dass Thurloe und Richards andere enge Berater weiter Pläne schmieden. Sie spielen die restlichen Karten aus, solange Dick formal noch im Amt ist, solange noch Zeit ist. Eines späten Abends sehe ich den französischen Botschafter, Monsieur Bordeaux, in Thurloes Zimmer schlüpfen, als ich eben selbst dorthin unterwegs bin. Ich warte vor der Tür, suche verzweifelt nach einem Vorwand, hineinzugehen, doch dann kehre ich stattdessen in mein Zimmer zurück und begnüge mich mit Wunschdenken: Wollte der Botschafter eben die Unterstützung seines Herrn Kardinal Mazarin anbieten? Könnten unsere französischen Verbündeten Richard im Amt halten? Aber so innig ich auch wünsche, er möge Lord Protector bleiben und die Sicherheit meiner Familie möge damit garantiert sein, so wenig kann ich mich doch mit dem Gedanken anfreunden, unsere Macht mit der Unterstützung ausländischer Truppen zu sichern. Wenn Richard das täte, wäre er dann nicht ebenso schlimm wie der

Tyrannenkönig Charles, als er sich ganz zu Beginn unserer jüngsten Kriege an die Iren um Hilfe wandte?

Außerdem glaube ich nicht, dass Dick einen Kampf durchstehen könnte. Auch wenn er seine Würde bewahrt und meist freundlich bleibt, ist er doch mit jedem Tag etwas ausgelaugter, etwas trauriger und abgeklärter, sein Herz schwerer und sein Schritt mühsamer. Er stellt sich dem, was kommt, nicht entgegen, fällt jedoch unter dem Beschuss durch seine einstigen Freunde auch nicht eingeschüchtert in sich zusammen. Seine Enttäuschung und das Meer der Trauer in seinem Inneren zeigt er nur vor Dorothy, Thurloe und mir. Vor allen anderen ist er gelassen und beherrscht: Er stellt Fragen, er verhandelt, er akzeptiert. Und als sie schließlich an ihn herantreten und seinen Rücktritt fordern, antwortet Dick seinen Offizieren und seinen Untertanen ruhig und höflich und erreicht am Ende doch wenigstens eine gewisse Einigung: Er wird als Lord Protector abdanken und künftig nicht mehr an der Regierung beteiligt sein, doch im Gegenzug wird er großzügig behandelt. Seine offiziellen Schulden – die sich, wie er mir nervös mitteilt, inzwischen auf rund neunundzwanzigtausend Pfund belaufen – werden beglichen, die Kosten für seinen Rückzug übernommen, er bekommt ein Haus in London und eine jährliche Leibrente. Er wird wieder ein privater Gentleman sein, mit zweiunddreißig Jahren in den Ruhestand und die Bedeutungslosigkeit entlassen, und mit ihm sollen Vaters Erbe und der Name Cromwell in der Versenkung verschwinden.

Und was ist mit mir? Was werde ich? Wofür soll ich künftig leben?

Niemand sagt es mir.

Da ich keine Anweisungen erhalte, bleibe ich einfach mit Richard im Palast und warte darauf, dass die Diener kommen und unsere Sachen für den Umzug packen. Während wir warten, wird unser Leben um uns herum demontiert. Tischler klettern auf Gerüsten herum, um unser Wappen von den Gebäuden zu entfernen, Holzspäne und Staub regnen herab, als sie an den Symbolen meiner Familie sägen. Unsere Banner werden von den Deckenbalken in der großen Halle heruntergeholt, von Dienern ordentlich zusammengefaltet und fortgebracht. Ich habe keine Ahnung, wohin.

John und die Kinder ziehen sich in die relative Sicherheit seines Landhauses zu Northborough zurück, und Mutter schreibt mir, dass sie mit ihnen geht – damit ist ihre Verwandlung zur Stellvertreterin ihrer toten Tochter, von Cromwell zu Claypole, vollkommen. Richard hat indessen Dorothy und die Kinder bereits auf ihren Landsitz in Hampshire vorausgeschickt. Mary und Thomas sind in Yorkshire geblieben, und sie beschwört mich in ihren Briefen, zu ihnen zu ziehen. Harry schickt ebenfalls Nachricht, er hat sein Amt als Lord Lieutenant of Ireland niedergelegt und kehrt endlich zurück, er geht zu seinen Schwiegereltern nach Chippenham bei Cambridge. Damit ist für Richard jede noch so vage Hoffnung, sein jüngerer Bruder werde für ihn eine Rebellion anzetteln, dahin, zerquetscht zwischen den ordentlichen Falten von Harrys Brief.

Auch diesmal überbringt Harrys Schwager John Russell die Nachricht, und in fast wortloser Übereinkunft zieht es uns zur Falkenhütte, um Venus zu besuchen. Diesmal bringe ich nicht einmal die Energie auf, Katherine in die Küche zu schicken, um Fleischreste zu holen, aber John zieht einen kleinen Beutel mit rohem Hackfleisch aus der Tasche und hält ihn mir geöffnet hin, damit ich Venus füttern kann.

Ich lächle ihm dankbar zu. Es fühlt sich an, als bekäme mein Gesicht von der Anstrengung Risse.

«Werdet Ihr auch zurechtkommen, meine Dame?», erkundigt er sich sanft, und ich erinnere mich, wie Mary mich dasselbe fragte, als wir zuletzt voneinander Abschied nahmen. «Was wird bei alldem aus Euch?»

Seit Monaten hat niemand an mich gedacht, und ich weiß kaum, was ich auf solche Freundlichkeit erwidern soll, da ich selbst keine aufbringen kann.

«Ich weiß es nicht», antworte ich und lege geistesabwesend den Kopf schief wie Venus, die mich mit glühenden Marmoraugen anschaut. «Ich habe hier im Palast als Tochter gelebt, als Ehefrau und nun als Schwester. Welchen anderen Ort könnte ich mein Zuhause nennen?»

«Lady Frances.» John Russell neigt besorgt den Kopf, tritt ein wenig näher an mich heran und spricht mit leiser Stimme. «Ihr wisst, dass Eure Familie mir ebenso am Herzen liegt wie meine eigene. Wir sind verschwägert. Ihr seid jederzeit herzlich eingeladen, bei uns zu leben, erst recht, da doch nun Euer Bruder und meine Schwester aus Irland zurückkehren. Könnten wir nicht in Chippenham wieder fröhlich sein?»

«Fröhlich», wiederhole ich verwirrt, als würde ich das Wort nicht kennen. «Das kann ich mir nicht vorstellen. Ich sehe überhaupt keine Zukunft.»

Er zuckt leicht zusammen, als hätte ich ihn gescholten, und ich weiß, ich klinge gereizt und bitter. Doch es kümmert mich kaum. Die junge Frances hätte einen guten Eindruck machen wollen, erst recht auf einen unverheirateten jungen Mann wie John Russell, einen Mann, mit dem ich entfernt verschwägert bin und der nur freundlich sein will. Doch mir liegt nichts daran. Nun wende ich mich ihm zu und schaue ihn an, seine blassblauen Augen und seine besorgte Miene, die Bewegung der Schultern unter seinem schlecht sitzenden braunen Wams, und ich sehe nichts.

Er scheint meine Stimmung zu spüren, und ich denke, er wird nicht weiterreden, doch dann sagt er sanft: «Ihr werdet eine Zukunft haben, Lady Frances, das verspreche ich Euch.»

Ich beobachte Venus, wie sie den Kopf schüttelt und freudig das Gefieder plustert, fühle ihr Gewicht auf meiner Faust. Es sind gütige Worte, doch für mich klingen sie hohl, ohne Bedeutung.

Endlich kommen die Diener, um Richards Sachen zu packen, und er schickt ein paar von ihnen in meine Räume, damit sie Katherine helfen, die schon meine Kleider bereitlegt. Sie weint dabei, denn sie selbst wird mit ihrem Mann, Kaplan White, in Whitehall bleiben, wenigstens vorerst. Ohne sie an meiner Seite und unwillig, allein eine Reise zu unternehmen, habe ich beschlossen, Dick in sein Haus in Hampshire zu begleiten und zu seiner Unterstützung dort zu bleiben, zumindest für eine Weile. Wie es danach weitergehen soll, weiß ich nicht.

Unsere Abreise ist für morgen geplant, und da sonst niemand aus unserer Familie mehr da ist, kommt Bridget, um uns Lebewohl zu sagen. Wir sitzen gerade bei einem trübsinnigen Frühstück, als sie zu uns hereingeführt wird. In den ersten Momenten schauen wir drei verbliebenen Geschwister uns nur an, dann kommt Bridget näher und lässt sich von einem Diener einen Stuhl zurechtrücken. Ich werfe einen Blick zu Richard, doch seine Miene ist verhärtet, und er hält sein Mundtuch krampfhaft in den Fäusten.

«Dick», setzt sie an und neigt sich ihm zu, aber Richard schneidet ihr sogleich das Wort ab.

«Nein. Ich kann nicht ...» Er steht von seinem Stuhl auf, wirft das Mundtuch auf den Tisch und verlässt mit langen Schritten den Raum.

Bridget sinkt in sich zusammen und schaut mich an, ihr Gesichtsausdruck eine seltsame Mischung aus Trauer und Selbstgerechtigkeit.

«Kannst du es ihm verübeln?» Ich starre sie an, sehne mich nach der tröstlichen Umarmung einer Schwester, auch wenn ich sie in diesem Moment hasse. Würde doch nur Mary an ihrer Stelle hier sitzen oder Betty. «Er ist verbittert. Über Charles mehr als über alle anderen.»

Bridget schüttelt den Kopf und schaut mich mit Vaters unverwandtem Blick an. «Ich bin gekommen, um ihm zu sagen, dass Charles seinen Sturz nicht wollte. Er und Onkel Desborough haben darum gekämpft, Richard als Protektor mit beschränkten Befugnissen im Amt zu halten, doch die radikaleren Offiziere wollten nichts davon wissen, und die beiden wurden überstimmt.»

Nun ist es an mir, den Kopf zu schütteln. «Du kannst nicht ungeschehen machen, was Charles Dick angetan hat, was er uns allen angetan hat.»

«Fanny ...»

«Unser Leben ist zu Ende. Und wofür? Kannst du mir versichern, dass diese neue Republik von Dauer sein wird? Kannst du mir versprechen, dass die Armee und das Rumpfparlament einträchtig zusammenarbeiten werden, wie es ihnen nie zuvor gelungen ist?» Ich lache, denke voller Bitterkeit an Charles und wie er Hunderte Male mit uns an diesem Tisch gesessen hat. «Charles hat erreicht, was er wollte – er ist jetzt Commander in Chief, Oberbefehlshaber der Armee, nicht wahr? Er hat gewonnen. Aber das Rumpfparlament sagt, er ist dem Parlament Rechenschaft schuldig, und Lambert sagt, das kommt nicht in Frage. Und schon geht es wieder los …»

«Es wird gelingen», sagt Bridget, nun wieder mit dem gewohnten kämpferischen Ton, nachdem sie für kurze Augenblicke bittend klang. «Es muss.» Ihre Wangen glühen jetzt, ich weiß allerdings nicht, ob vor Scham oder Entschlossenheit.

Ich will nichts weiter hören. Ich stehe auf und schicke mich an, Dick nach draußen zu folgen, doch eine letzte spitze Bemerkung kann ich mir nicht verkneifen: «Es wird nicht von Dauer sein, Biddy. Der Prätendent wird zurückkehren, und dann helfe euch Gott, dir und Charles. Dann helfe Gott uns allen. Ihr habt alles zunichtegemacht – für uns und für England. Alles, wofür Vater gekämpft hat, all unsere Hoffnungen und Träume werden in Zerstörung enden, lass dir das gesagt sein.»

Den Rest des Tages bringt Richard damit zu, gemeinsam mit Thurloe Besucher zu empfangen, die ihm alles Gute wünschen wollen. Indessen streife ich an meinem letzten Tag als Prinzessin durch den Palast und nehme Abschied von Freunden und auch von den Räumen. Dabei trenne ich mich innerlich zugleich von meinem anderen Zuhause, meinem geliebten Hampton Court, das ich nun niemals wiedersehen werde. Als ich die Wachen unter Tränen darum bitte, lassen sie mich in die Gärten hinaus, wo ich zum letzten Mal zwischen den Buchsbaumhecken wandle und um die Sonnenuhr spaziere. Ich denke an Robert, wie er da im Mondlicht stand und mit der Schuhspitze im Schotter scharrte, während er meine Zofe erwartete, und ich küsse meine Fingerspitzen und berühre damit den Stein der Sonnenuhr.

Als Nächstes gehe ich in die Stallungen und dann in die Küchen, sage Vaters Pferden und Jagdhunden Lebewohl, den Reitknechten und den Dienern. Manche weichen meinem Blick aus; ein paar der Freundlicheren knicksen oder verbeugen sich flüchtig in meine Richtung, ehe sie sich wieder ihren Arbeiten zuwenden. Ich gehe in die Kapelle, die große Halle und die Schreibstuben, treffe Master Hingston und Master Marvell, die eben dabei sind, ihre Lebensläufe und Referenzen zusammenzustellen, da sie nach einer neuen Stellung suchen. Ich wünsche beiden viel Glück und küsse sie auf die Wangen. Beim Gedanken an meine Freunde wünsche ich mir, ich hätte Signor Giavarina noch einmal gesehen, doch die Botschafter sind in den vergangenen Wochen nach und nach aus dem Palast verschwunden, und ich bin nicht mehr in der Position, dass ich nach ihm schicken könnte. Vielleicht werde ich ihm schreiben, denke ich, doch da ich keine Vorstellung habe, wo und was ich sein werde, fällt es mir schwer, klare Gedanken über mein zukünftiges Selbst zu fassen und darüber, was ich tun könnte.

Nun betrete ich das Banqueting House und erschrecke, als ich sehe, wie Männer die Kerzenleuchter und Wandbehänge einsammeln und in Kisten packen. Einen verrückten Moment lang denke ich, sie wollen sie uns mitschicken, doch das kann natürlich nicht sein: Diese Gegenstände gehören der Nation, nicht uns. Ich trete an einen Mann heran, der ein Schreibbrett mit Papieren in den Händen hält und anscheinend die Arbeiten leitet, und frage ihn, weshalb sie alles forträumen.

«Zum Verkauf», antwortet er knapp. «Alles wird verkauft; der Palast und sämtliches Inventar werden verkauft, um der Armee den ausstehenden Sold zu zahlen.»

«Was? Der ganze Palast?»

«Whitehall und auch Somerset House, soweit ich weiß. Wozu braucht man sie jetzt noch, wenn wir doch keinen König und auch keinen Lord Protector mehr haben? Wozu braucht eine Republik große Paläste, wenn es keine Stuarts oder Cromwells gibt, die darin wohnen könnten?»

Mir verschlägt es die Sprache angesichts solcher Dreistigkeit, doch dann wird mir bewusst, dass dieser Mann wahrscheinlich keine Ahnung hat, wer ich bin. Ich schaue mich in dem Saal um, in dem ich einst vor dem versammelten Hof und meinem frisch angetrauten Ehemann als Göttin tanzte, und hole noch einmal tief Luft, ehe ich leise zur Tür hinaustrete.

Als ich an diesem Abend im Bett liege, betrachte ich die herrlichen Wandteppiche in meinem Zimmer und folge ein letztes Mal dem Verlauf ihrer Geschichte. Sie erzählen von einem Prinzen im alten Griechenland, dessen Schicksal war, zu sterben, wenn das Feuer, das er nährte, erlosch. Ich frage mich, ob auch mir solch ein Schicksal vorherbestimmt ist. Spielt Gott mit unserem Leben, wie die heidnischen Götter es taten? Ich denke jetzt, die Antwort muss ja lauten, die göttliche Vorsehung – das Licht, von dem Vater immer gesagt hat, wir müssten in seinem Schein unser Leben führen – ist nichts als eine Illusion.

Ich versuche, diese trostlosen Gedanken abzuschütteln, indem ich mich stattdessen darauf besinne, wann ich am glücklichsten war: Ich denke an die Freitage, an denen ich an Mary geschmiegt in unserer Barkasse saß und wir darauf warteten, dass hinter der nächsten Flussbiegung die roten Ziegelschornsteine von Hampton Court auftauchten; Vaters Amtseinführung und wie er damals in seiner Hermelinrobe mit Elizabeth und ihrem Kleinen lachte; im Bankettsaal in Roberts Armen zu tanzen, muschelbesetzte Nadeln im Haar, ehe wir zusammen ins Bett fielen. Ich beschwöre die Vorstellung herauf, wie Robert neben mir lag, beschwöre ihn, noch einmal zu mir zu kommen, und lasse die Kerzen in meinem Zimmer die ganze Nacht brennen, damit ich ihn deutlich sehen kann. Er kommt, und ich sehe, wie er sich auf das Fußende des Bettes setzt, um seine Schnallenschuhe zu öffnen, wie er vor dem Kamin badet, wie er am Tisch Karten spielt. Er kommt und geht vor meinen Augen, öffnet und schließt Türen, lacht, sagt über die Schulter etwas zu mir und hält manchmal inne, um mir rasch einen Kuss auf den Mund zu drücken, wenn ich zu ihm aufschaue. Voller Schmerz sehe ich all das vor mir, und als das Licht der Morgendämmerung durch die Ritzen der Vorhänge dringt, vergrabe ich das Gesicht in meinem Kissen und weine, wie ich am Tag seines Todes geweint habe. Angst ergreift von mir Besitz; Angst, dass er nicht wieder zu mir kommen wird, wenn ich heute unsere Räume verlasse, Angst, dass ich von nun an für den Rest meines Lebens Robert nicht mehr so deutlich werde sehen können. Gewiss sind meine Erinnerungen an ihn viel stärker, wenn sie an dem Boden, den Möbeln haften, die er berührt hat, wenn ich Szenen aus dem Gedächtnis heraufbeschwören kann, die ich wirklich gesehen habe, statt in meiner Phantasie neue Bilder zu erschaffen.

An diesem Morgen brechen Richard und ich gemeinsam auf; wir sind die letzten Cromwells, die fortgehen. Zwei Diener aus unserem Haushalt begleiten uns. Während sie neben dem Kutscher aufsteigen, richte ich mich in der Kutsche neben meinem Bruder ein, mein Hündchen auf dem Schoß und Venus in einem Käfig zu meinen Füßen, und lausche dem fernen Glockenläuten aus der Stadt. Sonst nehme ich wenig mit, nur etwas Kleidung und Schmuck, meine Bücher und Papiere, die Augustinus-Ausgabe, die Robert mir einmal geschenkt hat, und den Smaragdring seiner Mutter – ich will mir nicht vorwerfen lassen, Staatseigentum gestohlen zu haben. Ich ergreife Richards Hand, und mit der anderen ziehe ich die Miniatur von Robert aus meiner Tasche und halte sie in der Handfläche, während die Kutsche vor dem Palasttor anfährt und auf die Straße gen Süden nach Hampshire rollt.

FÜNFTER TEIL

August 1659–Januar 1661

KAPITEL ZWÖLF

Wie seltsam es ist, wieder in einem gewöhnlichen Haus draußen auf dem Land zu leben. Seit ich mit acht Jahren aus Ely in die Hauptstadt übersiedelte, bin ich nie weiter aus London herausgekommen als nach Hampton Court. Richards Haus ist so ruhig, so abgelegen; vom Fenster meines Zimmers höre ich nichts als die Vögel im Garten und gelegentlich einen fernen Fasanenruf von den Weiden und Feldern dahinter. Es gibt keine Posten vor meiner Tür, keinen Nachtwächter, der die Stunden ausruft, keine Glocken, die mich des Morgens wecken. In dieser unheimlichen Stille könnte ich fast glauben, die letzten zwölf Jahre meines Lebens seien ein Traum gewesen, der sich in einen Albtraum verwandelt hat.

Doch es ist nicht so leicht, in ein normales Leben zurückzukehren, an das man sich kaum noch erinnern kann, in einem Haus, das man nicht kennt, umgeben von einer Familie, die nicht die eigene ist. Wie soll ich mich jetzt benehmen? Wie spreche ich mit anderen über das, was meiner Familie widerfahren ist? Ich kann mich nicht einmal mehr an unserem Namen festhalten, sondern werde mit dem eines Mannes angeredet, den ich nicht mehr habe: Ich bin jetzt Lady Rich, nicht Frances Cromwell. Nicht Euer Hoheit. Nie wieder *Principessa*. Wenn ich wollte, könnte ich mein Cromwell-Selbst abwerfen wie eine alte Haut, nun, da es in

Schande gefallen ist? Doch ich will nicht, denn es bedeutet mir noch immer alles. In Augenblicken der Schwäche sage ich mir, ich muss an die große Königin Elizabeth denken: daran, wie sie von der Prinzessin zum Bastard, zur Gefangenen, dann zur Königin wurde, ohne jemals ihr Selbstverständnis oder ihre Würde zu verlieren.

Wenn ich schon Schwierigkeiten habe, mich darauf zu besinnen, wer ich bin, so ist es für Dick noch weit schlimmer. Durch die jüngsten Ereignisse wurde seine Welt völlig auf den Kopf gestellt. Niemand weiß, wie er ihn behandeln soll: weder die Diener noch seine Nachbarn oder Freunde in der Gegend. Männer verbeugen sich, dann schauen sie betreten drein, Frauen halten den Blick gesenkt. Sogar seine Stellung im Haushalt selbst ist unnatürlich: Das Haus gehört seinem Schwiegervater, doch Dolls Vater nennt ihn «Hoheit» und ordnet sich ihm unter, tritt seinen rechtmäßigen Platz am Kopfende der Tafel an ihn ab. Und Dick findet sich seinerseits nicht zurecht. Jede Bewegung ist ein Ringen: Ständig muss er darauf achten, das Verhalten eines Monarchen wieder abzulegen, das er sich erst kürzlich angeeignet hat. Ich beobachte, wie er vergisst, sich zu erheben, wenn eine Frau den Raum betritt, oder vor einer Tür stehenbleibt und darauf wartet, dass ein Diener sie ihm öffnet, doch es ist keiner zur Stelle. Er erhält noch immer Gesuche um Unterstützung und Briefe von Leuten, die ihn gern wieder an der Macht sähen, und er scheint in einer Zwischenwelt zu verweilen, unsicher, ob er vorwärts oder zurück gehen soll oder welche Richtung überhaupt wo ist. Er wirkt verstört, gehetzt, bei jedem Klopfen an der Haustür fährt er zusammen, bei jedem Päckchen Briefe, das eintrifft. Allerdings weiß ich, dass er sich ebenso vor seinen Gläubigern fürchtet wie vor politischen Gegnern oder Meuchelmördern.

«Wenn das Parlament sein Versprechen nicht hält, meine Schulden zu begleichen, bin ich ruiniert», sagt er wieder und wieder zu mir. «Ich erhalte Forderungen für die Gehälter der Bediensteten im Palast, Rechnungen für offizielle Empfänge zu Ehren ausländischer Botschafter – wie kann denn irgendwer von mir erwarten, privat für offizielle Staatsausgaben aufzukommen?»

Ich vermag ihm wenig Trost zu spenden. Zwar werde ich in Hursley als geehrter Gast behandelt, doch ohne offiziellen Status oder eigenes Geld fühle ich mich gänzlich hilflos.

Wir alle befinden uns in heilloser Verwirrung.

Ich bleibe nicht lange. Mein Bruder Harry ist mittlerweile wohlbehalten aus Irland zurückgekehrt, er lebt bei seiner Schwiegerfamilie in Chippenham in der Grafschaft Cambridgeshire, und ich kann es kaum erwarten, ihn zu sehen. Harry schickt meinen Schwager John Russell, um mich abzuholen, denn so kurz nach dem jüngsten Aufstand der Royalisten erscheint es ihm zu riskant, dass ich die weite Reise nur in Begleitung von Dienern unternehme – auf den Straßen ist es noch immer gefährlich. Ich weiß zwar, dass Lambert die Rebellion erfolgreich niedergeschlagen hat – dazu entsandt von einem Parlament, das ihn nicht weniger fürchtet als die Royalisten –, aber dennoch bin ich dankbar für Mr. Russells Schutz. Er ist ein Landsmann von mir, wie mir einfällt, als er mir in die Kutsche hilft, und ein Mann aus den Fens steht in Stärke und Zähigkeit niemandem nach.

Ich achte kaum auf den Weg, bis John Russell anmerkt, dass wir gerade die Grenze zu Essex streifen, und ich spüre, wie mein Puls sich beschleunigt. «Essex? Kommen wir auch nach Felsted, wisst Ihr das?»

John schaut mich forschend an. «Nicht direkt, ich schätze, wir kommen in etwa einem halben Tagesritt Entfernung daran vorbei.»

«Könnten wir dann einen Abstecher dorthin machen? Wäre Euch das recht? Es würde mir so viel bedeuten ...» Die Worte strömen eindringlich aus mir heraus. «Bei Felsted befindet sich der Familiensitz meines Mannes, Leighs Priory. Und in der Kirche von Felsted ...» Ich gerate ebenso plötzlich ins Stocken, wie ich begonnen habe.

«... liegt er begraben», beendet John für mich den Satz, und ich lächle ihm in hilfloser Dankbarkeit zu. «Natürlich können wir hinfahren, Lady Frances, wenn Ihr es wünscht.»

Wir erreichen die Kirche Holy Cross in Felsted im Zwielicht des frühen Abends. Eine einsame Amsel singt auf der Spitze des überdachten Tores, durch das wir den Kirchhof betreten, doch mein Herz schlägt so laut, dass es ihr Lied fast übertönt. Ich gehe wie eine Schlafwandlerin zwischen alten Grabstätten hindurch auf die Kirche zu. Drinnen entzündet gerade ein alter Mann Kerzen, und er und John wechseln ein paar Worte. Der Mann gestikuliert, als wollte er uns den Weg weisen, doch ich brauche seine Hilfe nicht, um Robert zu finden, ich kann spüren, wo er ist. Ich eile in die südöstliche Ecke der Kirche, trete durch einen steinernen Bogen und finde mich in der Kapelle der Familie Rich wieder. Und da, nicht weit vom Eingang, ist der Stein, der Roberts Namen trägt. Mein Denken setzt aus, in mir ist nichts als eine große Sehnsucht. Ich lege mich auf den Boden und drücke meine Wange an den kalten Marmor, breite die Arme über der Stelle aus, wo sein Körper liegen muss.

«Hallo, mein Liebster.»

Mehr vermag ich weder zu sagen noch zu denken. Stattdessen schließe ich die Augen und versenke mich in den Stein, als könnte ich durch Willenskraft meine Liebe und meine Lebendigkeit hinunterschicken und in ihn hineinfließen lassen. Ich lächle, auch wenn Tränen meine Wangen nässen; ich spüre seine Nähe.

Ich weiß nicht, wie lange ich so daliege, aber die Dunkelheit drückt bereits auf meine Lider, als ich eine sanfte Stimme höre und eine Hand leicht meine Schulter berührt. Im ersten Moment denke ich, es ist Robert, und beinahe entfährt mir ein Aufschrei, doch als ich die Augen öffne, sehe ich John Russell über mich gebeugt, eine Kerze in der Hand.

«Frances. Lady Frances, es wird spät, wir sollten aufbrechen.»

Ich rühre mich nicht, sondern starre ihn nur an, und Verwirrung zeichnet eine Furche zwischen meine Augenbrauen.

«Kommt.» Er bietet mir die Hand, doch ich schließe die Augen wieder und wünsche, er möge verschwinden. Im nächsten Moment fühle ich sanfte Arme um meine Schultern und an meiner Taille, und dann werde ich aufgehoben, verschwinde in die Luft.

«Danke», sage ich, als ich in der Kutsche wieder zu mir komme. «Es tut mir sehr leid, dass ich mich so undamenhaft benommen habe.»

«Psst.» John Russell lächelt mich zärtlich an. «Ihr könntet niemals undamenhaft sein. Mir werdet Ihr immer wie eine Prinzessin erscheinen.»

Nun lächle ich ebenfalls, erwärmt von dem Kompliment,

ein Gefühl, das ich bereits vergessen hatte. «Dennoch», fahre ich fort, «ich kann mich zu meiner Entschuldigung nur auf die große Liebe zu meinem Mann berufen.» Dann schaue ich aus dem Fenster, verlegen über mein Eingeständnis und in der Erwartung, dass unser Gespräch damit beendet ist.

«Das konnte ich an Eurem Hochzeitstag deutlich sehen, Lady Frances, und ich verstehe es. Lord Robert war ein guter Mann.»

Mein Kopf fährt ruckartig wieder zu ihm herum. «Ihr kanntet ihn? Das war mir nicht bewusst.»

«Ja, ich kannte ihn.» John Russell nickt. «Wir waren zusammen auf der Schule.»

«Was?» Ich bin verblüfft. «Ich hatte ja keine Ahnung! Ihr meint, hier in Felsted?»

«Gewiss. Auf der Schule, die von Roberts Familie gestiftet wurde.»

«Dann habt Ihr auch dieselbe Schule besucht wie meine Brüder! Welch außerordentlicher Zufall.»

«Ja. Sie waren um einiges älter als ich, deshalb kannte ich sie nicht so gut. Ich war gerade neu, ein Siebenjähriger im ersten Schuljahr, als Euer ältester Bruder so überraschend in der Krankenstube starb. Ich erinnere mich noch, wie erschüttert die ganze Schule war – er war ein so heller Kopf und so selbstsicher mit seinen siebzehn Jahren.»

«Ich war damals noch ein Säugling», erwidere ich und denke daran, wie mein armer Vater über seine toten Söhne sprach, als er selbst im Sterben lag. «Bridget und Betty dagegen erinnerten sich lebhaft und haben viel von ihm gesprochen. Aber erzählt mir von Robert.»

«Im Fußball konnte kein anderer Junge an ihn heranreichen», erzählt John mit schüchternem Lächeln aus der Erinnerung an seine Schulzeit. «Oder im Wortwitz, ich weiß noch, wie er immer Wortspiele und Scherzfragen an uns ausprobierte. Er war der Goldjunge – der Sohn des größten Wohltäters der Schule. Ein paar Jahre jünger als ich. Aber wir wurden dennoch gute Freunde und blieben auch nach der Schulzeit weiter in Kontakt.»

Mein Herz jubiliert über diese Entdeckung – als hätte ich einen neuen Weg zurück zu Robert gefunden, ein weiteres Kapitel seines Lebens entdeckt.

«Wie war er denn als Junge?» Ich beuge mich vor, begierig, die neuen Informationen aufzusaugen. «Wer waren seine Freunde? Was waren seine Vorlieben in der Schule? Erzählt mir alles!»

John Russell lehnt sich langsam auf seinem Sitz zurück, dreht seinen altmodischen Hut zwischen den großen Händen und beginnt zu erzählen.

Mein Wiedersehen mit meinem großen Bruder Harry ist ein freudiges. So viel ist geschehen, seit wir uns zuletzt in den Armen lagen, und so lachen und weinen wir gleichermaßen. Ich finde, er sieht älter aus, ist Vater ähnlicher geworden. Er findet, man sieht mir an, dass ich gelitten habe. Seit unserem letzten Zusammensein sind vier Jahre vergangen: Damals war ich noch ein Mädchen und er ein junger Mann, der zu einem Abenteuer auszog. Nun sind wir beide weiser.

In Chippenham finde ich eine fröhlichere Atmosphäre vor als in Hursley. Die Russells sind eine herzliche Familie, und ich fühle mich gleich heimisch hier in den Fens, so nahe dem Ort, wo ich geboren wurde. Von dem Haus, das herrschaftlich am oberen Ende einer drei Meilen langen, stetig ansteigenden Zufahrt thront, kann ich sogar die

Türme der Kathedrale über der Ebene im Norden aufragen sehen – derselben alterslosen Kathedrale, in deren Schatten ich meine Kindheit verlebt habe. Der Nebel, typisch für die Fens, kriecht am frühen Morgen um das Haus, und die Dienerschaft redet in dem vertrauten Tonfall, den ich aus meiner Kindheit kenne. Harry ist bald heiter, bald niedergeschlagen, sein fröhliches Naturell liegt in ständigem Widerstreit mit dem unleugbaren Niedergang unserer Familie. Zwar hat er keinen so tiefen Fall erlebt wie Richard, aber dennoch hat auch Harry einiges verloren; seine vielversprechende Karriere ist am Ende.

«Hätte Dick mich doch nur aus Irland abberufen», sagt er wieder und wieder und läuft grübelnd auf und ab, wie Vater es zu tun pflegte, «dann hätte ich mithelfen können, Charles und Onkel Desborough aufzuhalten. Doch sie waren zu schlau – sie haben mich bewusst ferngehalten. Jedes Mal, wenn ich darum bat, nach London zurückkehren zu dürfen, fand der Rat einen Vorwand, um es zu verhindern. Und so konnte ich nichts tun.» Harrys Stimme klingt brüchig, und während ich mich am Anblick seines fremd gewordenen und doch vertrauten Gesichts im Feuerschein labe, sinniere ich über die besondere Art von Trauer, die er durchmachen musste: Wäre es schlimmer gewesen, so weit entfernt zu sein, als Betty und Vater starben? Sie nicht noch einmal zu sehen, nicht Abschied nehmen zu können? Schlimmer, die schicksalhafte Nachricht erst viele Tage nach dem jeweiligen Todesfall in einem Brief zu erhalten, lange nachdem ihre Seelen aufgestiegen waren?

«Und Dick am Ende nicht helfen zu können», fügt Harry meinen unausgesprochenen Gedanken hinzu. «Ich hätte die Möglichkeit gehabt – selbst nachdem die Generäle die Macht an sich gerissen hatten –, wenn er nur die Konfrontation gewagt hätte, Befehle an mich, an Montagu, Monck und Lockhart geschickt hätte, uns mit unseren Truppen und der Flotte hinter ihn zu stellen. Stattdessen hat er kapituliert – was blieb mir da anderes übrig, als mich ebenfalls zu fügen?»

«Denkst du denn, du hättest es besser machen können als Dick?» Ich beobachte ihn scharf, denke an die Zeit zurück, da der gute John Claypole darüber spekulierte, Vater könnte ihn statt Richard zu seinem Erben machen, und ich einwandte, Harry würde niemals seinen Bruder verraten, um selbst an die Macht zu kommen. Wie lange das nun schon zurückzuliegen scheint.

«Nein, nein. Nun …» Harry rutscht auf seinem Stuhl herum, schlägt die Beine auseinander, überkreuzt sie dann wieder. «Es waren nun einmal die Verhältnisse, wie Vater sie hinterlassen hat. Dick hat sein Bestes gegeben, und ich habe seine Interessen immer nach Kräften unterstützt. Aber jetzt müssen wir selbst zusehen, wie wir zurechtkommen.»

In Chippenham vergehen die Wochen und Monate, ohne dass ein Tag sich besonders vom anderen unterscheidet. Ich schreibe oft an Mary und Mutter, regelmäßig an Richard und ganz gelegentlich an Bridget, auch wenn ich ihr nicht viel zu sagen habe. Eines Tages trifft ein Brief von Signor Giavarina an mich ein. Die durchgestrichenen und neu hingeschriebenen Adressen auf der Außenseite verraten, welche Reise das Schreiben hinter sich hat – es ist mir von einem Haus zum anderen gefolgt, ehe es mich schließlich hier erreichte. Der Brief besteht nur aus wenigen Zeilen und ist nicht an *Principessa*, sondern an *bella Francesca* gerichtet, mit den besten Wünschen. Ich weiß, mehr kann Giavarina nicht schreiben, da er befürchten muss, seine venezianischen Herren in Verlegenheit zu bringen, die sich jetzt gerade um die Gunst der neuen Regierung bemühen müssen. Doch die Geste berührt mich tief, und ich sage die letzte Zeile immer wieder vor mich hin, denn sie enthält einen Funken Hoffnung auf ein mögliches Entkommen: *«Sollte Venus je Venedig sehen wollen, so würde sie dort einen Freund vorfinden ...»*

Wir erfahren von der sich verschärfenden Regierungskrise, als die Tage kürzer werden, sich zum herbstlichen Schlaf in sich zusammenziehen. Im Oktober eskalieren die Spannungen zwischen der Armee und dem Parlament, wie ich Bridget gewarnt habe: Lambert führt einen Staatsstreich gegen das Rumpfparlament, seine Soldaten hindern den Speaker und andere Parlamentsmitglieder daran, das Gebäude zu betreten. Ich schreibe an Bridget, um zu erfahren, was geschehen ist, doch sie antwortet nur, dass Lambert nun die treibende Kraft ist und Charles und Onkel Desborough in seinem Kielwasser mitschwimmen – Charles bemüht sich nach Kräften zu vermitteln. Bridget erzählt mir, das Rumpfparlament habe versucht, seine Macht über Charles als Commander in Chief der Armee zu behaupten, und die führenden Offiziere hätten daraufhin den Staatsrat aufgelöst und erneut das Committee of Safety eingesetzt; ein schlechtes Zeichen, wie wir alle in Chippenham kopfschüttelnd feststellen, als wir davon erfahren. Bulstrode Whitelocke ist wieder unter den Mitgliedern, und bei aller Besorgnis schmunzele ich insgeheim über das diplomatische Geschick meines Freundes, während ich zugleich bete, er möge in der Regierung die Dinge zum Besseren beeinflussen. Wieder und wieder nehme ich mir Bridgets Brief vor, suche in ihren Worten nach Sorge, Verlegenheit oder einer Entschuldigung, doch sie schreibt so leidenschaftslos wie eh und je, und ihre Treue zu Charles ist unerschütterlich.

Die Nachricht von Lamberts Staatsstreich lässt Harry seine eigene Ohnmacht quälend spüren. «Monck kann das nicht hinnehmen», erklärt er, während er in der Bibliothek auf und ab geht. «Ich kann nichts unternehmen; ich bin meines Kommandos in Irland enthoben. Montagu hat die Flotte verloren, und Lockhart ist in Dünkirchen. Aber Monck hat noch immer die Möglichkeit zu handeln. Er hat in Schottland fünftausend Fußsoldaten und zweitausend Reiter unter sich, die zuallererst ihm treu sind. Er ist der Einzige, der Lambert und Charles jetzt aufhalten kann.»

Inmitten all dieser Entwicklungen wächst meine Sorge um Mary. Harrys Freunde in London erzählen von Gerüchten, Marys Mann Thomas solle verhaftet werden, weil er angeblich an Bestrebungen beteiligt sei, den König aus dem Exil zurückzuholen. Ich schreibe ihr, wobei ich mich hüte, irgendetwas zu sagen, das einen von uns belasten könnte, falls Spione der Regierung meinen Brief lesen sollten. Doch ich beschwöre sie und Thomas, sich in Acht zu nehmen und die Straße von London im Auge zu behalten. Ich erwarte bang ihre Antwort, und als sie endlich eintrifft, lese ich sie sogleich, noch während ich loslaufe und Harry suche. Er spielt gerade im Garten mit seinem Sohn.

«Thomas ist sicher», platze ich schwer atmend heraus. «Er ist sicher, weil Monck seine Unterstützung für das aufgelöste Parlament erklärt und seine Truppen in Marsch gesetzt hat; er hat bereits Yorkshire erreicht. Er führt seine Armee in den Süden, um sich Lambert entgegenzustellen, ganz wie du es erhofft hast.» Vielleicht wird Monck Lambert auch seine schottischen Falken mitbringen, hätte ich beinahe hinzugefügt, hin und her gerissen zwischen Lachen und Weinen.

Harry grinst über beide Ohren, doch dann wird er

ebenso plötzlich wieder ernst und runzelt die Stirn. «Ja, ich habe darauf gehofft, aber dennoch.» Er zieht seinen kleinen Sohn eng an sich, und der umklammert das Bein seines Vaters.

«Was?»

«Es ist ein neuer Bürgerkrieg. Und selbst wenn Monck die Oberhand gewinnt, das Parlament zurückholt und die führenden Offiziere entmachtet, was dann? Das Parlament, das er wieder an die Macht bringt, könnte fordern, dass der König zurückkehrt.»

Ich starre ihn entsetzt an, finde jedoch keine Worte. Ich kann nur hilflos die Schultern zucken. Das große Rad der Geschicke hat sich in meinem kurzen Leben so viele Male gedreht, dass ich einfach nicht mehr mitkomme. Außerdem, wie kann die Familie Cromwell all das jetzt überhaupt noch beeinflussen? Wie kann ich die Kontrolle über mein Leben wiedererlangen, geschweige denn über irgendetwas anderes?

Von da an warten wir jeden Tag auf Nachricht von einer großen Schlacht, doch sie kommt nicht. Zwar schickt das Committee of Safety Lambert mit einer Armee aus, um Monck auf dem Schlachtfeld entgegenzutreten, und Lambert hat die größere Streitmacht. Doch er zaudert und zögert den ganzen November hindurch eine Konfrontation hinaus. Ich lese zwischen den Zeilen in Bridgets Briefen, dass Charles und Onkel Desborough, die in London zurückgeblieben sind, rasch die Kontrolle über die Ereignisse verlieren. Zuerst stellt sich der Hafen von Portsmouth auf die Seite des Parlaments, dann die Flotte, dann lassen die Truppen in London zu, dass das Rumpfparlament wieder zusammentritt. Dies geschieht an dem Tag, der früher Heiligabend war. Charles wird als Commander in Chief der Armee abgesetzt und zieht sich nach Wallingford House zurück wie ein verwundeter Fuchs.

Doch Lambert und seine Truppen ziehen noch immer durchs Land und lauern auf ihre Gelegenheit. «Es wird doch gewiss zur Schlacht kommen?», frage ich Harry, aber wir hören nichts weiter, bis wir eines späten Abends höchst unerwarteten Besuch empfangen.

Ich spüre den kleinen Sekretär beinahe, bevor ich ihn sehe, als könnte ich seinen scharfen, stummen Blick fühlen. Er steht mit Harry im Salon am Kamin und wärmt sich auf, als ich eintrete.

«Lady Frances.» Thurloe verbeugt sich, dann nimmt er mit freundlichem Lächeln meine Hand und küsst sie. Es ist Monate her, dass jemand das getan hat, und mein Handrücken kribbelt seltsam. «Ich habe Verwandte in der Gegend besucht und dachte mir, ich schaue einmal vorbei und überbringe Euch die Neuigkeiten persönlich, ehe ich nach London zurückkehre.»

«Neuigkeiten?», fragt Harry und deutet einladend auf einen Sessel, von dem ich weiß, dass er für Thurloes Geschmack viel zu bequem ist.

Thurloe legt seinen Reisemantel ab, ehe er sich vorsichtig in dem tiefen Lehnsessel niederlässt. «Die Neuigkeit, Lord Henry, dass Major General Lambert und seine Version der gottgefälligen Sache am Ende sind.»

Das ist eine Feststellung von solcher Tragweite, dass mir der Atem stockt. «Wie meint Ihr das? Was ist geschehen?»

Thurloe schaut mich aufmerksam an. «Nichts und alles. Lambert hat die Konfrontation gewagt, aber als der große parlamentarische Truppenführer ‹Black Tom› Fairfax, der gemeinsam mit Eurem Vater den Bürgerkrieg gewonnen hat, nach langen Jahren aus dem Ruhestand marschiert kam, um den Landadel von Yorkshire zur Unterstützung des Parlaments anzuführen – darunter, nebenbei bemerkt, auch Euren Schwager Thomas Viscount Fauconberg, kürzlich von General Monck zum Colonel ernannt –, war alles vorbei.»

Während Thurloes vertrauter Wasserfall aus Schachtelsätzen mich überströmt, denke ich an den stolzen, fähigen John Lambert, an seine zehn Kinder und seine schottischen Falken, und in diesem Moment tut er mir leid, auch wenn ich denke, er hat seinen Sturz – und davor den unseren – in großen Teilen selbst herbeigeführt.

«Herr im Himmel.» Harry steht auf und fährt sich mit beiden Händen durchs Haar. «Nun, das sind gute und schlechte Nachrichten zugleich, nicht wahr?» Er schaut Thurloe ratsuchend an, als wären wir in Whitehall, unser Vater noch am Leben und Thurloe sein oberster Minister.

«Ganz recht, Hoheit», erwidert Thurloe und gebraucht dabei den Titel, den niemand sonst uns gegenüber mehr zu verwenden wagt. «Gute Nachrichten insofern, als das Parlament zurück und die Macht der Armee ein für alle Mal gebrochen ist …»

«Aber schlechte Nachrichten, wenn die Parlamentarier beschließen, Charles Stuart zurückzuholen», beende ich den Satz, und mein alter Verbündeter nickt mir anerkennend zu. «Und welches von beidem überwiegt?»

Thurloe breitet in einer vertrauten Geste die Hände aus und lächelt. «Die guten Nachrichten», sagt er in stiller Zuversicht. «General Monck vertraut mir, ich kann mit ihm und dem neuen Parlament zusammenarbeiten. Ich werde wieder einigen Einfluss haben, und diesen werde ich – ebenso wie meine Verbündeten – ganz und gar darauf verwenden, Euren Bruder und das Protektorat wiedereinzusetzen.»

Als Harry das hört, fährt er hoch und ergreift Thurloes Hand, ich hingegen rühre mich nicht. So groß Thurloes Fähigkeiten zweifellos sind und sosehr ich wünschte, ich könnte aus seinen Worten Mut schöpfen – ich kann es nicht glauben. Zu viel ist geschehen; wir sind zu tief gefallen und zu hart gelandet, und ich glaube, Dick hat sich ebenso wie ich zu viele Knochen gebrochen, um jemals wieder aufzustehen.

Schließlich geht das Jahr 1659 zu Ende, und als 1660 anbricht, verfalle ich in eine seltsam philosophische Stimmung, als hätte ich endlich akzeptiert, dass die Welt sich ohne mich weiterdreht. Harry wartet auf Briefe von Thurloe, ich hingegen kann nicht noch mehr Politik verkraften. Mir ist eher nach ruhiger Gesellschaft, und mir wird bewusst, dass ich immer mehr Zeit mit John Russell verbringe, da wir beide ohne Partner sind. Ihm und Harry gelingt es mit vereinten Kräften, mich zu überreden, Venus endlich wieder fliegen zu lassen, und wir unternehmen einen Ausflug ins Gelände mit ihr. Allerdings ist das Vergnügen, das ich dabei empfinde, für mich nur ein matter Abglanz jenes Glücks, da ich sie zum ersten Mal im St. James's Park losließ, während der schöne Mann, dem sie ihren Namen verdankt, mich in unserem Bett erwartete. Ich frage John oft nach seiner Schulzeit in Felsted aus, dränge ihn, mir Geschichten von Robert zu erzählen. Er erkundigt sich im Gegenzug nach dem Leben am Hof, und ich erzähle ihm von sonnigen Tagen, davon, wie der exilierte «König» sich um meine Hand bemühte, von meiner Freundschaft mit Signor Giavarina. Von Vater und wie die Welt sich um ihn herum zu fügen schien.

«Nach alldem muss Euch das Leben hier sehr eintönig vorkommen», bemerkt John freundlich, als wir von einem Spaziergang mit Venus zurückkehren.

«An manchen Tagen schon», erwidere ich und bin wieder einmal überrascht und erleichtert, wie offen und ungezwungen ich mit ihm reden kann. Im Umgang mit ihm kann ich mein erwachsenes Selbst zeigen, empfinde keinerlei Drang, ihn zu beeindrucken, kein Bedürfnis, mit ihm zu tändeln. «Ich habe all die Aufmerksamkeit schon genossen, nun kann ich es ja zugeben. Dass ich Ereignisse von solcher Tragweite aus nächster Nähe miterleben durfte, hat mich ebenso berauscht wie die edlen Kleider, die Musik und die Tänze. Den Schmerz hingegen vermisse ich nicht, den Druck, die tiefe Trauer, die ich erlebt habe. Nach Roberts Tod war ich nie mehr dieselbe. Jetzt ist es Balsam für meine Seele, wieder draußen auf dem Land zu sein, in den Fens, nach Belieben umherzustreifen und Raum zum Denken zu haben.»

«Wirklich?» Er scheint erfreut über meine Antwort, auch wenn sie sehr freimütig war. «Dann mögt Ihr Chippenham und unsere Familie?»

Ich schaue mich um. Eben gehen wir zwischen den knorrigen Apfelbäumen des Obstgartens hindurch. Noch halten sie Winterschlaf, aber schon in wenigen Monaten werden sie wundersam zu neuem Leben erwachen. «Ja. Ich liebe diese Gegend und Eure Familie. Ich würde gern für immer hierbleiben.»

John sagt eine kleine Weile nichts, und meine Gedanken schweifen wie so oft in die Vergangenheit ab.

«Ihr könntet für immer hierbleiben», sagt er schließlich mit leiser, sanfter Stimme.

Ich höre ihn kaum und nehme die Worte erst wahr, als er stehenbleibt. Ich gehe noch ein paar Schritte weiter, ehe ich bemerke, dass er nicht mehr an meiner Seite ist, dann halte ich ebenfalls an und drehe mich zu ihm um. Er nimmt seinen Hut ab und dreht ihn in den Händen, wie immer, wenn er nervös ist.

«Ihr seid hier natürlich jederzeit willkommen, als Harrys Schwester und Mitglied der Familie. Aber ich meine … Ich meine, Ihr könntet hier ein gemeinsames Leben mit mir beginnen; eines Tages wird das alles mir gehören.»

Ich brauche ein paar Augenblicke, um zu erfassen, was er sagen will.

«Euch heiraten?» Ich schüttle verwirrt den Kopf, und Venus auf meiner Hand stößt einen leisen Ruf aus. Ich setze sie auf einem Zaunpfahl ab, während ich versuche, meine Gedanken zu ordnen. «Aber John, ich habe nie daran gedacht … Ich könnte keinen anderen heiraten. Ihr und ich? Ich …» Meine Worte versiegen, ich schüttle nur immer wieder den Kopf.

John seufzt, dann lächelt er, doch das Lächeln erreicht nicht seine Augen. «Ich wusste, dass es zu früh ist, davon zu sprechen, aber ich konnte nicht anders. Verzeiht mir», fährt er hastig fort, plötzlich verlegen. «Denkt nicht weiter darüber nach. Ich hatte eigentlich kaum eine Antwort erwartet.» Er setzt seinen Hut wieder auf, lässt mich stehen und geht auf das Haus zu, wobei er eine Spur im langen, von Reif überzogenen Gras hinterlässt. Ich wende mich meinem Vogel zu, und wir schauen uns verwirrt an.

Es ist an der Zeit, erneut umzuziehen. Zwar ist John freundlich und bemüht sich nach Kräften, zu unserem unbefangenen, freundschaftlichen Umgang zurückzufinden, doch seit seinem unverhofften Antrag kann ich meine Verlegenheit nicht mehr abschütteln. Ich hatte es so genossen, freimütig mit ihm sprechen zu können, ohne meine Worte bedachtsam wählen und abwägen zu müssen, und seit das verloren ist, spüre ich, wie meine Einsamkeit zurückkehrt. Zugleich naht Roberts Todestag im Februar – eine schmerzliche Erinnerung daran, wie unmöglich es mir ist, jemals wieder zu heiraten. Ich kann es mir nicht einmal theoretisch vorstellen, ganz zu schweigen davon, einen leibhaftigen Kandidaten in Betracht zu ziehen. Ich erwäge, noch einmal Roberts Grab zu besuchen, vielleicht bei seiner Familie in Leighs Priory vorbeizuschauen, doch es wäre unerträglich peinlich: So bald nach der Schande meiner Familie fühle ich mich zu einem solchen Besuch nicht imstande. Außerdem ist mir zu Ohren gekommen, dass inzwischen auch Roberts Vater verstorben ist, sodass ich dort nur seine Stiefmutter und seine Halbschwestern antreffen würde. Alle männlichen Vertreter der Familie Rich sind tot.

Am Ende hilft Harry mir bei der Entscheidung. «Es wäre ein guter Zeitpunkt, um zu Mary nach Newburgh zu gehen», sagt er eines Morgens nach dem Frühstück, während er ein großformatiges Nachrichtenblatt zusammenfaltet. «Vorige Woche gab es in London Ausschweifungen: Die Leute haben an jeder Straßenecke Fleisch über dem Feuer gebraten und laut gerufen, sie rösteten den ‹Rumpf›. Die Abgeordneten aus der Zeit des Bürgerkriegs, darunter all jene, die sich damals gegen den Prozess und die Hinrichtung des Königs aussprachen, sollen wiedereingesetzt werden. Und wenn Thurloes Bemühungen nicht fruchten, fürchte ich, der junge ‹König› wird nicht mehr lange im Exil bleiben. Viscount Fauconberg ist der einzige Royalist in der Familie, und wir alle wissen, dass Charles Stuart ihm zugetan ist. Sollte König Charles den Thron besteigen, so wäre Newburgh der sicherste Ort für dich.»

Auf meiner Reise in den Norden mache ich auf John Claypoles Landsitz in Northborough Station. Ich weine vor Erleichterung, Mutter wiederzusehen, und es ist mir eine große Freude, auch den guten John selbst, meine Neffen und meine Nichte zu begrüßen, die nach der monatelangen Trennung kaum wiederzuerkennen sind. Ihr Zuhause ist ein befestigtes Herrenhaus aus dem Mittelalter inmitten des Dorfes, älter und bescheidener als die Landsitze der Schwiegerfamilien meiner Brüder in Hursley und Chippenham. Trotzdem ist es immer noch herrschaftlicher als unser altes Fachwerkhaus in Ely, und ich denke, wie begeistert die junge Elizabeth gewesen sein muss, als Braut hierherzukommen, damals, als Mary und ich noch klein waren. Mutter fühlt sich sichtlich heimisch, sie befehligt die Dienerschaft und geht wieder ganz in ihrer Rolle auf, ein angesehenes Haus in einem Marktort zu führen. Ihr einstiges Leben als De-facto-Königin scheint weit entfernt.

«Bist du hier glücklich?», frage ich sie, als wir umschlungen auf dem Sofa sitzen. Ich schmiege meine Wange an ihren Hals und atme ihren vertrauten Geruch nach Seife, Lavendel und Perlen ein.

«So glücklich, wie ich ohne deinen Vater überhaupt sein kann», erwidert sie und dreht eine Locke von meinem Haar um den Finger. «Ich habe die Kinder zu versorgen, und John und ich standen uns schon immer nahe.»

«Und die Leute im Ort? Der arme Richard unten in Hursley weiß selbst nicht mehr recht, wer er ist, und niemand weiß, wie er mit ihm umgehen soll.»

«Ach, armer Dick.» Ich spüre, wie Mutters Gedanken sich voller Kummer auf ihren ältesten Sohn richten. «Ich werde ihn bald einmal besuchen. Aber wir hier bleiben unter uns. Manchmal gaffen Leute zum Fenster herein, klopfen an die Tür, um einen Blick auf mich in meinem skandalösen Elend zu erhaschen: ‹Die einstige Lady Protectoress›, sagen sie oder ‹die Hausfrau Joan› – so pflegten sie mich in London zu nennen, wenn sie mich als Landei verspotteten.» Sie seufzt und küsst mich auf die Stirn. «Aber ich komme schon zurecht, Liebes, ich bin immer zurechtgekommen.»

Dann tritt John ein, lässt sich in einen Lehnstuhl am Feuer fallen, ein Glas Rotwein in der Hand, und der Jagdhund Badger legt sich quer über seine Stiefel. Ein paar kostbare Augenblicke lang fühlt es sich an wie in alten Zeiten.

Ich bleibe nur wenige Tage. In den jüngsten Briefen, die John aus London erhält, dreht sich alles um die lautstarken Forderungen des neu einberufenen «Long Parliament» nach der Rückkehr des Königs aus dem Exil und darum, dass Lambert verhaftet und im Tower inhaftiert wurde – Charles ebenfalls, soweit wir wissen. Ich habe wieder einmal das Gefühl, dass die Geschichte sich rasant entwickelt und sich dabei gänzlich meinem Einfluss entzieht, doch ich bin entschlossen, ihr vorauszueilen: Wenn der Thronprätendent über den Kanal kommt, will ich ihm so fern wie möglich sein.

Also auf nach Yorkshire. Ich reise bei Regen ab und lasse mein namenloses Hündchen bei seinem Vater Badger zurück: Hier in seinem ursprünglichen Zuhause und unter

Kindern hat er ein schönes Leben, das ich ihm nicht bieten könnte.

Venus hingegen begleitet mich in den Norden.

Mary, Mary, Mary.

Da ist sie, steht im großen Portal von Newburgh Priory, die Augen mit einer Hand gegen die Sonne abgeschirmt, als meine Kutsche um die Biegung der Auffahrt kommt; sie wirkt so klein vor der gewaltigen, prächtigen Kulisse ihres herrschaftlichen Zuhauses. Mein Herz brennt vor Sehnsucht nach ihr, und ich springe aus der Kutsche, kaum dass die Pferde zum Stehen gekommen sind, und stürze mich in ihre Arme. Wir sind wie wiedervereinte Liebende, küssen uns wieder und wieder die tränenüberströmten Gesichter.

«Mein Liebes.»

«Mein Herz.»

Mary lässt mir Zeit, mich ein wenig zu fassen, ehe sie mich zu Thomas hineinführt, der in einer geschmeidigen, höfischen Geste von seinem Schreibtisch aufsteht.

«Meine liebe Schwägerin, welch große Freude, dass Ihr uns endlich besucht.»

Ich ergreife lächelnd seine ausgestreckte Hand. Dabei nehme ich mir im Stillen vor, ihn bei diesem Besuch besser kennenzulernen, seine vielen Schichten zu entblättern, um zur Wahrheit vorzudringen, was immer ich dabei über seine wahren Loyalitäten erfahren mag. Ohne Robert an meiner Seite erkenne ich, welch entscheidende Rolle meine Schwäger ebenso wie meine Brüder in meinem Leben spielen. Sie sind die Grundpfeiler unserer Haushalte, oftmals sind sie es, die über unser Schicksal zu entscheiden haben, und der

Zugang zu meinen Schwestern ist nur über sie möglich. John Claypole ist mir so lieb, wie Charles Fleetwood mir fern ist. Doch mit Marys Thomas werde ich Freundschaft schließen, entscheide ich, und wenn es das Letzte ist, was ich tue.

«Wie hast du dich mit der Familie arrangiert?», erkundige ich mich bei Mary, während sie in meinem Zimmer letzte Hand anlegt, damit alles perfekt ist. «Akzeptieren sie uns – wie Vater sagen würde – mitsamt Warzen und allem? Darfst du unter diesen Royalisten überhaupt weiterhin eine Cromwell sein?»

Sie lächelt und wendet sich von der Vase mit frisch gepflückten Narzissen auf dem Nachttisch ab. «Sie sind gar nicht so schlimm, wenn man sich einmal an sie gewöhnt hat. Auch wenn ich gestehen muss, dass ich hier nicht so freimütig rede, wie ich es vielleicht vor den Fleetwoods, den Claypoles oder den Russells täte, bleibe ich doch Vaters Andenken treu, und ich glaube, sie respektieren mich dafür. Niemand wagt es, in meinem Beisein schlecht von ihm zu sprechen.»

«Hmm. Das heißt, man sollte sich auf Loyalität zur Familie beschränken und den politischen Eifer außen vor lassen.»

«So ist es.»

«Nun, ich werde mir Mühe geben», sage ich. «Aber wenn der ‹König› wirklich zurückkommt, was dann? Lässt Newburgh Priory dann die königlichen Banner wehen, um ihn willkommen zu heißen? Du weißt, was früher am Hof über Thomas geredet wurde – er sei nie wirklich ganz auf unsere Seite übergelaufen. Er habe den Franzosen Informationen geliefert, im Tausch gegen Edelsteine für dich und Berberpferde für sich selbst.»

Mary greift unwillkürlich nach dem Rubin an ihrem Hals und verzieht schmerzlich das Gesicht. Ich bereue meine Worte augenblicklich, und mir fällt wieder ein, was Bridget einmal zu mir gesagt hat: Ich wisse nicht, wie es sei, zwischen der Treue zu meiner Familie und der zu meinem Mann hin und her gerissen zu sein. Sie bezog sich natürlich auf Charles' Verrat, aber kämpft Mary am entgegengesetzten Rand unseres großen Konflikts vielleicht mit den gleichen Herausforderungen?

Sie seufzt. «Du kannst dir nicht vorstellen, wie es hier in Yorkshire ist, Fanny. In dieser Gegend waren alle für den alten König – es ist hier nicht so wie in den östlichen Grafschaften. In Ely, in Chippenham und Northborough kann man sicher sein, parlamentstreue Leute um sich zu haben. Hier oben hingegen ...»

«Hier ist es anders, das sehe ich. Die meisten Leute sind noch immer royalistisch gesinnt – man muss sich anpassen.»

Mary setzt sich neben mir auf das Bett. «Ganz genau. Und Thomas' Familie ist hier so bedeutend – du hättest die Scharen sehen sollen, die uns begrüßten, als wir nach unserer Hochzeit in die Grafschaft kamen. Hunderte säumten die Straßen, und wir zogen von Ort zu Ort und wurden empfangen wie ein Königspaar.»

«Ich wünschte, ich hätte dabei sein können», sage ich traurig lächelnd. «Und Thomas?»

«Uns beiden war klar, dass Vater durch unsere Verbindung sein Protektorat mit dem alten royalistischen Adel versöhnen wollte», fährt Mary fort. «Erst viele Monate nach der Hochzeit haben wir uns dem gestellt: Es war, als könnte Thomas über die Kluft zwischen uns nicht wirklich zu mir sprechen, mir nicht sein ganzes Selbst offenbaren, bevor wir uns wirklich als Mann und Frau kennengelernt hatten, bevor wir einander wirklich liebten.»

«Und jetzt liebt ihr euch?» Dem beunruhigenden Kontext zum Trotz bin ich höchst erfreut über ihre Worte. «Ihr vertraut einander?»

«Ja, das tun wir. Vielleicht konnte Vater vorhersehen, dass es so kommen würde.»

«Dann könnte ich gar nicht glücklicher sein, meine liebste Mall. Zu sehen, dass du Liebe in der Ehe findest, die meinetwegen geschlossen wurde …»

«Psst», unterbricht sie mich und nimmt meine Hand. «Ich bin glücklich mit ihm, auch wenn …»

Unwillkürlich schaut Mary auf ihren flachen Bauch hinunter, und dieser Blick verrät mir alles. Ich kann ihre Sehnsucht beinahe hören; sie hat sich ein eigenes Kind gewünscht, seit sie vier Jahre alt war. Ich lege mir die Worte zurecht, um mich behutsam danach zu erkundigen, doch sie lenkt das Gespräch in eine andere Richtung.

«Thomas wird dir persönlich bestätigen, dass er weder Vater noch Dick je verraten, sich niemals gegen das Protektorat eingesetzt hat.»

Ich schaue sie mit hochgezogenen Augenbrauen an; es wäre überflüssig zu sagen: «Aber …»

«Aber ich glaube, seit die Armee Richard gestürzt hat, steht Thomas wieder in Kontakt mit dem Hof im Exil. Es kann sogar sein, dass er dem jungen König Geld geschickt hat.»

Ich versteife mich und schmecke Bitterkeit im Mund. Gibt es denn keinen Ort, an dem ich Frieden finden kann?

Mary spricht rasch und eindringlich weiter. «Es ist das Beste, wenn Thomas es dir direkt erklärt. Ich wünsche mir mehr als alles auf der Welt, dass ihr Freunde werdet. Und ich kenne euch beide zu gut, um mir einzubilden, ihr könntet Freundschaft schließen, bevor ihr über diesen Punkt offen miteinander geredet habt.»

Ich nehme Mary beim Wort und suche Thomas am folgenden Abend nach dem Essen in seinem Kabinett auf – wenn wir offen reden wollen, so muss es unter vier Augen geschehen.

Er sitzt an seinem Schreibtisch und studiert Unterlagen, eine Brille auf der Nase, die er hastig abnimmt, als ich eintrete. Es überrascht mich, dass ein junger Mann Augengläser trägt, doch ich verzeihe ihm die Eitelkeit und gebe vor, es nicht bemerkt zu haben. Er führt mich zum Kamin, an dem zu beiden Seiten je ein Sessel steht. Während Thomas mir ein Glas Wein holt, schaue ich mich im Raum um, beeindruckt und etwas eingeschüchtert von den kunstvollen Porträts seiner Vorfahren, die alle vier Wände zieren. Sein Haus ist wahrhaft aristokratisch, und Thomas trägt in seinen Bewegungen ebenso wie in seiner Redeweise den Adel leicht wie ein bequemes Gewand, in das man am Ende eines harten Tages schlüpft.

Wir sprechen ein paar Minuten über belanglose Dinge, doch der Geist des jungen «Königs» schwebt zwischen uns im Raum und lauscht unserem Gespräch, ein verschwommenes Bild aus dunklen Locken und einem hochmütigen Mund.

«Denkt Ihr, er wird kommen?», frage ich Thomas schließlich. «Auf meiner Reise hierher hatte ich das beängstigende Gefühl, dass Charles Stuart mich auf dem ganzen Weg über die große Straße nach Norden verfolgte.»

Thomas trinkt einen Schluck Wein und schaut mich über den Rand seines Glases aufmerksam an. «Inzwischen glaube ich, dass er kommen wird, ja.»

«Und begrüßt Ihr diese Entwicklung, auch wenn sie mein Herz mit Schrecken erfüllt?»

«Ich begrüße sie nicht, noch fürchte ich sie. Ich warte ab, was geschieht.»

Es ist die Antwort eines Diplomaten, und ich bohre weiter. «Ich weiß, dass Ihr Royalist seid, und ich weiß, dass Ihr Euch die Gunst des exilierten ‹Königs› bewahrt habt. Ihr seid nunmehr mein Schwager – meint Ihr nicht, es ist an der Zeit, dass wir offen zueinander sind? Wenigstens um Marys willen. Ich bin keine Prinzessin mehr, sondern eine Witwe, allein und haltlos; ein Gast in Eurem Haus, auf Eure Gastfreundschaft angewiesen. Ihr könnt frei sprechen.»

«Ich muss mich entschuldigen, Lady Frances», sagt Thomas nach einer Pause und richtet sich ein wenig in seinem Sessel auf. «Ihr habt natürlich recht, und ich schulde Euch größeres Vertrauen. Wenn es Euch nicht verletzt, meine Ansichten zu hören, dann: Ja, ich begrüße die Rückkehr des Königs.»

«Aber warum? Wollt Ihr erneut unter der Knute eines Tyrannen stehen?»

Er schwenkt den Wein in seinem Glas. «Lasst mich die Frage umkehren: Warum nicht? Ihr seid doch nicht gegen die Monarchie an sich – Mary hat mir erzählt, Ihr beide hättet Euch damals gefragt, ob Euer Vater König hätte werden sollen. Und er selbst hat oft von den Vorzügen der Monarchie gesprochen.»

«Ja, aber Vater wurde zum Herrscher gewählt», entgegne ich. «Er ist durch eigenes Verdienst so hoch aufgestiegen, nicht durch den Zufall seiner Geburt.»

«Und Richard?», kontert Thomas. «Was waren seine Qualifikationen?»

Nun hat er mich in die Enge getrieben, und ich trinke einen Schluck Wein, während ich mir eine Antwort zurechtlege.

«Also gut. Aber was soll den jungen König Charles daran hindern, ein Tyrann zu werden, wie sein Vater einer war?»

«Ich würde ein anderes Wort als ‹Tyrann› für den alten König wählen: Er war … verblendet.»

«Schön, ich formuliere die Frage also anders. Was soll den nächsten Monarchen daran hindern, Krieg gegen sein Volk zu führen, wenn das Parlament nicht tut, was er will?»

Thomas schaut mich eine ganze Weile nachdenklich an, dann erwidert er: «Ich meine mich zu erinnern, dass anno '53 das Parlament nicht tat, was Euer Vater wollte, und er daraufhin seine Soldaten in den Saal marschieren ließ, um das Parlament aufzulösen. Und Lambert hat vorigen Herbst dasselbe getan. Ist es das, was Ihr wollt?» Seine Worte sind glatt und kühl wie Milch.

«Ich räume ein, dass das keine von Vaters Sternstunden war. Aber wenn der König zurückkehrt, wozu wären dann all die Kämpfe und Tode der vergangenen zwei Jahrzehnte gut gewesen? Weshalb hat das Parlament erst den Krieg gegen den Vater gewonnen, nur um dann doch den Sohn an die Macht zu bringen?»

Thomas steht auf, holt geschmeidigen Schrittes die Weinkaraffe und kehrt damit zurück, um uns nachzuschenken.

«Der Sinn all dessen wird sein, dass dieser König kein solcher Herrscher sein wird wie sein Vater. Das Parlament wird Bedingungen stellen, und seine Befugnisse werden beschränkt sein. Wir werden nie wieder unseren König wie ein göttliches Wesen behandeln; wir werden seine Fehler und Schwächen sehen, ihn hinterfragen, ihn zur Rechenschaft ziehen. Das wird das Vermächtnis aus der Zeit Eures Vaters als Staatsoberhaupt sein, wenn schon sonst nichts.»

Ich schüttle den Kopf über seine Naivität, während ich mich zugleich frage, wie es sein kann, dass ich – eine junge Frau – die Welt in mehr Schattierungen sehe als dieser erfahrene Politiker. «Das ist Wunschdenken, Viscount. Sobald der Stuartkönig wieder auf dem Thron ist, wird er tun, was immer ihm beliebt. Ihr werdet ihn nicht kontrollieren können. England wird wieder in die früheren Verhältnisse abgleiten, und wir werden all die Freiheiten einbüßen, die wir erkämpft haben. Er wird der Presse einen Maulkorb anlegen, Freiheiten der Religionsausübung abschaffen, unsere mühsam erarbeitete Rolle als protestantischer Friedensstifter im Ausland aufgeben, vielleicht sogar Dünkirchen an seine französischen Freunde verkaufen!» Ich zähle meine Prophezeiungen an den Fingern ab. «Und wir werden den Kampf von vorn beginnen müssen, wenn wir unsere Freiheiten je zurückwollen.»

Thomas steht wieder auf, und ich frage mich, ob er ebenso wie Vater die Bewegung braucht, um seine Gedanken zu ordnen. Diesmal tritt er ans Feuer, nimmt das Schüreisen und stochert zwischen den glühenden Scheiten herum, bis Flammen züngeln.

«Versuchen wir einmal, die Sache anders zu betrachten», sagt er schließlich, den Blick noch immer ins Kaminfeuer gerichtet. «Was wäre die Alternative? Ich stand voll und ganz hinter dem Protektorat, wie auch immer Ihr über meine Beweggründe denken mögt. Himmel!» Thomas dreht sich wieder zu mir um und breitet die Hände aus, wie um sich gänzlich zu offenbaren. «Bildet Ihr Euch ein, ich hätte in Eure Familie eingeheiratet, meinen Namen für immer mit dem des Hauses Cromwell verbunden, wenn ich Euren Vater nicht unterstützt hätte? Viele meiner Verwandten haben mich deshalb als Verräter betrachtet, aber ich sah in Eurem Vater unsere größte Hoffnung, zu einer stabilen, traditionellen Regierung zurückzukehren. Wenn Oliver Cromwell länger gelebt hätte ... Wenn nicht Eure eigene Familie Richard verraten und seinen Sturz herbeigeführt hätte ... Aber Militärherrschaft? Das bleibt uns nun – die Führung durch eine Kabale von Armeeoffizieren, die über Gott schwadronieren und das Parlament mit Waffengewalt auflösen, wann immer sie wollen? So erkenne ich England nicht wieder.»

Es ist eine eindrucksvolle Rede, und mein Verstand jagt den losen Enden nach: Wenn Vater nur nicht so plötzlich gestorben wäre. Wenn man Richard nur mehr Zeit gelassen hätte. Wenn Charles uns nur nicht verraten hätte. Vielleicht, wenn Vater die Krone angenommen hätte ... Hätte das einen Unterschied gemacht? Ich fühle Tränen der Enttäuschung und Verzweiflung in mir aufsteigen und schüttle den Kopf, um sie zu unterdrücken.

Thomas beobachtet mich Augenblicke lang, ehe er seine Argumentation in etwas milderem Ton fortsetzt.

«Betrachtet es einmal so: Am Anfang stand der König gegen das Parlament, nicht wahr? Zu Beginn des Bürgerkrieges. Dann stand der König gegen das Parlament und das Parlament zugleich gegen seine eigene Armee. Doch dann, nachdem der König hingerichtet worden war und die Armee Eures Vaters uns Royalisten in Irland und Schottland endlich geschlagen hatte, da stand die Armee gegen das Parlament – und wen sollten wir in diesem Kampf unterstützen? Ich bin bei Monck: Die Seite Eures Vaters hat den Krieg für ein freies Parlament geführt, und wenn ein freies

Parlament entscheidet, den König zurückzuholen ... Wie könnte das dann falsch sein?»

Es ist eine so abenteuerliche Logik, dass mir der Kopf schwirrt.

Thomas setzt sich wieder und beugt sich eindringlich zu mir vor. «Letztendlich geht es doch darum, Lady Frances: Glaubt Ihr an die Herrschaft des Parlaments oder nicht? Ihr denkt, es ginge um den König, doch das ist nicht der Fall – es geht und ging schon immer um das Parlament.»

«Und was ist mit uns?» Ich weiß, ich sollte mich über eigennützige Interessen erheben und ihm auf dem Feld der Verfassungstheorie gegenübertreten, aber mir ist meine Familie wichtiger als alles andere. «Was ist mit meiner Familie?»

Daraufhin lehnt er sich in seinem Sessel zurück und gönnt sich einen großen Schluck Wein. «Der König wird geneigt sein zu vergeben.»

«Ha!», schnaube ich. «Ich will keine Vergebung, ich will Gerechtigkeit.»

«Ich glaube, er wird gerecht sein», erwidert Thomas rasch und hebt eine Hand, um mich zu bremsen. «Er ist kein Narr. Er will sein Königreich nicht wiedererlangen, nur um zuzusehen, wie es sich erneut rot von Blut färbt. Er muss Einigkeit schaffen. Der junge Charles Stuart ist ein Ehrenmann, seine Berater sind Pragmatiker, Männer, die nur eine Haaresbreite von ihren Freunden und Kollegen auf Eurer Seite trennte. Es wird keine Vergeltung geben.»

Ich erinnere mich daran, was Vater sagte, als er den Gedanken verwarf, mich mit Charles zu verheiraten: nicht nur, dass er verderbt und meiner unwürdig sei, sondern auch, dass der junge Mann denen, die seinen Vater getötet hatten, niemals vergeben werde. Ich kann nicht an die friedliche

Zukunft glauben, die Thomas entwirft. «Gilt das auch für Cromwells?», frage ich. «Auch für unsere Freunde, die uns und unser Protektorat unterstützt haben?»

«Ja!», erwidert er mit plötzlicher Leidenschaft. «Wenn Ihr Euch selbst richtig darstellt. Seht es doch einmal so: Eure Familie und ihre Unterstützer – von denen viele, wie ich und wie Lord Broghill, stets eine gewisse Sympathie für die royalistische Sache gehegt haben –, Ihr könntet die natürlichsten Verbündeten des neuen Königs werden. Ihr alle glaubt wie ich daran, dass die beste Regierung die durch eine Einzelperson und ein Parlament mit zwei Kammern ist. Ihr alle seid in Eurer Grundhaltung konservativ. Deshalb wolltet Ihr Oliver Cromwell zum König machen. Stellt Euch dem neuen König als große Befürworter der Monarchie dar, und Ihr werdet bei ihm auf größere Akzeptanz stoßen als bei den millenaristischen Republikanern und den radikal gottgefälligen Generälen wie Charles. Möglicherweise werdet Ihr sogar feststellen, dass Ihr mit den moderaten Royalisten mehr gemeinsam habt als jemals mit Fleetwood und Lambert.»

Meine Skepsis steht mir wohl im Gesicht geschrieben, denn Thomas beugt sich vor und ergreift mit überraschend zärtlicher Geste meine Hand.

«Frances, ich habe Euren Vater geachtet wie kaum einen anderen. Und ich denke, er hat erkannt, dass es in unserer Generation eine Chance auf Versöhnung gibt. Weshalb sonst hätte er mir Mary zur Frau gegeben? Weshalb sonst hätte er auch nur für einen Augenblick mit dem Gedanken gespielt, Ihr könntet den exilierten König heiraten – Mary hat mir davon erzählt», gesteht er, als ich fragend eine Augenbraue hochziehe.

«Ihr werdet Mary erlauben, eine Cromwell zu sein», sage ich entschieden, «was immer geschieht. Sie und ich werden niemals dem Namen unseres Vaters abschwören. Er ist, wer wir sind.»

«Ich weiß, und ich würde es auch niemals von Euch verlangen, noch werde ich je selbst schlecht von ihm sprechen, darauf gebe ich Euch mein Wort.»

Ich drücke seine Hand, doch dann stehe ich auf – ich will nicht mehr diskutieren.

«Ich habe Euch also nicht überzeugt?» Thomas schaut zu mir auf, und seine Züge entspannen sich zu einem wissenden Lächeln.

«Ihr habt wohl gesprochen, Schwager. Ihr habt gut argumentiert.»

«Aber Ihr seid nicht überzeugt?»

Ich schüttle den Kopf, ein wenig verstört über das gewaltige Ausmaß dessen, was er da von mir verlangt. «Ich bin eine Cromwell, von klein auf mit dem Kampf des Parlaments gegen den König aufgewachsen – könnt Ihr wirklich erwarten, dass ich in einem einzigen Gespräch sämtliche Lehren meines Lebens über den Haufen werfe?»

Thomas gesteht den Punkt gnädig zu, indem er den Kopf neigt. «Nun seid Ihr es, die wohl gesprochen hat, Schwester.» Und während er sich erhebt, fügt er hinzu: «Ich nehme den Tadel an.»

Ich kann seiner gewinnenden Art nicht widerstehen, und meiner Anspannung zum Trotz stiehlt sich wieder ein Lächeln auf meine Lippen. «Von einer Sache habt Ihr mich allerdings überzeugt», sage ich, indem ich mich auf halbem Weg zur Tür noch einmal umdrehe.

Er schaut mich fragend an.

«Ich glaube, wir werden doch noch Freunde.» Ich warte seine Erwiderung nicht ab, sondern verlasse rasch den Raum und steige die breite Treppe zu meinem Zimmer hinauf. Selbst wenn ich mit der Zeit Vertrauen zu Thomas fassen könnte – was, wenn er unrecht hat, wie ich befürchte? Was täte er, wenn sein königlicher Herr Rache an meiner Familie fordern würde?

Doch die Zukunft gehört Thomas, nicht mir. Binnen weniger Wochen geschieht das Schlimmste, das Allerschlimmste, das Unvorstellbare. Das Parlament fordert Charles Stuart auf, heimzukehren und seinen Thron zu besteigen; Thurloe und seine Verbündeten sind gescheitert. Lambert flieht aus dem Tower und unternimmt einen letzten verzweifelten Versuch, es zu verhindern: Er inszeniert ein Zusammentreffen bei Edgehill, am Schauplatz der ersten großen Schlacht des Bürgerkriegs. Doch es strömen nicht genug Unterstützer herbei, und er wird erneut verhaftet. Sie bringen ihn nach Tyburn, wo er unter dem Galgen stehend einen Vorgeschmack auf seinen Tod erhalten soll, dann wird er wieder in den Tower gezerrt. Indessen bekundet der neue König seine Liebe zu seinem Volk und segelt freudig über den Kanal. Vaters einstiger Berater General at Sea Edward Montagu, den ich einmal für so ehrenhaft und glanzvoll hielt, eskortiert den König persönlich an unsere Küste, und zwar auf Vaters bestem Kriegsschiff, der *Naseby*. Das Schiff wird in *Royal Charles* umgetauft, sobald der König seinen bestrumpften Fuß im Schnallenschuh auf die Laufplanke setzt.

Es gibt gesittete Feierlichkeiten in Newburgh Priory und ausschweifende Gelage überall im Land, ich jedoch fühle mich einfach nur krank, während meine Welt um mich herum zu Staub zerfällt. Es ist so endgültig, denke ich: ein so absolutes Ende unserer großen Kriege – sowohl der blutigen als auch der mit Worten –, wie man es sich nur vorstellen kann. Wie sollen wir das je verwinden? Thomas reist nach London in sein Stadthaus, bereit, das Knie zu beugen. Mary wünscht ihm viel Erfolg, dann zieht sie sich mit mir in ihr Zimmer zurück, um ihre Scham zu verstecken. Von da an verbringen wir den Großteil unserer Zeit so zurückgezogen – nur wenn wir miteinander allein sind, können wir unseren Gram offen zeigen und uns ganz unserer Trauer um einen Tod hingeben, der sich für uns ebenso real anfühlt wie der unseres Vaters. Hier in Newburgh mag ich sicher sein, aber wie sehr wünschte ich nun, ich wäre in Chippenham bei Harry oder bei Mutter und John. Wir schreiben uns, doch keiner weiß so recht, was er sagen soll. John Russell versichert mir brieflich, dass er an mich denkt und wünscht, ich käme nach Chippenham zurück. Ich antworte nicht; ich kann seine Freundlichkeit im Augenblick kaum ertragen.

Allein mit meinen Grübeleien, denke ich daran, wie der junge König in höhnischem Triumph in London Einzug hält, mit einer Prozession, so laut und prunkvoll wie die Caesars, die in Hampton Court über die goldene Galerie marschiert. Ich erinnere mich an Vaters Gesicht, als er im Kerzenschein zu Mantegnas herrlichen Gemälden aufblickte, während er über die schwere Verantwortung der Macht nachdachte. Ich denke an die Orte, an denen ich zu Hause war, und stelle mir vor, wie Charles Stuart in den Palästen herumtollt, uns alle verlacht und mit seinen Mätressen das Bett teilt, in denselben Räumen, in denen Mutter und Vater geschlafen haben; in demselben Bett, in dem Vater starb, die Worte des Apostels Paulus auf den Lippen: *«Ich vermag alles durch den, der mich mächtig macht, Christus.»* Ich kenne Christus nicht mehr, und so versuche ich stattdessen, Vaters

Kraft heraufzubeschwören, damit sie mich mächtig macht. Ich versuche, dieses Herzeleid zu ertragen, wie er es getan hätte – wie er wollen würde, dass ich es tue.

Doch mein Blut ist vor Zorn zu sehr in Wallung. Ich denke wütend an die affektiert lächelnden Höflinge, wie sie herbeiströmen, um den neuen König willkommen zu heißen; ich lese die flugs veröffentlichten Pamphlete meiner alten Freunde Bulstrode Whitelocke und John Thurloe, in denen sie ihre früheren Fehler erklären sowie ihre leidenschaftliche Loyalität zu diesem aufgeblasenen Stutzer bekunden. Wenn die Oberfläche der «Restauration» – wie sie es nennen – von Hoffnung und Glück glänzt und schimmert, so ist das doch nur eine Fassade, hinter der sich Angst und Gewalt verbergen. Master Miltons Bücher werden vom Henker vor dem Old Bailey verbrannt, Puppen in Gestalt meines Vaters hängen aus Fenstern, und das Parlament selbst schreit nach Anklagen und Verhaftungen – nun werden alte Rechnungen beglichen.

Seinen honigsüßen Worten und Versprechungen von Straffreiheit zum Trotz dürstet der neue König nach Blut, und wir warten angstvoll darauf, dass er gegen uns vorgeht. Unsere Freunde in London versuchen unterdessen, sich mit Ausreden und Schmeicheleien der Verhaftung zu entziehen. Ich erfahre, dass Bulstrode Whitelocke, der sich doch so eifrig in gedruckten Schriften entschuldigt hat, dem Gefängnis letztendlich nur mit Hilfe beträchtlicher Bestechungszahlungen an seine einstigen Freunde und Klienten entgeht. Uns erreicht auch das Gerücht, Thurloe habe sich vor der Verfolgung gerettet, indem er ein kleines schwarzes Büchlein voller Geheimnisse zückte, welche die neue Regierung in Verlegenheit bringen würden; Informationen, die er in seinen vielen Jahren als Leiter des englischen Spionagenetzwerks gesammelt hat und die ihm nun als Versicherung dienen. Am meisten fürchte ich um Charles Fleetwood, sosehr ich ihm auch wegen seines Verrats grolle, und es vergeht eine angespannte Zeit, da sein Name in der Entwurfsfassung der Liste derer vorkommt, die von der versprochenen allgemeinen Straffreiheit ausgenommen werden sollen. Einzig dank der Fürsprache seiner Freunde im House of Lords wird er im letzten Moment von der Liste gestrichen. Er kommt ohne Strafe davon, aber er darf auf Lebenszeit kein öffentliches Amt mehr bekleiden.

Und Dick? Er erleidet von allen den traurigsten und schmerzlichsten Verlust. Wie er befürchtet hatte, hält das Parlament nicht das Versprechen, seine offiziellen Schulden zu begleichen, sodass er von Gläubigern belagert wird. Da eine wütende Menge aus Kaufleuten bereits an seine Tür hämmert und die Männer des Königs sicher nicht mehr fern sind, flieht Dick bei Nacht und Nebel auf den Kontinent. Er geht ins Ungewisse, in ein einsames Exil, lässt seine Kinder und seine Frau Dorothy zurück, die gerade wieder schwanger ist. Er geht an einen Ort, wohin ich ihm nicht folgen kann, und ich fürchte, ich werde ihn nie wiedersehen.

Jetzt bin ich wahrhaftig von der Bühne verschwunden. Die Prinzessin, die einst als Venus tanzte, schaut der Aufführung nun nicht einmal mehr aus den Kulissen oder von den billigsten Plätzen aus zu. Ich stehe draußen in der Kälte, ohne irgendeine Aussicht auf eine Eintrittskarte. Manchmal frage ich mich, ob der neue König jemals an mich denkt: die puritanische Prinzessin, die er einmal zur Frau nehmen wollte und die jetzt lebt wie all seine anderen Untertanen. Ich sehne mich nach der Bedeutung, die mein Leben früher hatte, und kann nicht anders, als verzweifelt nach einer neuen zu suchen, noch während ich fühle, wie ich in Vergessenheit gerate. Je tiefer ich begraben werde, umso verzweifelter suche ich nach Verbindungen, lebe in den Zeilen der Briefe meiner Verwandten und den Seiten meiner Bücher, forsche in der fernen Vergangenheit nach Antworten. Wo Vater auf die göttliche Vorsehung schaute, wenn er Führung brauchte, da schaue ich auf die Entscheidungen, die der Mensch in der Geschichte getroffen hat: seine Triumphe, seine Fehler, seine Fähigkeit, entgegen jeder Wahrscheinlichkeit zu überleben und es zu etwas zu bringen.

Da ich selbst keinen Einfluss nehmen kann, will ich gar nicht wissen, was für schreckliche Dinge derzeit in London vor sich gehen. Doch es lässt sich nicht vermeiden, dass bruchstückhafte Informationen mich erreichen, sei es aus den Gesprächen von Thomas' Familie beim Frühstück oder dem Getuschel der Bediensteten, die in meinem Zimmer sauber machen. Und so höre ich, als der Herbst kommt, von den Prozessen und grausigen Hinrichtungen jener tapferen Männer, denen der neue König vorwirft, seinen Vater getötet zu haben – der Männer, die wussten, dass sie ihr Leben in die Waagschale legten, als sie vor mehr als zehn Jahren das Todesurteil König Charles' I. unterzeichneten. Sie haben den König in einen ernsten, würdevollen Tod geschickt, doch sie selbst sterben in der Jahrmarktsatmosphäre einer Bärenhatz.

Für die Skandalpresse sind sie «Königsmörder», die den grässlichen Tod durch Hängen, Ausweiden und Vierteilen verdienen. Für mich jedoch sind sie Helden – die tapfersten Männer, die ich mir vorstellen kann. Und sie bleiben tapfer bis zum Schluss: Bei ihren Prozessen stehen sie ehrenhaft zu ihren Taten, obwohl das Gericht den Henker in Sichtweite platziert, um sie einzuschüchtern; sie erklären, da sie wahrhaftig für Gott und ihr Vaterland gehandelt hätten, schämten sie sich nun nicht, nach dem Gutdünken ihrer Feinde bestraft zu werden; fest in dem Glauben, ihre gute, gottgefällige Sache werde wiederaufleben. Als Major General Thomas Harrison auf der Schleife zu seiner Hinrichtung gebracht wird, berichten selbst die feindseligsten Journalisten von seiner Heiterkeit, seiner gefassten Geisteshaltung, seiner Todesverachtung und Großmut. Ich bin so stolz auf diese Männer – diese Waffenbrüder meines Vaters –, als wäre ich die Tochter jedes Einzelnen von ihnen. Zum ersten Mal in meinem Leben bin ich erleichtert, dass Vater tot ist, dem Zugriff des Henkers entzogen.

Wenigstens glaube ich das. Eines Abends trifft unverhofft ein Brief von Bridget ein. Es überrascht mich, auf der Außenseite ihre vertraute Handschrift zu sehen, denn wir hatten kaum Kontakt seit unserer letzten Begegnung an dem Morgen, als Dick und ich Whitehall verließen. Ich reiße den Brief hastig auf, und aus der handbeschriebenen Seite fällt ein Pamphlet: ein einzelnes, fett bedrucktes Blatt. Ich überfliege es zuerst, dann sinke ich inmitten meiner gebauschten Röcke zu Boden, das Papier in der Faust, sodass die Schrift verwischt. Mary kommt in mein Zimmer, und ich höre wie aus weiter Ferne ihre Frage, was geschehen ist. Ich schaue zu ihr auf, Tränen brennen in meinen Augen.

«Das ist eine Bill of Attainder.»

«Was ist das?»

«Ein parlamentarischer Strafbeschluss. Das Parlament verurteilt einen Beschuldigten strafrechtlich, als wäre es ein Gericht.»

«Und was steht darin?»

«Die verbleibenden flüchtigen Königsmörder – die Männer, auf die sie überall in Europa und der Neuen Welt Jagd machen – werden wegen Hochverrats verurteilt …»

«Und?»

«Und auch diejenigen Königsmörder, die schon gestorben sind: John Bradshaw, Thomas Pride, Henry Ireton … und Vater.»

Mary schaut mich kopfschüttelnd an und nimmt mir das Blatt aus der Hand, um selbst zu lesen. «Aber wie können sie Männer verurteilen, die doch bereits tot sind? Was bedeutet das?»

Ich taste auf dem Boden nach Bridgets Brief. Er ist kurz, in dem gleichen klaren, entschiedenen Ton abgefasst, in dem meine große Schwester auch spricht. Ich lese ihn schnell, dann lässt ein plötzlicher Anfall von Übelkeit mich aufspringen und zum Nachttopf eilen. Ich erreiche ihn gerade noch rechtzeitig, würge keuchend, schmerzhaft, starre auf das Erbrochene, das am Boden der Porzellanschüssel gelblich glänzt.

«Sie holen Vaters Leichnam aus seiner Gruft in der Abtei, hängen ihn in Tyburn an den Galgen und schlagen ihm dann den Kopf ab.» Ich spreche die Worte in die Schüssel, ehe ich mich erneut übergebe.

Gleich am nächsten Tag brechen Mary und ich nach London auf. Wir wissen nicht, was wir tun sollen, wenn wir dort ankommen, oder wen wir um Hilfe bitten können. Aber wir wissen, wir dürfen nicht zulassen, dass dieses Gemetzel an Vater verübt wird; notfalls werden wir uns über seinen Leichnam werfen, um es zu verhindern.

KAPITEL DREIZEHN

Als wir endlich spätabends in Thomas' Londoner Stadthaus eintreffen, sitzt er noch in der Bibliothek und liest. Mary wirft sich sogleich in seine Arme, noch ehe er die Brille absetzen kann, und lässt ihrer Tränenflut freien Lauf. Ich schaue in hoffnungsloser Sehnsucht zu und umklammere Roberts Miniatur in meiner Tasche so fest, dass ich fürchten muss, den Rahmen zu zerbrechen.

Als Thomas über Marys Schulter zu mir schaut, fauche ich ihn an.

«Ihr habt gesagt, der König werde versöhnlich sein, nicht auf Blutvergießen aus!»

«Ich weiß.»

«Ihr habt gesagt, es werde keine Rache an meiner Familie geben.»

«Ich weiß. Es ist entsetzlich, eine Schande. Ich bin empört, ebenso wie sehr viele andere.»

«Wir müssen etwas unternehmen!»

«Kommt her, setzt Euch.» Er versucht, mich zu beschwichtigen wie einen kläffenden Hund.

«Ich brauche etwas zu schreiben», sage ich und gehe an ihm vorbei zum Schreibpult, ohne auch nur meinen Reisemantel abzulegen. «Ich muss Bridget mitteilen, dass wir hier sind.»

Am nächsten Abend sitzen wir gerade beim Essen, als

Bridget hereingeführt wird, und meine Augen weiten sich, als ich hinter ihr die hochgewachsene, militärische Gestalt ihres Mannes Charles erblicke. Thomas steht auf und geht ihnen entgegen, ganz der wohlerzogene Diplomat. Er küsst Bridget auf die Wange und geleitet sie zum Tisch, dann kehrt er zu Charles zurück. Ich beobachte schweigend, wie meine Schwäger sich mit Blicken messen, ehe sie sich langsam die Hand reichen, sichtlich ohne große Begeisterung auf beiden Seiten. Ich muss an jenes furchtbare Essen in Whitehall vor fast zwei Jahren denken, als Charles Thomas' Berufung in Richards Staatsrat verhindert hatte und anschließend Thomas derart provozierte, dass dieser den Raum verließ. Hätten sich die Dinge anders entwickelt, wenn Thomas und Lord Broghill im Rat gesessen hätten, wie Dick es wollte?

Mary und ich bleiben sitzen, und auch wenn ich mich plötzlich danach sehne, meine ältere Schwester zu umarmen, macht keine von uns Anstalten, sie zu begrüßen. Ich nicke ihr nur zu, und Mary gibt einem Diener einen Wink, den beiden Wein einzuschenken. Während die Bediensteten hantieren, beobachte ich Bridget und Charles. Falls ich erwartet hatte, sie beschämt zu sehen, so hätte ich es besser wissen müssen: Das lag noch nie in ihrer Natur. Immerhin meine ich, den hocherhobenen Häuptern zum Trotz ihren reichlichen Vorrat an Selbstbewusstsein und Überzeugung etwas geschrumpft zu sehen, und Charles scheint um zehn Jahre gealtert, sein blondes Haar ist aschgrau. Als die Gäste zu trinken haben, schickt Thomas die Diener fort: Was wir zu besprechen haben, darf niemand mithören.

«Ihr seht wohl aus, Mädchen.» Bridget ist es, die unerwartet sanft das Wort ergreift. «Ich habe euch beide vermisst.»

Ich denke über eine Antwort nach, habe aber keine Ahnung, wie ich den beiden begreiflich machen könnte, wie zornig ich auf sie bin, dass ich sie für all unser Unglück verantwortlich mache. Vielleicht würden sie mir erklären, ich sei ungerecht, es hätten noch viele andere in dieser Tragödie mitgespielt – aber wie kann ich an andere denken, wenn ich durch den Verrat in meiner eigenen Familie geblendet bin?

«Wir sind auf deinen Brief hin nach London gekommen, Biddy», erklärt Mary schließlich. «Es geht um Vater, wir wollen sehen, was sich tun lässt.»

«Es ist eine Schande», sagt Charles und funkelt Thomas herausfordernd an, auch wenn sein Ton traurig ist. «Einen solchen Akt an einer Leiche zu vollziehen – am Leichnam eures Vaters.»

«Und an Henrys», fügt Bridget leise hinzu, und es rührt ein wenig an mein Herz, als ich mich darauf besinne, dass ihr erster Mann – ihre große Liebe Henry – neben unserem Vater aufgeknüpft werden soll.

Charles wirft seiner Frau einen Seitenblick zu und greift nach ihrer Hand. Seine Sorge um sie rührt mich, erst recht, da ihre Trauer seinem Vorgänger gilt.

«Wenn sie sie aus der Abtei holen», fährt Bridget fort und schaut Charles nun mit großen Augen an, «graben sie dann auch unsere kleine Anne wieder aus und Betty und Großmutter?» Tränen steigen ihr in die Augen, ein so seltener Anblick, dass ich sie völlig ratlos anstarre.

«Wir hatten größere Achtung vor den Toten als diese Leute», sagt Charles bitter, und ich erinnere mich, dass er den Säugling, den er in der Abtei begraben ließ, von allen seinen Kindern am meisten liebte. «Der König bekam nach seiner Hinrichtung ein anständiges Begräbnis in der Kapelle von Windsor Castle», fährt er fort, «obwohl er ein Tyrann und Verräter war.»

Ich rechne damit, dass Thomas bei diesen Worten erbleicht, doch stattdessen nickt er. «Dem stimme ich zu», sagt er ruhig. «Seid gewiss, solche Barbarei werde ich nicht verteidigen.»

Charles' Kopf fährt zu ihm herum, dass seine grauen Locken wippen. «Dann können wir in Eurem Beisein offen darüber sprechen? Wir können Euch vertrauen, trotz all Eurer Liebe zum Thronprätendenten?»

Thomas mustert ihn kühl. «Ich kann Euch eines versprechen, Fleetwood: dass ich meine Frau und ihre Familie niemals verraten werde, um keiner Sache willen.»

Wie seltsam es ist, diese Worte von ihm zu hören: dem letzten Neuzugang unserer Familie, dem unbekannten Royalisten, den wir alle, insbesondere Charles, so lange mit Argwohn betrachtet haben. Und doch war es Charles – den Vater liebte wie kaum einen anderen –, der unseren Untergang herbeigeführt hat. Ich erwarte, dass Charles gereizt auf den Seitenhieb reagiert, doch sein Kampfgeist hat ihn ebenso schnell wieder verlassen, wie er erwacht war. Er schaut erst Mary an, dann mich, den Schmerz und die Trauer eines ganzen Lebens in den Augen.

«Genug von der Vergangenheit», platze ich heraus und wundere mich im nächsten Moment über mich selbst. «Was ist nun mit der Schändung von Vaters Leichnam? Wissen wir, wann es geschehen soll? Können wir es verhindern?»

«Soweit ich weiß, ist es für den Jahrestag der Hinrichtung des alten Königs geplant, für den 30. Januar», sagt Thomas.

«Wie symbolisch», bemerkt Mary bitter.

«Also erst in ein paar Monaten», stelle ich fest und blicke in die Runde. «Uns bleibt noch Zeit, uns etwas zu überlegen, nicht wahr?»

Wir sitzen einige Augenblicke lang schweigend da, ehe Charles leise hüstelt.

«Ich habe eine Idee», erklärt er leise. «Der Plan ist gefahrvoll und wird höchstwahrscheinlich scheitern, aber möglicherweise haben wir eine Chance, ihn zu verwirklichen, wenn ich die richtigen Leute schmiere und auf ein paar alte Bekannte zurückgreife, die mir Treue schulden. Ich kann es allein tun – ich habe nichts mehr zu verlieren, und ich bin es eurem Vater schuldig.»

«Nein, Charles, wir helfen mit», widerspreche ich rasch und schaue zu Mary, die ihrerseits Thomas ansieht.

Alle Augen am Tisch sind auf den Viscount gerichtet. Er erhebt sich, geht einmal um seinen Stuhl herum, das Kinn auf der Brust, dann setzt er sich wieder und greift nach Marys Hand.

«Und ich ebenfalls», sagt er.

Es ist neun Uhr an einem tristen Januarabend, als ich durch die Hintertür aus dem Haus schlüpfe. Zum Schutz vor dem plätschernden Regen ziehe ich meine schlichte Kapuze fest um mich. Wir hatten mehrere Monate Zeit, um diesen Abend zu planen, und bislang ist alles reibungslos verlaufen: Thomas, Mary und ich haben um sieben zusammen gegessen, dann habe ich mich entschuldigt und mich früh zur Ruhe begeben. Mary hatte die heimlich entwendete Dienstbotenkleidung für mich bereitgelegt, und solchermaßen verkleidet stehle ich mich nun unbemerkt aus dem herrschaftlichen Stadthaus der Fauconbergs. Als ich um die Hausecke biege, sehe ich Charles im Schatten der hohen Gebäude auf der anderen Straßenseite stehen und unter seinem breitkrempigen Hut hervor nach mir Ausschau halten.

Als er mich erblickt, zieht er seinen schäbigen Schal und Mantelkragen höher, um sein Gesicht zu verbergen, und steigt die Stufen zum Haus hinauf. Ich höre undeutlich, wie er mit dem Verwalter spricht, der ihm die Tür öffnet, höre ihn sagen, er habe Viscount Fauconberg einen dringenden Brief aus Yorkshire zu überbringen.

Ich gehe weiter, den Kopf tief gesenkt, bis ich um die nächste Ecke gebogen und vom Haus aus nicht mehr zu sehen bin. Dort warte ich eine Minute, bis Charles zu mir kommt, mich wortlos am Arm fasst und die Straße entlangführt, dann durch eine Gasse zu einem kleinen Hof hinter einer Reihe vornehmer Häuser. Dort steht ein Fuhrwerk, beladen mit Fässern, deren runde Formen unter einer Plane undeutlich auszumachen sind. Ein ungeschlachter Kerl steht wartend daneben und kaut an seinen Fingernägeln.

«Frage nicht, wer er ist», flüstert Charles, ehe er mir auf den Bock hilft und anschließend selbst aufsteigt. Ich verdrehe den Hals und sehe, wie der ungepflegte Mann die Plane anhebt und hinten auf das Fuhrwerk klettert, dann treibt Charles auch schon das Pferd an.

Wir fahren durch die Nebenstraßen Londons, und der Regen nässt unsere Gesichter.

«Das ist gut», bemerkt Charles, als ich mir mit meinem Handschuh das Gesicht abwische. «So sind weniger Leute auf den Straßen unterwegs. Wir müssen nur darauf achten, dass die Säcke nicht nass werden.»

Wir legen eine weite Strecke zurück, mehrere Meilen quer durch London. Dabei kommen wir so dicht an Whitehall vorbei, dass ich mein einstiges Zuhause beinahe riechen kann, aber Charles hält sich immer in den Nebenstraßen, sodass ich nur zwischen Gebäuden und durch Straßenfluchten gelegentlich einen Blick auf den Palast erhasche. Endlich erreichen wir offenes Gelände, und er lenkt das Fuhrwerk auf den Hof einer Brauerei hinter einem Wirtshaus, nicht weit von der Drury Lane, wo wir früher einige Zeit gewohnt haben. Auf dem Hof stehen noch mehr Fuhrwerke, und ein paar Pferde sind im Stall angebunden, aber aus den umstehenden Gebäuden dringt kein Lebenszeichen. Das einzige Geräusch kommt von dem Schild des Wirtshauses mit einem sich aufbäumenden roten Löwen darauf – wie in Vaters Wappen –, das sacht im Regen schaukelt.

Charles wartet ein paar Minuten, ehe er sich behände vom Fuhrwerk gleiten lässt. «Psst.» Er schaut zu mir auf. «Du musst hierbleiben und Wache halten.»

Ich nicke und sehe zu, wie Charles zur Hintertür des Wirtshauses geht, gefolgt von dem Mann, der mit uns gefahren ist. Charles klopft leise an, daraufhin erscheint in einem Fenster eine Kerze, dann wird die Tür geräuschlos geöffnet. Die Männer gehen hinein, und ich ziehe die Kapuze fester um mein Gesicht. Sie bleiben nur wenige Minuten fort. Die Tür öffnet sich erneut, und Charles und sein Komplize kommen zum Vorschein. Sie tragen zu zweit etwas Schweres, dick in Tücher Verpacktes. Eilig schleppen sie ihre Last ans hintere Ende des Fuhrwerks, und ich fühle, wie es nachgibt, als sie den schweren Gegenstand hineinwuchten. Ich höre ein dumpfes Scharren, dann sehe ich die beiden wieder zum Wirtshaus laufen. Diesmal tragen sie gemeinsam etwas, das aussieht wie ein großer Sack Mehl.

Alles ist wieder ruhig, und ich wähne uns schon fast in Sicherheit, als ich Schritte höre. Zwei Männer kommen leicht torkelnd um die Ecke auf den Hof. Als sie unter der Laterne am Eingang hindurchgehen, erkenne ich, dass es Soldaten sind. Mir stockt das Herz. Während sie auf mich zukommen, strenge ich mich an, klar zu denken. Einer der beiden stolpert und hält sich am anderen fest. Sie sind betrunken, denke ich – Gott sei Dank. Vielleicht bemerken sie nicht, dass hier etwas im Gange ist.

«'n Abend, Fräulein», sagt der, der gestolpert ist, und grinst mich unter seinem Hut hervor an. «Was macht denn ein hübsches Mädchen wie du so ganz allein hier draußen?»

«Ich warte auf meinen Herrn, Sir», antworte ich und bemühe mich dabei, den weichen, rollenden Akzent einer Dienerin vom Land nachzuahmen.

«Was ist auf dem Karren?» Der andere Mann schaut auf die Plane hinter mir.

Ich überlege schnell. «Mehl, Sir, und Fässer mit Ale. Wir sollten sie eigentlich schon früher abliefern, aber wir haben uns verfahren.»

«Ale?» Sein Gefährte grinst.

«Ja, Sir, aber ich kann Euch nichts geben, außer wenn der Wirt es erlaubt.» Ich zwinge mich zu lächeln, während ich fieberhaft nachdenke, was ich tun soll, falls die Männer das Fuhrwerk näher in Augenschein nehmen.

Der aufmerksamere Mann legt den Kopf schief und mustert mich scharf. Nach ein paar Augenblicken geht er um das Fuhrwerk herum nach hinten. Ich schließe verzweifelt die Augen, da höre ich ein würgendes Geräusch.

«Bah! Herrgott noch mal, Mann, du hast meine Stiefel eingesaut. Oh nein! Schon wieder? Komm her, schnell», und damit führt der Mann seinen betrunkenen Kumpan rasch auf die andere Seite des Hofes, wo sie über eine Treppe verschwinden.

Gleich darauf schlüpfen Charles und sein Gehilfe leise zur Hintertür heraus. «Alles in Ordnung?», fragt er mich.

Ich nicke, noch immer zitternd.

«Gut.» Charles tippt sich an den Hut, um den anderen Mann zu verabschieden, der hinaus auf die Straße eilt und verschwindet. Charles überprüft noch einmal das Fuhrwerk, zurrt die Plane fest, dann springt er auf den Bock, und wir machen uns wieder auf den Weg.

Er fährt jetzt schneller, schaut sich nach beiden Seiten um, während wir über das Gelände und durch die Straßen rollen, quer durch die Stadt nach Norden. Nach einigen Minuten Fahrt getraue ich mich zu sprechen: «Vater?»

«Ja, er ist hinten.»

Mir stockt der Atem, die Vorstellung begeistert mich ebenso, wie sie mich abstößt. «Ist er … unversehrt?»

«Er ist gut eingepackt, in viele Schichten Sacktuch gehüllt. Er ist unversehrt.»

Tränen steigen mir in die Augen; ich weiß selbst nicht recht, was ich empfinde.

«Und Henry? Ich dachte, wir würden beide mitnehmen.»

Charles rutscht neben mir auf dem Sitz herum. «Es ging nicht, auch wenn ich gut gezahlt habe. Der Medizinstudent hat zwar unter den Verbrechern, die er seziert, eine Leiche gefunden, die der deines Vaters ähnelte, aber für Henry Ireton konnte er keinen passenden Ersatz beschaffen. Henry ist schon zu lange tot, mit so alten Leichen beschäftigen sich die Ärzte nicht mehr. Dein Vater ist erst vor wenigen Jahren gestorben und war einbalsamiert, deshalb kann eine frischere Leiche von der richtigen Statur, die lädiert genug ist, notfalls für die seine durchgehen.»

Ich schlucke, um den Gallegeschmack im Mund loszuwerden. «Hast du es Biddy gesagt?», frage ich, als ich wieder sprechen kann.

«Ich musste. Mein armer Liebling, sie hat furchtbar geweint. Aber sie versteht es, sie sagt, wahrscheinlich ist es so ohnehin sicherer – eine ausgetauschte Leiche bleibt eher unbemerkt als zwei.»

«Das sieht Biddy ähnlich», sage ich und bewundere ihre Großmut. «Sie stellt ihre eigenen Interessen nie an die erste Stelle.»

«Eigentlich wollte sie statt deiner heute Abend mitkommen», fährt Charles fort, «aber ich habe sie überredet, zu Hause zu bleiben. Sie muss mir ein Alibi geben, falls Nachforschungen angestellt werden.»

«Du hast recht daran getan. Und Mary wird für mich dasselbe tun. Aber wie hast du dafür gesorgt, dass die Toten rechtzeitig vor heute Abend über der Erde bereitlagen? Sie sollen doch erst übermorgen hingerichtet werden.»

«Unser Schwager Viscount Fauconberg verfügt über großen Einfluss am Hof. Er hat ein paar Leuten die Idee eingeflüstert, die Leichen frühzeitig aus der Gruft zu holen, damit für einen Sixpence Schaulustige die Gelegenheit erhalten, Old Nolls Sarg ein letztes Mal zu sehen.» Charles lächelt bitter im Mondschein.

Ich schaudere ob dieser Schande. «Und der Soldat, der im Red Lion die Leichen bewachte? Wie hast du ihn gekauft?»

Daraufhin erhellt sich Charles' Miene wirklich; ich kann mich nicht erinnern, wann ich ihn zuletzt richtig habe lächeln sehen. «Das brauchte ich gar nicht. Er ist ein Armeeveteran, hat bei den Ironsides unter Oliver in einem seiner alten Regimenter gedient. Der alte Kamerad hat zu mir gesagt, er täte alles für den großen Cromwell, den er so verehrte. Er sagte, er wäre deinem Vater bis an die Pforten der Hölle gefolgt.»

Ein paar Minuten später erreichen wir Clerkenwell Green am nördlichen Stadtrand. Charles lenkt das Fuhrwerk durch eine schmale Gasse im Schatten einer alten Priorei, und voraus steht Fauconbergs Kutsche mit flackernden Laternen bereit. Charles schaut sich hastig um; es ist eine geschützte Stelle, nicht von irgendwelchen Fenstern aus einsehbar, und die Straßen sind menschenleer. Er nimmt die Laterne und hebt sie über seinen Kopf. Die Laterne an der Kutsche vor uns erwidert das Signal.

Charles springt vom Bock und hilft mir beim Absteigen. Wir stehen schweigend da, bis zwei Gestalten aus der Düsternis auftauchen: Thomas und sein Diener. Sie eilen auf uns zu, und Charles fasst Thomas an der Schulter.

«Guter Mann!», sagt er mit der ruppigen Herzlichkeit eines Soldaten.

Thomas ringt sich als Erwiderung ein nervöses Lächeln ab. «Ging alles reibungslos?»

«Bislang ja. Kommt, schnell.»

Ich stehe wie angewurzelt und sehe zu, wie die drei Männer ans hintere Ende des Fuhrwerks eilen. Sie bücken sich, wuchten etwas hoch, dann schlurfen sie zur Kutsche hinüber und tragen dabei gemeinsam meinen Vater. Sie zwängen ihn eben in den Hohlraum unter dem Sitz der Kutsche, als ich wieder zur Besinnung komme.

«Wartet!» Ich laufe zu ihnen hinüber. «Ich muss mich verabschieden.»

«Rasch, Frances», drängt Thomas. «Ich muss ihn so schnell wie möglich aus der Stadt schaffen, auf die Straße nach Norden. Die Diener glauben, ich sei schon vor Stunden nach Newburgh aufgebrochen, gleich nachdem Charles den Brief überbrachte. Ich muss die verlorene Zeit aufholen.»

«Nur einen Moment.» Sie machen mir Platz, und ich lege die Hand auf das Sacktuch, unter dem sich der Leichnam meines Vaters befindet. Er ist in so viele Schichten gewickelt, dass ich nicht weiß, welchen Teil von ihm ich berühre, aber ich hebe die Hand an den Mund, küsse meine Fingerspitzen und lege sie dann wieder auf ihn, drücke sie in die weichen Hüllen, damit er meine Berührung spürt. «Gott sei mit dir, Vater. Lebe wohl.»

Ich trete zurück, Thomas steigt in die Kutsche und lässt sich auf dem Sitz über Vater nieder. Sein Diener breitet eine große Decke über seinen Schoß und schließt die Tür, dann steigt er auf den Kutschbock. Er lässt die Peitsche knallen, Thomas lächelt noch einmal, und schon sind sie fort.

Ich schaue ihnen nach. Charles legt einen Arm um mich. «Es wird gutgehen», versichert er und drückt meine Schulter. «Niemand wird auf den Gedanken kommen, Viscount Fauconberg – einem großen Günstling des Königs – Fragen zu stellen, wenn er zu seinem Landsitz fährt.»

Ich lache unter Tränen. «Danke, Charles», sage ich und lege den Arm um seine Taille.

Wir stehen zusammen, Schulter an Schulter, Rock an Rock, wie eine Kette aus Papierpüppchen, gekommen, um die Hinrichtung unseres Vaters zu sehen. Wir haben unsere Kapuzen tief ins Gesicht gezogen, eine frostige Windbö greift in meinen Mantel und lässt die drei Schlingen baumeln, die vor mir vom Galgen hängen.

Wenn später Leute hiervon schreiben, werden sie sagen, das Volk habe gejubelt, als Old Noll, der große Usurpator, aufgeknüpft und zurechtgestutzt wurde; Gerechtigkeit sei geschehen, und Gott habe lächelnd auf diesen Tag geblickt.

Doch wir werden die Wahrheit kennen. Wir sind auch hier.

Ich lege die Arme um meine Schwestern, und meine Tränen sind eher solche des Triumphes denn der Trauer. «Wir haben es geschafft», flüstere ich. «Wir haben sie um ihre Rache betrogen.»

Bridget nickt, dann schaut sie mich mit hellen, glänzenden Augen an. «Henry hätte gewollt, dass wir Vater retten. Er blickt nun auf uns herab und versteht.»

Ich hoffe es. Ich drücke sie an mich und spüre, wie mich angesichts unseres Sieges eine Woge der Kraft durchströmt und auch ein Gefühl der Befreiung. «Wir haben Vater zurückgeholt», sage ich. «Unser Leben gehört wieder uns. Charles Stuart wollte mir meine Zukunft rauben, aber er bekommt sie nicht.»

«Und was ist mit meiner Zukunft?», fragt Mary leise. «Ich kann keine Kinder bekommen, dessen bin ich gewiss. Mehr als drei Jahre sind nun vergangen und … nichts.»

Ich küsse Mary auf den Kopf, dabei kullert eine Träne über meine Wange und fällt auf ihre Stirn. «Vielleicht wird es noch, Liebes, vielleicht bekommst du doch noch welche.»

Meine Gedanken schweifen in die Vergangenheit, in Mutters und Vaters prächtiges Privatgemach zu Whitehall, und ich höre wieder, wie Mary sich bereit erklärt, sich in jedwede Ehe zu fügen, die Vater für sie beschließt, wenn er mir erlaubt, Robert zu heiraten. Die Erinnerung rührt etwas in mir an, und in diesem Moment weiß ich, wie meine Zukunft aussehen wird.

«Hör zu, Mary», sage ich. «Du hast damals um meinetwillen geheiratet. Nun bin ich an der Reihe, um deinetwillen zu heiraten. Wenn du keine Kinder bekommen kannst, werde ich sie für uns bekommen, und es werden deine und meine Kinder sein, versprochen.»

EPILOG

Wir brauchen viele Minuten, um bis ganz hinauf unter das Dach des Hauses zu steigen. Ein gewöhnlicher Besucher in Newburgh Priory würde annehmen, er sei am höchsten Punkt angelangt, wenn er die Dachkammern erreicht, wo die Bediensteten schlafen. Doch dem ist nicht so. Wir ziehen einen unscheinbaren Vorhang in einem von Spinnweben durchzogenen Korridor beiseite und erklimmen eine weitere steile Treppe, bis wir atemlos in einer engen, gemauerten Kammer stehen, die in das Dach selbst hineingebaut scheint. Ich schaue mich um, die Hände auf den Hüften, während ich darauf warte, dass mein Atem sich beruhigt. Es ist ein kahler, leerer Raum, einzig die Bauweise ist bemerkenswert: ein Gewölbe zwischen den Dachbalken, eine Gruft im Himmel.

«Er ist hier?»

Ich nicke nur, unwillig, die Antwort laut auszusprechen.

«Gütiger Gott.»

John Russells Stimme hallt von dem Stein wider, und ich sehe zu, wie seine Worte zurückprallen und in der Kammer hin und her springen. Nachdem sie verhallt sind, stehen wir gemeinsam in der Stille, und ich lausche, wie das neue, schwere Wissen in John einsinkt wie Blei durch Wasser.

In der Stille wandern meine Gedanken von ihm zu Vater. Ich fühle ihn hier bei mir, auch wenn es keine Gedenktafel ibt und kein Denkmal, keinen Grabstein, nichts, das den Raum als seine letzte Ruhestätte kenntlich macht. Ohne derlei Hinweise wird er vielleicht in Frieden gelassen. Ich sehe ihn im Geiste vor mir, wie er ausgezehrt in dem großen Prunkbett im Whitehall Palace liegt, seine raue Hand in meiner, als er mir ein langes Leben wünscht, damit ich meinen Kindern von ihm erzählen, meine eigene Geschichte schreiben kann.

Bin ich nun die Hüterin meines Vaters? Bringe ich mein Leben damit zu, auf das eines anderen zurückzublicken, alles zu verteidigen, das zu tun er entschieden hat? Aber welche Wahl habe ich? Was die Geschichtsschreibung aus ihm macht, das wird sie aus mir machen, denn was bin ich anderes als ein Modell, aus seinem Lehm geformt, ein Abklatsch von seinem Bild, ein Nachwort zu seiner Lebensgeschichte? Ich sollte nicht die Hüterin seines Namens sein müssen, denke ich; ich muss es nicht sein. Doch ich weiß, wie meine Antwort lautet, was mein Herz sagt, was immer mein Kopf auch einwenden mag: ja, ja, tausendmal ja.

Aber auch wenn ich ihn für immer in mir trage, muss ich nun doch meinen eigenen Weg gehen.

Von Vater an seiner letzten Ruhestätte wandert mein Geist weiter zu Robert, der in der Erde von Essex ruht, sein schönes Gesicht für immer von mir abgewandt; sein Körper, so jung und voller Leben, so begierig, den meinen zu erkunden, nun kalt und starr. Ich greife in meine Tasche und taste nach der vertrauten Form seiner Miniatur, streiche mit dem Daumen über den Rahmen, während ich ihn ein letztes Mal heraufbeschwöre.

Ich spüre, wie John sich mir zuwendet, fühle meine andere Hand in seiner.

«Komm», sage ich leise, «lass uns hinaus an die frische

Luft gehen. Thomas hat versprochen, dass wir heute Nachmittag mit den Falken auf die Jagd gehen.»

«Warte, Frances. Dass du mir das erzählt, mich hierhergeführt hast – darf ich hoffen … Heißt das ja?» Er spricht langsam und mit sanfter Stimme. Seine große Hand ist warm.

Nun erwidere ich seinen Blick, nehme ihn vielleicht zum ersten Mal richtig wahr: seine Augen, so blau wie die Fens, sein rötlich braunes Haar, nur ein paar Schattierungen dunkler als Roberts, sein freundliches, schüchternes Lächeln. Ich sehe auch mich selbst, mein zukünftiges Selbst – eine Cromwell, die lebt und liebt.

Ich halte inne, ziehe Robert und Vater an mich wie Kinder, drücke sie tief in meine Haut …

«Ja.»

ANHANG

HISTORISCHES NACHWORT

Frances und John Russell heirateten 1663, ein Jahr bevor John das Gut seines Vaters in Chippenham erbte und Baron Russell wurde. Sie bekamen fünf Kinder: eine Tochter und vier Söhne. Den Zweitältesten nannten sie Rich, zum Gedenken an Robert. Nach Roberts Tod schrieb Frances in einem Brief an Harry: «Nichts auf der Welt kann meinen Verlust ersetzen.» Dennoch wurde sie mit John noch einmal glücklich, wie die lebhaften Liebesbriefe der beiden zeigen. Frances genoss nach wie vor den geselligen Umgang mit anderen Männern (insbesondere mit venezianischen Botschaftern): Thomas Fauconberg neckte einmal seinen Schwager John Russell in einem Postskriptum zu einem Brief, er solle lieber rasch zu seiner Frau zurückkehren, weil Frances «von dem venezianischen Botschafter so umworben» werde (leider handelte es sich dabei nicht um Signor Giavarina, sondern um einen seiner Amtsnachfolger). Frances blieb auch weiterhin mit Jeremiah White befreundet, der später der Kaplan der Familie Russell wurde.

Nach Roberts Tod schrieb die verwitwete Frances an Harry, sie hoffe, «den zum Manne zu nehmen, der niemals stirbt». Leider hatte die Vorsehung andere Pläne, und ihr zweiter Ehemann John verstarb 1670 nach nur sieben Jahren Ehe. Frances heiratete nicht wieder, sondern lebte die nächsten fünfzig Jahre als Witwe, bis sie 1720 in hohem

Alter starb – die letzte Überlebende der Geschwister und die Einzige, die noch erlebte, wie die Stuartdynastie wirklich endete und König George I., der erste König des Hauses Hannover, im Jahre 1714 den Thron bestieg. Einer von Frances' Nachfahren wurde Besitzer von Chequers Court, später Landsitz des britischen Premierministers, und noch heute befindet sich dort eine umfangreiche Sammlung von Porträts und persönlichen Gegenständen der Cromwells. (Eine weitere Laune der Geschichte ist, dass das «Cockpit» – das Gebäude auf dem Gelände des Whitehall Palace, in dem die Cromwells einige Zeit lebten – an der Stelle stand, wo sich heute die Downing Street befindet.)

Frances verbrachte einen großen Teil ihrer langen Witwenschaft mit *Mary und Thomas*, die sich im Gegensatz zu ihr weiterer vierzig Ehejahre erfreuten, jedoch nie Kinder bekamen. Frances und Mary standen sich in all der Zeit sehr nahe: Mary liebte Frances' Kinder innig und setzte sich für sie ein, half Frances, als diese in finanzielle Schwierigkeiten geriet, und hinterließ ihr bei ihrem Tod ein umfangreiches Vermächtnis. Die Heirat von Frances' Tochter Betty mit Thomas' Neffen verband die beiden Familien noch enger. Die Liebe zwischen Frances und Mary währte bis zum Schluss, und sie liegen zusammen in Chiswick begraben. Mary und Thomas waren ein liebendes Ehepaar und stiegen unter der wiederhergestellten Monarchie hoch auf (als Einzige von allen Cromwells). Im Jahre 1665 empfingen sie sogar den Duke und die Duchess of York in Newburgh – wir können wohl davon ausgehen, dass diese nicht zur geheimen Gruft unter dem Dach hinaufstiegen. Thomas wurde Sonderbotschafter in Venedig, später Mitglied des Kronrats, und schließlich verlieh William III. ihm die Earlswürde. Er starb im Jahre 1700, Mary 1713 – ein Kuriosum am Hof der letzten Stuartkönigin Anne, unter anderem, weil sie ihrem berühmten Vater so ähnlich sah.

Bridget hingegen starb nur wenige Jahre nach der Restauration, nachdem sie noch miterlebt hatte, wie ihre und Charles' kleine Tochter aus ihrem Grab in der Kapelle von Henry VII. in der Westminster Abbey geholt und auf dem angrenzenden Friedhof St. Margaret's in eine Grube geworfen wurde. Oliver Cromwells Mutter Elizabeth, seine Schwester Jane Desborough, General at Sea Robert Blake und die übrigen hochgestellten Personen, die im Commonwealth in der Abtei beigesetzt worden waren, erlitten das gleiche Schicksal. Elizabeth Claypole ist das einzige Familienmitglied, dessen Totenruhe nicht gestört wurde – möglicherweise wurde sie einfach übersehen. Sie liegt noch immer zwischen den Tudorkönigen und -königinnen. *Charles Fleetwood* überlebte Bridget um mehrere Jahrzehnte, heiratete ein drittes Mal und führte in Stoke Newington ein ruhiges Leben, bis er 1692 starb. Sein Offizierskollege bei der Armee *John Lambert* hingegen hatte weniger Glück, er durchlitt zwanzig Jahre Festungshaft auf verschiedenen britischen Inseln und war, als er 1684 starb, angeblich dem Wahnsinn verfallen.

Insgesamt behandelte Charles II. die Familie Cromwell bei seiner Restauration milde. Frances' Mutter, die *Lady Protectoress,* durfte in Frieden bei ihrem Schwiegersohn *John Claypole* leben, auch wenn eine feindselige Presse sie bezichtigte, Wertgegenstände aus der königlichen Sammlung gestohlen und verkauft zu haben, woraufhin sie beim König um Schutz ersuchen musste. Sie starb 1665 in Northborough und wurde in der Dorfkirche begraben. John Claypole heiratete 1670 erneut, allerdings verließ er anscheinend seine zweite Frau später, um mit einer Wäscherin zusammenzuleben. Er starb 1688, nachdem er traurigerweise alle Kinder aus seiner Ehe mit Elizabeth überlebt hatte. Keines dieser Kinder hinterließ Nachkommen.

Henry Cromwell durfte ebenfalls ein ruhiges Leben führen, er wohnte in Spinney Abbey in Cambridgeshire, nicht weit von Frances' und Johns Zuhause in Chippenham. Es gibt Berichte, Charles II. habe ihn dort besucht, als er zu den Pferderennen nach Newmarket reiste, allerdings wissen wir nicht sicher, ob diese Geschichten wahr sind. In dem Briefwechsel zwischen Frances und John ist ebenfalls von einem möglichen Besuch des Königs bei ihnen in Chippenham die Rede – sollte dieser stattgefunden haben, so müssen wir uns fragen, was er und Frances voneinander hielten, nachdem früher einmal eine Heirat zwischen ihnen geplant gewesen war. Henry starb 1674 und hinterließ sechs Cromwell-Kinder. *Richard* dagegen fühlte sich erst in der Lage, nach England zurückzukehren, nachdem er zwanzig Jahre im unsteten Exil an verschiedenen Orten auf dem europäischen Festland zugebracht hatte – «mein einsames Leben», wie er es nannte. Seine Frau *Dorothy* starb, ohne ihn je wiedergesehen zu haben, und selbst als er schließlich wieder nach England kam, pflegte er aus Vorsicht nur gelegentlichen Kontakt mit seinen Kindern. Er kehrte nicht auf sein Gut in Hursley zurück, sondern lebte zur Miete in verschiedenen bescheidenen Häusern, stets unter falschem Namen. Er starb 1712 als gewöhnlicher, unauffälliger, bescheidener Gentleman. Für nur neun Monate als Staatsoberhaupt zahlte er den hohen Preis von mehr als einem halben Jahrhundert einsamen Exils.

Richard fühlte sich nie wieder in der Lage, den Namen Cromwell zu führen, solche Macht und Faszination ging von diesem aus, und das blieb über viele Generationen so. Noch in jüngerer Vergangenheit hat der Name bei den Mächtigen starke Reaktionen hervorgerufen. 1911 lehnte König George V. das Ersuchen seines First Lord of the Admiralty Winston Churchill ab, ein Schlachtschiff *Oliver Cromwell* zu nennen, und ein halbes Jahrhundert später legte unsere derzeitige Königin Veto gegen die Pläne des Postministers Tony Benn ein, Cromwell in eine neue Briefmarkenserie aufzunehmen, die alle britischen Staatsoberhäupter seit James I. abbilden sollte. Am Ende kam die ganze Serie nicht zustande. Wenn man heute Cromwells altes College in Cambridge, Sidney Sussex, besucht, findet man indessen im Saal sein Porträt von Vorhängen umrahmt – die zugezogen werden können, um Peinlichkeiten zu vermeiden, falls einmal ein Mitglied der königlichen Familie zu Besuch kommen sollte.

Und wenn wir die Vorhänge beiseite ziehen, wer ist dieser Cromwell? Der Geist des Lord Protector Oliver Cromwell suchte die Regierung von Charles II. heim wie der Geist von Hamlets Vater jene von Claudius. Er hatte unbequeme Standards gesetzt, an denen Männer jeglicher politischer Couleur den genussliebenden König maßen – seien es «Old Nolls» bemerkenswerte Erfolge in der Außenpolitik oder der Fleiß und Arbeitseifer seines Hofes. Samuel Pepys – selbst nicht gefeit gegen die Genüsse von edlem Wein und Frauen – beklagte die «üble Verfassung» des neuen Königshofes, die «Laster des Fluchens, Trinkens und der Hurerei», sinnierte über die «derzeitige schlechte Handhabung der Angelegenheiten, verglichen mit den Zuständen in den jüngst vergangenen Zeiten der Rebellion, da sich die Menschen, manche aus Furcht und andere aus Frömmigkeit, ihren Pflichten widmeten; was nun keiner mehr tut, da beide Beweggründe nicht vorhanden sind».

Doch wenn Cromwells Regime als moralisches Vorbild anklagend dem fröhlichen Monarchen vorgehalten wurde, dann nicht etwa, weil der verbreitete Mythos der freudlosen, repressiven militärischen Diktatur der Wirklichkeit entspräche. Tatsächlich war Cromwell darum bemüht, die Armee auf Distanz zu halten, besonders nachdem die experimentelle Herrschaft der Major Generals abgeschafft worden war. Er regierte gewissenhaft in ständiger Zusammenarbeit mit einem starken Staatsrat und unter den Augen des Parlaments (das erste und letzte Mal übrigens, dass ein britisches Staatsoberhaupt unter einer schriftlichen Verfassung regierte). Das Protektorat wurde mit jedem Jahr traditioneller und monarchischer, es versuchte eine Rückkehr in die tröstliche Sicherheit der althergebrachten Verfassung, die es jedoch zugleich in eine neue, moderne Richtung weiterentwickelte. Besonders in seinen letzten Jahren stand das Regime für den Beginn einer milderen, gemäßigteren Kultur nach dem Eifer des königslosen Commonwealth: ein Hof voller Dichter und Musiker; die Wiederaufnahme von Maskenspielen und die ersten englischen Opern; Eheschließungen zwischen einstmals verfeindeten Parlamentaristen und Royalisten. Vom Wesen her war der Hof weniger steif und förmlich als der König Charles' I., jedoch disziplinierter und kompetenter als der Charles' II. An Cromwells Hof wurde getrunken, aber nicht exzessiv, es gab sportliche Vergnügungen, aber kein Glücksspiel, Tändeleien, aber keine Zügellosigkeit. Das Leben war luxuriös, jedoch nicht dekadent. Mäßigung und Tugendhaftigkeit wurden höher als alles andere geschätzt.

Frauen spielten an diesem entspannteren, zivileren Hof eine zentrale Rolle, nicht nur als Zierde, sondern als handelnde Personen. Der Umbruch durch die Bürgerkriege hatte Frauen neue Möglichkeiten eröffnet, Stärke zu zeigen, und Cromwells Töchter wurden allgemein für ihren starken Charakter bewundert. Wie ein zeitgenössischer Historiker über Cromwells Kinder schrieb: «Jenen, welche die Hosen trugen, hätten Röcke besser angestanden; doch hätten jene in Röcken Hosen getragen, so wären sie standhafter gewesen.» Cromwell selbst liebte seine kühnen Töchter hingebungsvoll, und es ist überliefert, dass er bei ihnen Rat einholte, vor allem bei Elizabeth, zu der er eine besonders innige Beziehung hatte. Auch wenn er gegen Frances' Heirat mit Robert war – hauptsächlich aufgrund seiner Vorbehalte bezüglich des Charakters des jungen Mannes (und möglicherweise auch bezüglich seiner schwachen Gesundheit) –, erwog er die Eheschließungen all seiner Kinder mit großer Sorgfalt, um sicherzugehen, dass die Ehe nicht nur eine Gelegenheit zu einem nützlichen Bündnis war, sondern auch Liebe darin wachsen konnte: Darin war er ganz Puritaner.

Dieser Cromwell war nicht der griesgrämige, schwarz bemäntelte Puritaner, den viele sich vorstellen; der einen König tötete und Weihnachten abschaffte (beides Dinge, die man ihm nicht wirklich anlasten kann, zumindest nicht ihm allein); wer dies bezweifelt, möge nur einmal einen Blick auf die prachtvollen Gemälde von ihm und seiner elegant gekleideten Frau sowie den Töchtern werfen. Das sollte genügen, um das Bild zu verwerfen, das hauptsächlich von den Viktorianern gezeichnet wurde. Cromwell war zweifellos ein Puritaner, seine Beziehung zu Gott war die leitende Kraft seines Lebens. Aber er glaubte leidenschaftlich an Toleranz, hasste jede Art von Verfolgung und versuchte nie, seine Form des christlichen Lebens anderen aufzuzwingen. Wenn er Gott mit inbrünstiger Intimität liebte, so liebte er auch seine Familie, seine Freunde, kultivierte Gespräche und lebhafte Diskussionen, die Musik (sofern sie nicht in der Kirche gespielt wurde, denn dort war sie nur eine Ablenkung), Vollblutpferde, die Jagd und Falknerei, den Wein sowie Streiche und Späße. Er übte eine magnetische Anziehung auf andere aus, besaß einen fast schuljungenhaften Humor und eine bemerkenswerte Gabe, mit Angehörigen der unterschiedlichsten sozialen, politischen und religiösen Gruppen Freundschaften zu pflegen. Er war stets der Erste, der Talente in anderen entdeckte und über die Vergangenheit eines Mannes hinwegsah, wenn er dessen Potenzial erkannte. «Keiner kannte die Menschen besser», sagte Cromwells Arzt Dr. Bate, und es war diese Qualität neben vielen anderen, die ihn zu einem so phänomenal erfolgreichen Soldaten und Politiker machte und die Menschen in seinem Umfeld dazu inspirierte, ihm mit Hingabe zu folgen.

Wenn es also an der Zeit ist, das Protektorat einmal mit anderen Augen zu betrachten, wo sollen wir dann nach den sterblichen Überresten des Lord Protector selbst suchen? Liegt er in der geheimen Gruft unter dem Dach der Newburgh Priory? Zwar gibt es keine zeitgenössischen Belege dafür, jedoch hält sich hartnäckig die Legende, Cromwells Töchter hätten seinen Leichnam gerettet (entweder den ganzen Körper, indem sie ihn in der Nacht im Wirtshaus Red Lion austauschten, oder nur den kopflosen Torso, der unter dem Galgen zurückblieb) und ihn in der geheimen Kammer in Newburgh beigesetzt. Das Gewölbe existiert, und die Familie hat nie zugelassen, dass es geöffnet wurde, nicht einmal auf Ersuchen von König Edward VII. Doch diese Geschichte ist eine unter vielen Theorien um Cromwells letzte Ruhestätte, deren stärkste besagt, sein Körper liege an der Stelle, wo damals die Richtstätte Tyburn war, in der Nähe des heutigen Marble Arch, und sein Kopf sei durch viele Hände gegangen, nachdem er von dem Spieß über der Westminster Hall heruntergeweht wurde, und sei nun unter der Kapelle des Sidney Sussex College begraben.

Wir werden vermutlich nie die ganze Wahrheit erfahren. Doch wie immer sie aussehen mag, eines ist gewiss: dass Oliver Cromwell im Tode so außergewöhnlich ist, wie er im Leben war.

DANKSAGUNG

Ich war schon als Teenager fasziniert vom außergewöhnlichen Oliver Cromwell und seiner nicht minder außergewöhnlichen Zeit, und seither habe ich mich viel mit den Bürgerkriegen und dem Interregnum beschäftigt. Dass ich den Mann kennenlernte, dessen Leben das meine prägen sollte, verdanke ich meinen Eltern: meinem Vater Julian, der ein eingeschworener Republikaner und eifriger Leser militärgeschichtlicher Werke und historischer Romane ist, und meiner Mutter Joanna, ebenfalls Geschichtsliebhaberin, die mein aufkeimendes Interesse bemerkte, es liebevoll hegte und ermutigte. Sie nahm mich sogar auf Forschungsreisen mit. Hätten die beiden nicht meine akademische Laufbahn unterstützt, dann wäre ich nie in der Lage gewesen, dieses Buch zu schreiben.

An der Universität hatte ich das immense Glück, bei Dr. David Smith und Professor John Morrill zu studieren, und ich möchte ihnen sowie meinem Mentor Dr. Gabriel Glickman für ihre Brillanz und ihren Glauben an mich danken. Auch bei der Cromwell Association fand ich wunderbare Kollegen, Menschen, die meine Begeisterung teilen, und ich bin insbesondere den Experten dankbar, die frühe Fassungen dieses Buches lasen und kommentierten. Jegliche versehentlichen Ungenauigkeiten gehen selbstverständlich auf mein Konto.

Dieses Buch würde es nicht geben, wäre da nicht mein phantastischer Agent Giles Milburn, der aus der Flut hoffnungsloser Manuskripte das meine herausfischte und mir sagte, ich könne etwas daraus machen. Er hat mich bis hierher betreut, und ich kann gar nicht sagen, wie dankbar ich für seine Ermutigung bin, für seinen Humor, seine brillanten Ratschläge und den Einsatz seines Teams bei MMLA. Meine reizende Verlegerin Victoria Oundjian und das ganze Team bei Orion Fiction waren wunderbar, und ich habe jeden Moment der Zusammenarbeit mit ihnen genossen. Besonderer Dank gebührt auch meinem Team bei NRF – allen voran Ian Giles und Susanna Rogers – für ihre Unterstützung und Begeisterung für mein Buchprojekt.

Ich habe das ungeheure Glück, eine große, liebevolle Familie und wunderbare Freunde zu haben, die mich über viele Jahre hinweg stets ermutigt und meine Begeisterung darüber geteilt haben, die *Tochter des Königsmörders* zum Leben erwachen zu sehen. Ich danke euch allen für eure Liebe und Freundschaft. Und schließlich ist mein innigster Dank meinen beiden ganz besonderen Jungs vorbehalten: meinem kleinen Sohn Theodore, der eine solche Freude ist (und, ganz entscheidend, ausgezeichnet schläft!), und meinem wunderbaren Mann Charlie, der auf jedem Schritt dieser Reise mein Begleiter ist: Er ermutigt mich, sammelt gemeinsam mit mir Ideen und entwirft Pläne, unterstützt mich mit Nachforschungen und redigiert meine Arbeit, hilft mir mit dem ganzen Drumherum und kümmert sich um Teddy, damit ich schreiben kann. Tagtäglich erforscht er mit mir das 17. Jahrhundert und entführt mich in seine eigenen historischen Welten.

Ohne ihn wäre ich schlicht keine Autorin.